HEYNE <

Das Buch

Der Endvierziger Paul Slippery ist frustriert. Das mittlere Alter naht, sein Bauchumfang wächst und sein Sexualleben scheint zunehmend zu schwinden, während sein Leben in der Midlife-Crisis zu enden scheint. Im Kreise seiner Familie, Ehefrau Estelle und den drei Söhnen Ruairghy, Jakob und Edwin, wird Paul der drohende Verfall seiner jugendlichen Vitalität bewusst. Während der Radiosender, bei dem er seit 25 Jahren als Sprecher einer Ärzte-Soap arbeitet, seine Rolle endgültig sterben lässt, blüht die Karriere seiner Frau Estelle auf, die mit anderen Frauen ein Webereikollektiv betreibt. Zudem beneidet er seine Söhne, die ihr ausgeprägtes Sexualleben mit einer Vielzahl von Freundinnen teilen.

Der Autor

Nigel Williams wurde 1948 in Cheadle in Großbritannien als Sohn eines Schuldirektors geboren. Neben seiner Tätigkeit als Romanschriftsteller ist er erfolgreicher Autor für Theater und Fernsehen. Seine Stücke und Bücher wurden mit mehreren renommierten Preisen ausgezeichnet. Er ist verheiratet, hat drei Söhne und lebt in Putney im Südwesten Londons.

Nigel Williams

Tolle Wurst

Roman

Aus dem Englischen
von Heike Schatterer

WILHELM HEYNE VERLAG
MÜNCHEN

Die Originalausgabe FORTYSOMETHINGS erschien bei
Viking Penguin, London

FSC
Mix
Produktgruppe aus vorbildlich
bewirtschafteten Wäldern und
anderen kontrollierten Herkünften

Zert.-Nr. SGS-COC-001940
www.fsc.org

Verlagsgruppe Random House FSC-DEU-0100
Das für dieses Buch verwendete FSC-zertifizierte Papier
Holmen Book Cream liefert Holmen Paper, Hallstavik, Schweden.

Vollständige deutsche Erstausgabe 12/2010

Printed in Germany 2010
Redaktion: Heiko Arntz
Umschlaggestaltung: © yellowfarm GmbH, s. freischem
Satz: Buch-Werkstatt GmbH, Bad Aibling
Druck und Bindung: GGP Media GmbH, Pößneck
ISBN: 978-3-453-40816-6

www.heyne.de

Für Suzan

»Begehre nicht, aus diesem Hain zu fliehn …«
Ein Sommernachtstraum

12. Januar, 17 Uhr

Estelle, Ruairghy, Jakob, Edwin und ich alle daheim.

Ich bin deprimiert. Warum?

Weil mein Bauch zu dick ist? Weil mir immer mehr Haare ausfallen?

Oder weil ich am 15. März von einem Laster überfahren werden soll?

Ich sage schon seit Jahren, dass ich meine Rolle in *General Practice* aufgeben will, aber ich dachte immer, dass ich einen gewissen Einfluss auf das Wann und Wie meines Ausstiegs hätte. Ich weiß nicht warum, aber ich dachte es eben.

Dass ich nicht genau weiß, wer hinter der Entscheidung steckt, das Leben von Dr. Esmond Pennebaker zu beenden, macht es auch nicht unbedingt besser. Die neue Generation von Drehbuchautoren, von denen viele jünger wirken als meine eigenen Kinder, tut so, als würde sie nur Anweisungen befolgen. Der Produzent – ein verschlagen wirkender Waliser mit Glatze namens Karl – war einen Monat lang auf einem Managerseminar. Ich kann mich nicht erinnern, dass er davor auch schon *so* kahl war. Seitdem er wieder da ist, hat er mit niemandem geredet. Wenn man ihn anspricht, zuckt er zusammen und läuft weg. Keine Ahnung, was sie mit ihm angestellt haben. Zu Surinder, einer unserer Autorinnen, sagte er nur: »Es war sehr intensiv.« Surinder hat gehört, die Teilnehmer hätten zehn Tage lang versucht, aus alten Pappkartons eine Hütte zu bauen. Steve Witchett erzählt, sie seien gezwungen worden, achtzig Wörter in der Minute zu tippen und Telefongespräche auf Italienisch zu führen. Und das alles in Unterwäsche.

Ich vermute, die Idee, mich loszuwerden, stammt von ganz

oben. Ich bin mir fast sicher, dass Generaldirektor John Birt die Finger im Spiel hat. Er hat so ziemlich alle bei der BBC abgesägt, warum also nicht auch mich? Aber vielleicht war er es doch nicht. Vielleicht war es einer seiner Handlanger. Aber da seine Handlanger Hunderte, wenn nicht sogar Tausende Pfund dafür bekommen, dass sie so reden, denken und sich kleiden wie er, spielt es wahrscheinlich gar keine Rolle, ob er persönlich die Anweisung gab. Es genügt, wenn Colin Cross, der rückgratlose neue Leiter der Abteilung Seifenopern – Fortsetzungshörspiele (Inland) – *glaubt,* Birt habe die Anweisung gegeben. Wie bei Hitler oder Stalin haben die mutmaßlichen Ansichten von John Birt genauso viel Gewicht wie seine tatsächlichen.

Ich habe zwar keine Beweise, bin aber mittlerweile überzeugt, dass Birt derjenige ist, der mich umbringen lassen will. Wahrscheinlich hat er auch darauf bestanden, dass mein Tod nicht allzu viele Möglichkeiten für eine schauspielerische Glanzleistung bietet. Anscheinend hat jemand bei der Drehbuchkonferenz letzte Woche vorgeschlagen, dass ich aus dem Fenster fallen solle, aber das wurde rasch abgeschmettert. Ich denke, daraus hätte ich was machen können. Jetzt bleibt mir wohl nur ein erstauntes Nach-Luft-Schnappen, gefolgt von einem erstickten Schrei. Vielleicht – aber das kann man mir nicht antun – vielleicht wird es ein Tod in indirekter Rede. Dann würde mein Ableben einem anderen Schauspieler eine willkommene Gelegenheit bieten, sich in Szene zu setzen. Vielleicht gibt es ein Begräbnis. Vielleicht dürfen die anderen Schauspieler sogar Trauerreden halten. Womöglich dürfen ein paar sogar weinen – was *mir* nie erlaubt wurde, es sei denn, man zählt das leichte Zittern in der Stimme am Ende des Telefongesprächs mit, als ich erfuhr, dass ich verklagt wurde, nur weil ich irgendeinem Idioten das falsche Bein abgenommen hatte.

Vielleicht wird Ronnie Pilfrey, »der nette Ronnie Pilfrey«, eine Rede an meinem Grab halten. Ich darf gar nicht daran denken!

Der einzige Hinweis auf die Identität meiner Mörder ist der, dass die Entscheidung in einem Ausschuss namens zentrales Strategiegremium fiel. Niemand will mir sagen, wer diesem Ausschuss angehört – allerdings sind wohl »einige Kreative« darunter. Wenn ich herausfinde, wer das ist, und nah genug an die Ausschussmitglieder herankomme, um mich einzuschleimen, habe ich vielleicht eine Chance, dieses Jahr zu überleben.

Aber will ich das? Reicht es mir immer noch nicht?

Es ist Zeit, dass ich etwas anderes mache. Zwanzig Jahre bei einer BBC-Radioserie sind genug. Aber die Zeit ist, wie ich neulich zu Estelle sagte, einfach so verflogen. Es scheint nur Minuten her, dass Esmond Pennebaker sein Medizinstudium abschloss. Und jetzt steht er kurz davor, ins Gras zu beißen. Was hat er aus seinem Leben gemacht? Sich auf Chirurgie spezialisiert. Eine Affäre mit seiner Sekretärin gehabt. Und jetzt ist er tot – oder so gut wie.

So gesehen, was habe ich eigentlich aus meinem Leben gemacht?

In ein paar Monaten werde ich fünfzig, genau wie er. An unserem Hochzeitstag – dem 24. Juni. Estelle scheint sich nicht sonderlich dafür zu interessieren. Vor ein paar Wochen habe ich das Thema beiläufig angeschnitten, in der Hoffnung, sie würde ein romantisches Wochenende vorschlagen. Aber das hat sie bislang nicht getan. Ein Wendepunkt in meinem Leben, aber die einzige Anerkennung, die meine Frau diesem historischen Tag bisher zollte, war ihre Bemerkung letzten Donnerstag: »Ich nehme an, du möchtest eine Party machen.« Als ich antwortete, ich wolle niemandem zur Last fallen, sagte sie: »Reit nicht dauernd darauf herum. Du redest die ganze Zeit darüber, dass du bald fünfzig wirst. Noch bist du keine fünfzig. Du bist neunundvierzig. Ich bin fünfzig.«

Das stimmt nicht ganz. Sie ist einundfünfzig. Aber ich wollte nicht spitzfindig sein. Stattdessen sagte ich: »Ich würde den Tag gern mit ein paar guten Freunden feiern.« Sie sah mich seltsam an. »Welchen Freunden?«, fragte sie in einem Ton, der andeutete, dass ich ihrer Meinung nach nicht einmal einen hätte. »Oh«, sagte ich. »Nobby. Und der gute alte Steve …« Estelle sagte, jemand werde nicht automatisch interessant, nur weil man ihn schon seit dreißig Jahren kenne. Als ich fragte, ob das auch für mich gelte, meinte sie, ich würde in letzter Zeit zu Selbstmitleid neigen. Neuerdings ist sie sehr hart. Hat vielleicht etwas mit den Wechseljahren zu tun. Aber das sagte ich natürlich nicht.

Eine Party ist wahrscheinlich eine ganz schlechte Idee. Außer Nobby, dem guten alten Steve und Peter Mailer fällt mir niemand ein, den ich einladen könnte. Was gibt es überhaupt zu feiern, wenn man fünfzig wird?

21.30 Uhr

Abendessen mit der ganzen Familie. Mittlerweile die Ausnahme. Estelle hatte Lasagne zubereitet. Aber die Nudelplatten hat sie nicht wie früher selbst gemacht. Tatsächlich zeigt sie in letzter Zeit beunruhigend wenig Interesse an Dingen wie selbst gemachten Tagliatelle. Früher durchstöberte sie die Läden in Südlondon nach Tamarinde und versuchte sogar, ihren eigenen Fisch im Gartenhäuschen zu räuchern – und wäre dabei fast erstickt. Aber heute …

Ich kaute demonstrativ, ohne dass es allzu aufgesetzt wirkte, und sagte zwei- oder dreimal: »Mmmm! Köstlich!« Doch Estelle reagierte nicht. Also fügte ich hinzu: »Ah, schmeckt das gut!« Für den Fall, dass sie es überhört hatte, wiederholte ich es – dieses Mal mit ausländischem Akzent. Sie warf mir unter ihrem Pony einen finsteren Blick zu und sagte: »Ein ganz einfaches Essen.« Was will sie damit sagen?

Jakob, mein mittlerer Sohn, hat sich angewöhnt, beim Abendessen die *Financial Times* zu lesen. Ich heiße das nicht gut. Als ich ihn heute Abend rundheraus fragte, ob er es in Erwägung ziehen könne, den Hors d'oeuvres mehr Aufmerksamkeit zu widmen, erwiderte er: »Ich gehe morgen wieder nach Oxford. Und ich muss wissen, wie Praskein steht!« Ich fragte mit einem Hauch von Ironie, ob das ein russischer Fußballklub sei, aber er verschanzte sich wieder hinter seiner Zeitung. Nach einer Weile machte er Bewegungen, als ob er in der Nase bohren würde. Ich habe den Verdacht, dass sich die Jungs gegen mich verschworen haben. Als ich Jakobs jüngeren Bruder Edwin bat, mir die Kräutermischung von Waitrose zu reichen, sagte er: »Ohne *Financial Times* kein Kommentar!« Während des Essens schwebte das Gesicht von Ruairghy, meinem Ältesten, waagrecht über dem Teller wie eine fliegende Untertasse kurz vor der Landung. Er hob nur den Kopf, um für Nachschub auf dem Teller zu sorgen. Ich vermute, dass er der eigentliche Drahtzieher der Verschwörung ist.

Jakob geht zurück nach Oxford. Allein! (Er war schon als Kind sehr verschlossen, und jetzt hat er uns noch nicht einmal gesagt, wie er hinkommen will.) Obwohl es schon ein Jahr her ist, kommt es mir vor, als wäre es gestern gewesen, dass wir Jakob und Ruairghy in meinem alten Volvo zu meiner alten Uni fuhren. Zwei Söhne in Oxford! Dafür musste ich mich bei anderen ehrgeizigen Eltern im Wimbledon-Distrikt geradezu entschuldigen. Estelle sagte schließlich nur noch, ihre Söhne seien »irgendwo in den Midlands«, aber das klingt meiner Meinung nach, als ob sie im Gefängnis wären. Und morgen lässt Jakob Ruairghy zurück, hier bei uns.

Ich liebe meinen ältesten Sohn sehr, denke aber nach wie vor, wir hätten ihm einen Namen geben sollen, der einfacher zu schreiben ist.

Estelle bot an, Jakob morgen zu fahren, aber er bestand darauf, allein zu gehen. (Warum?) Was für ein Gedanke: nicht die Treppen zu seinem College hochzuwanken, beladen mit dem tragbaren Fernseher, dem kombinierten Radio-Kassetten-

CD-Player, dem Compaq-Deskpro-Computer, dem Hewlett-Packard-Laserjet-4-Drucker, dem Anrufbeantworter, den drei E-Gitarren, der Gesamtausgabe von John Maynard Keynes und einer wahrhaft schwindelerregenden Zahl von Megadeth-CDs. Vor 1994 hatte ich noch nicht einmal von der Band gehört, geschweige denn geahnt, dass sie einen Backkatalog hat, der in etwa so umfangreich ist wie der von Wagner.

Ich fragte Ruairghy beim Abendessen, ob er sich darauf freue, bald richtig zu unterrichten. Er studiert jetzt Diplompädagogik an der University of South Wimbledon. Seine Antwort überraschte mich. Er sagte: »Ich werde kein Lehrer!« Ich hob leicht die Augenbrauen, hakte aber nicht nach, warum er dann neun Monate lang Theorie und Praxis der Pädagogik büffeln will.

Mein Gott, es ist noch gar nicht lange her, dass ich Ruairghy zum ersten Mal nach Oxford brachte! Nachdem ich ihn mit seinen beiden Handys (falls er eins verlieren sollte, was prompt in der ersten Woche geschah), seinen acht T-Shirts, zwei Anoraks und drei Paar Turnschuhen in seinem Zimmer abgesetzt hatte, ging ich zurück über den Innenhof und schluchzte hilflos bei dem Gedanken, dass »unser Junge« jetzt, endlich, auf eigenen Beinen stand.

Wobei »auf eigenen Beinen stehen« vielleicht nicht ganz korrekt ist, auch heute noch nicht. Kürzlich fragte er mich, wo Leeds sei. Durchaus möglich, dass wir ihn zu sehr behütet haben.

Das Abendessen verlief sehr erfreulich, obwohl Edwin, mein Jüngster, darauf bestand, anstelle der Lasagne gebackene Bohnen direkt aus der Dose zu löffeln. Er sagte, die Lasagne »kratzt im Hals«. Edwin ist sechzehn, aber ich glaube nicht, dass das eine ausreichende Erklärung für sein Benehmen ist. Während die Jungs den Tisch abräumten – und das Geschirr aus mir unerfindlichen Gründen auf dem Bücherregal abstellten –, las ich einen amüsanten Satz aus dem Sportteil des *Independent* vor.

»Bei der Eröffnungsveranstaltung der internationalen britischen Schwimmmeisterschaft in Manchester«, begann ich und vermied selbstverständlich einen gewollt komischen Unterton, »wickelten die Damen gewohnt souverän ihre zweihundert Meter Brust ab.«

Edwin brach in gackerndes Gelächter aus. Estelle sagte: »Was ist daran so komisch?« Ich wies sie geduldig auf die ungewollte Bedeutungsverschiebung hin, die sich ergebe durch die verkürzte Sprechweise »Brust« statt »Brustschwimmen«. Estelle sagte: »Das ist mir schon klar. Aber ich weiß trotzdem nicht, was daran so komisch sein soll.«

Sie ist ein wunderbares Geschöpf – schwarze Haare, große Augen, kräftige Hände. Heute Abend war ich jedoch verblüfft, wie sehr ihr Profil dem von Kaiser Nero ähnelt.

23.30 Uhr

Estelle schläft. Soll ich Nobby anrufen? Ich weiß nicht, wie ich darauf komme, dass mir eine Unterhaltung mit Nobby beim Einschlafen helfen könnte. Andererseits sind die Geschichten über sein Sexualleben (das für einen Mann seines Alters erstaunlich rege ist) fast immer ermüdend. Soll ich Peter Mailer anrufen? Besser nicht. Seit er von seinem Alkoholproblem kuriert ist, hat er sich ein neues zwanghaftes Verhalten zugelegt. Er schaut einem tief in die Augen und fängt sofort an, betroffen zu nicken, wie trivial das Gesprächsthema auch ist. Muss wohl an der Gruppentherapie liegen.

Den guten alten Steve? Der gute alte Steve zieht wahrscheinlich gerade um die Häuser. Ich gehe ins Bett. Ich habe so ein Gefühl, dass dieses Jahr nicht leicht werden wird.

14. Januar, 21 Uhr

Jakob wieder in Oxford, Edwin oben (glaube ich zumindest). Ruairghy mit Gordon im Pub. Estelle im Bett. Regen.

Jakob fehlt mir schon jetzt. Wahrscheinlich ist er, wie mir allmählich klarwird, noch viel verschlossener, als ich dachte. Auf jeden Fall hat er das komplette Ausmaß seiner Verschlossenheit vor uns verborgen. War er schon immer so? Als Kind hat er immer besonders gern Verstecken gespielt – und selbst wenn er daheim ist, vermittelt er den Eindruck, als würde er sich jeden Moment in Luft auflösen, wie die Grinsekatze in *Alice im Wunderland.* Er sagt nicht viel, aber wenn er sich äußert, sind seine Bemerkungen von koboldhaftem Tiefsinn.

Er ist ein hoch aufgeschossener, dünner Junge mit Adlernase und schwarzem Haarschopf. Estelle nennt ihn oft »meinen Hübschen« – eine Bezeichnung, die ich etwas beleidigend finde. Allerdings muss ich zugeben, dass er ein auffälliges Profil hat und eine schöne Sprechstimme. Und außerdem einen IQ über 150. Zugegeben, das war mit acht Jahren, es ist also durchaus möglich, dass er seitdem ein paar Punkte eingebüßt hat. Immerhin haben ihn drei Experten getestet, darunter auch ein Deutscher. Sie waren sich natürlich alle uneins; Estelle und ich haben dann einfach den Durchschnitt der Ergebnisse ausgerechnet.

Estelle sagt immer, Jakobs Intelligenz habe mit seiner Geburt zu tun – ein Vorgang, den er in rekordverdächtigen sechseinhalb Minuten von der ersten Wehe bis zum Durchtrennen der Nabelschnur absolvierte. Anscheinend (ich war im Sender unabkömmlich) flutschte er nur so aus dem Geburtskanal, mit feinen schwarzen Haaren auf dem Kopf und einem leicht zynischen Lächeln im Gesicht – Estelle wird nie müde, ihn daran zu erinnern; aus unerfindlichen Gründen meist beim Essen mit der ganzen Familie.

Ich bewundere Jakob. Ich bewundere seine Fähigkeit, sich

lange Telefonnummern zu merken, seinen Geschmack bei Schuhen, seine Gabe, überzeugend Spanisch zu sprechen, und die Wahl seines Studienfachs (Wirtschaftswissenschaften, ein Fach, das ich nicht nur öde, sondern völlig unverständlich finde).

Und doch … und doch …

Als ich ihn neulich fragte, in welche Richtung seine Ambitionen gehen, murmelte er etwas von »richtig Geld verdienen«. Ich musste ihm sagen, dass, als seine Mutter und ich uns im Sommer 1968 kennenlernten, Geld das letzte war, woran wir dachten. »Klar«, sagte er, »ihr habt nur an Drogen gedacht.« Ich erklärte ihm, dass ich bis zum Alter von fünfunddreißig Jahren Koks für einen rauchgasarmen Brennstoff gehalten hätte.

Gibt es Frauen in seinem Leben? Ich fragte ihn letztes Jahr danach und er sagte gleichmütig: »Das Studium ist eine einzige Orgie.« Als ich nachbohrte, warum er noch kein »Mädchen mit nach Hause gebracht« habe, meinte er: »Ich gehe mit ihnen ans Ende der Straße und bumse sie dort.« Ich glaube, das war witzig gemeint.

Er und Ruairghy kommen zur Zeit nicht so gut miteinander aus. In den Ferien hörte ich zufällig, wie sie sich mehrmals wegen eines Mädchens namens Lucy stritten. Ich bin mir nicht ganz sicher, worum es geht; so weit ich mitbekommen habe (normalerweise verlassen sie den Raum, wenn ich hereinkomme), hat Ruairghy mit ihr Schluss gemacht. Ich verstehe nicht, warum das Jakob stören sollte. Ich hörte auch, wie die beiden wegen eines Mädchens namens Laura (glaube ich) gestritten haben. Da war die Sache klarer. Ganz eindeutig sind beide scharf auf sie. Jakob benutzte dabei das Nomen »Nudeln« als transitives Verb.

Auf jeden Fall ist er heute Morgen nach Oxford gefahren. Ein großer schwarzer Mercedes hat ihn um Viertel vor acht abgeholt. Als ich ihn fragte, wem das Auto gehört, sagte er: »Zur Zeit fährt es Oliver.« Ich nehme an, Oliver hat Eltern, die reicher sind als ich.

Edwin, der diesen Sommer seine mittlere Reife machen wird, zeigt wenig Interesse am akademischen Leben. Abgesehen davon, dass er einen großen Absperrkegel mit Graffiti besprüht hat (den Kegel hat er vor ein paar Monaten spätabends mit heimgebracht und im Garten hinter dem Haus aufgestellt – mit der Erklärung, er habe ihn »gefunden«), beschränkt sich sein intellektuelles Interesse auf das Ansehen von *Trainspotting*-Videos. Ich glaube, er hat drei davon. Den Director's Cut, den ungekürzten Rohschnitt des Director's Cut und dann noch den langweiligen alten Film, den wir alle gesehen haben. Heinrich vom Blockbuster-Videoladen in Raynes Park unterstützt Edwins Einstellung zur Filmkunst, die mich eher an einen Briefmarkensammler erinnert, und hat versprochen, nach so erstaunlichen Raritäten wie dem Director's Cut eines Films namens *Goblin* Ausschau zu halten, der, wenn ich mich recht entsinne, nicht den Eindruck macht, als ob überhaupt jemand Regie geführt hätte.

Ich vermute, dass Heinrich ein mehr als väterliches Interesse für Edwin hegt.

Nur wir vier im Haus. Tatsächlich wird ab übermorgen oft nur einer daheim sein, weil Estelle beschlossen hat, nach einundzwanzig Jahren wieder zu arbeiten. Soll ich ihr etwas für die Mittagspause einpacken? Um zu zeigen, wie sehr ich sie unterstütze? Und wenn ja, was packe ich ein? Einen kleinen Salade niçoise vielleicht? Um ihr zu zeigen, was sie meiner Meinung nach für eine tolle Mutter gewesen ist?

Vielleicht lieber nicht.

Ihr neuer Job hat etwas mit den Dingern zu tun, die sie aus alten Camembertschachteln bastelt. Sie hat ein gewisses Talent, daraus nützliche kleine Tabletts zu machen. Ich glaube, sie wird auch Salzteigmännchen basteln und sie an Geschenkeläden in der Gegend verkaufen. Ich kann mir nicht vorstellen, dass das viel einbringt. Aber sie kommt dadurch ein bisschen aus dem Haus. Gestern Abend sagte ich ihr: »Jeder Beitrag ist willkommen, Liebling. Selbst die unbedeutendste Summe. Und dir hilft es, das Gefühl der Leere zu überwinden, jetzt, da die Kinder bald aus dem Haus sind und du in die Wechseljahre kommst!« Sie sah mich nachdenklich an, zündete sich eine Zigarette an und sagte: »Du wirst die Wechseljahre auch noch zu spüren bekommen, Paul. Ich werde dich gegen Brad Pitt auswechseln.«

Ich muss daran denken, die Menopause nicht mehr zu erwähnen.

16. Januar, 11 Uhr

Estelle bei der Arbeit. Jakob in Oxford. Ruairghy im Bett. Edwin in der Schule. Regen.

Ein neuer Job in Aussicht! Beim Royal National Theatre! Beim RNT!

Ich muss zugeben, dass der erste Tag ohne Estelle im Haus ein bisschen seltsam war. Nicht, dass ich zu den Männern gehöre, die sich nicht selbst etwas zu essen machen können! Ich hatte San-Daniele-Schinken gekauft, dazu ein paar Oliven und Ruccolasalat, und alles in meinem Schreibtisch in einer Schublade versteckt, damit sich Edwin und Ruairghy nicht darüber hermachen. In den eineinhalb Tagen, die sie nun arbeitet, habe ich versucht, Estelle nicht zu stören. Ich bin mir nicht einmal sicher, ob ich ihre Telefonnummer habe.

Aber als ich heute morgen meinen Text für die Aufnahmen am nächsten Dienstag durchging, kam ich mir ein bisschen vor wie dieser Teilnehmer der Antarktisexpedition von Shackleton, der überzeugt war, dass sich noch jemand im Haus aufhielt, obwohl niemand da war. Jedes Mal, wenn eine Tür schlug, rannte ich nach oben, um den Einbrecher zu stellen. Ich ging sogar ein- oder zweimal in Ruairghys Zimmer, aber er schlief mit offenem Mund und machte Geräusche wie ein Presslufthammer. Ich habe ihn schon mehrfach gefragt, wie es mit seinem Studium läuft, aber er meint nur, die University of South Wimbledon sei »kein Ort, wo man sich gern allzu lange aufhält«. Eine Schande, schließlich zahlen wir ihm Geld dafür, dass er dort hingeht.

Als Gustave mich gegen zehn anrief und sagte, ich könne mich auf ein aufregendes Angebot gefasst machen, vollführte ich quasi Freudensprünge. Das Telefon klingelt wieder! Ist er das vielleicht?

11.23 Uhr

Es war Gustave. Anscheinend besteht ernsthaftes Interesse, dass ich den Gumbago in einer wichtigen Inszenierung von *Maß für Maß* am Lyttelton Theatre spiele. Offenbar eine sehr gute Rolle, allerdings ist es lange her, dass ich *Maß für Maß* gelesen habe, daher kann ich mich nicht an den Gumbago erinnern.

Gustave, der abgesehen von Verträgen und Schecks überhaupt nichts liest, sagte, er denke, es sei »eine Art Herzog«. Wo sind meine gesammelten Werke von Shakespeare?

11.45 Uhr

Ich kann keinen »Gumbago« in der Besetzungsliste von *Maß für Maß* finden. Es gibt nicht einmal jemanden, dessen Name mit G anfängt. Trotzdem habe ich angefangen, das Stück zu lesen. Eindeutig das Werk eines Genies, aber schwer zu verstehen. Nicht viele Lacher. Vielleicht habe ich zuviel Zeit damit verbracht, Sätze zu sagen wie »Sieht aus wie eine Pilzinfektion, Mrs. Peet!« oder »Ich mache mir wirklich Sorgen wegen dieser Budgetregelung für Arztpraxen …« Vielleicht meint er Claudio. Früher, und das muss ich mir immer wieder sagen, war ich einmal klassischer Schauspieler. Ich werde Gustave anrufen.

12 Uhr mittags

Es ist unglaublich! Gumbago ist anscheinend gar keine Sprechrolle, sondern einer der »Herren, Offiziere, Bürger und Diener«. »Tatsächlich«, sagte Gustave, als ob das die Sache verbessern würde, »wollen sie dich einfach haben, wenn auch nur als schweigendes Mitglied der Volksmenge. Ich glaube, sie denken, deine Fans vom Radio würden kommen, um zu raten, wer von den Statisten du bist!« Ich sagte, wenn er keine bessere Idee hätte (und zwar bald), würde ich mir einen Agenten suchen, der sich wirklich um meine Karriere bemühen und sie in die richtige Richtung lenken würde. Er antwortete, ich solle ihm Bescheid geben, sobald ich wüsste, welche Richtung das sein soll.

Ich hätte dem *Guardian* nie dieses Interview geben dürfen. Aber die junge Frau, die sie zu mir schickten, hatte einen enormen Busen. Ich habe zwar alles, was in dem Artikel erschien, tatsächlich gesagt, aber die Schlagzeile »ESMOND PENNEBAKER KOTZT MICH AN« hat vielleicht bei dem einen oder anderen den Eindruck erweckt, dass ich die Rolle nicht mehr länger spielen möchte.

Ich werde Estelle anrufen.

12.12 Uhr

Kann ihre Telefonnummer nicht finden.

Ich weiß nur, dass sie in so einer Art Kunstgewerbeladen arbeitet, gegründet von einer der Frauen, mit denen Estelle viel Zeit verbrachte, als die drei Jungs auf der Cranborne School in Wimbledon waren. Die Zeit kommt mir heute so fern vor wie das Pleistozän. Da waren Katie »Zellulitis« Wimbourne, Shulah »Die kommen für meinen Unterhalt auf« Arrowsmith und Stella Badyass sowie eine Anästhesistin im Sari namens (soweit ich mich erinnere) Udpar. Dann gab es noch Angela

Lansbury (weder verwandt noch verschwägert mit der Schauspielerin) und eine Frau mit dem passenden Namen Serafina Wiles. Sie trafen sich bei sich zu Hause und fertigten bemalte Tabletts, Blumenampeln und diese kleinen Salzteigmännchen in der Schuluniform von Cranborne an, die »als Klo-Deko so beliebt« waren«. (Warum?)

Serafina Wiles reichte das nicht. Sie hat einen Laden in Wimbledon eröffnet und Estelle als Kreativchefin eingestellt.

Zumindest wird das Estelle davon abhalten, ständig zu klagen, dass sie zu dick sei. »Wen kümmert es, wenn du dick bist?«, sage ich zu ihr. »Selbst wenn du dick *wärst,* was spielt das für eine Rolle? Wichtig ist, dass du lebst! Du kannst den Wind auf deinem Gesicht spüren! Die Sonne auf deinen Oberarmen!« Sie sagte: »Kein Wort über meine Oberarme. Ab einem bestimmten Alter sprechen Frauen nicht mehr über ihre Oberarme! Sie werden wabbelig!« »Na gut!«, sagte ich. »Dann spür die Sonne auf deinem Gesicht! Ist das nicht das Einzige, was zählt?«

Natürlich abgesehen von der Frage, ob John Birt beschlossen hat, mich zugunsten besserer Einschaltquoten von einem Lastwagen überfahren zu lassen. Wahrscheinlich arbeitet er schon ein Pamphlet aus. »IHR GELD IST BEI UNS IN GUTEN HÄNDEN! LETZTES JAHR HABEN WIR ÜBER 367 000 STUNDEN KOMÖDIEN, DRAMEN UND ANSPRUCHSVOLLE UNTERHALTUNG GESENDET UND ESMOND PENNEBAKER VOR EINEN LASTER GESTOSSEN. JOHN BIRTS NEUE BBC ARBEITET FÜR EIN BESSERES GROSSBRITANNIEN!«

»Wir werden dafür sorgen«, sagte Surinder letzte Woche, »dass du durch einen Asiaten ersetzt wirst!« Von Ironie war nicht viel zu spüren. Ich glaube, sie meinte das völlig ernst. Wenn ich sie als »Schoko« bezeichne, mache ich immer deutlich, dass ich das ironisch meine. Obwohl wir grundsätzlich auf der gleichen Seite stehen und sie nur einen Asiaten in die Serie einführen würde (es gibt bereits neun), wenn es für die Story absolut notwendig wäre, habe ich langsam den Verdacht, dass sie meine Gefühle als weißer Mann mittleren Alters nicht gebührend respektiert. Schließlich war ich derjenige, der in den siebziger Jahren zu Antirassismus-Demonstrationen in Westlondon ging!

Estelle ist dick. Aber das macht mir nichts aus. Ich will, dass sie dick ist. Je dicker sie ist, desto besser gefällt sie mir. Ich mache mir Sorgen, dass sie durch ihren Job abnehmen könnte. Ich mag keine dünnen Frauen. Wenn sie dünn wäre, könnte sie mir jemand ausspannen. Sie ist nichts Besonderes, aber sie ist wahrscheinlich das Beste, was ich kriegen kann.

20. Januar, 13 Uhr

Jakob in Oxford. Estelle bei der Arbeit. Ruairghy im Bett. Edwin in der Schule (nehme ich an).

Zurück aus dem Studio. Wir haben heute Vormittag drei Folgen *General Practice* aufgenommen. War es wirklich hochkarätige Radiounterhaltung? Ich bin mir nicht sicher, ob wir das Geräusch der künstlichen Gelenke richtig hinbekommen haben. Außerdem habe ich erfahren, dass »auf höchster Ebene« (heißt das John Birt? oder das finstere zentrale Strategiegremium? oder jemand noch Wichtigeres? der Premierminister vielleicht?) beschlossen wurde, dass Esmond Selbstmord begehen und nicht von einem Laster überfahren werden soll. Ruth Lever meinte gehässig, das würde erklären, warum er in den letzten drei Jahren so jämmerlich geklungen habe.

Alle sind sehr aufgeregt wegen der Woche der mentalen Gesundheit, die in der Woche meines angekündigten Todes stattfindet. Vielleicht glaubt man, mein Tod würde einige praktische Hinweise für diejenigen liefern, die beabsichtigen, Hand an sich zu legen.

Mir gefällt die Idee. Wenn ich schon sterben muss, dann wenigstens mit Stil. Esmond steht unter enormem Druck; sein Selbstmord würde drastisch veranschaulichen, was er für seine Frau und seine Kinder empfindet. Sein Tod wäre eine einzige Anklage gegen das britische Gesundheitssystem. Ich sprach mit Surinder über die Möglichkeit, dass Esmond einige gescheiterte Versuche unternimmt – »Hilferufe« aussendet, wenn man so will – bevor er es schafft, sich tatsächlich das Leben zu nehmen. Surinder reagierte zunächst zurückhaltend (anscheinend neigen dreiundvierzig Prozent der Hörer von *General Practice* zu Depressionen), erwärmte sich dann aber zunehmend für die Idee. Sie schlug vor, ich könne »mit Schlafmitteln anfangen« und mich dann »zu etwas Dramatischerem hocharbeiten, einem Sprung vor einen fahrenden Zug etwa«. Ich brachte ein paar eigene aufregende Ideen ein, zum Beispiel, dass ich noch ein paar Wochen weiterleben könnte, allerdings furchtbar entstellt. »Ich könnte in ein paar Szenen über mein früheres Leben philosophieren!«, meinte ich.

Von dieser Vorstellung schien Surinder nicht ganz so begeistert. Sie sagte, sie glaube nicht, dass man mich noch groß »rumschwafeln« lassen solle. Dabei haben ich und die anderen Darsteller in den letzten zwanzig Jahren nichts anderes getan. Nachdem sie meine Idee abgeschmettert hatte, zog sie von dannen, um einen Mann zu treffen, der sie, wie sie sagte, als Autorin für eine Folge der Krankenhausserie *Casualty* engagieren will.

Vielleicht sollte ich mit Ruairghy darüber sprechen. Da außer ihm niemand im Haus ist, musste die Wahl zwangsläufig auf ihn fallen.

13.30 Uhr

Er ist nicht im Bett!

Das ist sehr beunruhigend. Normalerweise steht er nie vor halb drei auf. Es sei denn, er versteckt sich im Bad und wartet, bis ich weg bin, um sich dann zurück unter die Bettdecke zu begeben und für den Rest des Tages dortzubleiben. Ich werde Jakob anrufen.

13.45 Uhr

Ich schreibe im Esszimmer. Habe eine Nachricht auf Jakobs Handy hinterlassen. Ich habe Ruairghy gefunden. Er machte sich gerade aus den besten Sachen im Kühlschrank ein improvisiertes Essen. Ich muss daran denken, die Meeresfrüchtehäppchen de luxe von Waitrose zu verstecken. Ich sagte: »Ich weiß nicht, ob ich den Kopf in den Gasherd stecken, eine Überdosis Schlaftabletten nehmen oder mir die Pulsadern in der Badewanne aufschlitzen soll – was meinst du?« Er wurde ganz blass und sagte: »Dad, bitte sag nicht solche Sachen. Ich weiß, dass das Leben manchmal schwierig ist. Ich bin in einer furchtbaren Klemme mit Laura und Lucy und wirklich deprimiert, aber ich würde so etwas nie tun. Im Grunde ist das Leben schön!«

Ich sagte, seine Besorgnis rühre mich sehr, erklärte ihm aber, dass ich nicht vorhabe, mich umzubringen. Es dauerte eine Weile, bis ich ihn davon überzeugt hatte (er war schon immer ein sehr sensibles Kind), aber schließlich begriff er, dass ich von Dr. Esmond Pennebaker redete. Anscheinend denkt er, es sei das Beste, wenn Esmond eine Kugel in den Kopf gejagt werde, »am liebsten von einem wütenden Budgetverwalter des Nationalen Gesundheitsdienstes«. Offenbar ist ihm Esmond nicht sonderlich sympathisch. Ich fragte ihn, ob er heute noch Vorlesungen habe. Er sagte, er müsse los und Gordon treffen, »wegen der Reise nach Chile«. Das Telefon klingelte, und ich wollte drangehen, aber Ruairghy ließ mich nicht, »denn es könnte Leopold sein«. Als ich aus der Küche ging, verleibte er sich ein großes Stück Räucherlachs ein.

Ich finde nicht, dass sein Bart ihm steht.

14.15 Uhr

Der Anrufbeantworter blinkt. Das muss der Anruf sein, den ich unten gehört habe. Wahrscheinlich Leopold. Es könnte aber auch für mich sein, nehme ich an. Aber das ist in letzter Zeit kaum der Fall.

14.30 Uhr

Es war Jakob ... Er hatte meine Nachricht abgehört. Er klang sehr beunruhigt. Ich glaube, ich habe wohl ungewollt den Eindruck erweckt, dass ich mich umbringen will. Er wirkte besorgt, was mich freute und rührte. Ich rief noch einmal auf seinem Handy an und landete bei einem gewissen Oliver, der sagte, er »hüte« das Handy für Jakob. Er klang glaubwürdig. Ich nehme an, er ist derjenige mit dem Mercedes, daher war ich äußerst höflich. Tatsächlich unterhielten wir uns sehr nett. Offenbar ist er Vorsitzender eines sogenannten »Whisky-Klubs«. Zuerst dachte ich, das sei eine Art Theatertruppe, aber laut Oliver ist es das ganz und gar nicht. »Wir sind nur ein paar Studenten, die zusammenkommen und Whisky trinken!«, erläuterte er. Das klingt nach einer angenehmen Methode, sich nach einem harten Tag in der Bibliothek zu entspannen. Allerdings war ich ein bisschen beunruhigt, als ich erfuhr, dass einige Mitglieder nach den Versammlungen ins Krankenhaus eingeliefert werden müssen. Ich sagte Oliver, er solle Jakob ausrichten, dass ich nicht Selbstmord begehen wolle, sondern dass man eventuell Dr. Pennebaker zwingen würde, eine Überdosis Schlafmittel zu nehmen. Oliver geriet darüber in helle Aufregung und fragte, ob Dr. Pennebaker ein politischer Häftling sei und wenn ja, ob er etwas unternehmen könne. Ich musste ihm erklären – etwas pikiert, das muss ich schon sagen –, dass Dr. Esmond Pennebaker der Star von *General Practice* ist. Das vorsichtige

Schweigen am anderen Apparat sagte mir, dass Oliver noch nie von der Serie gehört hatte.

Wie man sich da verhält, weiß ich nicht. Ich mag es nicht, wenn die Leute mich erkennen, aber ich mag es noch weniger, wenn sie noch nie etwas von mir gehört haben. Und aus einem mir unerfindlichen Grund sind die Leute, die mich kennen, immer die Leute, für die ich eine instinktive Abneigung empfinde. Das liegt nicht daran, dass sie schon von mir gehört haben. Im Gegenteil, weil sie mich kennen, versuche ich verzweifelt, sie interessant zu finden. (Ziemlich viele sind offenbar Frauen über fünfundsiebzig.) Einmal hörte ich geschlagene drei Stunden einem Mann namens Kevin zu, der mir von seinem Goldfisch erzählte – und das nur, weil er mich erkannt hatte. Am Ende fand ich, ehrlich gesagt, nur noch eins an ihm interessant: dass er sich an mich als Autolycus in Shakespeares *Wintermärchen* am West Yorkshire Playhouse erinnerte.

Vielleicht sollte ich die Leute, die mich attraktiv finden, einer genaueren Analyse unterziehen. Oder genauer gesagt, einen einfachen Fragebogen ausgeben, um herauszufinden, was für Leute das sind. Denn bis jetzt gibt es noch nicht so viele, dass sich daraus eine klar umrissene soziale Gruppe bilden ließe. Ich könnte den Fragebogen als Briefwurfsendung verteilen, wie es neuerdings Maler und Klempner machen. »GUTEN TAG, MEIN NAME IST PAUL SLIPPERY! HABEN SIE SCHON VON MIR GEHÖRT? FALLS SIE EINEN SCHAUSPIELER BRAUCHEN, ICH BIN GERADE IN DER GEGEND. ICH HABE FAST 30 JAHRE ERFAHRUNG, BIN 49 JAHRE ALT UND HABE MICH AUF DIE DARSTELLUNG SERIÖSER MÄNNER MITTLEREN ALTERS AUS DER MITTELSCHICHT SPEZIALISIERT. ICH BIN WEISS, HABE EINEN FÜHRERSCHEIN UND BIN SEIT VIELEN JAHREN UNFALLFREI.«

Ein Foto ist wahrscheinlich keine so gute Idee. Deswegen bin ich, wie Estelle mich immer wieder gern erinnert, zum Radio gegangen. »*Ich* liebe dich«, sagt sie manchmal und klingt dabei selbst leicht überrascht, »aber die meisten Leute mögen keine Männer, deren Haare am Hinterkopf abstehen.« Das Komische daran ist, dass sie es gar nicht mag, wenn meine Haare am Hinterkopf abstehen. Tatsächlich hat sie die letzten dreißig Jahre im Grunde mit dem Versuch verbracht, meine Haare glattzustreichen.

Ich versuchte, Oliver wegen Lucy/Laura auszuhorchen. Er wollte nicht darüber sprechen. Er sagte nur: »Davor war es echt total cool und jetzt ist es nicht mehr cool. Weil Ruairghy irgendwie nicht auf Lucy steht und Jakob aber auf Laura und Lauras Dad ein richtiger Psychopath ist, und das ist gar nicht gut. Ich würde ja gern helfen, aber ich ... sehe da echt keine Chance!«

Mir gefällt der Gedanke nicht, dass Ruairghy in die Tochter eines Psychopathen verliebt ist. Ich muss ihm deswegen auf den Zahn fühlen.

16.30 Uhr

Habe gerade Edwin von der Schule abgeholt. Das zählt wohl unter den neuen Verhältnissen zu meinen Aufgaben. Natürlich habe ich das auch schon vorher gemacht, aber da ich jetzt der Einzige bin, der zur Verfügung steht, hat das irgendwie eine neue Bedeutung. Nicht für Edwin, wie ich zugeben muss, er wusste den historischen Moment nicht zu würdigen. Er stand zusammen mit einem Jungen namens Scagg (überflüssig zu erwähnen, dass das nicht sein richtiger Name ist) vor der Schule. Sobald Scagg im Auto sitzt, gibt er nicht mehr als zwei oder drei Worte von sich. Ich weiß nur, dass sein Vater ein engagierter Fußpfleger ist. Er hat sogar Hochglanzmagazine über Füße abonniert, die er in seiner Freizeit liest. Laut Edwin achtet auch Scagg sehr auf seine Füße.

Heute sagte Scagg doch tatsächlich etwas. Er sagte, zu Edwin: »Kann er mich hier rauslassen?« »Gar kein Problem, Scagg«, sagte ich munter. Edwin warf mir einen feindseligen Blick zu. Anscheinend darf man Scagg nicht direkt ansprechen. Und schon gar nicht namentlich.

Im Vorbeifahren sah ich flüchtig durch das Schaufenster von Craftgirls, konnte Estelle aber nicht entdecken. Wahrscheinlich ist sie irgendwo hinten und rührt in großen Bottichen mit Salzteig, um noch mehr Männchen zu machen (die sich anscheinend »wie geschnitten Brot« verkaufen). Offenbar will sie nicht, dass ich das Innere des Ladens sehe. Versucht sie, mich aus ihrem neuen Leben herauszuhalten? Hat sie eine Affäre? Da dort nur Frauen arbeiten, müsste es wohl eine lesbische Beziehung sein. Ob sie mich wohl mitmachen lassen würde?

23. Januar, Mitternacht

Jakob in Oxford. Ruairghy bei Gordon. Estelle im Bett. Edwin schaut sich Trainspotting an.

Ruairghy erklärte gleich nach dem Aufstehen (gegen 15 Uhr), dass er zu Gordon müsse. Ich fragte ihn mit einer Spur Ironie, ob er eine Reise nach Mosambik plane oder vielleicht zu den Inseln unter dem Winde, aber er meinte ziemlich schnippisch: »Ich muss zu Gordon, weil Laura vielleicht dort ist. Wir wissen nicht, wo sie ist, und machen uns ziemliche Sorgen.« Ich fragte ihn, wer »wir« sei, und er antwortete: »Sie will schon ewig, dass ich mich mit Mr. Proek ausspreche!« Ich überlegte gerade, ob »Mr. Proek« ein besonders abstoßender Spitzname war, den das Mädchen für Ruairghys Genitalien ersonnen hatte, als mein Sohn es mir kurz und verächtlich erklärte. »Mr. Proek«, sagte er in einem Ton, wie wenn er zu einem Idioten sprechen würde, »ist Lauras Vater!«

Der Psychopath!

In der Hoffnung, das Gespräch irgendwie auf sein Diplom zu lenken, fragte ich ihn, was er von Iwan Iljitsch halte. Offenbar hat er noch nie von ihm gehört.

Aber ich habe andere Sorgen! Estelle kam heute erst um zehn nach Hause! Da ist was im Busch!

Ich hatte einen sehr harten Tag im Studio. Musste mich mit Esmonds Nervenzusammenbruch herumplagen. Alle sind froh, dass die Idee mit dem Lastwagen vom Tisch ist. Es ist wohl sehr schwer, das Geräusch hinzubekommen, wie ein menschlicher Körper gegen einen Lastwagen knallt. Außerdem fürchtete man, dass der Verband der Spediteure protestieren könnte, die anscheinend stets besorgt um ihr Image sind. Daher lege ich mir vor meiner Midlifecrisis noch ein Alkoholproblem zu, gefolgt von dem Versuch, mich zu ertränken, bis wir dann, wie Surinder es formuliert, »aufs Ganze gehen«, das heißt, dass ich mir eine Plastiktüte über den Kopf ziehe und mir die Kehle durchschneide. Unser Abteilungsleiter hat gesagt, dass der Folge eine »Gesundheitswarnung vorangestellt« werden müsse und wir »Selbstmord nicht als attraktiven Ausweg« darstellen dürften. Er hat außerdem eine kurze Erklärung am Ende der Sendung vorgeschlagen, bei der es kurz gesagt darum geht, dass es gefährlich ist, sich die Kehle durchzuschneiden.

Eine Midlifecrisis! Die kommenden Monate werden eine große Herausforderung. Surinder hat mir eine Broschüre mit dem Titel *Wie man Alkoholismus erkennt* gegeben. Vorne drauf ist das Bild eines Mannes, der genauso aussieht wie ich. Eins der ersten Symptome ist wohl, dass man meint, man sei gar kein Alkoholiker. Nicht gerade beruhigend.

Heute nahm ich eine schwierige Szene auf, in der sich Esmond mit den Managementberatern anlegt, die seine Praxis modernisieren sollen und seine »Entscheidungsfähigkeit« auf einer Skala von eins bis zehn bewerten. Er bekommt drei Punkte. Ich gehe von der Praxis schnurstracks in den Pub und bestelle einen dreifachen Scotch. Ich sagte dem Regisseur, echter

Whisky würde mir helfen, mich in die Rolle hineinzufinden. Er sagte, ich solle keine dummen Witze machen. Dann erzählte er noch, er versuche Surinder davon zu überzeugen, dass Ronnie Pilfrey, der nette Ronnie Pilfrey, unser aufgeblasener Juniorpartner, bei meiner Beerdigung eine Rede halte. Als ich sagte, der einzige Trost an meinem Tod sei, dass ich diese Rede nicht mit anhören müsse, verkündete Surinder: »Guter Text. Damit könnte Ronnie anfangen.« Dann unterhielten sie sich darüber, dass die Trauerfeier für Esmond Pennebaker »richtig viele Witze« enthalten sollte. Ihrer Meinung nach soll wohl selbst die Beerdigung eine fröhliche Angelegenheit werden. Mich hat das sehr deprimiert.

Daher war ich nicht gerade erfreut, als ich heimkam und feststellte, dass Estelle sich nicht gemeldet hatte. Erst um acht wurde mir klar, dass ich dann für das Abendessen sorgen musste. Ich machte eine Dose Thunfisch auf, gab eine Dose weiße Bohnen dazu und hackte, wie ich es manchmal bei Estelle gesehen hatte, eine rote Zwiebel und eine halbe grüne Chili klein, die ich dann zusammen mit Zitronensaft und Olivenöl unter die Bohnen mischte. Als ich fertig war, hatte ich mich fast wieder beruhigt. Ich rief Edwin – der seit sechs den G-Dur-Akkord auf seiner Gitarre übte – aber er sagte, er hätte »schon gegessen«. Ich sagte, ich hätte gern, dass er mir Bescheid sagt, bevor er etwas isst. »Warum?«, fragte er. »Hast du Angst, dass ich ersticken könnte?«

Ich ging in der Küche auf und ab und sagte doch glatt: »Ich habe uns ein schönes Essen gemacht! Ich habe eine halbe Stunde lang für uns gekocht! Du hättest mir ruhig sagen können, dass du schon gegessen hast!« Damit sich meine Stimme nicht zu einer schrillen Höhe hochschraubte, die man im Allgemeinen mit hysterischen alten Schwuchteln assoziiert, verlieh ich ihr einen ernsten Basston, der Edwin stark zu beeindrucken schien. Ich hielt eine Gabel mit aufgespießten Bohnen hoch, um darauf hinzuweisen, wie viel Zeit mich die Zubereitung gekostet hatte. »Ich hätte meinen Text lernen können!«, sagte ich. Ich schluckte und kaute demonstrativ, um zu zeigen, wie köstlich und nahrhaft der Salat war. Dann ermittelte ich im Kreuzverhör, was er gegessen hatte. Schließlich rückte er damit heraus: »Ein bisschen Mais.« »Das ist kein richtiges Essen!«, schrie ich. »Du kannst nicht einfach ... Mais essen!« Er sagte, genau das habe er getan. Er entschuldigte sich dafür. Er habe sich nicht zurückhalten können. Er habe die Dose gesehen und sich einfach »darüber hergemacht«. Das Thema Mais beschäftigte ihn noch eine Weile. »Mais ist so lecker«, sagte er. »Er ist so knackig und lecker und frisch und knusprig und einfach lecker!« Er war sehr eloquent. Ich denke, auch er hat ein gewisses schauspielerisches Talent.

Ich sagte, das würde ich mir merken. Warum noch kochen? Warum hockten wir uns nicht einfach irgendwo auf den Boden, stopften uns ein Stück Brot in den Mund und genossen »so einen richtig schönen Fraß«, wie Jakob es nannte. An der Stelle wurde ich wirklich laut. Ich glaube, ich sprach auch über den anstehenden Tod von Dr. Esmond Pennebaker.

Schließlich beruhigten wir uns wieder. Oder besser gesagt, ich beruhigte mich. Edwin war die ganze Zeit ziemlich ruhig. Er sagte: »Eigentlich habe ich richtig Hunger. Es war ja nur eine Dose Mais. Und der Salat sieht echt gut aus.« Leider hatte ich mittlerweile alles aufgegessen. Auch jetzt blieb er ganz ruhig, ich dagegen regte mich wieder auf.

Da hörte ich das Schlagen der Haustür. Estelle kam nach Hause. Edwin verschwand mit einer Plötzlichkeit, die mich an meinen eigenen Abgang (als Ariel) im fünften Akt in der ersten Szene von Lionel Freebodys Inszenierung von *Der Sturm* 1973 erinnerte, an der nur Männer beteiligt waren. Und dann, mit einer gewissen Dramatik, ähnlich wie bei meinem Auftritt (als Gloucester) im ersten Akt in der ersten Szene in *Richard III.* in einer ebenfalls nur mit Männern besetzten Inszenierung desselben Regisseurs, kam Estelle Thwaites die Stufen herunter und trat ins Zimmer. Sie trug drei große Plastiktüten. Aus einer spähte ein Teigmännchen heraus. Sie sagte nur (aber sie sagte es, bevor ich den Mund aufmachen konnte): »Ich nehme nicht an, dass du Wein besorgt hast.«

Ich sagte leichthin, sehr gelassen: »Wir haben noch Roten.« Oberflächlich betrachtet, wirkte das wie eine harmlose Bemerkung. Aber wenn man seit fast fünfundzwanzig Jahren verheiratet ist, gibt es so etwas wie eine harmlose Bemerkung nicht. Zufällig mag Estelle keinen Rotwein. Sie ließ die Taschen fallen und sagte: »Oh. Na, dann ist ja für dich gesorgt.«

Diese Bemerkung galt einem unsichtbaren Schlichter. Der natürlich klug und gerecht ist und mit an Sicherheit grenzender Wahrscheinlichkeit auf ihrer Seite steht. Daraufhin ging ich dummerweise zum Gegenangriff über. Doch mein Gegenangriff kam zu spät. Außerdem war er schlecht ausgeführt. Und es fehlte ihm an Selbstvertrauen. »Du kommst spät«, sagte ich, als ob ich eine bloße Tatsache feststellen würde. Sie blickte mich unter ihrem Pony kurz und scharf an und sagte, wobei sich ihr nördlicher Akzent stärker als sonst bemerkbar machte: »Ich verstehe nicht, was das damit zu tun hat.« Dann warf sie wie ein scheuendes Pferd den Kopf zurück, senkte die breiten Schultern und steuerte ohne Rücksicht auf Verluste auf die Tür zu. »Nicht mit mir«, sagte sie. »Ich gehe! Das muss ich mir nicht anhören, nachdem ich den ganzen Tag *Salzteigmännchen* gemacht habe!«

Ich glaubte einfach nicht, dass sie bis zehn Uhr abends nichts als Salzteigmännchen gemacht hatte. Es sei denn, in Serafinas Unternehmen herrschen Arbeitsbedingungen wie in einer viktorianischen Streichholzfabrik. Sie war eindeutig etwas trinken gewesen. »Teigmännchen machen«, sagte ich, »ist natürlich sehr wichtig. Ich möchte das nicht schlechtmachen. Ich stehe voll und ganz hinter dir und deiner Teigmännchenfabrikation!« »Und warum spottest du dann darüber?«, fragte sie. »Ich spotte nicht«, erwiderte ich. »Ich sagte nur, *ich stehe voll und ganz hinter dir und deiner Teigmännchenfabrikation!«* »Du tust es schon wieder!«, sagte sie. »Du solltest dich nur hören! Du klingst total höhnisch!«

Ich hatte den Großteil des Tages Zeilen gesagt wie »Ich fürchte, die Zahl Ihrer roten Blutkörperchen gibt Anlass zur Besorgnis« oder »Ich habe nach dem Leukozytenwert gefragt, Lola, nicht nach dem Überweisungsformular!« Und einige dieser Sätze wurden sehr genau unter die Lupe genommen und grausam zerpflückt. Dass mir nun in meiner eigenen Küche vorgeworfen wurde, ich sei nicht überzeugend, war zu viel. Um Ruhe bemüht, ging ich zum CD-Spieler und legte ein Streichquartett von Beethoven ein. Dabei sagte ich: »Du hattest einen harten Tag. Ich hatte einen harten Tag. Versuchen wir doch, wie vernünftige Menschen miteinander zu reden, ja?«

Als ich mich umwandte, war Estelle zu meiner Überraschung nicht mehr da.

Ich schenkte mir ein Glas australischen Merlot ein, setzte mich in einen Sessel und versuchte, die Musik zu genießen. Es war nicht so schwer, wie ich es mir eben im Streit mit Estelle noch vorgestellt hatte. Wenn man mit Estelle streitet, kann man sich oft nur schwer vorstellen, dass es ein Leben vor diesem Streit gab oder danach noch eines geben wird. *Falls* es ein Leben danach gibt. Es ist ein bisschen so, wie wenn man von einem Krokodil gefressen wird. Da saß ich nun und staunte, wie Beethoven es geschafft hatte, mit nur vier Instrumenten eine derartige Klangfülle zu erzeugen. »Man könnte meinen«, sagte ich laut in den leeren Raum, »dass ein komplettes Orchester spielt!« Ich ging zum CD-Player und musste feststellen, dass ich mir Schuberts fünfte Symphonie angehört hatte.

Ich war immer stolz auf meine Musikalität, und diese Entdeckung erschütterte mich sehr.

In tiefer Demut ging ich nach oben. Estelle saß in einem Sessel in der Ecke und sah sich *Emergency Room* auf Video an. Sie blickte kurz zu mir auf. Ich setzte mich ans andere Ende der

Couch und sah zu, wie ziemlich stümperhaft ein Luftröhrenschnitt durchgeführt wurde. Aber ich habe mittlerweile gelernt, nicht auf die medizinischen Unzulänglichkeiten der Serie hinzuweisen. »Du hältst dich wohl für einen verdammten Arzt!«, sagte Edwin einmal zu mir, als ich ganz ruhig und sanft darauf hingewiesen hatte, dass die empfohlene Menge für Carisoprodol bei 350 Milligramm am Tag liegt (oral). Ebenso ruhig und sanft sagte ich nun zu Estelle: »Hör zu. Ich weiß, dass ich gerade eine schwierige Phase durchmache und es nicht einfach für mich ist, und ich akzeptiere, dass ich vielleicht nicht so umgänglich bin wie früher. Ich habe irgendwie den Überblick verloren. Ich werde bald fünfzig. Das ist ein Wendepunkt ... Ich möchte klarstellen, dass ich deine Arbeit bei ...« Hier zögerte ich kurz, weil ich mir auf einmal nicht mehr sicher war, ob Serafinas Laden wirklich Craftgirls hieß, »... in dem Laden sehr ernst nehme und ...«

Ich stand auf und sah sie an. Endlich hörte sie mir zu. »Ich will damit nur sagen«, verkündete ich und wedelte mit ausgestreckten Händen in der Luft herum, »ich möchte damit nur sagen, dass wir beide Stress haben und du aus verschiedenen Gründen einer besonderen Belastung ausgesetzt bist, schließlich gehen die Kinder bald aus dem Haus und natürlich machst du auch zahlreiche biologische Veränderungen durch, bei denen sich dein ganzer Hormonhaushalt umstellt, es bilden sich ganz andere Hormone und der Eisprung bleibt aus und so weiter und das wirkt sich natürlich auf deine Persönlichkeit aus. Aber ich will dir sagen, dass ich dich so gut wie möglich dabei unterstütze, mit diesen Veränderungen fertigzuwerden!«

Ich wandte mich um, voller Stolz, dass ich bei meiner ziemlich langen Ansprache kein einziges Mal das Wort »Menopause« gebraucht hatte. Aber Estelle war nicht mehr da. Ich ging ins Schlafzimmer, bereit, unser Gespräch fortzusetzen. Soweit ich erkennen konnte, schlief sie. Zumindest war das Licht aus, und auf ihrer Bettseite lag ein dunkler Klumpen, der laut schnarchte. Das Schnarchen ist immer noch zu hören, ich denke, es ist echt. Aber es gab in den letzten fünfundzwanzig Jahren durchaus Momente, in denen wir uns beide schlafend stellten. Vielleicht ist das gar nicht Estelle. Vielleicht ist ihre Freundin Rosie hier aus der Straße für sie eingesprungen. Vielleicht ist sie ab über die Mauer und zu einem Nachtklub in Balham gefahren. Ich bin mir bei nichts mehr sicher. Ich sitze an meinem Schreibtisch und starre auf die regennasse Straße.

Gegenüber sehe ich, wie Porker in seinem Frotteebademantel durchs Wohnzimmer schwankt. Er wirkt betrunken. Oben im Schlafzimmer zieht Mrs. Porker die Vorhänge zu. Schon bald wird Porker die Stehlampe ausmachen und nach oben gehen. Ein paar Minuten später wird es im Schlafzimmer dunkel werden.

Und dann? Haben Mr. und Mrs. Porker Sex? Oder wird Mrs. Porker wie Estelle laut schnarchen? Nebenan zeigen die Wicketts keinerlei Lebenszeichen. Das überrascht mich nicht. Sie sind seit fünfunddreißig Jahren verheiratet. Wickett ist noch schlimmer dran als ich. Er ist nicht einmal mehr im mittleren Alter. Laut seiner Frau hat er seine Hypothek abbezahlt. Er ist bereits in Rente – ohne dass er sich vor 750 000 Hörern die Halsschlagader durchschneiden musste. Mit einem Mal fühle ich ein starkes Band der Liebe zwischen mir, Wickett und Porker – der jetzt gerade unsicher die Treppe hochwankt. Furchtlos blicken wir auf die uns noch verbleibenden zwanzig Jahre. Wir sind wie Kinder, die sich im Wald verirrt haben, zurückgelassen in unseren Häusern mit Frauen, die uns nicht mehr verstehen, die in einer Art und Weise schreien und putzen und schnarchen, die wir schon lange nicht mehr verstehen.

Und die, wenn man der Statistik glauben darf, mit aller Wahrscheinlichkeit nach länger leben werden als wir.

Ich schließe dieses Tagebuch heute mit düsteren Gedanken. Wo war Estelle heute Abend? Warum wollte sie es mir nicht sagen? Hat sie wirklich Salzteigmännchen gemacht? Was wird das neue Jahr mir bringen, was ihr, was Ruairghy und Jakob und Edwin? Wer ist Lucy? Und wer ist Laura? Warum ist ihr Vater ein Psychopath? Warum wird er Proek genannt? Wo ist eigentlich Edwin? Ist er überhaupt im Bett? Kann man es mir zumuten, die Treppe hinunterzugehen und in seinem Zimmer nachzusehen? Aber bei Ruairghy würde ich es doch machen? Und sind das nicht genug rhetorische Fragen für einen Abend?

Ja.

26. Januar, 10 Uhr, sonnig

Edwin in der Schule. Estelle bei der Arbeit (hoffe ich). Jakob in Oxford. Ruairghy mit Gordon im Bett.

Ich glaube nicht, dass Ruairghy und Gordon Sex haben. Heute Nacht um vier diskutierten sie immer noch über ihre Reisepläne (nach Malawi). Dabei haben sie eine Flasche Wodka geleert. Als ich nach unten ging und ihnen sagte, sie sollten leise sein, war aus ihrem ursprünglichen Reiseziel die Türkische Republik Nordzypern geworden.

Ich habe nicht viel Zeit zum Schreiben, weil ich mich auf eine dringende Besprechung vorbereiten muss, die Colin Cross, der Leiter der Abteilung Fortsetzungshörspiele, angesetzt hat. Wird dabei mein Tod besprochen? Estelle ist ohne ein Wort aus dem Haus. Das lag natürlich auch daran, dass ich mich schlafend stellte, trotzdem fand ich es beunruhigend. Sie hat die Haustür in einer ausgesprochen feindseligen Art zugemacht, vielleicht wollte sie damit signalisieren, dass sie ihrer Meinung nach nicht an der Reihe ist, Edwin zur Schule zu fahren.

Ich muss über unser Sexualleben berichten. Aber vielleicht nicht jetzt gleich. Es ist schwierig, nicht geschmacklos zu klingen. (Warum?) Jetzt muss ich zur Besprechung. Vielleicht erhalte ich einen Hinweis darauf, wer mich tot sehen will.

12.45 Uhr

Ich schreibe in der Kantine. Einer der wenigen Bereiche im Sender, die John Birt nicht umgestaltet hat. Sonst soll überall der Eindruck erweckt werden, die BBC sei ein privatwirtschaftliches Unternehmen – forsche Farben anstelle der schäbigen Gemütlichkeit, die man in einer mit öffentlichen Mitteln finanzierten Einrichtung erwartet. Derzeit sagt man noch »Kantine« – wie schon 1971, als ich mein Debüt als Esmond Pennebaker gab. Surinder meint, dass die Kantine schon bald einen Namen bekommt, die man normalerweise mit Fast-Food-Franchiseunternehmen verbindet. »Wenn sie die Kantine Uncle John's nennen«, sagte sie zu mir, »meinen die Leute, dass hier irgendjemand etwas damit verdient.« Ich antwortete, wenn man den Fleischanteil in der Moussaka betrachtet, müsse man allerdings annehmen, dass irgendjemand etwas verdient, doch das löste bei ihr nur wieder eine stundenlange Tirade über die Finanzierung öffentlicher Einrichtungen aus, wovon ich kein Wort verstand. Offenbar kostet es dreihundert Pfund, ein Buch aus der Bücherei auszuleihen, und siebenhundertfünfzig Pfund, wenn ich auf die Toilette gehe. Ich sagte ihr, das sei doch spottbillig.

Colin Cross, ein kleiner, wieselartiger Mann mit Bart, der Abteilungsleiter wurde, nachdem vierzehn andere Kandidaten den Job abgelehnt hatten, begann die Besprechung mit der Ankündigung, es stehe eine Zeit »massiver Umstrukturierungen« an. Ich ging davon aus, dass er den anstehenden Tod von Dr. Esmond Pennebaker meinte, aber so war es nicht.

Anscheinend wird die Abteilung Fortsetzungshörspiele (Inland) mit der Abteilung Einzelhörspiele und Dokumentationen (Ausland) zur neuen Abteilung Rundfunkdokumentationen und Hörspiele (einzeln und in Fortsetzungen) In- und Ausland fusioniert, geführt von einem neuen Abteilungsleiter. Das wird, soweit ich das verstanden habe, Cross sein. Er bekommt eine neue Assistentin namens Sylvia, die bisher die Abteilung Einzelhörspiele und Dokumentationen (Ausland) geleitet hat. Eine kleine dicke Frau, die verkündete, ihre neue Position verstehe sie als eine »interessante Herausforderung« – was im Sprachgebrauch der BBC heißt, dass sie am liebsten alles hinschmeißen würde, weil sie nicht die Position von Cross bekommen hat, und dass sie kündigt, sobald sie einen anderen Job gefunden hat. »Es sind noch weitere Veränderungen in der Pipeline«, sagte Cross (der das Wort »Pipeline« im Laufe des Vormittags mindestens achtmal gebrauchte), »aber ich kann mit Ihnen derzeit nicht darüber sprechen, weil ich auch noch nichts Genaueres weiß. Sobald wir mehr wissen, werde ich ein Memo verfassen, in dem sich alle Details befinden. Vorausgesetzt natürlich, dass ich nach den Umstrukturierungen noch diese Position innehabe!«

Er lachte ein bisschen über seinen eigenen Scherz, aber Surinder hat mir gesagt, er sei überzeugt, dass er nach Schottland geschickt wird – obwohl er ausdrücklich darum gebeten hat, überall, nur nicht dorthin versetzt zu werden. Dass er an der Biografie von John Birt schreibt, wird ihn nicht retten. Dann sagte uns Cross, er habe Ashley Ramp (einen Buckligen mit fahlem Gesicht und Cordanzug) beauftragt, »die Umstrukturierung zu koordinieren«.

Das lässt, aus Gründen, die ich hier nicht näher ausführen kann, nichts Gutes ahnen.

Mich interessierte eigentlich nur, wie sich das alles auf die (nur noch knapp bemessene) Zukunft von Dr. Esmond Pennebaker auswirken würde. Daher fragte ich nach etwa einer halben Stunde unseren Produzenten Karl: »Darf ich erfahren, ob sich die Umstrukturierung auf die Pläne für meinen Tod auswirken wird?« Allgemeines Gelächter. »Zur Zeit«, fuhr ich fort, »wollen mich die Programmmacher umbringen. Aber wenn sie ausgewechselt werden – heißt das eventuell, dass ich dem Tod noch einmal von der Schippe springe?« Mehr Gelächter. »Ich würde für eine chronische Krankheit plädieren!«, fügte ich hinzu und heimste dafür fast eine Runde Applaus ein.

Karl schob seinen Stuhl zurück und musterte eindringlich den Tisch vor sich. Karl ist Ende dreißig, benimmt sich aber, als sei er älter als ich. Er wird mit vielen erfolgreichen Radiosendungen in Verbindung gebracht, allerdings waren seine jüngsten Produktionen allesamt Flops. Nachdem er uns vermittelt hatte, dass er sich von dem Möbel nicht für dumm verkaufen lassen würde, hob er den Kopf und ließ der Wand gegenüber eine ähnlich kompromisslose Behandlung angedeihen. Nach mimischer Schwerstarbeit, die verdeutlichen sollte, dass seine Gedanken ins Sprachzentrum vordrangen, sagte er: »Tja, Paul – das ist für uns alle eine Zeit der Veränderungen. Im Moment können wir nur sagen, dass nach wie vor Ihr Selbstmord geplant ist. Aber das kann sich ändern. Wir erleben eine Zeit des Wandels. Manche, die der Ansicht sind, dass Sie sterben sollen, sind nach der Umstrukturierung vielleicht nicht mehr auf ihrem Posten.« »Hoffentlich!«, sagte ich.

In dem Moment trat Ashley Ramp persönlich ein. Er trug eine riesige Aktentasche. Er sagte: »Es tut mir wirklich leid, Colin. Die wollten mich nach Schottland versetzen!« Cross schien das zu amüsieren. Danach sagte Ashley Ramp, die ganze Abteilung würde an einen Ort namens »das Gebäude« verlegt. Allgemeines Gemurmel erhob sich, ähnlich wie wenn sich bei Shakespeare eine wütende Menge zusammenrottet. Ashley Ramp schien den Aufruhr, den er verursacht hatte, zu genießen. Ich muss jetzt aufhören, Karl und Surinder sind unterwegs zu meinem Tisch. Ich frage mich nicht zum ersten Mal, ob die beiden eine Affäre haben. Ich habe sie schon oft in dunklen Ecken miteinander tuscheln sehen, wenn sie sich unbeobachtet fühlten. Außerdem frage ich mich, und auch das nicht zum ersten Mal, warum ich herumprahle, ich sei ein glücklich verheirateter Mann, anstatt mich lustvoll ins Getümmel zu stürzen und mich an der allgemeinen Orgie zu beteiligen, die bei der BBC anscheinend im Gange ist.

Ich werde Estelle anrufen. Nein, lieber nicht. Warum auch? Sie führt eindeutig etwas im Schilde. Und ich habe nur noch ein paar Monate zu leben – warum sollte ich diese Zeit nicht genießen?

13.45 Uhr

Immer noch in der Kantine. Hab Estelle angerufen. Wurde mit einem Krematorium in Raynes Park verbunden. Muss mir unbedingt ihre richtige Nummer besorgen.

15 Uhr

Ich schreibe im Vorzimmer von Karls Büro. Die Sekretärin schaut immer wieder zu mir herüber, als ob ich geistesgestört wäre. Mir ist aufgefallen, dass die Leute nervös werden, wenn man sich in der Öffentlichkeit Dinge notiert. Das werde ich von jetzt an häufiger tun. Ich warte auf eine Gelegenheit, mit Karl über meine Zukunft zu reden. Ich habe Gustave angerufen und gefragt, ob etwas in der Pipeline wäre – ein Wort, das ich früher nie benutzt habe. Übrigens hat Cross die Wendung »von Angesicht zu Angesicht« fünfmal und das Wort »Zielvorgabe« siebzehnmal benutzt. Ich sagte zu Surinder im Aufzug, meine Zielvorgabe sei es, Colin Cross von Angesicht zu Angesicht gegenüberzutreten und ihm eine Pipeline über den Schädel zu ziehen. Sie lachte. Ich glaube, ich habe Chancen bei ihr.

Gustave sagte, es bestünde die Aussicht, ein paar Kommentare in einer Sendung über Flöhe zu sprechen. Ich erklärte, ich sei sehr interessiert. Er sagte: »Sie suchen eine Stimme, die Flöhe menschlicher wirken lässt. Anscheinend sind Flöhe mehr als nur furchtbare kleine Biester, die Blut saugen!« »Anders als Agenten, meinst du?«, sagte ich, aber er schien mich nicht zu hören.

Da kommt Karl mit dieser verschlagenen Miene, die mir schon oft bei Walisern aufgefallen ist.

16.45 Uhr

Bin in Surinders Büro und warte auf unsere regelmäßige Dienstagsbesprechung. Natürlich ist sie noch nicht da. Surinder gehört zu den Frauen, die immer zu spät kommen. Sie versucht dann, einen zu entwaffnen, indem sie darüber lacht. Ich bin mir nicht sicher, ob mir das gefällt.

Gott weiß, was sie mit mir besprechen will. Wahrscheinlich hat sie eine neue Idee, meinem Leben vorzeitig ein Ende zu setzen. Vielleicht soll ich bei lebendigem Leib verbrennen. Oder vielleicht, so unglaublich das klingen mag, hat Karl eine Idee gehabt – obwohl er eigentlich immer nur Anerkennung für die Arbeit anderer einheimst und es daher wahrscheinlich gar nicht merken würde, wenn er selbst eine Idee hätte. Ich werde aus Karl nicht schlau. Was hat er vor? Ist er derjenige, der mich loswerden will, obwohl er das Gegenteil behauptet?

Als ich in seinem Büro war, arrangierte er gerade die (geklauten) Preise und Auszeichnungen auf seinem Schreibtisch neu. Nach etwa zwei Minuten sagte er: »Ich will nicht nach Schottland. Colin will nicht nach Schottland. Aber wir müssen vielleicht beide nach Schottland.« Ich schwieg. »Wir wollen nicht, aber es ist schwierig. Peter Skopolos wird die Programmplanung übernehmen, und Marie Duveen ist sehr gut angesehen. Sie wird nach Muswell Hill gehen und alles für Lucy Duhuig arrangieren!« Ich schwieg weiter. »Ich wäre gern nach Wales gegangen«, fuhr er fort, »aber das ist unmöglich, solange Pike da ist. Der Mann ist trotz seiner nachweislichen Unfähigkeit befördert worden.« »Ich bin überzeugt«, sagte ich, ohne eine Miene zu verziehen, »dass Ihnen das nie passieren kann, Karl.« Einen Moment lang dachte ich, er würde in Tränen ausbrechen. Dann warf er mir einen schnellen, scharfen Blick zu, als ob er überlegen würde, ob er Schottisch sprechen oder besser gleich jodeln sollte. »Womöglich muss ich zu Radio Aberdeen!«, setzte er nach. Ich machte ein angemessen mitfühlendes Gesicht.

Dann sah er sich verstohlen um, als ob unser Gespräch abgehört würde. »Ich bin nicht derjenige, der Sie tot sehen will«, flüsterte er. »Ich kann Ihnen nicht sagen, wer es ist, aber es kommt von ganz oben. Ein ganz hohes Tier hat es auf Sie abgesehen.«

Er tippte sich an die Nase. »Wenn ich nach Schottland muss, dann fürchte ich, dass Sie auf jeden Fall sterben werden. Mehr kann ich im Moment nicht sagen.«

Ich muss eindeutig verhindern, dass Karl nach Aberdeen versetzt wird – obwohl er dort wahrscheinlich bestens aufgehoben wäre. Aber wer aus der Führungsetage kann mich nicht leiden? Ich glaube nicht, dass es John Birt ist. Vielleicht Colin Cross? Oder Ashley Ramp?

Ramp und ich kennen uns schon lange. Dazu später mehr. Ich sollte besser herausfinden, was hier läuft.

Surinder hat mich eindeutig versetzt. Schade. Ich hatte mich richtig gefreut, sie zu sehen. Ich glaube, sie ist mir im Lauf unserer Zusammenarbeit mehr ans Herz gewachsen, als mir bisher klar war. Sie hat etwas sehr Attraktives an sich, wenn sie …

17.45 Uhr

Auf dem Parkplatz.

Mein Tagebuch ist ein altes Schulheft von Jakob. Und das Ende des letzten Eintrags stand ganz unten auf der Seite. Beim Schreiben hörte ich plötzlich Schritte hinter mir. Wie ein Kind, das bei etwas Verbotenem erwischt wird, legte ich die Hand über den letzten Absatz. Zumindest über einen Großteil des Absatzes. Man konnte nur noch erkennen: »mehr ans Herz gewachsen, als mir bisher klar war. Sie hat etwas sehr Attraktives an sich, wenn sie …« Als ich es merkte und versuchte, die Zeilen mit meinem Kopf zu verdecken, sagte Surinder schon: »Wer ist attraktiv, Paul?« Sie hat eine silberhelle Stimme und ein Lachen, das ähnlich klingt, wie wenn man mit einem Reagenzglas über ein Glockenspiel fährt.

Ich schlug das Heft zu und sagte: »Lies bitte nicht ohne meine Erlaubnis meine Aufzeichnungen!« Surinder legte den Kopf schräg und schüttelte die langen schwarzen Haare. Sie hat, wie ich feststellen musste, fantastische Zähne. Dann ging sie, immer noch ihre Mähne schüttelnd, quer durchs Büro und setzte sich auf einen Schreibtisch. »Ich wusste ja gar nicht, dass du ein Schriftsteller bist!«, sagte sie. »Bin ich auch nicht«, sagte ich. »Das ist ein ... äh ... ein Memo! ... Über ... äh ... die aktuellen Verhältnisse hier!« »Verhältnisse gibt es viele bei der BBC!«, sagte Surinder und warf mir einen kurzen, wissenden Blick zu. »Und die schreiben die Leute alle in ihre Tagebücher!«

Nach einer Weile sagte ich: »Worüber wolltest du mit mir sprechen?« Sie schien mit sich zu ringen, ob sie es mir sagen sollte. Ich konnte die Augen nicht von ihren Beinen lassen. Sie trug einen kurzen Lederrock – ein Kleidungsstück, das auf dem schmalen Grat zwischen Erotik und Lächerlichkeit wandelt. Doch ihre Beine erweckten den Eindruck, als ob sie ein Eigenleben führten, völlig unabhängig von Rock und Strümpfen. Sie setzte sich ohne das übliche Hüftgewackel, das etwa Gemma Beesley, die Sekretärin der Programmabteilung, an den Tag legt, wenn sie erfolglos versucht, in ihrem Minirock auf Karls Schreibtischkante zu balancieren.

»Jedenfalls bist du ein glücklich verheirateter Mann!«, sagte sie. Ich sah schuldbewusst auf. Erst jetzt merkte ich, dass ich mich zur Seite geneigt und den Hals weit nach links gereckt hatte, wie jemand, der einen Golfball ins Loch putten will. Die Art von Interesse, die ich da (unbewusst) zeigte, ist eigentlich nur bei einem Gynäkologen angebracht. Ich glaube, ich wurde rot. »Ja, das bin ich«, sagte ich. Surinder lächelte. »Gut«, sagte sie. »Ich mag glücklich verheiratete Männer. Lass uns doch mal etwas trinken gehen!«

21.30 Uhr

Abendessen mit Estelle und Edwin. Ruairghy kam nach etwa der Hälfte des Essens dazu und verschlang eine Packung Krabben, während er den Tisch umkreiste. Ich verzehre mich vor lüsternen Gedanken an Surinder. Kann an nichts anderes denken.

2. Februar, 10.30 Uhr

Estelle bei der Arbeit (höchstwahrscheinlich). Jakob »in Leeds« (vermutlich). Ruairghy mit Gordon und Leopold im Bett. Edwin in der Schule.

Ich glaube nicht, dass Ruairghy, Gordon und Leopold Sex haben. Als ich vorhin ins Zimmer spähte, schlief Gordon auf einem Stapel Kissen und Leopold hatte es sich unter Rurighys Schreibtisch gemütlich gemacht.

Anscheinend will Leopold mit den beiden nach Malawi, aber sie wollen ihn nicht dabeihaben.

Als ich heute Morgen Jakob auf seinem Handy anrief, ging wieder Oliver dran. Er sagte mir, Jakob sei »mit Laura nach Leeds«. Wieder diese mysteriöse Laura! Ich fragte Oliver nach dem Grund, und er sagte, es habe etwas mit einem Cashflow-Problem zu tun. Ich war nicht über die Maßen beunruhigt. Seit Jakob in der Grundschule unsere gebrauchten Milchflaschen an einen Jungen aus der Klasse unter sich verkaufte, hat er seine Finanzen ziemlich gut im Griff. Oliver sagte auch etwas von »weißer Ware«. Ich hoffe, das hat nichts mit Drogen zu tun.

Ich habe gerade den Ordner mit den Kreditunterlagen herausgeholt. Aber ich kann den Anblick nicht ertragen.

Ich starre auf Ruairghys Selbstporträt im Alter von sechs Jahren, das über meinem Schreibtisch hängt. Ein seltsames knollenförmiges Geschöpf mit gigantischen Hasenzähnen. Wir zeigten das Bild einem Psychiater, der uns riet, es tief in einer Schublade zu verstecken, »nicht dass es jemand sieht und ihn einweisen will«. Daneben hängt ein Foto von Jakob im Alter von drei Jahren, mit weißen Lederhosen und einem komischen Hütchen, wie es vermutlich Gnome oder Kibbuzmitglieder tragen. Ruairghy steht daneben und blickt in die entgegengesetzte Richtung. Beide wirken, als ob sie gerade auf einem fremdem Planeten gelandet und ängstlich bemüht wären, die Bewohner nicht gegen sich aufzubringen.

Das hilft mir natürlich alles nicht mit meiner Hypothek weiter, die, soweit ich das verstehe, erst im Jahr 2525 abbezahlt sein wird (gab es da nicht einmal einen Song mit dem Titel?). Ich werde dann über sechshundert Jahre alt sein. Und auch Ruairghy wird schon über ein halbes Jahrtausend auf dem Buckel haben. Mathematik war noch nie meine Stärke.

Allerdings weist der BBC-Pensionsfonds derzeit über vierhundert Millionen Pfund aus. Irgendwie muss ich etwas von dem Geld in die Finger kriegen, wenn ich meine Trümpfe richtig ausspiele. Porker ging vor drei Jahren mit einundfünfzig in den Ruhestand. Er hat für die National Westminster Bank gearbeitet, bekam eine gigantische Abfindung in bar und bezieht heute zwei Drittel seines Gehalts. Allerdings ist sein Leben zu einem abrupten Stillstand gekommen. Er geht fast jeden Tag im Park von Wimbledon spazieren, zusammen mit seinem Whippet. Ich glaube, die Regelung tut keinem der beiden gut. Während ich das schreibe, lässt er gerade den Hund aus dem Auto. Kaum ist der Hund auf den Boden gesprungen, schnauzt Porker ihn an.

Die Beschäftigung mit der Hypothek ist nur ein Vorwand. Was mich viel mehr beunruhigt ist Estelle.

Sie verändert sich. Sie verabschiedet sich nicht mehr, wenn sie morgens aus dem Haus geht. Ich muss zugeben, dass es in unserer Ehe Zeiten gab, in denen ich mir gewünscht hätte, sie würde sich nicht andauernd verabschieden. Es gab eine Zeit, da schlang sie sich wie eine Krake um mich, wenn ich nur mal kurz in die Weinhandlung wollte. Aber jetzt marschiert sie einfach aus dem Haus und verbringt mindestens *acht komplette Stunden ohne mich* und wirkt dabei völlig gleichgültig. Wie bringt sie das nur fertig?

12 Uhr mittags

Kann mich nicht auf meinen Nervenzusammenbruch konzentrieren. Er fängt in der Folge nächste Woche an, allerdings wird er nicht gleich die stürmischen Höhen des Wahnsinns erreichen, die Surinder mir für den kommenden Monat in Aussicht gestellt hat. Bisher habe ich nur immer wieder gesagt: »Einen Doppelten bitte!« Wenn das das erste Anzeichen für einen Nervenzusammenbruch ist, dann hätte ich schon vor Jahren eingewiesen werden müssen. Außerdem entwickle ich ein zwanghaftes Verhalten, was das Parken meines Wagens angeht. Das ist sehr schwierig zu spielen. Surinders Regieanweisung lautet nur: *»Seiner Einstellung zum Parken haftet etwas sehr Ungesundes an.«* Und dann frage ich: »Verwenden sie in der Drasborough Road eigentlich Parkkrallen?« Ich habe das ein paarmal probiert. Am besten betone ich wahrscheinlich das Wort »sie«, als ob Esmond überzeugt wäre, die Politessen wären von einem anderen Stern. Ich versuchte, das Wort »Parkkrallen« zu betonen, aber dadurch erhielt der Text eine leicht sexuelle Note. Als ich »Parkkrallen« und »Road« betonte, klang es wie aus einem Gedicht von John Betjeman.

Vielleicht könnte ich mich bei meiner Darstellung an Porker orientieren. Er ist fast den ganzen Vormittag unterwegs gewesen und hat den Abstand zwischen den parkenden Autos in der Mafeking Road ausgemessen. Manchmal schreibt er kleine Zettel und steckt sie hinter den Scheibenwischer. Ich muss sie gar nicht erst lesen, ich weiß, was drauf steht: »IST DAS SELBSTSÜCHTIGES PARKEN?« Ich weiß es, weil ich im Frühjahr 1993 selbst einmal einen bekommen habe. Ich steckte ihm daraufhin ebenfalls einen Zettel unter den Scheibenwischer, auf dem stand: »Ist es das?« Dadurch kühlte sich unser Verhältnis fast ein Jahr lang empfindlich ab.

Aber eigentlich ist mir Esmond Pennebaker gerade ziemlich egal. Ich werde Estelle anrufen.

12.10 Uhr

Wurde mit einem griechischen Restaurant in Ealing verbunden. Ich muss unbedingt ihre Nummer herausfinden. Gibt es einen psychologischen Grund, warum ich mich nicht an sie erinnern kann?

12.15 Uhr

Ich fand die Nummer unter dem Bett auf dem Boden. Sie ist beim Mittagessen! Um 12 Uhr mittags! Mit einem gewissen Julian! Wenn es sich nicht um ein kleines Salzteigmännchen handelt, muss ich unbedingt mehr darüber herausfinden!

Als ich anrief, ging eine Frau dran, die ich von früher kenne. Sie heißt Stella Badyass. Damals war sie eine stille Frau, die sich nie beklagte und die meiste Zeit damit verbrachte, das Cello ihres Sohns Norman durch Wimbledon zu schleppen und kläglich unter ihrem Pony hervorzulächeln, als würde der sie vor dem Regen bewahren. Norman war nicht ihr einziger Sohn – allerdings wurde ihr Sohn aus erster Ehe aus unerfindlichen Gründen noch nie gesehen. Sie war mit einem äußerst erfolgreichen Arzt aus einem Land der Dritten Welt verheiratet, der sie aber verließ. Daraufhin strandete sie bei einem ziemlich hoffnungslosen Landvermesser. Es gab wenig an ihr auszusetzen, höchstens, dass sie wie eine Ente watschelte und auch so sprach, aber davon abgesehen war sie eine extrem harmlose Person.

Sie hat sich verändert.

»Hoo yah!«, sagte sie, als ich meinen Namen nannte. Erst als ich es aus ihrem Mund hörte, fiel mir auf, dass auch Estelle diesen Ausdruck vor kurzem gebraucht hatte. Vielleicht ist es so eine Art Firmenhymne. Ich konnte mich nicht überwinden, selbst »Hoo yah!« zu sagen, daher erkundigte ich mich ohne echtes Interesse nach ihrem Sohn und seinem Cello und fragte dann: »Wissen Sie zufällig, wo Estelle ist?« »Ich glaube, sie ist mit Julian unterwegs!«, sagte sie. *Ahaaa! Julian! Sieh an! Julian!*

»Hoo kay?«, sagte Stella Badyass. Ich gab auf. »Hoo kay!«, sagte ich. Beim Auflegen fragte ich mich, ob Stella Badyass gerade in der Menopause ist. Selbst wenn sie es noch nicht war, als sie bei Craftgirls anfing, hat sie sich mittlerweile sicher angesteckt. Wird die Menopause zur Obsession für mich? Mir ist vor kurzem aufgefallen, dass ich eine erstaunlich große Anzahl Frauen verdächtige, in den Wechseljahren zu sein.

Julian. Sie hat nie einen Julian erwähnt. Das ist ein ganz schlechtes Zeichen. Ich glaube, es ist Zeit, über Sex in der Ehe zu sprechen.

16 Uhr

Ich habe gerade ein paar Seiten aus meinem Tagebuch herausgerissen. Das möchte ich ungern wieder tun, aber nachdem ich gelesen hatte, was ich über mich und Estelle geschrieben hatte, beschloss ich, die Seiten so schnell wie möglich zu vernichten. Ich traute mich nicht einmal, sie in den Papierkorb zu werfen. Schließlich riss ich sie in kleine Fetzen und spülte sie die Toilette hinunter.

Ich glaube, ich leide unter einer Art Sexamnesie. Ich kann mich nicht daran erinnern, wann ich das letzte Mal Sex hatte. Ich weiß nicht, ob es daran liegt, dass es so lange her ist. Oder ob es ähnlich einzuordnen ist wie die Tatsache, dass ich immer wieder den zweiten Namen des Mannes vergesse, der in Hausnummer 43 wohnt.

Meine Amnesie ist wahrscheinlich darauf zurückzuführen, dass wir es in den letzten fünfundzwanzig Jahren im Schnitt zwei- bis dreimal die Woche getan haben. Und in der ersten Zeit unserer Ehe deutlich häufiger. Das macht ungefähr 1300 Mal Geschlechtsverkehr. Kein Wunder, dass sich in meiner Erinnerung alles verwischt. Ein weiterer Grund für meine Gedächtnislücken ist vermutlich der, dass ich mich immer wieder an Szenen erinnere, die bei genauerem Nachdenken mindestens achtzehn Jahre her sind (beispielsweise am Skilift). Das wiederum lässt mich zweifeln, ob der letzte Sex, an den ich mich meine zu erinnern, überhaupt stattfand oder ob ich ihn in meiner Vorstellung (aus einem grauenhaften tiefenpsychologischen Grund, der sich mir nicht erschließt) einfach in unser derzeitiges Schlafzimmer verlegt habe. Und wenn der letzte Sex, den ich und Estelle hatten, so lange her ist, wie ich glaube, wann, wenn überhaupt, wird das nächste Mal sein? Derzeit scheint der nächstmögliche Zeitpunkt für einen sexuellen Kontakt in ferner Zukunft zu liegen.

Sie sieht das anders, das ist mir klar. Sie glaubt, wenn es um sexuelle Befriedigung geht, macht es für mich keinen Unterschied, ob es am nächsten Dienstag oder im nächsten Jahrtausend ist. Und das trifft tatsächlich zu.

Zurück zu Esmond Pennebaker. Meine nächste Zeile lautet: »Nicht so viel Tonic, Arabella!« Eine ungewöhnlich subtile Ausdrucksweise für Surinder.

16.45 Uhr

War gerade oben, um Ruairghy zu sagen, dass er aufstehen und etwas für sein Diplom tun soll. Aber anscheinend haben sich er und Gordon davongeschlichen. Leopold, komplett angekleidet, war unter Ruairghys Bett gekrochen und wieder eingeschlafen. Ich weckte ihn nicht.

18 Uhr

Ich habe Edwin von der Schule abgeholt.

Heute waren Scagg und Bozz dabei. Bozz ist ein hoch aufgeschossenes, geisterhaftes Geschöpf, dessen Haare in Büscheln wachsen. Sein Vater ist in Rente. Anscheinend aus gesundheitlichen Gründen, allerdings ist laut Bozz bei ihm alles in Ordnung. Scagg – der allmählich gesprächiger wird – sagte: »Hey Bozz! Mein Dad hat erzählt, dein Vater hätte Hammerzehen!« Bozz schien angenehm überrascht. »Echt?«, fragte er. »Richtig dicke Hammerzehen?« »Riesig!«, sagte Scagg. Ich sagte: »Ich hatte mal eine Warze!«, und Scagg wirkte beeindruckt. Ich habe das Gefühl, dass wir so langsam warm miteinander werden.

Als wir heimkamen, ging Edwin zur Tankstelle um die Ecke, kaufte drei Dosen Spaghetti in Tomatensauce und aß sie. Ich versuchte nicht, ihn davon abzuhalten. Er fragte mich, was ich den ganzen Tag gemacht hätte, und ich sagte: »Ich habe versucht, meinen Text zu lernen.« Irgendwo habe ich etwas über Väter gelesen, die im Krieg Schreckliches durchgemacht haben und nie mit ihren Kindern darüber sprechen konnten. Bei mir ist es genau umgekehrt. Ich lechze danach, nicht nur meine Erfahrungen an meine Söhne weiterzugeben, sondern auch meine intimsten Gedanken und Gefühle. Leider habe ich keine. Edwin ist oben und telefoniert mit Bozz. Ich stand vor der Tür und lauschte. Sie redeten über ein Mädchen. Ich bin mir fast sicher, dass er sagte: »Es ist Lulu, Mann! Es ist wie Liebe mit Lulu!« An der Stelle verlor ich das Gleichgewicht und stürzte auf den Treppenabsatz. Ich hörte, wie er zur Tür ging, und huschte schnell die Treppe hinunter.

Mir ist aufgefallen, dass Edwin gern das Telefon benutzt, um mit Freunden zu sprechen, die er gerade gesehen hat oder die er gleich sehen wird. Das ist wahrscheinlich besser, als wenn er mit einer französischen oder norwegischen Version von Bozz reden würde, es wurmt mich trotzdem.

Allerdings fand ich neulich in seinem Zimmer einen Zettel mit einer verdächtig langen Telefonnummer. Ich bin mir fast sicher, dass die ersten Zahlen lauter Nullen waren. Vielleicht hat er, wie es angeblich Stella Badyass' Sohn getan hat, eine Telefonsexnummer in Florida angerufen. Anscheinend sind sie dort »fantasievoller«.

19 Uhr

Ruairghy rief an und teilte mit, dass er und Gordon zur chinesischen Botschaft müssten. Ich fragte nicht nach dem Grund. Dann sagte er, er sei bis heute Abend nicht zurück, er werde »losziehen und versuchen, Laura zu finden und die Sache mit Jakob zu klären«. Ich mische mich nur ungern in das Privatleben meiner Söhne ein, aber hier konnte ich mir die Frage nicht verkneifen: »Welche Sache mit Laura?« Ruairghy sagte: »Siehst du nicht, was da läuft? Bist du vollkommen blind? Siehst du nicht, wie uns das alle auseinanderreißt?« Ich sagte: »Nein.« Ich wollte ihn noch fragen, warum er glaubt, ein Besuch der chinesischen Botschaft könne ihm bei seinem Diplom helfen, aber da hatte er schon aufgelegt. Besorgt rief ich Jakob auf dem Handy an.

Ein Mädchen nahm ab. Ich fragte: »Wer ist da?« Und sie sagte: »Möchten Sie Jakob sprechen?« Ich bejahte. Als Jakob ans Telefon kam, fragte ich: »War das Laura?« Es entstand eine lange Pause, bis Jakob schließlich sagte: »Sehr wahrscheinlich.« Ich fragte: »Wie war's in Leeds?« Jakob: »Warum willst du das wissen?« Während ich mich noch von dieser Frage erholte, sagte er: »Leeds ist eine große Industriestadt mit vielen Möglichkeiten für Unternehmer. Es war cool. Tolle Geschäfte« Ich sagte: »Ich hoffe doch, es waren keine Drogen im Spiel.« Jakob lachte, aber es wirkte gezwungen. Ich wollte ihn nicht nach weißer Ware fragen. Er fragte mich, wie der Yen zum Dollar steht, und ich musste bekennen, dass ich es nicht wusste. Schön, dass er sein Studium so ernst nimmt. Kurz vor dem Verabschieden sagte Jakob: »Es wäre besser, wenn du Ruairghy nicht sagst, dass Laura hier bei mir ist.« Ich erklärte, ich würde nicht einmal im Traum daran denken, es ihm zu sagen, und fragte dann, ob alles in Ordnung sei. »Es ist alles eine Frage des Cashflows«, sagte er.

Ich nehme an, das hat mit einer Seminararbeit zu tun.

Dann legte er auf. Kurz darauf kam Edwin in mein Arbeitszimmer und ergriff zu meiner Überraschung nicht die Flucht, obwohl er sah, dass ich da war. Er setzte sich auf die Couch, während ich mich über mein Manuskript beugte, und fragte: »Wie läuft's bei *General Practice?«* Ich muss zugeben, dass ich sofort misstrauisch wurde. Normalerweise stellt er nie Fragen, an deren Beantwortung ich Interesse hätte, es sei denn, er hat einen Hintergedanken. Aber dieses Mal schien er wirklich interessiert. Wir redeten ausführlich über meine Rolle, und er sagte mir, die Szene, in der ich die Mäusekötel finde, sei »genial«. Beim Hinausgehen fragte er: »Wieviel kostet ein Kühlschrank?« Ich sagte, das hänge vom Kühlschrank ab. Das schien ihn zufriedenzustellen. In vielerlei Hinsicht ist er derjenige von den dreien, der am praktischsten denkt. Ein frühes Interesse an den Preisen für Elektrogeräte kann durchaus in einer Karriere im Einzelhandel münden.

Ich fragte ihn, ob er wisse, wer Lucy und Laura seien. Er sagte: »Sind das die auf Channel Four?«

Ich höre den Schlüssel im Schloss und gleich darauf, wie Estelles Einkäufe auf den Boden plumpsen. Ich nehme an, ich sollte nach unten gehen und so tun, als ob ich nicht böse mit ihr wäre. Eine unmögliche Aufgabe. Sie wird es merken. Ich bleibe lieber oben.

19.30 Uhr

Sie wusste, dass ich sauer war, obwohl ich nicht nach unten ging. Ich weiß nicht, wie sie das macht. Ich gehe häufiger nicht hinunter, wenn sie heimkommt. Manchmal lerne ich gerade meinen Text oder bin am Telefon. Aber irgendwie merkt sie, wenn ich wütend bin, sie braucht nur im Flur zu stehen und die Ohren zu spitzen. Warum hat sie diese Gabe der außersinnlichen Wahrnehmung? Und warum nutzt sie ihre Feinfühligkeit nur dann, wenn es um meine niedrigen Gefühle geht?

»Was ist los mit dir?«, war das Erste, was sie sagte. Ich antwortete: »Gar nichts!« Schließlich bin ich ein ausgebildeter Schauspieler. Ich war drei Jahre auf der Royal Academy of Dramatic Art. Ich verlieh jeder einzelnen Silbe besondern Nachdruck.

Aber ich wusste, dass ich sie damit nicht beeindrucken konnte.

Sie kam die Treppe hoch. Es hatte etwas entsetzlich Geschäftsmäßiges an sich. Doch so entschlossen ihre Schuhe auf der Treppe geklungen hatten, sobald sie mein Zimmer betrat, wirkte es ganz so, als ob sie nur zufällig hereinkommen würde, weil gerade die Tür offen stand. Ich beugte mich tiefer über mein Manuskript. Sie ging zum Fenster.

Ein paar Minuten lang sah sie hinaus auf die Straße, die Arme hingen schlaff an der Seite. Sie hatte etwas Grüblerisches an sich, ich spürte ihre mühsam beherrschte Energie. Jeden Moment, überlegte ich, könnte sie ihre langen Arme um die Gardinenstange schlingen, zum Kabel der Lampe hinüberschwingen und sich dann über die Vertäfelung zurück zum Treppenabsatz hangeln. Stattdessen sah sie auf mich herunter und sagte: »Du bist sauer, weil wir keinen Sex haben.« »Ich glaube«, antwortete ich, »dass wir Sex hatten. Ist vielleicht schon ein Weilchen her. War vielleicht etwas langweilig, aber damit muss man nach fünfundzwanzig Jahren Ehe rechnen.« Sie sah mich an. In ihren Augen stand offenbar berechtigte Verzweiflung darüber, dass so Leute wie ich immer noch auf dieser Welt leben. *Du tust mir leid,* sagte ihr Blick, *du bist so klein und durchschaubar und erbärmlich.*

Dann zuckte sie kurz mit den Schultern; eine Geste, die wie so oft bei ihr für jemand anderen, aber definitiv nicht für mich bestimmt schien, und ging zur Tür. Sie war schon auf dem Treppenabsatz, als ich fragte: »Wie war das Mittagessen mit Julian?«

Mit erstaunlicher Geschwindigkeit stand sie wieder vor mir. »Was ist mit Julian?«, fragte sie und sprach den Namen absichtlich affektiert aus. »Wie war das *Mittagessen«,* sagte ich mit einem Anflug von Humor, »mit Julian?« Estelle kniff die Augen zusammen. »Sie darf nämlich mit jemand anderem Mittagessen gehen, nicht wahr, auch wenn ihr Mann ein *absolutes Schwein* ist!«

Ich meine, ich hätte irgendwo einmal gelesen, wahrscheinlich in dem mittlerweile vergessenen Klassiker der sechziger Jahre, *Das geteilte Selbst,* von diesem durchgeknallten Psychiater Ronnie Laing, das erste Anzeichen dafür, dass man selbst bald in der Psychiatrie lande, sei, wenn man von sich in der dritten Person spreche. Ich nehme an, Esmonds Nervenzusammenbruch hat mich für solche Nuancen ungewöhnlich sensibilisiert.

Ich verschränkte die Arme. Ich hatte nicht erwartet, dass die Krise, wenn sie denn kam, diese Form annehmen würde. Aber in gewisser Weise war es eine Erleichterung, über etwas so Ernsthaftes zu streiten, anstatt sich wie sonst kleinlich zu zanken, ob wir vor kurzem Sex gehabt hatten oder nicht. »Warum ist er ein Schwein?«, fragte ich ganz ruhig und gelassen. »Oh«, sagte Estelle, »weil er es mit anderen Frauen treibt. Und ein Transvestit ist.« »Tatsächlich?«, sagte ich sanft. »Meinst du, er trägt auch deine Kleider?« Sie sah mich seltsam an. »Er trägt nicht *meine* Sachen, sondern die von Julian!« Ich hatte ein bisschen Schwierigkeiten, das zu kapieren. Also verschränkte ich erneut die Arme und sagte: »Julian mag also ebenfalls … Frauenkleider?« Estelle kniff die Augenbrauen zusammen. »Mein Gott, wir kaufen sie zusammen ein!«, sagte sie.

Sie sagte das alles, als ob ihr Verhältnis zu einem Transvestiten das Natürlichste auf der Welt wäre. Ich wollte sie nicht weiter beunruhigen als nötig, daher versuchte ich, sie sanft in die richtige Richtung zu lenken. Eine Richtung, die ihr helfen würde, wieder zurück zu sich selbst zu finden. »Estelle mag also Julian, weil Paul sich wie eine Frau anzieht.« Sie sah mich wieder so seltsam an. »Wer ist Paul?«, fragte sie. »Ich bin Paul, um Himmels willen. Ich bin Paul Slippery. Ich verkleide mich gern als Frau. Richtig?« Estelle blieb der Mund offen stehen. »O mein Gott!«, sagte sie. »O mein Gott!« »Das ist es doch, was du denkst, oder?«, sagte ich. »Das ist es, was du fühlst. Auf einer unbewussten Ebene willst du das von mir. Deswegen hast du etwas mit Julian.« Estelle runzelte verwirrt die Stirn. »Was denkst du, habe ich mit Julian?«, fragte sie. »Nun ja«, sagte ich, »du gehst mit …«, ich sprach den Namen des Mannes klar und deutlich und voller Verachtung aus, »… *Julian* Frauenkleider kaufen, die er so mag, und du …«

Es folgte ein langes Schweigen. »Ich glaube«, sagte Estelle schließlich, »dass wir aneinander vorbeireden. Ich rede von jemandem namens Gillian. Bei Craftgirls. Die mit mir an den Salzteigmännchen arbeitet. Gillian ist eine Frau. Eine sehr nette Frau. Es gibt keinen Julian bei Craftgirls. Es gibt überhaupt keine Männer bei Craftgirls. Der einzige Ort, wo es Männer gibt, ist in der Mafeking Road 52 und …« Hier hob sie die Stimme, bis sie schließlich schrie: *»Ich habe genug von ihnen, weil sie beim Pinkeln die Klobrille nicht hochklappen und weil nach dem Rasieren Haare im Waschbecken sind. Sie machen nie sauber, lassen die Zahnseide überall im Bad auf dem Boden wie Schlangennester liegen und glauben, wenn sie etwas mit ausländischem Akzent sagen, wäre das komisch!«*

Ich sagte, es könnte durchaus Männer in der Mafeking Road geben, die so etwas täten. Aber ich würde nicht dazugehören. Das schien sie nicht zu beeindrucken.

Bevor sie aus dem Zimmer ging, sagte sie noch: »Ich habe mir zwei geschlagene Stunden die Probleme der armen Stella Badyass angehört. Und du denkst nur an deinen Schwanz.« Dann ging sie. Ich blieb sitzen. Das liegt alles nur daran, dass ihre letzte Periode an Allerheiligen war.

20.30 Uhr

Leopold schläft immer noch bei Ruairghy auf dem Boden.

6. Februar, 11.30 Uhr, Regen

Estelle bei der Arbeit. Ruairghy an der University of South Wimbledon (glaube ich). Jakob Gott weiß wo. Edwin bei Bozz.

Heute ist Samstag. Ruairghy stand um neun auf und sagte, er müsse sich »mal wieder an der Uni zeigen«. Vermutlich macht er das am Wochenende, weil er dann weniger Gefahr läuft, versehentlich in eine Lehrveranstaltung hineinzugeraten. Estelle ist bei einer Marketing-Besprechung von Craftgirls. Edwin ist zu Bozz gegangen. Von Bozz wollen sie weiter zu Scagg. Von Scagg geht es weiter zu einem gewissen Lupin. Dort treffen sie Lulu, Alice, Dorothy, Francesca und Mary-Anne. Dann gehen sie zusammen zu Whizz. Dann zu Lulu, dort treffen sie »wahrscheinlich« Helen und einen gewissen Snozzer. Dann gehen alle zurück zu Scagg. Und von Scagg wieder zurück zu Bozz. Und dann fängt das Ganze wieder von vorne an. Auf mich wirkt das sehr verzweifelt und traurig.

Aber solange diese Typen nicht in der Mafeking Road 52 auftauchen, wo sie letzte Woche den Duschvorhang ramponiert, den Kühlschrank leergeräumt und ziemlich sicher meine Gesamtaufnahme der späten Janáček-Kantaten geklaut haben, ist mir das egal.

Meine Ehe ist womöglich am Ende. Nach fast fünfundzwanzig Jahren. Möglicherweise bin ich Estelle entwachsen. Möglicherweise haben die Teigmännchen einen ungesunden Einfluss auf Estelle und sie in einen Lebensabschnitt zurückversetzt, der schon vor Jahrzehnten beendet hätte sein sollen. Ich bin mir nicht einmal sicher, ob mich das schmerzt. Ich muss lernen zu wachsen. (»Was denn wachsen? Deine Skier?«, höre ich Estelles zynische Stimme, und ich antworte: »Meine Persönlichkeit muss wachsen! Paul Slippery muss wachsen! Wachsen und sich verändern und mehr er selbst sein!«) Vielleicht muss ich lernen zu *leben!* Surinder verheißt mir ein glamouröses und aufregendes Leben, ein Leben, wie es Michael Douglas und Bill Clinton führen. Ich habe zu lange eine langweilige, sichere Ehe geführt. Ich werde leben und mich amüsieren und mit Frauen, die halb so alt sind wie ich, Sex haben und seltsame Stellungen ausprobieren.

Zumindest hoffe ich das. Warum auch nicht? Selbst wenn ich eine »eigenartige Nase« (Estelle) und Haare habe »die wie bei einer Vogelscheuche abstehen« (Estelle), bin ich immer noch ein Mann mit Qualitäten. Ich glaube, ich fange bald eine Affäre mit Surinder an. Tatsächlich denke ich, dass sie verrückt nach mir ist. Wir treffen uns heute Abend. Auf einen Drink im Langham Hotel, an das ich mich noch aus den frühen siebziger Jahren erinnere, als man es bei der BBC einfach The Langham nannte. Einst ein düsteres, höhlenartiges Gebäude voller hoch qualifizierter Männer in Anzügen, die vertrauliche Berichte auf grünes Papier schrieben, ist es heute ein ganz normales Hotel mit Topfpflanzen, Sofas im Countrystil, Kellnern mit Fliegen und japanischen Touristen.

19 Uhr, Langham Hotel, W1

Ein paar schnelle Notizen, während Surinder auf dem Klo ist.

Das ist eine ganz heiße Sache.

Sie kam fast zeitgleich mit mir an. Sie bestellte einen Gin Tonic, ich einen großen Whisky. Als wir saßen, schwenkte sie die Eiswürfel in ihrem Glas und sagte: »Hast du eine Vorstellung, warum ich mit dir etwas trinken gehen wollte?« »Du verzehrst dich nach meinem Körper!«, sagte ich. Sie ließ ihr glockenhelles Lachen erklingen. »Natürlich!«, sagte sie und klang dabei völlig ernst. »Alle Mädchen im Büro sind ganz *wild* auf dich!«

»Ich möchte über Karl reden«, fuhr sie fort. Ich war enttäuscht. Karl war so ziemlich der Letzte, über den ich reden wollte. »Was ist mit Karl?«, fragte ich. »Oh«, seufzte Surinder, »Karl und ich. Weißt du ...« »Wie, Karl und du?«, sagte ich mit einem anzüglichen Grinsen à la Clinton. »Bist du ... mit ihm ...?«

»Karl«, sagte Surinder, »hat Angharad und Bleriod. Mehr muss man dazu nicht sagen.« Ich nickte wissend. Eine davon ist seine Frau, allerdings kann ich mich nicht erinnern, welche. Nach allem, was ich über Karl weiß, ist es wahrscheinlich Bleriod. Andererseits, wenn man Karl näher kennt, könnte Bleriod auch der Name seines Hauses sein. Vielleicht ist Bleriod seine Tochter. »Angharad ist viel unterwegs«, fuhr Surinder fort, »und Bleriod kotzt dauernd auf den Teppich.«

Bleriod ist, wie sich herausstellte, Karls Labrador. Surinder war nachdenklich geworden. Sie ließ den Blick über die anderen Gäste in der Bar schweifen. In der Ecke saß ein Mann im Anzug und starrte auf einen Taschenrechner. Am Fenster saß eine Gruppe elegant gekleideter junger Herren. Sie tranken Bier und sprachen sich nur mit ihren Initialen an. Das wirkte alles sehr verboten und exklusiv. Ich wollte gerade den Arm um Surinder legen, als sie plötzlich aufsprang und sagte, sie müsse sich die Nase pudern.

Sie ist schon verdächtig lange weg. Hoffentlich ist sie nicht aus dem Fenster geklettert und geflüchtet. Vielleicht kauft sie Verhütungsmittel. Es ist schon so lange her, dass ich so etwas gemacht habe!

Da kommt sie. Schnell das Tagebuch weg!

20.30 Uhr

Ich sitze im Auto, esse Pfefferminzbonbons und schreibe in mein Tagebuch. Estelle soll nicht riechen, dass ich etwas getrunken habe. Bin auf und ab gesprungen, damit ich schwitze, und habe mir das Gesicht mit einer alten Socke abgerieben, die ich auf dem Boden des Volvos fand, um Surinders doch ziemlich starken Duft loszuwerden. Auch wenn unsere Ehe vielleicht in eine neue Phase treten wird, in der wir offen über meine Affären mit farbigen Frauen reden (heute Abend war es allerdings noch nicht so weit), glaube ich nicht, dass Estelle es gut aufnehmen würde, wenn ich ihr gestehe, dass ich mit einer anderen Frau etwas trinken war.

Aber Surinder scheint wirklich auf mich zu stehen.

»Das Problem ist«, sagte sie langsam, als sie vom Klo zurück war, »dass Karl glaubt, er sei in mich verliebt. Und das ist furchtbar.« »Ganz deiner Meinung«, sagte ich. »Grässlich.« Das brachte sie wieder zum Lachen. Ich musste feststellen, dass ich mich erneut nach links geneigt und den Gynäkologenblick aufgesetzt hatte. Surinder musterte mich prüfend. »Karl sagt«, fuhr ich fort, »dass mich jemand in der oberen Etage hasst. Aber dieser jemand sei nach der Umstrukturierung vielleicht nicht mehr da!«

Wir sahen uns jetzt direkt in die Augen. »Karl ist derjenige, der dich loswerden will! Es gibt keine mysteriöse Gestalt in der Führungsetage, die dich umbringen möchte!«, sagte Surinder.

Das brachte mich auf den Gedanken, dass da doch jemand

ist. Und dass sie lügt. Aber wenn es jemanden gibt – wer könnte es sein?

Etwas an Surinder verwirrt mich. Sind es ihre Kleider – fast wie eine Uniform – unglaublich kurzer Rock, schwarzer Rolli, verboten hohe Absätze? Oder ihr verschwörerisches Gehabe? Heute Abend erzählte sie mir nach einer eingehenden Musterung der Gäste an den umliegenden Tischen (als ob John Birt seine Spione ausgeschickt hätte), jemand habe ihr erzählt, dass Karl »ein Doppelleben« führe. »Du meinst wie ein ... Spion ... oder ein ... Saboteur oder so was?«, fragte ich. »Wird er von den Irakern dafür bezahlt, das Niveau der britischen Radiosendungen zu mindern?« Sie sagte, sie glaube, dass die BBC ihn dafür bezahle. Daher ist er ihrer Meinung nach auch derjenige, der mich auf dem Kieker hat. Wir sollten versuchen, ihm etwas anzuhängen. Ich sagte, ich würde die Ohren offen halten.

Ich hoffe, dass alles nur ein Vorwand ist und sie es in Wirklichkeit auf mich abgesehen hat. Ich hoffe nicht, dass sie wie Mary Hopkinson (Cambourne Girls' School, Wimbledon 1960–1967) einfach nur mit mir befreundet sein will.

23 Uhr

Ruairghy hat verkündet, dass er nicht Lehrer werden will. Er sagt, er werde »stattdessen« nach China gehen.

14. Februar, 12 Uhr mittags, Hagel, Schnee, Graupel, Regen etc.

Jakob in Oxford. Edwin bei einer Probe. Ruairghy mit Gordon, Leopold, Hannah und Jorgen im Bett. Estelle bei Craftgirls. Ich hier.

Ich sitze am Schreibtisch mit der neuesten Folge *General*

Practice, die einige richtig starke Szenen hat. Esmond hat gerade fälschlicherweise Multiple Sklerose diagnostiziert. Das hat er schon einmal (1987) getan, aber dieses Mal ist es ein echter Knaller. Er schreit die Frau an, als sie in Tränen ausbricht, und sagt ihr, sie solle sich gefälligst »zusammenreißen«. So kühn war Surinder bisher selten. Sie ist zuversichtlich, dass sie mich am Leben halten kann. Auf einem Zettel, den sie dem Text beigelegt hat, schreibt sie: »Sobald du anfängst, verrückt zu spielen, werden sich die Hörer mit dir identifizieren!«

Gegenüber ist Porker furchtbar gemein zu seinem Whippet. Er hat ihn aus dem Auto gezerrt und sich zu ihm hinuntergebeugt, sein Gesicht ist fast an seiner Schnauze. Ich kann ihn aus der Entfernung zwar nicht hören, weiß aber ziemlich genau, was er brüllt, weil ich ihn einmal aus der Nähe belauscht habe, versteckt hinter einem Busch im Park von Wimbledon. »Warum machst du das?«, schrie er den Hund an, der sich wegduckte und seinem Blick auswich. »Warum benimmst du dich so abscheulich? Warum hörst du nicht? Warum schleichst du nur herum und machst Ärger?« Und dann: »Ich hasse dich. Ich verabscheue dich. Ich verachte dich. Ich wünschte, du wärst tot. Ich werde dich verkaufen« und so weiter und so weiter. Eine Strindberg-Beziehung.

In einer Minute werde ich hochgehen und Ruairghy anbrüllen. Das Telefon klingelt. Das Leben ist so langweilig, ich werde drangehen.

13 Uhr

Es war ein gewisser Proek. Vermutlich Lauras Vater. Anscheinend hat Jakob seiner Tochter Valentinsgrüße geschickt. Das hat ihn wohl verärgert. Ich schlug vor, dass seine Tochter mit Jakob darüber redet. Er sagte: »Sie glauben doch wohl nicht, dass ich meiner Tochter die Karte zeige?« Ich erklärte ihm, ich hätte automatisch angenommen, dass sie den Gruß bereits gesehen habe, da er vermutlich an sie adressiert gewesen sei. Er erwiderte, er habe es sich angewöhnt, die Post seiner Tochter zu öffnen, und fügte hinzu, er nehme an, dass ich das auch so mache. Ich sagte ihm, ich hätte keine Tochter, aber wenn ich eine hätte, würde ich nicht einmal im Traum daran denken, einen an sie adressierten Brief zu öffnen. Er ließ ein bitteres, leicht wahnsinniges Lachen hören und sagte: »Das würden Sie, wenn Sie wüssten, dass schmutzige Sachen drinstehen!« Ich sagte, manchmal tue ein bisschen Schmutz ganz gut. Daraufhin brüllte er mich an.

Ich legte einfach auf. Sekunden später rief er erneut an und sagte, er werde die Valentinsgrüße in die Mafeking Road schicken. Ich fragte, ob er das aufgrund meiner ausdrücklichen Vorliebe für Schmutz mache oder weil er denke, dass ich ein paar Valentinsgrüße gebrauchen könne. Ich erklärte, da ich bald a) fünfzig und b) arbeitslos sein würde, könnte ich so viele Liebesbeweise wie möglich brauchen. Vielleicht könne mir seine Tochter auch eine Karte schicken. Wieder fing er an zu brüllen. Ich weiß gar nicht, wie er an unsere Telefonnummer und Adresse gekommen ist. Ich vermute, Jakob hat sie Laura gegeben. Vielleicht liest er nicht nur ihre Briefe, sondern auch ihr Adressbuch.

14 Uhr

Gerade hat er wieder angerufen. Dieses Mal wollte er über Ruairghy reden. Er ist erstaunlich gut über unsere Familie informiert. Allmählich kann ich mir durchaus vorstellen, dass er ein Psychopath ist. Anscheinend hat auch Ruairghy seiner Tochter eine Valentinskarte geschickt. Laut Proek ist sie genau so, wie eine Valentinskarte sein soll. Er ließ sich eine ganze Weile darüber aus. Dann sagte er, seine Frau habe Ruairghy eine Mütze gestrickt. Ich fragte warum. Das schien ihn zu ärgern. Er fragte, wie Ruairghy mit »Lemminge 3D« vorankomme. Ich antwortete, dass Ruairghy keine Tiere habe. Darauf sagte Proek, triefend vor Ironie: »Ich sehe, dass Sie und Ihr Ältester sehr viel gemeinsam haben!« Ich sagte, ich hätte nicht die leiseste Idee, wovon er spreche. Dann redete er wieder über Jakob. »Es gefällt mir nicht, dass er um meine Tochter herumscharwenzelt! Und was glauben Sie, wie Lucy sich dabei fühlt?« Ich sagte, ich hätte keine Ahnung, wer Lucy sei. Proek sagte in einem sehr beleidigenden Ton: »Erzählen Ihnen Ihre Söhne denn gar nichts?« Ich wollte gerade erwidern, dass wir vier uns bis spät in die Nacht unterhalten, als mir klarwurde, dass das nicht stimmt. Da verlor ich die Geduld, brüllte ihn an und legte auf.

Dabei hörte ich ein verdächtiges Rascheln an der Tür. Ich rannte hin, riss die Tür auf und Ruairghy fiel ins Zimmer wie ein viktorianischer Diener, der beim Lauschen erwischt wird. Aus irgendeinem Grund fiel mir nichts Klügeres zu fragen ein als: »Was hast du mit den Meeresfrüchtehäppchen de luxe gemacht?« (Ich hatte am Vortag eine Packung gekauft, die auf mysteriöse Weise verschwunden ist.) Ruairghy versuchte, die Sache ins Lächerliche zu ziehen, blökte »Ich habe sie versteckt« und verbarg das Gesicht in den Händen. Dem fügte er noch eine Einlage als Affe hinzu. »Hast du mit Norman gesprochen?«, fragte er, hopste zur Seite und ließ dabei die Fingerknöchel über den Boden schleifen.

»Hat er dich über mich und Jakob und Laura und Lucy ausgefragt?« Dann kratzte er sich unter den Armen und gab Schimpansenlaute von sich.

Was läuft hier eigentlich?

14.30 Uhr

Ich rief Jakob an, um herauszufinden, was los ist. Sprach mit Oliver. Oliver sagte, Jakob sei für ein paar Tage nach Belgien gereist. Er oder Jakob machen sich anscheinend Sorgen über den Zusammenbruch von etwas namens »Rundfundsche Deutschebank«. Gut zu wissen, dass der Junge handfeste Feldforschung betreibt. Beunruhigenderweise informierte mich Oliver, dass Laura mitgefahren ist.

23. Februar, 11 Uhr

Estelle bei Craftgirls. Ich daheim. Jakob in Belgien. Ruairghy allein im Bett (soweit ich weiß). Edwin ebenfalls im Bett.

Edwin verkündete heute Morgen, er sei krank. »Ich habe Schmerzen«, sagte er. »Im Bein. Zumindest fangen sie im Bein an.« »Wie verlaufen sie dann weiter?«, fragte ich. »Sie gehen hoch bis in die Brust«, sagte er. Als ich ihn fragte, ob die Schmerzen im Bein aufhören würden, wenn seine Brust wehtäte, verneinte er. »Sie bleiben sogar in meiner Brust, nachdem sie im Arm gewesen sind. Und der Arm tut noch weh, wenn die Schmerzen weiter zum Gesicht gewandert sind.«

Ich sagte, in dem Fall handle es sich wohl um vier verschiedene Schmerzen, aber Edwin beharrte darauf, dass es ein und derselbe sei. Er sagte, er denke, wahrscheinlich würden sie noch auf andere Körperteile übergreifen. »Wahrscheinlich«, fügte er düster hinzu, »geht er auch noch bis in den Hintern oder so.« Er wollte jedoch nicht zum Arzt. »Damit geht man nicht zum Arzt«, sagte er. »Ein Arzt könnte auch nicht helfen. Das sind nur irgendwie so Schmerzen.« Er hat heute eine Doppelstunde Latein. Ich ließ ihn im Bett, auch deswegen, weil ich ihn sonst zur Schule hätte fahren müssen, und ich habe heute ebenfalls Schmerzen, die nicht weggehen wollen – vielleicht wegen der drei Flaschen Chardonnay, die ich gestern Abend getrunken habe.

Laura Proeks Vater hat uns mittlerweile sage und schreibe zwölf Valentinskarten geschickt. Außer zweien sind alle von Jakob. Proek hat sie in ein Blatt Papier eingewickelt und in Großbuchstaben draufgeschrieben: »SEHEN SIE, WAS ICH MEINE?« Die beiden anderen waren ebenfalls eingewickelt und mit der Notiz versehen: »EHER PASSEND, FINDE ICH.« Sie sind von Ruairghy. Auf der ersten Karte von Jakob steht: »Lass es uns treiben, bis uns das Gesicht wehtut.« Die anderen sind direkter und deutlicher. Ich verspüre so langsam eine Art Mitgefühl für Proek. Auf den Karten von Ruairghy steht einfach: »Ich denke an dich in tiefer Zuneigung.« Auf der zweiten erkundigt er sich nach dem Befinden ihrer Mutter und hofft, dass Mr. Proeks Gürtelrose besser ist.

Ich mache mir ernsthaft Sorgen um Ruairghy.

12 Uhr mittags

Edwin sagt, die Schmerzen seien jetzt »direkt im und vor dem Kopf und umkreisen ihn irgendwie«. Wenn das so weitergeht, müssen wir ihn noch zum Psychiater schicken. Die Proek-Geschichte schien ihn aufzuheitern; er meinte, er könne eventuell aufstehen, »um in den Pub zu gehen, um darüber zu reden«. Ich sagte, ich hielte das für keine gute Idee, und als er mich fragte warum, antwortete ich: »Weil du Schmerzen hast!« Er sah mich gekränkt an und sagte, er habe die Schmerzen vergessen, doch jetzt, da ich sie erwähnt hätte, spüre er sie wieder. Tatsächlich könne er nun an nichts anderes mehr denken. »Sie verfolgen mich regelrecht!«, sagte er und sank zurück ins Bett. Ich fürchte, ich habe einen schweren Rückfall provoziert.

Mache mir ernsthaft Sorgen um diese Laura/Lucy-Geschichte (was auch immer dahinterstecken mag). Hat Proek etwa

Recht? Kenne ich meine Söhne überhaupt? Sitze ich auf einem Pulverfass? Befinden wir uns in einer Situation, neben der die dramatischen Ereignisse bei *General Practice* die Langeweile selbst sind? (Was nicht allzu schwierig ist.) Was führt mein jüngster Sohn im Schilde? Ich wäre nicht überrascht, wenn Bozz und Scagg und Lulu und Francesca oben bei Edwin wären und ekelhafte Sachen mit Snozzer anstellen würden. Vielleicht sollte ich Edwin wecken und nachsehen, ob sich unter seiner Decke eine Frau versteckt.

25. Februar, 23.30 Uhr, eine kalte, klare Nacht

Alle sind im Bett und haben wahrscheinlich Sex, nur ich nicht.

Mache mir außerdem Gedanken über die Probleme zwischen mir und Estelle. Ich bin mittlerweile überzeugt, dass unser letzter Sex viel zu lange her ist.

Wenn ich zwischen den Seiten meines Tagebuchs blättere, kann ich keinen einzigen Eintrag finden, der darauf hindeuten würde, dass Estelle und ich es getan haben. Mir ist nicht klar, ob das an meinem Taktgefühl liegt oder ob wir wirklich seit dem 6. Januar und wahrscheinlich auch schon lange davor keinen Sex mehr hatten. Ich hätte das doch sicher erwähnt?

Ich meine, mich dunkel zu erinnern, dass wir es Anfang des Monats getan haben, kann aber kein genaues Datum nennen. Wenn dem nicht so war, dann hatte ich schon seit zwei Monaten keinen Sex mehr, wahrscheinlich, wie ich bereits festgestellt habe, sogar noch länger. Mein Zustand ist dem »False-Memory-Syndrom« nicht unähnlich, und wenn diese Pseudoerinnerungen anhalten, muss ich wohl im Bad einen Kalender oder so aufhängen, damit ich weiß, ob und wann Estelle und ich Sex hatten. Doch wenn sie dahinterkommt, wird sie das nur in ihrer seit langem bestehenden Ansicht bestärken, dass ich pervers bin.

26. Februar, 10 Uhr

Estelle bei Craftgirls. Edwin in der Schule. Jakob in Belgien oder auf der Rückfahrt. Ruairghy im Bett. Ich unten beim Empfang im Sendehaus.

Kurz vor einer Abteilungssitzung.

Wir wurden umbenannt. Ich arbeite jetzt für die Abteilung Sendereihen, Dokumentation und Feature, Hörspiele, Fortsetzung und Einzel, In- und Ausland. Zumindest glaube ich, dass das der Name war. Jedes Mal, wenn ich ihn aufschreibe, schreibe ich ihn anders. Immer wenn jemand versucht, einem anderen zu sagen, für welche Abteilung er arbeitet, weiß er nicht mehr, ob er die richtige Bezeichnung verwendet hat oder ob er jemand anderen fragen muss. Karl sagte neulich: »Der alte Name war besser!« Aber als ihn jemand fragte, wie der gelautet hätte, konnte er sich nicht mehr daran erinnern. Surinder sagt, John Birt sei fest entschlossen, das kollektive Gedächtnis aller zu löschen, die bereits vor seiner Zeit bei der BBC gearbeitet hätten. Sein Plan sehe vor, uns so zu verwirren, dass wir irgendwann nicht mehr wüssten, in welches Gebäude wir müssten. Dann könnten wir wegen unentschuldigten Fernbleibens vom Arbeitsplatz entlassen werden.

O mein Gott, da kommt Ashley Ramp. Er trägt einen Armanianzug, der speziell auf seinen Buckel zugeschnitten ist. Er reibt sich die Hände.

Ich bin mir ziemlich sicher, dass er derjenige welcher ist: der Mann, der mich hasst. Vermutlich bin ich einer der wenigen, die sich daran erinnern, dass Ashley Ramp außerdem NICHT der Mann ist, der die prämierte Sendung über Nacktschnecken gemacht hat, aber hinterher so tat, als ob. Und er ist außerdem der Mann, der damals sagte, die Sendung über Schnecken sei *»zu langsam«*.

Und er ist darüber hinaus der Mann, der versucht hat, Eleanor Gubbins flachzulegen.

11 Uhr

Ich schreibe während der Besprechung. Ich muss etwas tun, sonst werde ich noch verrückt.

Surinder zwinkert mir dauernd von der anderen Seite des Tisches zu. Sie ist unglaublich attraktiv. Ich habe gerade absichtlich einen Bleistift fallen lassen, damit ich unter den Tisch tauchen und einen Blick auf ihre Beine werfen konnte. Sie sind sensationell.

Colin Cross gibt uns »ein Update über die Umstrukturierungsmaßnahmen«. Er hat nicht einmal den Mut, seine eigenen Worte zu verwenden, sondern liest alles aus einer Broschüre namens *Den Wandel annehmen: Umstrukturierungsmaßnahmen und ihre Umsetzung in den Abteilungen* vor. Wir haben alle Kopien dieses Meisterwerks, daher können wir seinem Vortrag im Gebetsbuchstil Wort für Wort folgen und kontrollieren, ob er etwas ausgelassen hat.

»Willkommen bei *Den Wandel annehmen: Umstrukturierungsmaßnahmen und ihre Umsetzung in den Abteilungen*, einer Broschüre, die für Sie vom Ausschuss für das Ressourcenmanagement von Radioproduktionen erstellt wurde, dessen kommissarischer Leiter ich, Colin Cross, bin.«

Hier machte er eine Pause und hielt die Broschüre hoch. Links auf der Seite war ein kleines Schwarzweißfoto von jemandem, der ein bisschen aussah wie Cyrano de Bergerac. Er deutete darauf und sagte: »Das bin ich. Auf dem Foto.«

Vielleicht wollte er uns überzeugen, dass er kein Roboter ist. Wenn das die Intention war, dann ging sie daneben. Ich bin jetzt überzeugt, dass *er* derjenige welcher ist, der Mann, der mich hasst. Er verkündete, die gesamte BBC werde nun in die Sparten Audio und Visuelles unterteilt. Zunächst klang es so, als ob beide Bereiche komplett voneinander getrennt würden. Ich fragte mich schon, ob nun alle Nachrichtensprecher angewiesen werden, die Nachrichten pantomimisch darzustellen, oder ob man die Fernsehprogramme zur besten Sendezeit komplett auf Sendungen für Taube umstellt. Doch es stellte sich heraus, dass die beiden Bereiche zwar unterschiedliche Bezeichnungen haben, sich ansonsten aber nichts ändert. Aber da es jetzt zwei Bereiche anstelle von einem gibt, sind ihre Leiter jetzt noch wichtiger als zuvor. Cross erklärte weiter, er werde »nicht nur Leiter des Bereichs Audio, sondern auch ausführender Produzent aller Radioserien einschließlich *General Practice«* (an der Stelle warf er Karl einen bedeutungsvollen Blick zu). Ashley Ramp, er und Karl würden »genau darauf achten, in welche Richtung sich die Abteilung entwickelt«. Der letzte Satz des Meisterwerks, aus dem er vorlas, lautete: »Der Ausschuss für das Ressourcenmanagement von Radioproduktionen wird nun direkt dem zentralen Strategiegremium zuarbeiten, das parallel zum Leiter des Bereichs Audio tätig ist und im Rahmen der Umstrukturierungsmaßnahmen betriebsbedingt Stellen abbauen muss. Wir rechnen damit, dass diejenigen, die nicht der ›flacheren‹ Managementstruktur angehören, nach Schottland versetzt werden.«

Und dort werden sie wahrscheinlich erschossen. Es könnte gut sein, dass ich auch dazugehöre. Wenn ich nicht freigestellt oder entlassen werde, wird man mich zwingen, einen Glasgow-Akzent anzunehmen und bei irgendeinem regionalen Stuss über die Flurbereinigung in Schottland mitzuwirken, wo Menschen umgesiedelt werden, um Platz für Schafe zu machen. Ich möchte jetzt nur eins wissen: Wer gehört diesem unheimlich klingenden zentralen Strategiegremium an? Den Gerüchten zufolge waren es die Mitglieder des Strategiegremiums, die als Erste vorschlugen, mich von einem Laster überfahren zu lassen. Sind das die mysteriösen Leute, die laut Karl mein Blut sehen wollen?

Anscheinend sind sie die Einzigen, die den Größenwahnsinn von Cross bremsen können. Aber wer sind diese Leute?

12.45 Uhr

Ich schreibe in Surinders Büro. Wir haben gleich eine Besprechung wegen meines Selbstmords. Sie sagte mir gestern Abend, sie werde »eine Bombe platzen« lassen. Sie sagte auch, ich könne es erst heute erfahren, und fügte hinzu: »Karl wird tun, was man ihm sagt. Ich werde ihm sagen, dass ich bereit bin, die Wahrheit über ihn zu enthüllen.« Als ich sie fragte, was die Wahrheit über ihn sei, erklärte sie: »Das kann ich unmöglich erzählen!«

Gerade ist ein Mann hereingekommen, den ich noch nie gesehen habe. Er hat ein Maßband dabei und misst anscheinend den Abstand zwischen den Schreibtischen und dem Fenster aus. Vielleicht eine neue Initiative von John Birt, um zu vermeiden, dass wir ungehindert zum Fenster rennen und uns hinausstürzen können? Oder vielleicht, um es uns einfacher zu machen? Nach dem, was Colin Cross heute Morgen sagte, könnte der Selbst-Fenstersturz bei der BBC durchaus populär werden. Der Mann hat etwas Unheimliches. Das gefällt mir ganz und gar nicht.

13.15 Uhr

Hatte gerade einen langen Plausch mit dem mysteriösen Fremden. Er ist eigentlich sehr nett. Er hat mir erzählt, dass er von einer Firma für Innenausstattung kommt. »Soweit ich weiß, werden alle aus dem Büro nach Cornwall versetzt.« Als ich ihn fragte, was dann hier passiere, sagte er, er glaube, sämtliche Wände würden herausgerissen. Ich fragte, wer dann hier arbeite, und er meinte: »Das weiß nur Gott.«

»Zumindest«, fügte er hinzu, »geht es denen besser als den armen Schweinen, die nach Schottland müssen«, denn die, meinte er weiter, »werden wohl nie wieder zurückkommen«. Ich fragte ihn, wo in Schottland sie denn hinkämen, und er sagte, es müsse irgendwo »ganz oben« sein, denn es sei vorgesehen, sie »mit Spezialkleidung auszurüsten«. Ich höre Karls Schritte draußen auf dem Flur. Mach dich bereit, Esmond Pennebaker! Kämpfe um dein Leben! Mal sehen, welche Trümpfe Surinder im Ärmel hat!

15 Uhr

Ich schreibe in einem fensterlosen Kellerraum, in dem ich noch nie war. Ich habe den starken Verdacht, dass der Raum gerade erst ausgehoben wurde, vom gleichen Trupp, der damit beschäftigt ist, Surinders Büro zu zerlegen. Der Raum heißt M42. Surinder flüsterte mir beim Reingehen zu, sie finde es sehr witzig, einen Raum nach einer Autobahn zu benennen.

Mit mir in diesem Höllenloch sitzen Karl, eine Frau namens Fudge (glaube ich), Assistentin für Planung und Koordination, eine Buchhalterin namens Nerys, Surinder, Steve Witchett (Der Autor Der Nie Seine Meinung Äußert) und etwa zwanzig Krabbenbrötchen, kreisförmig um einen Teller mit Teigtaschen arrangiert, die etwa so eingefallen und unappetitlich aussehen wie Karls Assistentin für Planung und Koordination.

Die Buchhalterin namens Nerys liest ihren Bericht vor. Er geht, wie es nun mal bei Berichten dieser Art zurzeit üblich ist, davon aus, dass wir in einer Welt von Gewinnen, Verlusten, Überschüssen etc. und anderen Dingen leben, die absolut keinen Bezug zu einer Einrichtung haben, die mit öffentlichen Geldern betrieben wird.

Unser Sender hat eigentlich ganz andere Aufgaben (wenn mich meine Erinnerung an die BBC-Satzung nicht täuscht), nämlich die Wahrheit zu verkünden, Frieden zwischen den Völkern zu stiften und so weiter.

Karl eröffnete die Besprechung mit der Bemerkung, er habe

noch nie ein so gutes Gefühl bezüglich *General Practice* gehabt. »Selbst Bleriod hört zu!«, sagte er. Ich dachte zuerst, ich hätte die Zusammensetzung seines Haushalts falsch verstanden, denn er konnte doch nicht ersthaft die Reaktion seines Hundes auf die Sendung als Argument anführen. Falsch gedacht. Er ist entweder verrückter und/oder verzweifelter, als ich dachte. Anscheinend läuft der räudige Labrador zum Radio und beschnüffelt es, sobald die Titelmelodie erklingt. Während der Sendung sitzt er verzückt da, starrt auf den Lautsprecher und heult zwei oder drei Minuten lang, wenn die Schlussmelodie läuft. Ich brachte vor, er könne ja auch vor Freude heulen. Das kam bei Karl nicht gut an.

17 Uhr

Ich schreibe in der Eingangshalle, während ich auf Surinder warte. Sie war heute Nachmittag einfach fantastisch.

Am Anfang präsentierte sie eine nicht zu entziffernde Folie voller Schaubilder und Zahlentabellen. Wir waren alle sehr beeindruckt, denn die Zahlen bedeckten eine Fläche, die so groß war wie ein Billardtisch. Surinder brauchte zwar eine Weile, bis sie merkte, dass das Bild auf dem Kopf stand, hatte sich aber schnell gefangen. Dann drückte sie eine Taste und zeigte die zweite Folie mit der Überschrift: ESMONDS WERTE IM FEBRUAR. Darauf war ein gigantischer, phallusartiger Obelisk von einer Höhe und Breite zu sehen, wie ich ihn noch nie bei einem Balkendiagramm gesehen hatte. Ich hatte keine Ahnung, was er darstellen sollte, hatte aber ein gutes Gefühl. »Das«, sagte Surinder, und deutete mit einem Zeigestab auf den Obelisken, »sind die Reaktionen einer Fokusgruppe im Februar. Sie zeigen, dass Esmonds Nervenzusammenbruch funktioniert. Wir haben die folgenden Fragen gestellt:

1. Welches Bild haben Sie von Esmond Pennebaker?
2. Wie zieht er sich Ihrer Meinung nach an?
3. Wenn er in einem Restaurant wäre, was würde er bestellen?

Zu Frage 1: Im Januar erhielten wir Antworten wie ›lange Nase‹, ›wird wohl allmählich grau‹ und ›sieht die ganze Zeit besorgt aus, aber da kann man ihm keinen Vorwurf machen‹. Nach dem sich anbahnenden Nervenzusammenbruch – und vor allem, nachdem er die Urinprobe nach Lola geworfen hat – bekamen wir Antworten wie ›hat wahrscheinlich blaue Augen‹, ›ein großer, starker Mann mit sensiblen Händen‹ und ›sieht aus wie ein Kampfpilot‹. Vierzig Prozent der befragten Zuhörer dachten im Februar, Esmond sei Anfang dreißig, obwohl sich ein Großteil der Dialoge um die Probleme im mittleren Alter drehte. Im Januar dachten die meisten Befragten, er trage ›alte Tweedjackets‹ und ›ausgebeulte Hosen‹, im Februar dagegen stellten ihn sich viele Hörer in ›Trainingshosen oder Jeans‹ oder ›Armanianzügen‹ vor. Entsprechend assoziierten ihn viele im Januar noch mit ›Bratwurst und Kartoffelbrei‹, im Februar hingegen brachten sie ihn mit ›Radicchio‹ und ›Polenta‹ in Verbindung. Eine Frau sagte sogar, er habe ›eine Aura von wilden Pilzen‹.«

Surinder musterte unsere Gruppe und sagte: »Ich finde, Esmond sollte seine Midlife-Crisis überleben und einen radikalen Persönlichkeitswandel vollziehen. Er sollte mit dem Gedanken an Selbstmord spielen, ihn dann aber verwerfen. Das wäre eine unglaublich positive Botschaft für die Hörer. Er sollte ein bisschen hipper und jünger rüberkommen. Er sollte aktuelle Musik für sich entdecken – Bands wie Oasis zum Beispiel. Ich sehe keinen Grund, warum er nicht Noel Gallagher als Privatpatienten behandeln sollte – und ich denke, er sollte eine heiße, leidenschaftliche Affäre haben. Ich will ihn geil, vital und mit viel Sex mit verschiedenen Personen. Vielleicht sogar mit anderen Männern, ich weiß noch nicht. Er könnte schwul oder bisexuell sein. Er könnte eine Affäre mit jemandem aus einer ethnischen Minderheit haben – beispielsweise mit einem jungen Asiaten oder einer Asiatin.«

Auf ihren Vortrag folgte ein langes Schweigen. Schließlich sagte Steve Witchett, der Autor Der Nie Seine Meinung Äußert: »Das hat etwas. Vielleicht aber auch nicht. Aber wir dürfen die Möglichkeit nicht ausschließen, dass es funktionieren könnte. Es könnte aber auch schiefgehen. Derzeit kann man das unmöglich sagen, ohne es auszuprobieren. Und dann wäre es natürlich zu spät. Wenn es nicht funktionieren würde. Womit ich nicht behaupten möchte, dass es nicht funktionieren könnte.« Nerys sagte mit tiefer, anzüglicher Stimme: »Ich glaube nicht, dass Esmond eine warme Tante ist!« Heißt das das, was ich meine, das es heißt?

Schließlich erklärte Karl, der von allen unbeobachtet außer mir während Surinders Vortrag die Worte »SHIRLEY TRÄGT EINEN BH« auf seinen Notizblock geschrieben hatte: »Da sind einige interessante Sachen dabei, Surinder. Ich denke, wir leiten das besser an Colin als ausführenden Produzenten weiter! Er ist bei heiklen Angelegenheiten sehr pragmatisch!« Aber Surinder gab nicht auf. »Und was wird er machen?«, fragte sie. »Er …«, begann Karl langsam und schwerfällig, »wird die Sache wahrscheinlich an das zentrale Strategiegremium weiterleiten.« »Und wer ist das?«, fragte Surinder schnell. »Da gibt es keine Geheimnisse«, antwortete Karl. »Wir wissen es nicht. Wir sind noch nicht sicher, wer es werden wird. Dort gibt es wie überall sonst ebenfalls eine Umstrukturierung. Und wenn wir wissen, wer es ist, ist derjenige vielleicht schon entlassen oder versetzt worden. Aber wenn wir wissen, wer dazugehört, werden wir unsere Überlegungen weiterleiten.«

Steve Witchett, der Autor Der Nie Seine Meinung Äußert, sagte: »Wir könnten unsere Vorschläge über Sylvia laufen lassen, nehme ich an. Je nachdem, ob wir Sylvia für einen wichtigen Faktor halten. Sie könnte es sein. Andererseits vielleicht auch wieder nicht. Vielleicht ist sie völlig irrelevant. Schwer zu entscheiden, ob wir ihr etwas zeigen sollen, solange wir nicht wissen, welche Position sie innehat. Andererseits erfahren wir aufgrund der flüchtigen Natur der Dinge und der ganzen Umstrukturierungen vielleicht nie ihre Position. Was natürlich nicht heißen soll, dass wir es eventuell doch erfahren könnten.«

Während er weitersprach, beugte sich Nerys zu mir und sagte mit noch tieferer, anzüglicher Stimme: »Esmond Pennebaker ist nie und nimmer flott auf dem Teppich!« Als ich sie direkt fragte, was das bedeute, sagte sie: »Es bedeutet, dass er nicht *La Palome* rückwärts pfeift!«

27. Februar, 17 Uhr, Sturm, Graupel, Schnee usw.

Estelle bei einer Verkaufsbesprechung von Craftgirls, Edwin »bei den Proben für sein Stück«. Jakob in Luzern. Ruairghy spielt unten »Lemminge 3D« (ein Computerspiel). Ich in meinem Arbeitszimmer.

Habe die Atemübungen nach De Witjerer ausprobiert. Ruairghy, der erklärt hat, er habe definitiv beschlossen, die Uni nicht mehr zu besuchen (wird das dort überhaupt jemand merken?), rief von unten, der Lärm lenke ihn ab, er sei »schon fast bei Level acht«. Er hat heute Morgen lange mit Norman Proek telefoniert. Ich hörte, wie er dabei nicht sehr schmeichelhaft über Jakob sprach.

Heute wurden sechs Kühlschränke geliefert. Sie gehören, wie mich der Spediteur informierte, Mr. Jakob Slippery. Ich habe keine Ahnung, was die Kühlschränke hier sollen. Ich weiß nicht, woher Jakob das Geld für sie hat. Ich weiß auch nicht, wann sie wieder abgeholt werden. Ich bin ein sehr unglücklicher Mann mittleren Alters. Ich rief Jakob auf dem Handy an und erwischte wieder Oliver, der gerade mitten in einer Sitzung der »Wodka-Gesellschaft« war. Er sagte, Jakob sei »bei einem Meeting« in Luzern.

17.30 Uhr

Nachricht von Estelle auf dem Anrufbeantworter. Sie kommt später. Sie »kauft Steckrüben«. Warum?

18 Uhr

Meine Beziehung zu Surinder steckt in der Krise. Womöglich spielt sie nur mit meinen Gefühlen, das heißt, sie will gar nicht mit mir schlafen. Sie erweckt bewusst den Eindruck, dass sie noch zu viel mehr bereit sei. Hat aber wohl mädchenhafte Vorbehalte, tatsächlich den endgültigen Schritt zu wagen und mit mir Sex zu haben. Ich glaube, wenn ich sie nur dazu bringen könnte, sich auf mich einzulassen, gäbe es für sie kein Halten mehr.

Besonders kompliziert wird die Situation durch ihre Begeisterung für meine Ehe. Ich glaube, ich habe noch nie jemanden getroffen, den das Eheglück von Paul Slippery und Estelle Thwaites so verzückt. Sie bezeichnet Estelle als »fantastisch« und »eine unglaubliche Mutter« und »eine der bemerkenswertesten Frauen, die ich je getroffen habe«. Sie hat nur einmal am Telefon mit ihr gesprochen, etwa eine Minute und dreizehn Sekunden lang. Mrs. Slippery hat eindeutig einen starken Eindruck bei ihr hinterlassen. Als ich Estelle fragte, was sie von Surinder halte, überlegte sie kurz und fragte dann: »Von wem?«

Aber wir arbeiten daran, mein Leben zu retten. Sie sagt, das Material, das sie habe, um Karl unter Druck zu setzen, sei »fantastisch«. Und wir haben ein paar Hinweise zum zentralen Strategiegremium. Wir wissen, wer ihm früher angehörte.

Das könnte ein erster Schritt sein, vielleicht können wir bald die jetzigen Mitglieder ausfindig machen.

Es geht das Gerücht, dass niemand nach Schottland muss. Colin Cross schreibt angeblich an der Biografie von John Birt.

18.45 Uhr

Ich fürchte, Edwin läuft Gefahr, die Orientierung zu verlieren. Ich möchte nicht, dass er einmal so endet wie ich. Bozz, Scagg und Snozzer tappen ebenfalls ziemlich orientierungslos durchs Leben – allerdings erfuhr ich zu meiner Freude, dass Scagg am Wochenende an der Fischtheke von Waitrose jobbt. Sie warteten alle hinter einem Gebüsch auf mich, als ich vor der Schule hielt. Scagg hat einen neuen Haarschnitt. Ich bin mir nicht sicher, ob er etwas dafür bezahlt hat, aber wer immer es getan hat, hat offenbar einfach die Haare in Büscheln herausgerissen. Snozzer zog an einer kleinen Tonpfeife, die er schnell in die Tasche steckte, als ich vorfuhr. Oben auf dem Wimbledon Hill fingen seine Kleider Feuer, und wir mussten ihn aus dem Auto ziehen und mit einer Videokassette, bei der die Leihfrist abgelaufen war, auf ihn einschlagen, bis er nur noch qualmte.

Als wir daheim waren, erinnerte ich Edwin daran, seine Spanisch-Hausaufgaben zu machen. Er sagte: »Ich muss *Ganz oder gar nicht* anschauen.« Ich sagte: »Willst du damit sagen, dass du verpflichtet bist, den Film zu sehen? Wirst du von jemandem gezwungen, ihn anzuschauen? Wer ist derjenige, der dich an einem Abend dazu zwingt, an dem du doch eigentlich nur deine Hausaufgaben machen willst, damit du nicht durch die Mittlere-Reife-Prüfung fällst und später bei Sainsbury arbeiten musst?« Er sagte, ich solle ihn in Ruhe lassen, und das tat ich auch. Jetzt ist er unten und macht sich ein Sandwich mit Frischkäse und Putenschinken.

28. Februar, 11 Uhr, Regen

Jakob in Luzern oder Oxford. Ruairghy in den Läden unterwegs »um Papier zu kaufen und einen Job zu suchen«. Estelle bei Craftgirls. Ich hier. Edwin in der Schule.

Ich habe gerade Surinders Entwurf für die Folge bekommen, die mich in eine neue, aufregende Richtung führt.

Es ist neu. Es ist aufregend. Es ist ausgesprochen verrückt. Ich gehe in Therapie bei einer Frau namens Flora. Ich rede viel über meine Triebe. Surinder hat mir einen Zettel beigelegt, dass alles vielleicht noch einmal umgeschrieben werden müsste, aber wenn wir es an Karl vorbeischmuggeln könnten, sei ich auf dem besten Weg, dem Tod von der Schippe zu springen. Das hat mich gefreut. Wenn Ronnie Pilfrey eine Rede beim Gedenkgottesdienst für Dr. Esmond Pennebaker halten darf, wird das seiner Karriere mit ziemlicher Sicherheit enormen Auftrieb geben.

Estelle macht eine Steckrübendiät. Soweit ich das verstanden habe, ist die Idee bei der Sache, dass man ein Gemüse nimmt, das man nicht besonders mag, und sich dann nur noch davon ernährt. Eine Freundin von ihr hat eine Auberginendiät gemacht und in einer Woche über sechs Kilo verloren, weil sie es nicht einmal ertragen kann, sich im gleichen Raum mit einer Aubergine aufzuhalten. Ich glaube, Estelle hat ein bisschen gemogelt und mag Steckrüben lieber, als sie zugibt. Gestern aß sie ungefähr ein Kilo. Sie hat etwa eine halbe Tonne im Keller eingelagert.

Die Türklingel. Ich spähe durch das Fenster meines Arbeitszimmers. Draußen steht Jakob mit einem großen, dünnen Mädchen mit blonden Haaren. Ich weiß nicht warum, aber ich glaube, das könnte Laura Proek sein. Sie trägt einen knappen Pullover und eine sehr enge Jeans. Wenn sie mit ihm redet, legt sie den Kopf auf die Seite wie ein Vogel, der um Futter bettelt. Sieht man es den Leuten eigentlich an, ob sie miteinander schlafen?

11.03 Uhr

Ja.
Und ob sie es tun. Ich hätte sie besser hereinlassen sollen. So wie die aussehen, fangen sie gleich auf der Straße damit an.

11.45 Uhr

Jakob stand etwas hinter ihr, nickte lässig und sagte: »Hi!« »Hi!«, antwortete ich und versuchte, genauso lässig zu wirken. Laura schüttelte ihre Haare, als ob sie prüfen wolle, ob ihr Shampoo ihm wirklich Volumen und Spannkraft verleiht. »Hi!«, sagte sie. »Hi!«, antwortete ich. »Laura«, sagte Jakob. »Hi!«, sagte ich. »Hi!«, sagte sie noch einmal. Ihre Stimme klingt ein bisschen nasal und singsangartig. Aber seltsam attraktiv. Nicht, dass das ein Problem wäre. Wir unterhielten uns einfach miteinander. Nach einer Pause sagte ich ganz leicht und locker: »Kühlschränke!« Jakob mied meinen Blick. »Wo?«, fragte er. Ich sagte: »Kühlschränke! Hier!« Jakob zog eine Sonnenbrille aus der Brusttasche und setzte sie auf. »Ist das in Ordnung?«, fragte er. »Klar«, sagte ich. »Klar! Sind sie denn … bezahlt und so?« Jakob schenkte mir ein müdes kleines Lächeln. »Oh, die sind bezahlt«, sagte er. »Die Antwort lautet also ›Ja‹. Wir holen sie morgen ab.« »Gut«, sagte ich, »cool!« »Cool!«, sagte Jakob.

Ich glaube, Laura war ziemlich beeindruckt von meiner Darbietung. Ich bin ein ziemlich jugendlich wirkender Vater. Obwohl ich zu meinem Schrecken feststellen musste, dass ich einen leicht amerikanischen Akzent an den Tag legte.

Laura roch sensationell gut. Ich musste mich sehr anstrengen, nicht auf ihre Brüste zu starren. Sie dagegen schaute mir die ganze Zeit in die Augen. Wahrscheinlich, dachte ich, ist sie die Gesellschaft von Künstlern und Intellektuellen nicht gewohnt. Nach dem Auftreten ihres Vaters zu urteilen, hat sie ihre Kindheit in der Gesellschaft von Menschen verbracht, die dem fehlenden Bindeglied zwischen Affe und Mensch näher sind, als man meinen möchte. Ich zog mir die Jeans hoch und verlieh meinem Gang ein leichtes, nicht zu bemüht wirkendes Federn, führte sie ins Haus und fragte: »Bier?«

Das schien sie sehr zu beeindrucken. Jakob setzte sein zaghaftes Lächeln auf und nickte langsam. Die Augen hielt er weiter auf den Boden gerichtet.

»Wir sind … echt müde …«, sagte er. »Klar!«, sagte ich. »Cool!« »Waren die ganze Nacht auf!«, fuhr er fort. »Cool!«, sagte ich. *Und ich weiß genau, was dich vom Schlafen abgehalten hat, junger Mann!* Er lächelte wieder und nickte. »Daher … gehen wir … besser ins Bett!« »Cool!«, sagte ich. Es entstand eine kurze Pause, in der ich fast gesagt hätte: »Miteinander, nehme ich an!« Jakob nickte langsam und nachdenklich. Ich dachte aus mir unerfindlichen Gründen daran, wie er den langsamen Satz des Cellokonzerts von Dvočák in der Cranbourne School in Wimbledon gespielt hatte. »Cool!«, sagte ich, dieses Mal mit einem leicht schrillen Ton in der Stimme. »Cool!«

Sie sind jetzt oben. Treiben es wahrscheinlich miteinander. Ich nehme an, ich hätte den Versuch machen können, Laura ins Gästezimmer zu führen. Aber wir haben kein Gästezimmer. Mir kommt es vor, als wäre es erst gestern gewesen, dass ich dem Jungen erklärte, um was es sich bei Motown handelt. Und jetzt …

Draußen hat gerade ein Auto gehalten. Ein kleiner, untersetzter Mann in einem Hawaiihemd ist ausgestiegen und blinzelt zum Haus hinauf. Er sieht ein bisschen aus wie ein Gerichtsvollzieher. Aber irgendwie glaube ich das nicht. Jetzt hat sich eine Frau dazugesellt. Eine Frau mit einem praktischen Rock, klobigen Schuhen und einem Haarschnitt, wie ich ihn zuletzt im Schaufenster von Mr. Toni in der High Street von Wimbledon im Jahre 1956 gesehen habe. Sie sieht zum Haus hoch. Ich habe das furchtbare Gefühl, dass ich auf Mr. und Mrs. Proek hinabblicke.

12 Uhr mittags

Ich hatte Recht. Aus der Nähe und im persönlichen Kontakt ist Mrs. Proek noch unangenehmer. Ihre Nase sieht aus, als ob sie professionell geschärft worden wäre, und ihr Kinn ist so ausladend wie der Bug eines Ozeandampfers. Sie ist eine wirklich gemeine Person. Kaum hatte ich die Tür geöffnet, hob sie anklagend den Zeigefinger und sagte: »Ich fürchte, Ihre Jungen führen nichts Gutes im Schilde!« Dann verschanzte sie sich mit verschränkten Armen einige Meter hinter Mr. Proek. Anscheinend rechnete sie mit Ärger, doch wenn von meiner Seite keiner drohte, wäre sie sicher überglücklich, selbst welchen zu machen.

»Laura nicht im Wohnheim!«, bellte Mr. Proek. Mrs. Proek nickte bekräftigend. »Vielleicht«, sagte ich heiter, »geht sie einfach nicht ans Telefon!« »Nur eine bescheidene Politesse«, sagte Mrs. Proek so sparsam, als müsse sie für jedes Wort bezahlen, »keine Radioberühmtheit! Weiß aber, wenn die Tochter weg ist!«, »Tatsächlich!«, sagte ich. »Haben Polizei gerufen!«, sagte Mr. Proek. »Gut!«, sagte ich. Mrs. Proek zog verächtlich die Nase hoch. »Die Polizei!«, bekräftigte sie. »Nur eine bescheidene Politesse! Kann aber einfache Anrufe machen!« »Nichts unternommen«, zischte Mr. Proek mysteriös, »nichts!« Vermutlich bezog sich das auf die Polizei. »Wahrscheinlich ... äh ... liegt sie irgendwo gemütlich im Bett!«, sagte ich fröhlich. Ich weiß nicht, warum ich das sagte. Genauso wenig weiß ich, warum ich hinzufügte: »Mit jemandem!« Beide starrten mich an. »Jemand Nettem!«, ergänzte ich.

In dem Moment war ein langgezogenes Stöhnen aus dem Obergeschoss zu hören.

Mr. und Mrs. Proek starrten mich ausdruckslos an. Vielleicht lag das Geräusch vom Orgasmus ihrer Tochter einfach völlig außerhalb ihres Erfahrungsbereichs. Vielleicht waren sie nur darauf programmiert, Sachen wie Lauras erstes Wort oder ihre Zeugnisnoten zu registrieren. Bevor ihr kleines Mädchen anfing, wie eine läufige Wölfin zu heulen, führte ich die beiden ins Wohnzimmer, murmelte etwas von einem dringenden Telefongespräch und rannte die Treppe hoch. Ich glaube, ich wollte vor Jakobs Zimmertür auf und ab springen, um die beiden aus dem Takt zu bringen. Während ich das hier hastig in mein Tagebuch schreibe (die einzige Therapie), höre ich die Türklingel.

Sieht aus wie Edwin. Kann das sein?

14.30 Uhr

Es war Edwin.

Anscheinend hatten sie in der Schule einen Geländelauf, der »früher zu Ende war«. Er roch nach Zigarettenrauch. Mr. und Mrs. Proek saßen immer noch im Wohnzimmer. Ich sah sie durch einen Spalt in der Tür. Sie saßen in völligem Schweigen auf der Couch. Die Sexgeräusche waren mittlerweile ohrenbetäubend. Jakob gab ziemlich viele »Wow-yeahs« von sich, ich glaube, ich hörte ihn einmal auch »Fester Baby! Fester!« rufen. Während dieses Orkans – der von den Proeks immer noch komplett ignoriert wurde –, sagte Edwin mit einem Zwinkern und anzüglichem Grinsen: »Da wird aber gewaltig gerammelt!« Ich schnitt wilde Grimassen, schüttelte den Kopf und legte den Finger auf die Lippen. Von oben kam noch ein letzter zittriger Seufzer, dann schien Laura Proeks Orgasmus abzuklingen (wirklich? Bitte, lieber Gott!). Allerdings konnte ich nicht anders, ich war sehr stolz auf die Leistung meines mittleren Sohnes. Nicht nur ein hervorragender Cellist, nicht nur Student in Oxford und ein kühler Denker mit einem analytischen Verstand – sondern auch noch ein Tier im Bett mit dem Talent, die Freundin seines Bruders in ein zitterndes Häufchen Gelee zu verwandeln.

»Die treiben es da oben ja wie die Karnickel!«, sagte Edwin. Ich gestikulierte wie wild Richtung Wohnzimmertür. »Da drin auch?«, fragte er. Ich schüttelte den Kopf, aber bevor ich ihm die Situation verklickern konnte, sagte er mit seiner klaren, lauten Stimme: »Das muss diese Laura Proek sein! Anscheinend ist sie der Knaller im Bett. Ruairghy hat es ihr jeden Abend besorgt, aber dann hat sie eine Vorliebe für Jakobs bestes Stück entwickelt!« Ich wandte mich zu ihm um – ich glaube, ich wollte ihn ohrfeigen oder ihm eine Decke über den Kopf werfen –, aber er fuhr ungerührt und genauso klar und deutlich fort: »Sie klingt so geil, diese Laura Proek! Sie ist der Hammer. Echt ein Tier im Bett!« Plötzlich erschienen Mr. und Mrs. Proek im Türrahmen. Edwin hatte sich über seine Schultasche gebeugt und merkte nicht, dass wir nicht mehr allein waren. »Ich meine«, fuhr er nachdenklich fort, »ich bin ja nicht gerade begeistert, wenn diese Laura Proek oder wie sie auch immer heißt praktisch vor meiner Zimmertür gebumst wird. Ich muss bei dem Gerammel schließlich den ersten Arabisch-Israelischen Krieg pauken. Ich meine, mein Gott! Das ist der reinste Sechstagekrieg da oben! Und Ruairghy sagt, sie könne es *stundenlang* treiben!«

Endlich fand ich meine Stimme wieder. »Edwin«, sagte ich, »kennst du eigentlich schon Mr. und Mrs. Proek, Lauras Eltern?« Ganz langsam ging seine Hand hoch zum Mund. Zum ersten Mal in seinem sechzehnjährigen Leben wirkte er ernsthaft erschüttert. »Oh, äh, Mrs.!«, sagte er. Ich wandte mich zu den Proeks. »Das ist mein Sohn Edwin!«, sagte ich. »Er macht dieses Jahr seine mittlere Reife!« Mr. Proek kniff die Augen zusammen. »Klingt ganz wie sein Vater! Der Apfel fällt nicht weit vom Stamm!«, sagte er.

In dem Moment gab Miss Proek ein Geräusch wie eine Luftmatratze von sich, aus der abrupt die Luft herausgelassen wird. »Was war das?«, fragte Mrs. Proek. Ich gab keine Antwort. »Nur eine bescheidene Politesse!«, sagte Mrs. Proek. »Weiß aber, wenn die Tochter …« Sie hielt inne. Ein besorgter Ausdruck trat auf ihr Gesicht. »Wenn die Tochter was …?«, fragte Mr. Proek. »Verschwunden ist!«, sagte ich schnell und trat dicht gefolgt von Edwin den Rückzug nach oben an.

14.45 Uhr

Ich zerrte Edwin in mein Arbeitszimmer und fragte ihn aus irgendeinem Grund zuerst nach den Kühlschränken. »Was ist mit diesen Kühlschränken? Hat das irgendetwas mit Luzern zu tun? Und raucht Jakob ›weiße Ware‹ oder wie immer man das nennt?« Edwin antwortete nicht. Ich fuhr fort: »Mir reicht's so langsam!« »Mir auch«, sagte Edwin. »Ich habe echt die Schnauze voll! Glaubst du etwa, mir *gefällt* es, wenn neben mir dauernd gepoppt wird, während ich versuche, mich auf die Prüfungen vorzubereiten?« »Ich rede hier nicht über Sex!«, sagte ich. »Ich möchte wirklich nicht mit dir über Sex diskutieren, Edwin. Ich habe die Nase voll davon, wie hier in diesem Haus über Sex geredet wird. Allmählich entwickle ich in dieser Angelegenheit eine gewisse Sympathie für deine Mutter.« »Da bin ich aber froh«, sagte Edwin. »Immerhin bist du seit fast fünfundzwanzig Jahren mit ihr verheiratet!« »Hör jetzt endlich auf, über Sex zu reden!«, schrie ich, obwohl mir bewusst war, dass Mr. und Mrs. Proek unser Gespräch wahrscheinlich aufzeichneten, um es dem Staatsanwalt zu präsentieren. »Ich rede von Leuten, die Kühlschränke kaufen und Sex-Hotlines in Florida anrufen!« »Warum sollte man eine Sex-Hotline in Florida anrufen?«, fragte Edwin. »Sind die da besser?« »Du weißt sehr gut«, sagte ich, »dass sie unendlich viel besser sind!« »Du bist ja bestens informiert!«, sagte Edwin. »Gib's zu!«, brüllte ich, »du hast eine Sex-Hotline in Florida angerufen! Ich habe die Nummer auf einem Zettel in deinem Zimmer gefunden, 019 oder so ähnlich! Na?« »Das«, sagte Edwin, »ist keine Telefonnummer in Amerika.« »Oh«, sagte ich, »was ist es dann, wenn ich fragen darf?« »Deine Kreditkartenummer!«, antwortete Edwin. »Wir haben damit die Kühlschränke gekauft. Kühlschränke sind weiße Ware. Ich dachte, das wüsste jeder. Weißt du überhaupt irgendetwas? Wo bist du dein ganzes Leben gewesen? Du bist wirklich völlig weltfremd. Aber es sind gute Kühlschränke. Sie sind ein Schnäppchen. Du wirst Geld mit dem Geschäft machen, ehrlich, du musst nicht sauer sein!«

Ich sprang inzwischen auf und ab wie Rumpelstilzchen. Ich sagte: »Wir müssen ein sehr ernstes Gespräch führen. In diesem Haus geht es nicht mit rechten Dingen zu!« Edwin sagte: »Ganz deiner Meinung. Der Wind heult nachts sehr laut vor meinem Fenster und hält mich wach. Das ist wirklich gruslig!« Dann marschierte er aus dem Zimmer. Ich bin allein und schreibe zur Beruhigung in mein Tagebuch. Unten warten die Proeks auf mich. Gerade hat es wieder geklingelt. Ich hoffe, es ist der Fischmann. Aber ich habe eine furchtbare Ahnung, dass es Ruairghy ist. Er müsste um diese Zeit heimkommen.

15.15 Uhr

Er war es.

Die Proeks rannten zur Tür, kaum dass er die Klingel gedrückt hatte, und ließen ihn herein. Mrs. Proek umarmte ihn. Dann holte sie aus ihrer Tasche ein zerknautschtes gestricktes Etwas und hielt es ihm hin. Es war, wie ich zu meinem Entsetzen feststellte, eine Art Mütze. Mr. Proek sagte: »Und wie, Ro-Ree? Alter Gauner, alles okay?« Ro-Ree wirkte, wie ich verärgert registrierte, echt erfreut, ihn zu sehen. Er trug eine Zeitschrift. Auf der Titelseite stand »MIT TOLLEN COM-

PUTERSPIELEN UND ANGEBOTEN«. »Norman, hallo!«, hörte ich ihn sagen. »Ich bin bis Level acht gekommen! Und ich glaube, ich habe die ›Entenkolonie‹ geknackt.« Mr. Proek wandte sich triumphierend zu mir. »Was für ein Junge!«, sagte er. »Was für ein Junge!« »Ja«, sagte ich gepresst, »er ist seit etwa zwanzig Jahren mein Sohn und auch ich mag ihn sehr.«

Mr. Proek kräuselte die Lippen. »Und wie läuft die Beziehung Laura-Ro-Ree? Alles zur Zufriedenheit für verantwortungsbewußten Vater?« »Wie meinen Sie das?«, fragte ich. »Was habe ich damit zu tun?« »Müssen Ihren Einfluss nutzen«, sagte Proek. »Müssen Master Jakob sagen, soll gefälligst unsere Tochter in Ruhe lassen!«

In dem Augenblick war von oben ein langes, befriedigtes Stöhnen zu hören. »Laura!«, sagte Norman, als ob er ihre Tischmanieren kritisieren würde. Ruairghy sah die Treppe hoch, schlug sich mit der rechten Hand an die Schläfe und ging unverständlich vor sich hinmurmelnd auf und ab. »Sagen *Sie* ihm doch, er soll aufhören!«, sagte ich zu Mr. Proek. »Sie können ja nach oben gehen und einen Wasserschlauch auf die beiden richten, wenn Sie meinen, das würde helfen!« Proek machte einen Schritt nach vorn. Einen Moment lang dachte ich, er würde tatsächlich nach oben gehen und meinen Vorschlag ausprobieren. Aber er ging nur bis zum Treppenabsatz. »Laura!«, schrie er. »Hier ist dein Daddy! Du kommst jetzt sofort nach Hause!« Keine Antwort. Proek marschierte zurück ins Wohnzimmer und verkündete, er werde warten »bis sie fertig sind«, dann die Tochter nach Hause schaffen, und dort könne sie was erleben, »dass ihr Hören und Sehen vergeht«. Edwin sagte, das sei wohl genau das, was ihr gerade vergangen sei. Ich verzog mich wieder nach oben. Wenn Edwin Recht hat, was den sexuellen Appetit von Miss Proek angeht, dann sind die Proeks wahrscheinlich noch in zwei Wochen hier.

Jetzt fehlt nur noch Estelle.

Ich höre ihr Auto. Ich glaube, sie kommt tatsächlich.

16.15 Uhr

Sie kam.

Sie zog einen riesigen Sack Steckrüben hinter sich her. Als sie die Proeks sah, wandte sie sich zu mir und sagte in vorwurfsvollem Ton: »Wer sind diese Leute und was haben sie hier zu suchen?« »Das sind die Proeks!«, sagte ich. »Mr. und Mrs. Proek. Sie sind die Eltern von Laura Proek ...« »Und die ist oben und treibt es mit Jakob!«, unterbrach mich Edwin, der offenbar wild entschlossen war, seinen Fauxpas von vorhin dadurch wieder wettzumachen, dass er die restliche Unterhaltung auf demselben niedrigen Niveau hielt. »Die es früher mit Ruairghy trieb, oder Ro-Ree, wie wir ihn jetzt nennen! Mr. Proek ist mit seiner Frau, die nur eine bescheidene Politesse ist, hergekommen, um dich und Paul dazu zu bringen, mit Jakob zu reden, damit er es nicht mehr mit Laura treibt und Ro-Ree es wieder mit ihr treiben kann und Weihnachten bei diesen entzückenden Leutchen feiern darf! Die ihm ...«, hier gab er seiner Stimme einen sehr überzeugenden tuntigen Klang, »diese wunderschöne Mütze gestrickt haben!«

Es gibt Momente, in denen Edwin der mir liebste Mensch auf Erden ist. Das war so ein Moment. Es gibt außerdem Momente, in denen meine Frau der mir liebste Mensch auf Erden ist. Und ich hatte so ein Gefühl, dass dieser Moment jetzt kam.

Sie senkte den Kopf und schaute gute dreißig Sekunden lang auf den Boden. Sie nagte an ihrer Lippe. Wenn Mr. und Mrs. Proek sie länger gekannt hätten als etwa eine Minute und fünfzehn Sekunden, hätten sie die Gelegenheit genutzt, sich leise davonzustehlen, oder noch besser, laut schreiend loszurennen und Deckung hinter ihrem VW-Bus zu suchen. Stattdessen sagte der männliche Proek: »Ihr Sohn Jakob! Bock zum Gärtner gemacht! Braucht eine Standpauke!« Estelle nickte langsam. »Warum«, fragte sie mit beunruhigender Ruhe, »glauben Sie, dass Sie das irgendetwas angeht?« Die Proeks starrten sie mit offenem Mund an. »Sind Sie vielleicht ausgebildete Psychoanalytiker nach C. G. Jung oder ein Sonderkommando von Sozialarbeitern?« Proek verschränkte die Arme. »Kammerjäger!«, sagte er, mit meiner Meinung nach unangebrachtem Stolz. »Das interessiert mich nicht, Mr. Proek«, sagte Estelle und hob die Hand wie eine Lehrerin, die einen sehr harten Tag hinter sich hat. »Und wenn sie Atomphysiker wären. Ich möchte damit sagen, dass nur geistig völlig umnachtete Wichtigtuer auf die Idee kämen, dass es sie etwas angeht, was zwei junge und gesunde Menschen im Bett tun!«

»Hören Sie!«, begann Mrs. Proek und schob sich nach vorn in der Annahme, dass sie jetzt zum Angriff übergehen könne. »Nein, Sie hören mir zu, Mrs. Rattenfänger«, sagte Estelle. »Abgesehen von Ihrer Unfähigkeit beim Stricken habe ich nichts gegen Sie, da sie klugerweise beschlossen haben, bisher den Mund zu halten! Aber ich fürchte, Ihr Mann hat bereits zur Genüge demonstriert, dass er weniger Intelligenz hat als ...«, sie griff in ihren Sack, »diese Steckrübe!« Sie baute sich vor Mr. Proek auf und hielt ihm die Steckrübe unter die Nase. »Tatsächlich«, fuhr sie fort, »glaube ich, dass ihm diese Steckrübe in praktisch jeder Hinsicht überlegen ist. Wenn Ihnen keine zivilisierte Möglichkeit einfällt, Einfluss auf Ihre Tochter zu nehmen, schlage ich vor, dass Sie sie einstweilen hier bei uns lassen. Und wenn Sie in fünf Minuten nicht unser Haus verlassen haben, rufe ich die Polizei!«

Sie mag es nicht, wenn andere Jakob kritisieren. Aus irgendeinem Grund hält sie ihn für hochsensibel. Mittlerweile hat sie den Sack Steckrüben in die Küche geschleift und tut so, als ob sie mit der Polizei telefonieren würde. Ich weiß, dass sie nur so tut, weil sie so nahe wie möglich zum Flur steht und betont laut und deutlich mit einer erfundenen Person namens Inspector Lewis spricht. »Danke, Inspector, das ist großartig!«, sagt sie gerade. »Sie schicken also gleich jemanden hierher! Hervorragend!« Die Proeks sind im Wohnzimmer. Edwin beobachtet sie durch einen Spalt in der Tür und gibt von Zeit zu Zeit ein kehliges Lachen von sich. Ro-Ree sitzt auf der Treppe, das Gesicht in den Händen vergraben. Laura und Jakob sind immer noch voll bei der Sache.

Jetzt fehlt nur noch, dass sie nach unten kommen und Mr. und Mrs. Proek ausführlich schildern, was sie in den letzten Stunden getrieben haben.

Ich höre ein Geräusch auf dem oberen Treppenabsatz. Ich fürchte, das sind sie. Und sie wollen wohl tatsächlich in die Höhle des Löwen.

17 Uhr

Ich hörte sie an meinem Arbeitszimmer vorbeigehen und schlich nach draußen auf den Treppenabsatz. Von oben beobachtete ich, wie sie Arm in Arm in die Diele traten. Jakobs Gesicht war an Reglosigkeit nicht zu überbieten. Als sie an Ro-Ree vorbeikamen, warf er seine schwarzen Haare elegant zurück, als ob er an einer Meute Paparazzi vorbeimüsste, die ihm am Ausgang der VIP-Lounge in Heathrow auflauerten. Aber die Geste konnte mich nicht täuschen, ich sah, dass ihm die Sache peinlich war und er sich nur so lässig gab.

Vielleicht hat Estelle Recht. Vielleicht habe ich meinen mittleren Sohn völlig falsch eingeschätzt.

»So läuft das, Junge!«, sagte er. Ruairghy sprang auf, umkreiste ihn und schlug sich dabei mit der rechten Hand immer wieder gegen die Stirn. »Wie konntest du mir das antun?«, sagte er. »Du bist mein Bruder, verdammt nochmal! Bist du überhaupt mein Bruder? Oder ein Monster? Ich meine, ich versuche hier, einen Sinn in mein Leben zu bringen, verdammt! Ich bekomme kein Visum für China, verdammt nochmal!« Jakob zuckte mit den Schultern. »Schau«, sagte er. »Du und Lucy …« Laura streckte den Kopf vor und sagte mit echter Besorgnis, wie mir schien: »Wie geht es Lucy?« »Lucy ist mir egal!«, sagte Ruairghy. »Sie interessiert mich nicht. Ich weiß, dass ich sie einmal gern hatte, aber jetzt nicht mehr. Ich habe *dich* gern, Laura. Das weißt du!«

Mrs. Proek nickte. »Das weißt du!«, echote sie. »Liebt dich!«, meldete sich Mr. Proek zu Wort. »Gehört zur Familie, Laura! Geht mit Mr. Pedersen spazieren! Hat mir mit den Platten auf der Terrasse geholfen!« Er schob sein Gesicht näher zu ihrem Gesicht, während ich über die bis dahin unbekannten Talente meines Sohnes staunte. Wer in aller Welt war Mr. Pedersen? Vielleicht eine Schlange. »Sohn, den ich immer haben wollte«, sagte Mr. Proek, wandte sich zu mir und fügte, für mich völlig rätselhaft, »Gürtel in Karate!« hinzu.

»Tochter kommt jetzt mit!«, fuhr er fort. »Jakob in ihrer Nähe! Nur Probleme! Muss studieren! Universität! Zahlen nicht fürs Faulenzen! Master Jakob! Valentinskarten!« Mrs. Proek nickte wild. »Was wollen Sie machen?«, fragte ich. »Sie ins Kloster schicken? Wir leben schließlich nicht mehr im Mittlalter!« Anstatt zu antworten, wandte sich Proek zu seiner Tochter. »Komm, Laura«, sagte er. »Komm heim! Hier? Besser nicht!«

Estelle kam aus der Küche. »Sie gehen! Sehr gut!«, sagte sie. »Polizei unterwegs! Mannschaftswagen! Handschellen! Sie gehen! Ja? Können Sie mich verstehen?«

Laura Proek, für die ich allmählich ein mehr als väterliches Interesse entwickelte, folgte ihrem Vater hoffnungslos zur Tür. Ein letztes Mal wandte sie sich an ihre Eltern. »Ro-Ree mag Lucy wirklich! Tief in seinem Innern will er sie! Und sie liebt ihn wirklich!«, sagte sie klagend. »Ihr seid schuld, dass es so gekommen ist!«

Und dann traten sie, der Rattenfänger und die Politesse hinaus in die eisige Februarluft.

1. März, 12 Uhr mittags, kalt, aber klar und sonnig

Jakob und Ruairghy im Bett. Estelle Steckrüben kaufen und/oder bei einer Besprechung von Craftgirls. Edwin bei einem Geländelauf.

Oder doch nicht?

Edwin kam mit Bozz, Scagg und Snozzer am Haus vorbei. Sie trugen alle Sporthosen und T-Shirts. Außerdem rauchten sie. Ich glaube, Snozzer rauchte zwei Zigaretten gleichzeitig. Ich rannte hinaus und fragte sie, was sie da machten. Edwin antwortete, sie seien beim Geländelauf und hätten sich verlaufen. Ich wollte sie schon anschreien, als ich merkte, dass ich verzweifelt jemanden zum Reden brauchte. Ich lud sie ein und bot ihnen allen ein Bier an. Ich glaube, das hat sie regelrecht entsetzt. Snozzer wurde rot und sagte: »Wir müssen weiter!« Sogar Scagg, mitten in einer Diskussion über das einzige Thema, das ihn interessiert (Drogen), schreckte auf und folgte seinen Kameraden die Mafeking Road hinunter. Sie rannten mit einer Geschwindigkeit, die Mr. Kroeger, ihren sadistischen Sportlehrer, bestimmt sehr zufriedengestellt hätte.

Sie arbeiten zusammen an einem Stück, verfasst von Bozz und Scagg, mit »zusätzlichen Dialogen« von Snozzer. Edwin erzählte mir, er halte es für »ziemlich laienhaft, aber nicht schlecht für Sechzehnjährige«. Ich glaube nicht, dass er mitmachen will. Er sagte mir im Vertrauen, es sei »nicht das Richtige, meine Karriere nimmt derzeit eine andere Richtung«. Ihr Englischlehrer Mr. Hotchkiss ist bereit, Regie zu führen. Das Stück heißt *»Fit wie eine Fiedel«* und handelt laut Snozzer »nur von Sex und ein bisschen von Drogen. Nicht vielen Drogen, aber ein paar«. Ich glaube, Hotchkiss ist verrückt. Als wir mit ihm über Edwins Prüfung redeten, sagte er: »Edwin ist ein großer junger Mann mit vielen außerordentlichen Eigenschaften. Ein wahrer Donnerschlag.« Es geht das Gerücht, dass er mit einem Chinesen namens Hong zusammenlebt.

Ruairghy und Jakob verbrachten den Abend gemeinsam bei einer Flasche Scotch. Ich lauschte hinter der Tür. Sie schrien sich ziemlich oft an. Dann war von Ruairghy einige Male ungläubiges Lachen zu hören, und Jakob wurde sehr ruhig und still. An einer Stelle hörte ich Ruairghy sagen: »Er wird dich umbringen, Jakob. Norman wird dich umbringen. Er ist ein sehr leidenschaftlicher Mann. Und wenn er es nicht tut, dann tu ich es.« Ich mache mir deswegen große Sorgen. Wie stehe ich denn als Vater da, wenn sich meine Söhne gegenseitig umbringen? Ich habe auch ein bisschen mehr über Laura und Lucy erfahren. Sie sind oder waren die besten Freundinnen und saßen laut Ruairghy in der Schule immer nebeneinander. Einmal benutzte Jakob die Formulierung »eine heiße Braut«, aber ich weiß nicht, auf wen sich das bezog. In einer Minute werde ich sie aufwecken und ein richtig tiefgründiges emotionales Gespräch mit ihnen führen.

Jakob muss zurück nach Oxford. Dort sind sie ein bisschen strenger als an der University of South Wimbledon. Man erwartet, dass die Studenten gelegentlich auftauchen. Ich muss sie wecken.

14 Uhr

Ich weckte die beiden schließlich. Ich war erstaunlich geduldig und beherrscht, aber um 13.45 Uhr verwandelte ich mich plötzlich in ein wildes Tier. Ich rannte in Ruairghys Zimmer und brüllte: »Weißt du überhaupt, wie spät es ist?« Ruairghy antwortete: »Tut mir leid. Uhr verloren!« Und schlief wieder ein. Fängt er jetzt etwa an, wie Mr. Proek zu reden?

Ich weckte ihn erneut. Dann ließ ich ihn Jakob wecken, was er mit unnötigem Eifer tat. Er schrie Jakob mit einem Abstand von etwa fünfzehn Zentimetern ins Ohr: »Bereue! Der Tag des Jüngsten Gerichts ist da!« Ich sagte, Jakob müsse zurück nach Oxford.

Beide sind Experten darin, so zu tun, als hätten sie noch nie etwas von öffentlichen Transportmitteln gehört. Nachdem ich eine halbe Stunde lang versucht hatte, Ruairghy zu erklären, die Metropolitan Line sei nicht »die türkisfarbene Linie«, gab ich auf und fuhr Jakob zum Victoria-Busbahnhof. Ruairghy bestand darauf, uns zu begleiten, und erklärte, er müsse »die Sache ein für alle Mal klären«. Ich konnte nur Gemurmel verstehen, als die beiden sich auf der Rückbank über die mysteriöse Lucy unterhielten. Irgendwie scheinen meine Kinder eine Sprechweise perfektioniert zu haben, die nur für Personen unter fünfundzwanzig zu hören ist.

Gott weiß, wie das enden wird. Muss jetzt zur Arbeit und versuchen herauszufinden, ob ich am Ende des Monats noch am Leben sein werde.

18 Uhr

Bin daheim und schreibe Tagebuch.

Heute Nachmittag war Drehbuchkonferenz. Karl sagte, das zentrale Strategiegremium sei nun ernannt worden. Anscheinend besteht es aus ihm, Colin Cross und einem gewissen Howard Porda. Bei der Erwähnung des Namens warf er Surinder einen sehr bedeutungsschweren Blick zu. »Wie Sie wissen, Surinder«, sagte er, »stehe ich voll und ganz hinter der Idee, dass Paul überlebt. Das ist keine fixe Idee von mir, dass er sterben soll. Sein Tod ist nur eine Möglichkeit von vielen, die ich in Betracht ziehe. Und ich bin bereit, Colin zu überzeugen, der mir, glaube ich, hier vertraut. Aber … das Problem ist …«, wieder warf er Surinder einen bedeutungsvollen Blick zu, »unser Freund Howard Porda!« Surinder sagte: »John Birt hört auf Howard!«, und fügte im gleichen Atemzug hinzu: »Und ich habe ihn in der Hand, beziehungsweise seine rechte Arschbacke.«

Ich sah, wie Karl »SHIRLEY HAT EIN HEISSES SCHWARZES HÖSCHEN« auf ein leeres Blatt seines Blocks schrieb.

Hinterher sagte mir Surinder, infolge der Umstrukturierung sei es nicht sicher, dass Karl oder Colin nach Schottland müssten. Anscheinend ist man der Ansicht, dass Schottland eine gewisse Eigendynamik entwickelt hat. Ein Direktionsratsmitglied namens Hoad, der seinen Posten einer von ihm verfassten siebenhundertseitigen Biografie über John Birt verdankt, hat vorgeschlagen, die Sondersendung zum alljährlichen schottischen Gedenktag für den Dichter Robert Burns von Maidenhead aus zu senden, »um zu zeigen, dass wir es ernst meinen«. Ich fragte Surinder nach Howard Porda. Sie sagte: »Howard Porda ist eine unbekannte Größe. Es gibt Zweifel, ob er überhaupt existiert. Aber das ist nichts, womit du dich beschäftigen musst.«

Ich bin mir nicht sicher, ob sie wirklich so scharf auf mich ist, wie ich dachte. Und ich bin mir auch nicht sicher, ob ich noch scharf auf sie bin. Aber sie und der mysteriöse Mr. Porda sind ganz eindeutig wichtig. Ich habe den Verdacht, dass sie mehr weiß, als sie sagt. Beim Gehen lächelte sie mich aufmunternd an.

5. März, 10.30 Uhr, Regen

Estelle unten mit dem Personal von Craftgirls. Ruairghy beim Arbeitsamt. Jakob wieder in Oxford. Edwin bei einer Übungsklausur für die Prüfung. Ich mit meinem Tagebuch im Arbeitszimmer.

Heute Morgen begann ich mit neuen Atemübungen nach dem Klohn-System. Musste aber nach zehn Minuten abbrechen, weil der Nachbar gegen die Wand hämmerte. Ich bin mit *General Practice* nicht genügend ausgelastet. Die Serie ist nicht mehr die Herausforderung wie früher. Mein Tagebuch ist das Einzige, was mir wichtig ist.

Edwin bekam heute Morgen einen Brief, der glücklicherweise erst kam, als er schon in der Schule war. Auf dem Umschlag stand klar und deutlich: WOLVERHAMPTON SEX-SUPERMARKT – ALLES FÜR IHRE SEXUELLEN BEDÜRFNISSE. WÄSCHE, LATEX, VIDEOS. GRÖSSTES ANGEBOT AN SEXSPIELZEUG IN EUROPA. GUMMIPUPPEN UND VIELES MEHR.

Estelle öffnete den Umschlag mit meiner Hilfe über Wasserdampf. Wir kommen deutlich besser miteinander aus, seit Surinders Begeisterung für mich etwas abgekühlt ist oder vielmehr, seitdem ich mich verwirrt frage, wie unsere Beziehung eigentlich aussieht. In dem Brief stand:

Sehr geehrter Edwin Slippery,
danke für Ihre Anfrage bezüglich unseres Liebestranks LOVEJUICE. LOUVJUICE ist eine zu hundert Prozent im Labor getestete Lösung aus einer seltenen südamerikanischen Pflanze. In unseren Tests hat sich gezeigt, dass er die Ausschüttung von Pheromonen anregt und zugleich die Boerg-Drüse stimuliert und so den Anwender »für jeden in der näheren Umgebung phänomenal attraktiv macht«. Hier einige Aussagen zufriedener Kunden …

»Ich verwendete den Liebestrank bei Derek, einem Jungen, in den ich schon seit achtzehn Monaten verliebt war, der aber auf meine Annäherungsversuche nicht reagierte. Ich gab einige Tropfen LOVEJUICE auf ein Hühnercurry, das wir zusammen mit anderen Teilnehmern unseres Seminars für kreatives Schreiben aßen, und setzte mich, wie in der Gebrauchsanweisung beschrieben, in sein Blickfeld. Das Ergebnis war fantastisch, wir sind mittlerweile verheiratet und haben drei Kinder. Vielen Dank!«
A. S., Crewe (Name und Adresse sind uns bekannt)

LOVEJUICE wirkt bei Männern und Frauen gleichermaßen, da die Boerg-Drüse in rudimentärer Form bei beiden Geschlechtern vorhanden ist. Doch Vorsicht! Ihre Stimulation kann explosive Folgen haben! Wenn Sie den Liebestrank anwenden, sollten Sie besser bereit für eine wilde Nacht sein!

»Ich gab LOVEJUICE Annabelle, einem Mädchen, mit dem ich gelegentlich ausgehe. Ich träufelte den Trank auf ein Stück Fleisch, als wir uns einen Döner Kebab holten. Ich glaube, ich habe ihr die doppelte Dosis gegeben, denn sie schleifte mich praktisch ins Gebüsch, wo wir den ganzen Abend heißen Sex hatten. Wir waren so beschäftigt, dass wir den Bus verpassten! Allerdings habe ich diese Verzögerung auf keinen Fall bereut!«
»Gerald«, Kidderminster (Name und Adresse auf Anfrage erhältlich)

Unsere beliebte Gummipuppe ANGIE ist leider ausverkauft. Wir können Ihnen jedoch nach Erhalt eines Schecks oder der Angabe Ihrer Kreditkartendaten die Videos schicken, für die Sie Interesse bekundeten – *Regelmäßig auswärts essen* und *Norwegerinnen beim Spiel.*
Wir legen Ihnen außerdem verschiedene Broschüren unserer qualifizierten Experten für Penisvergrößerung bei. Falls Sie Interesse an den Stahlgewichten oder unserer Salbe PHALLKRIM haben, schreiben Sie uns bitte. Der zwölfteilige Kassettenkurs zu Dr. Piuntchslis Übungsprogramm könnte ebenfalls eine Hilfe sein!
Vielen Dank für Ihre Anfrage
Lorna (Verkauf und Kundenservice)

Estelle wollte den Brief verbrennen. Ich sagte ihr, wir sollten ihn sicher verwahren und mit Edwin darüber sprechen. »Na klar«, sagte sie, »ihr zwei macht es euch dann mit *Regelmäßig auswärts essen* und *Norwegerinnen beim Spiel* gemütlich.« Ich sagte, das sei auch nichts anderes als das *Nudisten-Magazin*, das ich und Herbert Green vor etwa vierzig Jahren in seinem Zimmer unter dem Teppich versteckten. Estelle meinte, ich sei entweder dumm oder kriminell oder beides.

Ich bin mir mittlerweile fast sicher, dass wir irgendwann seit dem 6. Januar Sex hatten. Ich glaube, es war Anfang Februar, Genaueres kann ich aber nicht sagen.

Am Ende versteckte ich den Brief an Edwin in meinem Schreibtisch. Es fiel mir nicht allzu schwer, denn dort lag bereits ein Brief an Ruairghy in einer, wie Estelle meinte, »eindeutig weiblichen Handschrift«. Sie traute sich nicht, ihn aufzumachen – obwohl ich sah, dass sie es gerne getan hätte –, sondern hielt ihn nur mehrmals gegen das Licht.

Wer oder was auch immer den Brief verfasst hat, schreibt seinen Namen Rory. So wollten wir ihn eigentlich auch nennen, aber dann hatte ich die Idee, dass wir meiner (mutmaßlichen) keltischen Abstammung Tribut zollen sollten. Ich frage mich, wer den Brief geschrieben hat. Vielleicht Lucy?

Lautes Gelächter von unten. Ich glaube, ich gehe jetzt runter und geselle mich ein bisschen zu den Damen.

11.30 Uhr

Stella Badyass unterhielt ihre Kolleginnen mit Anekdoten aus ihrer ersten Ehe. Als ich eintrat, hörten alle auf zu reden. Ich bekam noch mit, dass sie mit einem Typen verheiratet war, den sie in Sri Lanka kennengelernt hatte. Er konnte nur mit ihr schlafen, wenn er sie zuvor mit Joghurt beschmiert hatte, aber das war wohl nicht der einzige Grund für ihre Scheidung. Ich fragte Estelle, ob die Craftgirls viel Zeit damit verbringen würden, über die Männer in ihrem Leben zu reden, und sie sagte, sie hätten Besseres und Wichtigeres zu tun.

Sie kaute an ihren Nägeln – eine vertraute Angewohnheit, die ich jedoch lange nicht mehr bei ihr gesehen habe –, und ich hatte den Eindruck, ich weiß auch nicht warum, dass sie das Sagen in der Runde hatte.

Ich lernte Gillian kennen, eine kleine, ziemlich attraktive Blondine, wie sich herausstellte. Sie sagte, sie sei ein großer Fan von *General Practice.* Sie fragte, ob Esmond seine Midlife-Crisis überleben werde, und ich erklärte, er werde »gestärkt daraus hervorgehen und ein klügerer Mann sein«. Sie schien beeindruckt, meinte allerdings noch, Dr. Pennebaker sei ihr nie wie ein »richtiger Mensch« vorgekommen. Ich glaube, ich habe Chancen bei ihr.

Dann rief Surinder an und fragte, ob sie das neue Drehbuch vorbeibringen könne. Ich sagte, es seien schon zwölf Frauen hier, und sie meinte nur: »Für mich ist das kein Problem, Paul!« Dann ließ sie wieder ihr Glockenspiel-Lachen erklingen. Estelle fragte: »Wer war das?«, und ich sagte: »Nur jemand von der Arbeit.« Ich merkte, wie mich mehrere Frauen mit Interesse musterten. Ich glaube, sie hat einen Verdacht. Es gibt durchaus Frauen, die sich für mich interessieren.

Irgendwie ist Edwins Ratgeber zur Penisvergrößerung aus der Schublade auf meinen Schreibtisch gewandert. Ziemlich gut geschrieben und gar nicht anstößig.

13.30 Uhr

Ein Anruf von Gustave.

Ich soll die Off-Stimme in einem Naturkundefilm über Nacktschnecken sprechen. Anscheinend denkt man bei meiner Stimme »sofort an Insekten«. Ich sagte ihm, ich würde mich ausschließlich auf Esmond Pennebaker konzentrieren, der »noch nicht tot« sei. Als Gustave meinte, das sei nur noch eine Frage der Zeit, legte ich einfach auf.

Ich bin mir nicht sicher, ob die Boerg-Drüse überhaupt existiert, aber die Idee dieses Liebestranks ist sehr interessant. Immerhin wirkt Viagra bei vielen über Fünfzigjährigen wahre Wunder. Und ich meine, mir hätte einmal jemand erzählt, er sei in Buenos Aires ebenfalls auf eine Pflanze gestoßen, die eine erstaunliche Wirkung auf seine Lenden gehabt habe. Ich spiele mit dem Gedanken, den Trank zu bestellen und auf Estelles Cornflakes zu geben. Oder vielleicht in Surinders Gin Tonic. Eigentlich ist es mir egal, welche von beiden das Zeug bekommt, so lange ich im richtigen Moment in ihrem Blickfeld bin. Ich nehme an, in der Liebe geht es eigentlich darum, sexuelles Verlangen mit demjenigen oder derjenigen zu assoziieren, der/die zufällig gerade in Reichweite ist, wenn es einen überkommt. Schade, dass die Gummipuppen ausverkauft sind.

Es klingelt. Surinder kommt.

15.30 Uhr

Die Craftgirls aßen gerade belegte Brote, als Surinder kam. Sie schien ganz erpicht, sich dazuzusetzen. Sie streckte den Kopf durch die Tür und sagte: »Wie nett!« »Das ist es!«, sagte Stelle Badyass dümmlich kichernd und forderte Surinder auf hereinzukommen.

Ich dachte zuerst, sie hätte sie dazugebeten, weil Surinder sie an ihren ersten Mann erinnerte, und fragte mich schon, ob die beiden jetzt gemütlich über Tamilen plauschen würden, aber es zeigte sich, dass dahinter nur mädchenhafter Übermut steckte. Surinder war hingerissen von den Salzteigmännchen und sagte, sie hätte noch nie solche Männchen gesehen. Sie bestellte fünfundzwanzig Stück. Ich kann mir nicht vorstellen, was sie damit vorhat. Vielleicht bringt sie ihnen das Sprechen bei und lässt sie in *General Practice* mitspielen.

Estelle warf ihr unter ihrem Pony misstrauische Blicke zu

und fragte, ob sie sich für Kunsthandwerk interessiere. Surinder bejahte und meinte, sie würde »nur zu gern mal ein Stündchen mitmachen«. Dann redeten sie plötzlich alle über etwas, das sich Petit Point nennt, und Surinder und Melanie Feinstein vertieften sich in eine Diskussion über Schonbezüge. Ich war vom Gespräch ausgeschlossen. Einmal warf ich ein, dass ich in der Schule gehäkelt hätte, hatte aber nicht das Gefühl, dass mein Beitrag willkommen war.

Das ganze Gerede über Handarbeit machte Surinder für mich noch anziehender. Stella Badyass warf Surinder immer wieder komische Blicke zu (Hat sie einen Verdacht? Weiß sie, wie gut Surinder mir gefällt?) und fragte sie schließlich nach meiner Midlife-Crisis. Sie hat eine Vermutung, was da läuft. Aber was läuft eigentlich? Könnte mich bitte mal jemand aufklären?

Das Drehbuch, das Surinder zusammen mit den Handlungsentwürfen für die weitere Entwicklung von *General Practice* im Sommer mitbrachte, muss an das zentrale Strategiegremium geschickt werden. Ich fragte, ob der gefürchtete Howard Porda zum Gremium gehöre, aber sie sagte, sie wisse es nicht. Allerdings sei Colin Cross auf unserer Seite. Sie zeigte mir sogar ein Memo von ihm:

An: Surinder Blake
Von: Colin Cross
Betreff: Esmonds Tod

Ja, machen wir weiter damit, Esmond nicht sterben zu lassen – wenn der Aufschwung bei den Zuschauerreaktionen beim »normalen« Esmond anhält. Ich glaube nicht, dass er ständig am Rande eines Nervenzusammenbruchs leben kann. Aus der Krise (übrigens eine hervorragende Folge, als er versucht, den Simulanten zu beißen!) sollte ein neuer und wirklich gewandelter Esmond hervorgehen. Davon müssen wir das zentrale Strategiegremium überzeugen. Und, wie Ihnen Karl Rhws Davies sicher gesagt hat – Howard Porda ist nicht gerade zimperlich!

P. S.: Ich schreibe an einem Buch über Leben und Werk von John Birt, Arbeitstitel: *Ein Führer aus Liverpool.* Ich suche noch Leute bei der BBC, die John Birt kennen. Karl meinte, Sie könnten mir vielleicht helfen.

Ich fragte Surinder, ob sie John Birt kenne, und sie reagierte ausgesprochen ausweichend. Ihren Worten zufolge hat Cross so langsam nicht mehr alle Tassen im Schrank. Seit er Leiter der Abteilung Audio ist, hat er den schmalen Pfad zwischen Fiktion und Wirklichkeit verlassen, auf dem alle Führungskräfte der BBC wandeln. Sie zeigte mir ein Rundschreiben. Wieder ist oben ein Bild von Cross zu sehen, darunter seine Unterschrift. Das Schreiben ist auf hochwertigem Papier gedruckt, von der Sorte, mit der normalerweise Handelsbanken um Kunden werben.

Hallo, ich bin Colin Cross.
Ich bin Leiter der Abteilung Audio.
Nach heutigem Wissensstand.
Gestern war ich Leiter der Abteilung Sendereihen, Dokumentation und Feature, Hörspiele, Fortsetzung und Einzel, In- und Ausland.
Ich war außerdem Leiter des Ressourcenmanagementausschusses für Radioproduktionen.
Beide wichtigen Positionen habe ich noch inne.
Außerdem bin ich immer noch an den Entscheidungen des zentralen Strategiegremiums beteiligt.
Obwohl wir noch nicht genau wissen, was für ein Gremium das ist. Oder wer genau ihm angehört.
Aber jetzt bin ich Leiter der Abteilung Audio.
Darf ich die Gelegenheit nutzen, Sie in der Abteilung Audio willkommen zu heißen.
Der Hörbereich (Audio) ist, wie wir alle wissen, sehr wichtig fürs Radio. Ohne Hören *gäbe* es kein Radio.

Unser Ziel in der Abteilung Audio besteht darin, gehört zu werden.
Deutlich gehört zu werden.
Die Abteilung Audio wird jedoch eng mit der Abteilung Visuelles zusammenarbeiten.
Denn manchmal hilft es, wenn man sieht, mit wem man spricht.
Ich arbeite seit fünfunddreißig Jahren für die BBC.

Darunter hatte jemand, vermutlich Surinder, geschrieben: »In einer schalldichten Kabine. Splitterfasernackt.« Cross schrieb weiter:

Trotzdem habe ich das Gefühl, noch immer in den Startlöchern zu stehen.
Derzeit muss man furchtbar viel Papierkram bei der BBC lesen, nicht wahr? Und das meiste kommt von Leuten wie mir!

Die Hunderttausende Pfund bekommen, um so einen Stuss zu schreiben, du blöder, talentloser Trottel, der nur seine Zeit absitzt!

Das Drehbuch ist ungewöhnlich lebendig.

Ich beginne eine Affäre mit meiner Therapeutin. In einer Szene zieht sie mich aus, angeblich für eine Entspannungsmassage. Auf meinen Vorschlag lasen Surinder und ich die Szene mit verteilten Rollen. Dadurch hatte ich reichlich Gelegenheit zum Blickkontakt, der in letzter Zeit in unserer Beziehung etwas zu kurz kam. Flora (gelesen von Surinder) sagt so Sachen wie: »Oh, du bist so gut … so gut … so heiß, so gut …« An einer Stelle sagt sie: »Spür meine Brüste!«, worauf ich antworte: »Ja! Ja! Ich spüre deine Brüste!« Es ist nur ein erster Entwurf, aber meiner Meinung nach sind wir auf einem sehr guten Weg. Allerdings gab es für meinen Geschmack zu viel Gerede über Brüste. Ich stand schon immer mehr auf Beine.

Beim Lesen stand plötzlich Estelle in der Tür zu meinem Arbeitszimmer. Sie lachte heiser und sagte Surinder, sie solle aufpassen, dass ich meinen »Johannes in der Hose lasse!« Zu meinem Kummer fand Surinder das auch noch witzig.

Sie ist anscheinend eine Waise, und Surinder ist nicht ihr richtiger Name. Sie hat ihn aus dem Abspann der Serie *Filmnight,* wo anscheinend die stellvertretende Aufnahmeleiterin so hieß. Meine Surinder steht also deutlich besser da! Den Namen Blake hat sie von *Blake's Seven.* Eine nette Ergänzung, finde ich.

18 Uhr

Ruairghy zurück vom Arbeitsamt. Er sagt, es gebe keine Stellen.

19.30 Uhr

Ruairghy ist zusammen mit Leopold, der plötzlich aus dem Bad auftauchte, zu Gordon gegangen. Ich hatte das komische Gefühl, dass Leopold, ohne dass es uns aufgefallen wäre, seit Wochen hier im Haus ist. Außerdem hat Ruairghy verkündet, er werde Jakob »umbringen«!!!!!!

7. März, 12 Uhr, schöner klarer Tag mit kräftigem Nordwestwind

Jakob in Mailand (laut E-Mail; siehe unten). Ruairghy bei Gordon. Edwin im Bett, angeblich krank. Estelle bei der Arbeit.

Vielleicht kommt der Wind auch nicht aus Nordwesten. Tatsächlich schleicht er um die Ecken und weht einen aus allen Richtungen an, wenn man gerade nicht damit rechnet. Vielleicht ist das Wimbledons Antwort auf den Scirocco – ein lokaler Vorortwind, der den Einwohnern von Südwestlondon besonders zusetzen soll.

Aber mir gefällt das Wort »Nordwestwind«.

Versuchte mit Estelle über das Nägelkauen zu reden. Sie sagte: »Entweder kaue ich Nägel oder ich rauche. Was ist dir lieber?« Ich sagte: »Keins von beiden.« Sie sagte: »Schön. Soll ich stattdessen Sherry zum Frühstück trinken?« Ich sagte, das sei zu hoch für mich. Sie stimmte zu.

Zwei weitere Briefe für Rory – ich fühle mich verpflichtet, ihn so zu nennen, denn an ihn sind sie adressiert. Sie stammen alle von der mysteriösen Lucy. Estelle hat den ersten »versehentlich« geöffnet. Sie sagte, sie habe gedacht, er sei für sie. Ich versuchte erst gar nicht nachzuhaken, warum sie dann den Umschlag über Dampf geöffnet hatte. Ich sagte ihr, das sei ein mieser Trick, doch mittlerweile bin ich zu ihrem Komplizen geworden. Ich hielt es einfach nicht aus, untätig dazusitzen, während sie den ersten Brief las. Dass sie dabei hin und wieder leise pfiff, machte es auch nicht gerade einfacher. Jetzt haben wir alle drei Briefe über Dampf geöffnet.

Der erste Brief lautete:

Fahrschule »Der gute Gang«
Wimbledon, London, SW19

Geliebter Rory,

Du hast meine Briefe ungeöffnet zurückgeschickt. Das war mühsamer, als sie einfach wegzuwerfen, immerhin waren es dreizehn Briefe. Erinnert dich das Papier hier an unsere langen heißen Nachmittage, wenn wir die Murray Road hinunterfuhren? Erinnerst du dich an dein katastrophales Wenden in drei Zügen auf dem Skeena Hill? Oder als wir über die rote Ampel auf der Wimbledon Park Road fuhren?

Machst du das, um mir wehzutun? Hat unsere Liebe eine Wendung genommen, die sich nicht mehr rückgängig machen lässt, egal, wie energisch man den Rückwärtsgang einlegt?

Ich bin nicht so klug wie die andere und kann mich nicht so gewandt ausdrücken. Oder vielmehr, wenn ich die Dinge in Worte fasse, dann sind die Worte oft nicht … was? Siehst du? Mir fällt nicht ein, was die Worte dann nicht sind. Das beschreibt die Situation ziemlich gut. Mir hat es immer genügt, an Kreuzungen in beide Richtungen zu schauen, die Spiegel zu benutzen, den Blinker beim Abbiegen zu setzen und mich an die Straßenverkehrsordnung zu halten.

Nur eine Fahrlehrerin! Welche Chancen habe ich gegen ein Mädchen, das Englisch an der Universität von Leeds studiert? Aber als wir zusammen auf der Schule waren, teilten Rory, Laura und ich alles. Wir waren so perfekt »synchronisiert« wie die Gangschaltung eines Siebener BMWs – meiner Meinung nach ein tolles Auto, auch wenn ich mich gelegentlich über die schlechte Übersetzung geäußert habe.

Vergiss sie, Rory. Komm zurück zu mir und lass uns wieder Vertrauen zueinander fassen. Du und Laura Proek seid im wahrsten Sinne des Wortes eine »Fehlzündung«.

Deine geliebte
Lucy

P. S.: Ich schicke den Brief an deine Adresse daheim, in der Hoffnung, dass du am Ende des Semesters reifer geworden bist.

P. P. S.: Hast du völlig vergessen, was im Chessington-Wildpark war?

Estelle blickte nach der Lektüre des Briefs ziemlich grimmig vor sich hin. »Sie ist absolut die Falsche für ihn!«, verkündete sie. Ich sagte, meiner Meinung nach sei sie für jeden die Falsche. Wir schwiegen und schauten auf die beiden anderen Briefe. Nach einer Weile sagte Estelle: »Eine Fahrlehrerin!« Ich sagte: »Das ist ein ehrbarer Beruf!« Estelles Augen verengten sich zu Schlitzen. »Natürlich«, sagte sie, »aber du möchtest doch auch nicht, dass dein Sohn eine Fahrlehrerin heiratet, oder?« Ich sagte, ich hätte nichts dagegen, wenn sie nett sei. Estelle sagte mir, ich solle mich nicht lächerlich machen. Ich sagte, das Wichtigste im Leben sei es, glücklich zu sein. Estelle erwiderte, deswegen sei sie ja dagegen, dass ihr Sohn etwas mit einer Fahrlehrerin habe.

Dann öffneten wir den zweiten Brief über Dampf.

Muldowney – Schlachterei
Wimbledon

13 Uhr
Mein geliebter Rory,
du schreibst nicht und rufst nicht an! Ich bin allein mit dem ganzen Fleisch und doch habe ich keinen Zugang zu dem »Fleisch«, das ich begehre, und das bist mit Haut und Haaren du. Muss hier abbrechen, weil ich den Hühnern den Hals umdrehen muss.

15 Uhr
Wie ich bereits sagte, ich will dein Fleisch. Wieder so ein langweiliger Tag. Ich bin für den Bolzenschuss bei den Rindern zuständig, eine langweilige, undankbare Aufgabe. Jedes Mal, wenn ich das Bolzenschussgerät zwischen ihren Augen ansetze, schauen sie mich an und ich muss an dich denken. Ihre Ohren erinnern mich an Laura, und dann ist es mir eine Freude abzudrücken.
Ich nehme an, es ist nicht ihre Schuld, dass du dich in sie verliebt hast. Aber ich hätte gut darauf verzichten können. Auf der Klosterschule in Cheam haben wir uns immer alles geteilt – Kondome, Gebetsbücher, Vaseline – aber ich glaube nicht, dass wir uns je einen Jungen geteilt haben. Und sie hat sich, wie dir viel-

leicht aufgefallen ist, in einen Jungen verliebt, dessen Vorname beunruhigend viel mit der bovinen spongiformen Encephalitis gemein hat.
Heute Nachmittag, wenn ich mich durch die Beine einer Lieferung Esel aus Sizilien säge, werde ich an dich und deine verhängnisvolle Liebe zu Laura Proek denken. Ihr Vater, der dich irgendwie davon überzeugt hat, dass er heller ist als eine Zwanzig-Watt-Birne, wird sicher alles dafür tun, dass deine Liebe nicht unerwidert bleibt.
Aber es zerreißt mich, mein Liebling! Ich habe das Gefühl, dass meine Schenkel die gleiche Behandlung erfahren, die ich gerade einem extrem fotogenen Kalb angedeihen lasse, das nach seinem Alter und seiner Niedlichkeit zu urteilen, eigentlich in einer Montessori-Spielgruppe für junge Kühe herumtollen sollte, anstatt in Stücke gehackt zu werden von deiner teuren, betrogenen, aber dir immer noch treu ergebenen ...
Lucy

P. S: Hast du denn gar kein Herz? Erinnerst du dich nicht mehr an den Morgen, an dem wir die Gänse auseinandernahmen? Oder das Wochenende, an dem wir den Färsen mit dem Vorschlaghammer meines Vaters den Schädel einschlugen?

Estelle und ich lasen den Brief gemeinsam. Als wir fertig waren, rannten wir wie ein Mann zum dritten Brief und rissen ihn kurzerhand auf. Darin stand:

In meinem furchtbaren Zimmer,
Oxford

Lieber Rory,
ich habe versucht, witzig zu sein, wie früher, als du immer sagtest, du magst meinen Humor. Ich habe versucht, wütend und verletzt und verzweifelt und traurig und allein und all das ande-

re zu sein und dir darüber zu schreiben. Aber du schickst meine Briefe zurück.
Immerhin hast du die beiden letzten nicht zurückgeschickt (sie haben dich wahrscheinlich nicht zum Lachen gebracht, weil du deinen Humor verloren hast), daher schicke ich diesen Brief an dieselbe Adresse in der Hoffnung, dass er dort liegt oder vielleicht von deinem Vater geöffnet wird oder von deiner Mutter, die sich am Telefon so wundervoll anhört. Ich wünschte, ich hätte so eine Mutter. Meine Mutter wäre nie so neugierig wie deine Mutter, wenn es um mich geht, wahrscheinlich bin ich ihr nicht wichtig genug. Und deine Mutter ist so intelligent. Du hast doch einmal erzählt, dass sie ein Diplom in Physik hat, ihre Karriere aber aufgab, um sich um deinen sympathischen, aber völlig von sich selbst in Anspruch genommenen Vater zu kümmern? (Tut mir leid, ich habe es immer noch nicht geschafft, mir eine komplette Folge von *General Practice* anzuhören.) Ist Intelligenz nicht das Allerwichtigste?
Was macht es, dass sie launisch ist? Sie klingt ehrlich. Das ist mir lieber als alles andere. Leidenschaftliche, offene Gefühle bitte …
Ja, ich hoffe, dass sie das liest. Ich denke, man sollte die Briefe der Menschen öffnen, die man liebt. Und dann Schuldgefühle bekommen. Wenn du etwas vor den Menschen, die du liebst, verbergen willst, solltest du es lieber gar nicht erst tun. Und wenn du deine Eltern nicht liebst, kannst du dich gleich erschießen.
Die arme Laura. Bist du deswegen so nett zu ihrem abstoßend dummen Vater? Weil du ihr ein besseres Gefühl ihm gegenüber geben willst? Du bist so ein lieber Kerl, ich würde es dir durchaus zutrauen, so etwas Dummes, aber auch Hoffnungsvolles zu versuchen.
Mit all meiner (unerwiderten) Liebe
Lucy

Estelle und ich lasen den Brief gemeinsam. Danach waren wir erst einmal still. Dann sagte Estelle: »Ich finde, sie klingt wirklich nett.« Ich sagte: »Ja.« Wieder eine Pause. Dann ich: »Ich finde nicht, dass ich *völlig* von mir in Anspruch genommen bin!« Estelle sagte: »Ach nein?« Darauf hatte ich keine Antwort parat. »Ich glaube«, sagte Estelle, »sie könnte die Richtige sein!« Ich nickte langsam. »Ich nehme an«, sagte ich, »dass *General Practice* an ein etwas älteres Publikum gerichtet ist.« Estelle blickte kurz vom Brief auf. »Ja«, sagte sie gleichmütig und klebte mit erstaunlichem Geschick den Brief wieder zu.

Ich bin mir bei dieser Lucy immer noch nicht ganz sicher. Auf mich wirkt sie ein bisschen neunmalklug.

Estelle ging zur Arbeit. Nachdem sie weg war, sah ich Jakobs E-Mail.

Betreff: Mein Pimmel
Empfindsamkeit: Hoch
Priorität: Hoch

Lieber Vater,
Ich habe einen Pimmel. Was soll ich tun?
Bin unterwegs nach MAILAND!

Man hält Jakob oft für reifer, als er eigentlich ist. Ich glaube, das gilt für uns alle.

0.30 Uhr

Estelle liegt schnarchend im Bett. Noch wäre es zu riskant hineinzugehen. Als sie von der Arbeit heimkam, rauchte sie drei Zigaretten. Und kaute an den Fingernägeln. Ich bot ihr einen Sherry an. Sie brüllte mich an.

Edwin ist oben und übt ganz ganz leise den E-Moll-Akkord.

Bin ich wirklich nur mit mir selbst beschäftigt? Und wenn ja, was kann ich dagegen tun? Sex mit Surinder würde helfen, glaube ich, denn dann wäre ich von ihr und nicht mehr von mir selbst eingenommen. Wenn ich überhaupt von mir selbst eingenommen bin. Ich bin nicht davon überzeugt. Andererseits könnte es natürlich sein. Warum sonst würde ich mich fragen, ob ich es bin oder nicht? Mein Gott, ich klinge schon wie Steve Witchett, der Autor Der Nie Seine Meinung Äußert!

Vielleicht sollte ich einfach netter zu Estelle sein. Fühle ich mich von ihrem Job, ihrer Intelligenz oder was auch immer bedroht? Ich vergesse immer wieder, dass sie ein Diplom in Physik hat. Ist das Angst? Vielleicht lechzt sie danach, über Themen zu reden, von denen ich keine Ahnung habe, etwa von der Superstringtheorie. Ich muss mir ein Buch darüber besorgen und das Thema beim Abendessen anschneiden.

12. März, 11.30 Uhr, sonnig und klar

Estelle bei Craftgirls. Edwin bei Proben für Fit wie eine Fiedel. *Jakob in Oxford. Ich bei der BBC. Ruairghy in der chinesischen Botschaft (vermutlich).*

Kam heute zu spät zur Probe. Schreibe in der Pause. Ich nahm Ruairghy mit zur BBC in der Hoffnung, dass ich ihm Karl vorstellen könnte und er ihm ein Praktikum vermittelt. Ruairghy wirkte nicht sonderlich begeistert. »Ich brauche Arbeit, kein Praktikum!«, sagte er. Er hat beschlossen, »Chef« zu werden. Meint er damit »Chefkoch«? Als ich ihm eine Kochausbildung vorschlug, sagte er: »Nein, kein Chefkoch, ein richtiger Chef.« Kaum waren wir in der Eingangshalle, sagte er, er habe »ein ganz mieses Gefühl«. Wir hatten eine kurze Auseinandersetzung. Er warf mir wieder vor, ich sei »blind für die Gefühle anderer«. Er redete außerdem über Jakob. Dann erklärte er, er müsse zur chinesischen Botschaft, und stürmte über die Upper Regent Street davon.

Bin ich wirklich blind für die Gefühle anderer? Was bedeutet das für mich und Estelle? Kommt sie deswegen so spät von der Arbeit nach Hause? Soll ich anfangen mit Nägelkauen? Würde uns das einander näherbringen?

Seit ich drei Flaschen Liebestrank bestellt habe, muss ich jeden Morgen auf den Postboten warten. Ich möchte nicht, dass Estelle das Päckchen in Empfang nimmt. Und obwohl es an Edwin adressiert ist, habe ich nicht vor, ihn einzuweihen. Tatsächlich habe ich Schuldgefühle, weil es ja ursprünglich seine Idee war und ich mich nur dranhänge.

Er fragt immer wieder wehleidig, ob ein Brief aus Wolverhampton für ihn gekommen sei. Estelle zieht ihn rücksichtslos damit auf. Sie sagt dann mit geheuchelter Überraschung: »Nein! Wolverhampton? Meine Güte! Sagtest du Wolverhampton, mein Schatz?« Dann zu mir: »Hast du irgendwelche Briefe aus … Wolverhampton gesehen, es war doch Wolverhampton? Was denn für einen Brief? Ein Geschäftsbrief? Oder eine Postkarte?« Und so weiter und so fort.

Ich habe außerdem *Von hinten, Regelmäßig auswärts essen* und *Norwegerinnen beim Spiel* bestellt. Ein sehr günstiges Angebot, das man sich nicht entgehen lassen darf.

Das Drehbuch und die Handlungsentwürfe wurden von Karl und Colin Cross genehmigt. Aber anscheinend nicht vom zentralen Strategiegremium. Laut Karl müssen wir »auf Howard Porda warten«. Dabei sah er verstohlen zu Surinder. Surinder selbst benahm sich sehr seltsam, als ich sie fragte, ob sie mir sagen könne, wer Howard Porda sei.

Bis sich der mysteriöse Howard Porda geäußert hat, habe ich ein beschränktes Bleiberecht. Ich darf definitiv bis Mitte April weiterleben, allerdings muss ich bis dahin ein »konstantes Selbstmordpotenzial« entwickeln. Surinder muss ziemlich viel umschreiben und ist darüber nicht sehr glücklich. »Wenn wir nur diesen Porda erwischen könnten!«, sagte sie heute Morgen. »Wenn wir ihn und alles, wofür er steht, vernichten könnten, dann könnten wir vielleicht endlich anfangen zu leben!« Anscheinend denkt sie, das wäre so einfach, wie Dracula zu töten.

Ich werde auf eigene Faust ein bisschen Detektiv spielen. Ich werde Porda in der Mittagspause aufspüren. Womöglich ist er nur eine Erfindung von Karl und/oder Cross. Da die beiden ihre Zeit damit verbringen, gegenseitig Posten für sich zu erfinden, sind sie meiner Meinung nach auch durchaus in der Lage, einen Vorgesetzten zu erfinden, den sie bei ihren unpopulären oder unerfreulichen Entscheidungen vorschieben können. Ich war schon immer der Ansicht, dass John Birt womöglich ein sehr netter Mann ist. Sein schlechter Ruf rührt wahrscheinlich nur daher, dass seine Untergebenen ihm die Schuld an jeder verrückten Entscheidung geben, die bei der BBC getroffen wird.

Ich glaube, bei Stalin war es auch so. Allerdings war Stalin auch ein moralisch zutiefst gestörter Massenmörder, das darf man natürlich nicht vergessen.

14 Uhr

Ich schreibe in der Kantine. Habe gerade die BBC-Version eines Rindfleisch-Stifados gegessen. Fühle mich nicht gut. Ich hatte außerdem ein Glas Retsina, weil wir in der Kantine griechische Woche haben. Danach ging es mir noch schlechter.

Alle von *General Practice* sind bei einer Fortbildung über Gefahren am Arbeitsplatz. Ich wollte auch teilnehmen, aber man ließ mich nicht. Anscheinend kostet das Seminar pro Teilnehmer vierhundert Pfund. Ich sagte, da meine Überlebenschancen fürs Frühjahr nur bei fünfzig Prozent lägen, sei ich ja wohl in größerer Gefahr als alle anderen. Karl sagte mir, ich solle nicht »albern« sein. Wenn ich »brav« sei, dürfe ich vielleicht zu einem Seminar über Stress, das in einem Hotel in Devon stattfindet und laut Mabel, unserer neuen Referentin, ein einziger »Bumsmarathon« ist.

Die Hörerreaktionen auf den verrückten Esmond sind nach wie vor positiv. Gestern erhielt ich einen Heiratsantrag von einer Frau in Huddersfield. Ich habe die Zimmernummer des mysteriösen Howard Porda herausgefunden. Vielleicht werfe ich mich ihm zu Füßen und erzähle ihm ausführlich von Edwins Schulgebühren.

15 Uhr

In Surinders Büro. Das Seminar über Gefahren am Arbeitsplatz findet in einem Besprechungszimmer nebenan statt. Ich höre Grunzgeräusche. Ein kleiner, wieselähnlicher Mann steht vor der Tür, drückt die Klinke hinunter und blickt verstohlen den Gang hinauf und hinunter. Ich will ihn nicht darauf hinweisen, dass dort ein Gefahrenseminar stattfindet. Vielleicht gehört er dazu. Vielleicht will er einen Terroranschlag auf die Abteilung Sendereihen, Dokumentation und Feature, Hörspiele, Fortsetzung und Einzel, In- und Ausland simulieren.

Ich muss allen Mut zusammennehmen und mich auf den Weg zu Porda machen.

17 Uhr

In Surinders Büro. Ich warte darauf, dass das Seminar über Gefahren am Arbeitsplatz aus ist. Vor ein paar Minuten tauchte Surinder kurz auf. Sie haben den ganzen Vormittag geübt, wie man sich richtig hinsetzt. Offenbar sind zahlreiche Rückenleiden darauf zurückzuführen, dass die Leute ihren Hintern auf BBC-Möbel pflanzen, ohne vorher die Broschüre *Richtiges Sitzen am Arbeitsplatz* zu lesen. Nachdem man den Teilnehmern gezeigt hatte, wie man sich richtig hinsetzt, sahen sie sich die Aufnahme einer BBC-Kindersendung an. Eine Firma namens »Biester aller Art« hatte bei einer Diskussionssendung in Studio 8 die falsche Kobra losgelassen. Man hatte bei einem Zahn vergessen, das Gift abzusaugen. Der »schleimige Charlie«, wie der Trainer genannt wird, war »leichtsinnig geworden« und hatte bereits in der Woche zuvor tatenlos zugesehen, wie ein Python beinahe Richard Griffiths erwürgt hätte. Ich ging zu Pordas Büro. Es war sehr seltsam.

Er hat eines der Zimmer, die man nicht vom Gang aus erreichen kann – stets ein Hinweis auf den Größenwahn des Benutzers. Im Vorzimmer saß ein kleines Mädchen, das aussah wie zwölf. Sie sagte: »Mr. Porda arbeitet viel von daheim aus. Und er ist oft im Ausland. Oder in Schottland.« Allein bei der Erwähnung seines Namens begann sie zu zittern.

Ich hinterließ eine Nachricht mit der Bitte, mich zu Hause anzurufen. Irgendwie passend, dass der Mann, der meine Zukunft bei der BBC in Händen hält, einfach unerreichbar ist.

Warte immer noch auf Surinder. Ich kann mir nicht vorstellen, was sie bei dem Seminar so lange machen. Aber da Edwin mit Scagg (der mittlerweile Leiter der Fischtheke von Waitrose ist), Bozz und Snozzer bei einer »Gruppenprobe« ist und Estelle länger arbeitet, möchte ich noch nicht nach Hause.

20 Uhr

Nachricht von Edwin auf dem Anrufbeantworter. Er, Scagg, Bozz, Snozzer und ein gewisser Plonker »gehen den Arabisch-Israelischen Krieg noch einmal durch«. Nach den Hintergrundgeräuschen zu urteilen, tun sie dies im Pub. Zumindest haben sie Spaß. Jemand, der ein bisschen wie Scagg klang, schrie im Hintergrund herum. Edwin sagte, er spiele Jassir Arafat. Ich hörte auch weibliche Stimmen. Edwin sagte: »Lulu ist hier. Stell dir vor, auch Mädchen machen mittlere Reife.« Ich glaube, er meinte es ironisch.

Surinder verhält sich plötzlich sehr abweisend.

Macht sie die Männer scharf und lässt sie dann fallen? Nicht, dass da noch viel scharfzumachen wäre. Ich hätte doch diese Phallkrim-Salbe bestellen sollen. Ich höre ein Auto. Klingt wie Estelle. Ich darf nicht vergessen, ruhig zu bleiben und ihr interessierte Fragen zu ihrem Arbeitstag zu stellen.

13. März, 10 Uhr, sonnig, aber kalt

Estelle bei Craftgirls. Ruairghy im Bett. Jakob in Mailand. Ich im Esszimmer. Edwin gönnt sich eine prüfungsvorbereitende Rekreationsphase, d. h. ist im Bett.

Stellte Estelle interessierte Fragen zu ihrem Arbeitstag. Sie warf mir vor, ein »Heuchler« zu sein. Sie kaute an den Nägeln, rauchte zwei Zigaretten und trank eine halbe Flasche Sherry. Als ich sie leichthin fragte, ob sie Stress habe, antwortete sie: »Mein Stress ist 1,72 Meter groß und trägt eine grüne Strickjacke!«

Ich habe eine grüne Strickjacke. Das reicht!

Versuchte eine neue Atemübung. Nennt sich Loebli-Atmung und scheint die Nachbarn nicht zu stören. Allerdings habe ich seitdem Seitenstechen.

Heute Morgen kamen zwei Männer mit einem Umzugslaster und holten die Kühlschränke ab. Ich fragte nach der Bezahlung und sie sagten: »Mr. Jakob kümmert sich um das Finanzielle.« Ich rief Jakob auf dem Handy an und erreichte Oliver, der mir sagte, Jakob sei in Mailand und »transferiere« Bargeld. Oliver ist *definitiv* auf Drogen. Während unseres zehnminütigen Gesprächs sagte er viermal: »Oh, die Lichter! Die schönen, bunten Lichter!«

Estelle war heute Morgen fast unverschämt fröhlich. Sie sang: »Hey ho! Spann den Wagen an!« Ich sagte: »Froh, mich von hinten zu sehen?« Sie dachte eine Weile darüber nach. Dann sagte sie: »Froh, *mich* von hinten zu sehen!« Dann verschwand sie hinternwackelnd durch den Vorgarten. Sie hat einen sehr attraktiven Hintern. Ich glaube nicht, dass sie eine Affäre hat. Aber ich mache mir zunehmend Gedanken über unsere Beziehung. Ich glaube, sie spürt, dass mein Interesse an ihrer Arbeit vorgetäuscht ist. (Ist es auch.) Und ich bin mir ziemlich sicher, dass wir es seit Anfang Februar nicht mehr getan haben. Vielleicht ist sie deswegen so fröhlich. Sex macht Frauen nicht glücklich. Zumindest nicht Sex mit mir.

13 Uhr

Surinder hat das geänderte Drehbuch geschickt.

Ich bin, finde ich, ein bisschen zu gereizt. Ich glaube nicht, dass sich das positiv auf meine Umfragewerte auswirken wird. Die »Polenta/Wildpilz-Aura« schwindet dahin. Wenn man Surinder erlaubt hätte, meinen neuen »jugendlichen« Charakter umzusetzen, hätte ich etwas daraus machen können. Der einzige Trost ist, dass Ronnie Pilfrey, der nette Ronnie Pilfrey, eine möglicherweise tödliche Krankheit hat. Er muss ziemlich viel husten, und natürlich macht Pilfrey eine Schau daraus. Vor allem, da für seinen Streit mit dem Finanzamt in den kommenden Wochen viel Sendezeit verplempert wird. Außerdem sieht es so aus, als ob Jimbo, der schwule Praxisleiter, bald gehen müsste. Ich muss Porda sehen.

14. März, 9.30 Uhr, starker Wind, trocken

Edwin in der Schule. Estelle bei Craftgirls, bereitet ein Mittagessen auf Spesen vor. Ruairghy im Bett. Jakob wahrscheinlich auch im Bett, in welchem Land auch immer.

Ich schreibe noch schnell in mein Tagebuch, bevor ich zur BBC aufbreche. Habe gerade Edwin abgesetzt. Er hat erzählt, dass *Fit wie eine Fiedel* vorerst nicht aufgeführt wird. Stattdessen darf ein Junge namens Loomis sein eigenes Stück schreiben und aufführen – eine »anrührende Liebesgeschichte« mit dem Titel *Boris und Jane.*

Ich bin nicht überrascht, dass Hotchkiss bei *Fit wie eine Fiedel* einen Rückzieher gemacht hat. Ich durfte nur die erste Seite sehen:

Eine Straße. Auftritt Niggah und Pussylips.
NIGGAH: Yo! Was geht, Muthafuckah?
PUSSYLIPS: War mit meinen Nutten unterwegs!
NIGGAH: Yo! Wollt ihr was zu rauchen?«
PUSSYLIPS: Willst du's heiß wie'n Negerarsch?
NIGGAH: Yo, Muthafucka, aber Finger weg von meinen Nutten!
Auftritt Crack, ein Dealer, und Loretta, eine transsexuelle Prostituierte.
PUSSYLIPS: Yo Loretta! Ihr seid hier in meinem Viertel.
LORETTA: Ich bin hier in gar keinem Viertel, Muthafucka. Ich bin in keinem verfickten Scheißviertel. Ich bin mein eigenes Viertel.
NIGGAH: Yo! Hört euch die Negernutte an!
usw.

Edwin, Snozzer, Scagg, Bozzer und Plonker haben angekündigt, Loomis' Stück zu sabotieren.

Ich muss unbedingt den Briefträger erwischen, weiß aber nicht, ob ich noch so lange warten kann. Ich glaube, ich sehe ihn. Ich werde die Post auf dem Weg zum Auto in Empfang nehmen.

13 Uhr

Schreibe in einem Pub in der Nähe der BBC. Der Briefträger, ein kleiner Ire, überreichte mir ein großes Paket, auf dem deutlich SEXARTIKEL stand. Er grinste und zwinkerte anzüglich. »Das sollte Sie auf Trab halten!«, meinte er. Ich sagte: »Das muss mein Sohn bestellt haben.« Dass als Adresse klar und deutlich Edwin Slippery angegeben war, ließ ihn kalt. Der Mann grinste und zwinkerte immer noch anzüglich, als er weiterwankte, mit starker Schlagseite, weil seine Tasche so schwer war.

Dem Paket lag eine »Gratisprobe« Phallkrim zusammen mit genauen Anweisungen bei. Ich werde mir gar nicht erst die Mühe machen, sie durchzulesen.

Ich konnte die Aufschrift »Sexartikel« übermalen, und bislang hat niemand etwas gemerkt, obwohl es einen heiklen Moment gab, als ich in Surinders Büro die Videokassette *Von hinten* studierte. Steve Witchett, der Autor Der Nie Seine Meinung Äußert, fragte, was ich da hätte. Ich sagte: »Oh, nur etwas für die Kinder!« und packte die Kassette weg. Hoffentlich hat er nicht den Text auf der Hülle entziffern können: »Haben Sie es je von hinten erlebt? Schon einmal von etwas gebumst worden, das kein Nein akzeptiert? Sie werden diesen offenen Blick auf brenzlige Situationen lieben. Da fällt es schwer, die Aufregung im Zaum zu halten, wenn von hinten der große Truck kommt, lang und heiß und mit viel PS!«

Ich bin mir nicht sicher, ob ich das überhaupt sehen will.

Die drei Flaschen mit Liebestrank habe ich in meiner Tasche. Eine blasse Flüssigkeit. Auf dem Etikett steht, die Lösung enthalte 0,61 Gramm Aurea Genifera. Ich nehme an, das ist die südamerikanische Pflanze. Ob es wirkt? Einige von diesen Mittelchen tun es, davon bin ich überzeugt. Ich habe ein bisschen auf den Finger geträufelt und abgeleckt. Genau in dem Moment streckte Karl den Kopf zur Tür herein. Ich glaube nicht, dass er mir erotischer als sonst vorkam. Aber es war ja nur eine ganz kleine Dosis.

Ein öder Morgen im Studio. Wir haben eine neue Sprechstundenhilfe in der Praxis, sie heißt Clare. Wir flirten heftig miteinander – bei *General Practice* ist ohnehin jedes Gespräch zwischen Mann und Frau aus irgendeinem Grund voller Anspielungen und Doppeldeutigkeiten. »Die einzige Möglichkeit«, meint Petra Fisher, die meine behinderte Mutter spielt, »den Dialogen ein bisschen Leben einzuhauchen.«

Der heutige Dialog lautete.

ICH: Hallo allerseits!

CLARE: Oh, hallo!

ICH: Wie fühlt man sich so am neuen Arbeitsplatz?

CLARE: Die Aussicht ist nicht schlecht. Ich bin optimistisch.

ICH: Ich bin erstaunt, wie sehr Sie mittlerweile aufgetaut sind!

Anscheinend war Clares erstes Hallo eine »offene Aufforderung«, und ich spreche das Wort »fühlt« »eindeutig zweideutig«. Clares Satz »Die Aussicht ist nicht schlecht« soll darauf hindeuten, dass einer von uns oder wir beide nackt sind, und die Worte »Ich bin erstaunt, wie sehr Sie mittlerweile aufgetaut sind« sollten »über Anspielungen hinaus ins Gynäkologische« gehen. Wir versuchten die Szene noch einmal. Sie klang noch schmutziger.

Könnte das etwas mit dem Liebestrank zu tun haben?

Ich glaube, ich werde mir die Broschüre über Penisvergrößerung zu Gemüte führen, die man in Wolverhampton freundlicherweise der Bestellung beigelegt hat. Anscheinend sind auch verschiedene Übungen dabei. Und ein ziemlich beunruhigend aussehendes Metallgestell, das ein bisschen an ein Minizelt erinnert.

Heute Nachmittag werde ich Porda aufsuchen. Genauer gesagt, ich werde versuchen, zu Porda vorzustoßen. Surinder ist immer noch dagegen. Und Karl verhält sich noch ausweichender als sonst.

16.45 Uhr

Ich schreibe in Surinders Büro. Sie ist bei Karl. Ich habe das Ohr an die Tür gepresst und gelauscht. Es klang nach einem Streit. Ziemlich heftig. Karl sagte: »Das kannst du nicht machen! Du wirst auffliegen!«, und ich glaube, ich hörte Surinder lachen. Dann sagten sie beide etwas über Cross. Es klang wie »ob er dahinterkommt?«, aber ich bin mir nicht sicher. Auch der mysteriöse Mr. Porda wurde ein- oder zweimal genannt.

17 Uhr

War gerade bei Karl. Links von seinem Schreibtisch steht eine Skulptur, die so gestaltet ist, dass sie aussieht wie ein wichtiger Medienpreis, aber in Wirklichkeit hat seine Frau das Ding in einem Abendkurs in Finchley gemacht. Auf einem Zettel neben dem Telefon las ich »SHIRLEY TRÄGT STRÜMPFE UND EIN DÜNNES HÖSCHEN.«

Wer ist diese Shirley?

Vielleicht Pordas Freundin. Irgendwie muss er ja die Zeit totschlagen, bei der BBC lässt er sich jedenfalls nicht sonderlich oft blicken. Vielleicht gehört er zu den Führungskräften, die dafür bezahlt werden, dass sie dem Sender fernbleiben, damit sie keine dummen Entscheidungen treffen. Ist er derjenige, der mich tot sehen will? Irgendjemand, das ist klar, will mein Blut sehen, und die anderen haben Angst, mir seinen Namen zu nennen.

Hatte heute Morgen Herzrasen. Bestimmt eine Embolie. War

aber wie üblich zu feige, zum Arzt zu gehen, womöglich würde er feststellen, dass ich krank bin.

19 Uhr

Estelle ist unten und isst Steckrüben. Edwin bot an, mit ihr zusammen Steckrüben zu essen, aber sie lehnte ab, sie will »sein Mitleid nicht«. Edwin sagte dann, es sei nicht schlimm, wenn man dick sei. »Wenn ich so einen großen Hintern wie du hätte, würde ich ihn so richtig betonen!« Er ist der einzige Mensch auf der Welt, der so etwas sagen darf. Wenn ich das gesagt hätte, wäre ich jetzt tot.

Abgesehen von der Zubereitung von Steckrüben hat sie das Kochen anscheinend aufgegeben. Ich nehme an, ich muss Edwin etwas zu essen machen.

Als ich heimkam, konnte ich Edwin nirgends finden. Ich rief und schrie mehrere Male seinen Namen, aber erst als ich auf der Treppe zu seinem Zimmer unterm Dach war, antwortete er. Ich brüllte: »Was machst du?« Er antwortete: »Lernen! Nicht reinkommen!« Ich wusste, dass er etwas ausheckte, und als er endlich gegen halb sechs auftauchte, hechtete ich hinaus auf den Treppenabsatz. Er kam mit hochrotem Gesicht die Treppe herunter, begleitet von einem zierlichen Mädchen mit hellroten Haaren. »Das ist Lulu!«, sagte er. »Sie hilft mir beim Lernen!« Ich sagte: »Vielen Dank, Lulu!« Lulu grinste. »Keine Ursache!«, sagte sie. Sie wirkte sehr niedlich. Ich sagte: »Du hast ihm hoffentlich nicht nur eingeblasen!« Sie wirkte kurz verdutzt und lachte dann auf. »Oh! Nein, keine Angst!«

Dann gingen die beiden die Treppe runter. Sie können es unmöglich tun. Ich weigere mich, das zu glauben. Es ist gegen das Gesetz. Es ist unfair. Nach fast fünfzig Jahren Erfahrung mit Frauen bleiben mir nur drei Flaschen Liebestrank und die Videos *Von hinten, Norwegerinnen beim Spiel* und *Regelmäßig auswärts essen.* Und natürlich Estelle. Sie ist die einzige Frau, mit der ich je geschlafen habe. Ich wage mir gar nicht auszumalen, was passiert, wenn das je bekanntwird. Ich glaube, ich gehe jetzt runter und versuche, sie für ein bisschen wilden Sex zu interessieren.

19.30 Uhr

Sie wirkt ganz gut gelaunt. In ein paar Tagen ist Trimesterende und wir werden Jakob abholen. Aber sie wirkte nicht wie eine Frau, die sich gleich die Kleider vom Leib reißt und interessante Stellungen ausprobiert. Tatsächlich schien die einzige Stellung, zu der sie noch in der Lage war, die zu sein, den Kopf in die Hände zu stützen und auf eine Schüssel Steckrüben zu starren. Das arme alte Mädchen tat mir fast leid.

Ich hatte eigentlich vorgehabt, einen etwas subtileren Annäherungsversuch als sonst zu unternehmen – wenn wir in der Küche sind, besteht meine Standardtechnik darin, die Zunge herauszustrecken und nach oben Richtung Schlafzimmer zu deuten. Ich hatte daran gedacht, Phallkrim zu erwähnen und dabei ein bisschen Begeisterung für das Thema Penise im Allgemeinen zu wecken. Von da an sollte es möglich sein, das Gespräch in die Richtung zu lenken, die ich mir vorstellte. Das war nicht supersubtil, aber zumindest ein bisschen besser als Bill Clintons Vorgehensweise.

Am Ende entschied ich mich, über Surinder zu reden. Es ist allgemein bekannt, dass sich Frauen erst für einen Mann interessieren, wenn bereits andere Frauen darum betteln, an seinen Hosenstall zu kommen.

Estelle wirkte jedoch von meinem Ansatz bemerkenswert unbeeindruckt. Ich sagte sogar: »Ich glaube, Surinder ist womöglich … ein bisschen scharf auf mich!« Estelle lachte beleidigend laut und heiser auf und sagte: »Heiße Sache!« Ich sagte mit soviel Würde, wie ich aufbringen konnte: »Ich muss sagen, ich finde sie ... sehr ... attraktiv!« Estelle sah mich sehr seltsam an und sagte: »Du meinst, du hast es noch nicht bemerkt?« Ich verstand ihre Bemerkung nicht. »Was bemerkt?«, fragte ich. Estelle schüttelte mit vorgetäuschtem Mitleid den Kopf und zitierte The Grateful Dead: *»There's none so blind as will not see!«*

Ich nehme an, sie will mir damit sagen, dass Surinder lesbisch ist. Gleich und gleich gesellt sich gern, kann ich dazu nur sagen.

Auf jeden Fall bekam ich keinen Sex. Da könnte ich eigentlich auch Edwins Essen machen.

16. März, 10 Uhr

Ruairghy mit Leopold und Gordon im Bett. Jakob in Oxford (nehme ich an). Edwin in der Schule. Estelle in einem »wichtigen Meeting« bei Craftgirls.

Ich bin hier. Ich bin immer hier. Ich bin allein hier. Ich habe das Haus für mich allein. Ruairghy, Leopold und Gordon werden bis drei im Koma liegen und selbst dann nur eingeschränkte Lebenszeichen von sich geben. Leopold und Gordon wollen jetzt ohne Ruairghy nach China reisen. Er hat seine Absichten kundgetan, »auf die Bühne zu gehen«. Außerdem hat er das letzte Päckchen Meeresfrüchtehäppchen de luxe gefunden und gegessen. Ich hasse ihn.

Ich werde mir jetzt *Norwegerinnen beim Spiel* anschauen.

11 Uhr

Das Leben ist grausam.

Norwegerinnen beim Spiel zeigt eine Gruppe Skandinavierinnen bei einem Gesellschaftsspiel namens »Flohspiel«. Es war eigentlich ganz interessant, aber nicht das, was ich mir vorgestellt hatte. Und sicher nicht fünfzehn Pfund wert. *Regelmäßig auswärts essen* entpuppte sich als Führer zu »Wolverhamptons schönsten Bars und Bistros«. Noch deprimierender war *Von hinten,* ein Dokumentarfilm über Auffahrunfälle. Das erotischste war ein Sattelschlepper, der einen Mini rammte. Ich sah mir die Szene fünfmal an und beim vierten Mal wirkte sie immerhin ein bisschen zweideutig.

Ich habe Recherchen zu Porda angestellt. Er ist Berater des zentralen Strategiegremiums (Audio) und »hat 221 000«. Es ist nicht klar, ob das seine Telefonnummer oder sein Gehalt ist. Da er noch nie im Leben eine Sendung gemacht hat, ist es wahrscheinlich sein Gehalt. Ein Mann, den ich anrief, sagte, er glaube, Porda leite die Abteilung »Naturkundesendungen im Spätprogramm«, also Sexfilme. Robbie Fisher von der Abteilung Sendereihen, Dokumentation und Feature, Hörspiele, Fortsetzung und Einzel, In- und Ausland sagte, er glaube, Porda sei John Birts Schwager. Mehrere andere meinten, er sei »ein harter Knochen«.

Er steht auf der Personalliste der BBC. Er wurde sogar in Zeitungsartikeln zitiert. Aber so weit ich weiß, hat ihn in den letzten zwei Jahren niemand gesehen. Als ich das Robbie Fisher sagte, meinte er, möglicherweise sei Porda längst tot. »Das würde die BBC nicht unbedingt davon abhalten, ihm weiterhin sein Gehalt zu zahlen oder ein Büro für ihn freizuhalten.« Leonie Freeman denkt, er sei die Erfindung eines Syndikats, dessen Mitglieder sein Gehalt unter sich aufteilen. »Es ist doch so«, sagte sie, »wir wurden so oft umstrukturiert und reorganisiert, dass wir gar nicht mehr wissen, wer wie aussieht. Wer sind Sie noch gleich?«

Ich bin fest entschlossen, die Wahrheit über Porda herauszufinden. Hilary Speed, die Frau, die nicht den Posten von Marjorie Forbes bekam, sagte, sie habe gehört, er schleiche manchmal nach Büroschluss ins Haus, um seine Spesen abzurechnen.

16 Uhr

Habe gerade das neue Drehbuch von Surinder bekommen. Ich zeige nicht das geringste Interesse für Oasis. So wie ich das sehe, bin ich wieder der langweilige alte Esmond Pennebaker kurz vor seinem Fünfzigsten. Ich lasse mich vielmehr lang und breit über die Schließung von St. Bude, dem benachbarten Krankenhaus, aus. Das bringt uns keine Hörer. Es gibt nur ein langweiligeres Thema als die Schließung eines echten Krankenhauses, und das ist die Schließung eines erfundenen Krankenhauses.

Wenn das so weitergeht, bin ich bis zum Sommer tot.

Wo wir gerade beim Thema sind – heute Nachmittag hatte ich wieder Herzrasen. Bis zur nächsten Notaufnahme sind es meines Wissens über neun Kilometer. Ich glaube, sie wurde sowieso letztes Jahr geschlossen. Wahrscheinlich sollte ich mich in einer Privatarztpraxis gründlich durchchecken lassen. Wenn ich doch nur noch einmal so jung wie Edwin wäre! Er glaubt wahrscheinlich, Cholesterin sei ein Film mit Clint Eastwood.

18.30 Uhr

Als ich Edwin abholte, redeten er, Snozzer, Scagg (der befördert wurde und jetzt an der Käsetheke arbeitet) und Bozz gerade mit Lulu. Plonker beobachtete sie von der anderen Straßenseite durch etwas, das aussah wie ein Teleskop. Ich glaube, das sollte so eine Art Straßentheater sein. Alle rochen stark nach Alkohol. Ich konnte nicht feststellen, ob Edwin mehr mit Lulu sprach als die anderen.

In der Nähe redete ein hoch aufgeschossener Junge mit Ohren von der Größe eines Elefanten mit Mr. Hotchkiss. Snozzer erklärte mir später, Hotchkiss sei in den Jungen verknallt. Ich halte nicht viel von Mr. Hotchkiss' Geschmack. Habe mittlerweile das Ende von *Fit wie eine Fiedel* gelesen, das jetzt *Mutha-*

fuckas heißt. Da steckt echtes Talent drin, ich werde es dem Royal Court Theatre schicken.

Edwin ist oben und »übt« – das heißt heute Abend, dass er den F-7-Akkord sehr, sehr laut spielt. Außerdem hat er verkündet, dass er sich die Nase richten lassen will, »um auszusehen wie Noel Gallagher«. Ich sagte ihm, er könne so viele Schönheitsoperationen haben, wie er wolle, solange er selbst dafür bezahle.

Bin endlich bei Surinders Privatnummer durchgekommen. (Warum hat sie mich noch nie in ihre Wohnung eingeladen?) Es war den ganzen Nachmittag besetzt. Sie reagierte sehr seltsam, als ich ihr von meinen Plänen berichtete, Porda aufzuspüren. Warum haben alle Leute Angst vor diesem Mann? Um etwas mehr über ihre sexuelle Orientierung zu erfahren, fragte ich in ganz beiläufigem Ton: »Nur so aus Interesse – wie erkennt man eine Lesbe schon von weitem?« Surinder sagte: »Normalerweise mit einem Fernglas.«

17. März, 21 Uhr, eine klare kalte Nacht
Mindestens seit dreißig Tagen ohne Sex

Ruairghy in Heathrow, um Gordon und Leopold zu verabschieden (hoffentlich gelangt er nicht versehentlich an Bord). Jakob in Oxford. Edwin schaut sich Videos an. Estelle beim elften Telefongespräch des Abends. Ich im Arbeitszimmer.

Morgen holen wir Jakob ab. Estelle wirkt sehr fröhlich, obwohl wir, so weit ich mich erinnern kann, immer noch keinen Sex hatten. Anscheinend ging bei Craftgirls eine Riesenbestellung für Salzteigmännchen ein. Sie haben fünfzehntausend Männchen in die Tschechische Republik verkauft. Ich sagte, es sei mir ein Rätsel, wie ein so kleines Land wie die Tschechische Republik so viele Salzteigmännchen unterbringen wolle. Estelle sagte, das sei ein fernes Land, von dem ich nichts wüsste.

Ich sollte mich wirklich nach einem Buch über die Superstringtheorie umschauen. Womöglich ist es meine einzige Hoffnung auf Sex vor unserem fünfundzwanzigsten Hochzeitstag (vorausgesetzt, sie wird zu Ehren dieses bedeutenden Anlasses weich). Surinder habe ich aufgegeben, sie ist definitiv lesbisch, wie mir mittlerweile klar ist. Sie verbringt einen Großteil ihrer Freizeit bei Craftgirls. Ich glaube, sie hat eine Affäre mit Stella Badyass.

Vielleicht sollte ich Karls mysteriöse Shirley ausfindig machen. Sie klingt echt sexy. Neulich erwischte ich ihn, wie er »SHIRLEY TRÄGT PFIRSICHFARBENE STRAPSE« auf die Rückseite eines BBC-Briefumschlags schrieb.

Heute Nachmittag lag ich wieder auf der Lauer und wartete auf Howard Porda. Zu meiner Überraschung erhaschte ich einen Blick auf eine Gestalt, die Porda gewesen sein könnte. Ich ging hoch zu seinem Büro und fragte erst gar nicht bei seinen Sekretärinnen, sondern wartete in dem Büro gegenüber, bis beide heimgingen. Etwa zehn Minuten später hörte ich Schritte. Ein Mann mit einem schweren Mantel, einem Hut und mit einem Schal vor dem Gesicht kam vorsichtig den Flur entlang, sah sich verstohlen um und öffnete die Tür zu Pordas persönlichem Büro. Sein Gesicht war nicht zu erkennen.

Er ging in sein Büro und kam nach einiger Zeit mit Umschlägen und Disketten wieder heraus. Nach einem schnellen prüfenden Blick nach rechts und links stahl er sich wieder davon. Möglicherweise war es gar nicht Porda, sondern ein Mitarbeiter des internen Sicherheitsdiensts der BBC, der den Missbrauch von Büromaterial untersuchte. Das ist im Moment ein ganz heißes Thema. Erst neulich schwadronierte Karl stundenlang darüber, wie unterschiedlich »die Bestückung« in den einzelnen Büros sei. Nach seinem Gekritzel zu urteilen, redete er womöglich über eine ganz andere Bestückung, die nichts mit Briefumschlägen und Disketten zu tun hat.

23.30 Uhr

Estelle ist immer noch erschreckend gut gelaunt (warum?). Heute Abend hat sie Edwin für die Prüfungen abgefragt. Er sagt, er will die mittlere Reife gar nicht machen. Wir sagten ihm, er müsse aber. Er rief: »Chemie! Wer braucht das schon?« Das konnte ich ihm auch nicht sagen, daher drohte ich ihm, wenn er seine mittlere Reife nicht mache, könne er gleich bei Waitrose anfangen. Edwin war leider ziemlich angetan von meinem Vorschlag. »Scagg«, sagte er, »hat sich bei Waitrose schon richtig hochgearbeitet! Er hat dort … na ja, eine Zukunft! Neulich haben sie ihn im Kühlhaus eingesperrt!«

Ruairghy kam von Heathrow zurück und sagte, er wäre so gern nach China geflogen. Dann verkündete er, dass er mit nach Oxford kommen und Jakob abholen wolle. Ich wollte wissen warum. Ruairghy sagte: »Ich will ihn kaltmachen.« Ich sagte ihm, dass ich keine Scherereien wünsche. Ruairghy sagte beängstigend gelassen: »Es wird keine Scherereien geben. Aber wenn er mit Laura dort ist, bringe ich ihn um. Ganz diskret. Wahrscheinlich mit einem Ziegelstein.«

Mit seinem blassen, spitzen Gesicht sah er aus wie *Jack Frost – Der eiskalte Killer.* Ich fürchte, dieser Bruderzwist wird nicht ganz so einfach zu klären sein wie der berühmte Streit vor fünfzehn Jahren, als es um die alles entscheidende Frage ging: Wem gehört die Lego-Raumstation wirklich?

18. März, 9.30 Uhr

Estelle im Bad. Edwin im Bett. Ruairghy im Bett. Ich auch im Bett, in der Hoffnung auf hemmungslosen Sex.

Estelle ist im Bad, während ich noch schnell Tagebuch schreibe. Habe nach ihr geschaut, aber sie schien nicht in der Stimmung für hemmungslosen Sex. Sie hat ein großes blaues

Handtuch auf dem Kopf und starrt zur Decke. Ich wäre nicht überrascht, wenn ich entdecken würde, dass sie ein paar Steckrüben mit in die Wanne genommen hat. Als ich hinausging, sagte sie: »Was in aller Welt hatte ich gegen Wegwerfwindeln?« Ich glaube, sie macht eine Krise durch.

Nachher fahren wir nach Oxford. Hoffentlich kommen wir los, bevor Ruairghy und Edwin aufwachen.

13.30 Uhr, King's Arms, Oxford

Ruairghy wachte um 9.45 Uhr auf. Mindestens drei Stunden vor seiner üblichen Aufstehzeit. Ich warf ihm auf der Fahrt immer wieder verstohlene Blicke zu, um sicherzustellen, dass das frühe Aufstehen keine nachteiligen Effekte auf seine Gesundheit hat. Er sieht immer noch aus, als ob er einen Jetlag hätte. Edwin wollte nicht mitkommen.

Entsetzliche Szene vor Jakobs College. Oliver, ein groß gewachsener, verweichlicht wirkender junger Mann mit lockigen Haaren und einem Lächeln, das (meiner Meinung nach) chemisch induziert war, sprang auf Ruairghy zu, den er offenbar gut kannte, und sagte: »Äh ... Jakob ist mit Laura ... irgendwie weg ... keine Ahnung wohin. Das ist echt ... irgendwie ... hart!« Dann wandte er sich an mich und sagte mit dem ganzen Charme des Privatschulzöglings: »Sie müssen Mr. Slippery sein. Ich freue mich so, Sie kennenzulernen! Ich bin ja so ein Fan Ihrer Sendung! Es war so toll, als sich Jimbo an ihre Frau ranmachte!«

Ich muss zugeben, dass er mir zusehends sympathisch wurde, obwohl er erschreckenderweise ein Fan von Pilfrey ist. Ich konnte ihm mit einer gewissen Genugtuung sagen, dass Pilfrey ein seltenes tödliches Lungenleiden namens Moeransches Syndrom hat. Ende Juni wird er sich vor Schmerzen winden und schreiend sterben. Ha! Oliver wirkte ziemlich entsetzt.

Er hat sich von Ronnies aalglatter Stimme einwickeln lassen.

Dann fiel mir ein, dass Oliver vor ein paar Wochen noch nie von *General Practice* gehört hatte. Mir kam der Verdacht, dass er sich bei mir einschmeicheln wollte. Ruairghy drehte mittlerweile kleine Kreise und schlug sich dabei mit der flachen rechten Hand gegen die Stirn. Er sah aus, als ob er Oliver gleich schlagen würde. »Wie kann er mir das antun?«, rief er. »Wie kann er das irgendeinem von uns antun? Wie kann er das Norman antun?« Ich wollte gerade sagen, dass das meiner Meinung nach nichts mit Norman zu tun habe, als Oliver Ruairghy die Hand auf den Arm legte und in besänftigendem Ton vorschlug: »Wie wär's, wenn wir uns … äh … einen Joint gönnen würden?« Daraufhin hielt ihm Estelle eine Standpauke über die Gefahren von Marihuana. Woraufhin Ruairghy, der noch blasser und stacheliger als sonst aussah und zitterte wie ein Hund, sagte: »Du musst es wissen. Du hast ja genug davon geraucht.« Estelle erwiderte: »Ich habe rechtzeitig aufgehört. Und ihr müsst auch rechtzeitig aufhören!« Oliver schlug die Hände vors Gesicht und fing an zu wimmern. »Es … tut mir so leid!«, sagte er. »Ich dachte, Sie wären coole Eltern!« Ich sagte: »Wir sind cool. Wir sind extrem cool. Wir würden nur gern wissen, wo unser Sohn ist. Vielleicht in Mailand? Oder bei einem Treffen des Internationalen Währungsfonds?«

Estelle sagte, wir müssten die Polizei anrufen. Bei der Erwähnung des Wortes »Polizei« verabschiedete sich Oliver, dessen Lächeln immer breiter und starrer wurde. Ich glaube, er sagte, er habe ein Treffen des Pilsener-Klubs. Ich kann nicht glauben, dass es so eine Organisation gibt. Ich überzeugte Estelle, dass wir die Polizei nicht bräuchten. Wir wollten gerade gehen und es bei Jakob auf dem Handy versuchen, als ich ein kleines, molliges und sehr hübsches Mädchen aus einem weiter entfernten Hauseingang treten sah. Sie hatte eine Jutetasche umgehängt und schaute kurz in unsere Richtung. Sie wirkte so verloren, als sie ihr langes, schwarzes Haar aus dem Gesicht strich, dass ich ihr ein aufmunterndes Lächeln zuwarf. Ruairghy sah auch zu ihr, doch ihr Anblick schien ihn noch mehr aufzuregen.

Erst als wir hierher, in den Pub, kamen, sagte er es mir. Das Mädchen war Lucy.

Sie ist obenherum, um einen Begriff von Aldous Huxley zu verwenden, »fabelhaft pneumatisch«.

Während ich hier sitze und schreibe, hat Estelle die ganze Zeit über versucht, Jakob auf seinem Handy zu erreichen. Wenn ich es richtig sehe, hat er jetzt endlich abgenommen.

14.30 Uhr, Restaurant »Raj«, Oxford

Ruairghy hat gerade fünf Papadams, drei Zwiebel-Bhajis, einen Kebab, ein Murgh-Mughlai-Curry, zwei Portionen Reis und drei Portionen Auberginen verdrückt. Außerdem hat er vier Bier getrunken. Das hat ihn offenbar etwas besänftigt – obwohl er immer noch davon redet, Jakob umzubringen. Jakob hat Estelle gesagt, er sei »irgendwo auf dem Land« und versuche, die Sache mit Laura in Ordnung zu bringen, wir sollten uns keine Sorgen machen. Er meint, es sei besser, wenn keiner von uns seinen Aufenthaltsort kenne, »bis sich Ruairghy wieder beruhigt hat«. Ruairghy hat eine Nachricht auf Jakobs Anrufbeantworter hinterlassen, die Estelle zum Teil abgehört hat. Der Anfang lautete: »Dafür wirst du büßen!«

Mutter und Sohn sind spazieren gegangen und haben es mir überlassen, die Rechnung zu bezahlen.

Wo ist Jakob? Hat er das Land verlassen? Wird er je zurückkehren? Wird sich Ruairghy je wieder beruhigen? Wer ist diese mysteriöse Lucy und warum finde ich sie so attraktiv? Liegt es nur daran, dass sie dreißig Jahre jünger ist als ich? Warum findet Ruairghy sie nicht attraktiv? Warum verlieben sich die falschen Leute immer in die falschen? Warum ähnelt das Leben mehr einer Seifenoper als *General Practice?* Und was um Himmels willen gefällt Oliver an Ronnie Pilfrey? Warum bin ich nicht berühmter? Wann werde ich Sex haben? Hatte ich das Chicken Vindaloo?

Nein.

22.30 Uhr

Ruairghy und ich verbrachten einen netten Abend im Pub. Seit wir wieder daheim sind, hat er sich etwas beruhigt. Er hat dreizehn Bier getrunken. Ich war deshalb ein bisschen besorgt, aber er sagte mir, ich müsse mir keine Gedanken machen. Anscheinend ist das nichts im Vergleich zu den Veranstaltungen des Pilsener-Klubs – der tatsächlich existiert, mit Oliver (studiert Altphilologie, war in Eton) und früher auch Ruairghy als Mitglied.

Die Sache mit Laura Proek geht ihm immer noch nach. Ich versuchte ihm klarzumachen, dass Lucy meiner Meinung nach ein sehr nettes Mädchen ist. Nach meinem dritten Bier äußerte ich mich dazu sehr ausführlich. Er warf mir vor, ich sei ein geiler alter Bock.

Estelle hat eine große Anzahl Salzteigmännchen nach Boston verkauft.

Anscheinend gehen sie gut in Weihnachtsläden. Vor allem ein kleines, bierbäuchiges Männchen mit langer Nase und Glatze, das Mr. Slippy Sloppy heißt. Er hat einen Korkenzieher an der Hose und wird mit dem Slogan verkauft: BEI IHM DREHT ES SICH NUR UM DAS EINE. Craftgirls eröffnet bald ein Büro im West End, alle haben jetzt ganz wichtig klingende Titel. Serafina Wiles – die wohl die BBC zum Vorbild genommen hat – hat Estelle neben ihren Aufgaben als Managerin für Strategie, Design und Marketing zur Leiterin der Kundenbetreuung im Produktionsteam ernannt. Stella Badyass ist Leiterin der Marketingabteilung. Alle werden

Managerfortbildungen besuchen, um sich über sexuelle Belästigung am Arbeitsplatz zu informieren. Ich sagte, nach allem, was ich wüsste, seien die Craftgirls darin schon ziemlich gut. Das kam nicht gut an.

Immer, wenn Stella Badyass oder Surinder erwähnt werden, zwinkert Estelle und grinst anzüglich. Ich bin mir fast sicher, dass sie eine Affäre mit einer oder beiden hat. Sie hat mir Surinder vor der Nase weggeschnappt.

20 März, 11 Uhr

Ruairghy und Edwin im Bett. Estelle bei Craftgirls. Ich daheim. Jakob Gott weiß wo.
Diese Woche bin ich nicht in der Serie. Und bald bin ich tot. Ich wünschte, ich könnte schlafen.

Edwin berichtete uns gestern Abend, die Schmerzen seien »wieder da«. Als Estelle fragte, wo er Schmerzen habe, antwortete er: »Überall und im Unterleib.« Ich vermute, daran ist Lulu schuld.

12 Uhr mittags

Der gute alte Steve rief an. Schlug ein Mittagessen mit Peter Mailer vor. Ich sagte eifrig zu.

Da die Frauen anscheinend beschlossen haben, mich hinzuhalten und zu demütigen, werde ich den Rest des Jahres mit Männern verbringen. Ich werde mir so richtig männliche Hobbys suchen – zum Beispiel Höhlenforschung. Ich werde Witze auswendig lernen und ausgewählten Männern an den Oberarm boxen, um mein Gefühl der Verbundenheit mit ihnen zu betonen.

Das Leben kann auch zu fünfzigjährigen Männern gut sein. Aß mit Peter Mailer und dem guten alten Steve zu Mittag. Der gute alte Steve und ich tranken drei Flaschen 1993er Fronsac. Peter Mailer trank vier Flaschen Badoit-Mineralwasser. Der gute alte Steve warf drei Packungen Nicorette ein. Mailer erzählte uns, er glaube, Nobby sei gefährdet, er habe eine »Suchtpersönlichkeit«. »Wiesesmituns?«, fragten Steve und ich. Mailer schüttelte den Kopf. »Ihr seid keine Alkoholiker!«, sagte er mitleidig, und es klang, als wären wir gescheiterte Selbstmörder.

Der gute alte Steve sagte: »Du und Estelle, ihr habt eine tolle Ehe! Ihr redet wirklich miteinander!« Wie kommt er bloß darauf? Man könnte meinen, er hat sich im Schlafzimmerschrank versteckt. Dann erzählte er uns, er habe seit November keinen Sex mehr gehabt.

Er sei bereit, dafür zu bezahlen, so verzweifelt sei er. Als wir ihn fragten, wieviel, antwortete er: »Bis zu zwei Riesen.« Peter und ich verkündeten, für die Summe stünden wir gerne zur Verfügung. Er sagte, darum gehe es nicht.

Wir redeten über Nobby. Er treibt es mit einer zweiundzwanzigjährigen Brasilianerin, die laut dem guten alten Steve »Brüste wie gefrorener Wackelpudding« hat. Zu seinem fünfzigsten Geburtstag fliegen sie übers Wochenende nach Bangkok. Wir waren uns einig, dass Nobby ein sehr oberflächlicher Mensch ist.

Beide denken, weil ich verheiratet bin, hätte ich mehr oder weniger ständig Sex. Ich erzählte ihnen nicht, dass ich mich nicht an das letzte Mal erinnern kann. Ich bin mir mittlerweile nicht einmal mehr sicher, ob es im Februar war. Mein Gedächtnis gleicht einem Sieb. Der gute alte Steve wird nächste Woche fünfzig. Er sagt, er will keine Party. Stattdessen werde er die Rechnung übernehmen und das Essen mit uns als Spesen abrechnen (er arbeitet für Rupert Murdoch). Wir stießen auf den abwesenden Medienmogul an. Dann merkte Steve, dass er seine Kreditkarte vergessen hatte. Mailer und ich teilten uns die Rechnung.

Ich fragte sie, was sie von Höhlenforschung halten. Sie sahen mich seltsam an.

Die Rechnung betrug 214,34 Pfund. Morgen muss ich Howard Porda erwischen. Ich muss meine Zukunft klären.

21. März, 11 Uhr

Ruairghy im Bett. Estelle bei der Arbeit. Edwin in der Schule. Jakob irgendwo mit Laura. Ich hier.

Estelle entsetzlich gut gelaunt. Die Craftgirls haben ihr ein schwarzes Mercedes-Coupé gekauft. Ich vermute, sie hat sich heimlich mit Jakob unterhalten. Ruairghy rief gestern Abend auf seinem Handy an und hinterließ ihm als Nachricht eine ausführliche Schimpftirade.

Ich bat Estelle heute Morgen direkt um Sex (ich habe beschlossen, dass eine feste, männliche Anfrage, begleitet von einem festen, männlichen Blick in ihre Augen und dem Gebrauch des Wortes »bitte« der einzige Ansatz ist, der Erfolg verspricht). Sie blätterte in ihrem Terminkalender und sagte: »Ruf mich im Büro an, ich versuche, einen Termin im Juni freizuhalten.« Das sollte lustig sein, aber ich fand es nicht komisch und sagte ihr das auch. Sie sagte: »Nimm nicht alles, was ich sage, immer so wörtlich!«

Immer noch kein Drehbuch von Surinder. Was ist los? Ich rief Steve Witchett an, den Autor Der Nie Seine Meinung Äußert, und er meinte: »Es könnte sein, dass es eine Art Krise gibt. Obwohl es natürlich möglich ist, dass sich gar nichts geändert hat. Aber soweit ich das abschätzen kann – wobei ich natürlich so gut wie gar nichts weiß –, besteht die Möglichkeit, dass die ganze Serie abgesetzt wird. Oder sie wird – aber wie bereits gesagt, ich kann nicht genau sagen, ob man darüber so denkt – ausgebaut. Oder natürlich stark verkürzt.«

Das Telefon klingelt.

11.15 Uhr

Es war Karl. Zum ersten Mal ruft er mich zu Hause an. Er sagte, es gebe ein »echt hartes Memo« von Porda. Ich soll sofort kommen und mich mit ihm und Cross treffen. Im Büro von Cross. Ich spüre förmlich die finsteren Mächte, die mein Leben und meine Karriere als Dr. Esmond Pennebaker beenden wollen. Hilfe! Ich werde vorher noch Gustave anrufen, vielleicht kann er mich über meine Rechte aufklären.

11.30 Uhr

Anruf bei Gustave. Er schrie mich an. Anscheinend hätte ich die Off-Stimme für einen Film über Nacktschnecken sprechen sollen. Das hatte ich völlig vergessen. Tatsächlich kann ich mich nicht einmal daran erinnern, ob er mir davon erzählt hat, aber da ich mich nicht einmal an den Rufnamen der Frau erinnern kann, die die Schwester des Patienten mit Alzheimer spielt (an dessen Namen ich mich auch nicht erinnern kann) oder daran, wann ich das letzte Mal Sex hatte, nehme ich an, dass Gustave ausnahmsweise einmal nicht gelogen hat.

Ich fragte ihn nach meinen Rechten, und er sagte, oder genauer brüllte: »Bei der BBC hat man keine Rechte. Mit der BBC geben wir uns gar nicht erst ab. Wir erlauben unseren Schauspielern nicht, für die BBC zu arbeiten!« Das hat er schon 1975 gesagt (glaube ich).

12.15 Uhr

Bin in Surinders Büro. Habe den ganzen Morgen verzweifelt versucht, sie zu finden, aber niemand weiß, wo sie steckt. June Rabstein, die meine Halbschwester spielt, sagte: »Sie sagte dauernd, sie müsse los und nach den Salzteigmännchen sehen!« Ich kann nur vermuten, dass sie bei Craftgirls ist. Meiner Ansicht nach nicht der ideale Aufenthaltsort, wenn sich die Anti-Esmond-Truppen sammeln. Da kommt Karl.

12.45 Uhr

In der Kantine. Cross ist zu beschäftigt und kann uns erst nach der Mittagspause sehen. Er ist in einem Meeting, bei dem über Kraftausdrücke im Radio diskutiert wird. »Es ist furchtbar!«, sagte seine Sekretärin, ein schmales, begriffsstutziges Mädchen namens Rita. »Neulich wurde die Adaption eines Buchs mit dem Titel *Die Muschisucher* vorgeschlagen!« Wir lauschten an der Tür und hörten Cross brüllen: »Niemand sagt verdammt nochmal Muschi in meinem Scheißsender, Sie Arschloch!«

16 Uhr

Besprechung mit Cross. Sein Büro ist so groß wie ein Fußballfeld, und wir tranken Tee aus echten Porzellantassen – ein eindeutiges Statussymbol bei der BBC. Auf seinem Schreibtisch stand ein großes Farbfoto von einer Frau in einem weißen Kleid, die zusammen mit zwei kleinen Kindern unter einem Baum steht. Das Bild soll uns wohl vermitteln, dass er ein Mensch, mehr noch, ein Familienmensch ist, obwohl es natürlich keine Garantie dafür gibt, dass die Abgebildeten überhaupt mit Cross verwandt sind. Und selbst wenn, schließt das immer noch nicht aus, dass er und Karl einem Ring ranghoher BBC-Saboteure angehören. Auch die Leute auf dem Foto könnten dazugehören.

Das »echt harte Memo« von Porda lautet:

Von: Howard Porda
An: Colin Cross
Betreff: Esmond Pennebaker

Gut gemacht! Dr. Pennebaker funktioniert!
Er erscheint mir deutlich sympathischer. Außerdem gefällt mir, wie er mit Jimbo umgeht. Seine Einstellung zu Pamela ist sehr heikel, aber es entsteht wirklich der Eindruck, dass hier ein Mann die Medizin der neunziger Jahre auf eine Neunziger-Jahre-Art praktiziert. Wenn wir jemanden umbringen müssen, warum nicht Pilfrey? Bei mir kommt seine Krankheit gut an, und auch andere, mit denen ich gesprochen habe, waren angetan. Ich bin in einem Strategiemeeting in Cornwall, aber Sie können mich auf dem Handy erreichen.

P. S.: John Birt gefiel Karls »Unterwäsche« wirklich gut.

Cross seufzte und sah Karl an. Zwischen den beiden schien sich etwas sehr Kompliziertes abzuspielen. Karl sagte langsam: »Wir haben keine Garantie, dass Porda wirklich so denkt. Er wird abwarten, wie sich alles entwickelt, und uns die Schuld geben, wenn etwas schiefläuft. Das ist bei der BBC Standardpraxis. Er versucht nur, sich abzusichern.« Ich sagte: »Und was denken *Sie* persönlich, Karl? Soll ich weiterleben oder nicht?« Karl zuzelte an seinen Zähnen. »Wenn ich sicher wüsste, dass Porda zu hundert Prozent hinter uns steht, würde ich mich für Sie weit aus dem Fenster lehnen, Paul. Aber ich bin mir nicht sicher.« »In diesem Fall, Karl«, sagte ich, »muss ich den Kerl selbst treffen. Das ist man mir schuldig!« Cross nickte. »Da hat er Recht«, sagte er. Karl fing an wie wild zu zucken. Er wirkte verschreckt. »Wenn Sie das wirklich wollen, Paul«, sagte er, »versuche ich einen Termin zu vereinbaren.«

Er sah mich dabei sehr seltsam an. Vielleicht ist Porda tatsächlich unsichtbar. Vielleicht wurde die BBC von Außerirdischen übernommen – oder, um genau zu sein, von anderen Außerirdischen als denen, die sie bisher geleitet haben.

»Unterwäsche« ist, wie sich herausstellte, ein Theaterstück, das erstaunliche Produkt eines Jungen in Ruairghys Alter. Während unserer Besprechung schrieb Karl auf einen Zettel: »SHIRLEY TRÄGT WEICHE SEIDENHÖSCHEN, DIE LOCKER AN IHREM HINTERN SITZEN.«

22. März, 11.30 Uhr

Estelle in Paris. Ruairghy im Bett. Edwin in der Schule. Jakob Gott weiß wo.

Estelle ist mit dem Eurostar-Zug für einen Tag nach Paris gefahren. Erste Klasse. *Les petits hommes fabriqué en farine* verkaufen sich auf der anderen Seite des Ärmelkanals offenbar wie verrückt. Vor allem der Glatzköpfige mit der langen Nase. Um das Ganze noch zu toppen, ist sie mit Stella Badyass und Surinder gefahren, die anscheinend jegliches Interesse an *General Practice* verloren hat und Steve Witchett alle Folgen schreiben lässt. Ich habe jetzt einen langen, unglaublich öden Text über verkehrsberuhigte Zonen, und selbst dieses Thema wird mit Samthandschuhen angefasst. Ich sage, dass die Straße vor der Praxis verkehrsberuhigt werden soll, und meine Sprechstundenhilfe Clare fragt mich, woher ich das wüsste. Ich antworte: »Ich bin mir nicht sicher. Ich glaube, ich bekam einen Brief von der Stadt. Normalerweise wird es einem ja mitgeteilt, wenn die Stadt so etwas vorhat. Es gab allerdings auch Zeiten, als das nicht so gut funktioniert hat, aber jetzt ist es sicher besser als früher, auch wenn ich nicht behaupten möchte, dass es nicht noch Verbesserungsmöglichkeiten gäbe. Natürlich will ich damit nicht sagen, dass es früher schlecht war …« und so weiter und so fort. Als ich vorschlug, tatsächlich etwas über Verkehrsberuhigung zu sagen, schüttelte es Witchett regelrecht. »Wir wollen doch die Leute nicht aufwühlen. Das ist ein unglaublich umstrittenes Thema, und ich wage mich wirklich schon sehr weit vor, wenn ich es nur erwähne!«

Er hat den Rest der Folge noch einmal überarbeitet und alles gestrichen, das dramatisch wirken könnte. Dadurch wirkt der Text plötzlich sehr minimalistisch. Ich komme mir vor wie in einem der späten Stücke von Samuel Beckett.

Es klingelt an der Tür. Wer kann das sein?

17.30 Uhr

Es war Lucy.

Das Erste, was mir an ihr auffiel, als ich die Tür aufmachte, war ihr ungemein angenehmer Duft. Nach Seife und Äpfeln und Honig. Dann sah ich, dass sie sehr volle rote Lippen hat. Ihre Augen sind fast schwarz. Und dann fiel mir auf, dass mir die Zunge aus dem Mund hing.

»Es tut mir leid, Sie zu stören!«, begann sie. »Sie kennen mich nicht. Ich heiße Lucy. Und ich wollte zu Ruairghy, falls er da ist?« Sie hat eine leicht piepsige Stimme und klingt deshalb wie eine (sehr niedliche) Zeichentrickmaus. »Er schläft gerade«, sagte ich. Sie grinste. »Er wird wohl noch ein paar Stunden schlafen«, fuhr ich fort, »aber wir können nach oben gehen und einen Pantoffel nach ihm werfen.« Sie grinste wieder und meinte, das sei wohl keine so gute Idee. Dann fügte sie hinzu: »Es hat mir so gefallen, wie Sie von diesem Hund gebissen wurden!« Einen Moment lang wusste ich nicht, wovon sie redete, aber dann fiel es mir wieder ein. Vor etwa fünf Jahren wurde Esmond von Jimbos Pitbull angegriffen, der dann von Morag, einer Tierärztin, für die Esmond schwärmte, eingeschläfert wurde. Es war eine sehr starke Folge.

Das war nicht der Versuch, sich bei mir einzuschmeicheln. Offensichtlich kannte sie sich aus. Wir gingen ins Esszimmer und unterhielten uns ausführlich über meine Affäre mit meiner Sekretärin, über die sie genau Bescheid wusste. Sie kennt sogar die Autoren, denn sie sagte: »Witchett ist talentiert, aber ich glaube, er muss als Autor ein bisschen lockerer werden!« Abgesehen von seiner Mutter ist sie vermutlich der einzige Mensch, der je etwas von Witchett gehört hat.

Ich muss sagen, ich war sehr erfreut, sie näher kennenzulernen. Und sie schien ebenfalls erfreut. Aber schließlich sagte ich: »Sie sind doch nicht gekommen, um mit mir zu plaudern. Sie möchten zu Ruairghy. Dummerweise ist er immer noch im Bett!« Daraufhin brach sie in Tränen aus. »Nicht mit Laura«, sagte ich schnell, um sie zu beruhigen, »obwohl ich fürchte, dass er das gerne wäre!«

Nun schluchzte sie herzzerreißend. Ich ging zur Couch und legte väterlich und ohne jeden Hintergedanken den Arm um sie. »Laura ist mit Jakob im Bett und wird es aller Wahrscheinlichkeit noch eine Weile bleiben!«, sagte ich. Sie schluchzte noch heftiger. Sie roch sensationell gut. Hören Frauen eigentlich auf, gut zu riechen, wenn man fünfundzwanzig Jahre mit ihnen zusammengelebt hat?

Und Männer?

Schließlich beschlossen wir, Ruairghy zu wecken, und gingen zusammen hoch in sein Zimmer. Er schlief mit offenem Mund und angezogenen Knien. Sein Kopf lag auf dem Kissen, die stachligen blonden Haare standen in alle Richtungen. Auf seiner Brust lag aufgeschlagen ein großes Taschenbuch, *Wie finde ich einen Job?* Soweit ich sehen konnte, war er bis Seite vier oder fünf gekommen. Lucy strahlte ihn zärtlich an. »Ist er nicht süß?«, fragte sie. »Ja«, sagte ich. »Aber er braucht mich wohl nicht mehr«, sagte sie. »Mich auch nicht«, sagte ich, und zum ersten Mal lächelten wir beide.

»Er hat mir mal vor Jahren erzählt, dass er Meeresbiologe werden will«, sagte sie. »Und dann merkte er plötzlich, dass er in Biologie gar nicht gut war!« »Oder in Mathe!«, sagte ich. »Oder in Physik! Oder in Chemie! Und er wird seekrank!« »Er will Regie führen«, quiekte Lucy mit einer entschuldigenden Grimasse. Ich sagte: »Wie Regie?« Sie sah auf ihn hinunter und ihr Blick wurde weich. »Seien Sie nicht zu hart mit ihm. Auch wenn er viel zu nett fürs Showbusiness ist!«, sagte sie und schlug sich dann die Hand vor den Mund. »War das sehr unhöflich?« »Nein«, beruhigte ich sie. »*General Practice* ist nicht Showbusiness. Es ist die radiomäßige Entsprechung eines Sträflingsschiffs.« Sie warf den Kopf zurück und lachte. Ihr ganzer Körper bebte vor Lachen. Ein durchaus erfreulicher Anblick.

Ich glaube, in dem Moment erkannte ich, dass sie die Richtige für ihn ist. Diese Erkenntnis war nicht das Ergebnis gezielter Überlegungen, sondern mehr ein einzelner Gedankenblitz, wie wenn man auf dem Dach eines Gebäudes steht und sich der Nebel lichtet und man auf wunderbare Weise zum ersten Mal sieht, was schon immer da war. Beim bloßen Gedanken an sie kann ich seinen Namen korrekt schreiben. Rory. Das ist er. Ein anständiger, praktisch veranlagter, relativ normaler Mensch, der etwas Nützliches tun sollte, anstatt wie sein Vater zu glauben, er müsse etwas Künstlerisches machen.

Lucy versuchte, mich davon abzuhalten, aber ich warf einen Pantoffel nach ihm.

Weder ihr noch mein Anblick schien ihn sonderlich zu freuen. Er gab ein lautes Krächzen von sich, blinzelte heftig und sagte in anklagendem Ton zu Lucy: »Was machst du denn hier?« Ich sagte so heiter wie möglich: »Sie will dich besuchen, Ruairghy!« Ruairghy knurrte leise. »Warum?« In dem Moment sah ich mindestens vier leere Päckchen Meeresfrüchtehäppchen de luxe auf dem Boden neben seinem Bett. Schroffer als beabsichtigt sagte ich: »Vielleicht hat sie ein paar Tipps zur Berufswahl für dich!«

»Ich bin hier«, sagte Lucy, »weil ich mich mit dir versöhnen wollte.« Ich sah, dass sie den Tränen nahe war. Ich sagte (und klang dabei ein bisschen wie Norman Proek, wie ich gestehen muss): »Siehst du? Sie will sich versöhnen!« Ruairghy steckte den Kopf unter die Decke. »Gut!«, sagte er. »Da du dich so gut mit ihr verstehst, kannst du ihr auch gleich sagen, dass sie jetzt gehen soll!« Lucy brach in Tränen aus. Ich hörte mich sagen: »Sieh, was du angerichtet hast!« Lucy sagte: »Ich bin nur hier, weil Laura vorschlug, ich sollte es mit einer Versöhnung versuchen. Es macht ihr sehr zu schaffen, dass du und Jakob so zerstritten sind.« Bei der Erwähnung von Laura setzte sich Ruairghy kerzengerade auf. »Laura! Hast du mit Laura gesprochen?« »Das habe ich dir doch gerade gesagt«, erwiderte sie. »Wo ist sie?«, fragte er mit einem ungesunden Glänzen in den Augen. »Sie ist im Ferienhaus deiner Tante im Lake District«, sagte Lucy. Ruairghy sprang aus dem Bett und stürzte zum Kleiderschrank, wobei er über die Meeresfrüchtehäppchen de luxe stolperte.

»Um Himmels willen«, mischte ich mich wieder ein, »Lucy ist extra deinetwegen gekommen!« Ruairghy versuchte, ein Päckchen Meeresfrüchtehäppchen von seinem linken Fuß zu pflücken. Es schien an seiner Haut zu kleben. »Was kümmert dich das?«, fragte er. »Ich bin euch doch allen völlig egal! Du kannst nicht einmal meinen Namen richtig schreiben!« »Das ist doch lächerlich!« »Dann buchstabier ihn doch!«, sagte Ruairghy. »Es ist vielleicht lächerlich, aber es stimmt. Viele lächerliche Dinge sind wahr. Du hast die letzten dreißig Jahre so getan, als ob du Dr. Esmond Pennebaker wärst. Kein Wunder, dass Mum wieder arbeiten geht. Damit sie dich nicht länger ertragen muss!«

Es erschien mir zu riskant, Ruairghys Taufnamen aus dem Stegreif und in seiner Anwesenheit zu buchstabieren. Stattdessen sagte ich: »Kein Wunder, dass Gordon und Leopold nicht mit dir nach China wollten!« Ruairghy ging auf mich los. »Du hast mich noch nie verstanden!«, sagte er. »Du hast noch nie verstanden, was ich fühle und durchmache. Das war gemein, was du über Gordon gesagt hast! Und über Leopold!« Ich verlor die Beherrschung. »Wie wäre es mit einem Job, anstatt kreuz und quer durch England einem Mädchen hinterherzujagen, das klar und deutlich gezeigt hat, dass es dich nicht ausstehen kann?« Ruairghy richtete sich zu seiner vollen Größe von 1,88 Meter auf und sagte mit so viel Würde, wie man sie aufbringen kann, wenn einem immer noch ein Päckchen Meeresfrüchtehäppchen de luxe am Fuß klebt: »Ich suche einen Job. Es ist nicht so einfach, einen Job zu finden. Man will so jemanden wie mich nicht. Ich ecke überall an.« »Das ist uns auch schon aufgefallen!«, sagte ich.

Mittlerweile war er komplett angezogen und ging zur Tür. Lucy saß auf dem Bett und hatte die Hände vors Gesicht geschlagen. »Es tut mir so leid! Es tut mir so leid!«, schluchzte sie. Ich war mir nicht sicher, an wen sich das richtete. Ich rannte meinem ältesten Sohn hinterher. Als ich auf dem Treppenabsatz war, war er schon unten in der Diele und wühlte in den Taschen seines Anoraks. »Du kannst nicht einfach in den Lake District fahren!«, schrie ich. »Du hast kein Geld! Du weißt nicht, wo der Lake District ist!« Ruairghy sah zu mir hoch und wirkte mit einem Mal sehr ruhig und sehr von sich überzeugt. »Der Lake District liegt im Norden«, sagte er. »Ich werde schon hinfinden! Und ich habe Geld. Ich habe immer noch das Geld, das ich im Zirkus verdient habe.«

Ich hatte nicht die geringste Ahnung, wovon er redete. Welcher Zirkus? Was führt dieser Junge eigentlich für ein Doppelleben?, schoss es mir durch den Kopf. »Sind damit Drogen gemeint?«, fragte ich. »Verkauft Oliver Drogen? Gehören du und Jakob und Oliver zu einem Dealerring?« »Norman hat Recht«, sagte Ruairghy gefährlich gelassen. »Du hast meine Karateurkunde nie aufgehängt!« Und mit diesem bitteren Vorwurf schritt er hinaus in den Märznachmittag. Er hatte nicht einmal eine Unterhose zum Wechseln dabei.

»Er kommt zurück«, sagte ich. »Er hat schon Probleme, Notting Hill Gate zu finden, von Cumbria ganz zu schweigen!« Lucy brach wieder in Tränen aus. Ich führte sie nach unten ins Wohnzimmer, und ein paar Minuten später hörte ich, wie die Haustür ins Schloss fiel und Edwins Tasche auf den Boden plumpste. Edwin erklärte sich sofort bereit, sich um Lucy zu kümmern und sie zu trösten. Das letzte Mädchen, das er zu trösten versucht hatte, war schreiend aus dem Haus gerannt, aber Lucy schien ganz zufrieden. Sie weiß erstaunlich viel über ihn und seine Freunde.

Ich glaube, ich hörte sie über Snozzer reden. Während die beiden unten waren, legte ich das Ohr an den Holzboden. Ich werde mich an solche Abhörmethoden gewöhnen müssen, wenn ich meine Kinder durch wichtige emotionale Krisen bringen will.

Ich hörte nicht alles, was er sagte, verstand aber immerhin: »Rory ist es nicht wert. Er ist *so* fett! Du bist der einzige Mensch auf der Welt, der ihn haben will. Ich kann nicht verstehen, warum er auf Laura scharf ist. Die meiner Meinung nach ziemlich primitiv ist. Und was Jakob betrifft, der ist völlig daneben. Wenn du also einen von uns willst, dann bin ich der Richtige. Ich bin zwar erst sechzehn, aber sehr reif für mein Alter, außerdem spiele ich Gitarre. Soll ich dir ein Lied vorspielen? Ich habe zur Zeit eine Freundin, aber mit der mache ich bald wieder Schluss, ich wäre also kurzfristig für dich frei!«

Zu meiner Überraschung schien das Lucy deutlich aufzuheitern. Er ist immer noch unten bei ihr – und spielt ihr den Cis-Moll-Akkord vor.

21.30 Uhr

Lucy ist immer noch da. Ich habe versucht, Estelle wegen der Ruairghy-Geschichte zu benachrichtigen. Sie hat jetzt ein Handy. Ich rief bei einer Nummer an, die ich für ihre hielt, und landete bei einem Kevin. Er klang sehr nett. Vor zwölf kommt sie nicht heim. Ich versuchte es auf Jakobs Handy, doch wie immer, wenn ich ihn anrufe, geht nur die Nachrichtenbox dran. Ich sagte: »Ruairghy ist unterwegs zum Ferienhaus. Ich glaube, er ist gewalttätig. Seid bitte vorsichtig!«

1 Uhr

Lucy ist immer noch da.

Estelle kam vor etwa einer Stunde nach Hause. Zu meinem Entsetzen hatte sie Surinder und Stella Badyass dabei. Sie benahmen sich ganz eindeutig lesbisch. Alle drei marschierten betont männlich in die Küche und erinnerten stark an Mary Hopkins (Cambourne Girls' School, Wimbledon 1960 – 1967) bei der Schulaufführung von T. S. Eliots *Mord im Dom,* in der sie Thomas Becket spielte. Da wurden immer wieder die Arme in die Hüften gestemmt, und einmal, ich bin mir fast sicher, schlug Badyass Estelle auf den Rücken. Als ich fragte: »Darf ich mitlachen?«, brachen alle in Gekicher aus.

Mir kommt der Gedanke, dass Surinder nur Interesse an mir zeigte, um an Craftgirls heranzukommen und sich mit anderen Lesben zusammenzutun. Ich hätte große Lust, es Mr. Badyass zu erzählen, aber wahrscheinlich ist er völlig weltfremd und denkt, Puscheltauchen sei eine inkompetente Methode, in einen Swimmingpool zu springen. Als sie endlich weg waren, erzählte ich Estelle von Ruairghy. Sie schnauzte mich an: »Warum hast du mir das nicht gleich gesagt? Er könnte irgendwo tot auf einem Bahngleis liegen!« Sie schlug vor, sofort loszufahren. Ich fürchtete im ersten Moment, sie wolle parallel zur Bahnstrecke fahren, um unseren Sohn zu finden. Ich sagte: »Estelle! Er ist einundzwanzig! Er ist durchaus in der Lage, einen Zug nach Cumbria zu nehmen und dort seinen Bruder umzubringen!« Das war, wie ich schnell merkte, nicht gerade taktvoll. »Wie kannst du nur so dumm sein?«, rief Estelle. »Warum läufst du durch die Gegend wie ein Vogel Strauß und steckst den Kopf in den Sand?« »Strauße«, wandte ich ein, »laufen nicht mit dem Kopf im Sand herum. Sie stecken den Kopf in den Sand und bleiben stehen. Wenn sie herumlaufen würden, würden sie stolpern oder gegen Hindernisse prallen!« Nach dieser Bemerkung wurde sie völlig hysterisch. Dann rief sie Jakob an. Sie erreichte ihn natürlich sofort – wie immer. Ich hörte sie sagen: »Wenn er gewalttätig wird oder dich angreift, geh einfach in Deckung! Hörst du mich? Geh in Deckung!« Ich durfte nicht mit ihm sprechen.

Danach wirkte sie ruhiger. Sie wandte sich an Lucy und umarmte sie nach einer kurzen Unterhaltung herzlich. Sie schlug vor, Lucy solle über Nacht bleiben. Früher hätte ich das gar nicht groß beachtet, aber jetzt erschien es mir wie ein extrem finsterer Schachzug. Ich fragte, ob sie ihre Eltern anrufen wolle, und sie sagte: »Sie merken gar nicht, ob ich daheim bin oder nicht!« Ich glaube nicht, dass sie meinte, dass ihre Eltern sehbehindert sind oder ihre Tochter ihnen gleichgültig ist. Vielleicht sind sie einfach ein bisschen zerstreut. Sie sagte, sie würde sehr gern bei uns übernachten. Edwin sagte: »Ich habe nur noch ein paar Tage Schule. Warum fahren wir nicht alle vier zusammen in den Lake District und versuchen, die beiden zur Vernunft zu bringen?« Er sagte nicht, wen er zur Vernunft bringen wollte, aber er wirkte, wie so oft, sehr angetan von seinem eigenen Vorschlag. »Ich glaube, das ist eine extrem gute Idee«, fuhr er fort. »Ich bin beim Songschreiben an einem toten Punkt angelangt, die Landschaft könnte mich inspirieren!«

23. März, 11 Uhr

Jakob und Laura im Lake District. Lucy in Ruarighys Bett. Ruairghy in Glasgow. Edwin auf der Suche nach »Steigeisen«. Estelle in der Mafeking Road, brüllend. Ich im Arbeitszimmer.

Ruairghy ist in den falschen Zug gestiegen und hat die Nacht in Glasgow verbracht. Er rief uns an, erreichte aber nur den Anrufbeantworter. Er sagte nicht, wo er die Nacht verbracht hatte. Er klang, dachte ich, irgendwie gefährlich. Ich habe Estelle nicht gesagt, dass er angerufen hat.

Estelle packt das Auto. Ich habe es um halb zehn gepackt, aber meine Art des Packens ist nicht gut genug. Sie hat alles wieder herausgeholt und packt es jetzt in anderer Reihenfolge zurück in den Wagen. Ich kann sie vom Fenster meines Arbeitszimmers sehen. Gestern Nacht habe ich sie direkt gefragt, wann wir das letzte Mal Sex hatten, und sie weigerte sich, es mir zu sagen, um sich nicht selbst zu belasten. Womöglich ist es noch länger her, als ich vermutet habe. Vielleicht haben wir es seit einem Jahr nicht mehr getan.

Vielleicht haben wir es seit zwei Jahren nicht mehr getan! Ich nehme den Liebestrank mit!

Lucy ist erstaunlich gut über *General Practice* informiert. Sie kann sich an den Tod meiner Schwiegermutter durch einen Stromschlag erinnern und an den Tag, an dem ich bei einem Familienurlaub in Malaga fälschlicherweise die Legionärskrankheit diagnostizierte. Ihr fiel sogar die einzige Ungereimtheit der Serie auf – meine Bemerkung »Aber ich bin kahl, Jimbo! Kahl wie eine Billardkugel!« im Jahr 1989 und dann, im Herbst 1993, meine Bemerkung zu Pilfrey: »Ich muss mir die Haare schneiden lassen, Pilfers! Sie hängen mir in die Augen!«

Edwin und ich haben unsere Wanderschuhe eingepackt. Außerdem haben wir ein bisschen im Garten trainiert. Ich bin über einen Eimer gestolpert und habe mich am Knie verletzt.

14.30 Uhr

In einer Raststätte auf der M1.

Edwin isst einen sogenannten Megaburger. Es ist sein dritter. Als ich ihn fragte, aus was er bestehe, gab er mir eine Antwort, die mich an ein altes norwegisches Rätsel erinnerte: »Ähnlich wie Huhn, aber es ist kein Huhn. Ähnlich wie Rindfleisch, aber es ist kein Rindfleisch. Auch nicht Fisch, obwohl, wenn man es nicht weiß, könnte man es für Fisch halten. Probier selbst, dann weißt du, was drin ist.« Ich lehnte ab. Das Ding ist so groß wie eine Damenhandtasche. Edwin hat es in Ketchup ertränkt.

Versuchte, ein paar Tropfen Liebestrank in Estelles Diätcola zu geben, scheiterte aber. Sie unterhält sich angeregt mit Lucy. Lucy ist anscheinend so eine Art Wissenschaftlerin. Ich glaube, ich hörte sie über »Quantentheorie« reden, es könnte allerdings auch der Name einer Rockgruppe sein.

Wenn sie lacht (und das tut sie oft), quiekt sie nicht nur, sondern klatscht auch in die Hände. Ich finde das bezaubernd.

15 Uhr

Aufregende Entwicklung! Schaffte es, ein paar Tropfen Liebestrank auf Estelles Brötchen zu geben. Sie hat es fast sofort geschluckt. Dann sorgte ich dafür, dass ich während der nächsten Viertelstunde in ihrem Blickfeld blieb. Das war nicht immer einfach – ich trat rückwärts in eine Glastür –, aber ich glaube, ich spüre definitiv ein erwachendes Interesse für mich. Ich schreibe im Auto, während ich darauf warte, dass sie von ihrem Telefongespräch mit der Craftgirls-Zentrale zurückkommt.

Anscheinend sind die Japaner verrückt nach den Salzteigmännchen. Vor allem nach Mr. Slippy Sloppy – dem dicken mit der langen Nase. Da kommt Estelle. Ich muss möglichst lange Blickkontakt halten – sofern es die Verkehrssituation zulässt.

16.30 Uhr

Schreibe auf dem Standstreifen, nachdem wir fast mit einem Sattelschlepper zusammengestoßen wären. Estelle geht draußen auf und ab, um sich zu beruhigen. Ich glaube, ich sollte alle Experimente mit dem Liebestrank aufgeben, bis wir im Ferienhaus sind. Es hat angefangen zu regnen, aber das tut es in diesem Teil der Welt ja immer.

Lucy ist draußen bei Estelle. Ich mache mir zunehmend Sorgen wegen Estelles lesbischer Neigungen. Sie hat den Arm um das Mädchen gelegt und schaut hin und wieder zum Auto. Sieht aus, als würde sie über mich reden. Und dabei kein gutes Haar an mir lassen. Und das alles einem Mädchen gegenüber, das, wie sich herausgestellt hat, Mitglied im *General Practice*-Fanklub ist! Gestern Abend fragte mich Lucy, was mit Norman Bartam los sei. Ich hatte keine Ahnung, wen sie meinte. Ich musste mich belehren lassen, dass Norman der Inhaber eines Spirituosengeschäfts war, der im Sommer 1989 mit Esmonds Frau durchbrennen wollte.

Mir kommt ein furchtbarer Gedanke. Wirkt der Liebestrank womöglich zeitverzögert? Werde ich gleich mitansehen müssen, wie meine Frau es mit der Freundin des Mädchens treibt, in das sich zwei ihrer Söhne verliebt haben?

24. März, Slackbottom Cottage, Cumbria, 11 Uhr, Regen

Estelle, Laura, Lucy, Edwin, Jakob und ich hier. Reuairghy in Crewe.

»Regen« wird den tausend unterschiedlichen Arten von Wasser nicht gerecht, die in den letzten Stunden vom Himmel geprasselt sind. Es genügt natürlich nicht, dass eine Flüssigkeit kontinuierlich und gerade niedergeht – nein, man wechselt hier gerne ab und lässt den Regen wolkenförmig, gefroren oder halbgefroren fallen. Manchmal schwirren lange Spritzer wie Nudeln wild durch die Luft, manchmal sind es dicke, großzügig bemessene Tropfen und gelegentlich kommen Wasserladungen von etwa hundert Quadratmetern, die einem das Gefühl geben, als ob jemand gerade einen Swimmingpool ausgeleert hätte.

Im Moment werden wir mit den verschiedensten Wetterlagen bombardiert. Ein lebhafter Schauer geht im hinteren Teil des Gartens nieder. Drüben bei der Trockensteinmauer, die uns von der Straße trennt, ist die Demonstration eines Präzisionshagels in Gang, während es beim Stechginster direkt hinter dem Haus so aussieht, als ob wir einen klaren Frühlingstag hätten.

Riueirughy ist in Glasgow in den falschen Zug gestiegen. Er rief auf Jakobs Handy an und sagte, er werde den Bus nehmen. »Auf der Fahrt habe ich sehr viel Zeit, um darüber nachzudenken, wie ich dich umbringe!«, fügte er hinzu. Jakob wirkt sehr gelassen. Lucy sagte: »Er meint es nicht so! Er ist sanft wie ein Lämmchen!« Edwin sagte: »Nicht, wenn es darum geht, wer in der Mitte sitzt, wenn wir alle drei hinten im Auto mitfahren!« Ich dachte an die Meeresfrüchtehäppchen de luxe und sagte nichts. Estelle nagte an ihrer Unterlippe.

Alle außer mir schlafen noch. Ich bin früh aufgestanden, weil ich beschlossen habe, Estelle eine Megadosis Liebestrank zu verabreichen. Ich habe Angst, dass ich sonst nicht mehr Herr meiner Sinne bin. Sie schläft noch, wie die anderen auch.

12.30 Uhr

Habe eine ganze Flasche Liebestrank über eine Schale Cornflakes auf dem Frühstückstisch gekippt. Ich habe sie vor Estelles Lieblingsstuhl gestellt und beobachte die weitere Entwicklung von einem »Versteck« aus (einem sorgfältig platzierten Stuhl im Nebenzimmer).

Ich bin immer noch der Einzige, der schon auf ist.

12.45 Uhr

Gerade kam Jakob herein. Er hat mich nicht bemerkt. Aber er hat die Cornflakes gesehen. Ob ich aufstehen und ihm sagen sollte, dass …

O mein Gott! Er hat gerade die maximale Tagesdosis Liebestrank gegessen! Ich habe noch nie jemanden gesehen, der so schnell eine Schale Cornflakes verdrückt hat. Ich kann nur hoffen, die nächste Person, die durch die Tür tritt, ist …

13 Uhr

Es war Lucy. Was habe ich getan?

13.05 Uhr

Lucy und Jakob hatten gerade eine fast tödliche Dosis Liebestrank zu sich genommen. Sie haben den letzten Rest Cornflakes gemeinsam gegessen. Dabei hatten sie fast die ganze Zeit Blickkontakt.

Ich mache mir wirklich Sorgen.

13.15 Uhr

Immer noch auf meinem Beobachtungsposten. Andere Personen kamen in die Küche, darunter auch Estelle, die, überflüssig zu erwähnen, nicht einmal in die Nähe der (mittlerweile leeren) Cornflakesschale ging. Wahrscheinlich ist sie ohnehin allergisch gegen Liebestränke. Ich beobachte Lucy und Jakob genau und warte auf erste Reaktionen. Bis jetzt gab es keine. Wenn zwischen den beiden nichts läuft, schreibe ich nach Wolverhampton und reklamiere.

Was sage ich da?

15 Uhr

Ich bin im Schlafzimmer. Ich habe die Hosen ausgezogen, falls Estelle hereinkommen sollte, halte das aber für unwahrscheinlich. Jemand an der Tür. Ist das etwa Ruairghy?

15.15 Uhr

Er war es. Er sah nicht so aus, als ob er noch in der Lage wäre, handgreiflich zu werden, allerdings konnte er Jakob noch ein oder zwei finstere Blicke zuwerfen. Anscheinend ist er in Crewe in den falschen Bus gestiegen und in Wolverhampton gelandet. Er ließ sich ziemlich erregt über Geografie im Allgemeinen und den Service bei der privatisierten britischen Bahn im Besonderen aus. Zwischendurch bekundete er kurz Interesse, im Speisewagen zu arbeiten. Dann sah er Jakob noch einmal böse an und schlief auf seinem Stuhl ein.

Ich habe nur noch zwei Flaschen Liebestrank. Ich spiele mit dem Gedanken, sie Estelle im Schlaf einzuflößen. Allerdings könnte sie daran ersticken. Ich möchte nicht, dass sie stirbt, bevor ich die Chance hatte, noch einmal mit ihr zu schlafen. Mir fällt aber keine andere Möglichkeit ein, ihr das Zeug zu geben.

15.45 Uhr

Wieder im Schlafzimmer. Habe wieder die Hosen ausgezogen, vielleicht will Estelle ja ein Nickerchen machen. In dem Fall könnte ich ihr auch gleich den Liebestrank verabreichen.

16 Uhr

Estelle kam nicht. Ich habe vorgeschlagen, dass wir alle einen Ausflug zum Lord Leigh's Bottom machen (in der Familie geht das Gerücht, dass Estelles Schwester das Ferienhaus nur gekauft hat, weil es in der Nähe von Bergen und landschaftlich schönen Stellen liegt, die zweideutige Namen haben), stieß damit aber auf wenig Begeisterung. Lord Leigh's Bottom ist, wie Jakob erklärte, »ein ziemlich langweiliges Loch im Boden, von dem aus man seinen eigenen Hintern nicht mehr erkennt«. Er ist wohl nicht sonderlich erfreut über unseren Besuch. Edwin jedoch wollte mitwandern, vorausgesetzt, er dürfe seine Gitarre mitnehmen. Es regnet immer noch. Ich sagte ihm, er könne die Mikrowelle von Estelles Schwester mitnehmen, wenn er wollte.

Ruaierhgy musste zwei Minuten lang wach gerüttelt werden. Seine erste Frage lautete: »Wo sind wir?« Dann sagte er: »Ist das der Zug nach London?« Dann schlief er wieder ein. Edwin und ich bekamen ihn schließlich wach, indem wir ihn ein paarmal durchs Zimmer führten.

18 Uhr

Auf halbem Weg (glaube ich) zum Old Man's Nob. Die Wanderung führte uns bis jetzt über Mabel's Crack (glaube ich), Long and Narrow Hole und ein fast senkrechtes Etwas, das, wie Edwin schwört, Four Skins heißt. Kurz vor dem Ziel meinte er:

»Warum machen die Leute hier nicht einfach Nägel mit Köpfen und nennen die Berge Arsch oder Schwanz oder Großer Roter Pimmel? Dann würden deutlich mehr Leute hier rumkraxeln! Das wäre doch eine gute Werbung!« Er ist wirklich ein Kind seiner Zeit.

Selbst wenn wir Geröllfelder mit einer Steigung von fünfundvierzig Grad durchpflügten, spielte er unverdrossen auf seiner Gitarre. Bei einer besonders tückischen Passage kurz vor dem Gipfel schaffte er sogar einen D-Moll-Akkord.

Ich glaube, er ahnt nichts von meinem Tagebuch. Ich habe ihm gesagt, das sei ein topographischer Bericht. Allerdings sagte er etwas, das mich stutzen ließ. Als wir an einem Felsgebilde vorbeikamen, das von den Einheimischen The Piles genannt wird, sagte er im Plauderton: »Dieses Phallkrim ist echt gut. Ich werde einen kolossalen Schwanz haben, wenn ich so weitermache. Womöglich muss ich mir noch etwas bestellen, das ihn wieder auf eine handlichere Größe reduziert!« Ich bin mir nicht sicher, ob er das wirklich sagte, denn in dem Moment blies der Wind mit Stärke acht, aber wenn ja, muss ich wohl ein ernstes Wörtchen mit ihm reden. Ich glaube, er sagte noch: »Hast du es schon mit einer Gummipuppe probiert?« Aber ich bin mir fast sicher, dass ich mir das nur einbildete.

Habe mich noch nicht getraut, die Salbe auszuprobieren. Ob er sie von mir gestohlen hat und mich mit seiner Bemerkung auf die Probe stellen will? Oder war das ein Hilferuf?

Wenn ja, reagiere ich darauf lieber nicht.

21 Uhr

Wie angenehm, meilenweit von den Spannungen bei der BBC entfernt zu sein! Wie schön, mir keine Gedanken über Howard Porda machen zu müssen!

Heute Abend hatten wir einen heftigen Streit beim Monopoly. Edwin landete auf der Parkstraße, die wie alle anderen Straßen Jakob gehörte, der, wie auf all seinen Straßen, zwei Hotels darauf stehen hatte. Edwin weigerte sich zu zahlen. Er erklärte, er sei Sozialist und alle Menschen seien gleich. Jakob antwortete: »Die Menschen werden gleich geboren und sind gleich, bis sie Monopoly spielen!« Dann grinste er anzüglich zu Lucy hinüber. Ich mache mir große Sorgen, dass der Liebestrank bei ihm tatsächlich wirken könnte. Edwin sagte, niemand solle in Hotels wohnen, und ging aus dem Zimmer. Lucy, der Jakobs Annäherungsversuche offenbar missfielen, stand ebenfalls auf und folgte ihm. Zu meiner Bestürzung ging Jakob ihr nach. Laura fragte: »Was ist nur in ihn gefahren?« Ich wollte ihr nicht die bittere Wahrheit sagen – »das Markenfabrikat eines erotischen Stimulanzmittels, das ihn veranlasst hat, sich in deine beste Freundin zu verlieben«.

Reiuerhy, Laura, Estelle und ich blieben zurück. Laura verkündete, sie werde schlafen gehen. Reirghriuy sagte, er werde auch ins Bett gehen. Er fügte hinzu, dass er das liebend gern mit Laura tun würde. Laura sagte: »Warum bedrängst du mich so? Was treibt ihr für ein Spiel, du und Jakob? Hast du ihn angestiftet, Lucy hinterherzusteigen?« Reuairy antwortete: »Mein Bruder ist ein Sexbesessener. Er interessiert sich nicht für dich als Mensch!« Laura ging. Nach langem Schweigen sagte Ruairghy: »Ich wollte Jakob umbringen!« Estelle sagte: »Kann das nicht bis morgen warten?« Rueighry sagte, er gehe ins Bett und hoffe, dass ich zumindest hier nicht den Gefrierschrank überwachen würde. Ich blieb allein mit der Managerin für Strategie, Design und Marketing von Craftgirls UK. Morgen werde ich eine ganze Flasche Liebestrank auf ihr Sandwich geben. Dieses Mal wird es klappen. Und morgen um diese Zeit werde ich sie über den Boden des Schlafzimmers schieben – wobei die Vorwärtsbewegung nur durch ihre Hände und die treibende Kraft meiner Genitalien zustande kommt.

26. März, 23.45 Uhr, Regen

Alle im Lake District. Wenn es so weiterregnet, sitzen wir hier noch tagelang fest.

Mir fehlt mein Arbeitszimmer. Ich schaue suchend hinaus in die Dunkelheit draußen vor dem Fenster des Gästezimmers (wo ich heute Nacht schlafe), als ob ich einen flüchtigen Blick auf die Geister von Porker, Wickett oder ihren lokalen Entsprechungen im Lake District werfen könnte. Ich sehe nichts, nicht einmal ein Schaf.

Ich habe praktisch keinen Liebestrank mehr. Ich habe eine großzügige Portion des südamerikanischen Pflanzenextrakts auf ein Käsebrötchen gegeben, das ich dann in Estelles Rucksack packte. Dann stiegen wir zu siebt ins Auto und fuhren ein paar Meilen, um einen Berg zu besteigen, der schlicht Harrison's Bottom genannt wird. Nichts Spektakuläres, aber Edwin meinte, zumindest heißt er nicht Pubes (Schamhaar).

Estelle geht nicht gern zu Fuß. Sie mag nur die *Vorstellung* davon. Man hört sie oft sagen, dass sie demnächst einen Spaziergang machen werde. Manchmal kommt sie zurück und behauptet, sie sei spazieren gewesen, aber es ist einige Zeit her, dass ein unabhängiger Beobachter bestätigen konnte, wie sie einen Fuß vor den anderen setzte und eine längere Strecke als die von der Haustür bis zu ihrem Auto zurücklegte.

Auf den ersten paar Meilen wanderten wir in einer losen Gruppe, allerdings fiel mir auf, dass Jakob dauernd versuchte, in Lucys Nähe zu sein, was ihr aber nicht gefiel. Sie ist wahrscheinlich die schnellste in unserer Gruppe. Ruairghy versuchte den gleichen Trick bei Laura, die sich aber jedes Mal absetzte, wenn er in ihre Nähe kam, und zu Jakob aufschloss, der wiederum einen Schritt zulegte, um mit Lucy mitzuhalten, die daraufhin nur noch schneller ging. Als wir auf dreihundert Metern waren, rannten wir alle wie durchgeknallte Gebirgsjäger in der Geländeausbildung.

Schon auf einer Höhe von etwa hundertfünfzig Metern hatte ich gefragt: »Hättest du gern ein Sandwich, Estelle?« Sie sah mich misstrauisch an. »Warum sollte ich ein Sandwich wollen?«, fragte sie in vorwurfsvollem Ton. »Willst du mich mästen?« Sie hat ständig Angst, dass andere – meist unschuldige, unbeteiligte Zuschauer – versuchen, sie zu mästen. »Aber nicht doch, meine Königin!«, sagte ich. »Ich dachte nur, du wirkst ein bisschen ... erschöpft. Ein Sandwich könnte dich wieder stärken!« Jetzt war sie erst recht misstrauisch. »Was ist in dem Sandwich?«, fragte sie. »Nägel? Strychnin?« »Köstlicher Käse!«, sagte ich rasch. »Schmackhafter, leckerer Jarlsberg aus Norwegen auf einem Bett aus frisch gewaschenem Salat mit einem Klecks fettarmer Mayonnaise auf einem Vollkornbrötchen!«

Ich holte das Brötchen aus dem Rucksack und wedelte damit vor ihr herum. »Mmmm!«, sagte ich. Estelle riss es mir aus der Hand und hielt es hoch. »Wer möchte ein Sandwich?«, rief sie. »Wer hat Lust auf *schmackhaften, leckeren Jarlsberg aus Norwegen auf einem Bett aus frisch gewaschenem Salat mit einem Klecks fettarmer Mayonnaise auf einem Vollkornbrötchen?«*

Einen furchtbaren Moment lang dachte ich, Jakob würde sich das Brötchen schnappen, es hinunterschlingen und dabei seiner Mutter in die Augen sehen. Die Situation ist schon schlimm genug, da brauchen wir nicht noch Söhne, die ihre eigenen Eltern begatten wollen. Aber es war Ruairghy, der als Erster nach dem Brötchen griff, ohne dass ich es verhindern konnte, und damit die größte Dosis Lovejuice konsumierte, die wohl je auf den Britischen Inseln verabreicht wurde. Für den Bruchteil einer Sekunde stand ich in seinem Blickfeld. In Panik warf ich mich zu Boden.

Ruairghy mampfte derweil unverdrossen ein sexuelles Stimulans im Wert von 6 Pfund und 28 Pence. Währenddessen marschierte Lucy durch das raue Moorgras, bis sie direkt in seinem Blickfeld stand. Aus einem Abstand von nicht einmal drei oder vier Metern sah sie ihm in die Augen, als ob Eros persönlich sie dazu instruiert hätte. Ich glaube, es macht sie an, wenn Ruairghy isst. Ich kann mir keine bessere Garantie für eine glückliche Ehe vorstellen.

Als er den letzten Käserest hinuntergeschluckt hatte, sagte sie mit zitternder Stimme: »Schau ... Ich weiß, was du von mir denkst, aber wenn du glaubst, ich würde mir darüber den Rest meines Lebens Gedanken machen, dann bist du auf dem Holzweg.« Ruairghy antwortete nicht. »Damals ...«, fuhr sie mit Tränen in den Augen fort, »im Chessington-Wildpark dachte ich, du meinst es ernst, aber jetzt weiß ich, dass du alles nur gesagt hast, um mich ... du weißt schon ...« Ich fragte mich gerade, was damals im Chessington-Wildpark passiert war, als Ruairghy anfing heftig zu zittern. »Ich werde über dich hinwegkommen, Rory Slippery!«, sagte sie. »Ich werde mein eigenes Leben führen und ich möchte dir nur sagen, dass ich dich alles andere als klug, lustig oder nett finde – ich finde dich *erbärmlich!*«

Das sind natürlich genau die Worte, die einem Mann den Kopf zurechtrücken und ihn dazu bringen, mit einem Strauß roter Rosen vor seiner Angebeteten auf die Knie zu fallen. Für uns gibt es nichts Schöneres, als wenn man uns sagt, was für Würmer wir sind. Wenn sie das ein bisschen früher probiert hätte, hätte es sicher funktioniert, auch ohne Liebestrank in einer Dosis, die einen Elefanten wild gemacht hätte.

Ihre Worte schlugen ein wie eine Bombe.

Aber Lucy war das gar nicht bewusst. Das Tragische bei verliebten Menschen ist, dass sie Dinge sagen, die sie tatsächlich meinen. Verliebtsein bedeutet wahrscheinlich einfach, dass man dumm genug ist, die Dinge zu glauben, die man sagt. Sie dachte, sie würde über Ruairghy »hinwegkommen«, obwohl ein einziger Blick genügte, um zu sehen, dass sie davon genau so weit entfernt war wie Julia von dem Gedanken, dass Romeo nur den Balkon reparieren wollte.

Sie drehte sich um und wollte gehen, doch Ruairghy sagte: »Ich weiß nicht, was Jakob für ein Spiel spielt. Tatsächlich empfinde ich, glaube ich, immer noch etwas für dich, Lucy. Auf jeden Fall mehr als er.« Lucy warf einen kurzen, fast unmerklichen Blick hinüber zu Laura und Jakob und ihr Mund schloss sich wie ein Fangeisen. »Ach«, sagte sie, »tatsächlich? Ihr beide, du und dein Bruder, hm?« Jakob wollte etwas sagen, aber Lucy ließ ihn nicht zu Wort kommen. »Oder steckst du da auch mit drin, Laura?«, fragte sie schrill. »Habt ihr drei das zusammen ausgeheckt? Ist es mal wieder Zeit, sich über Lucy lustig zu machen? Weil sie klein und dick und gut in Naturwissenschaften ist? Ist das so?«

Allmählich fragte ich mich, ob es nicht Zeit war, öffentlich zu bekennen und allen zu sagen, dass sie unter dem Einfluss einer Droge standen, neben der, soweit ich das beurteilen konnte, Potenzmittel wie die Spanische Fliege wie Limonade wirkten. Allerdings bin ich mir nicht sicher, ob die Verabreichung von Liebesdrogen an Personen ohne deren Mitwissen strafbar ist und einen längeren Gefängnisaufenthalt nach sich ziehen kann. Daher sagte ich nur: »Ich finde nicht, dass du dick bist!« Lucy starrte mich an. Ich muss es falsch gesagt haben. Wenn ich es zu Estelle sage, sage ich es auch immer falsch. Es ist sehr schwer, diesen Satz überzeugend zu einer Frau zu sagen.

Hat der Liebestrank irgendwelche Nebenwirkungen? Werden sich bald alle mit Magenkrämpfen auf dem Boden krümmen? Wird der Versuch, meine Frau dazu zu bringen, mit mir zu schlafen, damit enden, dass ich meine Söhne hingemeuchelt habe?

»Das ist es nicht«, sagte Ruairghy. »Aber ich habe über uns nachgedacht, weißt du, und …« Aber Lucy wurde nur noch wütender. »Ich weiß, wie du über mich denkst!«, sagte sie und marschierte vor uns her auf etwas zu, das wie eine große Nebelwand aussah. »Ich weiß, dass ich eine Witzfigur bin, und nur weil dein Bruder auf die Idee gekommen ist, so zu tun, als ob er etwas von mir will, musst du jetzt …« »Nein, nein, nein!«, rief Ruairghy, »ich finde, du bist eine sehr attraktive, nette Frau, und als ich sah, wie Jakob versuchte …« Der Liebestrank tat eindeutig seine Wirkung. Man könnte förmlich zusehen, dachte ich, wie er sich seinen Weg zur Boerg-Drüse suchte. Als Lucy, ungerührt von Ruirghrys Worten, über die Heide davonstürmte, fragte ich mich, ob sich Estelle vielleicht die Boerg-Drüse hatte entfernen lassen. Machten Frauen womöglich so etwas in der Menopause? Ich verkniff mir den Wunsch, jetzt über die Wechseljahre zu diskutieren, und ging Lucy hinterher. Die anderen folgten. Heftiger Regen setzte ein. Obwohl Edwin seine Gitarre dabeihatte und nur ein T-Shirt trug, wirkte er völlig unbeeindruckt.

Den restlichen Tag über stolperten wir die Hänge des Harrison hinauf und hinunter. Wir erkundeten seine Spalten und Schluchten, versanken bis zu den Knöcheln in seinen Torfmooren und fielen ein- oder zweimal fast in seine Abgründe. Ich glaube nicht, dass wir den Gipfel erreichten, um so mehr sahen wir dafür von seiner Talsohle, und wir waren ihr den ganzen Tag so nah, dass wir den Harrison nur wahrnahmen als eine Ansammlung von Löchern, verwitterten Steinen und Gras, das so hart war wie die Haare auf einer alten Perücke. Es war, dachte ich, als Teile der Landschaft irgendwann wieder im Panorama zu erkennen waren, ein bisschen so wie mit meiner Beziehung zu Estelle. Wir hatten keine rechte Vorstellung davon, wo wir uns eigentlich befanden, bis wir uns weit genug entfernt hatten vom Harrison, um einen Blick aus der Distanz auf ihn zu werfen.

Die ganze Zeit hielt sich Lucy weit voraus und sprach weder mit Ruairghy noch mit Jakob, die wie verzweifelte Hunde hinter ihr hertrotteten. Laura hetzte hinter ihnen her, und Estelle und ich gingen mit gesenkten Köpfen und schwitzten, um Schritt zu halten. Schließlich übernahm Edwin die Führung und rief gelegentlich: »An den Teil erinnere ich mich aus einem früheren Leben!« Er spielte den E-Dur-Akkord, bis wir eine

Höhe von etwa sechshundert Metern erreichten, und wechselte dann zu Dis-Moll-7. Als er noch eine None ergänzte, wäre er fast über eine Klippe in den Abgrund gestürzt. Beim Abstieg begann er zu singen. Ich erinnere mich nicht mehr genau an den Text, aber ich glaube, er ging so:

Warum wanderst du an den Hängen des Harrison?
Warum ertrinkst du in seinen Flüssen der Schmerzen?
Wo ist die Landkarte, wer überblickt hier die Lage?
Wo ist dein Kokain für die nächsten vier Tage?

Bei seiner Darbietung geriet er nie außer Atem, und als wir den Bach erreichten, der den Weg bergab weist, stieß er auf eine enthusiastische Anhängerschaft von Schafen. Wir mussten sie wegscheuchen, als wir beim Auto waren, und Edwin sagte: »Genau wie beim Konzert in Knebworth!«

Endlich zurück im Ferienhaus schloss sich Lucy in ihrem Zimmer ein und Ruairghy und Jakob redeten durch die Tür auf sie ein. Estelle und ich zogen uns in die Küche zurück. Wir gossen uns jeder einen großen Gin Tonic ein. Ich sagte: »Na toll! Jetzt teufeln beide auf Lucy ein! Was haben wir da großgezogen?« Estelle sah mich an. »Sexbesessene!«, sagte sie. »Woher sie das wohl haben?« Dann sagte sie: »Ich muss hoch. Ich muss mich um die armen Mädchen kümmern!«

So, so, um die armen Mädchen kümmern …

Irgendwie war das der Tropfen, der das Fass zum Überlaufen brachte. Ich habe es nicht leicht gehabt, in diesem Jahr. Ich werde vermutlich von einem Lastwagen überfahren, muss Gift trinken oder meinen Kopf in den Gasherd stecken. Mich trennen nur noch sechzig oder siebzig Tage von meinem fünfzigsten Geburtstag. Soweit ich weiß, hatte ich seit dem 6. Januar keinen Sex mehr, sehr wahrscheinlich auch schon lange vorher nicht mehr. Ich musste heute den ganzen Tag miterleben, wie meine Kinder darüber streiten, mit welcher Frau sie ins Bett wollen – und zwar ähnlich, wie sie früher darüber stritten, wer als nächster Darth Vader spielen darf. Und jetzt will meine Frau anscheinend nach oben und ihr Lesbentum ausleben.

Mir fiel keine andere Lösung ein, als es noch einmal mit dem Liebestrank zu versuchen. Ich ging zu ihrem Glas und schüttete meine letzten Vorräte in ihren Gin. Mein Mut wurde belohnt: Sie hob das Glas und trank es, den Blick auf mich gerichtet, in einem Zug leer.

Sie errötete. Ihre Augen strahlten. Ihr Hals wurde fleckig. Ihr Haar schimmerte, wie es nur schimmern konnte. Es war Zeit anzugreifen. Ich trat näher. Sie wich nicht zurück. Ihre Lippen waren ganz leicht geöffnet. Jetzt, dachte ich, jetzt! Die Boerg-Drüse saugte Aurea Genifera oder was auch immer auf und übermittelte ihre Signale an die Haut, Finger, Zehen und anderen Teile ihrer Anatomie, an die ich in dem Moment nicht einmal zu denken wagte.

Ich legte die Hände auf ihre Pobacken und drückte sie leidenschaftlich. Dabei starrte ich auf ihren Oberkörper. Möglicherweise, überlegte ich, verteilte sich der Liebestrank umso besser in jenen Körperteilen, zu denen ich schon so lange keinen Zugang mehr gehabt hatte, je mehr der Körper bewegt und geknetet wurde. Mittlerweile musste das Gebräu die Speiseröhre passiert haben. Wahrscheinlich sickerte es gerade in den Magen und wartete darauf, über den Blutkreislauf verteilt zu werden und überschäumende Leidenschaft in ihr zu wecken. Ich knetete noch ein bisschen, um sicherzustellen, dass sich alles gut verteilte.

Daraufhin hob sie den rechten Arm und schlug mir voll ins Gesicht. »Du Schwein!«, schrie sie. »Du widerliches, schmieriges Schwein! Hoffentlich wirst du von einem Lastwagen überfahren! Hoffentlich pumpen sie dir flüssige Lava in den Arsch! Hoffentlich findest du nie wieder einen Job, außer als Synchronstimme für ein Insekt! Kein Wunder, dass deine Söhne nicht wissen, wie man mit Frauen umgeht! Was für ein Vater warst du? Was für ein Vorbild bist du? Du kannst nur jammern, furzen und Bier trinken! Aber ich mache das nicht mehr mit! Ich will die Scheidung!«

Sie stürmte aus der Küche.

Ich glaube, sie hat gar keine Boerg-Drüse. Oder womöglich braucht sie eine höhere Dosis. Vielleicht brauchen Frauen mittleren Alters eine ganze Klinikpackung Liebestrank. Das oder einen Schlag mit dem Baseballschläger. Ansonsten fällt mir keine andere Möglichkeit ein, um vor dem 24. Juni eine Frau flachzulegen. Falls ich noch so lange lebe.

Heute Nacht schlafe ich allein. Ich bin sehr sehr verzweifelt. Ich schaue hinaus in die schwarze Nacht und rufe im Geist wieder Porker und Wickett, meine einzigen Freunde. Ich komme, meine Freunde! Durch den dunklen Tunnel des mittleren Alters! Ich bin bald bei euch!

27. März, 10 Uhr

Alle immer noch hier.

Lucy verkündete vorhin, sie werde heute Morgen abreisen.

Ich sagte, ich würde sie zum Bahnhof bringen. Sie sagte: »Es gibt hier einen Bahnhof?« Ich glaube nicht, dass ihr die Reise gefallen hat. Ich denke auch nicht, dass sie zu unserer Familie gehören will. Ich kann ihr keinen Vorwurf machen. Ich weiß selbst nicht, ob ich zur Familie gehören will.

Estelle (die ein halbes Pfund Steckrüben zum Frühstück aß) saß schweigend am Tisch und starrte auf den Boden. Edwin, Laura und Ruairghy erschienen nicht zum Frühstück. Ich fragte nicht, wo wer geschlafen hatte, aber soweit ich erkennen kann, hat niemand mit irgendjemandem geschlafen, weil im ganzen Haus Decken und Kissen herumliegen.

Ich weiß nicht, wie lange wir überhaupt noch bleiben wollen. Estelle und ich werden wohl zurück in die Mafeking Road fahren und Vorkehrungen für die Scheidung treffen. Die weitere Zukunft ist ungewiss. Ich bin mir ziemlich sicher, dass ich Edwin will, weiß aber nicht, ob er mich will. Wenn die Sache vor Gericht geht, wird Estelles sexuelle Orientierung sich wahrscheinlich nachteilig für sie auswirken – allerdings habe ich bislang noch keine stichfesten Beweise, dass sie eine Lesbe ist.

Ich habe beschlossen, in Wolverhampton weitere Sexartikel zu bestellen.

13 Uhr

Wir sind immer noch alle hier, und die Stimmung ist sogar noch schlechter geworden. Als Lucy sagte, sie wolle abreisen, verkündeten Jakob und Rurarighy, sie würden sie begleiten. Jakob sagte zu Rurughy: »Wo ist dein Problem?«, und Ruaughry sagte zu Jakob: »Und deins?« Ich rechnete fast damit, dass sie gleich aufeinander losgehen würden.

Lucy hat sehr schöne, lebhafte schwarze Augen.

Laura und Lucy haben heute Morgen kaum etwas gesagt. Gegen halb zwölf sagte Laura: »Lucy war schon immer sehr eifersüchtig, wenn es um Männer ging. Ich nicht!« Lucy verdrehte die Augen und quiekte empört. Gegen zwölf erklärte sie, sie wolle »noch ein paar Tage« bleiben, »bis der Regen aufhört!« Kaum hatte sie das gesagt, verkündeten Ruairghy und Jakob beide, dass sie auch bleiben würden. Jakob bot an, ihr »ein paar Gipfel zu zeigen« – woraufhin Laura in Tränen ausbrach. Lucy fragte: »Was ist denn in dich gefahren?« Laura sagte: »Ich glaube, das weißt du sehr gut!« Lucy erwiderte: »Nein, das weiß ich nicht, Laura Proek – warum sagst du es mir nicht, wenn du dir so sicher bist?« Daraufhin Laura: »Wenn du es nicht weißt, sage ich dir es auch nicht, obwohl es ja wohl ziemlich offensichtlich ist!« »Offensichtlich!«, antwortete Lucy. Und so ging es etwa eine Stunde lang weiter. Das geht eindeutig zurück bis in ihre gemeinsame Schulzeit. Sie sind ein sehr gegensätzliches Paar: die eine klein, pummelig und dunkel, die andere groß, blond und dünn.

Allerdings ist Lucy natürlich nicht klar, dass der Regen nicht vor Juli aufhören wird. Derzeit sieht mein Plan vor, alle zusammen mit zum Harrison zu nehmen und sie dort zu verlieren.

15 Uhr

Immer noch keine Entscheidung, was wir machen. Estelle führt im Flüsterton Gespräche mit Lucy und Laura, und Rouaighry und Jakob zischen sich Beleidigungen zu wie zwei junge Hirsche, die ihr Geweih ausprobieren.

Ich schreibe in der Küche und schaue dabei hin und wieder auf eine Regenwand, die vom Moor zum Ferienhaus herüberzieht. Ich hasse das Land. Ich hasse die Tatsache, dass ich so viel Zeit in Feriehnhütten auf dem platten Land verbracht habe, mit nichts als ein paar Brettspielen und Leuten, die ich am liebsten umbringen würde. Ich wäre lieber auf dem Airport Boulevard in Los Angeles. Oder an einer Bushaltestelle in Johannesburg. Oder – Gott steh mir bei – in Studio 6 im Sendehaus der BBC am Portland Place in London.

Ich gehe jetzt zu den anderen. Ich werde leidenschaftlich erklären, wie ich mich fühle. Wie es ist, wenn man fünfzig ist (oder zumindest neunundvierzig Jahre und neun Monate). Wie es ist, wenn einen die Frau nicht liebt und eine Lesbe ist und alle Kinder Sex haben, aber nicht mit den richtigen Mädchen, und man kurz vor einem Nervenzusammenbruch steht und/oder bald von einem Lastwagen überfahren wird, weil jemand in der Führungsetage einen nicht leiden kann. Ich werde offen darüber sprechen, was zwischen mir und Estelle ist. Ich werde die Wahrheit sagen.

18.30 Uhr, Raststätte Happy Eater, A1 (M)

Wir sind auf dem Heimweg.

Ich muss allein an einem Tisch sitzen.

Die anderen sitzen zusammen an einem anderen Tisch. Sie sprechen nicht miteinander, aber zumindest dürfen sie zusammen essen.

Meine Rede war kein Erfolg – vor allem nicht der Teil über mein Sexualleben. Ich glaube, ich habe aus irgendeinem Grund Surinder erwähnt, woraufhin Estelle in stürmisches Lesbengelächter ausbrach. In das zu meinem Entsetzen Lucy und Laura einstimmten. Ich bin eindeutig eine Lachnummer.

Ich habe eine Lesbe angemacht. Ich wüsste keine größere Schande. Kein Wunder, dass ich keinen Erfolg bei Frauen habe. Kein Wunder, dass mein schauspielerisches Können auf kleine wirbellose Tiere beschränkt ist.

Ich sagte immer wieder: »Wir haben fünfundzwanzig Jahre lang das Bett geteilt!«, und Jakob schüttelte den Kopf, schaute auf den Tisch und murmelte: »Nein, nein, nein, das habt ihr nicht!« Ich sprach über meine Hoffnungen für die Zukunft. Ich redete über meine Karriere, und Edwin fragte: »Welche Karriere?« Wie üblich schaffte er es, dabei nicht beleidigend zu klingen. Ich sprach auch über die Scheidung. Estelle regte sich ziemlich auf. »Du willst doch die Scheidung, oder nicht?«, fragte ich. Anscheinend hatte sie vergessen, dass sie sich scheiden lassen will. »Tja«, sagte ich, »wart's nur ab! Wart's nur ab!« »Was abwarten?«, fragte sie. Mittlerweile sprach ich mit erhobenem Zeigefinger. »Ich will auch die Scheidung! Ich werde das Notwendige in die Wege leiten«, sagte ich, »ich gehe zum Anwalt!« »Zu was für einem Anwalt?«, fragte sie. Ich nannte einen Namen, aber dummerweise stellte sich heraus, dass der schon tot war. Ich sagte, dann würde ich mir einen aus den Gelben Seiten suchen. »Wenn es dir nicht passt«, sagte Estelle, »kannst du ja ausziehen!« »O nein!«, sagte ich. Jakob hob den Kopf vom Tisch und sah mir direkt in die Augen. »Sie will den CD-Spieler!«, sagte er. »Das tut sie«, sagte ich, »aber sie bekommt ihn nicht! Du kannst ja ausziehen!«, brüllte ich Estelle an.

Estelle sagte, sie wolle nicht ausziehen. Sie habe für so etwas keine Zeit. Sie fügte hinzu: »Du kannst bei der BBC übernachten. Wie du und Pilfrey es seit Jahren machen, mein Schatz!« Daraufhin gab ich einen Laut von mir, der an ein wildes Tier erinnert, dem bei lebendigem Leib das Fell abgezogen wird.

Im Grunde geht es bei uns genau darum. Wir wollen vielleicht nicht mehr miteinander schlafen. Wir ertragen einander vielleicht nicht mehr. Wir finden den anderen vielleicht körperlich abstoßend, langweilig oder nur mit sich selbst beschäftigt. Aber wir wollen im gleichen Haus leben. Damit wären wohl fünfundzwanzig Jahre Ehe auf den Punkt gebracht.

1 Uhr Nachts, Mafeking Road

Ich musste auf der Heimfahrt die ganze Zeit hinten sitzen. Allerdings saß ich zwischen Lucy und Laura, was ich durchaus nicht unangenehm fand. Frauen und Autos haben etwas erfreulich Pneumatisches an sich. Estelle fuhr. Es regnete auf der ganzen Fahrt. Geschieht ihr recht.

Die nächsten beiden Monate werden die härtesten meines Lebens. Wenn ich sie überstehe, dann werde ich wohl in den Vorruhestand gehen und allein in einem kleinen Häuschen auf dem Land wohnen. So lange es nicht im Lake District liegt, ist mir alles recht.

Edwin kann mitkommen, wenn er nett zu mir ist. Außerdem Bozz, Scagg, Snozzer und so weiter. Aber nicht Lulu. Wir wollen keine Frauen.

28. März, 10.30 Uhr

Estelle im Lesbenklub (nehme ich an). Jakob und Ruairgehry bei Lucy (wahrscheinlich). Edwin und ich hier.

Lucy ging heute Morgen in aller Frühe. Jakob und Ruairghy boten beide an, sie heimzufahren. Beinahe hätten sie sich deshalb geprügelt. Am Ende fuhren beide sie heim, wo immer das ist. Laura heulte die ganze Zeit und wurde von Estelle »getröstet« und dann an einen unbekannten lesbischen Ort gebracht.

Edwin kam in mein Arbeitszimmer und wollte zwanzig Pfund für »Gitarrensaiten«. Ich sagte, er könne fünfzig haben, wenn er wolle. Ich versuche verzweifelt, mich bei ihm einzuschmeicheln, da er der einzige in der Familie ist, der mich zu mögen scheint. Ich hoffe, ich kann damit den Grundstock zu einer Koalition bilden. Das Problem ist natürlich, dass er dieses Spiel wahrscheinlich auch mit Estelle, Jakob, Ruairghy und so weiter spielt. So wie ich ihn kenne, tut er das garantiert.

Ich konnte ihm immerhin mitteilen, dass bei der Post, die sich während unserer Abwesenheit angesammelt hat, auch ein Brief von einem gewissen Gavin Sweep vom Royal Court Theatre war. Er schrieb, er habe *Muthafuckas* gelesen und sei »tief bewegt«. Ich gab Edwin den Brief. Darin stand:

> Lieber Wesley Jones,
> ich möchte Ihnen mitteilen, dass wir am Court Theatre sehr interessiert an *Muthafuckas* sind. Ich selbst, Tristram Leary und Kurt Vogel, unser Dramaturg, haben das Stück bereits gelesen, und derzeit wird es von der Kantinenmannschaft gelesen.
> Sie schreiben sehr eindringlich über Ihr Dilemma und Ihre Erfahrungen als Schwarzer. Es ist meiner Meinung nach gut möglich, dass wir Ihr Stück in naher Zukunft im Theatre Upstairs aufführen wollen.
> Eine Frage: Warum haben Sie als junger schwarzer Brite das

Bedürfnis, Ihr Stück in der Bronx anzusiedeln? Die Wurzeln Ihrer Inspiration – die Politik gegenüber den Schwarzen in unserem Land – liegen doch eindeutig hier. Leslie »Kwan Zulu« Jones, einer unserer Regisseure, ist der Ansicht, Sie hätten für sich und Ihre Sache offen eintreten sollen!
Bitte melden Sie sich. Einem jungen Schwarzen wie Ihnen, der nach seiner Identität sucht, muss das Leben in Wimbledon vorkommen wie hinter dem Mond! Als ich das letzte Mal dort war, gab es überall unfreundliche Boutiquen und nutzlose Angehörige der noch immer vorhandenen britischen Mittelschicht …
Mit freundlichen Grüßen
Gavin Sweep

»Wer«, fragte Edwin, »ist Wesley Jones?« Ich sagte ihm, dass ich den Namen als Pseudonym in meinem sorgfältig konstruierten Anschreiben verwendet hätte. Er verstand sofort. »Sie führen kein Stück von einem Mittelschichtsschnösel aus Wimbledon auf, was?«, sagte er. »Genau!«, sagte ich. »Vor allem, wenn es um Schwarze und so was geht, stimmt's?« »Genau!«, bekräftigte ich.

»Hast du eigentlich geschrieben, dass du schwarz bist?«, wollte er wissen. »Nein«, antwortete ich, »der Name genügte. Das und die Tatsache, dass ich den Brief auf der herausgerissenen Seite eines Schulhefts geschrieben habe.« Edwin schien sich über das Täuschungsmanöver sehr zu freuen, sagte aber, er müsse mich »über ein paar rechtliche Dinge aufklären«. Bozz, Scagg und Snozzer hätten sich bereits über ihre gemeinsamen Rechte am Stück geeinigt (nur innerhalb Großbritanniens), er, Edwin, sei jedoch bereit, über eine einmalige Veräußerung der Rechte (für Aufführungszwecke) zu verhandeln, was dem Royal Court Theatre eingeschränkte Rechte »auf optionaler Basis« einräume. »Mit mir musst du getrennt verhandeln!«, fuhr er fort. Als ich sagte, dass ich gar nicht gewusst hätte, dass er mitgeschrieben habe, sagte er, die Idee stamme von ihm. Bis der Vertrag über die Rechte an der Idee ausgehandelt sei, dürfe ich mit niemandem sprechen.

Ich glaube, er scherzte, bin mir aber nicht sicher.

Danach ging er zu Lulu. Ich dachte, er hätte wieder eine Probeklausur. Als ich das sagte, erwiderte er: »Ich schreibe keine Klausuren auf Probe. Ich nehme sie extrem ernst.« Ich glaube, wir verlieren die Kontrolle über ihn.

Und jetzt zu meinen Nachrichten auf dem Anrufbeantworter.

12 Uhr mittags

Es waren dreiundzwanzig Nachrichten, neun von meiner Mutter, die, soweit ich erkennen konnte, alle vom selben Morgen stammten. Meine Mutter ist neunzig und lebt in Croydon. Sie beharrt darauf, mit dem Anrufbeantworter wie mit einem Menschen zu sprechen. Dadurch beschwören ihre Monologe die Atmosphäre eines Horrorfilms im Spätprogramm herauf. »Hallo Paul! Bist du da?« *(Schweigen.)* »Paul, bist du das; Paul, bist du da?« *(Schweigen.)* »Paul, ich bin's; Paul, bist du zufällig da, Paul?« *(Langes, unheimliches Schweigen.)* »Paul, ich bin's; bist du vielleicht doch da?« *(Besonders langes und unheimliches Schweigen, an dessen Ende ein noch unheimlicheres Klicken steht, denn wenn sie auflegt, klingt es so, als ob sie in einem Zimmer allein mit einem bewaffneten Mann wäre.)*

Drei Anrufe waren von Laura Proeks Vater. Bei allen drohte er mit rechtlichen Schritten, wenn wir ihm nicht sagten, wo seine Tochter sei. Seine Frau absolvierte bei einem Anruf einen Gastauftritt und weinte kurz. Sie wird wohl noch mehr weinen, wenn sie erfährt, dass Ro-Ree nicht mehr länger da sein wird, um die Zeitschaltuhr am Teekocher zu reparieren – was mich mit grimmiger Befriedigung erfüllt.

Ein Anruf von Gustave. Mir wurde die Rolle einer Küchenschabe in einem Low-Budget-Zeichentrickfilm angeboten. Anscheinend eignet sich meine Stimme perfekt für die Rolle. Ich rief Gustave sofort zurück und sagte ihm, ich würde die Rolle annehmen. Er fragte, ob ich das Drehbuch vorher sehen wolle, aber ich meinte: »Nein, erst am Morgen vor den Aufnahmen.« Gustave sagte: »Es macht aber einen besseren Eindruck, wenn du ein bisschen Interesse zeigst.« Ich sagte ihm, er solle das Drehbuch schicken und ausrichten, dass ich mich sehr auf meine Rolle als Insekt freuen würde. »Das solltest du auch!«, sagte Gustave und legte auf.

Es gibt ein Leben nach *General Practice.* Wenn die Pennebaker-Frage nicht bald geklärt ist, werde ich der BBC mitteilen, dass ich gehen will, solange ich noch gefragt bin. Ich werde nichts von der Küchenschabe erzählen, aber erwähnen, dass ich andere Rollen in Aussicht habe. Aber vorher werde ich noch einen weiteren Versuch unternehmen, Porda zu treffen.

Wenn ich nur wüsste, welche Rolle Porda bei allem spielt. Mittlerweile bin ich fast sicher, dass Ashley Ramp mein eigentlicher Feind ist. Er weiß, dass ich weiß, was ich über die Nacktschneckensendung weiß.

Alle anderen Nachrichten außer einer von Scagg (der berichtete, dass er einem Kunden an der Käsetheke gesagt habe, *fromage de chèvre* sei aus »Ziegensperma«) waren für Estelle und betrafen hauptsächlich Craftgirls. Allerdings gab es auch einen Anruf von Stella Badyass, der mich sehr beunruhigte. Sie klang betrunken: »Estelle, Liebling, ich bin's, Stella ... Ich habe eine ... eine ... eine Flasche Wein getrunken ...« (*Langes Schweigen, Bargeräusche.)* Ich möchte nicht, dass du Surinder das von mir erzählst ... es ist nicht richtig ... es scheint nicht einmal mehr richtig, sie Surinder zu nennen, da sie eine ... eine ...« *(Erneut langes Schweigen. Immer noch Bargeräusche im Hintergrund.)* »Was ist sie, Estelle? Wie ist sie geworden? Ist das meine Schuld? Als er auf die Welt kam, habe ich ... o mein Gott, Estelle, ich kann nicht glauben, dass ich das sage …« *(Beunruhigend langes Schweigen. Bargeräusche. In der Ferne ein Martinshorn. Ersticktes Schluchzen von Badyass.)* »Estelle, bist du da? … Bist du da, Estelle? … Estelle, bist du für mich da? Hast du mich lieb Estelle? … Estelle, du darfst Surinder nichts von mir sagen, niemand darf wissen, dass sie … dass sie jetzt Surinder ist!« *(Heftiges Schluchzen von Badyass, zahlreiche Martinshörner, Bargeräusche und Straßenverkehr. Ende der Nachricht.)*

Was hat das zu bedeuten? Heißt sie wirklich nicht Surinder? Was für ein Spiel spielt sie? Und hat Estelle wirklich die Finger mit drin? Ist das nicht der endgültige Beweis, dass sie, meine Frau und wahrscheinlich die ganze Bande von Craftgirls UK ergebene Dienerinnen Sapphos sind?

Die letzte Nachricht stammte von Steve Witchett, dem Autor Der Nie Seine Meinung Äußert. Er sagte: »Hi! Ich nehme an, das Gerät nimmt auf, was ich sage, wenn nicht, werde ich versuchen, Sie irgendwie anders zu erreichen. Ich könnte ein Fax schicken oder vielleicht einen Brief schreiben oder ich könnte persönlich vorbeikommen. Ich möchte damit nicht sagen, das ich das tun werde, aber es wäre möglich. Ich möchte nur das Neueste mitteilen, das Sie vielleicht schon gehört haben, während Sie weg waren – falls Sie weg waren. Möglich, dass Sie gar nicht weg waren – vielleicht wurde ich falsch informiert. Mir fällt keine andere Möglichkeit ein, es zu sagen, und Surinder und Colin und Karl und Porda verfolgen anscheinend ihre eigenen Pläne, und ich weiß nicht, wer von ihnen, wenn überhaupt, die Wahrheit sagt oder wie die Wahrheit aussehen könnte. Aber … *(Lange Pause; ersticktes Schluchzen)* möglicherweise wird die Sendung nächste Woche abgesetzt, wenn nichts passiert! *(Kummervolles Jaulen, im Hintergrund hört man, wie Witchetts Freund Nigel ihn tröstet. Erneutes Schluchzen.)* Leben Sie wohl, Paul!«

Trotz des umsichtigen Gebrauchs des Wortes »vielleicht«

war Witchett noch nie so nah dran, seine Meinung zu äußern. Ich muss sofort zum Sender.

17 Uhr, George Bar

Genau hier hatte ich einmal einen Mann getroffen, der einen Mann kannte, der behauptete, er habe mit dem Dichter Louis MacNeice zusammengearbeitet. Im Laufe des Abends traf ich einen anderen Mann, der behauptete, er habe mit einem Mann zusammengearbeitet, der wiederum mit Dylan Thomas zusammengearbeitet habe. Später am Abend traf ich drei Leute, die alle behaupteten, sie seien Dylan Thomas, und die alle stockbesoffen waren.

Die großen Zeiten des Radios. Wie lange könnten sich diese Autoren heute halten, frage ich mich. In Zeiten, in denen Buchhalter das Sagen haben, die ein Dylan-Thomas-Gedicht nicht einmal erkennen würden, wenn es nachts in einer dunklen Seitengasse über sie herfallen und ihnen eins überbraten würde.

Ich stelle mir vor, dass sie meine Brüder im Geiste sind. Ich stelle mir vor, wenn sie zurückkommen und mit mir hier an der Bar stehen würden, dann würden die großen Männer der Literatur sagen: »Wir sind auf deiner Seite, Paul Slippery! Wir kämpfen für dich! Wie damals, als man versuchte, das Dritte Programm auf den Hund zu bringen! Wir kämpfen für dich und *General Practice* und den Kulturauftrag der öffentlichrechtlichen Sender!«

Ich hoffe, dass sie das sagen würden. Ich muss zugeben, ich bin mir nicht ganz sicher. Es ist möglich, dass Dylan Thomas mir einfach auf die Schuhe kotzen und verkünden würde, dass *General Practice* so öde wie der Bahnhof von Swansea um 3 Uhr an einem Sonntagmorgen sei und dass alle Radiosendungen der letzten dreißig Jahre in England hirnloser Müll seien. Das Kulturprogramm wurde schließlich auch abgeschafft. Und das Kinderprogramm ebenfalls. Und warum gibt es eigentlich keine Drei-Pence-Stücke mehr?

Mit dem Kulturauftrag ist es sowieso nicht mehr weit her bei den öffentlich-rechtlichen Sendern. Surinder hat in der Fernsehzentrale einmal einen Typen von der Abteilung Außenübertragung getroffen, der erzählte, dass sein Team für Sky Television arbeite. Ich bin mir nicht sicher, wie das mit der Ethik einer mit öffentlichen Geldern finanzierten Sendeanstalt zu vereinbaren ist, aber da sich heutzutage niemand (auch ich nicht) mehr um Ethik schert, nehme ich an, dass wir uns einfach damit abfinden müssen.

Mich interessiert nur, Esmond Pennebaker am Leben zu halten. Meinetwegen können sie alles an die Japaner verscherbeln (einschließlich der Rechte an *Muffin the Mule*), solange die Vorgänge in der Ashbourne-Hill-Praxis für Allgemeinmedizin weiter an die dankbare Nation ausgestrahlt werden. Im Sender ist allerdings niemand zu sprechen. Für die Aufnahmen am nächsten Dienstag gibt es kein Drehbuch. Karl, Cross und Surinder sind wie vom Erdboden verschluckt.

Ich habe rekonstruiert, was sich während meiner Abwesenheit abgespielt hat. Anscheinend wurde die Sendung einer neuen Fokusgruppe vorgespielt, weil das zentrale Strategiegremium (spielt Porda ein doppeltes Spiel?) gesagt hat, die erste Fokusgruppe biete »keinen repräsentativen Querschnitt«. Zu ihr gehörten zwei Schizophrene, die große Fans der Sendung waren. Die Mitglieder der neuen Fokusgruppe erklärten geschlossen, *General Practice* habe die besten Zeiten hinter sich. Esmond versuche »trendy zu sein«, scheitere aber kläglich. Die einzige Figur, die ankam, war offenbar Ronnie Pilfrey – eine Frau brach in Tränen aus, als sie von der Moeranschen Krankheit erfuhr. Auf die Frage, wie sich die Serie ihrer Meinung nach entwickeln solle, sagten alle, sie solle in eine andere Serie umgewandelt werden. Vier Personen gaben an, sie wollten »mehr über Fischer« hören, außerdem beschwerten sich alle über »den vielen Sex in der Sendung«. Da es in der Sendung keinen Sex gibt, kann ich nur annehmen, dass sie mehr Sex wollen.

Die Umfrage hatte zur Folge, dass Cross ein Memo herumschickte, in dem nach Ideen für einen Ersatz für *General Practice* gefragt wurde. Als erste Maßnahme beschloss man, dass ich sterben sollte. Derzeit bevorzugt man die Variante, dass ich von einem Mann erschossen werde, bei dem ich 1982 eine Fehldiagnose stellte. Er soll mit einem Gewehr in die Praxis stürmen und mehrere Hauptfiguren niederschießen, darunter die Sprechstundenhilfe Clare, Jimbo, den Praxisleiter, Suzie Bee, die kecke Dreißigjährige, die gern HNO-Spezialistin wäre, und Dirk, meinen langjährigen Freund und Partner.

Surinder ist nirgends zu finden. Ich werde jetzt zum Sendehaus gehen und Porda stellen. Wenn nötig, fahre ich zu ihm nach Hause und breche die Tür auf. Wenn er eine Tür hat.

22 Uhr, Mafeking Road

Das ist alles sehr mysteriös.

Ich ging gegen halb sieben zu Pordas Büro. Beide Sekretärinnen waren schon weg. Ich presste mein Ohr an die Tür zum Allerheiligsten (das eine weitere, immer verschlossene Tür zum Flur hat) und hörte, wie sich drinnen jemand bewegte. Irgendwie wusste ich, dass es Porda war.

Ich versteckte mich in einem Büro ein paar Türen weiter und wartete.

Nach einer Weile hörte ich Schritte. Er trat hinaus auf den Flur und ging zu den Fahrstühlen. Als ich sicher war, dass ich ihm unbemerkt folgen konnte, schlich ich aus dem Büro. Er sah mich nicht. Er ging zur Feuertreppe. Kaum war er durch die Tür, rannte ich ihm nach.

Etwa drei Stockwerke über ihm konnte ich einen Blick auf ihn werfen. Er trug den gleichen braunen Hut und den alles verdeckenden Regenmantel. Er sah aus wie eine finstere Gestalt aus einem Film der vierziger Jahre. Zum ersten Mal hatte ich Angst. Womöglich lief da zwischen ihm und Cross und Karl ein krummes Ding, etwas Korruptes oder Kriminelles. Schließlich schwimmt die Führungsetage der BBC in öffentlichen Geldern. Allein mit den Lizenzen werden Milliarden verdient. Ich glaube, trotz der vielen Hochglanzbroschüren, die ständig verteilt werden, hat noch niemand mal klipp und klar erklärt, wohin das ganze Geld geht. Vielleicht war ich unwissentlich einem Riesenskandal um Lesben, Lizenzgebühren, Drogengelder und *General Practice* auf die Schliche gekommen. Mir war zwar nicht ganz klar, welche Rolle *General Practice* dabei spielte, aber ich war mir ziemlich sicher, dass alles irgendwie zusammenhing.

Ich halte das immer noch für möglich. Die Dialoge in einer typischen Folge sind oft so weit von dem entfernt, was man gemeinhin als Englisch bezeichnet, dass es sich gut um verschlüsselte Botschaften an ein Schiff der Mafia vor der Küste oder um codierte komplizierte Anweisungen an eine fremde feindliche Macht handeln könnte.

An der Pforte war ich Porda dicht auf den Fersen. Ich weiß nicht, ob er spürte, dass er verfolgt wurde, auf jeden Fall sah er sich um, als er durch die Drehtür ging. Der Schal verdeckte immer noch die untere Hälfte seines Gesichts, und er trug auch immer noch die finster wirkende Sonnenbrille. Ich duckte mich hinter eine Säule (von denen es überraschend viele in der Empfangshalle des Sendehauses gibt), doch als er draußen auf dem Gehweg war, begann er zu rennen. Ich rannte hinterher.

Es regnete – ein dünner Nieselregen. Draußen standen große schwarze Limousinen. Mit ihnen lassen sich die hohen Tiere der BBC zu wichtigen Mittagessen chauffieren, um zu besprechen, wie viele Mitarbeiter sie als Nächstes feuern wollen.

Ich dachte, Porda würde in eine Limousine einsteigen. Dann hätte ich ihn verloren. Aber stattdessen rannte er weiter Richtung Langham Street, bog dann wieder zum Portland Place und lief Richtung Regent's Park. Er war eindeutig besser trainiert als ich. Aber ich war wild entschlossen, ihn nicht entwischen zu lassen. Ich rannte auf der anderen Straßenseite (auf der, wo sich das Sendehaus befindet). Als er nach links in eine Straße einbog, die zur Wimpole Street führt, sah ich, wie er sich erneut umwandte und über die Schulter blickte. Sein Schal flatterte hinter ihm her, aber ich konnte immer noch nicht sein Gesicht erkennen.

Irgendwie – warum auch immer –, kam er mir bekannt vor, als ob er sehr berühmt oder prominent wäre. Ich rannte über die Straße, wilder entschlossen denn je, mit ihm mitzuhalten. In dem Moment sah ich das Auto. Zuerst erkannte ich es nicht. Ich sah nur, wie ein blauer VW-Golf aus einem Parkplatz etwa fünfzig Meter weiter vorn fuhr und sich in der Mitte der Straße platzierte. Inzwischen regnete es stärker. Nach über einer Minute im vollen Lauf pochte mir das Blut in den Ohren und meine Lungen schmerzten. Erst als ich die Fahrerin des Autos sah – eine Frau mit langen schwarzen Haaren in einem Pullover, der so dunkel war wie die Welt um mich herum, erkannte ich, dass Porda in Surinders Auto stieg. Und als es mir so richtig klar war, gab das Mädchen hinterm Steuer Gas und brauste davon.

Vielleicht hatte ich das alles völlig falsch verstanden. Vielleicht ist Surinder gar keine Lesbe. Vielleicht hat sie eine Affäre mit Howard Porda. Im Großen und Ganzen ist das, glaube ich, eine gute Sache. Das heißt, dass Esmond immer noch eine Chance hat. Möglicherweise opfert das arme Mädchen seine Jungfräulichkeit – einer der Gründe, warum sie nicht mit mir schlafen wollte –, um die Sendung zu retten. Das hieße, dass Porda im zentralen Strategiegremium von diesen Mistkerlen Cross und Rhws Davies (die nur so tun, als ob sie mich unterstützen würden) überstimmt wurde und jetzt von Surinder unter Druck gesetzt wird, meine Zukunft zu sichern.

Weiter so, Mädchen! Gib dich ihm hin! Ich bin an deiner

Seite! Sorg dafür, dass du dabei ein paar gute Fotos von ihm machst!

Andererseits bin ich verunsichert. Ich war einmal ganz schön in sie verschossen. Bin ich nur Teil ihrer Karrierepläne? Da sie um die dreißig ist, muss ich wohl davon ausgehen. O Gott!

Die andere Möglichkeit wäre natürlich, dass Surinder und Porda gemeinsame Sache machen, um uns alle nach Schottland zu schicken. Ich wünschte, ich wüsste, wem ich trauen kann. Ich wünschte, ich würde den Unterschied zwischen einer Lesbe und einem Bus der Linie neun kennen. Ich wünschte, ich wäre nicht so alt und kurzatmig. Ich wünschte, ich wüsste, wann ich das letzte Mal Sex mit meiner Frau hatte. Ich wünschte, jemand würde mir eine Rolle anbieten, in der ich kein Insekt spielen muss (das noch nicht einmal im Bild ist).

Estelle ist immer noch nicht daheim. Wo kann sie sein?

23.30 Uhr

Estelle ist immer noch nicht daheim. Edwin und ich sind chinesisch essen gegangen. Edwin verbrachte viel Zeit damit, sich die Essstäbchen in die Nase zu bohren oder in die Ohren zu stecken, bis sie im rechten Winkel abstanden. Er trank drei Bier und aß mehrere Menüs mit einem Gesamtwert von etwa 95 Pfund. Gegen Ende des Essens meinte er: »Vielleicht gebe ich Lulu den Laufpass.« Ich fragte warum, und er zuckte nur mit den Schultern und sagte: »Drei Monate sind ganz schön lang.« Etwas später enthüllte er, dass sie oft miteinander streiten. Worüber können sich die beiden nur streiten? Sie leben doch im Paradies!

Im Vergleich zum Leben des sechzehnjährigen Paul Slippery im Jahre 1965 führt die Jugend von heute ein deutlich angenehmeres Leben. Soweit ich mich erinnere, trottete ich zusammen mit einem Jungen namens Morris durch den Raynes Park und träumte von Partys, zu denen ich nicht eingeladen war. Um in die Häuser zu kommen – die alle größer und gepflegter wirkten und von glücklicheren und interessanteren Familien bewohnt wurden als meiner –, musste ich verschiedene kryptische Anweisungen befolgen: »Sag, du wärst ein Freund von Joanna!« oder »Peter Webstein sagt, das geht in Ordnung, ihr könnt mich reinlassen!« Normalerweise wurden Morris und ich schon am Gartentor abgewiesen. Wenn wir reinkamen, landeten wir meist mit einer halben Dose Bier und einem Jungen namens Hughes in der Küche.

Ich erzählte es Edwin, und er sagte: »Klingt nach einer ziemlich traurigen Existenz!«

Als wir nach Hause kamen, machten wir uns kurz Sorgen, wo Estelle sein könnte. Schließlich meinte Edwin: »Sie ist wahrscheinlich in einem Meeting!« Dann ging er nach oben, um »selbst ein Meeting zu organisieren«.

1 Uhr

Estelle, Ruairghy und Jakob sind endlich doch noch aufgetaucht. Ich brauchte eine Weile, bis ich begriff, warum sie alle im selben Auto kamen, aber anscheinend wohnt Lucy genau wie Laura in Cheam, nur eine Straße weiter. Nachdem Estelle Laura zurück zu Mr. und Mrs. Proek – mit denen sie mittlerweile bestens befreundet zu sein scheint – gebracht hatte, sah sie ihre Söhne vor Lucys Haus herumlungern. »Sie bekommt eine Reizstromtherapie!«, berichtete sie von Lauras Mutter – als ob das ihr Verhalten entschuldigen würde.

Außerdem macht Mrs. Proek anscheinend eine leicht veränderte Form der Steckrübendiät (bei der man jedes Wurzelgemüse essen darf, das nicht grün, gelb oder orange ist), worüber sich die beiden angeregt unterhielten. Anscheinend war alles Mr. Proeks Schuld – was mich nicht überrascht. Ich erfuhr – in einem Ton, der andeutete, dass ich irgendwie ebenfalls dafür verantwortlich bin – dass der Rattenfänger mit seinen siebenundvierzig Jahren nicht in der Lage ist, Mrs. Proeks sexuelle Bedürfnisse zu erfüllen.

Ruairghy und Jakob fauchten sich noch eine Weile an. Estelle schnarcht nebenan.

3. April, 12 Uhr mittags

Estelle bei der Arbeit. Edwin in der Schule. Ruairghy und Jakob beim Herumlungern.

Nach zwei Tagen mehr oder weniger ununterbrochenem Schlaf tauchten Ruairghy und Jakob vorgestern wieder auf. Ich versuchte, wie schon so oft, das Thema Berufswahl anzuschneiden. Ruairghy fragte mich (wie immer bei solchen Gesprächen), ob bei *General Practice* bald »eine Stelle frei werde«. »Ja«, sagte ich missmutig, »meine! Es sei denn, die Praxis braucht noch ein sprechendes Insekt!«

Estelle sagte, ich solle nicht so defätistisch sein. Es sei wichtig, vor den Kindern die Würde zu bewahren. Dann redete sie weiter über Mr. Slippy Sloppy – das bierbäuchige Salzteigmännchen mit der großen Nase. Ich glaube, er sieht mir ähnlich. Als ich andeutete, dass er deswegen so erfolgreich sei, brach Estelle in freudloses Lachen aus. Kurz vor dem Aufbruch ging sie zum Kühlschrank, holte ein Wiener Würstchen aus dem Glas und drückte es mir in die Hand. Ich fragte sie, was das solle, und sie antwortete: »Ich weiß doch, wie gern du ein Würstchen in der Hand hast, wenn ich nicht da bin!«

Die Jungs fanden das offenbar witzig. Ich brüllte sie an und fuhr Jakob an, er solle sich einen Job bei Waitrose suchen. Er sah mir direkt in die Augen und sagte todernst: »Ich hätte wirklich gern einen Aushilfsjob an der Fleischtheke! Ich glaube, ich könnte da sehr viel lernen.«

Während ich neben dem Telefon saß und darauf wartete zu erfahren, ob ich noch einen Job habe, kam Ruairghy und fragte, ob er den Volvo haben könnte. Ich sagte, ich würde darüber nachdenken. Kurz darauf erschien Jakob und fragte nach dem Volvo. Ich sagte ihm ebenfalls, dass ich darüber nachdenken würde. Ich dachte darüber nach.

Ich vermute, sie wollen das Auto, um damit zu Lucy zu fahren. Dabei sollte keiner von ihnen zu ihr fahren. Und gemeinsam zu fahren wäre Wahnsinn. Ich werde ihnen sagen, dass keiner das Auto haben kann.

13.30 Uhr

Sie sind zusammen im Volvo weggefahren. Vielleicht wollen sie sich bei Lucy abwechseln. Edwin – der endlich Ferien hat – tauchte erst um eins auf. Er sagte, er gehe zusammen mit Scagg (der an die Fischtheke zurückversetzt wurde), Bozz und Lulu zu Snozzer. Dann will er mit Lulu »raus in den Park«. Als ich ihn fragte, was er mit ihr vorhabe, sagte Jakob: »Bumsen!« Edwin sagte: »Nein, wir unterhalten uns. Und dann bumsen wir.«

16 Uhr

Ein deprimierender Nachmittag. Aber immerhin entdeckte ich, dass der Sexshop in Wolverhampton auch eine Homepage im Internet hat. Ich sah mir etwa zehn Seiten mit Spitzennachthemdchen und Farbfotos der hauseigenen Lederboutique namens »Hieb- und stichfest« an, bis ich die Liebestränke fand, von denen zehn verschiedene angeboten werden. Lovejuice ist sozusagen nur die Grundausstattung. Es gibt auch Passion Pills, »diskret in Goldpapier verpackte Pastillen mit einem angenehmen Nougat-Aroma«, die laut R. F. W. aus Wimbledon (ist das womöglich Porker?) seine Frau dazu gebracht hätten, »sich zu winden und zu stöhnen, wie sie es in unserer zwanzigjährigen Ehe noch nie getan hat«. Ausgehend von der Annahme (die ich auch bei der Weinauswahl praktiziere), dass das teuerste Produkt das beste ist, fühlte ich mich von Liquid Love angesprochen, einer »köstlichen Mischung aus Guavensaft, Mineralwasser und Borrereiro, einer südamerikanischen Pflanze, die von den Amazonasindianern wegen ihrer erstaunlich stimulierenden Eigenschaften geschätzt wird«. Was haben die nur immer mit Südamerika? Es gab allerdings keine begeisterten Zuschriften von Ureinwohnern.

Klingt aber trotzdem, als wäre es genau das Richtige für mich. Bei 25 Pfund für 1000 Milliliter muss es sich um ein Spitzenprodukt handeln. Ich bestellte zwei Flaschen und wählte die Option »diskreter Versand«.

Das Telefon klingelt. Vielleicht ist es Gustave, der eine Rolle für mich hat. Ich werde mich nicht beklagen, auch wenn es nur ein weiteres Insekt ist.

16.30 Uhr

Es war Lucys Vater.

Er klang wirklich nett. Er heißt Bert. Er bat mich, bei ihm vorbeizuschauen. »Die Sache ist die«, begann er, »es geht um … die Sache mit Lucy und … also … ihren Jungen …« Es folgte eine lange Pause, während der am anderen Ende der Leitung tief inhaliert wurde. »Sie also, tja …« »Belästigen sie Sie?«, fragte ich. »Nein, nein, nein … nicht … also … sie sind … *draußen!«*, sagte er. Ich sagte: »Das tut mir sehr leid!«, und er meinte: »Das ist schon in Ordnung … absolut in Ordnung, aber … also … könnten Sie …« Wieder folgte eine lange Pause, dann sagte er: »Also … tja … *vorbeikommen!«*

Ich sagte, ich käme sehr gern vorbei. Es wird zunehmend

schwer, überhaupt Leute zu finden, die mit mir sprechen wollen, ganz zu schweigen von Personen, die dringend Kontakt aufnehmen wollen. Ich suchte etwa zwanzig Minuten nach den Autoschlüsseln, bis mir einfiel, dass Ruairghy und Jakob sie haben, und damit natürlich auch das Auto.

Ich fluchte ein bisschen und rief dann ein Taxi.

20.30 Uhr

Bert wohnt in einer langen Vorortstraße mit verstreut liegenden Häusern. »Wir wohnen in East Cheam«, hatte er am Telefon gesagt. »Tony Hancock hat früher einmal hier gewohnt!« Die Häuser wirken alle etwas kleiner als die Garagen. Wenn sich die Bewohner keine Garagen leisten konnten, haben sie Schuppen oder Unterstände errichtet oder Planen aufgespannt, damit das wichtigste Familienmitglied – das Auto – gut geschützt ist. Wer sich nicht einmal das leisten kann, hat auf dem Gehweg kleine Nester für die Autos gebaut.

Berts Haus war das Einzige in der Straße, das kein Auto vorweisen konnte. Sein Vorgarten war, wie ich zu meiner Freude feststellte, eine kleine Wildnis, obwohl er gerade einmal fünf Quadratmeter maß. Der einzige Schmuck des Hauses war ein riesiger Plüschgorilla, der geschickt auf einem Fenstersims im ersten Stock platziert war.

Der Volvo parkte ein paar Hundert Meter entfernt. Ich glaubte, Jakob auszumachen, der daneben auf und ab schritt, hatte aber nicht die Nerven, ihn zur Rede zu stellen. Als ich den ersten von zwei Schritten machte, um den Garten zu durchqueren, öffnete ein kleiner Mann in einer verblichenen blauen Latzhose die Tür.

Zuerst dachte, er sei unglaublich alt. Das lag zum einen an seinem schneeweißen Haar, zum anderen an seiner gebückten Haltung beim Gehen, vor allem aber an seinem Gesicht, das so verwirrt und verwittert wirkte, wie wenn er die letzten zehn Jahre ständig bekifft gewesen wäre. Als ob er meine Diagnose in allen Punkten bestätigen wollte, hielt Bert in der linken Hand einen Joint von der Größe eines Taschenschirms und wedelte damit liebenswürdig herum.

Wahrscheinlich fällt ihm deshalb nicht auf, ob seine Tochter daheim ist oder nicht.

»Hi!«, sagte er und musterte mich aus kleinen Schildkrötenaugen. »Hi!«, sagte ich. Er wedelte ein bisschen weiter mit dem Joint. »Lucy ist … also … oben!« »Schön!«, sagte ich. Bert bot mir den Joint an. Ich nahm einen tiefen Zug. Dann warf ich einen letzten Blick auf East Cheam, bevor ein unsichtbarer Hammer auf mein Zentralnervensystem niedersauste.

Bert führte mich ins Wohnzimmer. Es gab keine Stühle, nur Kissen auf dem Boden. In der Mitte des Teppichs stand eine große Wasserpfeife mit einem komplizierten Rohr- und Schlauchsystem. An einem Schlauch hing eine kleine, frettchenähnliche Frau mit einer Art blonden Perücke. Sie drehte sich zu mir um und lächelte liebenswürdig. »Betty!«, sagte sie.

Am Fenster stand eine große Zinkwanne, in der ein kleiner Dschungel wucherte. Die Pflanzen hatten alle die gleiche Blattform. Ich habe noch nie eine Hanfpflanze gesehen, bin mir aber ziemlich sicher, dass es welche waren. Die meisten Bücher im Regal handelten, so weit ich sehen konnte, von Marihuana oder verwandten Themen. Auf einem niedrigen Regal links neben der Tür standen saubere Glasflaschen aufgereiht. Daneben befand sich ein offiziell aussehendes Schild mit der Aufschrift »GRAS BETRETEN VERBOTEN«.

Bert reichte mir den Joint, und ich inhalierte wie ein Mann. »Die Sache ist die«, begann Bert wieder, »deine beiden Jungs … also …« »Genau!«, sagte ich. »Lucy ist ganz durcheinander«, sagte Bert, »weil beide … irgendwie hinter ihr her sind … und davor … hatte eigentlich Laura … Rory also weggeschnappt und …« Der Satz war zuviel für ihn. Er schüttelte langsam und traurig den Kopf. Auch Mrs. Bert schüttelte den Kopf. »Die Sache ist die«, sagte sie, »wir kennen die Proeks ... ziemlich gut ...« – sie musterte Bert kurz und scharf – »... und ...« »Genau!«, sagte ich.

An der Stelle fingen wir alle an zu lachen. Ich sagte: »Ist es okay, das Zeug in East Cheam zu rauchen?« Bert antwortete: »In East Cheam ist alles okay!« Ich reichte den Joint an Mrs. Bert weiter, die es schaffte, gleichzeitig daran und an der Wasserpfeife zu ziehen. »Ich arbeite für die Gemeinde«, sagte Bert und deutete auf das Schild. »Also sag niemandem, dass ich das geklaut habe!« Ich fragte mich, wofür er zuständig war. Parken? Wohngeld? Egal in welchem Bereich, ich war mir sicher, dass Bert dort eine Großzügigkeit und Toleranz walten ließ, die man nicht oft bei Beamten erlebte. *Parken? Warum nicht? Wo wollen Sie hin? Wohngeld? Klar haben wir Wohngeld! Sie wollen Wohngeld? Hier haben Sie Ihr Wohngeld!* »Ich arbeite mit Ratten. Ich bin in der gleichen Abteilung wie Lauras Dad!«, sagte Bert. Mrs. Bert lächelte mich verklärt an. »Aber Bert *mag* Ratten!«, sagte sie. »Er will nicht, dass sie sterben!« »Genau!«, sagte ich. »Aber Norman sieht das nicht so!«, sagte Bert. »Genau!«, sagte ich.

Bert packte mich am Arm und blickte mir starr in die Augen. »Was machen wir wegen Lucy?«, fragte er. »Was machen wir mit dieser ... Situation? Warum können sie die Liebe nicht ... du weißt schon ... teilen oder so?« »Genau!«, sagte ich. Daraufhin reichte er mir wieder den Joint. Wir nuckelten die ganze Zeit daran wie demente Kleinkinder an einem Lutscher.

Das waren nette Leute. Sie hatten keine Zeit mit dem üblichen gesellschaftlichen Geplänkel vergeudet. Sie hatten mich nicht gefragt, ob ich gut hergefunden hätte oder ob auf der A3 immer noch eine Baustelle sei. Wir hatten nicht über das Wetter geplaudert, sie hatten mich nicht gefragt, wie es im Beruf läuft. Wir waren direkt auf den Punkt gekommen. Menschliche Gefühle. Drogen.

Ich hatte das Gefühl, dass ich Mr. und Mrs. Bert vertrauen könnte.

»Die Sache ist die«, erklärte ich, »ich habe ihnen einen Liebestrank gegeben.« Mr. und Mrs. Bert nickten langsam. Sie sahen aus wie die kleinen Figuren, die an der Heckscheibe von manchen Autos an einem Gummiband auf und ab hüpfen. »Klar«, sagte Bert, als ob damit endlich alles erklärt wäre, »ein Liebestrank!« Mrs. Bert nickte. »Genau!«, sagte sie. »Nur«, fuhr ich fort, »habe ich den Trank ... na ja ... den Falschen gegeben ...« »Klar«, sagte Bert. Wir alle nickten langsam.

Nach einer unglaublich langen Pause sagte Mrs. Bert schnell und mit kehliger Stimme: »Wir müssen den Liebestrank den Richtigen geben!« »Das müssen wir!«, sagte ich genauso hastig, »das müssen wir!« Wieder gab es eine ausgedehnte Pause. »Ich habe keinen Liebestrank mehr«, sagte ich schließlich, »aber ich besorge neuen!« Bert nickte. »Wo beschaffst du dir den Stoff?«, fragte er. »Äh ... in Wolverhampton!«, sagte ich. »Wow«, sagte Bert mit großen Augen, »cool!« Ich gab ihm den Joint und Mrs. Bert bot mir die Wasserpfeife an. »Kannst du uns auch was davon besorgen?«, bat sie. »Gerne!«, sagte ich.

Irgendwann sagten beide, sie müssten jetzt zur Arbeit. Ich war deswegen ein bisschen besorgt. Mrs. Bert sagte, ich müsse mir keine Gedanken machen. Sie ging in die Küche und kehrte in einer Politessenuniform zurück. Zuerst war ich mir sicher, dass das eine Art Kostüm war. Einen schrecklichen Augenblick lang fürchtete ich, dass ich gleich an einer Orgie mit Gruppensex teilnehmen müsste. Aber sie erklärte mir ganz sanft und rücksichtsvoll, dass sie wirklich eine Politesse sei und jetzt losmüsse, um Falschparker aufzuspüren.

»Wow!«, sagte ich. »Aber ... äh ... sei nett zu ihnen!« Mrs. Bert umarmte mich herzlich. »Ich bin immer nett zu ihnen«, sagte sie. »Deswegen bin ich Politesse geworden!« »Genau!«, sagte ich. *»Es geht nicht ums Parken«,* sagte sie *»es geht um die Menschen!«*

Ich kann mich nicht mehr erinnern, wie ich das Haus verließ, weiß aber, dass es unglaublich lange dauerte. Als ich mich endgültig verabschiedete, sagte Bert: »Denk dran! Der richtige Trank für die richtigen Leute!« Ich dachte, das sei das Tiefgründigste, was mir je gesagt wurde.

Rory (es war definitiv Rory) und Jakob saßen im Volvo und aßen Hamburger. Ich klopfte an die Scheibe und sagte: »Wie schön euch zu sehen!« Sie wirkten peinlich berührt. »Ich liebe euch, Jungs!«, sagte ich. »Ich liebe euch wirklich, wisst ihr das?« Es wurde ihnen immer peinlicher. »Ich weiß noch«, sagte ich, »wie ihr kurze Hosen anhattet.« »Sollen wir dich irgendwo hinbringen?«, fragte Rory. Ich hatte den Eindruck, dass sie nicht mit mir gesehen werden wollten. »Fahren wir heim«, sagte ich. »Fahren wir heim und sprechen über unsere Gefühle!« »Lieber nicht!«, sagte Jakob.

Ich versuchte, ihn durch die heruntergelassene Scheibe zu umarmen. Das war kein Erfolg.

Irgendwie kam ich ins Auto. Als ich hinten saß, sagte ich: »Erinnert ihr euch noch an euren Hasen, an Hoppity? Er starb!« Rory ließ den Motor an. »Ich glaube«, sagte Jakob, »er war an der Wasserpfeife! Und er hatte einen Joint!« »Ich weiß noch«, sagte ich, »wie Hoppity abgehauen ist! Er rannte die Straße hinunter und versteckte sich unter Mr. Samuels Wohnmobil!« Wir fuhren mit überhöhter Geschwindigkeit an Lucys Haus vorbei, und ich merkte, wie meine beiden Söhne zum Fenster im ersten Stock hochsahen. Ich betrachtete die traurige Ladenzeile am Ende der Straße. Eine Frau mit einem Buggy kämpfte sich durch den eisigen Wind. Ihr Gesicht war verkniffen, weiß und traurig. *»Alles wird gut sein!«*, wollte ich ihr zurufen. *»Alles wird gut sein in East Cheam! Jederlei Ding wird gut sein, wenn die feurigen Zungen sich falten in die Krone des Flammenkranzes und eins werden Feuer und Rose!«*

Während wir uns durch den Verkehr zurück zur A3 schlängelten, suchte ich nach einem einzelnen Satz, der meinem tiefen Bedürfnis nach innerer Harmonie und meiner leidenschaftlichen Überzeugung, dass Mr. und Mrs. Bert mich näher dahin geführt hatten, Ausdruck verlieh. Sie hatten mir den Weg gezeigt. Sie hatten meinen Pfad erleuchtet. Und meine beiden wunderbaren Söhne würden – da war ich mir mit einem Mal sicher – die wahre Liebe finden. *»Hans nimmt sein Gretchen, jeder sein Mädchen«*, murmelte ich leise, aber vernehmlich: *»Findt seinen Deckel jeder Topf, und allen geht's nach ihrem Kopf!«*

Jakob drehte sich im Sitz herum und sah mich forschend an. »Was führst du im Schilde, oberster Vater mein?«, fragte er. Ich sah ihm direkt in die Augen. »Der richtige Trank für die richtigen Leute!«, sagte ich. »Darum dreht sich alles!« Danach schloss ich die Augen und schlief ein.

Ich komme erst jetzt wieder richtig zu mir.

5. April, 11 Uhr

Estelle bei Craftgirls. Ruairghy, Jakob und Edwin im Bett.

Estelle ist immer noch furchtbar gut gelaunt. Anscheinend will jemand einen Trickfilm drehen, mit Mr. Slippy Sloppy als Hauptfigur. Estelle hat eine Storyline geschrieben. Ich fragte, um was es geht, und sie sagte: »Er verliert seinen Pimmel und seine Frau findet ihn.« Ich sagte, das klinge billig.

Sie hat die Steckrübendiät beendet. Angeblich kann ein Übermaß an Steckrüben »schwere Persönlichkeitsstörungen« hervorrufen. Ein Mann in Kalifornien, der mit einem Gewehr Amok lief, stützt seine Verteidigung darauf, dass er seit zehn Jahren von Steckrüben lebt. Estelle befürchtet, dass auch sie mit einem Gewehr Amok laufen könnte. Ich musste sie deswegen beruhigen. »Du hast nur ein paar Tonnen gegessen!«, sagte ich »Dieser Typ hat zehn Jahre lang nichts anderes gegessen. Wahrscheinlich ist er ohnehin psychisch gestört. Nur ein Verrückter würde zehn Jahre lang Steckrüben essen!«

Sie warf mir einen misstrauischen Blick zu, als ich das sagte, und brach dann zu einer Besprechung bei Craftgirls auf. Beim Hinausgehen bellte sie mir über die Schulter zu: »Sorg dafür, dass Edwin für die Prüfung lernt!« Das ist ein bisschen so, als ob man dem Geliebten auftragen würde, eine Einheitliche Feldtheorie zu entwickeln, während man kurz mal einkaufen geht. Ich habe überall dort, wo Edwin sich häufig aufhält (neben dem Kühlschrank, auf dem Klo und so weiter), einen Stapel Schulbücher ausgelegt. Wenn ich ihm Hausarbeit auftrage, werde ich die Anweisungen auf Französisch geben.

Da die Entscheidung über *General Practice* immer noch aussteht, habe ich beschlossen, den Tag damit zu verbringen, Porda zu stellen. Surinder geht mir aus dem Weg, ich weiß auch nicht warum. Ich rief sie gestern zweimal an und es meldete sich nur der Anrufbeantworter – das ist mir bei ihr noch nie passiert. Die Stimme klingt sehr männlich. Ich fragte mich sogar, ob es Porda ist.

Wenn sie mit Porda schläft, warum tun Cross und Rhws Davies dann so, als ob seine Unterstützung für die Sendung nicht aufrichtig wäre? Die einzige Erklärung, die mir dazu einfällt, lautet, dass Porda zwar versucht, uns Surinder zuliebe einen Gefallen zu tun, selbst aber davon überzeugt ist, dass die Sendung furchtbar ist, und sie daher unbedingt absetzen will, auch wenn er mit der Drehbuchautorin schläft.

Aber das kann nicht sein. Es würde bedeuten, dass ein Mitglied der Führungsetage klare und unerschütterliche Ansichten über eine Sendung hat, die seinen persönlichen Neigungen zuwiderlaufen. Ich muss Porda aufspüren.

Außerdem habe ich einen Brief vom Royal Court Theatre bekommen, mit dem ich mich noch befassen muss. Sie wollen *Muthafuckas* aufführen und bitten um ein Treffen mit Wesley Jones, um Änderungsvorschläge und so weiter zu besprechen. Ob ich Snozzer schwarz anmalen sollte?

13.30 Uhr

In der Kantine. Wir haben spanische Woche. Ich hatte die BBC-Paella, die mit dem berühmten Gericht aus Valencia etwa so viel gemeinsam hat wie eine BBC-Arbeitswoche mit einer richtigen Woche. Die BBC-Woche beginnt samstags – vielleicht zum fröhlichen Andenken an den Tag, an dem Lord Reith mit seiner Sekretärin Sex hatte. Die Kantinenmitarbeiter tragen spanische Kostüme, und die Frau an der Kasse klapperte mir mit Kastagnetten vor dem Gesicht herum.

Ich hatte drei Gläser BBC-Rioja. Mir geht es nicht gut.

Gerade führte ich ein seltsames Gespräch mit Karl. Er versucht Steve Witchett, den Autor Der Nie Seine Meinung Äußert, dazu zu bringen, die Folge zu schreiben, in der ich von einem Verrückten erschossen werde (geplanter Sendetermin ist die Woche, in der ich Geburtstag und meinen fünfundzwanzigsten Hochzeitstag habe).

»Ihre *Freundin* Surinder«, sagte er finster, »weigert sich, die Folge zu schreiben!« »Das überrascht mich nicht!«, sagte ich mit so viel Würde, wie ich aufbringen konnte. »Es passt nicht zur Figur. Esmond ist kein Mann, der sich von einem Wahnsinnigen erschießen lässt! Er würde verhandeln! Ihn in Grund und Boden reden!«

Karl begann auf dem Tisch herumzutrommeln. »Mit diesem Wahnsinnigen kann man nicht verhandeln!«, sagte er. »Er ist vollkommen wahnsinnig!« Er ließ sich immer weiter darüber aus. »Verstehen Sie das nicht?«, fragte er. »Sie haben ihn dazu getrieben! Sie sind inkompetent!« Ich wollte gerade sagen, dass ich ein hochgeachteter Schauspieler bin, der vor kurzem für einen Spielfilm verpflichtet wurde (dass ich eine Küchenschabe spielen soll, die gar nicht im Bild ist, wollte ich natürlich diskret verschweigen), merkte dann aber, dass Karl über Dr. Pennebaker sprach. Ich sagte: »Sie hassen Esmond, nicht wahr?« Seine Augen glitzerten irre. »Ich glaube, dass Esmonds Zeit vorbei ist! Es gibt ihn schon viel zu lange! Wir brauchen frisches Blut!«

»Aha«, sagte ich. »*Sie* stecken also hinter all dem. Und Cross wahrscheinlich. Warum haben Sie das nicht von Anfang an gesagt? Sie tun doch nichts anderes, als schmutzige kleine Notizen über Shirley zu schreiben!« Bei dem Wort »Shirley« zuckte er zusammen. Er begann zu zittern, und auf seiner Glatze bildeten sich kleine Schweißperlen. »Sie und ihre Freundin Surinder sind in Schwierigkeiten!«, sagte er. »Ich kann auch schmutzige Tricks anwenden. Ich werde die Geschichte mit Howard Porda platzen lassen! Vertrauen Sie nicht auf den ›Unsichtbaren‹, mein Freund, weil ich keinerlei Skrupel habe, seine wahre Identität zu enthüllen!«

Nachdem er das gesagt hatte, wurde sein Zucken noch schlimmer. »Nehmen Sie unser Gespräch auf?«, fragte er. Ich verneinte. Karl sagte, er nehme immer alle Gespräche auf. Ich sagte: »Ich hätte liebend gern die Gesprächsprotokolle von Ihnen und Ihrem Hund. Leute wie Sie sind der Grund dafür, dass bei der BBC so viel schief läuft. Sie sind ein rückgratloser Opportunist, der nur den einen Wunsch hat, auf Knien zu dem Mann zu kriechen, den Sie wahrscheinlich noch nie getroffen haben – John Birt. Ich verachte Sie und Menschen wie Sie!«

Er warf mit dem ersten Entwurf der Witchett-Folge nach mir, die ich jetzt lese.

Zumindest wissen wir jetzt, woran wir sind. Cross und Karl haben etwas gegen Porda in der Hand – vielleicht, dass er mit Surinder schläft, allerdings wüsste ich nicht, dass das ein Kündigungsgrund wäre. Wahrscheinlich wollen sie ihn im zentralen Strategiegremium zur Rede stellen. Surinder hat etwas gegen Karl in der Hand (Shirley?) und vielleicht auch etwas gegen Cross, aber keiner will anscheinend seinen Trumpf ausspielen. Ich muss Porda in die Enge treiben und für mich kämpfen. Ich werde noch einmal versuchen, ihn heute Nachmittag zu erwischen.

14 Uhr

Ich habe gerade Witchetts ersten Entwurf gelesen. Er hatte offenbar wie alle anderen hier bei der BBC einen Nervenzusammenbruch; vielleicht, weil er gezwungen wurde, eine Szene zu schreiben, in der tatsächlich etwas passiert. Die Eröffnungsszene lautet folgendermaßen:

CLARE: Alles in Ordnung, Dr. Pennebaker?
ESMOND: Ich kann nicht klagen. Es könnte aber auch besser sein. Ich bin mir nicht ganz sicher. Möglicherweise könnte es auch nicht besser sein. Ich weiß es wirklich nicht.
CLARE: Aber Sie fühlen sich gut?
ESMOND: Schwer zu sagen. Ich dachte eigentlich ja, aber dann war ich mir nicht mehr sicher.
CLARE: Aber Sie haben gut geschlafen?
ESMOND: Soweit ich weiß, ja.
CLARE: Was für ein Bett haben Sie eigentlich?
ESMOND: Eins dieser Spezialbetten.
CLARE: Gut für die Haltung und so?
ESMOND: Ich glaube ja, aber ich bin mir nicht sicher. Allerdings schlafe ich darin normalerweise gut. Aber nicht immer.
Clare wirkt beunruhigt.
CLARE: Nicht immer …
ESMOND: Ich meine, natürlich schlafe ich manchmal gut. Manchmal schlafe ich tatsächlich. Sollte ich auch. Es hat 450 Pfund gekostet.
CLARE: Meine Güte! Ganz schön viel für ein Bett!
ESMOND: Das hängt vom Bett ab, nehme ich an.
CLARE: Das stimmt. Es hängt vom Bett ab. Ich meine, manche Betten sind eindeutig teurer.
ESMOND: So ist es. Zum Beispiel ein Himmelbett.
CLARE: O ja! Ein Himmelbett!

So geht es vier Seiten lang weiter. Danach hat Witchett geschrieben.

Auftritt des Wahnsinnigen mit geladener Waffe.

An der Stelle hörte ich auf zu lesen. Ich glaube, ich schicke den kompletten Entwurf an einen Archivar an der University of Texas. Ich denke, er hat historischen Wert.

Gerade habe ich Ronnie Pilfrey, den netten Ronnie Pilfrey, in einer Ecke der Kantine entdeckt. Er sieht nicht aus wie ein Mann, der bald qualvoll an einer seltenen Krankheit sterben wird. Tatsächlich wirkt er wie üblich unerträglich selbstzufrieden. Es geht das Gerücht, dass ihm die menschliche Hauptrolle in einem Spielfilm angeboten wurde. Er hat nicht die Tiefe, Subtilität oder innere Zerrissenheit, um ein Insekt zu spielen. Bevor er herkommt und anfängt herumzuprahlen (oder die Beine aneinanderreibt, wie er es gern in meiner Gegenwart macht), verschwinde ich lieber und suche nach Porda.

19 Uhr

Der Gedanke an den Tod lässt mich nicht mehr los. Allerdings macht die Versicherung das Ganze etwas erträglicher. Es tröstet mich etwas, dass ich, wenn ich erst einmal nicht mehr bin, 350 000 Pfund besitzen werde. Davon kann Estelle jede Menge Steckrüben kaufen. Ich muss wirklich mein Testament machen. Ich habe einen Testament-Vordruck in der Schreibwarenhandlung gekauft, aber immer, wenn ich anfange, es auszufüllen, übermannen mich die Gefühle.

Ich werde Edwin meinen Bestand an Sexartikeln hinterlassen. Ich habe das Gefühl, dass wir uns dieses Jahr nähergekommen sind.

Edwin, Jakob und Ruairghy sind zur Tankstelle zum Einkaufen gegangen. Ich wies darauf hin, dass ich Agnello ai carciofini kochen würde – ein bäuerliches Gericht aus Norditalien oder ein jüdisches Gericht aus Sardinien, je nachdem, in welchem Kochbuch man nachschlägt –, und sie sagten: »Wir mögen dein Essen nicht. Das, was du kochst, würde ein italienischer Bauer seiner Frau an den Kopf werfen. Wir wollen Dosenspaghetti, und zwar in rauen Mengen!«

Laura rief zweimal an, aber Jakob wollte nicht mit ihr reden. Stattdessen redete ich mit ihr. Am Telefon kann man sie nicht riechen, aber allein ihre Stimme klingt ziemlich verführerisch. Ich sagte, meiner Meinung nach sei das »nur eine Phase«, und verkündete, ich würde ernsthaft mit Jakob sprechen. Ich erwähnte jedoch nicht, dass ich außerdem eine Megadosis einer seltenen südamerikanischen Liebesdroge in sein Abendbrot mischen werde, wenn Laura das nächste Mal irgendwo in der Nähe ist.

Die Porda-Geschichte wird immer mysteriöser. Ich ging von der Kantine zu seinem Büro und erfuhr wie üblich, dass er »in einem Meeting« sei. Ich lungerte ein paar Minuten auf dem Flur herum und sah, wie Karl aus dem Fahrstuhl trat. Ich versteckte mich hinter der nächsten Flurbiegung und sah zu, wie er zu der Tür schlich, die direkt zu Pordas Allerheiligstem führt. Vorsichtig blickte er nach rechts und links und klopfte dann ganz sachte an. Die Tür öffnete sich für den Bruchteil einer Sekunde, und Karl schlüpfte hinein. Das alles hatte etwas sehr Verdächtiges.

Vielleicht haben Karl und Porda eine Affäre. Vielleicht haben Karl, Porda und Surinder eine Affäre. Vielleicht treiben es Karl, Porda, Surinder und Shirley regelmäßig miteinander im Konferenzzimmer der Abteilung für interne Angelegenheiten. Wahrscheinlich hat Cross dabei das Ohr an die Tür gedrückt und sich selbst befriedigt. Immer noch besser, als sich Radio 4 anzuhören.

Sie waren auf jeden Fall lange genug drin, um es drei- oder

viermal zu tun – allerdings sind meine Erinnerungen an Sex mittlerweile so verschwommen, dass ich nicht mehr zuverlässig sagen könnte, wie lange es dauert. Ich weiß nur, dass mein nächstes Mal sehr schnell vorbei sein wird. Schließlich öffnete sich die Tür zum Allerheiligsten wieder und Karl trat mit rotem Gesicht hinaus auf den Flur. Wieder sah er nach rechts und nach links und eilte dann zum Fahrstuhl. Ich folgte ihm nicht. Aus irgendeinem Grund – ich konnte nicht sagen warum – war ich überzeugt, dass Porda bald auftauchen würde.

Und schließlich kam er auch.

Wie üblich trug er Schal und Hut (stimmt mit seinem Gesicht etwas nicht? Hat ihn ein frustrierter BBC-Mitarbeiter mit Säure angegriffen?) und verhielt sich wie ein Mann, der darauf bedacht ist, nicht durch seinen Gang zu verraten, dass er gerade ein Verbrechen begangen hat.

Wieder heftete ich mich an seine Fersen. Aber dieses Mal sah er mich nicht. Er verließ das Gebäude und ging hinaus auf den Portland Place und wandte sich nach links zur Regent Street. Es wehte ein bitterkalter Wind, und Porda senkte beim Gehen den Kopf und zog den Schal noch fester ums Gesicht. Dadurch war es für mich wesentlich einfacher, ihm unbemerkt zu folgen.

Er bog nach links in die Mortimer Street und wandte sich mit noch immer gesenktem Kopf Richtung Osten zur Charlotte Street. Nach ein paar hundert Metern bog er nach links in eine dunkle, nichtssagende Gasse, die zu einer Straße führte, in der ich noch nie gewesen war. Am Ende standen rote Backsteingebäude, auf die Porda zusteuerte. Ich duckte mich in einen Hauseingang, aber das war nicht nötig. Er ging zum Haupteingang und verschwand im Gebäude.

Ich befürchtete, ich hätte ihn verloren, und rannte über die Straße. Zu meiner Erleichterung fand ich rechts neben der schweren Holztür ein Schild mit den Nummern der Wohnungen und den Namen der Bewohner. Ganz oben stand »HOWARD PORDA«. Ich ließ ihm ein paar Minuten Zeit, dann drückte ich entschlossen auf die Klingel. Zunächst tat sich nichts. Ich klingelte noch einmal. Dann meldete sich eine Stimme, die so verzerrt war, dass man sie nicht erkennen konnte. »Wer ist da?« »Mein Name ist Paul Slippery«, sagte ich langsam und deutlich. »Ich spiele die Rolle des Dr. Esmond Pennebaker in der Serie *General Practice!*« Keine Reaktion.

Ich bin nicht sonderlich berühmt. Aber ich hätte doch gedacht, dass ich in Radiokreisen einigermaßen bekannt bin. Ich erwartete nicht, dass Porda die Treppe heruntereilte und mich um ein Autogramm bat. Aber eine Anerkennung dafür, dass ich seit fast fünfundzwanzig Jahren zur Spitze des britischen Hörspiels gehöre, wäre schon nett gewesen. Selbst wenn er nicht meine großen Momente zur Sprache gebracht hätte – etwa den Tag, an dem Madge Pennebaker ertränkt wurde –, selbst wenn er vorübergehend vergessen hätte, wer ich bin, ja selbst wenn er wie viele andere Mitglieder der BBC-Führungsriege noch nie eine BBC-Sendung gehört hätte, er hätte doch zumindest so tun können, als ob es ihm wichtig wäre. Aber aus dem Metallgitter der Sprechanlage drang nur Rauschen. Ich redete weiter. »Wie Sie sicher wissen«, fuhr ich fort, »gibt es das Bestreben, mein Leben zu beenden. Und darüber möchte ich mit Ihnen sprechen!« Immer noch keine Antwort. »Meiner Meinung nach hat Esmond immer noch viel zu geben«, fuhr ich fort. »Ich habe nicht das Gefühl, dass er bereit ist zu sterben. Ich habe nicht das Gefühl, dass die Zuhörer seinen Tod wollen. Ich glaube, sie wollen, dass er lebt.« Immer noch keine Antwort. Der Mann wird das Gespräch jeden Moment beenden, dachte ich. Ich merkte, wie ich lauter wurde. »Ich will nicht, dass Esmond stirbt!«, sagte ich. »Ich habe nicht das Gefühl, dass er bereit ist zu sterben! Wenn er von diesem Wahnsinnigen erschossen würde, wäre das wirklich Wahnsinn! Sein ganzes Leben wäre vergebens! Ich flehe Sie an, Mr. Porda! Ich beknie Sie – bitte lassen Sie Esmond Pennebaker nicht erschießen!«

Mir fiel auf, dass eine kleine dicke Frau meiner kleinen Ansprache aufmerksam gelauscht hatte. Sie sah mich sehr seltsam an. Ich sah zu ihr rüber, und sie ging weiter. »Sind Sie da, Mr. Porda?«, fragte ich. »Howard? Darf ich Sie Howard nennen? Sind Sie da?« Und dann hörte ich durch das Rauschen eindeutig Surinder: »Paul! Ich kann jetzt nicht mit dir reden!« Dann war die Leitung tot.

Sie war also oben bei ihm!

Plötzlich fiel mir auf, dass es mir deutlich lieber wäre, wenn sie eine Lesbe wäre. Stella Badyass schien keine so große Konkurrenz im Vergleich zu dem Mann, der über das Leben und Sterben von Esmond Pennebaker entschied.

Ich glaube, der Gedanke veranlasste mich, durch die Tür zum Aufzug zu stürmen und nach oben zu Pordas Wohnung zu fahren. *Du hast ihr nie richtig gesagt, was du für sie empfindest,* sagte eine Stimme in meinem Kopf. *Sag Surinder, was du für sie empfindest, Slippery!* Dazu musste mir natürlich erst einmal klar sein, was ich für sie empfand. Als der Fahrstuhl mit einem Ruck im obersten Stock anhielt, musterte ich mich kritisch im Spiegel und versuchte herauszufinden, ob ich verliebt aussah.

Vielleicht nicht auf den ersten Blick. Ein oberflächlicher Betrachter würde vielleicht denken, ich wäre gekommen, um den Abfluss zu reparieren. Aber bei genauerem Hinsehen erkannte man einen Getriebenen – einen Mann, der von verborgenen Gelüsten beherrscht wurde. Ich ging zur Tür und lehnte mich gegen die Klingel. Keine Reaktion. Ich klingelte erneut – dieses Mal fast eine Minute lang. Immer noch nichts. Ich bückte mich zum Briefschlitz und quetschte die Nase hinein. »Surinder«, sagte ich, »ich bin's, Paul! Ich muss mit dir über unsere Beziehung sprechen! Ich muss auch mit Howard reden! Ich muss mit euch beiden reden!«

Endlich öffnete sich die Tür um wenige Zentimeter. Anscheinend war die Türkette vorgelegt. Ich sah einen kleinen Ausschnitt von Surinders Gesicht – und obwohl ich nicht viel von ihr sehen konnte, weil sie in ein Handtuch gewickelt war, war irgendetwas an ihr anders. Was war es? Es lag nicht nur daran, dass sie nicht geschminkt war. Es war, als würde ich einen anderen Menschen betrachten. »Howard kann jetzt nicht mit dir sprechen«, sagte sie. »Er ist im Bad!« »Du bist im Bad!«, sagte ich anklagend. »Ja«, sagte Surinder, »ich bin im Bad!« »Ist er mit dir im Bad?«, fragte ich. »Er begleitet mich überall hin«, sagte Surinder. »Er ist da, wenn ich morgens aufwache. Er ist da, wenn ich abends einschlafe. Er ist da, wenn ich mir die Zähne putze. Er ist da, wenn ich aufs ...« Das genügte, ich wollte keine weiteren Orte mehr hören, zu denen Howard Porda Surinder begleitete.

»Das ist offensichtlich eine sehr innige Beziehung!«, sagte ich leicht säuerlich. Surinders Gesicht wurde weich. »Paul«, sagte sie. »Ich möchte dir etwas ganz im Vertrauen sagen. Kann ich mich darauf verlassen, dass du niemandem erzählst, was ich dir jetzt sage?« »Ich bin«, log ich, »ein sehr diskreter Mensch! Mir wurden schon Sachen anvertraut, die so geheim waren, dass ich vergessen habe, dass man sie mir überhaupt erzählt hat!« Sie sah mich ein bisschen an wie eine strenge Mutter. »Ich *bin* Howard Porda!«, sagte sie. Zunächst begriff ich gar nicht, was sie damit meinte. Sie lächelte schwach. »Als Mann bin ich Howard Porda. Aber ich werde nicht mehr lange Howard Porda sein!« Wer, fragte ich mich, würde sie als Nächstes sein? Robin Hood vielleicht? Mutter Teresa? Einen Augenblick lang dachte ich, vor mir stünde eine Form der Persönlichkeitsstörung, die man selten außerhalb von Fernsehserien findet. Dann sagte Surinder: »Nach meiner Operation wird Howard Porda nicht mehr existieren. Ich werde eine Frau sein, Paul!« Ich musste mehrmals schlucken. »Du meinst«, sagte ich langsam, »dass du zur Zeit keine Frau bist?« »Zur Zeit nicht«, sagte Surinder. »Du meinst«, sagte ich, »du hast einen ...« »Ja«, sagte Surinder sanft, »noch. Aber nicht mehr lange!« »Gut!«, sagte ich.

Und dann schloss sie ganz sanft die Tür vor meiner Nase.

Ich habe jemandem mit einem Pimmel nachgestellt! Mein

Gott! Die Folgen meines Irrtums habe ich noch gar nicht richtig durchdacht! Ruairghy, Jakob oder Edwin dürfen nie davon erfahren, sonst verliere ich den letzten Rest von Glaubwürdigkeit als Vater!

23.30 Uhr

Nachricht auf dem Anrufbeantworter von Estelle. Sie klang, als wäre sie in einem Restaurant – unverschämt fröhlich und freundlich. Sie sagte, sie komme später, und fügte hinzu: »Wir feiern alle! Sie lieben meine Story für Slippy Sloppy! Klappt zur Feier des Tages mal die Klobrillen hoch, Jungs!« Mir kommt der furchtbare Gedanke, dass sie die ganze Zeit wusste, was mit Surinder los ist. Das würde ihr Verhalten und das von Stella Badyass erklären. Wahrscheinlich ist es ein teures Restaurant. Und wahrscheinlich amüsieren sie sich auf meine Kosten.

6. April, 9 Uhr

Estelle bei der Arbeit. Edwin, Ruairghy und Jakob im Bett. Ich im Arbeitszimmer.

Probierte neue Lockerungsübungen nach dem Andersen-System. Schlug mit dem Kopf gegen die Schreibtischkante.

Estelle kam um drei nachts heim und ging um sechs wieder. Ich weiß nicht, wo sie hin ist. Ich habe nicht geschlafen. Mich verfolgte der Gedanke an Surinder – oder Howard, wie ich ihn in Zukunft nennen werde, bis er/sie sich operieren lässt.

Mein Gott! Man stelle sich vor, ich hätte versucht, sie zu befummeln und hätte einen Pimmel in der Hand gehabt! Womöglich hätte es mir sogar gefallen! Vielleicht hätte ich mich auch von einer Operation überzeugen lassen und ein neues Leben als Lorna oder Melanie angefangen.

Ich glaube, Melanie würde ganz gut zu mir passen. Der Name hat so etwas Robustes, das ich, glaube ich, in mein Leben als Frau mitbringen würde. So wie die Dinge hier laufen, könnte ich genauso gut eine Frau sein. Ich erledige die Einkäufe, lungere daheim herum und warte auf die Hausbesuche der Vertreter, während Estelle bei Besprechungen/in einem Flugzeug/einem teuren Restaurant und so weiter ist. Wenn ich eine Frau wäre, dann ganz bestimmt keine, die mit dem Hintern wackelt, wenn Männer ihr die Tür aufhalten. Ich wäre eine Frau auf Valium, die neben einem Berg schmutzigen Geschirrs sitzt und wartet, dass ihr Mann nach Hause kommt.

Mir war nicht klar, dass in den Führungsetagen der BBC solche Dinge ablaufen. Ich dachte, so etwas beschränke sich auf Flugbegleiter und Angehörige der Streitkräfte. Kein Wunder, dass es diese ganzen Umstrukturierungsmaßnahmen gibt. Das Telefon klingelt. Vielleicht ist es ein Enthüllungsjournalist, der mich über mein Sexualleben ausfragen will.

9.30 Uhr

Es war Surinder. Sie wollte mich daran erinnern, dass die Tatsache, dass sie ein Kerl ist, streng vertraulich ist. Sie sagte, es sei wichtig, dass ihre Personalsachbearbeiterin nichts davon erfahre. »Welche?«, fragte ich. »Wahrscheinlich hast du ja zwei!« Ich sagte aber auch, ich würde sie völlig verstehen, und sei allein schon aus persönlichen Gründen bestrebt, die Sache geheim zu halten. Sie sagte: »Es wissen nur wenige Leute – abgesehen von Estelle und Stella natürlich. Und Karl.« Ich sagte, wenn sie es ihnen gesagt hätte, hätte sie gleich eine ganzseitige Anzeige in die *Daily Mail* setzen können. Surinder fragte: »Hast du ein Problem mit meiner Sexualität?«

Ich sagte, sobald ich wisse, welche sexuelle Orientierung sie habe, hätte ich auch kein Problem mehr damit. Sie sagte: »Ich bin eine Frau, Paul! Ich bin eine Frau!« Ich sagte, das sähe ich genauso.

Das Thema Penis wollte ich nicht anschneiden. Stattdessen fragte ich, ob es jemandem in der Chefetage der Abteilung Sendereihen Inland aufgefallen sei, dass eine ihrer wichtigsten Führungskräfte Brüste hätte. Sie sagte: »Denen würde nicht einmal auffallen, wenn ich vier Beine und einen Rüssel hätte!« Nachdem ich aufgelegt hatte, ging mir auf, dass sie nicht nur zwei Gehälter bezieht, sondern wohl auch dafür bezahlt wurde, sich selbst einzustellen und dieses Gehalt zu beziehen. Damit hat sie wirklich einen Coup gelandet – selbst bei der BBC.

11.30 Uhr

Alle außer mir schlafen noch.

Ich spielte kurz mit dem Gedanken, einen meiner Söhne aufzuwecken, damit ich jemanden zum Reden habe, aber nachdem ich alle drei schlafend in ihren Betten gesehen hatte, brachte ich es nicht übers Herz. Ruairghruy lag wie üblich flach auf dem Rücken, den Kopf nach hinten gereckt, den Mund offen, die Decke weggestrampelt; Jakob hatte sich tief in seine Decke gekuschelt und nur ein Büschel schwarzer Haare lugte hervor; und Edwin schlief tief und fest neben seiner Gitarre, seine Finger, soweit ich erkennen konnte, zum G-Dur-Akkord verkrallt.

Gustave rief wegen des Küchenschabenfilms an. Anscheinend sind den Verantwortlichen Bedenken gekommen. Sie haben jemanden gefunden, dessen Stimme »ein authentischeres Insektengefühl vermittelt«. Ich war sehr verärgert. »Ich dachte«, sagte ich, »ich sei der einzige Schauspieler in Großbritannien, der sich auf diese Art von Rolle spezialisiert hat!« Gustave sagte, auch in diesem Bereich steige »der Konkurrenzdruck«.

Wieder ein Brief für Wesley Jones. Eine erneute Bitte um ein Treffen und unter anderem die Frage nach dem Namen seines Bewährungshelfers. Sehr seltsam. Ich kann mich nicht erinnern, dass ich Wesley einen Bewährungshelfer gegeben habe. Vielleicht hat er begonnen, ein Eigenleben zu führen. Vielleicht kommt er bald hier vorbei und bedroht mich, weil ich ihn a) zu einem so stereotypen Schwarzen gemacht habe und b) zum Autor eines so furchtbaren Stücks.

Allerdings halte ich *Muthafuckas* für ziemlich gut.

12 Uhr mittags

Die anderen schlafen immer noch. Nur Edwin ist gerade in ein Handtuch gewickelt aufgetaucht. Als ich ihn fragte, was er für Pläne habe, sagte er: »Vielleicht gehe ich nach Frankreich.« Ich fragte, ob ich mit könnte, und er meinte: »Wir werden sehen.« Gerade lässt er sich das erste seiner üblichen drei Bäder am Tag ein.

Laura rief an und wollte Jakob sprechen. Ich sagte ihr, er sei im Bett, und sie sagte: »Mit irgendeinem Flittchen, nehme ich an!« Ich glaube, bei näherem Kennenlernen ist Laura schwierig. Im Hintergrund hörte ich, wie Mrs. Proek Mr. Proek anschrie. Ich glaube, sie brüllte – allerdings bin ich mir nicht ganz sicher: »Du befriedigst mich nie!« Ich sagte Laura, ich könnte Jakob gern etwas ausrichten, und Laura sagte: »Ja, sagen Sie ihm, Lucy sei ein Miststück!« Dann legte sie auf.

Heute ist (glaube ich) mein zweiundsechzigster Tag ohne Sex. Ich rief den guten alten Steve an. Weil er nicht da war, rief ich Nobby an. Seine neue Freundin nahm ab (anscheinend hat er der Brasilianerin den Laufpass gegeben.) Sie ist, nach allem, was man hört, ein heißer Feger, aber auch eine typische Mittdreißigerin. Sie sagte mir, Nobby sei bei seinem Therapeuten – wahrscheinlich sucht er Hilfe, weil er zu viel Sex hat. Als ich mich verabschiedete, sagte sie: »Tschauie!« Eine Standardfloskel von Leuten um die Dreißig, wenn sie mit Leuten reden, die sie kaum kennen. Ich antwortete absichtlich spöttisch: »Ja, tschauie du auch!«

Sie bemerkte die Ironie nicht. Wie Amerikaner nehmen Leute um die Dreißig alles furchtbar wörtlich. Ich rief Peter Mailer an. Er hat auf seinen Anrufbeantworter gesprochen: »Hi! Hier spricht Peter Mailer. Ich bin nicht da, aber wenn Sie ein Alkohol- oder Drogenproblem haben, sprechen Sie bitte nach dem Pfeifton! Jeeza, wenn du anrufst und gerade in Leatherhead bist, denk dran: *Du brauchst keinen Drink!«* Nach dem Biep sagte ich: »Ich heiße Paul Slippery und bin Alkoholiker. Ich habe noch viele andere Probleme, über die ich gern sprechen würde, darunter viele intimer und sexueller Natur. Ich glaube, meine Frau ist lesbisch. Ich glaube auch, dass ich selbst starke lesbische Gefühle habe.« Ich wollte noch meine anderen Probleme schildern, darunter mein nicht gerade kleines Problem, dass ich in fünfundsiebzig Tagen fünfzig werde, aber der Anrufbeantworter schaltete einfach ab. Vermutlich muss Peter bei seinen Alkoholikern streng durchgreifen, sonst würden sie die ganze Nacht über ihre Probleme schwafeln.

15.30 Uhr

Ruairghy und Jakob haben den Volvo genommen und sind nach East Cheam gefahren, um wieder vor Lucys Haus Stellung zu beziehen. Soweit ich verstanden habe, geht es darum, den jeweils anderen davon abzuhalten, ins Haus zu gehen. Edwin ist im Park mit Lulu, Scagg, Snozzer, Bozz, Plonker und einem neuen Gruppenmitglied namens Wodge (ich bin mir nicht sicher, ob Wodge männlich oder weiblich ist, da er/sie nur zwei Minuten bei uns im Haus war, nichts sagte und eine Kreuzung aus einem Hidschab und einem Schlafsack anhatte.) Ich fragte, was sie vorhätten, und Edwin sagte: »Uns mit anderen jungen Leuten treffen und diskutieren.« Ich bin, wie fast immer in letzter Zeit, allein zu Haus. Estelle hat Edwin vor kurzem einen Pager geschenkt. Ich sagte ihm, ich würde ihn am Ende des Abends anrufen.

16 Uhr

Gustave rief noch einmal an. Anscheinend wird die Rolle der Küchenschabe nun von Ronnie Pilfrey, dem netten Ronnie Pilfrey, gespielt. Ich bin voller Hass und Wut. Gustave sagte, es bestehe die Möglichkeit, ein »etwas weniger bedeutendes Insekt« zu spielen. Ich sagte, ich hätte kein Interesse, und legte einfach auf.

17 Uhr

Das Telefon klingelt, aber ich gehe nicht dran. Ich werde warten und die Nachricht auf dem Anrufbeantworter abhören.

17.30 Uhr

Es war Surinder. Ich ging doch dran. Tatsächlich hatte ich mich im Bad versteckt, weil es mir fast unmöglich ist, nicht ans Telefon zu gehen. Als ich ihre Stimme hörte, rannte ich zurück in mein Arbeitszimmer, stolperte über den Papierkorb und fiel der Länge nach auf den Boden. Bis ich am Telefon war, hatte sie aufgelegt. Ihre Nachricht lautete: »Komm um halb sieben zum Sendehaus! Haupteingang! Ich schicke dir einen Wagen!«

Selbstverständlich gehe ich hin. Allerdings bin ich mir nicht sicher, wen ich antreffen werde. Surinder schickt normalerweise keinen Wagen.

18.15 Uhr

Ich schreibe im Fond einer BBC-Limousine, die von einem kleinen dicken Mann namens Derek gefahren wird. Er hat nur gefragt, ob ich »ein Freund von Mr. Porda« sei. Ich sagte ihm, das sei ich gewissermaßen. Er sagte weiter, Mr. Porda sei »wunderbar zu fahren«. Ich sagte, davon sei ich überzeugt.

Das ist alles sehr verwirrend. Unterwegs hielten wir vor einem Spirituosengeschäft, und Derek kaufte eine Flasche Champagner – »für Mr. Porda«. Später holte er in einer Wäscherei einen Stapel wunderbar gepflegter Wäsche ab – »für Mr. Porda«.

Falls er weiß, dass Mr. Porda in einer Doppelrolle als eine seiner weiblichen Angestellten auftritt, dann ist er sehr verschwiegen. Ich nehme an, bei der Chauffeursausbildung wird Diskretion großgeschrieben.

Howard Porda zu sein ist echt eine Supersache. Ich kann mir nicht vorstellen, warum er eine Autorin von *General Practice* sein will. Vor allem, da er anscheinend dazu neigt, sich selbst zu feuern.

19 Uhr

In einer noblen Bar irgendwo hinter der Oxford Street.

Anscheinend hatte Surinder eine Affäre mit Karl, bevor sie beschloss, eine Frau zu werden. Und anscheinend wäre auch Karl gern eine Frau, meint es aber laut Surinder »nicht richtig ernst«. Auf jeden Fall hält ihn das nicht von seinen schmutzigen Shirley-Fantasien ab. Auch Colin Cross hatte eine Affäre mit Karl, allerdings nicht mit Surinder, und auch er würde gern Frauenkleider tragen, hat jedoch gewisse Vorurteile, sich von seinem besten Stück zu trennen.

Wenn sie bei der Arbeit unterschiedlicher Meinung sind, drohen sie alle, sich gegenseitig bloßzustellen.

Ich war völlig verblüfft und fragte, wie viele andere Mitarbeiter der Abteilung Sendereihen, Dokumentation und Feature, Hörspiele, Fortsetzungen und Einzel, In- und Ausland eine Geschlechtsumwandlung, das Tragen von Frauenkleidern und Ähnliches erwogen. Surinder nannte drei weitere Personen, darunter auch Cross' Assistentin Sylvia, blieb allerdings vage bei der Frage nach Sylvias eigentlichem Geschlecht. Ashley Ramp ist, wie sich herausstellte, ein Latexfetischist, aber abgesehen davon »völlig normal«. Ich erzählte ihr nichts von den Nacktschnecken. Stattdessen fragte ich, ob sich das bis ganz nach oben ziehe, aber das glaubte sie nicht. Ich horchte sie über John Birt aus, und sie sagte, soweit sie wisse, habe er nie auch nur das geringste Interesse an Frauenkleidern gezeigt. »Eigentlich«, fuhr sie fort, »ist er ein richtig netter Kerl. Wir gehen zusammen zum Fußball. Die Gerüchte über ihn sind völlig aus der Luft gegriffen.« Als ich einwandte, dass sie selbst die meisten Gerüchte über ihn in die Welt gesetzt hatte, sagte sie: »Es ist komisch. Als Frau mag ich ihn gar nicht, aber als Mann finde ich ihn sehr sympathisch. Wahrscheinlich liegt es daran, dass ich als Mann enger mit ihm zusammenarbeite.«

Jetzt ist sie auf dem Damenklo und verwandelt sich in Howard Porda. Ich habe sie auch gefragt, ob sie Gewissensbisse habe, dass sie zwei Gehälter von der BBC beziehe. Sie verneinte. »Das ist sowieso ein völlig verrückter Laden. Ab einer bestimmten Ebene wird überhaupt nichts mehr gearbeitet, man sitzt nur noch in sinnlosen Besprechungen. Und ohne Howards Gehalt könnte ich mir die Operation nie leisten.«

21 Uhr

Ich sitze wieder in der Limousine. Derek bringt mich nach Hause. Aber vielleicht gehe ich auch gar nicht heim. Als ich ihn fragte, ob es ihm etwas ausmache, bis raus nach Wimbledon zu fahren, sagte er: »Ich bin dafür da, Mr. Porda überall hinzufahren. Und wenn er nicht da ist, fahre ich diejenigen, die er mich anweist zu fahren, wohin sie wollen. Wenn Sie nach Addis Abeba wollen, fahre ich Sie nach Addis Abeba, Sir. Ich fahre sehr gern.« Ich sagte, ich wolle nicht nach Addis Abeba.

Ich überlege, wohin wir fahren könnten.

21.15 Uhr

Überlege immer noch, wohin ich mit Derek fahren könnte. Ich schlug vor, zusammen im Pub etwas zu trinken, aber er sagte, das sei ihm nicht erlaubt, aber er würde gerne mit hineingehen und mir beim Trinken zusehen. Ich sagte, das wäre nicht ganz das, was ich mir vorstelle, deshalb fährt er jetzt im Kreis, bis mir etwas einfällt.

In der Limousine gibt es einen Farbfernseher, ein Telefon und einen Kühlschrank. Ich glaube, ich rufe Edwin auf dem Pager an.

21.30 Uhr

Unterwegs nach Wimbledon. Die Frau von Edwins Pager klang reserviert – vielleicht weil Snozzer letzte Woche jeden Tag angerufen und sie zu überreden versucht hat, eine Nachricht voller Schimpfwörter weiterzugeben. Anscheinend war sie so erbost, dass sie sich bei Plonker weigerte, das Wort »Slip« aufzunehmen. Daraufhin drohte ihr Plonker mit dem Europäischen Gerichtshof für Menschenrechte in Straßburg.

Ich habe mich bereiterklärt, Edwin, Lulu, Bozz, Scagg, Snozzer, Plonker, Wodge und einen gewissen Gremlin im Eagle and Child in Wimbledon abzuholen. Ich fragte Scagg, wie es an der Fischtheke läuft. Er sagte: »Ich sitze drauf!« Dann lachte er kehlig. Edwin hat ihnen allen Alkohol gekauft. Er erzählte mir, der Barmann habe ihn nach seinem Alter gefragt – aber »das war kein Problem, weil ich ja deinen Pass habe«. Ich zeigte mich erstaunt, dass er als Mann von fast fünfzig durchgeht, aber er meinte, er habe »ein paar Kleinigkeiten« geändert, zum Beispiel Passbild und Geburtsdatum. Ich wollte schimpfen, aber er sagte: »Du verreist sowieso nicht.« Da hat er auch wieder Recht.

Ich fragte Derek, ob noch sieben Leute ins Auto passen würden, und er sagte: »Mr. Porda hatte mal zwölf im Wagen. Allerdings waren auch ein paar Japaner dabei.«

23.30 Uhr, irgendwo in Surrey

Das ist so cool!

Ich bin im Auto. Ich habe alle Flaschen aus dem Kühlschrank leergetrunken. Plonker und ich haben uns verbrüdert. Er ist, wie sich herausgestellt hat, Bob-Dylan-Fan. Ich, Wodge, Plonker und Snozzer haben »Like a Rolling Stone« gesungen. Derek auch.

Wir fahren nach Brighton.

7. April, 12 Uhr mittags, klar und windig

Edwin und ich daheim. Alle anderen unterwegs.

Ich hatte einen bösen Krach mit Estelle. Und mit Ruairghy und Jakob.

Snozzer, Plonker, Scagg, Bozz, Edwin, Gremlin, Lulu, Wodge und ich kamen um vier Uhr morgens nach Hause und sangen die Lieder vom neuen Oasis-Album, begleitet von Edwin auf der Gitarre. Derek kam auch rein und sagte, wir seien »wunderbare Menschen«, die er unheimlich gerne fahre.

Estelle erschien im Nachthemd und warf mir vor, ich sei »verantwortungslos«. Sie redete von Edwins Prüfungen. Ich sagte, ein gutes Zeugnis bedeute nicht zwangsläufig Erfolg im Leben. Estelle sagte: »Ich nehme an, du gehst dabei von dir aus. Die Hochschulreife ist die einzige reife Leistung, die du in deinem Leben zustande gebracht hast!« Ich meinte, aus dieser Bemerkung eine Anspielung auf meine sexuellen Fähigkeiten herauszuhören.

Ich schlief komplett angezogen auf der Couch im Wohnzimmer ein. Als ich aufwachte, stellte ich fest, dass Snozzer, Plonker, Scagg, Bozz und Wodge praktisch auf mir drauf lagen. Wodge ist ein Mädchen.

Wieder ein Brief für Wesley Jones. Darin steht, dass er bald »den erbetenen Scheck« mit der Post erhalten werde. Außerdem wird gefragt, ob die Anklage wegen Körperverletzung fallengelassen worden sei. Man verstehe, dass er nicht zu den Proben kommen könne, solange er im Gefängnis sei, die Premiere für *Muthafuckas* sei jedoch am 14. Mai. Diese Neuigkeiten beunruhigten mich zutiefst. Vielleicht habe ich jemanden erfunden, der bereits existiert. Aber wie kommt es dann, dass er die Mafeking Road 52 als Adresse angibt?

Vielleicht ist er hier! Vielleicht versteckt er sich oben in einem Schrank!

Karl hat mich zur BBC zum Gespräch einbestellt.

16 Uhr

Warte seit zwei Stunden auf Karl. Keine Spur von Surinder. Oder sonst jemandem – obwohl wir nächsten Montag eine Sendung aufnehmen müssen. Ashley Ramp steckte den Kopf zur Tür herein und fragte: »Was machen Sie denn hier?« Ich verspürte das starke Bedürfnis, ihm »Latex!« hinterherzurufen.

Mittlerweile bin ich mir sicher, dass er sich daran erinnert, dass ich derjenige bin, der weiß, dass er die ganzen Lorbeeren für die Sendung über Nacktschnecken eingeheimst hat, obwohl er gar nichts damit zu tun hatte.

17 Uhr

Ich sitze in der George Bar.

Karl und Cross führen eindeutig etwas gegen Surinder und mich im Schilde. Karl sagte mir, er habe sich definitiv gegen die Idee entschieden, dass mich ein Verrückter erschießt. Außerdem hat er beschlossen, Steve Witchett, den Autor Der Nie Seine Meinung Äußert, zu feuern. Ich fragte ihn, was Witchett dazu gesagt habe. Karl antwortete: »Er hat große Probleme zu entscheiden, ob er eine Abschiedsparty will oder nicht.« Es wird drei neue Autoren geben, denen ich nächste Woche vorgestellt werde. Als ich fragte, wie sie seien, meinte Karl: »Schließen Sie sie nicht allzu sehr ins Herz. Einer von ihnen wird Sie umbringen.«

Ich sagte, ich hätte ein sehr fruchtbares Treffen mit Howard Porda gehabt. Karl begann wieder zu zucken. Ich sagte: »Er ist ein bemerkenswerter Mann!« Karl zuckte heftiger. »Und er ist wirklich auf Esmonds Seite!«, fuhr ich fort. »Howard Porda«, sagte Karl, »wird nicht mehr lange bei der BBC sein. Verlassen Sie sich bloß nicht auf Porda!«

Er grinste höhnisch. Ich finde, wenn er sich zur Frau umoperieren lässt, sollte er die Haare blond färben und etwas mit seiner Nase machen lassen.

Und aufhören, sich an Shirleys Höschen aufzugeilen.

Anscheinend besteht meine einzige Hoffnung darin, Surinder zu überzeugen, dass sie nicht wirklich eine Frau werden will. Je länger sie ihr bestes Stück behält – und den Job, der damit verbunden ist –, desto größer sind die Chancen, dass Esmond Pennebaker weiter praktizieren darf.

Ich glaube nicht, dass ich aus rein egoistischen Motiven so denke. Ich mag Howard Porda wirklich und fühle mich in vielerlei Hinsicht in seiner Gesellschaft wohler als in der von Surinder. Außerdem hat er ein viel schöneres Auto.

20 Uhr

Estelle war tatsächlich schon da, als ich nach Hause kam!

Ich legte den Arm um sie und küsste sie auf den Scheitel. Sie sagte: »Was soll das denn auf einmal?« Ich sagte: »Nur so! Es ist einfach schön, dich zu sehen!« Das war die reine Wahrheit. Es ist sehr beruhigend zu wissen, dass sie zwar manchmal ein bisschen launisch ist, aber eine Frau mit allem Drum und Dran, innen und außen. Ich ging ins Wohnzimmer und betrachtete Ruairghy und Jakob, die mit Lucy telefonierten. Dann ging ich nach oben und sah nach Edwin, der einen Cis-Moll-Akkord spielte.

Die einzige Person im Haus, die ein Kleid trägt, ist Estelle! Und obwohl ich mich nicht daran erinnern kann, wann wir das letzte Mal Sex hatten, müssen wir es mindestens dreimal getan haben, auch wenn das letzte Mal vielleicht siebzehn Jahre her ist. Einstweilen genügt mir das voll und ganz.

Ich fragte Edwin, wie es in der Schule läuft, und er sagte: »In Biologie war heute der Penis dran!« Ich sagte: »Und, wie war's?« Edwin meinte: »Wir haben uns natürlich alle wie dumme Schuljungen benommen!« Alle – einschließlich Estelle – kicherten, und ich fühlte mich veranlasst, eine kurze Ansprache über Sex zu halten. Das kam nicht gut an. Unsere Familie hat nur ein einziges Problem mit Sex: Einige Mitglieder wissen nicht, wann sie aufhören sollten, darüber zu reden.

9. April, 11.15 Uhr, bedeckt

Estelle bei der Arbeit. Ruairghy, Jakob und Edwin im Bett. Ich versuche, meinen Text zu lernen.

Ich habe in der Folge für diese Woche gerade mal drei Zeilen Text. Zwei davon lauten »Was?« Aber ich bin einfach nicht in der Lage, mir die richtige Reihenfolge zu merken.

Heute Morgen kam ein riesiges Paket mit Sexartikeln aus Wolverhampton. Gott sei Dank hatte ich Edwins Namen benutzt und konnte daher aufrichtiges Entsetzen vortäuschen, als Estelle das Paket öffnete und drei Spitzennachthemden, eine Lederpeitsche, Latexunterhosen mit offenem Hinterteil und eine Schachtel, die aussieht, als enthalte sie einen künstlichen Penis, darin fand. Keinerlei Liebestrank. Meine Bestellung ist eindeutig mit einer anderen durcheinandergebracht worden.

Estelle sagte: »Er hat in sechs Wochen Prüfung. Wozu braucht er da Latexhosen?« Ich schlug vor, dass vielleicht beides miteinander zusammenhänge. Möglicherweise sei es auch ein Geschenk für Lulu.

Kaum war Estelle auf dem Weg zur Arbeit, rief ich in Wolverhampton an und brüllte den Mann am Telefon an. Es stellte sich heraus, dass es zwei Pakete für die Mafeking Road gab. Das eine war anscheinend für Porker. Jetzt muss ich meinen ganzen Mut zusammennehmen, um über die Straße zu gehen und drei Spitzennachthemden, eine Lederpeitsche, Latexunterhosen und einen Dildo gegen einen südamerikanischen Liebestrank einzutauschen. Das könnte dauern.

12 Uhr

Erstaunliche Entwicklung bei meinem Verhältnis zu Porker!

Auf dem Weg zum Briefkasten – mit einem Brief an Surinder, in dem ich ihr sagte, was für ein toller Typ Howard Porda ist, wie elegant sein Schnurrbart aussieht und so weiter – wurde ich von Porker und seinem Whippet abgefangen. Porker, der eine Art Kaftan trug, nagelte mich mit – ich finde keine anderen Worte dafür – eisernem Blick fest. Er hat etwas sehr Militärisches an sich. »Ich glaube«, bellte er, »sie haben meinen künstlichen Penis!« Ich sagte, das wäre möglich. Er strich sich über den Schnauzbart und sagte, ich solle morgen früh vorbeikommen, damit wir »die Ware austauschen« könnten.

12.30 Uhr

Ein Brief von der BBC.

> Hallo.
> Hier spricht Colin Cross.
> AUDIO.
> Zunächst ein paar Daten und Fakten.
> Letztes Jahr haben wir uns das Ziel gesetzt, ein neues Spitzengremium einzurichten, das uns bei den Umstrukturierungsmaßnahmen zur Integration der Abteilung AUDIO in die Unternehmensstruktur hilft.

d. h., wir haben noch mehr Führungspositionen geschaffen. Und haben diesen Schwachköpfen noch mehr als bisher gezahlt.

> Wir haben drastisch die Kosten in der gesamten Abteilung AUDIO gesenkt.

Indem wir noch mehr Programmplaner gefeuert haben.

> Wir haben mit kostengünstigem Aufnahmematerial experimentiert. Wir haben die kreativen Rollen in unserem Team verdoppelt. Elinor Fruhm zum Beispiel.

Wer?

Gleichzeitig haben wir mehr Sendungen produziert.
Viele Sendungen waren länger als je zuvor. *Der Elfenstab* zum Beispiel, der im Niedrigpreisstudio auf der Insel Wight produziert wurde, war ein »Klangteppich-Märchen« von hoher technischer Komplexität.

Ich selbst kenne es nicht. Und will es auch gar nicht kennen. Aber – hey, was soll's!

Wie haben wir das gemacht?

Wir haben die Bücher ein bisschen geschönt. Wir haben ein Team zwielichtiger Buchhalter engagiert, die die Zahlen frisieren. Manchmal haben wir einfach gelogen.

Manchmal frage ich mich selbst, wie die Antwort auf diese Frage lautet. Ich weiß, das hat harte Arbeit erfordert. Ich weiß, es war nicht immer einfach.

Für euch Schlappschwänze doch immer.

Aber zumindest sind wir nun über den Berg und haben eine klare Vorstellung von der Richtung, der unsere Abteilung in Zukunft folgt!

In Richtung Abgrund! Aber was schert es mich? Meine Pension ist fünfmal so hoch wie das Gehalt eines durchschnittlichen Produzenten, daher könnt ihr mich alle mal!

Ich spiele mit dem Gedanken, allen im Sender meine ergänzte Version dieser erlesenen Prosa zu schicken.

Ich habe verschiedene medizinische Lexika studiert. Ich glaube, ich habe die Prynnsche Krankheit. Sie ist nach einem Mann in einer Irrenanstalt benannt, der vierundzwanzig Stunden am Tag arbeitete, weil er verzweifelt zu verdrängen versuchte, dass er – wie er glaubte – das letzte Mal vor dreißig Jahren Sex hatte. Selbst mitten im Sex empfand er – laut Fachliteratur – Frustration und »konnte sich nicht an den Gedanken gewöhnen, dass jemand es mit ihm treiben wollte«.

Anscheinend zeigten ihm die Therapeuten Videos, auf denen er Sex mit einem anderen Patienten hatte, und er fragte: »Wer ist der Glückspilz?«

Die Heilungschancen bei der Prynnschen Krankheit stehen schlecht. Nach dem zu urteilen, wie es dem armen Prynn erging, ist die Krankheit ein Alptraum. Soweit ich feststellen konnte, geht es nur noch bergab, wenn man sich nicht mehr daran erinnern kann, wann man das letzte Mal Sex hatte. Das alles führt unaufhaltsam zu hysterischem Wandertrieb, Lähmungen, Anomie, Schlaflosigkeit, Reizdarmsyndrom und letztlich zum Tod.

Ein Anruf von Ronnie Pilfrey, der mit seinem spektakulären Debüt in der Welt der Insekten jenseits des Bildschirmrands prahlen wollte. Ich sagte: »Mir wurde im Grunde auch die Schabe angeboten – aber ich finde, solche Rollen habe ich schon oft genug gehabt. Ich will nicht den Rest meines Lebens damit verbringen, Ohrwürmer und so Zeug zu spielen!« Ronnie fragte: »Was willst du dann machen?« Und ich sagte mit zusammengebissenen Zähnen: »Wer weiß? Ich glaube, dass in Esmond Pennebaker noch enormes Potenzial steckt.« Das ist so abwegig, dass es einfach lachhaft ist, aber seltsamerweise wirkte Ronnie beeindruckt.

Sonst passierte nichts. Ich ging zu Waitrose einkaufen und gab 234,98 Pfund aus. Ich glaube, ich habe genug Sojabohnensprossen gekauft, um die gesamte Bevölkerung Taiwans zu ernähren. Edwin begleitete mich. Er kaufte siebzehn Tüten Chips, acht Flaschen Ribena-Limonade, dreißig Dosen Stella-Artois-Bier, zwölf Dosen Hundefutter und eine riesige Tüte Garnelen.

Ich wies ihn darauf hin, dass wir keinen Hund haben. Er sagte geheimnisvoll: »Jetzt vielleicht noch nicht!« Ich glaube, ich kann immer noch ein paar Auberginen und ein Tütchen Currypulver dazugeben und das Zeug Jakob und Ruairghy vorsetzen.

Den Rest der Zeit dachte ich ernsthaft über meine Beziehung zu Estelle nach. Das ist ein annehmbarer Ersatz dafür, mit ihr zu reden/versuchen, mit ihr Sex zu haben/zu streiten und so weiter. Liebe ich sie?

Das weiß nur Gott. Wenn das bedeutet, dass ich dadurch in einen höheren Bewusstseinszustand versetzt werde, dann bin ich bestimmt nicht verliebt, und sie auch nicht, denn in den letzten fünfundzwanzig Jahren standen wir mit unseren vier Beinen fest auf dem Boden und/oder auf dem Rücken des anderen. Wir haben es uns nicht zur Gewohnheit gemacht, uns unsere Liebe zu beteuern. Ist die Liebesgeschichte nur ein Element der Ehe unter vielen und nach fünfundzwanzig Jahren abgehandelt? Was bedeutet eine Beziehung nach all der Zeit? Ist sie nur eine Frage der Bequemlichkeit? Oder, wie Estelle sagen würde, meiner Bequemlichkeit? Wenn nicht mehr dahintersteckt, lohnt sie sich nicht.

Aber wenn Liebe bedeutet, den anderen sympathisch zu finden und dann zu merken, dass man ihn richtig gern hat, und dann zu erkennen, dass man miteinander Kinder möchte, und dann festzustellen, dass die Kinder, die man hat, einem ähneln, und dann noch herauszufinden, dass das, was man für die Frau und die Kinder empfindet, zur gleichen Sache gehören, die nicht mehr und nicht weniger ist als das Wissen, dass die Welt sehr schön und angenehm und erträglich ist oder sein kann, ja, dann liebe ich Estelle, und die Liebe ist mehr als das ewige Versprechen der Dichter, denn diese Versprechen, unsere Versprechen – regelmäßige, für ihre Beständigkeit mit einer Ehrennadel ausgezeichnete Versprechen – drehen sich nicht darum, was der andere von uns denkt, was wir sein *könnten,* sondern darum, wie es tatsächlich jeden Tag *ist,* so wie dieses Tagebuch jeden Tag ist, und wie jeder Tag zu der fast nicht zu überblickenden Summe von Tagen, die das eigene Leben ausmacht, einen weiteren Tag hinzufügt, aber trotzdem gut und anhaltend und anständig und wahr ist.

Warum habe ich fast sechstausend Worte gebraucht, um das zu erkennen?

Warum bin ich nicht völlig überzeugt von meiner eigenen Rhetorik?

Tja, vielleicht, weil ich ein Mann bin, der den Unterschied zwischen einem Transsexuellen und einem Bus der Linie neun nicht erkennt. Außerdem bin ich Schauspieler und gewohnt, den Text anderer Leute zu sprechen – nicht meinen eigenen.

19 Uhr

Habe gerade meinen letzten Eintrag noch einmal durchgelesen – vor allem den langen Bandwurmsatz. Er hat, finde ich, eine gewisse poetische Dichte. Fast etwas von James Joyce.

Jetzt erst ist mir auch klargeworden, dass ich eine Pflicht zu erfüllen habe. Ich war Estelle gegenüber bislang eindeutig nicht aufmerksam genug, habe ihr nicht oft genug gesagt, dass ich sie liebe und so weiter, deshalb war sie in den letzten beiden Monaten höchstens eine Stunde daheim. Die Salzteigmännchen sind in gewisser Weise ein Ersatz für mich! Ich muss jetzt mein Leben in die Hand nehmen – neue Rollen beim Film, im Fernsehen und beim Theater finden – das Liebesleben meiner Kinder in Ordnung bringen – meine Autorität zu Hause wiederherstellen. Ich bin ein Mann und muss wie ein Mann handeln. Nicht wie ein ... Insekt!

Liebe! Eine echte fürsorgliche, aufregende, romantische Beziehung! Leidenschaft! Das alles ist möglich – selbst für einen fünfzigjährigen Mann! Und natürlich auch für eine fünfzigjährige Frau!

Wenn Estelle heute Abend nach Hause kommt, koche ich ein verführerisches Gericht aus dem *River Café Cookbook* – auf Holzkohle gegrilltes Alpenschneehuhn, denke ich, mit Brokkoliröschen und Anchovissauce – und ich werde ein paar Flaschen Weißwein kaufen. Dann können Estelle und ich, vorausgesetzt, wir werden Edwin, Ruarughy und Jakob irgendwie los, über unsere Beziehung reden.

Jetzt muss ich aber schnell noch einkaufen, weil wir kein Alpenschneehuhn im Haus haben.

20.30 Uhr

Estelle ist immer noch nicht da. Bei Waitrose gab es kein Alpenschneehuhn, ich kaufte stattdessen ein großes Stück Rindfleisch. Ruairghy, Jakob und Edwin umkreisen es wie die Geier. Gab vor einer Viertelstunde das Fleisch in den Ofen. Schlug vor, Edwin, Ruairghy und Jakob könnten in den Pub gehen, und gab ihnen zwanzig Pfund. Sie zogen los. Beim Rausgehen sagten sie noch, Edwin könnte ja fahren. Ich glaube, das war ein Witz, bin mir aber nicht ganz sicher.

Nachricht von Gustave auf dem Anrufbeantworter. Anscheinend wollten mir die Zeichentrickfilmleute ohnehin nicht den Ohrwurm anbieten. Ich rief zurück und fragte, welche Rolle es noch gebe. Er sagte, es bestehe die Möglichkeit, einen richtigen Wurm zu spielen. Ich fragte, was die Rolle erfordere, und er sagte – in seiner Gutsherrenmanier: »Oh, ein paar Zeilen Text und ein bisschen Kriechen und Winden, nehme ich an.«

Muss das Gemüse grillen. Soweit ich dem *River Café Cookbook* entnehmen kann, heißt das nur, das Gemüse mit Olivenöl zu bepinseln und in den Ofen zu schieben. Ich werde alles grillen, was ich im Gemüsefach finde – abgesehen von einer Aubergine, die aussieht, als hätte sie Milzbrand.

21 Uhr

Estelle ist immer noch nicht da.

Das ist wirklich zu schade!

Ich habe eine Flasche Weißwein getrunken. Lese mein Tagebuch. Der lange Bandwurmsatz ist regelrecht abstoßend. So wie ich das sehe, heißt Liebe, eine halbe Tonne Fenchel zu grillen und dann allein aufzuessen.

21.15 Uhr

Estelle ist immer noch nicht da. Fleisch völlig verkohlt. Gehe jetzt in den Pub. Habe beide Flaschen Wein getrunken. Von Liebe habe ich die Schnauze voll.

21.45 Uhr

Schreibe im Pub. Hatte zwei Guinness. Edwin hat anscheinend neun Kronenbourg getrunken. Er hat seine Brüder tatsächlich hingefahren und »knapp einen Baum verfehlt«, was laut Ruairghy und Jakob »echt klasse!« war. Ich habe ihnen von meinem Tagebuch erzählt und ein paar – redigierte – Abschnitte vorgelesen. Ruairghy sagte, er werde einen Anwalt einschalten.

Außerdem haben wir ziemlich ausführlich über Liebe gesprochen – vor allem in Bezug auf Laura, Lucy und Lulu. Ich hatte den Eindruck, dass Liebe ihrer Meinung nach kein Gefühl ist, das man nach fünfundzwanzig Jahren Ehe noch haben kann.

Andererseits sagten alle drei, sie würden an die Liebe glauben. Sie sagten auch, man könne nichts dagegen tun. Edwin sagte: »Du siehst sie nur an, und dann ist es, als würde dir dein Hirn nicht mehr gehorchen ...« Jakob sagte: »Genau ... und dein Pimmel auch nicht mehr!« Ruairghy sagte: »Es ist echt seltsam!« Ich dachte, sagte es aber nicht, dass das einer der Gründe ist, warum Laura meiner Meinung nach die Richtige für Jakob und Lucy die Richtige für Ruairghy ist. Ruairghy braucht jemanden, der praktisch veranlagt ist, und Jakob denkt praktisch genug für zwei.

Gott weiß, was das für Edwin und Lulu bedeutet. Für mich sind sie so etwas Ähnliches wie Geschöpfe des Waldes. Edwin meinte, als er sich sein zehntes Kronenbourg holte: »Mädchen sind einfach nur Freunde, die einem Erektionen verschaffen!«

23.30 Uhr

Ich schreibe im Arbeitszimmer mit Blick auf Porker. Anscheinend schenkt er sich noch einen Schlummertrunk ein, bevor er ins Bett geht. Wahrscheinlich um sich in Stimmung zu bringen. Nach der Geschwindigkeit zu urteilen, mit der Mrs. Porker ins Bett gegangen ist, hat er ihr vermutlich eine Portion meines südamerikanischen Liebestranks verabreicht.

Estelle kam um 22.45 Uhr nach Hause. Um die Zeit hatten sich all meine verliebten Gefühle bereits wieder verflüchtigt. Sie zeigte kein Interesse am gegrillten Gemüse, vielleicht, weil es aussah wie kleine Kohleklumpen.

10. April, 11.30 Uhr

Estelle bei der Arbeit. Alle Männer daheim und im Bett. Außer mir.

Kam gerade zurück von Porker. Ich habe den Liebestrank! Er hat den künstlichen Penis! Liquid Love ist leuchtend grün! Ich glaube, das ist ein gutes Zeichen.

Porker ist im indischen Punjab bei seinem Onkel aufgewachsen, der als Beamter für die ehemalige britische Kolonialbehörde gearbeitet hat. Er hat eine Gesamtausgabe von Kipling. Um Viertel vor elf bot er mir *Chota peg,* an, das ist ganz schwacher Whisky mit Wasser. Ich nahm an.

Dann unterhielten wir uns etwa zwanzig Minuten über unsere Gesundheit. Porker sagte: »Mein Arsch fällt praktisch ab!«

Insgesamt ein gutes Gespräch, würde ich sagen. Wir schafften es, das Thema Parken zu vermeiden.

12.30 Uhr

Drei Briefe.

Ein Brief von Surinder, in dem es größtenteils um ihr Bedürfnis geht, Nylonstrümpfe usw. zu tragen. Es gibt jedoch einen Satz, der gravierende Auswirkungen auf mein ganzes Streben und Trachten haben könnte, Esmond Pennebaker vor dem Tod zu bewahren.

> … Ich muss mir jetzt die Hosen anziehen und ausgerechnet zu einem Managerseminar nach Swindon fahren. In »The Hotel«. Genau das Richtige für den ekligen Macho Howard mit seinen schmutzigen Witzen und pubertären Streichen, für die ihn alle im BBC-Management so lieben.
> Ich vermute, dass sich dort Esmonds Zukunft entscheiden wird!
> Surinder

Natürlich macht fast jeder eine Identitätskrise durch, wenn er zur Feder greift. Aber etwas so Ernstes hatte ich dann doch nicht erwartet.

13 Uhr

Ich werde wohl nach Swindon fahren müssen.

Der zweite Brief enthielt die Kopie eines Entwurfs für eine noch nicht freigegebene Pressemitteilung, die Ende nächster Woche herauskommen soll. Sie lautet:

> Tod eines beliebten Radioarztes
> Dr. Esmond Pennebaker, der Star der erfolgreichen langjährigen Hörfunkserie *General Practice,* wird »irgendwann im Mai« sterben, wie das für die Sendung verantwortliche Produktionsteam mitteilt. »Wir haben seit einiger Zeit das Gefühl, dass Esmond sterben muss«, sagte Produzent Karl Rhws Davies, »wir überlegen nur noch, wie sein Leben enden soll. Alles ist möglich! Vielleicht erstickt er an seinem eigenen Erbrochenen!«
> Es heißt, Paul Slippery, der Pennebaker spielt, werde sich »Richtung Film entwickeln«. Er selbst erklärte: »Ich freue mich! Ich kann nur sagen, dass mein Tod der Höhepunkt meiner Karriere in der Serie sein wird! Darauf habe ich all die Jahre hingearbeitet – außerdem ist mein Tod eine Bestätigung für unsere kompromisslose, mutige Darstellung des britischen Gesundheitssystems in der Serie!«

Darunter hat der Pressesprecher geschrieben: *Ihre Reaktion ist derzeit nur ein Vorschlag. Wir freuen uns über Hinweise, Paul, wie Ihre Reaktion ausfallen könnte. Ich habe das Erbrochene dringelassen, weil Karl es so wollte, es könnte jedoch für Misstöne sorgen.*

Ich strich den Absatz, der mit »Paul Slippery« beginnt und

schrieb stattdessen: »Paul Slippery, ein glücklich verheirateter Mann von fast fünfzig Jahren, der drei Kinder hat, sagte: ›ICH WILL NICHT STERBEN!‹« Und jetzt steige ich in den Volvo und fahre nach Swindon.

Der dritte Brief war von Pilfrey. Er schwärmte von seinem Dasein als Küchenschabe.

16 Uhr

In einer Raststätte auf der M4. Edwin bestand darauf, mich zu begleiten – Lulu ist mit ihren Eltern auf den Bahamas – und ich konnte es ihm nicht abschlagen. Ich bin mir nicht sicher, wie ich ihn in das BBC-Managerseminar schmuggle – aber er sagt, er gehe ständig für achtzehn durch, »bei Kunstlicht nimmt man mir auch locker die vierzig ab«.

Er trägt einen Anzug.

18 Uhr

Edwin und ich haben in »The Hotel« in Swindon eingecheckt. »The Hotel« ist Teil einer Kette, zu der auch »The Pub«, »The Kiosk« und »The Bakery« gehören. Außerdem gehört noch eine Kette mit 2300 Freizeitzentren dazu, die »The Leisure Center« heißen.

Das Erfolgsgeheimnis besteht darin, dass sich die Anlagen völlig gleichen, so dass man keine Ahnung hat, ob man eine Zeitung kauft, in einen Swimmingpool springt oder einen Laib Brot ersteht.

20 Uhr

Verstecke mich seit einer Stunde auf dem Zimmer. Die Minibar habe ich bereits geplündert. Rief daheim an, um zu sehen, ob das Haus abgebrannt ist, und wurde mit einem neuen Spruch auf dem Anrufbeantworter belohnt. Er ist von Jakob und beginnt so:

»Lucy, Lucy,
Schlaf mit mir …«

Es wurde noch schlimmer. Wie bei so vielen genialen Menschen – Mozart zum Beispiel – wird ein Teil von Jakob wohl nie erwachsen.

Edwin sagt, wir müssten runter – »und diesem Porda in den Arsch kriechen!«

21.45 Uhr

Auf der Toilette.

Wir gingen zwischen 20.30 Uhr und 21 Uhr zum Konferenzsaal. Von drinnen hörte man Stimmen.

An einem Tisch, der aussah, als ob man ihn für eine Hochzeit aufgestellt hätte, saß eine kleine alte Frau in einem roten Kleid. Auf dem Tisch lagen Anstecker und Klemmbretter.

Nachdem Edwin die Klemmbretter einer eiligen Musterung unterzogen hatte, wandte er sich schwungvoll an die Frau. »George Chattaquiras und Eamonn Pooley«, bellte er. »Management Application Systems.« Die Frau lächelte affektiert. »Ich gebe Ihnen Ihre Anstecker. Sie sind …« Edwin lächelte nicht. »Ich bin Eamonn Pooley«, sagte er. »Ich dachte, das hätte man Ihnen gesagt!« Er beugte sich über den Tisch. »Manche Leute«, sagte er in vertraulichem Ton, »würden alles für einen kostenlosen Drink tun!« Er schenkte ihr ein wölfisches Grinsen. Sie war beeindruckt. »Oh, Mr. Pooley …« Mit einem Mal wurde Edwin ernst und sagte erneut in vertraulichem Tonfall: »Wir hatten ein paar Probleme. George auch. Mit ein paar Spaßvögeln – wenn Sie wissen, was ich meine. Falls jemand auftaucht und behauptet, er sei von Management Application Systems, rufen Sie den Sicherheitsdienst!« »Selbstverständlich!«, sagte die Frau.

Im Saal – einem gesichtslosen, fensterlosen rechteckigen Raum – waren etwa hundertfünfzig Personen – hauptsächlich Männer in Anzügen, allerdings hatte sich gelegentlich die eine oder andere Frau dazwischen geschmuggelt. Auf der anderen Seite des Saals entdeckte ich neben einem großen Mann mit weißen Haaren Surinder. Oder genauer gesagt Howard.

Ich muss sagen, der Armanianzug, das Hemd von Paul Smith und die teuren Schuhe waren eine deutliche Verbesserung gegenüber ihrem üblichen schwarzen Rollkragenpulli und Minirock. Howard hatte ohnehin noch nie sonderlich große Brüste und neigte – als Frau – dazu, viel zu viel Schmuck zu tragen. Er schien ernsthaft ins Gespräch mit dem weißhaarigen Mann vertieft, der, wie ich erkannte, als wir auf Rufweite herangekommen waren, niemand anderes war als John Birt, Generaldirektor der BBC.

Edwin war direkt hinter mir. Glücklicherweise näherten wir uns von Birts linkem Ellbogen her, daher konnte ich auf meinen Anstecker deuten und den Finger auf die Lippen legen. Als wir Position bezogen, sagte Surinder/Howard gerade: »Wir müssen etwas wegen des 19-Uhr-Termins donnerstags auf BBC 2 unternehmen!« Birt nickte ernst. »Wir haben *Kochen mit Leib und Seele* dahin gesetzt, aber es kommt nicht so gut an wie erhofft. Außerdem wäre da noch die Geschichte mit den Seelöwen …« Birt nickte erneut. »Richtig!«, sagte er. Ich schob mich näher und sah, wie Surinder/Howard den Hals reckte, um einen Blick auf mein Namensschild zu erhaschen. »Und wie läuft es beim Radio? Wie läuft es mit *General Practice?*«, fragte Birt.

Mir rutschte das Herz in die Hose!

Surinder/Howard nickte nachdenklich. »Was halten *Sie* davon, John?«, fragte er/sie. Birt kräuselte die Lippen. »Ich liebe die Sendung«, sagte er. »Ich bin süchtig danach! Ich bin vor allem ein Fan von Esmond Pennebaker. Er bringt den depressiven Arzt mittleren Alters perfekt rüber!« Surinder/Howard nickte wieder nachdenklich. »Das gebe ich weiter, John«, sagte er; »es gibt Überlegungen, Esmond sterben zu lassen!«

John Birt, der mir mit jeder Sekunde mehr ans Herz wuchs, schüttelte den Kopf und zeigte zum ersten Mal während des Gesprächs echte Gefühle. »Die sind ja verrückt!«, sagte er. »Wir dürfen Esmond Pennebaker auf keinen Fall sterben lassen! Er ist eine Institution bei der BBC! Unverzichtbar wie ... wie ... *Die Kinderecke!*«

Ich wollte nicht darauf hinweisen, dass die *Kinderecke* bereits vor Jahrzehnten abgesetzt worden war. Das schien hier nicht relevant. Dafür wurde umso klarer, je länger ich dem Gespräch lauschte, dass John Birt ein Mann war mit einem fast übermenschlichen Gespür für die Qualität einer Sendung. Er besaß die Fähigkeit, die essentielle Aussage eines Gesprächs herauszugreifen, zu verdauen und dann eine Anweisung zu geben, in klaren und einfachen Worten, die dafür sorgte, dass der Name der BBC weiterhin als Synonym für Qualität galt.

In dem Moment spürte der Generaldirektor den Druck meines Arms an seinem Ärmel und wandte sich um. Er hatte ein offenes, männliches und angenehmes Gesicht, das mir auf Anhieb sympathisch war. Ich sagte mit ruhiger Würde: »Ich bin ein Fan von *General Practice!* Ich finde, Esmond Pennebaker sollte bis ins hohe Alter leben!« John Birt sagte: »Genauso sehe ich das auch!« Surinder/Howard sagte: »Kennen Sie ... äh ...« Ihre/seine Augen huschten zu meinem Namensschild und dann zu dem von Edwin. »Kennen Sie George Chattaquiras und Eamonn Pooley von der Abteilung Management Application Systems?« John Birt streckte die Hand aus, und ich schüttelte sie.

Er hatte einen Händedruck, der vollkommen zu ihm passte – fest, verantwortungsbewusst und seltsam beruhigend. Er war ein Mann, mit dem man auf Elefantenjagd gehen konnte – ja, wenn man denn unbedingt auf Elefantenjagd gehen wollte, sollte man das wahrscheinlich nur tun, wenn John in der Nähe war.

»George«, sagte er, »ich habe schon so viel von Ihnen gehört ...« *Sie sind ein Hochstapler!* »Aber wir haben uns noch nicht kennengelernt, oder?« »Nein, das haben wir nicht!« Birt wandte sich zu Edwin. Edwin gab ihm die Hand. »Und Sie sind ...« Edwin hatte sich offenbar einen leichten Dubliner Akzent zugelegt: »Eamonn Pooley, ebenfalls Management Application Systems. Zusammen mit George Chattaquiras. Hier bei der Konferenz. Wie Sie sehen.« John Birt nickte. Falls ihm bewusst war, dass er mit einem siebzehnjährigen Schüler der Cranborne School in Wimbledon sprach, zeigte er es nicht. »Ich freue mich schon auf Ihren Vortrag, Eamonn!«, sagte er.

Falls diese Nachricht Edwin überraschte, ließ er sich nichts anmerken. »Ich mich auch, John«, sagte er. »Ich mich auch.« Das schien die Umstehenden in hysterische Heiterkeit zu versetzen. John Birt lächelte ihn liebenswürdig an. »Über was werden Sie sprechen, Eamonn?«, fragte er. Edwin lachte fröhlich. Sein Akzent, überlegte ich, tendierte ein bisschen zum Schwedischen, als er sagte: »Ich habe keine Ahnung, John! Nicht die geringste Ahnung! Ich mache den Mund auf, und es kommt Blödsinn raus, und dafür werde ich auch noch bezahlt. Das ist alles!«

Das löste einen wahren Sturm der Heiterkeit aus.

Wir lachten immer noch, als ein kleiner dicker Mann ein Podium am Ende des Saals erklomm und verkündete: »Meine Damen und Herren, wir haben heute Eamonn Pooley von Management Application Systems hier. Er wird uns vor dem Essen einen kurzen Vortrag mit dem Titel ›Chancen des Managements und Unternehmensstrukturen‹ halten. Eamonn!«

Bevor ich etwas sagen konnte, hatte sich Edwin einen Weg

durch die Menge gebahnt, stand am Rednerpult und nahm huldvoll den Applaus entgegen. Links neben mir zischte Surinder/Howard: »Was läuft da, Paul?« Ich sagte: »Später!«

»Management«, verkündete Edwin überraschend forsch, »bedeutet Chance. Und Chance ...«, er machte eine dramatische Pause, »bedeutet Management. Sie sind ein und dasselbe. Sie sind ...« – hier beugte er sich vor und hob beschwörend die rechte Hand, »sie sind ... *identisch!*«

Einen schrecklichen Augenblick lang dachte ich, dass das alles war. Aber Edwin kam gerade erst so richtig in Fahrt.

»Da wo ich herkomme«, sagte er, »in Irland, gibt es ein Sprichwort. Einen Spruch, den man hört, wenn das Guinness in Strömen fließt. Wir sagen – und wie gesagt, wir sagen es nur, wenn wir so richtig hackezu sind ...« – Gelächter im Publikum – »wir sagen – zueinander und zu jedem, der es hören will oder auch nicht – wir sagen – hören Sie mir zu, wenn Sie sich fragen, *was* wir uns sagen – wir sagen: *Wenn es nicht kaputt ist, reparier es auch nicht!*«

Nachdenkliches Gemurmel im Publikum. Man hätte meinen können, dass die Zuhörer ein ganz klein wenig ungeduldig wurden. Aber Edwin hob mit fast schulmeisterlicher Autorität die Hand. »Das ist ein Klischee, nicht wahr?«, schnarrte er und blickte direkt zum Generaldirektor der BBC. »So etwas erzählen einem Hinz und Kunz oder Jim und Podger oder wie sie auch heißen, wenn ihnen nichts einfällt. Aber das genügt nicht. Das ist noch nicht einmal die halbe Miete, nicht wahr? Ein Haufen Mist, mehr nicht. Man muss schon mehr bringen, wenn man uns etwas Neues zum Thema Managementstrukturen und Unternehmenschancen oder ...«, – er hielt für den Bruchteil einer Sekunde inne und fuhr dann fort – »oder Managementchancen und Unternehmensstrukturen erzählen will, stimmt's? Stimmt's?«

Alle wirkten fasziniert. Edwins Stimme hatte einen rhythmischen, hypnotischen Klang angenommen. Neben mir nickte ein Mann im Anzug, der eindeutig ein paar Gläschen Wein zu viel intus hatte, langsam mit dem Kopf, als ob er gleich in Trance fallen würde. Aber plötzlich machte Edwin einen Satz nach vorn und deutete mit dem Finger auf die Menge. »Doch was, meine Freunde, *werden* wir sagen? Das ist die Millionenfrage, nicht wahr? Das ist die Frage, der wir nicht entkommen. Egal, wie gut wir aufgestellt sind. Der wir uns stellen müssen, auch wenn es schmerzt. Man kann noch so oft einen Versuchsballon starten und abwarten, ob jemand darauf anspringt, aber wir können und werden das nicht, weil wir dem Unvermeidlichen und Unausweichlichen nicht aus dem Weg gehen werden, auch wenn wir es nur zu gern tun würden. Warum sonst würden wir versuchen, es zu umgehen, wenn es nicht das wäre, was wir meiden wollen?« Seine Stimme schraubte sich immer höher, und seine Augen nahmen einen wilden Ausdruck an. »Aber warum versuchen wir, der Sache aus dem Weg zu gehen? Ist es nicht so, dass wir uns um etwas herummogeln wollen? Ich muss sagen, ich fürchte, dass wir genau das tun!«

Er blickte streng um sich. Ein älterer Mann neben mir sagte in einem Ton, den ich sonst bei Leuten in der Kirche beim Gebet gehört hatte, um Umstehende daran zu erinnern, dass man nicht nur wegen der Chorjungen hier sei: »Da hat er Recht!« Ein paar andere nickten. Ich glaube, John Birt war ziemlich beeindruckt. In dem Bewusstsein, dass er Land gewann, stach Edwin mit dem Finger in Richtung der Zuhörer in die Luft. Als er wieder sprach, triefte seine Stimme fast vor Verachtung: »Ich muss bei vielen Anwesenden gar nicht genau hinsehen …«, begann er, »um zu erkennen, warum wir versuchen, der Sache aus dem Weg zu gehen!«

Es gab Gemurmel, man konnte jedoch schwer sagen, ob es Abscheu vor dem eigenen Selbst oder Missbilligung von Edwins Rede war.

»Und vielleicht ist es nicht so sehr eine Frage des ›wir‹!«, fuhr er fort. »Ich rede von Ihnen. Ja, Ihnen. Ihnen und Ihnen und Ihnen. Den Leuten in diesem Raum. Die zum Management gehören. Die Teil der Managementstruktur des Unternehmens sind. Die vielleicht die Managementstruktur des Unternehmens als ihre Chance sehen!« Es gab unterwürfiges Gelächter sowie beunruhigte Blicke zum Generaldirektor. »Aber das funktioniert nicht, nicht wahr?«, schnarrte Edwin. »Das reicht nicht, verstehen Sie? Es ist einfach nicht gut genug! Damit ist die Kuh nicht vom Eis! Das ist die Art von rückwärtsgerichtetem, altbackenem, Wischiwaschi-Management, das dieses und ähnliche Unternehmen jährlich 22,4 Millionen Pfund kostet!«

Weiteres Gemurmel. Aber auch ein starkes Gefühl, dass Edwin nicht hier war, um Komplimente zu verteilen. Ein Gefühl, dass er, obwohl er noch nichts Konkretes gesagt, obwohl er noch keinen zusammenhängenden englischen Satz herausgebracht hatte, ein Ass im Ärmel hatte. Wenn er es hervorholen würde, war klar, dass es ziemlich vielen Anwesenden an den Kragen gehen und es zu unangenehmen Zwischenfällen in dunklen Kellern kommen würde.

Es war totenstill. Edwin musterte eindringlich jeden Einzelnen. »Mein Vater«, sagte er, »war ein armer Mann. Er war ungebildet. Er war in vielerlei Hinsicht abstoßend. Er schlug uns. Er schlug meine Mutter. Er schlug unsere Haustiere, und zwar brutal. Er war, wenn Sie es so wollen, ein Musterbeispiel dafür, wie sich ein Manager *nicht* verhalten soll. Er war Alkoholiker. Er war pervers. In gewisser Weise. Ich möchte nicht ins Detail gehen. Aber er kannte die Bedeutung von Wörtern. Ein Tisch. Eine Bank. Ein Krug. Seine Welt war eine Welt der konkreten Dinge. Ein Grashalm. Ein Messer. Eine Gabel. Ein Schlafanzug. Ein Paar … Nylonstrümpfe …«

Surinder/Howard warf mir einen kurzen, nervösen Blick zu. Aber Edwin beugte sich vor zum Publikum, das, soweit ich sehen konnte, völlig fasziniert war. *»Unternehmensmanagement! Managementchancen! Managementstruktur! Unternehmenschancen!* Sie kennen die Bedeutung dieser Wörter noch gar nicht! Sie sind erst am Anfang, meine Freunde! Aber es gibt Leute, die sie in- und auswendig kennen!« Er hielt inne. »Aber ich bin nicht hier, um Plattitüden von mir zu geben«, sagte er, »ich werde sehr konkret werden!«

Das machte mich ziemlich nervös. Aber Edwin ließ nicht locker.

»Ich werde Ihre Leistung durchgehen, Abteilung für Abteilung. Ich werde Ihnen Zahlen nennen, umgerechnet auf die Einheiten und Teams und Gruppen, und ich werde bestimmte Gruppen und Strukturen mit einer detaillierten Analyse der Kosten im Verhältnis zur Leistung untersuchen.« Er hielt inne. Ich sah, wie einige Zuhörer ängstliche Blicke wechselten. Edwin hob erneut den Finger. »Ich werde über Schottland sprechen«, verkündete er. Direkt hinter mir zog jemand hörbar die Luft ein. »Ich werde auch über Wales sprechen«, fuhr er fort, »und ich werde eine eingehende Analyse der Kostenparameter pro Stunde Fernsehen unter Berücksichtigung des Cashflows, der Personalkosten, allgemeiner Betriebskosten, Heizkosten und so weiter vornehmen!«

Der Mann neben mir krallte sich am Arm seines Nachbarn fest. Sein Mund stand offen wie bei einem Goldfisch.

»Aber«, erklärte Edwin und lächelte mit einem Mal strahlend. »Das werde ich nicht jetzt tun! Ich denke, das kann bis morgen warten. Lassen Sie uns jetzt, wie die Iren sagen, essen, trinken und fröhlich sein. Ich spreche kaum Gälisch, aber *Cead mille failte* – Seien Sie tausendmal willkommen in meinem Namen und im Namen von George Chattaquiras von Management Application Systems! Gottes Segen! Und möge Ihr Gott Ihnen zur Seite stehen!«

Es gab tumultuarischen Applaus. Als Edwin vom Podium trat, wurde er sofort von eifrigen Managern umringt. Auf dem Weg zum Speisesaal meinte ich, draußen ein Gerangel und eine hohe, quietschige Stimme zu hören. Ein Mann protestierte kreischend, er sei Eamonn Pooley. Er wolle sofort den Verantwortlichen sprechen. Aber als wir in die Lobby kamen, war niemand mehr zu sehen.

Edwin sitzt am Tisch von John Birt. Ich habe einen Platz neben Howard/Surinder ergattert. Ich hoffe nur, Edwin schafft es, das Gespräch in eine Richtung zu steuern, wo er sich auskennt – Oasis, Biologieabschlussprüfungen und verschiedene Biersorten.

23.30 Uhr

Mein Kopf!

Ich weiß nicht, wo Edwin ist.

Nach dem zweiten Bier war klar, dass Howard ein echter Kerl ist.

Er verfügt über umfassendes Fußballwissen. Er redete stundenlang über einen gewissen Grobblehour (ich bin mir nicht sicher, ob ich das richtig schreibe) und legte ein enzyklopädisches Wissen über fast jeden Aspekt des Spiels an den Tag – bis hin zu den verschiedenen Fußballschuhen.

Dann kamen wir auf Frauen zu sprechen. Wir tranken noch drei Bier. »Kriegt ihr eine ab?«, fragte ein Mann vom Sport. »Einem Loch bin ich dieses Jahr nur nahe gekommen«, sagte Howard begleitet von enthusiastischen Lachsalven, »weil ich das US-Open-Golfturnier im Fernsehen geschaut habe!« Mehr Gelächter und gegenseitiges Schulterklopfen. »Die Möbel«, fuhr er mit übertriebenem Zwinkern fort, »sind in unserem Schlafzimmer nicht die einzige Handarbeit!« Noch mehr Gelächter.

Ich zog mich auf mein Zimmer zurück und rief Edwin an. Eine Frau mit ausländischem Akzent nahm ab. Ich fragte, ob Edwin da sei. Sie sagte: »Er schläft jetzt!« Ich muss über vieles nachdenken. Es klopft an der Tür. Wer kann das sein?

11. April, 6 Uhr

Es war Surinder. Sie sagte, Howard »ekle sie an«, sein Sexismus mache sie krank. Sie trug ein Kleid.

Das wird eine langwierige Geschichte. Ich glaube nicht, dass das bei Howard die gewöhnliche, Nullachtfünfzehn-Geschlechtsumwandlung ist.

Surinder erklärte mir, dass sie Stella Badyass' Sohn (oder Tochter) aus erster Ehe ist. Anscheinend hat sie ihren Vater nie kennengelernt und erklärt damit ihren Wunsch, eine Frau zu sein.

Dann erzählte sie noch, dass sie einen großen Vorrat an männlichen und weiblichen Hormonen hat (was Howards Benehmen erklärt und sich vielleicht noch als nützlich erweisen wird). Ich weiß nicht genau, wie sie das organisiert – vermutlich hat es etwas damit zu tun, dass sie ein Doppelleben bei der BBC führt –, aber wenn ich es schaffe, sie mit Testosteron vollzupumpen, dann hätte Esmond vielleicht eine Chance.

Ich habe heimlich ihre Handtasche durchwühlt und ihre Ersatztürschlüssel gemopst, während sie sich endlos über Howard beklagte. Wer weiß, vielleicht kann ich die Schlüssel noch gut brauchen.

Jetzt werde ich Edwin wecken. Wir müssen los, bevor uns Pooley und Chattaquiras auffliegen lassen.

10 Uhr

In einer Raststätte irgendwo auf der M4.

Edwin isst einen Triple-Decker-Bacon'n'Cheese'n'Salad'n'Shrimps'n'Mozzarella-Burger. Ich trinke eine Tasse Kaffee. Anscheinend gefallen John Birt Edwins Managementideen. Ich wagte nicht zu fragen, wie sie aussehen.

Ich hatte Edwin gegen sieben geweckt. Er war mit einer

Schwedin namens Gerda im Bett, die sich als Leiterin des strategischen Managements des Regionalradios Nord und Süd entpuppte. Sie wollte ihn nicht gehen lassen und fragte, als er eilig in seine Hosen schlüpfte: »Wann ssehe wir uns wieder, Eamonn? Rufdu aan?« Edwin sagte: »Ich rufe an, sobald ich wieder in Irland bin. Ich muss zu meinen Kindern!« Anscheinend hat er ihr erzählt, er sei verheiratet und habe drei Kinder. »Aber das hat sie nicht abgehalten. Sie war trotzdem ganz scharf auf mich.«

Ich rief daheim an, um mich zu vergewissern, dass alles in Ordnung war. Ruairghy hat die Nachricht auf dem Anrufbeantworter geändert. Sie lautet jetzt: »Hi! Hier spricht Rurighry! Falls Lucy anruft – hinterlass mir eine Nachricht; wir müssen darüber reden!« Nach der Zahl der Piepser zu urteilen, haben wir jede Menge Nachrichten. Ich kann nur hoffen, dass sie nicht alle von Laura sind.

15 Uhr

Als wir heimkamen, waren Estelle, Ruairghy und Jakob in eine intensive Diskussion über Beziehungen vertieft. Die Art von Gespräch, die ich nicht mit ihnen führen kann. Und auch die Art von Gespräch, die sofort verstummt, wenn ich ins Zimmer komme.

16 Uhr

In der Diele liegt ein großer Stapel Unterhosen. Zuerst waren es zwei Stapel, aber seit Jakobs Rückkehr sind sie im Lauf der Woche zu einem verschmolzen. Was soll ich mit meinen Kindern machen? Warum habe ich sie so wenig im Griff? Wie werden sie dieses Liebesverwirrspiel lösen? Was soll ich wegen der

Unterhosen unternehmen? Von meiner eigenen Liebesverwirrung ganz zu schweigen …

Wieder ein Brief vom Royal Court Theatre an Wesley Jones. Der Schreiber bedankt sich für das Foto (das er mit dem Versprechen zurücksendet, es für die Pressearbeit für *Muthafuckas* zu verwenden). Außerdem fragt er, ob Wesleys Freundin schon aus dem Gefängnis sei. Und er erwähnt einen anstehenden Prozess und nennt einen Anwalt, der, wie er schreibt, sich besonders gut mit schwerer Körperverletzung auskenne. Er fragt auch nach Wesleys Bruder Torvill, seinen Schwestern Charity und Prudence und seinem Großvater Winston. Anscheinend soll Wesleys Oma wegen eines umfangreichen Sozialversicherungsbetrugs nach Barbados abgeschoben werden.

Das ist wirklich höchst seltsam. Wesley kommt mir irgendwie bekannt vor – allerdings sind auf dem Foto nur wenige Quadratzentimeter seines Gesichts zu sehen. Sieht aus, als ob er sich für einen Überfall angekleidet hätte: Er trägt einen Wollhut (in Rastafarben), den er tief ins Gesicht gezogen hat, außerdem eine Sonnenbrille und Handschuhe.

Siebzehn Nachrichten auf dem Anrufbeantworter, die meisten von meiner Mutter – alle an einem Nachmittag. Sie hat sich angewöhnt, sich Omi zu nennen, auch wenn sie mit mir spricht – vielleicht will sie mich daran erinnern, dass sie bald hundert wird.

> MUTTER: … Paul? … Paul? … *(Lange Pause, die andeutet, dass sie allein in einem abgedunkelten Haus ist.)* Paul, hier spricht Omi! … *(Lange Pause, als ob sie erwarten würde, diese Nachricht werde Hunderte Menschen zum Telefon stürzen lassen.)* … Paul, hier spricht Omi!… *(Wiederholung des Hauptthemas, Pause, um auf Reaktion zu warten.)* … Oh … du bist nicht da … *(Lange Pause, um mir die Chance zu geben, die offensichtliche Wahrheit zu widerlegen.)* … Es ist Mittwoch! *(Hörer wird aufgelegt.)*

Außerdem eine Nachricht von Nobby. Er klingt sehr betrunken. Er sagt nur: »Paul – schlaf nie mit jemandem, der jünger als vierzig ist!« Derzeit besteht wohl keine große Gefahr, dass es bei mir so weit kommt. Auf seine Nachricht folgte Minuten später ein Anruf seiner Freundin, der Mittdreißigerin, die in einem Redeschwall verkündete, ich sei so ein guter Freund von Nobby, sie hoffe, ihre Anwälte hätten keine allzu großen Schwierigkeiten gemacht. Also dann, tschauie.

Noch eine Nachricht von einem gewissen Leo, der sagte, er arbeite an der Folge, in der ich sterbe, und würde gern mit mir darüber reden. Er klang gedämpft und ehrfürchtig. Sein Ton deutete an, dass ich bereits tot sei. Ich rief zurück und vereinbarte für morgen ein Treffen. In einem Pub in Richmond. Er klingt sogar noch älter und müder als ich.

Ruairghy, Jakob, Edwin und ich gehen in den Pub.

22 Uhr

Ein netter Abend. Neun Gläser Pilsener-Pils. Estelle allerdings immer noch unterwegs.

Ich glaube, ich habe Fortschritte bei der Lösung des Laura/Lucy-Problems gemacht. Ich muss nur Ruairghy und Lucy allein in einem Raum zusammenbringen und Lucy eine ordentliche Dosis des Liebestranks aus Wolverhampton verabreichen. Ich könnte auch bei Ruaurghy ein bisschen nachhelfen, wenn ich schon dabei bin, doch so, wie er sich aufführt, braucht er keine Auffrischung. Dieses Mal muss ich den Versuch unter kontrollierten Bedingungen durchführen. Wir können uns keine weiteren Fehlschläge leisten.

Edwin berichtet, Mr. Hotchkiss habe das Stück von Loomis aufgegeben und beschlossen, stattdessen den *Sommernachtstraum* aufzuführen. Edwin wurde die Rolle des Puck angeboten. Snozzer soll eine Elfe spielen (»Erbsenblüte oder Senfsamen«), hat aber abgelehnt. Wodge spielt Hermia, Lulu Helena, Bozz Lysander und Scagg wurde Demetrius angeboten. Edwin sagte: »Scagg sagte, die Fischtheke nimmt ihn voll in Anspruch. Er hat sich Bedenkzeit erbeten, denn so etwas wolle ›gründling‹ überlegt sein.« Angeblich hat Hotchkiss auf Plonker gezeigt und zu Mr. Feuerstein, dem schwulen Mathelehrer, gesagt: »Schauen Sie sich diesen absolut prächtigen Hintern an!« Plonker hat ihn geschlagen. Ich bot meine Hilfe als Stimmtrainer an.

Warum ist Estelle immer noch nicht da? Worüber haben Jakob, Estelle und Ruairghy heute Mittag gesprochen? Und warum haben sie aufgehört zu reden, als ich ins Zimmer kam? Was genau hat sie vor? Warum habe ich den positiven Schwung nicht beibehalten und versucht, unsere Beziehung wiederaufzubauen? War da überhaupt ein positiver Schwung? Bin ich ein aufrichtiger Mensch? Warum habe ich keine weiteren Versuche unternommen, wieder etwas Romantik in meine Ehe zu bringen (wie in *Am goldenen See* oder wie der Film hieß), nur weil mein erster Versuch mit dem auf Holzkohle gegrillten Alpenschneehuhn gescheitert ist?

Meinem Leben fehlt die spirituelle Ebene. Ich weiß, das klingt lächerlich, aber irgendwie muss ich Estelle überzeugen, dass sich die letzten fünfundzwanzig Jahre gelohnt haben – und dass die nächsten (zwanzig? achtzehn? sechzehn? bietet jemand weniger als sechzehn?) Jahre sogar noch besser werden.

14. April, 12 Uhr mittags, klar und heiter

Habe diese Woche kein Tagebuch geführt. War zu beschäftigt damit, Estelle meine tiefen Gefühle/mein neu gefundenes spirituelles Bewusstsein/meine Liebe etc. etc. zu vermitteln. Dass sie zur Zeit in Liverpool ist, machte die Sache nicht unbedingt einfacher.

Ich habe versucht, all meine Gefühle in die Nachrichten hineinzulegen, die ich in ihrem Hotel auf dem Anrufbeantworter für sie hinterlasse – ohne Erfolg. Gestern zum Beispiel hinterließ ich die Nachricht: »Erinnerst du dich an das kleine Café in Nordwales, wo wir im Sommer 1973 Rosinenbrötchen aßen und beschlossen, dass wir Kinder wollen und dass, wenn wir dann Kinder haben, das erste ein Junge sein sollte, den wir Liam nennen? Erinnerst du dich? Ich liebte dich damals und ich liebe dich noch heute!« Das ist nur eine grobe Zusammenfassung. Es war ein bisschen ausführlicher. Es waren sogar ein paar Zeilen aus Shakespeare-Sonetten dabei.

Ich kann nur hoffen, dass sie die Nachricht nicht im Beisein anderer abhört. Später am Abend rief ich sie an und fragte, ob sie meine Nachricht erhalten habe. Sie sagte: »Ja.« Mehr war ihr nicht zu entlocken. Als ich sie fragte, ob ihr die Nachricht gefallen habe, sagte sie: »Ich glaube nicht, dass wir Rosinenbrötchen gegessen haben.«

Ich fürchte, sie liebt mich nicht mehr.

Treffe mich jetzt mit dem Mann, der meine Todesszene schreiben soll. Ich muss schnellstmöglich den Porda-Plan umsetzen.

17 Uhr

Leo entpuppte sich als kleiner, schüchterner Jugendlicher – nicht viel älter als Ruairghy. Er hat einen zotteligen Bart und trägt einen kleinen Ring durch die Nase. Wir trafen uns in einem Pub direkt unter der Richmond Bridge.

Mit einem Mal ist es Frühling. Wie jedes Jahr hatte ich dieses seltsame Gefühl, dass es zum allerersten Mal Frühling wird. Auf dem Fluss schimmerte das Licht, und die Erde duftete plötzlich so aufregend wie eine Bäckerei. Am gegenüberliegenden Ufer war ein Weißdorn, umringt von Osterglocken, mit prallen grünen Knospen geschmückt.

Ich glaube, meine Prosa verbessert sich zusehends. »Prall« ist gut. Ein Adjektiv, das normalerweise für Hinterteile verwendet wird – aber durch meine Verwendung neue Kraft erhält.

Leo sagte gleich, als wir uns trafen: »Das alles tut mir wirklich leid. Ich werde es Ihnen so leicht wie möglich machen!« Wie schon am Telefon sprach er mit der salbungsvollen Gefasstheit eines Bestatters. Nach einigen Schlucken Bier beugte er sich vor und sagte so leise, dass ich mich anstrengen musste, ihn zu verstehen: »Ich glaube, ich würde am liebsten eine Mauer auf Sie stürzen lassen!«

Ich sagte, mir wäre es lieber, wenn Esmond Zeit hätte, sich der Realität des Todes zu stellen. Er sollte reinen Tisch mit sich machen – und mit Jimbo, Dirk, Pilfrey und so weiter. Schluss mit dem Egoismus! Er sollte auf einer höheren Ebene stehen! Ich wurde richtig lebhaft: »Wir sollten dafür sorgen ... dass er seinen Körper der Wissenschaft vermacht, ein Testament aufsetzt, eine Nahtoderfahrung hat, vielleicht sogar zum jüdischen Glauben konvertiert ...« Leo sagte: »Ich denke, er könnte unter der Mauer *eingeschlossen* sein ...« Aus irgendeinem Grund will er nicht von der Mauer abrücken. Ich glaube, er hat Architektur studiert, bevor er beim Hörfunk gelandet ist.

Wir waren von der Idee ziemlich angetan. Ich schlug vor, dass Esmond seinen letzten Willen unter der Mauer diktieren könnte. Leo fragte: »Wem?« Er nimmt es mit der Logik sehr genau, was mir gefällt. Ich sagte: »Den Feuerwehrleuten!« Leo nickte begeistert. »Ja«, sagte er, »und den Anwälten!«

Ich weiß nicht, ob er seelisch stabil genug ist. Es könnte hart für ihn werden, bei der Sendung zu bleiben. Aber er ist definitiv auf meiner Seite. Oder zumindest so hoffnungslos unerfahren, dass ich ihn dazu bringen kann, mir noch ein paar Wochen Gnadenfrist zu geben, während ich versuche, Howard dazu zu bringen, sich nicht operieren zu lassen.

»Vielleicht«, sagte ich und versuchte wie ein Mann auszusehen, der sich auf völlig unbekanntes Terrain vorwagt, »könnte einer der Feuerwehrmänner Anwalt sein!« Leo war ganz aufgeregt. »Ja, er könnte eine Beziehung zu Ihnen aufbauen und mit Ihnen über Ihr Leben und so weiter reden, während die anderen versuchen, zu Ihnen vorzustoßen und Sie auszugraben!« »Das könnte brillant werden!«, sagte ich. »Es könnte Wochen dauern, bis sie mich erreichen!« »Ja!«, zischte Leo, »und wenn sie bei Ihnen sind, dann sind Sie – *tot!«* Ich sagte, ich sollte lieber nur *fast* tot sein. »Man könnte mich ins Krankenhaus bringen«, fuhr ich fort, »und ich könnte etwas mit einer Krankenschwester anfangen. Wir könnten uns verlieben! Und wir könnten über mein Leben reden und so weiter und dann …« »Und dann …«, sagte Leo mit leuchtenden Augen, »werden Sie sterben!« »Vielleicht«, sagte ich, »vielleicht! Oder vielleicht könnte ich auch … an der Schwelle des Todes stehen …« »Und dann sterben«, sagte Leo, der mir zunehmend misstrauische Blicke zuwarf. »O ja, Leo!«, sagte ich. »Ja, ich habe keine Angst vor dem Sterben. Ich fürchte mich nicht vor dem Tod! Ich will nur zur richtigen Zeit sterben!« Leo sah mir tief in die Augen. »Es gibt keinen richtigen Zeitpunkt, um zu sterben«, sagte er. »Der Tod ist immer ein unerwartetes Geschenk!« »Leo«, sagte ich, »ich sehe ganz klar, dass Sie ein ernsthafter Autor sind.«

Wir freundeten uns richtig an. Natürlich schreibt er an einem Roman. Ich fragte, wovon er handle, und er sagte: »Nonnen.« Allerdings ist mein Tod nun nicht mehr verhandelbar, er steht fest. Porda-Plan, ich komme!

20.30 Uhr

Ich sitze in einem Café in der Nähe von Surinders/Howards Wohnung.

Howard bewahrt seine Hormone in einem großen Schrank über dem Waschbecken auf. Es waren zwei große Gläser mit Schraubverschluss. Auf dem einen stand *Östriol – 0,75 mg täg-*

lich oral. Auf dem anderen: *Virormone – oral. Methyltestosteron – wie verordnet.* Beide Tabletten sahen praktisch identisch aus.

Ich leerte einfach die weiblichen Sexualhormone in das Glas mit den männlichen Sexualhormonen und das Testosteron in das andere Glas. Dabei genehmigte ich mir ein paar Testosteronpillen – fühle mich dadurch aber nicht merklich maskuliner.

Wenn Howard bei der BBC den Macho spielen muss, wird er sicher seine Östrogendosis erhöhen – und dann könnte es gut sein, dass er morgen schon den Frauen hinterherpfeift.

Ich bin nicht stolz auf das, was ich getan habe. Aber ich glaube, irgendwann wird Howard mir dafür danken – selbst wenn ihn das Testosteron in eine Stimmung versetzt, die nicht immer gesellschaftsfähig ist. Aber das ist ein kleiner Preis für das Überleben von Esmond Pennebaker.

17. April, 13 Uhr

Alle schlafen, nur ich bin wach – und vermutlich Estelle.

Ostern kam und ging, ohne dass es jemand gemerkt hätte.

Estelle ist immer noch in Liverpool. Ich habe es aufgegeben, ihr zu sagen, dass ich sie liebe. Ich bin mir nicht mehr sicher. Vielleicht war ich auch nur erleichtert, dass sie kein Kerl ist.

Edwin, Snozzer, Plonker, Scagg und Bozz sind bei einer Probe für den *Sommernachtstraum.* Es soll eine Open-Air-Aufführung werden. Edwin erzählte: »Man muss dabei umhergehen.« »Aha«, sagte ich aufgeregt, *»en promenade!«* Edwin erwiderte: »Nein – es findet vor der Schule statt.« Und in nicht einmal einem Monat hat er Französischprüfung!

Ich werde jetzt nach oben gehen und Rurighry wecken, ohne dass Jakob es merkt. Ich muss ihm und Lucy den Liebestrank geben. Es klingelt an der Tür. Wer kann das sein?

14 Uhr

Es war ein Polizist! Auf der Suche nach Wesley Jones!

So langsam mache ich mir wirklich Sorgen. Anscheinend wurde Wesley im Zentrum von Wimbledon aufgegriffen. Ich bin mir nicht sicher, was er verbrochen hat. Soweit ich weiß, ging er nur auf der Straße und war schwarz – was, wie wir alle wissen, ein strafbares Vergehen ist.

»Wir fanden, dass er verdächtig wirkte«, sagte der Polizist, »also knöpften wir ihn uns vor. Er sagte, er wohne an dieser Adresse, und ging weiter!«

Ich muss sagen, wenn er so aussieht wie auf dem Foto, verstehe ich die Polizei.

Ich fürchte, es dauert nicht mehr lange, bis er hier auftaucht und um Unterkunft und Hilfe für seine Großeltern und so weiter bittet.

Muss Ruaieurhgy wecken!

15.30 Uhr

Um ihn wach zu bekommen, legte ich ein nasses Handtuch auf sein Gesicht. Er behauptete, er hätte geglaubt, er habe einen epileptischen Anfall. Ich bot ihm Geld an, damit er mit mir nach East Cheam kommt. Ich schreibe im Auto vor Lucys Haus. Ruarirghy geht auf dem Bürgersteig auf und ab und überlegt, ob er die 20 Pfund annehmen soll, die er bekommt, wenn er »mit hineinkommt und ein bisschen mit den Berts plaudert«.

Ich habe das unangenehme Gefühl, dass Jakob uns gefolgt ist. Undercoverarbeit hat ihm schon immer gefallen. Mit acht packte er einmal eine kleine Tasche und verkündete, er werde »getarnt« im Park leben. Eins seiner Lieblingsspiele war, als er noch kleiner war, das sogenannte »Verfolgen«. Er verfolgte uns beim Einkaufen und warf sich in anderer Leute Vorgärten, wenn wir uns umdrehten. Wenn wir ihn sahen, gab es einen Punkt Abzug.

Auf der A3 dachte ich ein- oder zweimal, uns würde ein bestimmtes Minicar folgen – allerdings konnte ich es nicht mit Sicherheit sagen.

Ich habe bei Lucy geklingelt, aber anscheinend ist niemand daheim. Aber jetzt kommt eine vertraute Gestalt die Straße entlang und auf uns zu.

17 Uhr

Es war Mrs. Bert.

Ich bin oben in Mrs. Berts Haus. Mr. Bert ist unten. Mrs. Bert auch. Sie hat mir Gedichte von sich vorgelesen. Ich bin oben bei Ginger, der in seinem Käfig sitzt. Ginger ist eine Ratte. Aber er ist eine sehr nette Ratte. Gelegentlich rennt er zum Gitter, schaut hinaus und zieht sich dann wieder zurück. Ich glaube, er ist genauso stoned wie ich.

Wir haben alle ziemlich viel geraucht.

Und Ruairghy und Lucy hatten endlich ein vernünftiges Gespräch. Na ja – zumindest ein Gespräch. Es ging ungefähr so:

RUAIRGHRIY: Hi!
LUCY: Hi!
RUIERHGRY: Hi!

So ging es etwa zehn Minuten lang weiter. Dann kam …

LUCY: Ich war irgendwie …
RURIERGHY: Ich weiß …
LUCY: Es war irgendwie …
RUGIUHRY: Klar … klar … klar …

LUCY: Halt so … *nein* … und dann irgendwie …
RUEIRHGRY: Irgendwie … *ja* …
LUCY: Genau genau genau!

Nach weiteren zehn Minuten sagte Lucy: »Schau. Ich hab mich nicht verändert oder so. Ich war nur …« Und Rueirghry sagte: »Genau genau …«

In dem Moment holte ich den Liebestrank hervor, schenkte ihn großzügig in zwei Weingläser und entkorkte eine Flasche von Berts Châteauneuf-du-Pape. Ruairghy und Lucy mussten nicht weiter ermuntert werden; sie leerten die Gläser in wenigen Zügen.

Es gab keinen Zweifel. Sie sahen sich tief in die Augen. So weit ich das beurteilen kann, hegen sie erotische Gefühle füreinander, mit oder ohne teure südamerikanische Pflanzenextrakte.

Bert und ich machten die Flasche leer. Erst nachdem der Wein getrunken war, fiel mir ein, dass Bert den Rest des Liebestranks in die Flasche gekippt hatte. Ich glaube, wir hatten beim Trinken Blickkontakt.

Ich muss sagen, ich finde ihn sehr angenehm und sympathisch. Er hat ein edles Gesicht und für einen Mann um die fünfzig einen schönen, männlichen Körper. Allerdings fühle ich mich körperlich überhaupt nicht zu ihm hingezogen. Wenn dieses amazonische Liebesgebräu etwas nützen würde, dann würden Bert und ich jetzt rammeln wie die Karnickel.

Ich habe mich in Gingers Zimmer zurückgezogen, um über meine Situation nachzudenken.

Es stimmt, ein bisschen verschossen bin ich schon in Bert. Ich muss die ganze Zeit an ihn denken. Er ist so ein ruhiger, anständiger und fröhlicher Mensch! Er ist so sanft und so zivilisiert in seinen Einstellungen! Und er hat wirklich schöne Augen!

Seine Ratte ist auch sehr nett!

19.30 Uhr

Ich glaube, ich bin in Bert verliebt.

Ich glaube. Ich bin mir nicht sicher. Wir werden Zeit brauchen. Ich bin ziemlich stoned.

Aber er ist ein wunderbarer Mann, finde ich. Er hat so eine Reinheit, die ihn adelt. Sein Bücherregal zum Beispiel! Er hat ein Buch über Kaninchen – ich habe versucht, es zu lesen. Es heißt *Das Privatleben der Kaninchen.* Es ist voller schöner Kaninchenbilder. Nach meinem Tod würde ich gern als Kaninchen wiedergeboren werden. Tatsächlich wäre ich gern jetzt sofort ein Kaninchen. Das mit dem Sterben können wir getrost weglassen.

Warum gibt es so viel Hässliches auf der Welt? Wie komme ich je wieder heim? Was wird mit mir passieren? Was wird mit Bert passieren?

23.30 Uhr

Ziemlich gruslige Heimfahrt.

Rueighry und ich stiegen gegen neun sehr, sehr bekifft in den Volvo. Er und Lucy schienen sich, soweit ich das beurteilen konnte, bestens zu verstehen. Zumindest gingen sie, gerade als wir aufbrechen wollten, nach oben in Lucys Zimmer, und Bert, Mrs. Bert und ich warteten zwanzig Minuten lang im Flur auf sie.

Was haben sie oben gemacht? Hat der Liebestrank gewirkt? Irgendwie landeten wir schließlich im Volvo.

Wir fuhren ganz ganz langsam auf der A3, als ich hinten im Auto ein Geräusch hörte. »Ruairghy«, sagte ich, »da ist jemand bei uns im Auto!« Ruairghy, der noch bekiffter war als ich, fragte: »Wo sind sie? Sind sie im Motorraum? Oder auf dem Dach?« Ich sagte: »Sie sind im Auto – hier, im Auto, bei uns!«

Ruairghy flüsterte starr vor Entsetzen: »Sind sie … äh … auf unserer Seite?« »Ich weiß es nicht!«, sagte ich. Vom Rücksitz war ein gedämpftes Stöhnen zu hören.

Ich wäre fast durch die Leitplanke gekracht. Ganz langsam hob ich den Blick zum Rückspiegel und dachte, ich könnte in der Dunkelheit erkennen, wie sich der Haufen aus alten Kleidern, Zeitungen, Decken und anderem Müll auf dem Rücksitz bewegte, als ob sich irgendein Geschöpf langsam an die Oberfläche arbeiten würde.

Ich beschloss, dass ich Halluzinationen von dem mexikanischen Gras hatte, das Mr. und Mrs. Bert so großzügig verteilt hatten, und versuchte, mich auf Rurighry zu konzentrieren. »Wie lief es mit Lucy?«, fragte ich. Schweigen. »Besser«, sagte Ruaieurghy, »deutlich besser!« Daraufhin kam vom Rücksitz ein weiteres gedämpftes Stöhnen und eine seltsame, hohe, schrille Stimme – ich konnte nicht entscheiden, ob sie nur in meinem Kopf oder auch außerhalb zu hören war – klagte leise wie der Wind draußen in der schwarzen Nacht: »Nei-ein! Ohhh … nei-ei-ein!« Ruairghy sprang fast aus seinem Sitz.

Als wir uns dem Robin-Hood-Kreisverkehr näherten, meldete sich die Stimme erneut. »Das darf nicht sein!«, verkündete sie. »Lucy ist mein Geschöpf! Ich, Beelzebub, Herr der Finsternis, gebiete es!« Ich muss wirklich sehr sehr bekifft gewesen sein, denn erst als ein schwarzer Haarschopf hinter einer alten Ausgabe des *Independent* auftauchte, erkannte ich, dass es Jakob war. Wie üblich hatte ich vergessen, das Auto abzuschließen.

Er schien sehr zufrieden mit seinem Streich – doch Ruirghry tobte. »Das war nicht lustig, Jakob«, sagte er. »So etwas kannst du nicht machen!« »Was?«, fragte Jakob mit irrem Grinsen. »Herumlaufen und den Teufel mimen?« Die restliche Fahrt überschüttete er uns mit lebhaften, nicht bekifften Beschimpfungen zum Thema Rurighy und Lucy.

18. April, 10 Uhr

Bin mir nicht sicher, wo die anderen alle sind. Gerät mein Leben außer Kontrolle?

Als ich hinunter in die Küche ging, stieß ich auf Estelle. Sie aß Käse, den Scagg ihr geschenkt hatte, wie sie berichtete. Anscheinend ist sie gestern Abend aus Liverpool zurückgekommen. Ich kann mich überhaupt nicht daran erinnern. Allerdings kann ich mich auch nicht daran erinnern, was ich nach halb zehn gemacht, wieviel ich getrunken und mit wem ich telefoniert habe.

Ich folgte Estelle ins Bad und fragte sie frei heraus, ob sie sich erinnern könne, wann sie das letzte Mal ihre Periode gehabt hätte. Sie beugte ihr Gesicht über meins und schüttelte ihre schwarzen Locken. Dann sagte sie: »Zurzeit ist das ganze Leben eine Periode!« Ich versuchte, über unser Sexualleben zu reden, und sie antwortete auch – aber da sie sich die Zähne putzte, verstand ich rein gar nichts. Dann fuhr sie los, um mit einem gewissen Franz über Mr. Slippy Sloppy zu sprechen. In Birmingham.

Wie kann ich entscheiden, was ich für sie empfinde, wenn sie jedes Mal, wenn ich mich entscheiden will, den Raum verlässt oder gleich die Stadt, in der wir beide wohnen? Das ist, als hätte man eine Beziehung mit einem Aal.

Ruairghy und Jakob schlafen noch. Wie lief es bei Ruairghy und Lucy? Wo ist Edwin? Ist er vielleicht schon ausgezogen?

10.30 Uhr

Noch nicht.

In seinem Zimmer lagen ziemlich viele Schlafende, darunter auch Snozzer. Jemand hatte mit Textmarker ein Pentagramm auf seine Stirn gemalt und »666 DIE ZAHL DES TIERS« darunter geschrieben. Ich weckte ihn, sagte ihm aber nichts von seiner Bemalung. Anscheinend hat er geschlafen und nichts davon mitbekommen. Ich weckte auch Scagg, der im Schlaf eine Dose Foster's umklammerte. Scagg zuckte und sagte: »Wir haben sehr schönen Seehecht, Madam!« Ich rüttelte ihn erneut, und er sagte: »Käse, Sir?« Ich glaube, sein Job hat ihn traumatisiert. Als ich Edwin weckte, fragte er, ob ich ihn nach Aldershot fahren könnte. Ich sagte Nein.

Jetzt das Treffen mit Leo. Vorher muss ich noch Howard anrufen.

11 Uhr

Kam bis zu Howard durch. Er klang erfreulich barsch. Er hob ab und grunzte: »Porda!« Während unseres Gesprächs erwähnte er nicht ein einziges Mal Büstenhalter oder das angenehme Gefühl seidener Unterwäsche auf seiner zarten Haut. Ich weiß nicht, ob das am Testosteron liegt oder ob er morgens immer so ist.

Als ich aus dem Haus ging, folgten mir Edwin, Snozzer, Bozz und Scagg. Alle wollten zur Cranborne School gefahren werden. Als ich mich weigerte, rannten sie auf der Straße neben dem Auto her und trommelten aufs Dach. Ich gab nach.

11.45 Uhr

Ich sitze im Hand in Hand in Wimbledon, wo ich mich mit Leo treffe. Er ist bereits fünfzehn Minuten zu spät. Ich hoffe, er hinkt noch mehr hinter dem Zeitplan her, wenn er meine Todesszene abliefern soll. Mir ist aufgegangen, dass ich mich in einer ähnlichen Lage befinde wie Scheherazade in *Tausendundeine Nacht.* So lange Leo Esmond interessant findet, wird er leben. Sobald seine Begeisterung für einen fünfzigjährigen praktischen Arzt nachlässt, wird Dr. Pennebaker in einen Fahrstuhlschacht fallen/unter einer einstürzenden Mauer begraben werden/an der Legionärskrankheit sterben und/oder ein Trauma auf einer Baustelle erleiden. Ich fürchte, Leos Begeisterung für Architektur wird ihn noch in Schwierigkeiten bringen. In dem Drehbuchentwurf, den er mir gestern schickte, unterhalten sich die Beteiligten aus keinem ersichtlichen Grund stundenlang über Franklin Lloyd Wright, Piranesi und die Verwendung von Strebebögen in gotischen Kathedralen.

Das folgende Gespräch, das ich zufällig mitanhörte, verbesserte meine Laune auch nicht gerade.

Mann hinter mir: Kennen Sie diese Arztserie im Radio?
Sein Begleiter: Welche Serie?
Mann hinter mir: Mit Esmond ... Pennybonker ... Sie wissen schon, der ...
Lange Pause.
Sein Begleiter: Wer spielt da mit?
Mann hinter mir: Der eigentliche Star ist Ronnie Pilfrey.
Sein Begleiter: Ach Pilfrey! Warum haben Sie das nicht gleich gesagt? Von Pilfrey habe ich schon gehört. Pilfrey ist brillant. Einfach brillant. Ich wusste nicht, dass er auch Radio macht. Ein sehr netter Mann, dieser Pilfrey.

Ich hätte mich am liebsten umgedreht und den beiden die Wahrheit über Pilfrey gesagt. Doch gerade ist ein blasses Gesicht am anderen Ende der Bar aufgetaucht. Es ist Leo. Ich glaube, er hat eine Maurerkelle in der Hand.

15 Uhr

Ein schöner Tag. Ich habe beschlossen, zu Fuß nach Hause zu gehen, und schreibe jetzt im Park. Ein Buchfink hüpft in einem Baum in der Nähe der Bank herum, auf der ich sitze.

Zumindest glaube ich, dass es ein Buchfink ist. Könnte auch ein Reiher sein. Vögel sind nicht gerade meine Stärke.

Leo zeigte mir die Todesszene. Es sieht nicht gut für mich aus. Anscheinend hat Karl sie schon genehmigt. Ich gehe in der Praxis nach oben – um mir die Zeichnungen des Architekten für den geplanten Anbau anzusehen (auf nicht weniger als neun Seiten geht es ausschließlich um Architektur). Eine neue Figur begleitet mich, ein zielstrebiger junger Architekt namens Larry Loader. Oben auf der Treppe stürzt eine Mauer ein und begräbt mich unter sich. Zurzeit endet die Folge damit, dass Larry (dem im späteren Handlungsverlauf eindeutig eine größere Rolle zugedacht ist) ruft: »Mein Gott! Ich glaube, er ist tot!« Ich konnte Leo davon überzeugen, dass er daraus »Mein Gott! Er bewegt sich nicht mehr!« macht. Er sagte auch, dass ich stöhnen dürfte – allerdings nur ganz leise.

Die Folge soll Anfang Mai aufgenommen werden. Derzeit ist mein Tod für den 20. Juni vorgesehen, vier Tage vor meinem fünfzigsten Geburtstag.

Nimm nur schön weiter deine Tabletten, Howard!

17 Uhr

Wieder daheim.

Rurighy sagt, er denke darüber nach, Lucy zu heiraten. Er hat sie aber noch nicht gefragt. Ich bin mir nicht sicher, ob ich das gutheißen kann. Es wird das Leben in der Mafeking Road keinesfalls einfacher machen. Wenn Jakob beschließt, seinen Bruder umzubringen, schafft er das wahrscheinlich auch. Er war schon als Kind sehr zielstrebig. Ich fragte Ruaieghry, wie er denn das Bier und all die anderen Dinge bezahlen will. Er meinte: »Der Herr wird keinen Mangel dulden!« Ich erinnerte ihn daran, dass ich hundertfünfzig Folgen *General Practice* aufgenommen hatte, bevor ich heiraten konnte. Er sagte: »Du armes Schwein!«

Muss mit Estelle darüber reden.

Nachricht vom guten alten Steve auf dem Anrufbeantworter. Er ist wegen irgendeiner Story in Zürich. Anscheinend hatte Nobby einen Herzinfarkt. Der gute alte Steve sprach von einem »echten Mordsding von Infarkt«. Er wurde ziemlich makaber und schmückte die Geschichte mächtig aus, wie er es gewöhnlich für die *Times* zu tun gezwungen ist. »Er verdrehte wild die Augen und gab ein grauenerregendes Ächzen von sich!«, sagte er. Als ich ihn allerdings fragte, woher er das wisse, gab er zu, dass er sich nicht ganz sicher sei. Man merkt sofort, dass er zwei Jahre hintereinander zum Wirtschaftskorrespondenten des Jahres gewählt wurde. Auf jeden Fall ist der arme alte Nobby jetzt in der »großen schwarzen Kiste«, wie es der gute alte Steve formulierte. Ich überlegte mir einen passenden Nachruf und sagte schließlich: »Er war ein echt netter Kerl!« Der gute alte Steve sagte, er sei – wenn man mal von der Geschichte in dem Bushaltestellen-Wartehäuschen Mitte der Siebziger absieht – der beste Freund gewesen, den sich ein Mann wünschen könne. Wir gaben beide der Mittdreißigerin die Schuld. Nobby hatte Steve erzählt, dass er fünfmal am Tag Sex mit ihr hatte – was für einen Mann mittleren Alters nicht gut ist. Der gute alte Steve sagte: »Ich bin froh, wenn ich einmal im Monat Sex habe!« Ich sagte: »Einmal im Jahr trifft es wohl besser!« Wir lachten.

Es gibt eine Trauerfeier. Ich bot an, eine Rede zu schreiben. Der gute alte Steve klang plötzlich sehr zurückhaltend.

21. April, 11.30 Uhr, sonnig

Estelle auf der Autobahn unterwegs nach Taunton. Rureighy und Jakob (als ich zuletzt nachschaute) in eine gewalttätige Auseinandersetzung vor dem Fernseher verwickelt.

Ich glaube, sie stritten wegen Lucy. Es ist aber auch möglich, dass Jakob »Ninja Assasins Fünf« spielen wollte – Rueaierghys neueste Erwerbung für die Playstation.

Versuchte mit Estelle über Ruriehgys Heiratspläne zu sprechen. Sie sagte nur: »Na ja, immerhin wissen wir jetzt, dass er nicht schwul ist!« Ich glaube, sie verliert allmählich das Interesse an der Familie und hat mich, Rurighry, Jakob und Edwin durch Salzteigmännchen ersetzt. Ich wollte gerade über unser Sexualleben sprechen, als die Verbindung zu ihrem Handy abbrach. Das passiert irgendwie immer, wenn ich über unsere Beziehung reden will. Ich habe das Gefühl, dass wir uns auf eine Krise zubewegen.

16.30 Uhr

Ich schreibe in der Lucien Freshman Memorial Hall der Cranborne School von Wimbledon. Mr. Hotchkiss springt in einem leuchtend gelben Hemd und engen weißen Jeans auf der Bühne herum und ist offensichtlich nicht in der Lage, die Probe für den *Sommernachtstraum* zu beenden.

Plonker hat seine Rolle als Niklaus Zettel mittlerweile akzeptiert. Snozzer, Scagg und Bozz sollten ursprünglich Elfen spielen, sind jetzt aber Handwerker – vielleicht weil Snozzer seinen Text (»Senfsamen!«) untermalte, indem er sich in den Achselhöhlen kratzte und eine Gorillagrimasse schnitt. Als Hotchkiss ihn fragte, warum er das mache, sagte Snozzer, er wolle keine »weibische Elfe« sein. Jetzt spielt er Flaut und weiß laut Edwin noch nicht, dass er sich als Frau verkleiden muss, weil er das Stück noch nicht gelesen hat. Ihm scheint die Idee zu gefallen, dass Flaut ein Blasebalgflicker ist. Für die Szene, die geprobt wurde (1. Akt, 2. Szene), hatte Snozzer einen Saugstopfer und eine Art Meißel mitgebracht. Als Hotchkiss ihn fragte, wozu sie wären, sagte er: »Zum Blasebalg flicken.«

Das Hauptproblem ist offenbar Plonker (der in den vergangenen vier Wochen dreißig Zentimeter gewachsen ist). Er verkündete, er wolle als »Nik« und nicht als »Niklaus Zettel« angesprochen werden. Er schlug vor, wenn Squenz sagt: »Ihr, Niklaus Zettel, seid als Pyramus angeschrieben«, könne er antworten: »Nik genügt völlig!« Hotchkiss versuchte zu erklären, dass es nicht üblich sei, Shakespeare umzuschreiben, und Plonker erwiderte: »Warum nicht? Heutzutage wird alles umgeschrieben! Sogar bei Quentin Tarantino hat man es probiert!« Hotchkiss erläuterte, »Nik genügt völlig« passe nicht zur elisabethanischen Sprache, und Plonker sagte: »Wir können es ja umformulieren, damit es altmodisch klingt. Ich könnte sagen: ›Heißt mich nicht Zettel, denn Zettel bin ich nicht – Nik mag, traun, genügen, bei meiner Seel'‹. Oder so etwas in der Art.«

Hotchkiss redete mit Engelszungen, aber Plonker blieb hart. »Ich glaube einfach nicht, dass meine Figur es zulassen würde, dass man ihr so einen dummen Namen wie Zettel gibt!«, sagte er. »Er ist stolz, er will Respekt. Er ist doch Weber oder so was – das war damals ein guter Job.«

Edwin, der in der Szene eigentlich nicht vorgesehen ist, war angewiesen worden, währenddessen im Hintergrund auf der Bühne herumzuspringen. »Du lauschst!«, sagte Hotchkiss. Edwin warf sich auf den Bauch, wand sich wie eine Schlange und gab dabei ein lautes Zischen von sich. Hotchkiss sagte, das sei »sehr wirkungsvoll« und »hervorragend«. Dann redete er über Plonkers prächtige Schenkel. Als Plonker ihm mit dem Jugendamt drohte, sagte Hotchkiss: »Komm schon. Das gefällt dir doch!«

Das Stück spielt natürlich in Nazideutschland. Alle Handwerker tragen SS-Uniformen. Hotchkiss hat außerdem entschieden, dass Scagg Hermia spielen soll, Bozz Helena, Wodge Demetrius und Lulu Lysander. Damit sind alle Voraussetzungen erfüllt, dass daraus eine der schlimmsten Aufführungen des *Sommernachtstraums* wird, die ich je in meinem Leben gesehen habe. Ich sagte zu Estelle, es sei eine schwierige Aufführung, und fügte hinzu, ich würde mir Sorgen wegen der Elfen machen. Sie sagte: »Ich mache mir auch Sorgen wegen der Elfen. Vor allem wegen der Elfe, die Regie führt.«

21 Uhr

Ich koche Schweinelendchen in Balsamico-Essig mit roten Zwiebeln. Estelle ist immer noch nicht daheim. Sie rief vom Handy an. Ich versuchte, über meine Gefühle für sie zu sprechen. Ich sagte: »Schau. Letzte Woche, als ich gegrilltes Alpenschneehuhn gemacht habe, da hatte ich diese starken Gefühle für dich und ich erkannte, dass ich sie dir nie richtig mitgeteilt habe. Man verliert sich in einer Ehe so leicht aus den Augen – vor allem, wenn die Ehe schon fünfundzwanzig Jahre besteht – und teilt dem anderen seine Gefühle nicht mehr mit. Und dann brachen diese Gefühle bei mir hervor, weil du in einem Meeting aufgehalten wurdest. Und ich spürte, dass diese Feindseligkeit mir gegenüber mich und meine Gefühle dir gegenüber in eine tiefe Krise stürzt. Und ich denke, wir müssen über unsere Beziehung reden und nicht nur über die körperliche Seite unserer Beziehung, sondern über die ganze Sache … über unsere Rolle als Eltern und die gemeinsame Verantwortung und Ruairghrys … mein Gott, ich kann nicht glauben, dass wir noch nicht einmal darüber gesprochen haben … über seine *Ehe* beziehungsweise seine *Hochzeitspläne* mit einem Mädchen, in das sein Bruder verliebt ist!«

Estelle sagte: »Tut mir leid, ich höre dich nicht richtig. Ich glaube, es hat etwas mit Stonehenge zu tun.«

Heftiges Gepolter im Stockwerk oben. Vielleicht Ausdruck jungendlichen Übermuts. Oder Jakob würgt gerade Ruairghy.

23.30 Uhr

Estelle ist wieder da. Ich sitze in meinem Arbeitszimmer. Vorhin haben wir die Schweinelendchen in Balsamico-Essig mit roten Zwiebeln gegessen. Das Essen war angebrannt. Estelle fragte: »Warum rote Zwiebeln?« Ich sagte mit zusammengebissenen Zähnen: »So stand es im Rezept!« Sie hob kurz den Kopf wie ein Schwein die Schnauze vom Trog und sagte: »Ja. Aber warum?« Ich hasse sie. Sobald ich eine andere Frau in die Finger kriege, bin ich weg. Hoffentlich ist es dann zur Abwechslung mal keine mit einem Komplettsatz männlicher Genitalien.

Ich versuchte, über meine Gefühle für sie (wie auch immer die aussehen mögen) zu sprechen, wurde aber von Ruairghy, Jakob und Edwin sabotiert, die jedes Mal, wenn ich das Thema anschnitt, ein Schwein nachmachten. Manchmal finde ich das komisch. Aber nicht heute Abend. Ruairghy begann, über seine Gefühle für Lucy zu sprechen, vielleicht, um seinen Bruder zu ärgern. »Ich möchte sie heiraten …«, sagte er, während wir die Überreste der Balsamico-Lende abtrugen, »und in einem kleinen Haus wohnen … in … Banbury oder so!« »Großartig«, sagte ich. »Ich frage mich nur, was ein ›kleines Haus‹ in Banbury oder so … *kostet?«*

Ich sagte das ganz beiläufig – aber alle sahen mich an, als ob ich ein Ungeheuer wäre! Dabei hatte ich die Schweinelendchen in Balsamico-Essig gekocht! Hatte die Brokkoliröschen mit Anchovissauce auf den Tisch gebracht! Hatte die Kartoffeln mit Olivenöl, Senf, Sahne und ein bisschen Weißwein gestampft (was Edwin zu der Frage veranlasste: »Warum hast du das so matschig gemacht?«).

Nur Jakob schien meine Bemerkung zu amüsieren. Er ist in vielerlei Hinsicht der intelligenteste und aufmerksamste meiner Söhne.

Morgen fährt Estelle nach Berwick-on-Tweed. Wir müssen trotzdem weiter über unsere Gefühle sprechen.

23. April, 10 Uhr

Estelle in Berwick-on-Tweed. Edwin bei »alternativen Spielen«. Jakob und Ruairghy im Parkside-Hospital in Wimbledon. Ich im Auto auf dem Krankenhausparkplatz.

Habe gerade meine beiden Söhne zu dieser privaten, nach dem neuesten Stand praktizierenden Luxusklinik gebracht. Jakob hat Ruairghy heute morgen bei einem Streit gebissen, nachdem Ruaieghy verkündet hatte, er habe Lucy »besucht«.

Beide schäumten vor Wut. Ich wollte kein Risiko eingehen, daher setzte ich sie vor der (automatischen) Glastür dieser exklusiven Klinik ab und blieb draußen auf dem Parkplatz, umringt von arabischen Luxuskarossen der Marke Mercedes. Die Tausende, die ich in all den Jahren für die private Krankenversicherung ausgegeben habe, sollen doch nicht umsonst gewesen sein!

Dramatische Entwicklung bei der BBC. Colin Cross geht! Er wird »verschiedene aufregende Optionen wahrnehmen«. Dazu gehört hoffentlich auch, dass er sich den Schnauzbart abrasiert und Englisch lernt. Seine Assistentin Sylvia wird nach Schottland geschickt. Sie sagte mir, dieser Ben Nahuilinn habe sie schon immer fasziniert. Als ich sagte, ich hätte gar nicht gewusst, dass sie gern bergsteigen geht, antwortete sie spitz: »Ben ist kein Berg, sondern der Leiter der Abteilung Schottisches Regionalradio!«

Auch Ashley Ramp sollte nach Schottland versetzt werden, aber anscheinend weigerte er sich. Es geht das Gerücht, dass man es jetzt mit Wales versuchen wird, er sich aber ebenfalls weigern wird. Als ich Barry de Latto, den Produzenten der erfolglosen Serie *Nebelhorn,* fragte, wo Ramp seiner Meinung nach landen würde, meinte er: »Am liebsten nach Notre-Dame!«

Damit ist Karl deutlich geschwächt. Wenn ich Surinder dazu

bringen kann, sich mit ihrem Leben als Mann abzufinden, überlebe ich vielleicht doch, da Porda und Birt vermutlich auf meiner Seite stehen. Immer schön weiter Testosteron nehmen, Howard!

Ruairghy und Jakob stehen hinter der Glastür des Parkside-Hospitals und winken mir zu. Ich habe keine Zeit. Ich muss zu einer Abteilungsbesprechung.

14.30 Uhr

Ich sitze in der George-Bar. Die Geister der Verstorbenen, die in diesem Pub herumspuken, leisten mir Gesellschaft. Ich muss an George Orwell denken, der die BBC als »eine Kreuzung zwischen einer Irrenanstalt und einem Mädcheninternat« beschrieb. Seitdem hat sich nicht viel geändert. Außer, dass die Irren mehr denn je davon überzeugt sind, dass sie die Einzigen bei Verstand sind.

Ich nehme an, dass das kollektive Gedächtnis immer wieder gelöscht werden muss. Vielleicht musste die Welt vergessen, wie man Algebra betreibt, um richtig rechnen zu lernen. Vielleicht ist es wichtig, den gleichen Dingen alle dreißig Jahre einen neuen Namen zu geben. Eins ist der BBC – wo ich die besten Jahre meines Lebens verbracht habe – völlig abhandengekommen: ein Gefühl für Zusammenhänge. Niemand spricht mehr von Ideen – niemand wagt auch nur anzudeuten, dass diese so mysteriösen und wichtigen Produkte unserer Vorstellungskraft nur am Leben erhalten werden können durch, nun ja, weitere Ideen. Heute haben Ideen etwas mit »Arbeit« zu tun. Man verdient Geld mit ihnen.

Und was machen wir mit dem Geld? Natürlich noch mehr Geld. Was heute zählt, ist einzig und allein das Geld – mächtige, goldglänzende imaginäre Berge, buchhalterisch erfasst in Bilanzen, das ewige Thema in wichtigtuerischen Hochglanzprospekten, die von durchgeknallten Schwachköpfen wie Colin Cross verfasst werden – die nie lange genug in einer Position bleiben, um die Konsequenzen der von ihnen getroffenen Entscheidungen zu spüren – Entscheidungen, die naürlich immer und ewig mit den selbstverzapften Bilanzen als absolut unumgänglich hingestellt werden.

Meine düsteren Gedanken – die man natürlich auch als den kollektiven Aufschrei aller Männer mittleren Alters seit Juvenal betrachten kann – sind auf die Abteilungsbesprechung zurückzuführen, von der ich gerade komme.

Es genügt, wenn ich das Papier zitiere, das wir beim Hereinkommen in die Hand gedrückt bekamen.

AUDIO
Es war eine aufregende Erfahrung.
In den letzten Monaten habe ich sehr viel gelernt.

Wie zum Beispiel: Ich habe den völlig falschen Job!

Wir haben uns mit *Siobhan MacMurdo* und ihrer Sendung *Plauderstündchen* auf unser Kernpublikum für den Vorabend konzentriert.
Auf unserem Sendeplatz um 18.45 Uhr für junge Mütter in Autos haben wir mit unserer neuen Doku-Soap *Baby on Board* wirkliches Neuland betreten.

Das heißt, niemand hört die Sendung, mit Ausnahme einiger junger Frauen, die von ihren Babys so in Anspruch genommen sind, dass sie den Sender nicht wechseln können.

General Practice hat sich ein jüngeres Publikum erschlossen und seine Besetzung »mittleren Alters« ausgedünnt – vorläufiger Höhepunkt wird der Tod von Esmond Pennebaker sein, der Anfang Mai bei einem Unfall am Arbeitsplatz ums Leben kom-

men wird, was perfekt zur Woche der Sicherheit am Arbeitsplatz passt (danke Esmond!)
Sylvia geht nach Schottland! Was wird sie dort machen?

Ich habe keine Ahnung, und Sylvia hundertpro auch nicht!

Ihre Rolle wird bald klarer werden, da immer mehr Mitarbeiter »in den hohen Norden« ziehen und sie bei ihrer Arbeit, wie immer sie aussehen mag, unterstützen werden. In der Zwischenzeit stelle ich mich einer neuen Herausforderung, die mich an einen Ort führt, der mich mit Neugier und Aufregung erfüllt – leider darf ich derzeit noch nicht konkreter werden.

Konkreter als was, du widerliche, kleine, schnauzbärtige, dümmliche, karrieresüchtige Ratte?

Cross erklärte weiter, dass etwa fünfzig Mitarbeiter entlassen und bei allen Sendungen die Kosten gesenkt werden müssten. Außerdem soll ein neuer Abteilungsleiter Audio ernannt werden, der außerdem die volle Kontrolle über das zentrale Strategiegremium übernehmen werde. Diesen Winkelzug haben eindeutig Karl und der widerliche Cross ausgeheckt, um sicherzustellen, dass Surinder/Howard gefeuert wird, bevor sie/er es ihnen heimzahlt. Ich fragte, wer neuer Abteilungsleiter werde. Cross grinste süffisant und sah zu Karl.

Wenn es wirklich Karl ist, bin ich erledigt. Ich muss dringend versuchen, Howard Porda zu erwischen, um seinen Hormonspiegel zu testen.

16 Uhr

Porda war unglaublich barsch. Fast beunruhigend. Komme gerade aus seinem Büro und habe erlebt, wie er Untergebene am

Telefon anbrüllt, seine Sekretärin in den Hintern kneift, sich nach dem neuen Stürmer von Arsenal erkundigt und so weiter. Das lässt Gutes für mich hoffen. Er schien mich nicht einmal zu erkennen – obwohl er mir auf den Rücken schlug und mich seinen »alten Kumpel« nannte. Während ich bei ihm war, kam eine schüchterne, sensible Kulturredakteurin namens Naomi Feitch in sein Büro und versuchte, ihn für eine Sendung über Oscar Wilde zu gewinnen. Porda sagte: »Oscar Wilde? War der nicht ziemlich flott auf dem Teppich?« Feitch musste von der Sekretärin hinausbegleitet werden.

Mir ist immer noch nicht klar, was das heißen soll. Oder vielmehr, ich weiß, was gemeint ist, weiß aber nicht, warum es das bedeutet. Als ich Nerys aus der Buchhaltung vor ein oder zwei Monaten danach fragte, sagte sie: »Das heißt, dass jemand mehr Teppich als Klopfer ist!«

17 Uhr

Ich rief daheim an. Estelle ist immer noch in Berwick-on-Tweed. Hinterließ ihr eine Nachricht auf dem Handy: »Wir müssen über unsere Beziehung reden, Liebling. Ich habe das Gefühl, dass wir auf eine sehr ernste Krise zusteuern, und wenn wir nichts dagegen unternehmen, wird es keinen fünfundzwanzigsten Hochzeitstag geben. Wir reden nicht mehr miteinander. Wir brauchen eine Lösung!« Während ich das sagte, fiel mir auf, dass ich einen Werbeslogan der British Telecom zitiert hatte. Ich hatte gerade drei Pfund darauf verplempert, einem Gerät meine Gefühle in Form eines Werbespots anzuvertrauen. Wütend warf ich das Telefon in Surinders Büro an die Wand.

Wer hatte noch gesagt, es sei sehr schlau von Gott gewesen, dass er Mr. Carlyle hatte Mrs. Carlyle heiraten lassen, denn dadurch fühlten sich nur zwei Leute elend statt vier? Vielleicht war es Mr. Carlyle.

18 Uhr

Daheim angerufen. Ein zutiefst beleidigter Ruairghy nahm ab. Anscheinend kann man nicht einfach in einer Privatklinik aufkreuzen und erwarten, dass dort Bisswunden versorgt werden. Man braucht eine Überweisung vom Hausarzt. Ruaierhgy sagte: »Ich habe ihnen gesagt, ich könnte Tollwut haben.« Woraufhin Jakob seine Dobermann-Nummer abgezogen habe. Ruairghy will jetzt »nach East Cheam und mit Lucy Blumen pflücken«.

Seiner Ansicht nach ist sie »die geborene Hausfrau«. Jakob hat verkündet, er werde ihm folgen, »wenn nötig auf allen vieren«.

Ich brachte Ruairghy dazu, Jakob den Hörer zu geben und sagte: »Jakob, du musst versprechen, dass du ihn nicht beißt.« Jakob antwortete: »Das kann ich nicht versprechen.«

Was ist mit Jakob und Laura? Sollte ich versuchen, ihnen den Liebestrank einzuflößen? Wird das Jakob davon abhalten, Ruairghy zu beißen? Hat Ruairgehry durch den Liebestrank diese ungesunde Obsession für Lucy entwickelt? Hätte ich ihn selbst trinken sollen? Wird er wirklich um ihre Hand anhalten? Was passiert, wenn sie Ja sagt?

Ich möchte eigentlich keine Schwiegertochter aus East Cheam.

20.45 Uhr

In der George-Bar. Hatte ein Bier. Sehr deprimierend. Ein Schwarzer mit Trilby-Hut wollte mir seine Lebensgeschichte erzählen. Gehe jetzt heim.

21.30 Uhr

Daheim. Keine Spur von Estelle. Fand ihr Handy auf dem Küchentisch. Wählte ihre Nachrichtenbox und hörte meine Gefühlsbekenntnisse und dass ich mit ihr über unsere Beziehung reden müsse. Warf ihr Handy in den Mülleimer. Keine Spur von den anderen. Niemand liebt mich. Gehe jetzt ins Bett.

21.45 Uhr

Im Bett. Immer noch keine Spur von den anderen. Wurden sie alle überfahren? Geschähe ihnen recht.

22 Uhr

Stand auf. Rief Craftgirls UK an. Keine Antwort. Rief bei Snozzer daheim an. Nur der Anrufbeantworter. Rief bei Plonker an. Plonkers Vater ging dran. Merkte, dass ich ihn gar nicht kannte. Fragte, ob er wisse, wo Edwin sei.

Plonkers Vater sagte: »Sind Sie der Mann, der meinem Sohn Drogen gegeben hat?« Ich legte auf. Traute mich nicht, Scagg, Bozz oder Lulu anzurufen, aus Angst vor ähnlichen Anschuldigungen.

22.15 Uhr

Wieder im Bett. An der Haustür höre ich Estelle. Klingt, als ob sie von Jakob, Ruairghy, Edwin, Bozz, Plonker, Snozzer, Scagg, Lucy, Wodge und so weiter begleitet würde. Alle scheinen betrunken. Dieses verantwortungslose Verhalten ist so typisch für sie. Ich werde mich schlafend stellen.

Ich glaube, da ist auch ein Mann namens Hamish dabei. Er klingt, wen könnte das überraschen, schottisch.

22.30 Uhr

Stelle mich immer noch schlafend. Estelle, Jakob, Ruairghriry, Edwin, Plonker, Wodge, Snozzer, Hamish und so weiter spielen Klavier und singen alte Bob-Dylan-Songs. Ohne Rücksicht auf die Nachbarn!

Natürlich erwarte ich nicht, dass sie auch nur eine Sekunde an einen Mann von fast fünfzig mit Herzrhythmusstörungen, Haarausfall und bedrohlich zunehmender Plauze denken, dessen einzig verbliebene Aussicht im Leben ein fast tödlicher Arbeitsunfall ist.

22.45 Uhr

Stelle mich immer noch schlafend. Estelle kam genau um 22.39 Uhr ins Schlafzimmer. Sie machte das Licht an. Ich lieferte die ziemlich brillante Vorstellung eines Mannes, der aus dem Schlaf gerissen wurde, einschließlich zusammengekniffener Augenlider, schneller, unkoordinierter Kopfbewegungen, Gliederstrecken, Verwirrung etc. Aber es war für die Katz. Sie schwankte durch den Raum, stolperte, ging zu Boden und sagte laut: »Was machst du denn noch hier, Holzkopf?«

Sie rauchte. Dann stand sie wieder auf, ging hinaus und schlug die Tür hinter sich zu.

Ich bin mir nicht sicher, ob sie mich meinte oder nicht.

23 Uhr

Gab es auf, mich schlafend zu stellen. Zog den Morgenmantel an und überlege jetzt, ob ich runtergehen soll.

Eigentlich ist das keine Option. Ich werde mich weiterhin schlafend stellen. Wenn ich das lange genug mache, schlafe ich vielleicht tatsächlich ein. Nichts wünsche ich mir im Moment mehr. Mich deprimiert nur der Gedanke, dass ich irgendwann wieder aufwache.

23.15 Uhr

Der Lärm von unten ist immer noch ohrenbetäubend. Estelle singt aus vollem Hals »Sloop John B«, mehr oder weniger harmonisch begleitet von Snozzer, wenn ich mich nicht täusche. Sich schlafend zu stellen, wurde allmählich langweilig. Ich bin aufgestanden und im Schlafzimmer auf und ab gegangen. Dann habe ich mich kurz auf die Bettkante gesetzt und bin eingeschlafen. Bin gerade erst wieder aufgewacht.

23.30 Uhr

Ich gehe jetzt runter. Ich werde nicht herumschreien und nicht die Nerven verlieren. Stattdessen werde ich so tun, als ob ich mich der fröhlichen Feier anschließen wolle. Ich könnte »Sloop John B« für sie singen. Aber was soll ich anziehen? Der weiße Frotteebademantel ist eindeutig fehl am Platz. Jeans und ein Sweatshirt? Oder vielleicht ein Anzug? Das wird sie überraschen und mir Selbstvertrauen geben.

23.45 Uhr

Ging im Anzug nach unten. Estelle fragte: »Warum um alles in der Welt trägst du einen Anzug?« Ich sagte: »Das ist mein Partyoutfit!« Mein Kommen ließ alle erstarren. Snozzer hatte einen Blumentopf auf dem Kopf und Jakob klopfte mit einem Päckchen Spaghetti auf dem Tisch herum. Ich schlug vor, er solle einen Löffel nehmen. Wurde zurück ins Bett geschickt, weil alle sagten, sie seien in meiner Gegenwart gehemmt.

Hamish ist ein Zwerg in einem blauen Jackett. Ich glaube nicht, dass er Estelles Liebhaber ist, aber man weiß ja nie.

Mitternacht

Estelle hat sich einen neuen Pullover gekauft.

Ich liege im Anzug auf dem Bett und denke über mein Leben nach. Ich will das erklären, liebes Tagebuch. Ich will dir von mir und Estelle erzählen, ich will dir erzählen, wie es dazu kam, dass ich die Frau heiratete, mit der ich jetzt zusammenlebe. Ich muss das erzählen. Es ist das eigentliche Thema meines Tagebuchs. Das Geheimnis, das ich enthüllen möchte. Und wenn ich …

24. April, 8 Uhr, herrlicher Frühlingstag. Sonnenlicht auf den jungen Blättern, Vögel bauen Nester etc.

Die ganze Familie, einschließlich Snozzer etc. vermutlich im Haus. Hamish auch?

Bin gerade aufgewacht, komplett angezogen, mit dem Tagebuch in der Hand.

Zuerst hatte ich entsetzliche Angst, dass Estelle darin gelesen haben könnte – und womöglich beleidigt ist wegen meiner Bemerkungen über ihre Figur, ihre zunehmende Reizbarkeit und das ganze Karrieredenken. Doch nachdem ich sie einer genauen Musterung unterzogen habe – ein Bein hängt halb aus dem Bett, auf dem Kopf hat sie einen Teewärmer und sie schnarcht wie eine Lokomotive –, war sie, als sie ins Bett ging, nicht in der Verfassung, noch irgendetwas zu entziffern.

Habe meinen letzten Eintrag gelesen. Wahrscheinlich wollte ich die Geschichte unserer fünfundzwanzigjährigen Ehe schildern. Wenn ich jedoch die ungefähr zweihundert Seiten meines Tagebuchs so betrachte, dann ist das keine gute Idee.

Außerdem kann ich mich kaum noch an etwas erinnern.

Warum zerstört der Verlauf einer Ehe das Bewusstsein für dieselbe? Ich denke, ich sollte mein Tagebuch mehr einer ernsten, tiefgründigen Analyse meiner Beziehung zu Estelle widmen – warum sind wir noch zusammen, sollten wir uns trennen etc.? Was *bedeutet* unsere Ehe? *Was würde in ihrem Tagebuch über mich stehen, wenn sie ein Tagebuch führen würde?*

Vielleicht möchte ich es gar nicht wissen.

10 Uhr

Die anderen schlafen immer noch. Ich bin im Arbeitszimmer. Soweit ich sehe, ist Hamish nicht auf dem Grundstück. Es sei denn, er liegt bei einem der Jungs im Bett. Ich habe einen ernsten väterlichen Brief an Rugirhry wegen seiner geplanten Ehe geschrieben.

Er beginnt:

Mein lieber Junge,
Ich bin mir nicht sicher, ob ich dir erlauben kann, Lucy zu heiraten. Während ich dies schreibe, fällt mir auf, dass ich nicht einmal ihren Nachnamen kenne!

Während ich *dies* schreibe, fällt mir auf, dass er mich gar nicht um Erlaubnis gebeten hat. Unten auf der Straße steht jemand und schaut zum Haus hoch. Er oder sie trägt eine Art Wollmütze und einen dicken Schal, daher kann ich das Gesicht nicht erkennen. Als er oder sie zum ersten Mal vorbeiging (auf der anderen Straßenseite), dachte ich, es wäre Surinder. Jetzt bin ich mir nicht mehr so sicher.

Ich gehe runter und sehe nach.

11.30 Uhr

In einem Café in Wimbledon.

Die Gestalt auf der Straße war Laura Proek. Sie ist gerade gegangen.

Sie ist wirklich bezaubernd. Intellektueller und einfach klüger als Lucy. Und härter in ihren Urteilen – vor allem über andere. Nicht so der häusliche Typ. Aber mit einem versteckten Sexappeal, der sehr anziehend ist. Der einzige Kritikpunkt an ihr ist, dass man sich sehr zusammenreißen muss, um nicht die ganze Zeit auf ihren Busen zu starren, wenn man sich mit ihr unterhält.

Mir gefällt besonders, wie sie sich die Finger ableckt, wenn sie einen Croissant gegessen hat. Dicht gefolgt von der Art, wie sie den Kopf beim Reden hin und her bewegt. Und Platz drei belegen ihre Hasenzähne – vorstehende Zähne fand ich schon immer sehr erotisch.

»Es ist wegen Jakob!«, war das Erste, was sie sagte. Ich hätte natürlich lieber so etwas gehört wie: »Ich kann nicht aufhören, an Sie zu denken!« oder »Ich stehe auf reife Männer!«, aber immerhin habe ich mit fortschreitendem Alter gelernt, dass man Gespräche oft ganz leicht wieder an sich ziehen kann, wenn man den Gesprächspartner zuerst ausführlich über das reden lässt, was er loswerden will. Bei Estelle ist mir die Sache aus dem Ruder gelaufen – in letzter Zeit handelten fast all unsere Gespräche von Salzteigmännchen. Leider wissen es die Leute, die von etwas besessen sind – besessen von sich, ihrer Arbeit oder etwas anderem – nie zu schätzen, wenn man sich bemüht, auf ihre Obsessionen einzugehen.

Estelle war immer von irgendetwas besessen. Vom Rauchen, Nägelkauen oder von mir. Ich konnte es nicht ertragen, als sie von mir besessen war. Ich glaube, ich sagte damals zu ihr: »Wir haben bereits einen Partner in dieser Ehe, der an nichts anderes denkt als an Paul Slippery!«

Doch zurück zu Laura. »Ich weiß!«, sagte ich. »Neulich hat er Ruairghy gebissen!«

Das schien sie zu interessieren.

»Wissen Sie«, sagte sie, »irgendwie ist Jakob sehr ... also ... Ich weiß nicht ... er ist irgendwie ... hm ... *verschlossen!* Und er ist sehr, sehr schüchtern. Und noch sehr jung!« »Ich weiß!«, sagte ich. »Sie müssen mir glauben, ich wollte nicht, dass es passiert. Es fing an, als wir zu viert zum Chessington-Wildpark fuhren ...« Ich beugte mich vor und hörte aufmerksam zu. »... und wir machten so eine Art Floßfahrt. Man wird immer weiter und weiter hochgezogen und dann ist man auf dieser langen Rutsche. Wir saßen zu viert in einem Floß. Ich saß neben Ro-Ree und uns gegenüber saßen Lucy und Jakob. Also man rutscht nach unten und dann gibt es diesen Moment, der Moment, kurz bevor man aufs Wasser trifft, in dem man fast sicher ist, dass das Wasser einen nicht bremsen wird, weil man sich kaum vorstellen kann, dass einen irgendetwas aufhält.« »Ich weiß!«, sagte ich.

»Tja«, fuhr Laura fort, »als das Floß genau an diesem Punkt war, merkte ich, dass ich Jakob direkt in die Augen sah, ich weiß auch nicht warum. Und plötzlich wusste ich es.«

»Was?«, fragte ich. »Ich wusste, dass er der Richtige ist«, sagte sie, »weil ich an der Art, wie Jakob *mich* ansah, erkannte, dass man bei ihm einfach nie wissen kann. Immer würde da die

Frage bleiben. Es wäre wie diese Floßfahrt, nur dass die Fahrt endlos geht und wir uns quasi immer ansehen und fragen und es nicht wissen würden. Und das ist es, worum es in der Liebe geht oder gehen sollte, verstehen Sie?« »Ich weiß!«, sagte ich. »Dadurch wusste ich es«, sagte Laura. »Ich wusste es, weil ich es nicht wusste.«

Sie schwieg und schaute auf den Tisch, auf den sie mit ihren schlanken Fingern Muster malte.

»Ich liebe ihn«, sagte sie. »Ich verstehe nicht, was er plötzlich von Lucy will!« Ich musste schwer schlucken. »Ich weiß es auch nicht!«, sagte ich mit einem Quäken in der Stimme.

Danach redeten wir über andere Themen. Irgendwie kam das Gespräch nie auf mich. Aber mir ist klar, dass ich Jakob eine ordentliche Dosis Liebestrank verabreichen und dafür sorgen muss, dass sie in der Nähe ist, wenn er ihn trinkt. Ich bin vielleicht ein egoistischer alter Sack, aber ich habe trotzdem Gefühle.

Und was sie über Jakob sagte, war mehr oder weniger genau das, was ich für Estelle empfinde – obwohl ich es immer wieder aus den Augen verliere und vergesse und nicht daran glaube und obwohl die Zeit und die Umstände meine Gefühle etwas abgenutzt haben, wie das Profil eines Reifens abgenutzt wird, wenn man viel damit fährt.

Wie frischt man Gefühle nach all der Zeit wieder auf? Ich weiß nicht, ob ich es noch kann. Hätte ich oben schreiben sollen »was ich für Estelle *empfand*« anstatt »empfinde«? Ist das die Geschichte meines Tagesbuchs? Wie man das, was man durch Vertrautheit verloren hat, wiederfindet – oder nicht mehr wiederfindet?

Ich frage mich, ob Lucy sich im Chessington-Wildpark in Ruairghy verliebt hat. Lag es am Ort? Vielleicht sollte ich mit Estelle hinfahren.

12.30 Uhr

Wieder im Arbeitszimmer. Probierte ein neues Atemtraining nach Lubin aus. Hätte nicht übel Lust, diesen Lubin zu verklagen. Habe mir böse den Rücken verrenkt.

Noch ein Brief für Wesley Jones vom Royal Court Theatre. Darin heißt es, man sei sehr empört über die Verhaftung seiner Familie und erbitte weitere Informationen über den Brand in der Diskothek, bei dem sein Freund Bro ums Leben kam. *Muthafuckas* scheint die Theaterleute immer noch zu begeistern, sie hoffen sehr, dass Wesley zur Premiere kommen kann.

Ich glaube, ich muss etwas unternehmen. Kann ich es wagen, Wesley zu sagen, dass er nur eine Ausgeburt meiner Fantasie ist? Das wird ihm nicht gefallen. Und nach allem, was man hört, hat er nicht viel zu verlieren.

Estelle ist mit dem Zug nach Norwich gefahren. Bevor sie ging, wollte sie wissen, wo ihr Handy sei. Ich traute mich nicht, es ihr zu sagen.

Auch Hamish fährt mit dem Zug nach Norwich. Ich glaube, er hat im Garten übernachtet. Er behauptet, er sei Buchhalter, aber das nehme ich ihm nicht ab. Estelle und ich verabschiedeten uns kühl, ja fast abweisend voneinander. Ich zeigte nicht die stürmischen Gefühle, die mich bewegten. Ich sagte nur: »Also dann tschüss. Wir sehen uns!« Und sie sagte: »Das nehme ich an!« Ich glaube, sie bemerkte nicht einmal meinen leicht spöttischen Blick, als sie das sagte. Sie und Hamish (er schielt) gingen zusammen zur Haustür. Oberflächlich betrachtet nur eine »Arbeitskollegin«, die mit dem »Arbeitskollegen« loszieht. Ich machte mir gar nicht erst die Mühe, noch einmal über unsere Beziehung zu sprechen. Und ich glaube nicht, dass das nur an der Anwesenheit von Hamish lag.

Das Gespräch mit Laura hat mich nachdenklich gestimmt. Es muss in jeder Beziehung einen Moment geben, in dem man, um ihre Worte zu verwenden, *weiß,* dass die Person vor einem die

Richtige ist. Was sie so redegewandt beschrieb, ist etwas, das ich mit Sicherheit auch einmal für Estelle empfand. Aber nun hat der Zahn der Zeit an unserer Beziehung genagt. Der Zweifel, den ich letzte Woche bei meinen Überlegungen – hier in diesem Tagebuch – spürte, beunruhigt mich. Seitdem gehe ich immer wieder die vergangenen fünfundzwanzig Jahre durch und versuche, die Gewissheit zu finden, von der Laura sprach. Aber je mehr ich suche, desto schwieriger wird es.

Ja, Estelle, unsere Beziehung befindet sich in einer Krise. Aber die Krise ist bereits vorüber. Es ist vorbei. Unsere Ehe existiert nur noch dem Namen nach. Ich muss einen Weg aus meiner Ehe suchen. Ich bin wieder auf dem Markt und muss mich bestmöglich präsentieren. Und sei es auch nur in der Hoffnung, dass ich mich, wenn ich Sex mit jemand anderen habe, wieder an den Sex in unserer Ehe erinnern kann. Das hast du dir selbst eingebrockt. Auch ein Hausehemann kommt irgendwann einmal an seine Grenzen.

Unten hört sich Edwin einen spanischen Sprachkurs an. Immer, wenn ich ins Zimmer komme, sagt die Frau auf der CD den gleichen Satz. Er fängt an mit *»Todas las personas trabajan …«* und wird dann unverständlich. Als ich Edwin fragte, warum er sich immer nur diesen einen Satz anhöre, sagte er, das sei sein Lieblingssatz. Er werde es erst mit einem anderen Satz versuchen, wenn dieser ihn langweile.

13.30 Uhr

Da ich mich zu einer Affäre entschlossen habe, könnte es nicht schaden, einen Flachmann mit Liebestrank zu füllen – falls ich zufällig einer Frau begegne, die sich als geeignete Kandidatin erweist. Zu meinem Entsetzen musste ich feststellen, dass der Liebestrank nicht mehr dort ist, wo ich ihn versteckt habe – unter meinem Bett.

Ich kann mir nicht vorstellen, dass einer meiner Söhne verantwortungsvoll damit umgeht. Ich habe den schrecklichen Verdacht, dass Edwin der Schuldige sein könnte. Er hat mit dem Sprachkurs aufgehört und singt jetzt zweideutige Lieder. Als ich nach unten kam, steckte er die Daumen in die Gürtelschlaufen seiner Jeans, ließ wild die Hüften kreisen und sagte: »*Get a load of my love machine.*« Ich bin fast sicher, dass er es war.

16.30 Uhr

Ein zäher Nachmittag im Arbeitszimmer. Ich legte eine Liste mit Personen an, mit denen ich eine Affäre haben könnte. Nicht sehr inspirierend. Da wäre Hermione Breen, die mit Christopher Schwimmer verheiratet war, bis er mit dem Mann durchbrannte, der vorbeischaute, um die Zentralheizung zu reparieren. Dann wäre da natürlich vermutlich noch Christopher Schwimmer selbst, obwohl er eigentlich keine ernstzunehmende Möglichkeit darstellt – vor allem nicht seit seiner Haartransplantation. Alle Freunde von Estelle sind mehr oder weniger automatisch aus dem Rennen – allerdings wirkte Gillian durchaus so, als wäre sie einem bisschen Spaß nicht abgeneigt. Aber das wäre viel zu riskant.

Von *General Practice* kommt niemand infrage, alle denken entweder über eine Geschlechtsumwandlung nach, lassen gerade eine durchführen oder haben sie hinter sich. Wenn ich durch mein Tagebuch blättere, muss ich feststellen, dass die einzigen Frauen in meinem Alter, die ich in letzter Zeit kennenlernte, die Mutter von Lucy Wie-auch-immer-sie-heißt und die Mutter von Laura Proek waren. Die, wie ich beschlossen habe, eine furchtbar primitive Person ist. Ist das zwangsläufig ein Ausschlusskriterium?

16.45 Uhr

Nun ja. Ich bin als Mensch nicht einfach. Ich bin schwach, neidisch auf andere und nur mit mir selbst beschäftigt. Aber es heißt ja, dass sexuelle Anziehung oft mit heftiger gegenseitiger Abneigung beginnt. Wenn das so ist, sollten es Mrs. Proek und ich am Ende dieses Nachmittags eigentlich fröhlich miteinander treiben.

Vor zehn Minuten kamen Ruairghy und Jakob in mein Arbeitszimmer. Ich hatte den Eindruck, als ob sie ihren ganzen Mut zusammennehmen würden, um mich um Geld zu bitten, aber es dann doch nicht fertigbrachten. Beide wirkten verdrossen, allerdings konnte ich keine Bissspuren an Ruairghy erkennen. Anscheinend haben sie so eine Art Waffenstillstand geschlossen. Sie gingen ins Esszimmer, und dann legte Ruairghy eine Deep-Purple-CD auf. Ich hörte ihn vor seinem jüngeren Bruder prahlen: »Das ist Lucys Lieblingsplatte!« Daraufhin stürmte Jakob aus dem Zimmer und schlug die Tür zu. Ich ging nach unten und fragte: »Solltest du nicht reingehen und mit ihm reden?« Jakob meinte: »Tut mir wirklich leid. Ich bin gerade so was von beschäftigt!«

Anders als bei Kindern führt Angst bei Erwachsenen nicht dazu, sich anderen zu öffnen oder anzuvertrauen. Ich erkannte den Jungen vor mir kaum wieder. Sein Gesicht hatte einen Ausdruck von Gefasstheit, wie er meiner Meinung nach eigentlich Eltern vorbehalten ist. Ruairgerhy ist nach East Cheam gefahren. Jakob versuchte zuerst, in East Cheam anzurufen. Als er nicht durchkam, fuhr er seinem Bruder hinterher. Ich glaube, ich sehe besser zu, dass ich ebenfalls dort hinkomme, denn a) könnten sich die beiden gegenseitig umbringen und b) leben dort die beiden einzigen Frauen, die derzeit für mich zur Verfügung stehen.

Edwin erklärte sich einverstanden, mich zu begleiten, »wenn ich im Auto Oasis hören kann«. Ich war einverstanden.

17.15 Uhr

Während Edwin die gesammelten Werke der Gallagher-Brüder ins Auto lud, durchsuchte ich sein Zimmer. Der Liebestrank war in der Schreibtischschublade. Mindestens zwei Zentimeter fehlen. Dieses Zeug ist Dynamit. Es sollte nicht in die Hände eines Sechzehnjährigen gelangen – vor allem nicht von Edwin. Er ist unten und singt ein Lied, dessen Refrain lautet: *»Gonner make you in my love-shack baby, ooh yeah!«*

Soll ich ihn wegen des Liebestrankdiebstahls zur Rede stellen?

17.45 Uhr

Seltsam.

Auf dem Weg von Wimbledon nach Cheam rief Edwin plötzlich: »Halt an! Meine Love-Machine!« Zuerst dachte ich, er meine den Volvo, aber dann sah ich Lulu auf der anderen Straßenseite zusammen mit Snozzer, Bozz, Plonker und Scagg – der einen weißen Overall und einen Trilby-Hut trug.

Das war, wie ich mit leichtem Entsetzen erkannte, seine Arbeitskleidung, die er trug, wenn er bei Waitrose Käse – und wahrscheinlich auch Fisch – abwog. Hatte er die etwa gestohlen?

Bevor ich Edwin aufhalten konnte, war er ausgestiegen und hatte sich in Lulus Arme geworfen. Das unschuldige junge Ding ahnt nicht, dass er mindestens zehn Milligramm eines extrem wirkungsvollen Liebestranks intus hat. Nach ihrer Reaktion zu schließen, muss sie jedoch kaum ermutigt werden. Ich stieg aus, um ihn zu ermahnen, aber er und die anderen rannten weg – Edwin rief dabei mit chinesischem Akzent: »Fang mich doch, wenn du kannst, Slippery!«

Ich ging zum Volvo zurück und musste feststellen, dass eine Politesse gerade dabei war, mir einen Strafzettel auszustellen.

Einen Moment lang versuchten wir beide krampfhaft so zu tun, als ob das alles nicht passieren würde. Dann sah ich auf und erkannte, dass es Lauras Mutter war.

In Uniform sah sie deutlich besser aus. Sie wirkte zehn Jahre jünger als bei unserer letzten Begegnung. Ich sagte: »Mrs. Proek!« Sie sagte: »Nur eine bescheidene Politesse, wie Sie sehen, aber …« – und sie zeigte ein nicht unattraktives, wenn auch leicht hinterhältiges Lächeln –, »es gibt Zeiten, da wollen alle mit mir befreundet sein!« Sie hielt den Stift über dem Strafzettel. Ich schenkte ihr ein Lächeln, das als »gewinnend« beschrieben wurde, als ich es bei einer Studioproduktion der Royal Shakespeare Company von *Ein Wintermärchen* einsetzte, und rückte ein bisschen näher. Sie hob die Hand. »Versuchen Sie nicht, mich zu beeinflussen! Ich bin Beamtin im Dienst!« »Daran würde ich nicht einmal im Traum denken!«, sagte ich. »Ich erwarte keine Gnade! In welcher Form auch immer!«

Unsere Begegnung hatte mittlerweile, wie ich fand, eine definitiv sexuelle Komponente. Ich bin mir fast sicher, dass sie sich die Lippen leckte. »Sie sind im Dienst!«, fasste ich daher forsch nach. »Es ist, wie es so schön heißt, Ihr Beruf! Sie erfüllen Ihre Pflicht! Machen nur Ihre Arbeit! Und – wenn ich das sagen darf – machen sie sehr gut.« Sie erlaubte sich ein leichtes Lächeln. »Schmieren Sie mir keinen Honig um den Mund, Mr. Slippery!«, sagte sie mit einem deutlichen Funkeln in den Augen. »Ich weiß, dass Sie Schauspieler sind, aber das heißt nicht, dass Sie das gegenüber einer bescheidenen Politesse ausnutzen sollten. Und wir sind, daran muss ich Sie wohl nicht erinnern, wirklich sehr, sehr bescheiden!« Sie zwinkerte fast beim Reden.

»Hören Sie …«, sagte ich, »es tut mir leid, wenn ich …«

Sie hatte immer noch nicht den Strafzettel ausgefüllt. Doch plötzlich schien ihr wieder einzufallen, wer ich bin und vor allem wessen Vater ich bin. »Wohin fahren Sie?«, fragte sie. Ich sagte: »Äh … East Cheam!« Sie kniff leicht die Augen zusammen. Ich beschloss, nicht zu lügen. »Ruairghy ist dorthin, um

Lucy zu besuchen!«, sagte ich. »Er ist anscheinend … ähm … ziemlich verrückt nach ihr …«

Da hatte ich genau das Falsche gesagt. Mrs. Proek füllte den Strafzettel aus und klemmte ihn unter den Scheibenwischer. Im Weggehen sagte sie nur noch: »Das sind schlimme Zustände. Einfach schlimm. Und Lauras Vater …«

Mehr sagte sie nicht. Aber an ihrem Gesicht war deutlich ihre Abneigung abzulesen. Trotzdem habe ich das seltsame Gefühl, dass ich Chancen bei ihr hätte. Sie hat eindeutig sadistische Züge. Mir einen Strafzettel zu geben, hat wahrscheinlich ihr sexuelles Verlangen geweckt.

Muss jetzt unbedingt zu den Berts, um eine Konfrontation zwischen meinen Söhnen zu verhindern.

25. April, 11 Uhr, ein noch schönerer Frühlingstag, leichte Zephirwinde, blauer Himmel, Kaninchen, vermutlich beim Rammeln etc.

Estelle immer noch in Norwich. Ruairghy und Jakob beim Psychiater. Edwin und ich daheim. Ich rammle nicht. Edwin hoffentlich auch nicht.

Ich kann Edwin und Snozzer oben hören. Sie proben den *Sommernachtstraum* – beziehungsweise ihre eigene Version, in der Mr. Hotchkiss eine große Rolle spielt. Zur Probe gehört auch, dass sie sich mit Kissen prügeln und auf dem Bett auf und ab springen, wie sie es als Kinder getan haben. Edwin spielt gerade Hotchkiss und ruft: »Du hast so große, große Schenkel, Snozzer!« Und Snozzer ruft zurück: »Ja, Hotchkiss! Oh, Hotchkiss, ich komme, Hotchkiss!« Ich muss nach oben und dafür sorgen, dass sie aufhören, habe es aber bis jetzt nicht übers Herz gebracht.

Ruairgehry und Jakob haben sich gestern Abend wieder geprügelt. Oberflächlich betrachtet ging es darum, ob sie sich

Deep Space Nine ansehen sollten oder nicht. Ich musste eingreifen und ihnen erklären, dass ihr Streit in Wirklichkeit natürlich darum ging, dass Lucy zugesagt hatte, mit Ruaierghrey zum Bowling zu gehen. Ruairghy hatte verkündet, er werde Lucy einen Antrag machen. Beide wandten sich gegen mich und warfen mir vor, ich würde mich anhören wie ein Schickimicki-Seelenklempner. Ich habe sie tatsächlich zu einer kostenlosen Konsultation bei einem echten Schickimicki-Seelenklempner geschickt – Hermann Schinn, ein Freund von Estelle und kleinianischer Psychoanalytiker in Teilzeit. Die Beratung ist nicht völlig kostenlos. Wir bezahlen Schinn nichts, aber ich bezahle meine Söhne, damit sie hingehen und sich mit ihm unterhalten.

Ich grüble über die jüngsten Aspekte von Estelles Verhalten. Habe in ihrem Zimmer in Norwich angerufen und wurde mit einem Türken verbunden, der vorgab, sie nicht zu kennen. Was hat sie vor? Neulich Nacht war nicht das erste Mal, dass sie erst spät heimkam und stark nach Alkohol roch. Und es war auch nicht das erste Mal, dass ich mich schlafend stellte. Bei einem früheren Mal schlief ich, glaube ich, tatsächlich. Oder zumindest hatte ich mich so lange schlafend gestellt, dass ich mich nicht daran erinnern kann, ob ich wach war, als sie ins Schlafzimmer kam.

Aufgrund meiner Gedächtnislücken bin ich eindeutig im Nachteil. Wenn sie zum Beispiel mit Hamish geschlafen hätte – hätte ich mich daran erinnert? Falls ich sie dabei gesehen hätte? Vielleicht hat sie mir stundenlang davon erzählt, wie ein Mann namens Jones sie oral befriedigt hat – und ich kann mich nur nicht daran erinnern.

Mittlerweile zieht sie sich im Badezimmer an und aus. Ich weiß nicht, ob es daran liegt, dass sie mich nicht stimulieren will. Tatsächlich finde ich es sogar nur noch stimulierender. Bevor sie eines Morgens aus dem Haus ging, konnte ich sie fragen, warum sie so oft weg ist und was sie die ganze Zeit macht. Ich fragte sie auch, warum sie sich im Bad umzieht. Sie sah mich streng an und sagte: »Wir müssen wirklich darüber reden. Das Bad ist ein echtes Problem.« Dann marschierte sie zurück ins Bad. Immerhin sah ich sie leicht bekleidet; mehr Sex kann ich für die kommenden Wochen wohl nicht erhoffen.

Hat Hamish Knutschflecken auf ihrem Hals hinterlassen? Wenn ja – kann ich mich daran erinnern, sie gesehen zu haben?

Vielleicht zieht sie sich wegen ihrer Figur im Bad um – allerdings glaube ich, dass sie abgenommen hat, auch wenn das im Dämmerlicht schwer zu beurteilen ist. Wenn wir so weitermachen, kann ich meinen Körper völlig verwahrlosen lassen, da die Wahrscheinlichkeit, dass sie einen Blick darauf wirft, minimal ist.

Egal. Wir bewegen uns auf eine offene Beziehung zu. Ich kann jederzeit eine Affäre beginnen. Die Fallstricke sind mir bekannt, ich werde bei potenziellen Partnern auf Penisse, Neigungen zum Cross-Dressing etc. achten.

11.30 Uhr

Post. Wieder mal spät.

Ein Brief vom guten alten Steve. Es geht um Nobbys Trauerfeier. Sie findet in der St.-Barnabas-Kirche in Streatham statt – »ein Ort der Andacht, den Nobby besonders mochte«. Ich nehme an, das heißt, dass er dort mal sein Fahrrad an die Mauer gelehnt hat. Nobby war der unreligiöseste Mensch, den ich kenne. Ich hatte gehofft, dass der gute alte Steve ein geschmackloses neuheidnisches Gelage organisieren würde, mit Gedichten von Walt Whitman, Ausschnitten aus *Zen und die Kunst ein Motorrad zu warten* und Texten anderer Autoren, von denen Nobby wahrscheinlich nie etwas gehört hat.

Über die Feier gibt es wenig zu sagen – man hat mich nicht gefragt, als Redner aufzutreten, was ich äußerst unhöflich finde. Meine Sprechstimme eignet sich hervorragend für große, hallende Gebäude.

Der gute alte Steve schließt seinen Brief mit dem Hinweis, dass bei der Begräbnisfeier unter anderem ein Stück von Delius gespielt werde. Ich begreife nicht, was das soll. Nobby war völlig unmusikalisch. Die einzige angemessene Musik wäre vermutlich ein Kassetten-Mix, der in seiner Lieblingskneipe lief.

Ich muss jetzt zur BBC und herausfinden, ob ich eine Chance habe, die einstürzende Mauer in meiner Praxis zu überleben. Ganz zu schweigen von der Frage, wer der neue Leiter der Abteilung Audio werden wird. Keine Spur von Ruairghy und Jakob.

Der kleinianische Teilzeitpsychiater erwartet sie heute morgen, obwohl seine Räumlichkeiten, wie er mir sagte, »nur teilweise zu Geschäftszwecken zur Verfügung stehen«. Was heißt das? Hat er nur eine halbe Couch? Muss die beiden wecken.

Jakob sollte seit einer Woche wieder in Oxford sein, meinte aber neulich: »Das fällt nicht auf. Mein Tutor ist senil.« Ich sagte, das sei keine Entschuldigung. Er sagte mir, er habe bei dem alten Idioten anstelle seiner Hausarbeiten die Aufsätze eines gewissen Chowdray abgegeben, der am Balliol College lehrt. »Sie gefallen ihm richtig gut«, sagte Jakob und schenkte mir das schiefe Lächeln, das so viele Frauen schwachwerden lässt, abgesehen von der einen, in die er sich mit meiner chemischen Nachhilfe verliebt hat.

Edwin verkündete, er werde heute nicht in die Schule gehen, obwohl heute der Unterricht wieder begonnen hat. Mir war das gar nicht aufgefallen. Hier geht es wirklich drunter und drüber. Er sagte, er wolle mit mir zur BBC. »Ich muss an meinem Album arbeiten! Ich brauche Arbeitspraxis!« Ich stimmte ihm zu. Allerdings braucht er keine Praxis darin, anderen Leuten bei der Arbeit zuzusehen, das macht er schließlich schon seit sechzehn Jahren.

12 Uhr mittags

Habe die Jungs zu Schinn, dem Kleinianer, geschickt.

Er hat eine Nachricht auf dem Anrufbeantworter hinterlassen. Er will, dass ich »auf einen kleinen Plausch« bei ihm vorbeikomme. Anscheinend glaubt er, ich hätte »Probleme«. Außerdem zeigte er Interesse an Edwin. Ich bin nicht ans Telefon gegangen. Im Hintergrund meinte ich zu hören, wie sich meine Söhne anbrüllten. Hermann klang mehr als nur teilzeitgestresst. Außerdem eine Nachricht von meiner Mutter. Sie lautet:

MUTTER: Paul? Paul, bist du das? Bist du da, Paul? *(Unheimliche Schritte. Pause.)* Versteckst du dich, Paul? Versteckst du dich hinter dem Anrufbeantworter, Paul? *(Ferne Schreie. Lange Pause.)* Es ist wegen Mrs. Rusedski, Paul. Erinnerst du dich an Mrs. Rusedski, Paul? Sie war sehr krank. *(Lange Pause. In der Ferne ist plötzlich Gesang zu hören.)* Man hat nicht erwartet, dass sie die Nacht überlebt, Paul. Und sie hat sie auch nicht überlebt. Heißt es. *(Langes Schweigen.)* Sie war achtundneunzig, Paul. *(Noch längeres Schweigen.)* Achtundneunzig. *(Schweigen. Ende der Nachricht.)*

13.30 Uhr

Mit Edwin in der Kantine. Auf der Fahrt fragte ich ihn nach seinem Album, weil ich zum ersten Mal davon gehört hatte. Er sagte: »Wir haben die T-Shirts und das Promo-Material fertig. Ich muss nur noch die Songs schreiben.« Ich erwiderte, meiner Meinung nach sei das die falsche Vorgehensweise, aber er meinte: »Bei allem Respekt, du bist aus einer anderen Zeit. Die Marke ist das Wichtigste. Schau dir deine Karriere an!« Ich sagte leicht pikiert: »Was ist mit meiner Karriere?« Edwin sagte: »Genau das meine ich!«

Ich muss ihn nach Lulu fragen.

Karl Rhws Davies und Cross kommen auf uns zu. Leo begleitet sie.

14.30 Uhr

Immer noch in der Kantine. Edwin verdrückte vier Portionen Gulasch und neun Knödel und spülte alles mit vier Gläsern Stierblut hinunter (in der Kantine ist ungarische Woche, alle Kellnerinnen tragen weiße Schürzen, Schleifen im Haar etc.). Anscheinend wird die endgültige Entscheidung, ob ich die einstürzende Mauer überlebe, Anfang Mai vom zentralen Strategiegremium getroffen. Das sind gute Nachrichten. Es sei denn, Howard Porda hat sich bis dahin in einen Gorilla verwandelt.

Ich versuchte Karl, Cross und Leo zu sagen, dass John Birt mich wirklich mag. Sie sahen mich an, als ob ich verrückt wäre.

Leo blieb noch länger und flüsterte mir seine weiteren Pläne für die Serie zu. »Ich glaube«, sagte er mit leiser, zittriger Stimme, »ich möchte den medizinischen Aspekt etwas zurücknehmen!« Ich sagte ihm, dass die Serie in einer Arztpraxis spiele, daher könne das schwierig werden. Er will eine neue Figur namens Rupert einführen, einen Architekten, der die Praxis umbauen soll, und allmählich die ganze Sendung auf ihn zuschneiden. Er hat vor, alle medizinischen Figuren in der Serie durch Arbeitsunfälle zu töten. »Ich habe es noch niemandem gesagt«, fuhr er fort, »nur Ihnen!« Ich versprach, sein Geheimnis zu bewahren.

Ich glaube, er ist geisteskrank. Nachdem Leo gegangen war, fragte Edwin: »Wo haben sie denn den rausgelassen?«

Die schlechte Nachricht ist, dass eine Pressemitteilung zu meinem Unfall herausgegeben wurde, in der es heißt, ich würde an den »Komplikationen im Zusammenhang mit einer einstürzenden Mauer« sterben. Dieses unsägliche Schriftstück enthält fingierte Zitate, in denen ich behauptete, ich hätte mich schon lange in eine andere Richtung entwickeln wollen. Die gute Nachricht ist, dass daraufhin eine Flut von Briefen eingegangen ist, in denen die Hörer ihre große Sorge und tiefe Liebe zu mir zum Ausdruck bringen. Na ja, immerhin drei Briefe. Alle reden über die Abschiedsparty für Cross – sie soll in einem Raum namens B34567 stattfinden. Anscheinend weiß keiner, wo das ist. Oder wo Cross hingeht, wenn er uns verlässt.

Ich versuchte, meinen Mut zusammenzunehmen und Edwin auf den Liebestrank anzusprechen. Ich bin mir sicher, dass er ihn gestohlen hat, um ihn bei Lulu einzusetzen. Ich begann mit einem allgemeinen Gespräch über die Geschichte der Liebestränke im Lauf der Zeiten. Er sah mich misstrauisch an und fing an, über seine Französischprüfung zu reden. Ganz eindeutig hofft er, den Trank bei dem unschuldigen jungen Mädchen anzuwenden, damit sie mit ihm Sex hat. Ich bin nicht stolz auf ihn. Jetzt muss ich los, weil wir die neue Folge aufnehmen.

17 Uhr

Mit Edwin in der George-Bar. Er hat drei Bier getrunken. Dylan Thomas wäre stolz auf ihn gewesen.

Ich glaube, er war ziemlich beeindruckt von meiner Leistung heute Mittag. Karl, der glaubt, ich sei ihm völlig ausgeliefert, nachdem nun öffentlich bekanntgegeben wurde, dass ich sterben werde, war richtig nett zu mir. Er erlaubte Edwin (den er »Sohnemann« nannte), in den Regieraum zu gehen. Ich hatte eine ziemlich starke Szene mit Ronnie Pilfrey, dem netten Ronnie Pilfrey, der wie üblich versuchte, mir die Schau zu stehlen, aber hoffnungslos scheiterte. Wir diskutierten unter anderem über Vermögensverwaltung und den Ausbruch von Meningitis an einer Mädchenschule in Ashbourne. Pilfreys Tochter (entsetzlich gespielt von Alison Thornby) sieht aus, als ob sie selbst bald mit einer Hirnhautentzündung darnieder liegen würde.

Heute habe ich etwas getan, was ich schon seit einigen Folgen ausprobieren wollte. Ich habe Esmond einen ganz leichten russischen Akzent verpasst. Nichts Auffälliges. Das ist wirklich nur für mich. Aber ich habe beschlossen, es in den kommenden Wochen so weit zu treiben, bis es jemand merkt. Dann höre ich sofort damit auf. Allerdings ist mir der Gedanke gekommen, dass ich – wenn ich so weitermache – wahrscheinlich klinge wie Boris Jelzin, bevor jemand registriert, was ich im Schilde führe.

Doch Edwin sagte, als wir zum Aufzug gingen: »Wie kommt es, dass du ihn wie einen durchgeknallten Russen klingen lässt? Ist das Absicht?«

19 Uhr

Estelle ist nicht mehr in Norwich. Ich weiß das nur, weil sie auf ihrem Handy angerufen hat und es im Papierkorb vor sich hinklingelte. Ich hörte die Nachricht ab, die sie draufgesprochen hatte: »Hier spricht Estelle Slippery! Ich weiß nicht, wo mein Handy ist, aber wenn es in der Mafeking Road ist, könnte mich von dort vielleicht jemand anrufen und mir das sagen. Wenn nicht, möchte ich denjenigen, der diese Nachricht hört, bitten, mich unter 0141-7776999 0000 zu kontaktieren.«

Das ist eine Nummer in Glasgow. Was macht sie in Glasgow? Steckt vielleicht Hamish dahinter? Obwohl ich immer noch wütend auf sie bin und eine Affäre mit einer anderen Frau beginnen werde, möchte ich ihr doch die Mühe ersparen, ihren Handyvertrag zu stornieren und ein neues Gerät anzumelden. Ich werde Edwin dazu bringen, sie anzurufen. Sie hätte Schlimmeres verdient, aber irgendwie bringe ich es nicht übers Herz.

Ein guter Mensch zu sein, ist ungefähr so kompliziert, wie

verheiratet zu sein. Irgendwie hängt das auch miteinander zusammen, auch wenn ich es nicht richtig verstehe. Das ist keine Erklärung dafür, warum ich immer noch mit Estelle zusammen bin, erklärt aber vielleicht das kuriose Phänomen unserer langjährigen Ehe.

23.30 Uhr

Abendessen mit allen drei Jungs. Kalbsgeschnetzeltes in Paprika-Sahne-Soße. Haben das Essen im Rotationssystem eingenommen, da sich Jakob und Ruairghy weigern, am selben Tisch zu sitzen. Ruaierhgy sagte, er werde in der Spülküche essen – obwohl wir, soweit ich weiß, gar keine Spülküche haben. Trotzdem ein gutes Gespräch von Mann zu Mann – wenn auch mit Unterbrechungen aufgrund der Rotation. Wir brauchen Estelle nicht. Jakob macht immer noch keine Anstalten, zurück an die Universität zu gehen. Er sagt, er habe »einen Mann im Magdalen College, der die Hausarbeiten für mich einreicht«. Da sie ohnehin von jemand anderem verfasst werden, ist das vielleicht gar keine so schlechte Idee. In den Ferien hat er so gut wie nichts für die Universität getan, er hat nur ein einziges dünnes Buch mit dem Titel *Die schwulen Könige Englands* gelesen, in dem behauptet wird, dass praktisch jeder König – mit Ausnahme von Georg II. (der allerdings sehr zur Diskussion stand) – schwul wie ein Maiglöckchen war (den Ausdruck habe ich von Nerys aus der Buchhaltung).

Königin Anne und Königin Maria waren beide lesbisch, und Elisabeth I. war ein Mann. Bis zu Elizabeth II. geht das Buch nicht.

Dass Jakob hierbleibt, hängt anscheinend mit »geschäftlichen Verpflichtungen« zusammen. Er will nicht sagen, um was es sich genau handelt, aber Edwin erzählte mir, als Jakob nicht im Zimmer war, es sei ein »wichtiges Geschäft, es geht da gut und gern um ein paar Tausender«. Ich habe beschlossen, seine unternehmerische Seite aktiv zu unterstützen.

Ruairghy, der sein Essen schließlich *en promenade* verzehrte, sagte: »Estelle ist so oft weg, um dich dafür zu bestrafen, dass du so oft mit Pilfrey und deinen Kumpels in der BBC-Bar versumpft bist.« Ich kann das nicht glauben. Vielleicht habe ich gelegentlich ein kleines Bierchen mit Pilfrey getrunken, um eine schwierige Stelle im Text zu besprechen. Trotzdem glaube ich, dass ich immer ein guter und pflichtbewusster Vater war.

Wenn ich früher mit Pilfrey in der BBC-Bar herumhing, warum dann heute nicht mehr? Treffen die sich etwa ohne mich? Wenn ja, warum? Bin ich plötzlich langweilig geworden? Das würde vielleicht auch Estelles anhaltende Abwesenheit erklären.

27. April, 9 Uhr, jede Menge leichte Zephirwinde, blauer Himmel, sich paarende Vögel etc.

Estelle in Irland. Edwin wieder in der Schule. Ruarigeughy und Jakob im Bett. Ich im Arbeitszimmer.

Edwin hat sich endlich bereiterklärt, wieder in die Schule zu gehen, Jakob dagegen zeigt immer noch kein Interesse an einer Rückkehr nach Oxford. Gestern Abend enthüllte er, dass Oliver zu sechs Monaten Gefängnis verurteilt worden ist. Anscheinend hat er mit dem Geld des Pilsener-Klubs Drogen gekauft. Ich sagte: »Er wirkte so sympathisch!« Jakob sagte: »Eben!« Ruaigrhy meinte wieder einmal, er wolle von hier weg und über sein Leben nachdenken. Ich sagte: »Ich hätte auch nichts dagegen, wegzugehen und über mein Leben nachzudenken. Oder was davon noch übrig ist. Ich würde gern weggehen und etwas anderes machen.« Rueighry fragte: »Was machen?« Das brachte mich etwas aus dem Konzept. Schließlich sagte ich: »Auf einer griechischen Insel leben!« Ich weiß, das war eine schwache

Antwort. Auf griechischen Inseln wimmelt es von Leuten, denen man in Wimbledon immer aus dem Weg geht.

Jakob hat herausgefunden, dass Ruairghy Lucy ins Odeon-Kino in Wimbledon ausführt. Er sagte, wenn Ruairghy das macht, werde er Ruarighrys sämtliche Megadeth-CDs zertrümmern – keine leichte Aufgabe. Ruriaghry meinte nur: »Megadeth interessiert mich nicht mehr.« Jakob wirkte enttäuscht. Vielleicht, weil Heavy Metal früher zu ihren gemeinsamen Interessen gehörte? Oder, wahrscheinlicher, weil Ruairghy dadurch weniger verwundbar ist? Als ich darüber reden wollte, gingen beide auf mich los. Ruiaghry sagte, ich sei »kontrollsüchtig« – ein Wort, das er vermutlich von dem kleinianischen Teilzeitpsychiater hat, den beide mittlerweile zumindest in Teilzeit zu mögen scheinen.

Auf der Fahrt zur Schule nahm mich Edwin wegen meiner Karriere ins Gebet. Er glaubt, ich hätte zugelassen, dass mich Leute wie Cross, Rhws Davies, John Birt, Ashley Ramp und so weiter schikanieren. Ich sagte, diese Leute seien nur dazu da, Leute wie mich zu schikanieren. Und wenn sie das glücklich mache, hätte ich nichts dagegen. Das schien ihn zu ärgern. »Du musst sie dissen!«, sagte er, während wir auf der Parkside fuhren. »Musst ihnen derbe auf den Sack gehen!« Seine Sprache hatte sich in den Osterferien völlig verändert, was mir allerdings erst jetzt auffiel. »Mit meiner Band, klar«, sagte er, »lass ich mir keine Scheiße gefallen, klar? Wenn die Leute scheiße sind, fliegen die, klar? Ich mach sie fertig, klar? Kein Problem, klar?« Ich fragte ihn, ob sie schon zusammen gespielt hätten, und er sagte Nein.

Dann ließ ich mich dummerweise zu der Bemerkung hinreißen, wie sehr ich es bedauern würde, dass er das Klavierspielen in der dritten Klasse aufgegeben hätte. Er sagte: »Hör auf damit, das macht dich alt!«

Aufgestachelt von Edwin fahre ich jetzt zur BBC, um dort jemandem die Hölle heißzumachen.

10.15 Uhr

In der Kantine. Ich fürchte, hier ist niemand, dem ich die Hölle heißmachen könnte. Die BBC wirkt völlig verwaist. Vielleicht wurden endlich alle gefeuert.

Daheim lag ein Brief, an mich adressiert und mit dem Vermerk »PRIVAT« versehen. Ich glaube, er ist aus East Cheam. Vielleicht braucht Laura oder Lucy einen väterlichen Rat. Ein Essen in einem italienischen Restaurant? Ich habe den Brief noch nicht geöffnet, vielleicht ist es ja ein Brief vom Anwalt im Auftrag von Norman Proek.

Der einzige Mensch, den ich im Sender fand, war ein Mann namens Wainwright, der eine Late-Night Show auf Radio 3 produziert. Er ist schon länger dabei als ich. Nach dreißig Jahren bei der BBC ist seine Haut sehr rot und sein Körper fast völlig kugelförmig. Wie immer trug er einen grünen Tweedanzug. Er erzählte mir, Colin Cross versuche zurückzukommen, dürfe aber nicht. Ashley Ramp hat sich geweigert, nach Wales, Schottland, Nordirland und East Anglia zu gehen. »Wer«, fragte Wainwright, »wird der neue Abteilungsleiter Audio?« Offenbar räumt er Karl durchaus Chancen ein, ebenso Ashley Ramp, falls er es schafft, nicht dorthin geschickt zu werden, wo man ihn hinschicken will. Beide wären für mich eine Katastrophe. Beim neuen Abteilungsleiter interessiert mich einzig und allein, wie er – wer immer er auch ist – zu Esmond Pennebaker steht. Und wie lange wird er Abteilungsleiter bleiben? Wird er lange genug durchhalten, um die Pressemitteilung zurückzunehmen, die der widerliche Karl herausgegeben hat?

Ich fragte Wainwright nach dem zentralen Strategiegremium. Er bestätigte, dass es aus Howard Porda und demjenigen bestehen wird, der den Ersatz für Colin Cross ersetzen wird, außerdem zwei weiteren Abteilungsleitern, die ihre Position der neuesten Umstrukturierung zu verdanken haben. Der eine nennt sich stellvertretender strategischer Leiter für Hörspiele und der andere Co-Leiter der Abteilung Audio im Bereich Hörspiele. Laut Wainwright sind die aussichtsreichsten Kandidaten für die Leitung der Abteilung Audio Karl und Ashley Ramp.

Als ich Wainwright fragte, welche *Aufgaben* die neuen Abteilungsleiter seiner Meinung nach eigentlich hätten, sagte er: »Das ist zur Zeit alles sehr abgehoben. Bis jetzt haben sie nur Positionen erfunden. Jetzt müssen sie Leute erfinden, um die Positionen zu besetzen. Ich glaube, sie haben vor allem die Aufgabe, die anderen Abteilungen umzustrukturieren und zu verschlanken.«

Habe gerade Howard Porda auf der anderen Seite der Kantine entdeckt, er holt sich eine Schale Jasmintee (bald beginnen die chinesischen Wochen). Ich glaube, es ist Zeit, sich bei ihm einzuschmeicheln.

12 Uhr mittags

Bin in der Empfangshalle des Sendehauses.

Die Sache mit Porda ist viel komplizierter, als ich dachte! Es geht gar nicht um eine simple Geschlechtsumwandlung. Wie so oft (und wie vielleicht auch im Falle unseres Quartetts Ruairghy/Laura/Jakob/Lucy) hat sich die Situation durch mein Eingreifen nicht verbessert, sondern verschlimmert! Ich weiß nicht, ob ich stolz oder deprimiert sein soll.

Wahrscheinlich hätte mir das vorher klar sein müssen.

Anscheinend hat Howard eine sehr seltene Erkrankung der Hirnanhangdrüse, daher ist sein Hormonpegel starken Schwankungen unterworfen. Er war bereits ziemlich durcheinander, bevor ich seine Tabletten vertauschte. »Die Sache ist die, Slippery«, dröhnte er auf dem Flur erschreckend laut, während wir zu seinem Büro gingen, »ich kann mich einfach nicht entscheiden, ob ich ein Mann oder eine Frau sein will!« An manchen Tagen will er in schwarzer Spitze umherschweben und seine Brüste streicheln, an anderen Tagen will er Bier trinken, bei Besprechungen auf den Tisch hauen und junge, attraktive Menschen anderen Geschlechts begaffen.

»Zur Zeit«, sagte er, »fühle ich mich sehr, sehr männlich!« Ich wagte nicht, ihm eine mögliche Erklärung dafür zu geben. »Ich kann es kaum erwarten«, verkündete er mit seiner tiefen Stimme, »diesen Busen loszuwerden!« Der einzige andere Benutzer des Fahrstuhls war Ronnie Pilfrey, der nette Ronnie Pilfrey. Er hob leicht die Augenbrauen, tat aber im Übrigen so, als ob er uns nicht zuhören würde. Howard wirkte völlig gelassen. Vermutlich ist sein Testosteronspiegel inzwischen so hoch, dass er sich vollkommen sicher fühlt. »Die Vorstellung, in BH und Hüftgürtel herumzulaufen«, fuhr er im selben gebieterischen, männlichen Tonfall fort, »hat derzeit überhaupt keinen Reiz für mich!« In dem Moment musste Pilfrey doch seine lange Nase in die Sache stecken. »Willkommen im Klub!«, sagte er im tuntenhaften Ton. Howard ignorierte ihn einfach.

Wir gingen in sein Büro, wo er fünf Memos diktierte, acht Mitarbeiter entließ, sechs Geschäftsessen vereinbarte und seine Sekretärin anbrüllte. Dann scheuchte er sie weg, schloss die Tür und sagte: »Diese Pressemitteilung ist völlig daneben! Ich war komplett dagegen, dass die Mauer über Pennebaker einstürzt! Ich habe mich im zentralen Strategiegremium entschieden dagegen ausgesprochen, war zu der Zeit aber in einer schwierigen Situation. Ich hatte vor, eine Frau zu werden.« »Ich weiß!«, sagte ich. »Allein bei dem Gedanken, dass irgendein Typ ein Skalpell an meinem Schwanz ansetzt, sträuben sich mir sämtliche Haare! Mein Gott, Slippery, ich muss wahnsinnig gewesen sein!«

Ich war mir nicht so sicher, ob er jetzt völlig zurechnungsfähig war. Trotzdem nickte ich erneut. »Ich bin total gegen diese neuen Autoren!«, fuhr er fort. »Was sollen diese ganzen Hinweise auf Gebäude und Architekten in der Sendung? Sobald die Mauer über Ihnen eingestürzt ist, bringen wir Sie ins Krankenhaus. Ich denke, Sie könnten da eine Krankenschwester kennenlernen, die Sie anmacht; sie könnte Ihnen einen blasen oder so!« Ich sagte, die Idee gefalle mir. Howard verdrehte die Augen und schnalzte mit der Zunge.

Danach telefonierte er wieder. Tatsächlich schaffte es Porda während unseres Gesprächs, gleichzeitig drei Telefonate auf unterschiedlichen Leitungen zu führen, einen Brief an John Birt zu faxen, drei E-Mails von einem Mann namens Roger zu lesen und zu beantworten und Ashley Ramp in einer handschriftlichen Notiz mitzuteilen, wenn er sich weigere, nach Plymouth zu gehen, werde er nach Norwich geschickt – ohne die Aussicht, je wieder zurückzukehren.

Bei Howards Verfassung könnte man durchaus von einer Manie sprechen. Aber zumindest ist er auf meiner Seite. Ich brauche ihn, um nicht in die Fänge von Rhws Davies und des ebenso verrückten Leo zu geraten. »Ich glaube«, fuhr Howard fort, »dass Pilfrey sterben sollte, und zwar möglichst grausam.« Ich nickte. »Nichts dagegen einzuwenden«, sagte ich. »Es gibt da eine Krankheit«, erläuterte Porda, »bei der das Gehirn weich wird, man sich an nichts erinnern kann und die Beine wehtun!« »Ich weiß«, sagte ich, »ich glaube, die habe ich!« Howard ließ ein lautes, dröhnendes Lachen ertönen. »Ich mag Sie, Slippery!«, sagte er. »Sie haben so einen trockenen Humor!« »Ja!«, sagte ich. Howard lachte erneut, dann beugte er sich, plötzlich ganz ernst, über den Tisch. »Ich liebe meine Mutter sehr!«, sagte er.

Das Gespräch war beendet.

Du hast in den vergangenen Monaten wirklich chemische Wunder gewirkt, Slippery. Nicht nur hast du das Sexualleben deiner Söhne völlig durcheinandergebracht, sondern auch einen Kollegen in den Wahnsinn getrieben. Ich würde sagen, du bist ein Wurm, aber wir wissen ja beide, dass du nicht einmal das schauspielerische Talent hast, einen Wurm darzustellen.

Muss jetzt los, bin zum Mittagessen mit Peter Mailer und dem guten alten Steve verabredet.

12.45 Uhr

Im Taxi. Habe gerade den Brief aufgemacht. Er ist von Gwendolen Proek. Sie schlägt ein Mittagessen im Chinarestaurant vor, »um über die Situation zu sprechen«. Sie schreibt außerdem: »Das Verhältnis zwischen mir und Norman und Lucys Eltern ist furchtbar kompliziert. Vielleicht war ich ein bisschen gemein zu Ihnen, allerdings haben Sie nun mal im beschränkten Parkverbot außerhalb der erlaubten Zeiten geparkt!«

Gwendolen, hm? Ich glaube, ich hätte Chancen bei ihr.

Ich muss mich sowieso mit ihr treffen. Ich muss Jakob wieder mit Laura zusammenbringen, bevor er und Ruairehughry sich gegenseitig umbringen.

17 Uhr, L'Abattoir, Islington

Zumindest glaube ich, dass das Restaurant so heißt. Es hat sich auf riesige Fleischbrocken spezialisiert, die auf dreierlei Arten zubereitet werden: blutig, sehr blutig und verdammt blutig. Der gute alte Steve erzählte, eine Tunte, die medium verlangt hätte, sei hinausgeworfen worden, und ein Mann, der nach der vegetarischen Karte gefragt hätte, sei draußen von drei Schlägern angegriffen worden und hätte mit neun Stichen am Hinterkopf genäht werden müssen.

Peter Mailer fragte nach Perrier, und der Kellner grinste ihn nur höhnisch an.

Der gute alte Steve und ich tranken vier Flaschen Château Haut-Brion, die der gute alte Steve – oder vielmehr Rupert Murdoch – bezahlte. Der eigentliche Anlass des Essens war die Planung von Nobbys Trauerfeier, die nächste Woche stattfindet. Ich fragte nach der Beerdigung, und der gute alte Steve sagte, soweit er wisse, habe Nobby darum gebeten, nicht beerdigt zu werden. »Heißt das, dass er einfach irgendwo verrottet?«, fragte ich. Der gute alte Steve meinte, Nobby habe schließlich den Großteil seines Lebens nichts anderes getan. Ich sagte, soweit ich wüsste, müsse man beerdigt werden, das sei gesetzlich vorgeschrieben. Der gute alte Steve sagte, das wisse er nicht. Er weiß vieles nicht, das ist wirklich erstaunlich. Die Jahre, die er für die Murdoch-Presse arbeitet, haben ihre Spuren hinterlassen, seine Neugier tendiert praktisch gegen Null.

Wir fanden schließlich einen Kompromiss (ich glaube, ich wies die anderen dezent darauf hin, dass ich ein ausgebildeter Schauspieler sei und daher gebeten werden sollte, etwas zum Besten zu geben), nämlich, dass wir alle drei eine Rede halten würden. Ich sagte, ich würde gern eins von Nobbys Lieblingsgedichten vorlesen. Steve erinnerte mich daran, dass Nobby seit 1968 kein Buch mehr gelesen hatte. Wir entschieden, dass ich etwas von Philip Larkin vortragen würde.

Mitten beim Essen geschah etwas sehr Seltsames. Ich war mir fast sicher, dass ich Jakob an einem Tisch am anderen Ende des Restaurants sitzen sah. Er trug einen dunklen Anzug und unterhielt sich mit einem Mann mittleren Alters. Ich sah mich noch einmal um und entschied, dass ich mich geirrt hatte. Aber als ich wieder hinsah – er und der Mann erhoben sich gerade, um zu gehen – war ich überzeugt, dass da tatsächlich mein mittlerer Sohn stand. Wie um alles in der Welt kommt er an Geld, um in solchen Restaurants zu essen? Oder habe ich Halluzinationen?

Ich werde ihn fragen, wenn ich daheim bin. Jetzt muss ich Edwin von der Probe abholen.

21 Uhr

Estelle ist »irgendwo in Connemara«. Edwin, der sie auf dem Handy anrief, genauer gesagt, sie mit ihrem Handy auf einem anderen Handy anrief, sagte, sie sei dort »wegen der Musik«

für den Trickfilm von Mr. Slippy Sloppy, dem bierbäuchigen Salzteigmännchen. Hoffen wir, dass der Film nicht voller billiger Witze über Ehemänner ist! Edwin sagte, er habe mich als Sprechstimme vorgeschlagen, aber Estelle habe gesagt, ich sei »passé«. Manchmal könnte ich sie würgen. Und selbst wenn man mich dazu überreden würde, nach Shannon zu fliegen, um die Rolle zu übernehmen, ich glaube, ich müsste sie erst aus dem Weg räumen, vorher könnte ich keine Zeile sprechen.

Ich machte mit Aprikosen und Thymian gefüllte Kalbsschulter, als Beilage gab es dicke Bohnen mit Knoblauch – ein Gericht, das laut dem *River Café Cookbook* von den Köhlern der Region Maremma in der Toskana besonders geschätzt wird. Im Buch steht jedoch nicht, ob die Köhler die Bohnen kochen, wenn sie draußen in den Wäldern bei ihren Kohlemeilern sind, oder ob sie das Gericht nur essen, wenn sie drüben in Hammersmith ihren zweiwöchigen Jahresurlaub verbringen.

Edwin sagte, es schmecke »seifig«.

Ich schreibe im Esszimmer und höre mir währenddessen Elgars wunderbares Cellokonzert an, das so lebhafte Erinnerungen wachruft.

21.15 Uhr

Besser gesagt Dvořáks wunderbares Cellokonzert.

21.30 Uhr

Nachricht von Gustave auf dem Anrufbeantworter. Mir wurde eine kleine Rolle in einem Musical in Leicester angeboten. Anscheinend soll ich ein Tier spielen, aber er will mir am Telefon nicht sagen, welches Tier. Vielleicht sollte ich ihn anrufen und mit ihm darüber reden. Immerhin ist es möglich, dass mir endlich auch eine Real-Insektenrolle angeboten wird. War kurzzeitig sehr aufgeregt, dann aber natürlich wieder deprimiert. Wahrscheinlich ist es der hintere Teil in einem Pferdekostüm.

Außerdem eine Nachricht von meiner Mutter:

> *(Knistern des Bands. Lange Pause.)* Paul, bist du das? Bist du da? *(Lange Pause. Schweres Atmen.)* Hier ist Omi, Paul! Die alte Oma mit dem Stock, die in der Wohnung auf dem Berg wohnt! Erinnerst du dich an sie, Paul? *(Irres Lachen. Lange Pause.)* Ich habe mir *Brookside* angesehen, Paul. Es war widerwärtig. Die Frau ist gestorben, weißt du. Hast du dir *Brookside* angeschaut? *(Schweres Atmen. Dumpfes Klopfen im Hintergrund.)* Das ist mein Kühlschrank, Paul. Hörst du ihn? Er macht nachts dieses Geräusch, Paul, wie eine Seele, die in der Hölle stöhnt – hörst du es? *(Dumpfes Klopfen. Schweres Atmen. Irres Lachen.)* Hier spricht Oma, Paul. Ich sehe dich am Samstag, wenn ich bis dahin noch lebe. *(Lange Pause, dann nachdenklich:)* Ich wäre lieber tot. Wenn man so darüber nachdenkt, wäre ich lieber tot. *(Lange Pause. Weitere Klopfgeräusche. Irres Lachen. Schweres Atmen. Knistern der Kassette. Schweigen.)*

Ich habe mir überlegt, die Nachrichten zu kopieren und sie irgendwo zu archivieren. Sie haben das Zeug für ein wirklich verstörendes Hörstück.

23.15 Uhr

Habe Gwendolen Proek angerufen. Zum Glück ging sie und nicht Norman ans Telefon. Wir haben uns in einem chinesischen Restaurant in Wimbledon verabredet. Sie sagte: »Ich kann jetzt nicht sprechen, Norman wird schon bald wieder vom Dach herunterkommen.« Sie steht ganz eindeutig auf mich.

Habe Gustave zu Hause angerufen. Die Rolle in Leicester ist eine Ente. In einer Kindervorstellung. Ich sagte, ich würde keine Enten spielen.

28. April, 11.30 Uhr, blauer Himmel, leichte Brise, Kumuluswolken über Wimbledon

Edwin in der Schule. Ruairghrey übernachtet bei den Berts. Jakob geht vermutlich im Flur auf und ab und kaut Nägel. Estelle im Arbour Hotel in Leitrin. Ich bei der BBC.

Wir haben gerade die Szene gelesen, in der die Wand auf mich fällt. Ich fühle mich ermutigt, weil ich gehört habe, dass a) sich das zentrale Strategiegremium Ende der Woche (oder irgendwann) trifft, um »endgültig über Pennebaker zu entscheiden«, b) der neue Abteilungsleiter Audio »aus dem Porda-Lager« sein soll und c) Gerüchte umgehen, dass Karl Rhws Davies nach Nordirland versetzt wird. Ich habe mehrere Umarbeitungen verlangt und bekommen.

Leo hat inzwischen richtig Angst vor mir, genauso will ich ihn haben. Wehr dich, Slippery!

Im Entwurf gehen der Architekt und ich die Treppe hoch. Dann entspinnt sich der folgende Dialog:

ARCHITEKT: Nun, Dr. Pennebaker, das Gebäude ist ja fast so alt wie das Jahrhundert!

ICH: Es wurde von Snueygens gebaut, dem holländischen Architekten.

ARCHITEKT: Wirklich? Ich mag seine Gebäude sehr. Sie sind so voller Licht und Raum und Geist.

ICH: Er starb 1932 bei einem Zugunglück.

Die Mauer stürzt ein. Pennebaker schreit. Seine Schreie werden immer leiser, dann Stille.

Nach einigen energischen Worten konnte ich folgende geänderte Version durchsetzen:

ARCHITEKT: Das ist ein altes Gebäude, Dr. Pennebaker!
ICH: Als Mediziner interessiert man sich nicht für Gebäude, mein Freund!
ARCHITEKT: Aber ...
ICH: Ich bin für die Gesundheit meiner Patienten verantwortlich. Wir haben zwölf über siebzigjährige Patienten mit schwerem Asthma. Zum Beispiel Mrs. Nuffield aus Greenacres. Es ist meine Pflicht, dafür zu sorgen, dass sie und andere auch im Alter ein Leben in Würde führen können.
ARCHITEKT: Ich nehme an, Sie haben Recht.
Mauer stürzt ein. Pennebakers Schreie hallen geisterhaft durch den Raum.

Karl war vollkommen dagegen, dass ich schreie, aber am Ende konnte ich mir sogar ausbedingen, dass ich mit schwacher Stimme »Hilfe!« rufen darf, wenn meine Schreie verhallt sind. Karl war, was meine Fähigkeit angeht, überzeugend zu schreien, skeptisch. Zuerst sagte er: »Du kannst nach dem Schreien einmal stöhnen und dann das *Stöhnen* leiser werden lassen.« Ich konnte das verhindern, indem ich so schlecht stöhnte, dass sie keine andere Wahl hatten, als mich etwas sagen zu lassen. Karl sagte, mein Stöhnen erinnere »unschön an Verstopfung«. Was ich natürlich beabsichtigt hatte.

Der Ton, in dem ich heute Morgen um Hilfe rief, ließ ganz eindeutig erkennen, dass diese Hilfe kommen wird. Selbst wenn Ramp oder Karl Leiter der Abteilung Audio wird, sind Porda, John Birt und ich ein unschlagbares Trio! Das Problem bei der BBC ist allerdings, dass dort jeder die Entscheidung eines anderen revidieren kann. Ich fürchte, die Debatte über meinen Tod wird sich ähnlich lang hinziehen wie die über das Ende von Maria Stuart.

Doch damit ist – unnötig zu erwähnen – meine Ähnlichkeit mit der schottischen Königin bereits erschöpft.

Muss jetzt zurück in die Mafeking Road. Mache mir Sorgen wegen Jakob, der gestern Abend, als ich ins Bett ging, Todesdrohungen gegen seinen älteren Bruder ausstieß. Lucy und Ruairghy sind anscheinend wieder ein Paar – »wie die Kletten«, um Edwins Formulierung zu gebrauchen. Sie hat sein Zimmer aufgeräumt und ein großes Hamsterbild aufgehängt. Ich fragte sie, ob sie das auch in meinem Arbeitszimmer machen könnte. Sie quietschte, klatschte in die Hände und bebte in ihrer entzückenden plumpen Art am ganzen Körper. Ich denke, das heißt ja.

Ihr Nachname lautet Rachnowski. Wahrscheinlich hat sich Laura Proek (ein deutscher Name?) deswegen letzte Woche negativ über Polen geäußert.

Ich habe herausgefunden, was Jakob letzte Woche im L'Abattoir gemacht hat. Er nutzt Gewinne aus Devisengeschäften, um ein »elektronisches Billigkaufhaus« zu gründen. Er sagte, der »operative Gewinn« liege wahrscheinlich in sechsstelliger Höhe. Beunruhigt war ich vor allem, weil er mir die ganze Zeit versicherte, dass keine der Waren gestohlen sei, weswegen ich glaube, dass sie es alle sind.

Wenn er Kontakte zur Unterwelt hat, kann er vielleicht auch arrangieren, dass Ruaigerhgy um die Ecke gebracht wird! Ich bin zwar im Moment, das muss ich zugeben, nicht hundertprozentig begeistert von meinem Ältesten – vor allem mit seiner Weigerung, sich einen Job zu suchen, auf die University of South Wimbledon zu gehen und so weiter –, aber ich glaube nicht, dass er es verdient hat, durch die Hand eines Auftragskillers zu sterben.

Es stellte sich heraus, dass Jakob auch an einem Restaurant in Norwich beteiligt ist.

12.15 Uhr

Kam gerade heim. Keine Spur von Jakob. Rief bei den Berts an. Mrs. Bert sagte: »Sie sind noch im Bett.« Dort sollten sie eigentlich sicher sein. Nachricht von Gwendolen Proek auf dem Anrufbeantworter. Wir sollen uns heute Abend treffen, da sich »die Sache mit den Rachnowskis zuspitzt«. Was kann sie damit meinen?

13 Uhr

Jakob ist gerade gekommen. Woher? Er sagte es nicht. Er sah auf einmal furchtbar jung und verletzlich aus. Ich sagte: »Schau. Es ist nicht so schlimm! Ich bin mir sicher, dass sie nicht heiraten oder so!« Jakob sagte angespannt: »Warum nicht? Ich könnte durchs Kirchenschiff stürmen und rufen: ›Ich hätte es eigentlich sein sollen!‹« Dann fügte er hinzu: »Wahrscheinlich liegt es an meinem Pimmel. Sieht irgendwie nach Krätze aus!«

Manchmal sieht er aus wie ein armer, ausgesetzter Kobold. In solchen Momenten würde ich ihn gern in den Arm nehmen, weiß aber, dass ihm das furchtbar peinlich wäre. Also lasse ich es.

Ich glaube, ich sollte versuchen, ihn wieder mit Laura zu verkuppeln. Vielleicht sollte ich ihn zu meinem Tête-à-tête mit Gwendolen Proek mitnehmen. Und sie dazu überreden, Laura mitzubringen. Ein bisschen Liebestrank in ihr Essen kippen. Es wäre einen Versuch wert. Wenn das so weitergeht, braucht es mehr als einen kleinianischen Teilzeittherapeuten, um die beiden davon abzuhalten, sich gegenseitig in Stücke zu reißen.

Ich glaube nicht, dass Jakob etwas gegen Laura hat. Außerdem geht er total gern chinesisch essen.

13.30 Uhr

Rief Gwendolen Proek an (wir sprechen uns mittlerweile mit Vornamen an) und unterbreitete ihr meinen Plan, ohne natürlich den Liebestrank zu erwähnen. Sie war Feuer und Flamme. Bin ein bisschen deprimiert, weil sie anscheinend doch kein Interesse an meinem Körper hat, fühle mich dafür aber sehr tugendhaft.

13.45 Uhr

Versuchte, mein tugendhaftes Gefühl auszunutzen, und rief Estelle in Leitrim an. Ich wurde mit ihrem Zimmer verbunden und sprach wieder einmal mit einem türkischen Mann. Ich war mir fast sicher, dass es derselbe Türke war, mit dem ich in Norwich gesprochen hatte, daher sagte ich: »Sind Sie derselbe Türke, mit dem ich in Norwich gesprochen habe?« Er reagierte beleidigt und sagte mir, er sei noch nie in Norwich gewesen. Daraufhin sagte ich: »Wissen Sie, wo Estelle Slippery ist?« Er legte einfach auf.

Bin mir allerdings nicht sicher, ob es überhaupt ein Türke war.

14.30 Uhr

Ruairghy kam zusammen mit Lucy von den Rachnowskis zurück. Lucy hatte eine große Plüschratte dabei, die sie in seinem Zimmer unterbringen will. Sie warf ihre langen schwarzen Haare zurück und quiekte: »Er heißt Roger, die Schädlingsbekämpfer nutzen ihn für Übungszwecke!« Ich glaube, das war ein Witz, bin mir aber nicht sicher. Ich fragte Ruairghy nach der University of South Wimbledon, einem Job und so weiter, und er sagte: »Du kannst Roger in die Nase kneifen, wenn du magst!« Dann gingen beide nach oben.

Jakob sitzt allein unten und liest eine Biografie von Maynard Keynes. Er sieht schrecklich einsam aus. Vielleicht sollte ich ihm ein Kuscheltier für sein Zimmer kaufen.

15 Uhr

Edwin benutzt anscheinend Estelles Handy. Als er mich anrief, klang es, als wäre er in einem fahrenden Zug. Ich fragte ihn, wo er sei und was er mache, und er antwortete: »Oh, es ist Dienstag!« Als ich sagte, das erkläre nicht, warum er nicht am Schreibtisch sitze und für seine Prüfungen lerne, sagte er: »Dienstags haben wir Gute Taten!« Ich werde schon noch herausfinden, was er damit meint.

Außerdem ist er ziemlich gut über Estelles Reisen informiert – jedenfalls besser als ich. Anscheinend ist sie in Angmering-on-Sea. Er sagte, sie komme heim, sobald sie »die Sache mit Hamish geregelt« habe. Es Mrs. Hamish gesagt hat? Will ich sie überhaupt wieder in der Mafeking Road haben? Brauchen wir sie? Ihre Anwesenheit könnte sich zu diesem Zeitpunkt negativ auswirken auf meine neue Herangehensweise in Sachen Politessen, BBC-Vorgesetzte, toskanische Küche etc.

15.45 Uhr

Edwin roch nach Zigarettenrauch, als er heimkam. Ich fragte ihn, was er mit Guten Taten meinte, und er sagte: »Dienstags können wir anstelle von Sport so eine Art Sozialarbeit machen, zum Beispiel alte Leute besuchen. Also bin ich zu Oma gefahren.«

16 Uhr

Jakob ist in wirklich schlechter Verfassung. Er sitzt lustlos auf der Couch und ist erst auf Seite vier der Keynes-Biographie. Habe meinen Vorrat an Liquid Love überprüft, bevor ich einen Tisch im Jade Garden in Wimbledon reservierte. Ich bin mir sicher, dass schon wieder etwas fehlt. Und Edwin ist oben und singt *»Be my little love pump baby gonner let you suck me dry!«* – in einer Art, an der die Nachbarn Anstoß nehmen könnten.

16.30 Uhr

Aus Ruairghy Zimmer kommen hohe Quietschgeräusche. Ich glaube nicht, dass Lucy versucht, eine Maus nachzuahmen. Außerdem rumpelt das Bett in einem Rhythmus gegen die Wand, der entfernt an russische Volkstänze erinnert. Ich hoffe nur, dass Jakob das nicht hört.

18 Uhr

Ich schreibe im Chinarestaurant. Jakob ist »auf dem Weg«. Die Geräusche aus Ruairghy Zimmer haben mich vorzeitig aus dem Haus getrieben (es klang, als ob Roger die Ratte mit von der Partie wäre). Als ich ging, starrte Jakob lustlos zur Decke und sagte, er komme nach, er müsse »über einiges nachdenken«. Ich war schon fast aus der Tür, als er mit Pathos in der Stimme verkündete: »Ruarghy hat sich meine Black-Sabbath-CD ausgeliehen. Ohne mich zu fragen!« Keine Spur von Laura Proek oder ihrer Mutter. Ich bin völlig deprimiert. Vor allem, weil ich nicht den Mut aufgebracht habe, Jakob zu sagen, dass Laura auch kommt.

Die ganze Idee mit dem Liebestrank wirkt auf einmal deprimierend. Ich hätte nie damit anfangen dürfen. Ist Liebe nicht einer der wenigen Bereiche auf der Welt, wo wir noch frei wählen können? Und da sitze ich nun und versuche, sie zu manipulieren. Der Einfluss, den wir auf unsere Kinder nehmen, ist heutzutage viel größer als früher – erschreckenderweise. In den sechziger Jahren versuchte es mein armer Vater mit Drohungen, berief sich auf nicht mehr vorhandene autoritäre Werte und ihren billigen Ersatz, die Pflicht. Als wir Kinder bekamen, verkündeten wir stolz, dass wir das alles nicht nötig hätten, dass wir ganz neu ansetzen würden. Aber weil wir – also die heute um die Fünfzigjährigen, die früher Gras rauchten, Che-Guevara-Poster aufhängten und für alles eintraten, was irgendwie nach Befreiung aussah – so taten, als würden wir auf das Recht verzichten, unseren Nachwuchs zu kontrollieren, und unseren Kindern stattdessen die Illusion einer auf Gegenseitigkeit beruhenden Unabhängigkeit vorgaukelten, haben wir dem Erwachsenwerden seine eigentliche Bedeutung genommen.

Ich verhalte mich Jakob und Ruairghy gegenüber noch immer so wie damals, als ich ihnen stets genau die gleiche Anzahl Star-Wars-Figuren gekauft habe. Ich sehe sie noch immer als Kinder, nicht als Männer. Ich bin nur, wie alle Kinder zu allen Zeiten, ein bisschen klüger als mein Vater, was meine Kontrollmechanismen angeht. Alle vier Männer in unserer Familie müssen irgendwie erwachsen werden. Und wenn ich meinen Söhnen nicht dabei helfen kann, was bin ich dann für ein Vater?

18.15 Uhr

Immer noch allein. Ich habe schon drei Portionen Krabbenchips gegessen. Der große Chinese, dem der Laden gehört, lächelt mich an. Die Zeiten, in denen Chinesen als hinterhältig galten, sind lange vorbei, doch ihr derzeitiges Verhalten – eine

Art gnadenlose, eiserne Fröhlichkeit, die zu sagen scheint: »Wir sind Chinesen! Wir sind hier! Und dort, wo wir herkommen, gibt es noch sehr viel mehr von uns!« – hat immer noch etwas leicht Bedrohliches. Zweimal ist er schon an den Tisch gekommen und hat gefragt: »Darf es noch etwas sein, Mr. Slippery?« Nach außen hin wirkt das neutral und freundlich, sein Ton deutet aber auch an, dass er sich nicht wundern würde, wenn ich ein paar Zentner Kokain bestellen und verlangen würde, dass er mir einen großen Haufen Geld wäscht.

18.30 Uhr

Immer noch allein. Habe mittlerweile sechs Portionen Krabbenchips verdrückt. Der Restaurantbesitzer lächelt mich immer noch unergründlich an.

Da kommt Jakob.

18.45 Uhr

Ich schreibe auf dem Herrenklo. Die Spannung am Tisch ist unerträglich, seit Laura und Gwendolen Proek eingetroffen sind.

Zuerst starrte Jakob fünf Minuten lang auf seinen Teller. Das ist bei ihm nicht ungewöhnlich. Er schaut immer fünf Minuten lang auf seinen Teller, wenn wir essen gehen, und hebt nur den Kopf, wenn er sich unbeobachtet glaubt. Das ist natürlich das klassische Verhalten eines mittleren Bruders.

Laura machte zahlreiche Annäherungsversuche und senkte den Kopf so tief, dass sie mit dem Gesicht fast das Tischtuch berührte – das musste sie aber auch, um Blickkontakt mit ihm herzustellen. Außerdem nickte sie wie wild bei allem, was er sagte.

Er hat nur einmal kurz den Blick gehoben, um Schweinerippchen, Algen, gebratene Krebse, zwei Portionen frittierte Wan-Tan, Krabben, Chicken Satay, vier Schälchen Hühnersuppe mit Mais, gebackene Austern und Sesam-Garnelen-Toast zu bestellen. Dem fügte er noch eine halbe Pekingente hinzu, Rindfleisch vom heißen Stein, Schweinefleisch süßsauer, Fisch mit Ingwer und Frühlingszwiebeln, Hühnchen-Gung-Bao mit Chili, Brokkoli mit Austernsoße, drei Portionen gebratenen Reis Spezial, zwei Portionen gebratene Nudeln und Sojasprossen extra. Dann fragte er: »Und was nehmt ihr?«

Ich muss wieder rein.

19.15 Uhr

Habe mich wieder aufs Herrenklo zurückgezogen. Mrs. Proek äußerte sich bereits besorgt über meine Prostata.

Sie hat so ein gewisses Nicken und Zwinkern an sich, von dem bestimmte Frauen glauben, es sei nur für sie selbst und die Leute sichtbar, denen es gilt. Ansonsten keine Kommunikation zwischen Laura und Jakob. Es war höchste Zeit, den Liebestrank einzusetzen.

Was nicht so einfach war, wie ich angenommen hatte.

Liquid Love sieht ein bisschen aus wie grüner Chartreuse-Likör. Keine Chance, ihn einfach in Jakobs Wein zu schütten. Die sicherste Variante war, ihn über den Brokkoli zu kippen. Aber ich war mir nicht sicher, ob Jakob überhaupt Brokkoli mag. Schließlich entschied ich mich für die Algen. Er steht total auf Algen.

Zu sehr für meine Zwecke.

Als die Algen kamen, serviert von einer von Mr. Lus Schätzchen (wie Jakob sie nennt) in einem engen türkisfarbenen Kleid, schnappte ich mir das Zeug, kaum dass die Platte das Tischtuch berührt hatte, und wartete, dass Jakob seine Aufmerksamkeit auf etwas anderes richtete.

Was er nicht tat. Er saß einfach da und starrte hungrig auf die Algen wie ein Hund auf den Abendbrottisch. Ich stellte die Platte neben meinen Teller und hoffte, dass er irgendwann wegsehen würde. Was er nicht tat. Ich saß da und überlegte, was ich jetzt tun sollte, als Mrs. Proek mit hilfsbereitem Lächeln über den Tisch langte und ihm die Algen reichte. Er fing sofort an, sie in sich hineinzuschaufeln.

Verzweifelt zog ich die kleine Flasche mit dem Trank aus der Tasche. »Hast du das schon versucht?«, fragte ich fröhlich. »Das haben Sie hier nie! Deshalb ... äh ... bringe ich es mir immer selbst mit!« Alle sahen mich seltsam an. »Das ist Mang-Seng-Soße!«, fügte ich heiter hinzu. Das Zeug sah, das muss ich zugeben, sehr grün und giftig aus. »Warum«, fragte Jakob, »hast du sie unter dem Tisch versteckt?« In dem Versuch, ihn abzulenken, wedelte ich damit herum und machte Flugzeuggeräusche. »Schau!«, rief ich fröhlich, wie ich es vor etwa sechzehn Jahren tat, wenn ich ihn dazu bringen wollte, ein Ei zu essen. »Schau Jakob! Sie kann fliegen!«

Jetzt war er wirklich misstrauisch. Mit gutem Grund.

»Sie ist köstlich!«, sagte ich. »Leckere Mang-Seng-Soße! Mmmh! Lecker! Algen mit Mang-Seng-Sauce! Wie sagen die Chinesen noch gleich: *Kein Feld ohne Reis! Keine Algen ohne Mang-Seng-Sauce!*« Ich wedelte wie wild mit dem Liebestrank und riss die Augen auf in dem Versuch, arglos und unschuldig zu wirken.

Ich bin nicht sehr gut darin, arglos zu wirken. Die Erfahrung machte ich schon als Ferdinand in Patsy Strouds unglückseliger Inszenierung von *Der Sturm* 1981 im Donmar-Warehouse-Theater. Damals riss ich die Augen ganz weit auf und öffnete leicht die Lippen, was mir laut Patsy den Ausdruck eines Strichjungen verlieh, der seine beste Zeit hinter sich hatte.

Jakob war natürlich nicht überzeugt. »Wenn es tatsächlich heißt *Kein Feld ohne Reis! Keine Algen ohne Mang-Seng-Soße!*, warum haben uns die Schlitzaugen die Soße all die Jahre vorenthalten?« »Sie ist sehr teuer!«, sagte ich schnell. Einen Augenblick lang dachte ich, das würde ihn umstimmen. Aber nichts da.

Muss zurück zu unserem Tisch, sonst schickt mich La Proek noch zum Arzt. Memo an mich selbst: Muss nach meiner Prostata sehen lassen, sobald ich den Gedanken ertragen kann, dass mir ein Arzt den Finger in den Hintern schiebt. Habe furchtbare Angst, dass es mir gefallen könnte.

Wie bringe ich die beiden jungen Leute dazu, dieses Zeug zu schlucken? Wenn ich es nicht schaffe, wie lange wird es dauern, bis Jakob Rueiaghry umbringt? Warum fühle ich mich plötzlich auf merkwürdige Weise zu Mrs. Proek hingezogen? Weil ich sie in Uniform gesehen habe? Was machte der Türke mit Estelle? Hat er irgendwas mit Hamish zu tun?

20.30 Uhr

Wieder auf der Herrentoilette.

Konnte mich nur mühsam von Mrs. Proek und ihren detaillierten urologischen Schilderungen losreißen. O Gott! O Gott! Wie bin ich nur auf diese blöde Idee gekommen?

Als ich zum Tisch zurückkam, sagte Mrs. Proek mit kokettem Blick: »Wissen Sie, Paul – ich würde gern etwas von dieser Mang-Seng-Soße probieren! Mit den Schweinerippchen!« »Sie passt nicht zu Schweinerippchen!«, sagte ich schroffer als beabsichtigt. »Wozu passt sie denn? Außer zu Algen?«, fragte Jakob. »Äh … zu Sojasprossen!«, sagte ich. »Passt sie zu grünen Sachen?«, fragte La Proek. »Im Großen und Ganzen ja!«, sagte ich. Dann merkte ich, dass gerade der Brokkoli gekommen war. Mrs. Proek hielt mir den Teller hin. »Nun«, sagte sie, »dann werden Sie und ich uns wohl den Brokkoli teilen!«

Mir blieb nichts anderes übrig, ich musste ein bisschen über ihren Brokkoli kippen. Laura und Jakob, denen offenbar die

Gesprächsthemen ausgegangen waren, drängten mich, ebenfalls Soße zu nehmen. »Oh«, sagte ich und wandte den Blick ab, »mir schmeckt sie gar nicht so.« »Warum nimmst du sie dann in chinesische Restaurants mit und verlangst, dass andere sie essen?«, fragte Jakob.

Darauf wusste ich keine Antwort. Ich habe also eine überdurchschnittliche Dosis eines starken südamerikanischen Liebeskrauts zu mir genommen und dabei gezwungenermaßen Blickkontakt zu einer Politesse gehalten – die außerdem die Mutter der Frau ist, in die sich mein mittlerer Sohn verlieben muss, wenn ich nicht will, dass er seinen Bruder umbringt.

Ich habe mein Leben ruiniert. Ich werde auf der Toilette bleiben. Die Situation wird noch dadurch erschwert, dass ich, wenn ich ehrlich bin, gewisse Absichten gegenüber dieser Frau hege, seit sie mich im Parkverbot erwischt hat. Wenn ich zurück zum Tisch gehe und dem südamerikanischen Kraut nachgebe (ich schwöre, sie macht mir seit dem ersten Bissen Brokkoli schöne Augen), werde ich Annäherungsversuche unternehmen? Wird sie Annäherungsversuche unternehmen? Und wenn sie Annäherungsversuche unternimmt, gehe ich darauf ein? Was werden das für Annäherungsversuche sein? Wenn dazu Sex gehört, werde ich mich daran erinnern können? Oder betrifft die Prynnsche Krankheit nur den ehelichen Verkehr mit der eigenen Frau?

23.30 Uhr

Endlich habe ich Estelle erreicht. Sie war nicht in Angmering-on-Sea, sondern in Wolverhampton. Ich überlegte, ob sie für mich kurz beim Sexshop vorbeischauen und fragen könnte, ob es ein Gegenmittel für den Liebestrank gibt, verwarf den Gedanken aber wieder. Sie wollte ohnehin nur über Salzteigmännchen sprechen. Sie war, wie ich fand, sehr seltsam. Ich weiß nicht warum. Hat es etwas mit dem Türken zu tun? Oder mit Hamish? Oder beiden? Oder hat sie bereits einen Verdacht, dass ich bald eine Affäre mit einer Politesse anfangen werde?

Ruairghy ist immer noch mit Lucy und der großen Plüschratte in seinem Zimmer. Nach den Geräuschen zu schließen, die durch die Dielenbretter dringen, könnte es gut sein, dass sich ihnen ein paar echte Ratten angeschlossen haben. Außerdem haben sie eine Flasche Mâcon dort oben. Edwin meint, sie würden einen Weltrekord anstreben. »Wenn ich durch die Prüfungen falle«, sagte er, »dann liegt das an dem Lärm, der aus dem Nebenzimmer kommt. Wie kann man von mir erwarten, dass ich die Briefe von Plinius dem Jüngeren kapiere, wenn sie Geräusche macht wie ein Zug, der in einen Tunnel einfährt?«

Zum Glück hat Jakob vorhin erklärt, er werde bei einem »Geschäftsfreund« übernachten. Er sagte nichts über Laura. Ich hoffe, der Geschäftsfreund hat keinen Zugang zu Feuerwaffen, Auftragskillern etc.

3. Mai, 11.30 Uhr, immer blauerer Himmel, sprießende Blätter, schwellende Knospen etc. Eine vorsätzliche Beleidigung aller Viagra-Anwender

Estelle unterwegs von Wolverhampton nach Hause. Edwin in der Schule. Ruairghy immer noch mit Lucy im Bett. Jakob immer noch hier. Ich auch.

Jakob und ich hatten fast ein richtiges Gespräch. Er beschloss, doch nicht bei seinem Geschäftsfreund zu übernachten, und regelt gerade seine Investitionen über das Internet. Jeden Tag kommen ungefähr zwölf E-Mails für ihn aus der ganzen Welt. Viele – sie landen auf meinem Computer, weil wir nur eine Adresse haben – sind aus Sizilien. Ich habe mich nicht getraut, sie zu öffnen. Bei einer lautet der Betreff: »Russische Mädchen herunterladen und einen E-Mann bestellen!« Wenn

Jakob nicht im Netz ist, sitzt er unten und starrt mit blassem Gesicht zur Decke.

Seine Selbstbeherrschung in solchen Momenten ist herzzerreißend.

12 Uhr mittags

Ruairghy und Lucy immer noch im Bett. Laura rief an und wollte mit Jakob sprechen. Ich fragte ihn, ob er da sei, und er sagte Nein. Ich fürchte, Laura hat einen Großteil des Gesprächs mitbekommen. Sie sagte mit säuerlicher Stimme, die stark an ihre Mutter erinnerte: »Scharwenzelt Jakob immer noch um Lucy herum? Und wabbelt sie immer noch wie Sülze und macht Mausgeräusche?« Ich sagte: »Laura, schau …«, woraufhin sie in Tränen ausbrach. Sie weinte ziemlich lange, aber es erschien mir unhöflich, einfach aufzulegen, daher stand ich da und hörte zum teuersten Tarif einer Frau beim Weinen zu.

Die Geräusche aus Ruairghy Zimmer sind mittlerweile ohrenbetäubend.

Immer noch keine Neuigkeiten von der BBC über den neuen Abteilungsleiter Audio. Aber es gibt Gerüchte, dass Porda in Schwierigkeiten steckt. Das bedeutet nichts Gutes für mich.

13.30 Uhr

Wainwright rief an und sagte, es gehe das Gerücht, dass *General Practice* abgesetzt werde. Vielleicht plant Leo eine größere architektonische Katastrophe. Ashley Ramp wurde gesagt, er müsse nach Portsmouth, aber er weigert sich. Jetzt heißt es definitiv Karl oder Ramp. Und anscheinend planen beide, Porda abzusägen. Aber wie? Er ist doch in einer ziemlich guten Position gegenüber Birt und so weiter, oder?

14 Uhr

Hatte eine anonyme Nachricht auf dem Anrufbeantworter. Ein Mann sagte in verschwörerischem Ton: »Haben Sie schon die Satirezeitschrift *Private Eye* gelesen?« Und dann: »Karl Rhws Davies hat den ersten Zug gemacht.« Ich werde jetzt losgehen und eine Ausgabe von *Private Eye* kaufen.

14.45 Uhr

In *Private Eye* steht folgender kleiner Artikel mit der Überschrift: »NEUE VERRÜCKTHEITEN BEI DER BBC«.

> Während die BBC immer tiefer ins Chaos rutscht, liefert die Sparte Hörspiele – die ohnehin nie etwas zustande bringt, das sich anzuhören lohnt – den Stoff für ihre eigene Seifenoper. Karl Rhws Davies, der »walisische Suffkopp« *(Eye,* Nr. 256) kämpft für den Erhalt der angeschlagenen Seifenoper *General Practice.*

Selbst Fans der Sendung (es gibt nur zwei) müssen zugeben, dass der uncharismatische Esmond Pennebaker (siehe »IST ER EINE TRANSE?«, *Eye,* Nr. 315) mit jedem Tag auf Sendung mehr Hörer vergrätzt. Sein Versuch eines Nervenzusammenbruchs hat bei der BBC eine lebhafte Debatte ausgelöst, ob man ihn nicht besser feuern sollte. Rhws Davies' Pläne, das Leben des unglaublich langweiligen Arztes zu beenden, stießen auf Widerstand (seitens des ekelhaften Howard »Macho« Porda – siehe *Eye,* Nr. 311) – aber er wehrt sich und hat für den 16. Mai eine Pressekonferenz in der Kantine des Sendehauses einberufen. Er verspricht »pikante Enthüllungen« über den widerlichen Porda und seine Spießgesellen. Mehr dazu demnächst hier.

Wie immer bei *Private Eye* sind fast alle Angaben falsch (ich bin vieles, aber ich glaube nicht, dass »uncharismatisch« dazu zählt) und die Geschichte verrät mit fast jeder Zeile ihren Urheber. Allerdings sieht es wirklich so aus, als ob Rhws Davies zum Angriff gegen mich und Howard bläst.

Ich muss mir die Ausgabe Nr. 315 besorgen, vielleicht habe ich Chancen auf eine Verleumdungsklage.

15 Uhr

Ruairghy und Lucy immer noch im Bett. Muss Edwin von der Probe abholen. Hotchkiss hat mich gebeten, den Jungs ein bisschen Stimmtraining zu geben. Ich fragte, wo das Problem liege, und Hotchkiss sagte, die Konsonanten klängen so aufgeweicht und die Vokale so verhärtet.

17 Uhr

Ich schreibe in der Lucien Freshman Memorial Hall während einer Pause. Wir haben eine strapaziöse Übungseinheit mit Snozzer, Plonker, Scagg, Bozz, Wodge, Lulu und einem Jungen namens Mingey hinter uns. Ganz zu schweigen von Edwin Slippery. Wir haben ein paar Übungen gemacht, dann sagte Plonker, er habe »Motivationsprobleme«. Hotchkiss sprang sofort darauf an und sagte, wir sollten uns alle in einem Kreis aufstellen und an den Händen halten. Anscheinend macht er das bei jeder Probe, wobei er stets darauf achtet, neben seinem geliebten Plonker zu stehen. Doch in letzter Sekunde tauschte Plonker geschickt mit Wodge den Platz. Danach sagte Hotchkiss, wir müssten uns alle bis auf die Unterhose ausziehen, durch den Saal rennen und mit den Armen wedeln. Ich wollte Einwände erheben, aber alle Jungs waren so erpicht darauf, dass ich mich fügte. Wir sprangen alle halbnackt herum – Snozzer stand auf einem Stuhl, die Hose um den Kopf drapiert und machte Affengeräusche –, als der neue Rektor, Mr. Stevens, hereinkam. Er sagte: »Gute Arbeit, Lionel!« Es war das erste Mal, dass ich hörte, wie jemand Mr. Hotchkiss beim Vornamen nannte.

Mir fiel auf, dass sich Scagg weigerte, die Schuhe auszuziehen, weil er damit seinen Füßen »schaden könnte, und Füße sind sehr wichtig«. Als wir eine Szene durchsprachen, geriet ich mit Plonker ein bisschen aneinander. Teilweise wegen seines irischen Akzents – der nicht sehr überzeugend ist –, aber vor allem wegen der Textänderungen, die er vorgenommen hat. Niklaus Zettel – oder Nick Z, wie er jetzt heißt – hält einen langen peinlichen Monolog über das Bücherlesen auf dem Klo. Allerdings kann man mit Plonker nicht diskutieren. Er grinst einen nur entwaffnend an, und dann fällt einem nichts mehr ein.

Ich erzählte einige amüsante Geschichten aus meiner Zeit beim experimentellen Theater in den siebziger Jahren – darunter auch die Episode, wie ich Maggie Smith das Bein brach. Ich glaube, sie waren alle tief beeindruckt. Mir fiel auf, dass Edwin den Kopf in den Händen hielt und »O nein!« stöhnte, aber ich bin mir ziemlich sicher, dass das witzig gemeint war. Ich könnte mir vorstellen, dass er derjenige ist, der mein Schauspieltalent geerbt hat.

20 Uhr

Ich koche gerade Lammragout mit Artischocken und Tamarinde und gönne mir eine kleine Pause, um Tagebuch zu führen. Das Lamm gibt es zur Feier von Estelles Heimkehr. Anscheinend ist es bei irakischen Juden der letzte Schrei. Ich hoffe, es sorgt bei den Slipperys für ähnliche Begeisterung. Ruaierghry und Lucy sind immer noch im Bett. Edwin schlug vor, ich solle ihnen Suppe hochbringen.

Estelle erzählte ganz begeistert von ihrem Trickfilm und gönnte mir ein paar aufmunternde Worte. Angeblich laufe ich Gefahr, ein »defätistischer Langweiler« zu werden. Ich ging enthusiastisch darauf ein – schließlich war es das erste Mal seit mindestens einem Monat, dass wir über mich redeten – und sagte: »Ja, ja, ja! Ich bin ein defätistischer Langweiler!« »Genau das meine ich!«, sagte Estelle. Dann sagte sie, ich müsse mich selbst »neu erfinden«. Dieses modische Managergerede brachte mich in Rage. »Demnächst«, sagte ich vernichtend, »setzt du mir noch Zielvereinbarungen! Und willst eine Strategie! Und sagst mir, wo meine Kernkompetenzen liegen!«

Keine Chance auf Sex heute, fürchte ich.

12 Uhr Mitternacht

Wie Recht du hattest, Slippery!

Nachricht für Wesley Jones auf dem Anrufbeantworter. Ein Mann mit sehr maskuliner, schroffer Stimme, der sich Pringle nannte. Die Premiere sei auf den 5. vorverlegt worden. Also übermorgen. Alle vom Theater würden »alles Liebe und viel Glück« wünschen. Außerdem seien sie tief bewegt gewesen, als sie von Bros Beerdigung gehört hätten. Ich bin sehr beunruhigt.

4. Mai, 11 Uhr, Regen und plötzliche Kälte

Estelle daheim! Edwin in der Schule. Jakob im Internet. Ruairghy und Lucy immer noch im Bett. Ich mit meinem Tagebuch im Arbeitszimmer.

In gewisser Weise ist es nicht einfach, Estelle wieder im Haus zu haben! Gestern Abend marschierte sie durch die Küche, als ob sie ihr gehören würde – und versuchte sogar, meine Auberginen aus dem Drahtkorb zu entfernen, wo ich sie aufbewahre. Außerdem warf sie einen sehr abschätzigen Blick auf mein Kibbeh Taroshiya (oder wie immer es heißt) und wollte mit dem Löffel etwas herausfischen, noch bevor ich serviert hatte!

Heute Morgen trampelte sie durchs Treppenhaus und murmelte etwas vom »Zustand, in dem sich das Haus befindet«. Also wirklich! Denkt sie etwa, hier würde das Chaos ausbrechen, nur weil sie mit einem Türken kreuz und quer durch Westirland zieht?

Muss den Topf mit gebackenen Bohnen aus dem Bad holen. Alle Jungs behaupten, sie hätten nichts damit zu tun. Wer dann? Snozzer?

11.30 Uhr

Ruarighrhery und Lucy immer noch im Bett. Estelle ging nach oben und »diskutierte« mit ihnen durch die verschlossene Tür. Keine Reaktion. Edwin sagt, er habe letzte Nacht nur zwei Stunden geschlafen, und fügte hinzu: »Sie quietscht lauter als das Bett!« Ich glaube, in einer Woche hat er Spanischprüfung. Ich beobachtete Jakob durch den Türspalt, während er vor dem Computer saß. Er wirkte bleich und, wie ich fand, sehr interessant in seinem Schmerz. Hätte ich es doch nur geschafft, ihm den Liebestrank zu geben!

Unten fand ich einen Zettel mit den Worten *»Komm zu mir, Lucy, durch die dunkle Nacht meiner Seele«* in Jakobs Handschrift.

11.45 Uhr

Ashley Ramp wurde zum neuen Abteilungsleiter Audio ernannt. Aaaaaahhhh! Oliver Plaque rief an und erzählte es mir. Er betrachtet die Ernennung als eine Maßnahme positiver Diskriminierung und wies darauf hin, dass es bei der BBC sonst keine Buckligen in leitenden Positionen gebe. Ich nehme an, dass er nur befördert wurde, weil man nicht mehr wusste, wohin man ihn versetzen soll.

Was bedeutet das für Esmond Pennebaker? Ist es gut? (Ich glaube nicht.) Was bedeutet es für Howard Porda? Wird Karl Rhws Davies an seinem Plan festhalten und die Transsexuellen in der Abteilung bloßstellen? Wenn ja, wie wirkt sich das auf mich aus? Wird Ashley Ramp in Latex gekleidet auftreten? Sollte ich mir auch einen Latexanzug kaufen, um mich einzuschmeicheln? Werde ich das Krankenhaus überleben? Werden Ruaierhgy und Lucy je aus dem Bett kommen?

15 Uhr

Ruairghy und Lucy immer noch im Bett. Edwin (kam gerade aus der Schule) schlug vor, ihnen »von der Straße aus ein paar Pizzas hochzuwerfen«. Nachricht für Jakob von Laura auf dem Anrufbeantworter, sie sagt, sie »müssen reden«. Außerdem hat sie ihm eine E-Mail geschickt, die ich – versehentlich – geöffnet habe. Sie hat den Titel »GEDICHT EINES MÄDCHENS MIT NAMEN PROEK«:

Jakobs Gesicht ist maskenhaft, starr.
War denn alles Lug und Trug?
Liebt er die lebhafte LUCY mehr
Als die traurige LAURA PROEK?

Hat die Schlampe seine Nummer?
Lauert ihm auf auf seinem Weg?
Liegt es bloß an meinem Namen?
Hochachtungsvoll LAURA PREEK.

Weil sie backen kann und nähen?
Tut sie an dir ein gutes Werk?
Ach, könntest du mich buchstabieren,
Ewig wär ich deine PRERK!

Das Mädchen hat wirklich Talent. Jakob verweigert immer noch jegliche Kommunikation.

Mit der Post kam gerade meine erste Szene im Krankenhaus, verfasst von einer neuen Autorin, einer kleinen bebrillten Frau namens Christine.

Sie hat offenbar sehr viel für meine Radiogemahlin Pamela übrig, die in den letzten zwanzig Jahren eher schemenhaft blieb und meistens über unsere Kinder redete oder darüber, wie wir das Wohnzimmer tapezieren sollten. Sie kam ein bisschen mehr zur Geltung, als ich eine Affäre mit meiner Sekretärin hatte (»Das ist so erbärmlich, Esmond! So erniedrigend!«) und rückte kurzzeitig in den Mittelpunkt, als ihr bester Freund Horst vom Zug überfahren wurde, doch insgesamt beschränkte sich ihr Text auf Sätze wie: »Ich habe heute Abend Shepherd's Pie gemacht, wie schmeckt er dir?« Als ich mit meiner Sekretärin schlief, bekam ich ziemlich viele positive Briefe von den Fans.

Durch meinen Unfall ist sie richtig redselig geworden. Wir haben eine lange Szene am Krankenbett, in der sie über unsere Ehe spricht. (Ich kann für die nächsten drei Folgen nur grunzen.) Pilfrey (schreckliche Leistung, wie üblich) hat ihr gesagt, dass sie mit mir reden muss, um meinen Lebenswillen zu stärken. Die Sache ist irgendwie unheimlich, denn sie sagt ungefähr das, was auch Estelle sagen würde, wenn man sie anweisen würde, aus medizinischen Gründen mit mir zu sprechen (was wahrscheinlich die einzige Möglichkeit ist, je wieder ihre Aufmerksamkeit zu erlangen). Pamela sagt also:

PAMELA: Was hat das alles zu bedeuten, Esmond? Was *bedeutet* unsere Ehe? Ich muss immer wieder daran denken, wie wir uns kennenlernten. Erinnerst du dich? Vor diesem kleinen weißen Haus in Cornwall. Ich glaube zumindest, dass es Cornwall war. Und du standst am Strand in diesem weißen Fischerpulli – ich habe ihn immer noch – er muss in die Reinigung – und du sahst irgendwie … zerzaust aus … du bist immer noch zerzaust … du bist mein zerzauster … verwuschelter Junge, mit dem ich …

ICH: Aieeroiughrrr…

PAMELA: Was willst du mir sagen, Esmond?

ICH: Aieeroiughrrr …

PAMELA: Versuchst du »Pamela« zu sagen …?

Meiner Meinung nach sollte ich an der Stelle sagen: »Nein. Ich versuche ›Aieeroiughrrr‹ zu sagen …« Aber es geht noch zehn Seiten so schmalzig weiter. Meine einzige Textzeile kommt, wenn sie das Zimmer verlässt. Ich stütze mich »mühsam auf den Ellbogen« (Gott weiß, wie ich das im Radio vermitteln soll) und sage: »Makrele!« Pamela kommt zurück und sagt zur Schwester: »Was hat er gesagt? Hat er etwas gesagt?« und die Schwester antwortet: »Ich glaube, er hat ›Makrele‹ gesagt.« Woraufhin Pamela in Tränen ausbricht und die Schlussmelodie erklingt. Ich glaube, das ist wahrscheinlich der schlimmste Dialog, an dem ich je mitgewirkt habe – einschließlich meines Auftritts im Musical *Schwarzer Pfirsich* 1979.

Besonders beunruhigend ist die Wirkung des Dialogs auf Susan Vullermeyer, die die Pamela spielt. In den letzten zwanzig Jahren war sie eine fügsame, kleine graue Maus. Jetzt wird sie bald zu nichts mehr zu gebrauchen sein. Wie ich höre, hat sie in der nächsten Folge einen fünfminütigen Monolog über unsere erste gemeinsame Nacht. Ich werde mit Leo reden und dafür sorgen, dass ich sobald wie möglich eine Physiotherapie bekomme.

17 Uhr

Rueiaiughry und Lucy immer noch im Bett. Zumindest kann man davon ausgehen, dass niemand sonst bei ihnen im Zimmer ist. »Nach dem Höllenlärm zu urteilen«, meinte Edwin heute, als ich ihn von der Schule abholte, »müssen sich dann letzte Nacht etwa dreißig Mann an der Hauswand abgeseilt und sich durchs Fenster Zutritt verschafft haben!«

Ich mache mir ernsthaft Sorgen, weil die beiden nichts essen. Gerade habe ich geklopft und gefragt, ob ich ihnen etwas bringen kann. Eine brüchige, hohle Stimme (ich glaube, es war Ruairghy) sagte: »Schieb einfach etwas unter der Tür durch!« Das lässt mir nicht viel Spielraum, mir fallen nur Pfannkuchen und Omelette ein.

19.30 Uhr

Estelle war den ganzen Tag daheim, marschierte durchs Haus und gab missbilligende Laute von sich. Außerdem hat sie mein Bügeln kritisiert. Da ich nichts gebügelt habe, finde ich das unfair.

Allerdings deutet eine ihrer Bemerkungen darauf hin, dass wir am 27. April Sex hatten. Ich habe in meinem Tagebuch geblättert und festgestellt, dass sie an dem Tag mit Hamish in Westirland war.

Sie überlegt, Ronnie Pilfrey, dem netten Ronnie Pilfrey, die Rolle von Mr. Slippy Sloppy anzubieten. Ich war sprachlos vor

Wut. Ich sagte ihr, wenn sie Pilfrey die Rolle gebe, sei es aus mit unserer Ehe. Sie sagte nur: »Dann muss ich das wohl riskieren.« Ich versuchte, vernünftig mit ihr über Pilfreys schauspielerisches Talent zu reden. Ich war weder gehässig noch gemein. Ich erwähnte durchaus auch seine positiven Eigenschaften. Er ist sehr fleißig und gewissenhaft und kriegt manche Sachen wirklich gut hin (beispielsweise kann er sehr gut »Tschüss« sagen, was im Radio wirklich schwierig ist), grundsätzlich hat er aber einfach nicht die stimmliche Bandbreite für einen ausdrucksstarken Hörfunkdarsteller. Ich sagte: »Ich bin echt froh, dass er viele Fans hat und so gut ankommt. Ich möchte, dass er gut ankommt. Aber ich finde seine Stimme einfach zu schrill und peinlich, und sein Timing ist sehr unzuverlässig.«

Estelle sagte, ich sei eifersüchtig.

Ich erwiderte: »Bei der BBC sind viele der gleichen Meinung wie ich. Donald Fleer, der den Ältesten Patienten spielt, verabscheut ihn, und Penny Uzbowski, die Arzthelferin, auch.« Estelle sagte, sie seien alle nur neidisch.

Natürlich hat Pilfrey mit Uzbowski geschlafen – aber das haben auch Martin Cunningham, der Osteopath, Willibald Glock, der Sanitäter, und der Mann mit den Hämorrhoiden. Ich hatte vor zehn Jahren Streit mit Pilfrey, kann mich aber heute nicht mehr daran erinnern, worum es ging. Und auch nicht, wie der Streit ausging.

Estelle sagte, sie sei morgen Abend nicht da. Als ich fragte, wo sie sei, sagte sie nur: »Ach, in irgendeinem Hotel.« »In irgendeinem Hotel!« Hält sie mich für blöd? Wenn man *sie* fragen würde – ja! Ich fragte sie ganz offen, ob sie einen Liebhaber hat, und sie sagte: »Sei nicht dumm.« Pläne für meinen fünfzigsten Geburtstag oder unseren Hochzeitstag wurden noch nicht einmal erwähnt. Nach einem heftigen Wortwechsel bekam ich schwere Herzrhythmusstörungen und ging nach oben, um den *Ratgeber für den gesunden Mann* zu konsultieren. Dort stand:

Herzrhytmusstörungen
Manchmal benötigt das Herz länger, um Blut durch die Adern zu pumpen, dann spürt man ein »Stolpern«, wenn der Herzmuskel diese wichtige Aufgabe fortsetzt. Insgesamt betrachtet ist das nicht beunruhigend. Siehe jedoch auch: Herzinfarkt, Sinus-Tachykardie und Blintzsche Krankheit.

Das ist so typisch für den *Ratgeber für den gesunden Mann.* Dieser salbungsvolle, beruhigende Ton erinnert mich immer an das starre Lächeln einer Stewardess, wenn das Flugzeug in den Sturzflug geht.

Gehirntumor
Manchmal entwickelt sich im Gehirn ein Tumor, der sich auf das Sprachvermögen und die Bewegungskoordination und unter bestimmten Bedingungen auch auf die Lebensfähigkeit auswirkt. Insgesamt ist ein Gehirntumor jedoch nichts, worüber sie sich Sorgen machen müssten. Entscheidend ist immer, an welcher Stelle des Gehirns er sich befindet und nicht zuletzt auch, wo in ihrem Körper sich ihr Gehirn befindet. Wenn es sich, wie beim Verfasser dieses Ratgebers, im Allerwertesten befindet, lässt sich der Tumor relativ einfach entfernen. Siehe auch: Krebs, Tod, Beerdigung etc.

Estelle führt etwas im Schilde. Wahrscheinlich schon das ganze Jahr. Warum habe ich sie so gut wie nie am Telefon erreicht? Ist sie wirklich nach Osteuropa gereist? Was ist mit den Türken? Und mit Hamish? War Julian wirklich Gillian? Sind die Salzteigmännchen wirklich so ein großer Erfolg, wie sie behauptet? Ist es wirklich möglich, dass sie so schnell reißenden Absatz finden? Hat Estelle eine Affäre – und was soll ich dagegen unternehmen?

Den Mistkerl umbringen.

Aber zuerst muss ich herausfinden, wer er (oder sie) ist.

5. Mai, 11 Uhr, Regen, Graupel und Hagel. Keine Spur mehr von Frühling, blauem Himmel etc.

Estelle »in einem Hotel«. Edwin bei der Berufsberatung. Ruairghy und Lucy essen Cornflakes im Esszimmer. Jakob sitzt an seinem Computer. Laura unterwegs zur Mafeking Road 52. Aaaaaaahh! Ich hier, überlege aber, ob ich nicht auch ins Hotel soll.

Ruairghrey und Lucy standen um neun auf. Miss Rachnowski wirkte nach dem Sexmarathon sehr belebt. Sie schwang ihre Hüften und lachte, wie ich fand, nur etwas mehr als sonst. Ihr Rührei schmeckte köstlich. Sie macht in Oxford ihren Doktor in Physik. Sie ist hochintelligent – als ich sie allerdings nach der Superstringtheorie fragte, sagte sie, sie wisse eigentlich nichts darüber. Sie und Estelle redeten nicht über Kosmologie, Quasare, weiße Zwerge und so weiter, sondern kicherten herum und unterhielten sich über Backrezepte. Dann brach Estelle an einen unbekannten Ort auf (sie weigert sich nach wie vor, ihr Reiseziel preiszugeben) – vermutlich, um dort Sex mit Hamish, mehreren Türken, Julian/Gillian und so weiter zu haben.

Ruairghy sagt, er wolle mit Lucy »Blumen pflücken« gehen. Ich wies darauf hin, dass wir Sturm der Windstärke acht haben. Ruairghy sagte in ziemlich albernem Ton, das sei egal. Außerdem sprach er, meiner Meinung nach sehr unheilverkündend, das Thema Heirat an. Er fragte in öligem Ton: »Wie lange sind Estelle und du jetzt verheiratet?« Ich sagte mit zusammengebissenen Zähnen: »Vierundzwanzig Jahre, zehn Monate und neunzehn Tage.« Ruairghy sagte: »Wie wunderbar!« Ich knirschte weiter mit den Zähnen und meinte nur: »Findest du?« Daraufhin legte er mir den Arm um die Schultern, was ich sehr aufdringlich fand, und sagte: »Wenn ich heirate … würde ich gern in einem … na ja … in einem Zelt heiraten!«

Ich sagte: »Und was hättest du gern als Hochzeitsgeschenk? Eine Megadeth-CD?« Er lächelte unangenehm tolerant und sagte: »Eine Megadeth-CD wäre schön!« Weil ich seinen salbungsvollen Ton nicht länger ertragen konnte, sagte ich: »Vielleicht möchtest du deine anderen Wünsche in einem Brief neben dem Kamin hinterlassen, möglichst neben einem Keks und einem Glas Whisky?« »Oh«, sagte Raueighry in einem Ton, den man wohl als naiv deuten muss, »warum sollte ich das?« *»Weil nur der Weihnachtsmann deine Wünsche erfüllen kann!«*, antwortete ich.

Doch das machte ihn nur noch salbungsvoller. Es ist leicht, den Heiligen zu spielen, wenn man zwei Tage lang ununterbrochen Sex hatte. Sein einziger Kommentar lautete: »Liebe ist ... echt ... was Wunderbares.« Als ich sagte: »Drei Tage lang Sex auch«, erwiderte er: »Paul – du bist ziemlich ordinär, findest du nicht?« Ich hätte ihn am liebsten geschlagen, beherrschte mich aber, weil er größer ist als ich. Riurghys fehlender Realitätssinn bereitet mir zunehmend Sorgen.

11.30 Uhr

Gerade kam Edwin von der Berufsberatung zurück und verkündete, er wolle Rockstar werden. Anscheinend hat ihm der Berufsberater eine Laufbahn als Anwalt oder Buchhalter empfohlen. Jakob sitzt immer noch vor dem Computer und hat das Gesicht in den Händen vergraben. Als ich ihm sagte, dass Laura hierherkomme, sprang er auf, rief: »Ich bin in Italien« und rannte davon.

Ich mache mir Gedanken, wo Estelle stecken könnte. Ich fragte Edwin, der sich heute schulfrei genommen hat, um »für die Prüfung zu lernen«, ob er sie für mich beschatten könnte. Er fragte: »Wieviel?« Ich bot ihm 50 Pfund am Tag plus Spesen an. Er sagte, er erkläre sich nur bereit, wenn ich noch das Auto drauflege. Ich werde Ruairghruy fragen. Obwohl ich nicht glaube, dass er zur Zeit irgendjemandem oder irgendetwas folgen kann – außer natürlich seinem Penis.

12 Uhr mittags

Laura Proek ist da. Sie sieht elend aus. Jakob versteckt sich irgendwo. Ich sagte völlig wahrheitsgetreu, ich wisse nicht, wo er sei. Ich muss sagen, sie ist ein wirklich nettes Mädchen. Sie redete über das Werk eines gewissen Jacques Derrida, mit dem sie sich gerade beschäftigt. Ich sagte, ich würde seine Platten nicht kennen, hätte aber gehört, dass er ein fantastischer Sänger sei. Sie lachte und erklärte, dass er so eine Art Philosoph sei. Sie trug einen tief ausgeschnittenen Wollpullover, weshalb ich Schwierigkeiten hatte, mich auf ihre Schilderung dieses französischen Wunderknabens zu konzentrieren. Ich ließ sie unten im Wohnzimmer, während ich oben im Arbeitszimmer über die Veränderungen bei der BBC, meinen baldigen Unfall und so weiter nachdenke.

Sie fragte nach Jakob, und ich sagte, er komme sicher bald zurück, wo auch immer er gerade sei. Sie sah fast so blass und elend aus wie Jakob (allerdings aus anderen Gründen), als sie sagte: »Einkaufen kann er nicht sein. Er geht nie einkaufen. Am liebsten sitzt er einfach da und bohrt in der Nase!« Ich glaube, sie hat seinen Charakter sehr gut erkannt und ist mit ziemlicher Sicherheit die Richtige für ihn.

15 Uhr

Memo von Ashley Ramp, das nichts Gutes ahnen lässt. Darin steht: »Um über die neuen Umstrukturierungsmaßnahmen, Programmvorschläge für das kommende Jahr und das Kreiselschema zu sprechen, werden alle Mitarbeiter der Abteilung AUDIO gebeten, sich am 15. Mai um 14.30 Uhr auf dem Spielplatz der St.-Barnabas-Schule in Acton einzufinden. Die Abteilung VISUELLES hat eine eigene Versammlung zur gleichen Zeit auf dem Dach des NCP-Parkhauses in Hounslow.

Wir bitten um vollzähliges Erscheinen und empfehlen warme Kleidung.«

Es geht das Gerücht, dass wir alle nach Sibirien geschickt werden sollen. Was um alles in der Welt ist das Kreiselschema? Hat es irgendetwas zu bedeuten, dass Ramps Versammlung am Tag vor Karls Pressekonferenz stattfindet?

Ich rief Wainwright an und erfuhr, dass Ramp bei dieser Massenversammlung eine Erklärung zu *General Practice* abgeben wird.

17 Uhr

Gleich fahre ich zusammen mit Edwin und Lulu zur Premiere von *Muthafuckas.* Lulu wirkt, als wäre sie auf der Hut, allerdings kann man unmöglich daraus schließen, ob sie Sex mit Edwin hat oder nicht. Zu Edwins Gunsten muss man sagen, dass man auch an seinem Verhalten nichts ablesen kann.

21.15 Uhr

Ich schreibe in der Bar des Royal Court Theatre – das sich sehr verändert hat, seit es der Schauplatz meines großen Triumphs war. Damals, 1980, spielte ich in der Inszenierung von *Streikbrecher* einen Gewerkschaftsfunktionär aus Newcastle. Die größte Veränderung besteht wohl darin, dass sich das Theater heute in einem ganz anderen Gebäude im West End befindet. Die Premiere von *Streikbrecher* fand in der Bar statt, unsere Inszenierung schaffte es trotz aller Bemühungen nie auf eine richtige Bühne. Die Einwohner von Newcastle waren mir noch nie sympathisch. Ziemlich zwielichtiger Haufen. Mir gegenüber sitzt ein Mann, den ich auf den ersten Blick für Ashley Ramp in einer großen Ledertasche mit Armlöchern hielt, aber anscheinend ist das Kurt Venning, der bösartigste Theaterkritiker Londons. Er trägt eine Art Fliegerhaube, allerdings habe ich in der näheren Umgebung kein Flugzeug parken sehen.

Muthafuckas kommt sehr gut an. Ich linste Linda Bloomer über die Schulter. Sie, die am wenigsten bösartige Kritikerin Londons, schrieb in ihr Notizbuch: »Junger Schwarzer. Wütende Stimme einer neuen Generation.« Ich spielte kurz mit dem Gedanken, ihr zu sagen, dass Snozzer das Stück geschrieben hat, entschied mich dann aber dagegen. Vielleicht lässt sich damit noch Geld machen.

Hinter der Absperrung steht jemand, der Wesley sein könnte. Er ist groß und dünn und trägt eine Skimaske. Das Wenige, was man von seiner Haut erkennen kann, ist schwarz. Anscheinend ist er allein hier. Ich traue mich nicht, zu ihm hinzugehen und zu fragen. Es könnte Bros Geist (oder der seines Bruders) sein; ich glaube, in einem Brief stand, dass er acht Geschwister hat.

Venning spricht mit aufdringlich lauter Stimme. Gerade sagte er »Blödsinn!«. Aber das ist angeblich ein gutes Zeichen. Er sagt oft »Blödsinn!«, wenn ihm etwas gefällt. Aufpassen muss man, wenn er grinst und lacht. Dann wird er wirklich bösartig.

Jetzt zum zweiten Akt – der, wie ich mich erinnere, in einem Bordell in Las Vegas spielt, ein Ort, der Snozzer zu schriftstellerischen Höchstleistungen anspornte. Lulu wird von Kurt Venning angemacht.

22.45 Uhr

In einer Kneipe im Londoner Westen. Lulu wohnt ganz in der Nähe. Ich würde das Haus ihrer Eltern liebend gern von innen sehen, das mögliche Vermögen abschätzen, die Chancen abwägen, wie viel davon an die Slipperys fallen könnte und so weiter. Weiß nicht, wie der Pub heißt. Edwin hat bereits drei

Bier getrunken. Ich trinke einen dreifachen Whisky. Lulu trinkt Bacardi-Cola. Ich habe mehr über sie herausgefunden. Ihr Vater ist, wie sie erzählt, »sehr reich«, allerdings war sie sehr vage bei der Frage, wie er sein Geld verdient. Damit ist sie in meiner Achtung enorm gestiegen.

Ich habe gerade Wesley Jones gesehen – einen Menschen, von dem ich dachte, ich hätte ihn erfunden.

Der zweite Akt löste wahre Begeisterungsstürme aus. Von der ersten Szene –

> NIGGAH: Yo Loretta! Yo Niggerschlampe!
> LORETTA: Wen machst du an, Nigger? Wen nennst du Nigger-Schlampe? etc.

– bis zur Schießerei am Schluss und dem starken letzten Satz: »Lutsch deine eigene Fotze, Niggerschlampe!« waren die Zuschauer, einhundertfünfzig progressive Intellektuelle, völlig gebannt. Ich sah, wie sich Colin Lindsey von der *Sunday Times* »Tief bewegende Darstellung der Erfahrungen eines Schwarzen« notierte und die Worte anfügte: »Amerikanischer Einfluss?« L. Bloomer war ähnlich fasziniert. Edwin sagte, sie hätte geschrieben: »Stimme der Straße. Erfrischend neuer Ton.« Venning schrieb angeblich »Bullshit« auf seinen Block, aber mir wurde gesagt, das sei ein sehr gutes Zeichen.

Ich behielt Wesley im Auge, der hinten stand und zusah. Während des ganzen Stücks hatte er die Skimaske auf, was die Sicht sehr erschwert haben dürfte, da die Augenschlitze erstaunlich klein sind. Kaum war die Vorstellung vorbei, eilte er zum Ausgang. Ohne darauf zu warten, dass sich die Schauspieler noch einmal verbeugten, zerrte ich Edwin und Lulu hinter mir her und nahm die Verfolgung auf.

Draußen auf der Straße fing Wesley sofort an zu rennen. Edwin, Lulu und ich hinterher.

Wesley rannte in die St. Martin's Lane.

Der Abend war überraschend mild, und als wir uns durch die Theatergänger schlängelten, die aus den anderen Vorstellungen kamen, spürte ich nur allzu deutlich, dass ich in wenigen Wochen fünfzig werde. Edwin war weit vor mir. Lulu war komplett verschwunden. Ich blieb stehen, spürte die warme Luft im Gesicht, beugte mich nach vorn und rang nach Atem. Auf der anderen Straßenseite schnappten gut gekleidete Theatergänger Luft auf der Treppe der English National Opera, und weiter vorn wartete eine Schlange Autos und Taxis mit laufendem Motor nach bewährter Londoner Art stumpfsinnig darauf, dass die Zeit verging. Als ich wieder aufschaute, war Edwin nirgends mehr zu sehen.

Ich bin ein Mensch der Vororte. Meine ersten Theatererfolge feierte ich fast alle im Orange Tree in Richmond. Ich habe die Ruhe und Ordnung der Vororte immer geliebt. Ich habe sogar einmal ein Gedicht darüber geschrieben, aber ich glaube nicht, dass ich mich traue, es hier wiederzugeben. Ich weiß noch, dass darin die Zeile vorkam: »O Lindenbaum, Lindenbaum, klebrig in der Hitze!« Und soweit ich mich erinnere, hat es sich gereimt. Doch im Zentrum von London bin ich immer ein bisschen nervös.

Und plötzlich bekam ich richtig Angst.

Aber dann sah ich Edwin auf mich zukommen. Hinter ihm war Lulu. Er wirkte überhaupt nicht müde, obwohl auch er schwer atmete. Er sagte: »Ich hab ihn verloren!« »Wo ist er hin?« »Runter Richtung Buckingham Palace«, meinte Edwin, »vielleicht will er eine Petition bei der Königin einreichen!« Er ließ sich auf den Bürgersteig fallen. Ich folgte seinem Beispiel. So saßen wir beide etwa eine Minute oder zwei, während sich die Leute um uns herumschlängelten. Dann sagte Edwin: »Kurz bevor ich ihn verlor, zog er die Skimaske ab!« »Ja?«, sagte ich. »Wesley«, sagte Edwin, »ist ein großer schwarzer Schrank. Kräftig gebaut. Er ist … ein Riese. Riesengroß!« Ich befeuchtete meine Lippen, die auf einmal ganz trocken waren.

»Wirkte er … irgendwie … wütend?«, fragte ich. »Ziemlich wütend!«, sagte Edwin. »Er war stinksauer!«

Ich stand auf, sah mich nervös um und machte mich auf den Weg zurück zum Auto.

»Natürlich«, sagte ich langsam, *»wissen* wir nicht, dass es Wesley Jones war. Es hätte auch irgendein Schwarzer sein können, der dachte, wir wären Polizisten, die ihn verfolgen …« »Mann, das war Wesley Jones!«, beharrte Edwin, »das war *der* Wesley Jones, ohne Scheiß!« »Woher weißt du das?«, fragte ich. »Ich weiß es einfach, okay? Ich weiß es, Mann!«, sagte Edwin. So langsam klang er selbst ein bisschen wie Wesley Jones. Edwin schüttelte den Kopf. »Das ist echt gruslig, Mann!« Ich musste ihm zustimmen.

Ich nehme an, dass ich jemanden erfunden habe, der bereits existiert. Womöglich hat er sogar ein Stück mit dem Titel *Muthafuckas* geschrieben. Und er weiß, wie Edwin auf dem Weg zum Auto immer wieder betonte, wo ich wohne.

23.45 Uhr

Als wir heimkamen, saßen Ruairghy, Lucy und Laura am Küchentisch. Ruaieruighy hatte die Arme um beide Mädchen gelegt. Zuerst war ich misstrauisch, was seine Absichten hinsichtlich Laura betraf, die nicht mehr den tief ausgeschnittenen Wollpulli, sondern eine schwarze Strickjacke trug. Aber es stellte sich heraus, dass er den Analytiker spielte. Die Formulierungen, die er benutzte, hatte er eindeutig vom kleinianischen Teilzeitpsychiater. »Jakobs Gefühle für Lucy …«, sagte er gerade, als ich hereinkam, »ist eine Projektion seiner Feindschaft mir gegenüber. Es handelt sich um eine Geschwisterrivalität, mit der ich natürlich auf meine Weise fertiggeworden bin!«

Indem er mit der Frau Sex hat, die er liebt! Keine Spur von Jakob. Vielleicht ist er wirklich nach Italien.

Mehrere Nachrichten auf dem Anrufbeantworter. Eine von Estelle in ihrer üblichen bedeckten Art: »Estelle hier. Morgen kommen Männer und holen Möbel ab. Lasst sie einfach machen. Wir bekommen neue Möbel, das ist alles. Okay? Tschüss!« Sie sagte nicht, wo sie ist.

Eine ziemlich niederschmetternde Nachricht. Zuerst fragte ich mich, ob Estelle vielleicht ausziehen will und versucht, es mir schonend und in Etappen beizubringen. Zuerst ein paar Stühle, Sessel, Bilder und so weiter. Dann das Bett. Und schließlich – wenn ich allein in einem fast leeren Haus bin – der Brief vom Anwalt. Dann sagte ich mir, dass das unmöglich sein kann.

7. Mai, 9.30 Uhr, blauer Himmel, Frühling etc. Im Garten singt eine Lerche, vielleicht auch eher ein Buchfink.

Estelle »irgendwo unterwegs mit Hamish«. Edwin in der Schule. Ruairghrey und Lucy im Garten (ebenfalls singend). Laura unten auf der Couch. Jakob »in Heathrow«. Ich im Arbeitszimmer.

Estelle kam gestern Abend gegen acht nach Hause. Sie wirkte sehr fröhlich. Wahrscheinlich hat sie allen Grund dazu, nach einer Nacht voll wildem Sex mit einem anderen. Ich sagte beiläufig: »Äh … wo warst du gestern Abend nochmal?« Sie musterte mich scharf: »Bei einem Meeting in Liverpool!« »Ah«, sagte ich mit nur einem Hauch Ironie, »Liverpool! Deutlich näher als … *Westirland!«* Meine Stimme hatte nur eine ganz leichte Schärfe. Sie sah mich seltsam an. Aber ich glaube, sie weiß, dass ich ihr auf die Schliche gekommen bin. Überlege ernsthaft, einen Privatdetektiv anzuheuern.

Heute Morgen ging sie früh aus dem Haus, um sich »Hamishs Ding anzusehen« – ihre Worte.

Unten im Garten singt Raurighrey Lucy etwas vor und spielt dazu auf Edwins Gitarre. Alles in allem ist mir dann doch Edwins Gesang lieber. Rueirghy hat eine dünne, ausdruckslose Stimme.

11 Uhr

Zwei Männer haben die Couch und zwei Sessel abgeholt. Ich fragte sie, wo sie die Möbel hinbringen würden, und sie antworteten, sie seien gebeten worden, nichts zu sagen. Muss Estelle deswegen zur Rede stellen.

11.15 Uhr

Ein Briefchen von Gwen Proek (Gwen!):

> Lieber Paul,
> es war schön Sie zu sehen! Hinter der Maske des arroganten Schauspielers steckt doch ein netter, freundlicher Mensch!
> Das Verhältnis zwischen uns und Lucys Eltern ist furchtbar kompliziert. Eines Tages werde ich Ihnen alles über uns und die Rachnowskis erzählen!
> Kommen Sie doch einmal abends bei uns vorbei! Wir können reden! Norman, fürchte ich, wird dann immer noch auf dem Dach sein!
> Liebe Grüße
> Gwen

Das, vermute ich mal, ist eine eindeutige Aufforderung. Hatte bereits Fantasien vom Sex mit einer Politesse in Uniform. Bin mir nicht sicher, ob sie Mrs. Proeks Gesicht hatte oder nicht. Werde auf jeden Fall hingehen.

11.30 Uhr

Jakob hockt schon den ganzen Morgen in seinem Zimmer, nachdem er gestern Abend in ziemlich mieser Verfassung heimgekommen ist – kurz nachdem sich Laura unten auf der Couch hingelegt hatte. Er kam kurz in mein Arbeitszimmer und bat mich, allen, die nach ihm fragen, zu sagen, er sei »nach der Italienreise« jetzt »an der Gepäckausgabe in Heathrow«. Ich fragte ihn, ob es ihm gutgehe und was er gemacht habe. Anscheinend wurde er von irgendeiner Wochenzeitschrift beauftragt, einen Artikel über den Euro zu schreiben. Ich hätte gern mehr von ihm erfahren, aber er sagte nur, ohne stolz auf den Auftrag zu sein oder sich über seinen Witz zu freuen, es werde wohl ein »europhorischer« Text.

Jetzt ist er wieder weg. Aber er muss an dem Zimmer vorbei, in dem Laura auf der Couch schläft … in einem sehr geschmackvollen, aber nicht unerotischen Nachthemd … wenn ich doch nur den Liebestrank hätte!

12.30 Uhr

Jakob traf Laura in der Diele und versuchte etwa fünf Minuten lang, ihr auszuweichen, ohne etwas zu sagen. Die ganze Zeit – ich beobachtete alles vom Treppenabsatz aus – war Ruaieiughrys Stimme nur allzu deutlich aus dem Garten zu vernehmen, wo er sein »Lied für Lucy« sang. Der Text ging so:

Lucy, Lucy
Schöne Lucy
etc.

Offenbar singt er nach der Melodie des Kirchenlieds »Lead Kindly Light«. Ich drängte Jakob und Laura in die Küche und bot ihnen verschiedene (grüne) Speisen und Getränke an, weil ich hoffte, ich könnte ein bisschen Liebestrank hineinmogeln. Beide lehnten ab. Wahrscheinlich kann ich sie nur zusammenbringen, wenn ich sie fessle und ihnen mit Hilfe eines Trichters gewaltsam Liquid Love einflöße.

13 Uhr

Ruaighriury, Lucy, Jakob und Laura sitzen zusammen im Esszimmer. Die meiste Zeit redet Ruairghy. Nach Ton und Inhalt seiner Rede zu schließen, ist er offenbar zum Christentum konvertiert. Jakob hat bis jetzt nur einmal »Ja!«, gesagt, und das war mehr ein leises Knurren.

14 Uhr

Komme gerade von einer Probe vom *Sommernachtstraum.* Hotchkiss hat entschieden, dass alle Elfen Suspensorien tragen sollen. Die Stimmung ist am Kippen, es riecht nach Meuterei. Scagg hat seine Rolle aufgegeben, der Grund hat irgendetwas mit Füßen zu tun. Erbsenblüte sagte, er werde höchstens Boxershorts anziehen. Edwin hat beschlossen, auf einem Springstock über die Bühne zu hüpfen. Hotchkiss ist deswegen sehr aufgeregt. Keine gute Probe.

16 Uhr

Edwin von der Schule abgeholt. Wir hatten ein relativ vernünftiges Gespräch über Lulu. Er erzählte mir, er wolle eventuell Schluss machen. Natürlich erwähnte keiner von uns das Wörtchen Sex. Komisch. Wir reden über Sex und wir reden über Beziehungen, aber nie über beides gleichzeitig. Er sagte, sie würden sich oft streiten. Ich sagte: »Estelle und ich streiten uns auch oft!« Er sagte: »Bei euch ist das etwas anderes!« »Für mich ist das nichts anderes!«, sagte ich. »Ich bin ein Mensch wie du! Ich habe Gefühle! Es ist nicht anders, nur weil man bald fünfzig wird!« Edwin sah mich sehr genau an. »Es ist auch nicht anders, wenn man sechzehn ist!«, sagte er. »Die Leute meinen, mit sechzehn sei das keine Liebe, aber das stimmt nicht!« »Natürlich nicht!«, sagte ich. »Und man kann jemanden über Jahre lieben und sich trotzdem streiten.« »Ist das bei dir und Mum so?«, fragte er. »Ich denke schon …«, sagte ich. »Wie meinst du das?«, fragte er.

Plötzlich fühlte ich mich sehr alt und müde. Ich hatte Angst zu sagen, was ich fühlte. Eigentlich wollte ich sagen: »Manchmal denke ich, ich weiß es nicht mehr.« Aber das brachte ich nicht fertig. Heißt das, dass ich nur wegen der Kinder mit Estelle zusammenbleibe? Ich kann mir auf keinen Fall ein Gespräch vorstellen, in dem ich ihnen sage, dass wir uns trennen. Aber ich kann mir vorstellen, wie ich es zu ihr sage. Tatsächlich habe ich es in den letzten fünfundzwanzig Jahren andauernd zu ihr gesagt. Was bedeutet das?

Wahrscheinlich, dass unsere Beziehung völlig daneben ist.

Aber mir gefiel die Unsicherheit nicht, die ich in Edwins normalerweise so zuversichtlich blickenden blauen Augen sah. Kurz bevor wir daheim waren, sagte ich: »Hör mal, Edwin. Wir alle streiten uns hin und wieder. Aber wenn man jemanden liebt, dann macht ein Streit nichts aus. Darum geht es in der Liebe. Und das gilt für dich genauso wie für mich.« Edwin zeigte mir sein wunderbares Grinsen und sagte: »Heißt das dann, dass ich … Lulu heiraten muss oder so?« Ich sagte, er könne mich mal, und wir lachten beide.

Wie viel Arbeit doch in so einer Familie steckt! Man denkt immer, Familienleben setze sich aus Hochzeiten, Beerdigungen und Weihnachten zusammen. Aber so ist es nicht. Eine

Familie bedeutet gnadenlose Arbeit. Dennoch vermittelt eine Familie Zufriedenheit – die, wie ich vermute, seit ich mich mit Haut und Haaren in meine Familie einbringe, die einzige echte Zufriedenheit im Leben ist. Diese Zufriedenheit entsteht in dem Moment, wenn man wie ein Wanderer, der den Kamm eines steilen Berges erreicht hat, einen weiten Blick über die offene Landschaft hat, zusammen mit jemandem, den man so sehr liebt, dass er ein Teil von einem ist und nie von einem getrennt werden kann, auch nicht durch den Tod.

Und das passierte an diesem Morgen, als Edwin mich anlächelte. Ich war dadurch nicht weniger wütend auf Estelle, weil sie die Möbel abtransportieren ließ und wilden Sex hatte, beziehungsweise weil sie mich anlog, sie sei in Westirland gewesen und so weiter. Aber trotzdem hatte das Glück, das ich wegen Edwin empfand, auch etwas mit ihr zu tun.

Werde ich je eine Möglichkeit finden, ihr das zu sagen? Oder werde ich mich weiter wie ein Idiot aufführen, bis wir uns trennen?

17 Uhr

Ein Anruf von Leo. Anscheinend war mein Unfall sehr gut für die Quoten. Er sagte, er versuche, die »oberen Etagen« zu überzeugen, mich in weitere Unfälle zu verwickeln, mir tödliche Krankheiten auf den Leib zu schreiben und so weiter, um zu sehen, ob meine Popularität steige oder falle. »Ich könnte Ihnen eine Hautkrankheit verpassen«, sagte er bedrückt.

Die wichtigste Frage lautet immer noch, ob Porda stark genug bleibt, Ramp und Karl in Schach zu halten. Wird Karls Pressekonferenz Porda schwächen? Oder wird sie eher Karl schaden? Wo steht Ramp bei alldem?

Die nächste Folge der neuen Autorin (Christine) soll mir heute per Fahrradkurier zugestellt werden. Karl – der weiterhin nett zu mir ist (ein schlechtes Zeichen) – sagte: »Dadurch erhält die Sendung eine ganz neue Richtung!« »Aha«, sagte ich, »das heißt, sie wird – interessant?« Er lachte nicht. Ich rief Gustave an. Ein Fehler. Er sagte: »Tut mir leid – kann ich zurückrufen? Ich bin gerade beschäftigt« (das heißt, er braucht Zeit, sich eine Lüge auszudenken, warum er in den letzten sechs Monaten mit Ausnahme von Insektenstimmen keinen Job für mich gefunden hat).

Immerhin rief er zurück und sagte: »Paul, ich glaube, das Problem, das wir mit dir haben, besteht darin, wie du dich selbst siehst …« Ich sagte, ich sähe mich selbst bei der Arbeit und beim Geldverdienen. Gustave sagte: »Gut! Das ist gut!«

Ich überlegte gerade, wie wir das lange, unangenehme Schweigen brechen sollten, das zwischen uns stand, als ich eine Stimme im Hintergrund hörte. Sie kam mir bekannt vor. »Ist da etwa Pilfrey bei dir?«, fragte ich. Kurzes, verlegenes Schweigen. »Ronnie kam zufällig vorbei!«, sagte Gustave schließlich. »Im Grunde, Gustave, machst du nichts anderes, als zehn Prozent vom Erfolg anderer abzukassieren, oder?« »Das ist die Idee dahinter!«, sagte Gustave. »Tja«, sagte ich, »ich habe nicht das Gefühl, dass du in irgendeiner Weise zu meinem Erfolg beiträgst …«

Langes Schweigen. Dann sagte Gustave mit seiner tiefen, wohlklingenden Stimme: »Wem du deinen … äh … Erfolg zu verdanken hast, Paul, lässt sich nicht so einfach sagen!« Ich legte auf.

Ich werde mir einen neuen Agenten suchen. Gustave ist schon fast so lange mein Agent, wie ich mit Estelle verheiratet bin. Es ist Zeit, mir jemanden zu suchen, der meine Karriere wieder in Schwung bringt. Allerdings ist mir durchaus nicht klar, wer das sein soll. Ob ich wohl Estelle dazu bringen könnte, mich zu vertreten? Oder Jakob? Oder Edwin? Oder Snozzer?

Ich glaube, Snozzer wäre gar nicht so schlecht. Er wäre ein

harter Hund bei den Verhandlungen. Und ich gehe lieber mit ihm als mit Gustave essen. Das letzte Mal, als »Flaubert« mich ausführte, sah er mich über seine Avocado mit Garnelen an wie eine Bulldogge, die kastriert werden soll. Gustave hat seinen Erfolg einzig und allein seiner roten Weste zu verdanken, die er Gerüchten zufolge sogar im Bett trägt. Der Weste und seiner sonoren, vornehmen Stimme, die aber auch schon fast wieder affektiert wirkt. Tatsächlich wuchs er im East End als jüngstes von neun Kindern auf und hat bis zum Alter von zwölf Jahren nie ein Buch gelesen, geschweige denn ein Theater von innen gesehen. Er brachte sich seine »korrekte« Aussprache mit einer Linguaphone-Platte selbst bei, mit der eigentlich Ausländer Englisch lernen sollten – wodurch sein Smalltalk stark an die fünfziger Jahre erinnert und den Eindruck erweckt, er müsse Noël Coward und all die anderen gekannt haben.

18 Uhr

Christines Drehbuch ist da. Ich habe es gerade gelesen.

Ich befinde mich auf dem Weg der Besserung und verbringe viel Zeit mit meiner Frau Pamela (fast hätte ich »Estelle« geschrieben) im Krankenhausgarten. Pamela sagt mindestens doppelt so viel wie ich. Das gefällt mir überhaupt nicht. An einer Stelle sagt sie:

> PAMELA: Was ist aus uns geworden, Esmond? Wo ist unser jugendlicher Idealismus aus den Sechzigern? Mein Gott! Erinnerst du dich an diese Demonstration gegen den Vietnamkrieg?
> ICH: Ich glaube schon.
> PAMELA: Wir gingen auf die Straße, Esmond. Wir glaubten an etwas. Es gab eine Arbeiterklasse anstelle einer Unterschicht, und niemand hatte das Bedürfnis, ein »New« vor

die Worte »Labour Party« zu setzen. Wir waren die Generation, die die Rolling Stones hervorbrachte, die Beatles, das *International Socialism*-Magazin, Drogen, experimentelles Theater und Real Ale. Mein Gott, Esmond! Wir hatten Flügel! Wir konnten fliegen! Und jetzt heiraten schon unsere *Kinder* und wir machen uns Gedanken wegen unserer Hypothek, dabei haben die Leute in manchen Vierteln immer noch Angst, abends vor die Tür zu gehen; nichts hat sich verändert, nur dass es heute keine Hoffnung und keinen Idealismus mehr gibt, nur noch Geld, Geld, Geld, wo man auch hinsieht. Herrgott nochmal, schau dir das Gesundheitswesen an! Und wir lassen es einfach zu? Warum nur?

ICH: Ich weiß nicht.

Ich bin sehr unzufrieden mit der Szene. Meiner Meinung nach fehlt ihr die dramaturgische Geschlossenheit.

Außerdem gibt es eine sehr geschmacklose Szene mit der Physiotherapeutin im Schwimmbad. Christine hat beschlossen, dass ich eine semipermanente Sprachstörung habe. Ich kann mir nicht vorstellen, dass mich das bei den Hörern beliebter macht.

Pamela hat eine Affäre mit Pilfrey angefangen – was mich wirklich sehr ärgert. Man hat es mir nicht einmal gesagt. Sie gehen in ein teures Hotel, und Pilfrey spricht über seine Schuldgefühle. Ich glaube, ich habe in der ganzen Folge nur zehn Zeilen. Da ist ja mein Tod noch besser. Habe bei Karl vorbeigeschaut, aber er ist »in einem Meeting«. Ich fragte seine Sekretärin, wer bei ihm sei. Sie machte eine kurze Pause und flüsterte dann dramatisch: »Howard Porda!« Was hat das zu bedeuten?

21.30 Uhr

Nachricht von meiner Mutter auf dem Anrufbeantworter:

> Paul? Paul? Bist du da, Paul? *(Langes Schweigen. Mysteriöses Klopfgeräusch.)* Hier ist Oma, Paul! Ich sitze auf dem Sofa! *(Lange Pause. Weitere nicht identifizierbare Geräusche.)* Es ist ein furchtbares Sofa, Paul! Ich hasse es! Arthur hat es gekauft! Ich hasse es! *(Wasserplätschern.)* Erinnerst du dich an Maud, Paul, die nach Northcote Hall gezogeen ist? Sie hatte ein schwarzes Kaninchen, das du sehr mochtest. Es wurde gefressen. Erinnerst du dich? Wir kamen zurück und es lag überall auf dem Rasen. In Stücken. Der Fuchs hat es geholt. *(Das Wasserplätschern wird lauter. Entfernte Schreie.)* Maud war sehr intelligent. Sie hat mit ›sehr gut‹ abgeschlossen. In Architektur. *(Langes Schweigen. Keuchendes Atmen.)* Nun ja, jetzt ist sie tot. *(Schweigen. Klick. Ende der Nachricht.)*

8. Mai, 10 Uhr, blauer Himmel, leichte Brise. Der Baum im Garten (was für einer auch immer) steht in vollem Grün, und der Vogel (was für einer auch immer), der darin herumturnt, trällert fröhlich

Ruighry und Lucy im Richmond Park. Laura immer noch unten auf der Couch. Jakob auf dem Weg nach Kensington. Estelle anscheinend auch in oder in der Nähe von Kensington.

Heute Morgen gab es einen heftigen Streit zwischen Jakob und Ruairghy. Es ging darum, ob sie sich ein Video von *Friends* ansehen sollten oder im Fernsehen eine amerikanische Talkshow mit dem Thema »Sex mit den Haustieren der Nachbarn«. Lucy quiekte, sie sollten aufhören, und bot an, allen »eine schöne Tasse Tee« zu machen. Von Laura kam nur ein Fauchen. Jakob verbarg das Gesicht in den Händen, und Ruairghy sagte: »In diesem Streit geht es gar nicht ums Fernsehen! Es geht um dein Bedürfnis, ein Mann zu sein. Melanie Klein wäre sehr besorgt über deinen Phallozentrismus!« Jakob antwortete mit aufgesetztem Afrikaans: »De Klein is niet nur ein Synonym für Schwanz!« Das ärgerte Ruairghy sehr.

Ich hätte die beiden nie zu diesem kleinianischen Teilzeitpsychiater schicken sollen. Allerdings muss ich die beiden inzwischen nicht einmal mehr teilweise dafür bezahlen, dass sie hingehen, es ist also wirklich ein Schnäppchen. Außerdem sollten Kinder mit diesem Mist konfrontiert werden, das hält sie davon ab, so etwas ernst zu nehmen.

Schließlich stürmte Jakob aus dem Haus, um sich mit Estelle in Kensington zu treffen. Laura wurde hysterisch und musste hinausgeführt werden. Sie wirkte so blass und dünn wie Jakob. Die mollige und fröhliche Lucy machte dann wirklich eine schöne Tasse Tee.

10.15 Uhr

Empfinde starke Sympathie für Jakob. Ruairghy kann einem wirklich den letzten Nerv rauben. Gerade hat er einfach im ersten Akt von *Ariodante* meinen CD-Spieler abgestellt.

Ich versuchte, das Thema Berufswahl anzusprechen, und er sagte: »Ich möchte mit dir nicht darüber reden. Du würdest es nicht verstehen. Ich werde etwas machen, was du wahrscheinlich verachtest, aber ich möchte es tun.« Ich fragte ihn, ob er ein Bordell eröffnen oder vielleicht eine Ausbildung zum Immobilienmakler machen wolle, aber er sah mich nur mitleidig an.

»Manches an mir wirst du nie verstehen!«, sagte er und ließ dabei ein leichtes Lächeln um seine Lippen spielen. Ich widerstand der Versuchung, ihm mit der nächsten Bratpfanne eins überzuziehen. Ich habe den furchtbaren Verdacht, dass er Buddhist werden will.

Wir wurden von einem Anruf unterbrochen, der wie üblich nicht für mich war. Es war ein Freund aus Oxford, der Jakob sagen wollte, dass Oliver aus dem Gefängnis ausgebrochen sei. Anscheinend rechnet er damit, dass er bei uns auftauchen wird. Ich fragte Ruirghry, ob Oliver gewalttätig sei, und Reuighry sagte: »Nur, wenn er Drogen braucht!« Er und Lucy gingen nach oben, um »ein Hamsterposter aufzuhängen«.

Bin unten allein mit Laura. Ein Mädchen ganz nach meinem Geschmack. Dünn und anlehnungsbedürftig, ganz anders als große und selbstsichere Frauen wie Lucy und Estelle. War fast versucht, ihr ein bisschen Liebestrank zu geben, um zu sehen, was passiert. Sie sagte, meine schauspielerische Leistung in der Krankenhausfolge habe sie tief bewegt. Soweit ich das beurteilen kann, funktioniert die Sprachstörung tatsächlich. Aber ich glaube nicht, dass Laura in der Stimmung für ein Techtelmechtel ist.

Im Ernst – sie liebt meinen lieben, sanftmütigen mittleren Sohn, der auf cool macht, aber doch so liebesbedürftig ist. Warum kann er das nicht erkennen? Warum ist die Welt so ungerecht?

12 Uhr mittags

Anbiedernde Nachricht von Gustave auf dem Anrufbeantworter. Er schlägt einen »kleinen Lunch« vor. Wie üblich schaffte er es, so zu klingen, als ob er ein Angebot für mich in der Hinterhand hätte. Vielleicht ist das sein Erfolgsgeheimnis. Wie ein ranghoher Jesuit vermittelt er den Eindruck, er stehe in Kontakt zur treibenden Kraft des Universums.

Jetzt muss ich los zu Nobbys Trauerfeier.

14 Uhr

Mit dem guten alten Steve und Peter Mailer in einem Pub in Streatham.

Der gute alte Steve hat seine Stelle als Wirtschaftsredakteur aufgegeben. Er erzählte uns, die Leute hätten »kein Interesse mehr an Wirtschaft«. Ich sagte, es sei schön zu hören, dass er endlich doch etwas mit seinen Lesern gemein hätte. Anscheinend will er jetzt Porträts über die Reichen und Schönen schreiben. Ich schlug einen Artikel über mich vor, was allgemeine Heiterkeit auslöste.

Peter Mailer wartete mit weiteren grausigen Details zu Nobbys Herzinfarkt auf. Laut Mailer war Nobby gerade beim Sex mit seiner jungen Freundin. Sie dachte, so Mailer, dass Nobby sich in sexueller Ekstase aufbäume. Der gute alte Steve meinte: »Was für eine Art zu sterben!« Er fügte hinzu, er habe dieses Jahr noch keinen Sex gehabt, allerdings habe ihn ein Mädchen im Flugzeug »angesehen«. Ich versuchte wie ein glücklich verheirateter Ehemann zu wirken, was mir, glaube ich, auch gelang. Jetzt zur Sankt-Was-auch-immer-Kirche.

17 Uhr

Wieder im Pub.

Das Mittdreißigerin hat eindeutig etwas für mich übrig. Gerade ist sie an einem anderen Tisch. Ihre Trauerrede war ein durchschlagender Erfolg.

Sie trug ein schwarzes Minikleid mit einer schwarzen Pelzstola und stöckelte hüftschwingend zum Rednerpult, als ob Nobby kurz vor der Trauerfeier aus dem Grab zurückgekehrt wäre, um das zu Ende zu bringen, was er begonnen hatte. »Ich habe Nobby gerade erst richtig kennengelernt«, sagte sie, beugte sich über das Pult und blickte dabei Nobbys Bruder Jim tief in die Augen. »Ich hatte zum Beispiel keine Ahnung, dass er ein Buch über Schmetterlinge geschrieben hat.«

Das sorgte bei den Anwesenden für einige Unruhe, weil sich viele fragten, ob noch ähnliche Enthüllungen zu erwarten waren. »Wie viele von uns hier«, fuhr sie fort, »wussten zum Beispiel, dass er Ende der sechziger Jahre als männliches Fotomodell gearbeitet hat?«

An der Stelle machte sich Besorgnis unter einigen Anwesenden breit. »Und«, redete sie weiter, »als Kunstlackierer!« In mehreren Reihen der Kirche brach daraufhin fast Panik aus. Der gute alte Steve wandte sich zu mir und flüsterte: »Sie wird doch nicht die Bushaltestelle erwähnen?« Zahlreiche Trauergäste drehten sich zu uns um.

»Das ist so typisch für ihn«, sagte die Mittdreißigerin und brachte es fertig, gleichzeitig mädchenhaft und streng auszusehen, »dass er solche Sachen vor mir verheimlichte. In vielerlei Hinsicht war unsere Beziehung sehr einfach, fast kindlich.« Der gute alte Steve flüsterte hörbar: »Mit jeder Menge Sex!« »Als er so plötzlich von mir ging ...«, fuhr sie fort, »... und auf so grausame Weise ...«

»Weil er zu viel Sex hatte!« (Das kam vom guten alten Steve, der einsprang, als die Mittdreißigerin innehielt und mit den Tränen rang.) »... wurde mir klar, dass ich Nobby zwar nur drei Monate lang gekannt hatte, ich ihn aber in gewisser Weise schon mein ganzes Leben lang kannte, denn als er von mir ging, war er noch mitten ... mitten ...«

In die Stille hinein sagte der gute alte Steve lauter als beabsichtigt: »In einer Nummer!« Das kam nicht gut an.

Es folgte eine entsetzliche Ansprache seines Bruders, der behauptete, Nobby sei ihm letzten Mittwoch beim Sainsbury-Supermarkt in der King's Road erschienen. Leute, die von den Toten auferstehen und der ganze Kram. Der Herr stehe uns bei. Beim Tod geht es doch darum, dass man *nicht* zurückkommt, das ist doch der Sinn der Sache. Eine einmalige Erfahrung.

Muss jetzt aufhören zu schreiben, die Mittdreißigerin ist wieder da. Ich glaube, sie hat sich umgezogen. Wie hat sie das gemacht? Vielleicht im Wartehäuschen einer Bushaltestelle?

Ich muss sie irgendwie beeindrucken. Ich werde wohl so tun, als ob ich ein Gedicht/einen Roman/eine Kurzgeschichte über Nobby schreiben würde.

20 Uhr, anderer Pub, in Clapham, glaube ich

Mit der Mittdreißigerin gut zugange.

Sie hat sehr lange rote Haare, die sie aus der Stirn gekämmt trägt, ein ausdrucksstarkes Gesicht und sehr viele, sehr große Zähne. Sie blickt einen beim Sprechen sehr konzentriert an, was darauf hindeutet, dass sie Kontaktlinsen braucht. Außerdem braucht sie, wie üblich bei Frauen ab dreißig, viel körperliche Bestätigung von Männern – was Frauen um die Fünfzig längst aufgegeben haben. Ich wurde mit Gefühlen, Körperkontakt und Küsschen überhäuft. Tatsächlich hatte ich nach einer halben Stunde sogar das vage Gefühl, dass ich mit ihr geschlafen hätte, was, wie ich glaube, für beide Seiten sehr befriedigend war.

Wie sich herausstellte, arbeitet sie für die BBC. Allerdings für die Abteilung Visuelles, das ja mittlerweile komplett von der Abteilung Audio getrennt ist. Ich bin mir ziemlich sicher, dass sie zu einhundert Prozent weiblich ist – allerdings weiß man das heutzutage ja nie. Aber ich glaube, da hätte Nobby die Grenze gezogen.

»Ich hatte den Eindruck …«, sagte sie und zündete sich ihre zwölfte Zigarette an, »dass Nobby irgendwie … wie jemand auf einem Floß war …« »Ja!«, sagte ich. »Ein ziemlich großes Floß«, fuhr sie fort und nahm einen großen Schluck von ihrem Wodka Tonic, »das aufs Meer hinaustreibt. Und man konnte ihm zwar … vom Ufer aus etwas *zurufen* … aber er war auf diesem Floß … und trieb aufs Meer hinaus …« Ich sagte, das sei eine sehr gute Beschreibung von Nobby.

»Manchmal«, sagte ich und versuchte, auf ihre Wellenlänge zu kommen, »hatte ich das Gefühl, als ob er … in einem Brunnen säße … oder oben auf einem Baum … ja, fast in einem Ballon in der Luft …« Sie nickte wie wild. »Ja«, sagte sie. »Ja, ja, ja, ja! Ein Ballon!«

Wir haben uns zum Mittagessen in einem Lokal namens Mezzo verabredet. Sie schien vorauszusetzen, dass ich das Lokal kenne, daher tat ich so, als ob ich dort Stammgast wäre. Muss im Restaurantführer nachsehen.

Beim Abschied umarmte sie mich mit fast erschreckender Innigkeit. Ich schaffte es, die Hände auf ihren Hintern zu legen (obwohl es da nicht viel anzufassen gibt). Im Hinausgehen sagte sie: »Ich hatte mich von Nobby getrennt, wie du wahrscheinlich weißt. Und … als er starb … feierten wir gerade … so eine Art Versöhnung …« Ich nickte ernst und staunte wieder einmal über die vielen verschiedenen Begriffe, die Frauen verwenden, wenn sie »Sex« meinen. Ich dachte, sie würde mir ausführlich beschreiben, wie es ist, wenn jemand mitten beim Sex stirbt. Da wir alle nicht jünger werden, könnte diese Information in naher Zukunft nützlich sein. Aber mehr hatte sie über Nobbys letzte Momente nicht zu sagen. »Ich hoffe, ich habe bei Nobby alles richtig gemacht!«, sagte sie schließlich wehmütig. »Ich habe versucht, ihm sehr, sehr viel Liebe zu geben. Aber irgendwie wollte er sie nicht richtig annehmen.«

23.30 Uhr

Estelle kam um elf heim. Jakob begleitete sie. Es fehlen schon wieder Möbel. Dieses Mal ein Schreibtisch, zwei Stühle und ein Sideboard. Sie reagierte sehr zugeknöpft, als ich fragte, wo die Möbel seien, und sagte nur, sie würde »umräumen«. Ich fragte, ob sie damit beabsichtige, dass ich mich zu Hause genauso unwohl wie bei der Arbeit fühle, und sie sagte: »Wahrscheinlich.« Außerdem mache ich mir Gedanken, was sie und Jakob in Kensington zu suchen hatten.

Mittlerweile bin ich überzeugt, dass sie mich verlassen will. Jakob wäre sicher der Erste, dem sie es sagen würde. Ich muss noch vor Ende des Monats entweder bei der Mittdreißigerin oder bei Mrs. Proek (Gwen) vorankommen. Welche soll es sein? Eine fünfzigjährige Politesse oder eine Fernsehproduzentin um die Dreißig? Ich glaube, im Moment ist mir die Politesse lieber, was aber auch daran liegen kann, dass ich die Fernsehproduzentin zuletzt gesehen habe.

Draußen vor dem Haus der Wicketts steht ein Schild »zu verkaufen«. Warum? Haben sie gemerkt, dass ich sie beobachte? Ich muss sagen, ich möchte nicht, dass sie ausziehen. Ich schaue seit fünfzehn Jahren aus dem Fenster auf Wickett und seine Frau. Und obwohl ich so gut wie nie mit ihnen gesprochen habe, besteht zwischen uns eine gewisse Nähe. Neue Nachbarn ziehen womöglich die Vorhänge zu.

Ruairghy und Lucy haben heute Brot gebacken und das Haus geputzt. Abends unterhielten sie sich im Flüsterton mit Estelle. Ich fragte Estelle, ob sie etwas über seine neuen Berufspläne wüsste. Das tut sie, will es mir aber nicht sagen. Alle im Haus sind gegen mich. Und in etwas mehr als einem Monat werde ich fünfzig!

Auch das Wetter ist gegen mich. Es ist kalt und regnerisch. Ich bin deprimiert.

Bei der nächsten Gelegenheit werde ich Estelle den Liebestrank einflößen. Allerdings nicht vor morgen Abend, denn da habe ich ein Tête-à-tête mit Lauras Mutter.

10. Mai, 10.30 Uhr, immer noch kalt und regnerisch. Hinten im Garten sitzt ein Vogel, er sieht aber fast genauso deprimiert aus wie ich

Estelle »bei Hamish«. Ruairghy »bei der Arbeit«. Jakob auf der Bank in Wimbledon. Edwin in der Schule. Lucy in der Küche, sie isst Toast. Ich daheim (Surprise, Surprise!).
Ein Brief vom Royal Court Theatre an Wesley Jones:

Lieber Wesley,
es tut mir sehr leid, dass Ihnen Gavins Inszenierung von *Muthafuckas* so wenig zugesagt hat, ein Stück, das unserer Meinung nach ikonographisch für die letzten zehn Jahre ist. Meiner Ansicht nach gehört es in eine Reihe mit Jed Braynes' *Largo* und Winston Nkozulas *Bad Traffic.*
Ich verstehe, dass Sie verletzt sind, Wesley. Aber was Sie »Unterdrückung« nennen, hat nichts mit uns vom Royal Court Theatre zu tun. Uns als »Schweine« und »weißen Abschaum« zu bezeichnen, ist dabei nicht sehr hilfreich. Und es führt auch zu nichts, einen Regisseur, der lange und hart an einer Inszenierung gearbeitet hat, einen »schlappschwänzigen, weißen Scheißkerl« zu nennen.
Ich war ebenso wie Sie von den Kritiken enttäuscht. Doch ich muss Sie warnen, Todesdrohungen sind keine akzeptable Form der künstlerischen Auseinandersetzung. Wir vom Royal Court Theatre weigern uns, uns davon einschüchtern zu lassen.
Ihr
Jim Baeldi
Intendant

P.S.: Ich lege Ihnen weitere Kritiken bei.

Ich kann mir schon vorstellen, warum Wesley so wütend ist. Alle sind über ihn hergefallen, nur Venning nicht, der das Stück als »Meisterwerk« bezeichnet. Haben sie womöglich voneinander abgeschrieben? Außerdem gibt es heftige Kontroversen über die eigentliche Handlung des Stücks.

Es klingelt. O Gott. Es ist Jakob. Und Lucy geht zur Tür.

10.45 Uhr

Heftiger Streit zwischen Jakob und Lucy. Einen Großteil davon konnte ich mithören. Sie beharrt darauf, dass er »wirklich nichts für sie empfindet« und ihr nur »wegen einer Wette« nachstellt. Ich muss sagen, für mich klang das völlig einleuchtend. »Nein, Liebling!«, hörte ich Jakob sagen, »ich brauche dich! Ich brauche dich!« Dachte ernsthaft darüber nach, ihnen ein Schlückchen Liebestrank zu geben, aber dann fiel mir ein, dass Ruairghy ihr womöglich schon einen Heiratsantrag gemacht hat. Nach etwa zehn Minuten fingen sie an, sich mit Sachen zu bewerfen. Ich rief Estelle auf ihrem Handy an, um mir moralische Unterstützung und Rat zu holen. Sie war sehr kühl und sagte, sie sei »in einem Meeting mit Hamish«. »Was für ein ›Meeting‹?«, schrie ich, woraufhin sie sagte: »Um Himmels willen, Paul, führ dich doch nicht so erbärmlich auf!« »Was heißt hier ›erbärmlich‹?«, fragte ich. »Was um alles in der Welt ist an mir erbärmlich? Ich bin einfach nur verwirrt. Was hast du vor? Was empfindest du für Hamish? Ist Julian da? Hast du eine Affäre? Sind die Türken auch da? Wirst du mich verlassen? Warum verschwinden die Möbel?«

Sie legte auf. Sie will mich definitiv verlassen.

12 Uhr mittags

Das neue Drehbuch ist da. Mein Leben hängt an einem seidenen Faden. Bin immer noch auf der Intensivstation. Pilfrey hat eine furchtbare Szene mit Pamela. Die beiden haben Sex. Dabei sagt sie: »Streichle meine Schenkel!« Ich rief Christine an und erinnerte sie daran, dass *General Practice* um elf Uhr morgens ausgestrahlt wird. Sie sagte: »Genau die richtige Zeit, um sich die Oberschenkel streicheln zu lassen.« Hinter dieser Frau verbirgt sich mehr, als man auf den ersten Blick vermuten würde.

Sie sagt, niemand weiß, ob Porda Karl und Ramp entlassen wird, das heißt, ob ich leben oder sterben werde. Es ist unglaublich, dass man die Anweisungen eines Mannes, der das Vertrauen von John Birt genießt, so missachtet. Ganz zu schweigen von J. B. selbst.

Er ist der Boss, verdammt nochmal! Er hat bei der Programmplanung den vollen Durchblick – vor allem bei den Hörspielen. John versteht *General Practice* wirklich. Deswegen sollte er weitermachen. Ich überlege, ob ich ihm einen Brief schreiben und ihm meine Unterstützung bei verschiedenen Themen zusagen soll – etwa bei der Digitalisierung, Umstrukturierung und so weiter. Oder würde das aussehen, als ob ich mich einschleimen wollte?

16 Uhr

Komme gerade zurück vom Einkaufen. Die Läden waren voller älterer Damen und Männer mittleren Alters, die in den Vorruhestand versetzt, freigestellt wurden und so weiter. Ich traf Porker in der Drogerie, wo er Vitamintabletten kaufte und mir ein paar anbot. Ich lutschte fünf Stück.

Habe Aftershave und ein neues Hemd für mein heißes Stelldichein mit Mrs. Proek gekauft. Jetzt muss ich Edwin abholen. Wo ist Ruaghry? Und was hat er für einen »Job«?

17.30 Uhr

Edwin war noch mitten in der Probe. Hotchkiss hatte Hong mitgebracht, seinen chinesischen Freund, »als Berater bei den Bewegungen«. Hotchkiss hat beschlossen, Oberon (der während des gesamten Stücks eine SS-Uniform trägt) selbst zu spielen, und Plonkers Eselskopf als »zu grobschlächtig« abgelehnt. Stattdessen soll Plonker nur Eselgeräusche machen, Heu fressen und Ähnliches.

Plonker ist gar nicht glücklich darüber, dass er mit Hotchkiss zusammen auf der Bühne stehen muss. Ich sagte ihm, er könne froh sein, dass Hotchkiss nicht die Titania spiele. Plonker sagte: »Wohl gesprochen, Paul, Baby!«

Aus mir unverständlichen Gründen trägt Edwin eine Maschinenpistole. Ich glaube, das ist das erste Mal, dass Puck über die Bühne springt und dabei Gewehrsalven nach rechts und links abfeuert. Edwin ist begeistert und wollte das Gewehr mit nach Hause nehmen, um es Lulu zu zeigen. Wir hatten einen wahrhaft elisabethanischen Disput über die Vor- und Nachteile, der Frau seines Lebens sein Gewehr zu zeigen, aber natürlich sagte ich danach mit fester Stimme, dass die Waffe in der Schule bleiben müsse.

Hong ist ein großer Fan von *General Practice!* Er fragte, ob ich wirklich meine Frau verlassen wolle. Ich sagte – und hatte dabei das Gefühl, dass ich für Esmond und mein wahres Ich (was auch immer das ist) sprach –, nach fünfundzwanzig Jahren sei es sinnlos, einander zu verlassen. Hong sagte: »Alle Beziehungen müssen wachsen und sich veländeln. Seit ich Hotchkiss fül den Mann bei Woolwolth vellassen habe, hat sich del Sex mit ihm sehl velbesselt!«

19.30 Uhr

Es fehlen weitere Möbel. Zwei Stehlampen, zwei Sessel und ein Schreibtisch von unten. Von meinen Sachen fehlt nichts. Rief Estelle im Büro an und wollte über unsere Beziehung und darüber sprechen, dass sie mich verlässt und ich bald eine Affäre mit einer Politesse oder der Mittdreißigerin haben werde. Es meldete sich »Julian«. Wenn es sich wirklich um eine Gillian handelt, hat sie entweder eine Mandelentzündung oder vor kurzem eine Geschlechtsumwandlung gehabt, wahrscheinlich beides. Er sagte: »Wenn es für Estelle ist, sollten Sie wirklich mit Hamish sprechen.« Ich sagte ihm gelassen und mit Würde, es sei nicht dringend.

»Es ist eine Familiensache!«, fügte ich hinzu. »Das klingt dringend!« »Nein, nein!«, sagte ich leichthin, »das geht vorbei!« Dann legte ich auf. Ich glaube, diese Schlacht habe ich gewonnen. Jetzt auf nach East Cheam.

20 Uhr

Ich sitze vor dem Haus der Proeks in East Cheam. Ich glaube, ich habe vorhin Laura am Fenster gesehen. Sie trug ein Top (meine ich).

Das Haus ist ein bisschen gepflegter als das der Rachnowskis. Ein Häuschen im Landhausstil wie aus dem Spielzeugkatalog – saubere weiße Mauern, tadellos gepflegter Rasen und ein leuchtend gelbes Auto in der Einfahrt, das Nobby hätte gehören können.

Habe den Liebestrank dabei. Und nun hinein, Slippery! Das ist deine einzige Chance.

21 Uhr

Wieder im Auto.

Ein völliger Fehlschlag. Gwen hatte offenbar komplett vergessen, dass sie mich zu sich eingeladen hatte. Sie und Norman sahen sich einen Tierfilm an. Sie wirkte überrascht, als ich vor der Tür stand. Ich flüsterte – und spähte dabei über ihre Schulter auf Normans Hinterkopf – »Also nicht auf dem Dach?« Meine Bemerkung stieß auf völliges Unverständnis.

Ich versuchte es mit Augenrollen. Wahrscheinlich, überlegte ich, hatte sie einfach keine Möglichkeit gefunden, mich anzurufen. Vermutlich lässt er sie keine Sekunde aus den Augen. Die winzige Diele – im Grunde nicht viel mehr als ein Fliegengitter und ein paar Mäntel – musste mir genügen, um ein recht ausdrucksvolles Augenrollen in Szene zu setzen. Mrs. Proek sah mich seltsam an.

»Geht es Ihnen gut?«, fragte sie mit lauter Stimme. »Ich glaube, Sie haben etwas im Auge!«

Das war kein sehr vielversprechender Anfang. Und der männliche Proek machte keinerlei Anstalten sich zu bewegen. Einen Augenblick überlegte ich, ob ich ihr vorschlagen sollte, sich auf ein Hühnchencurry mit mir davonzuschleichen. Oder für irgendetwas anderes, Hauptsache, ich musste nicht mehr länger auf Mr. Proeks Hinterkopf starren. Aber bevor ich den Mund aufmachen konnte, fragte Mr. Proek: »Was will der Schmierlapp jetzt schon wieder?«

Auch das war nicht hilfreich. Ich sah Mrs. Proek tief in die Augen und versuchte, die Botschaft darin zu lesen. *Nicht jetzt! Er ist misstrauisch! Ich habe versucht, dich anzurufen, hatte aber Angst, dass deine Frau dahinterkommen könnte! Du musst gehen! Er ist wahnsinnig eifersüchtig! Er wird dich umbringen! Er wird mich umbringen! Er wird sich umbringen! Womöglich auch noch die Nachbarn!! Unsere Liebe ist zum Scheitern verurteilt! Wie die Liebe Wronskijs zu Anna Karenina oder die-*

ses anderen Russen zu Wie-hieß-sie-noch-gleich! Geh jetzt! Ich bitte dich, Liebling! Geh!

Ich kam zu dem Schluss, dass das wohl doch nicht die Botschaft war, die in ihren Augen lag. Die lautete eher: »Wer zum Teufel sind Sie und was wollen Sie hier?« Vielleicht nutzt sich Liquid Love nach ein paar Tagen ab. »Ich komme wegen Laura!«, sagte ich. »Dann kommen Sie wohl besser rein.« Ich ging hinein.

Irgendwie schob sie mich in die Küche. Ich hörte, wie nebenan David Attenborough mit Norman sprach. »Es ist Zeit!«, sagte er, »für Henrys Essen!« Mrs. Proek sagte: »Die Sache zwischen uns und Lucys Eltern ist furchtbar. Sie würden es nicht glauben, Paul. Und Laura ist so in Ihren Jakob verliebt. Was können wir nur tun?«

Ich wollte den Liebestrank nicht erwähnen. Ich glaube, ich hörte Laura oben in ihrem Zimmer. Beim Hinausgehen hatte ich schließlich Blickkontakt zu Mr. Proek. Er sah aus, als ob er geweint hätte. »Sie war so niedlich, als sie klein war!«, sagte er. »Sie war so süß!«

Was soll ich bei all diesen Liebeswirren nur tun? Was?

23.45 Uhr

Estelle war daheim und im Bett, als ich nach Hause kam. Vermutlich von Hamish befriedigt. Ich betrachtete sie. Sie lag auf dem Rücken, die Nase in die Luft gereckt, und schnarchte leise. Die schwarzen Haare waren über das Kissen gebreitet. Ihre Hände lagen vor ihr auf der Decke wie Fische auf einer Servierplatte. Ich ging auf ihre Bettseite. Wie oft habe ich dieses Gesicht gesehen: neben mir im Auto, wenn sie mir Anweisungen zubrüllte; auf dem Spielplatz, als die Kinder noch klein waren; an meiner Seite auf dem Standesamt vor all den Jahren; in ihrem Auto, wenn sie vorwurfsvoll durch die Windschutzscheibe zu mir hochsah! Über mir, unter mir, neben mir, vor mir, mir immer ein bisschen voraus, unergründlich, vertraut, fremd, kalt, warm, süß, sauer, bezaubernd, grimmig. Meine Frau.

12. Mai, 11 Uhr, wieder warm, herrlicher Sonnenschein, leicht bedeckt

Estelle »mit Hamish und Gillian/Julian bei der Erkundung Schottlands«. Ruaghrury und Jakob bei der Therapie. Laura, Mr. und Mrs. Proek unten im Garten. Edwin bei einem Kurs für irische Volkstänze. Lucy bei Mr. und Mrs. Rachnowski (was hat das mit mir zu tun?) im Krankenhaus von East Cheam. Ich hier.

Offenbar hat Lucy eine Überdosis genommen. Wir wissen nicht wovon. Wir wissen nur, dass es »nichts Ernstes« war. Sie ist im Krankenhaus von East Cheam in der psychiatrischen Abteilung. Anscheinend hat es sie zutiefst verstört, dass Jakob und Ruairghy unbedingt beide mit ihr schlafen wollen. Ich weiß, wie sie sich fühlt. Wenn Jakob sich einmal etwas in den Kopf gesetzt hat, kann man ihn nicht mehr davon abbringen.

Ich mag wirklich beide Mädchen. Das alles erschüttert mich sehr.

Laura und ihre Eltern haben irgendwie Wind davon bekommen und sind jetzt hier. Gwendolen Proek macht ständig seltsame Bemerkungen über ihre Beziehung zu den Rachnowskis. Was ist da los? Jakob und Ruaighrey bekamen beide einen hysterischen Anfall, daher wollte ich sie zum kleinianischen Teilzeitpsychiater schicken, aber er hat einen Termin im Gericht von Wimbledon, wo er sich wegen eines Unfalls verantworten muss, für den er laut Polizei in Teilen verantwortlich ist. Hinterließ eine Nachricht auf Estelles Handy, in der ich ihr die dramatische Entwicklung schilderte.

11.23 Uhr

Habe gerade Estelles Handy im Kühlschrank gefunden, als ich nach Krabben suchte. Sie hat eine ausgesprochen anzügliche Nachricht von Hamish erhalten. Der kleinianische Teilzeitpsychiater hinterließ die Nachricht, er habe jetzt Zeit, könne den beiden aber »keine komplette Sitzung bieten«.

11.45 Uhr

Noch einmal Gustave auf dem Anrufbeantworter mit der Bitte um ein gemeinsames Mittagessen. Ich glaube, ich rufe ihn an und sage, wenn er mich unbedingt mit Essen versorgen will, soll er es in Alubehältern schicken.

12.30 Uhr

Jakob und Ruaiehriughy vollständig zurück vom Teilzeitpsychiater. Anscheinend deutete er an, dass beide teilweise sexuell missbraucht worden wären.

Sie »gingen früher«. Ich sagte: »Immerhin ist es möglich! Man weiß ja nie!«

Jakob fragte: »Und wer hätte uns sexuell missbrauchen sollen?«

Ich sagte: »Na ja ... vielleicht ich!« Beide lachten – ein bisschen geringschätzig, wie ich fand. »Du hättest nie den Mumm dazu!«, sagte Jakob.

Lucys halbherziger Selbstmordversuch (anscheinend nahm sie Aspirin Junior) hat sie wohl ein bisschen geerdet. Gerade sind sie mit Mr. und Mrs. Proek und Laura (die eine hochgeschlossene beigefarbene Strickjacke trägt) im Garten.

14 Uhr

Rief Estelle auf dem Handy an. Erst als ich das Klingeln aus dem Kühlschrank hörte, fiel mir wieder ein, dass sie es nicht dabeihat. Wieder eine Krise und sie ist nicht da! Wenn das so weitergeht, sind ich und die Mittdreißigerin bald ein Paar.

15 Uhr

Hole jetzt Edwin von seinem Volkstanzkurs ab, den er anstelle von Physik gewählt hat. Er ist weder auf dem einen noch dem anderen Gebiet besonders talentiert, aber anscheinend hat man mit Tanzen bessere Chancen in der Prüfung. Die Prüfer sind, wie er sagt, »oft stockbesoffen«. Wir fahren von dort zu Hotchkiss' Theaterprobe und danach gleich weiter zu Lucy ins Krankenhaus.

15.25 Uhr

En route nach East Cheam *avec* Edwin. Davor Probe.

Anscheinend will Hotchkiss jetzt doch auf die Suspensorien verzichten. Ich zeigte mich erleichtert, aber Plonker sagte: »Mein Gott! Wir müssen die Suspensorien behalten!« Ich meinte: »Aber ich dachte, du magst die Suspensorien nicht.« Er erwiderte, das tue er auch nicht, aber sie seien »besser als nichts«. Dieser irre Hotchkiss will wohl tatsächlich alle nackt auf der Bühne herumspringen lassen.

Als ich losfuhr, um Edwin abzuholen, kamen wieder Möbelpacker und nahmen Möbel mit. Ich fragte Jakob, ob das etwas mit den Kühlschränken zu tun habe, und er sagte: »Überhaupt nicht. Wir handeln mit erstklassiger Ware. Das Zeug hier im Haus würden wir nicht einmal mit der Kneifzange anfassen.«

17.15 Uhr

Mit Edwin im Krankenhaus von East Cheam.

Das arme Kind! Sie ist so süß! Gott sei Dank war es nur Aspirin Junior! Das ist alles meine Schuld! Wenn ich Jakob nicht den Liebestrank gegeben hätte, wäre das nie passiert! Ich muss Laura eine Portion verabreichen und die beiden wieder zusammenbringen!

Die Rachnowskis waren auch da. Sie waren sehr nett. Aber es gibt eindeutig ein größeres Problem zwischen ihnen und den Proeks. Ich habe keine Ahnung, was es ist. Mr. und Mrs. Bert sahen mich seltsam an. Steht Mrs. Bert auf mich? Mir ist gerade eingefallen, dass sie die Einzigen sind, die vom Liebestrank wissen.

Estelle hat natürlich auch Schuld, weil sie nur an ihre Karriere denkt und nicht an ihre Verantwortung als Mutter. Rief auf ihrem Handy an, um ihr einen kurzen Überblick über die Situation zu geben, und hinterließ ihr eine Nachricht. Erst dann fiel mir ein, dass das Handy im Kühlschrank in der Mafeking Road liegt.

19 Uhr

Gegenüber von unserem Haus lungert ein seltsamer Mann herum. Zuerst dachte ich, er hätte vielleicht etwas mit den Wicketts zu tun (deren Schlafzimmervorhänge zur Zeit permanent zugezogen sind), aber offensichtlich schaut er auf die Nummer 52. Er ist Anfang zwanzig, trägt abgerissene Kleidung und hat eine wilde Frisur. Ich habe das furchtbare Gefühl, dass er etwas mit Wesley Jones zu tun haben könnte. Wenn er noch länger da herumsteht, rufe ich die Polizei.

21.30 Uhr

Ruighry, Laura, Jakob, Edwin und Lulu sehen zusammen fern. Die traurigen Ereignisse haben Riushury und Jakob einander nähergebracht. Jakob kniff Laura sogar sanft in die linke Wange. Ruairghy (der sagte, er sei »nach der Arbeit sehr müde« – was für eine Arbeit das auch sein mag) murmelt immer wieder: »Mann, sie war so ein nettes Mädchen!« Das gefällt Jakob gar nicht. Mit zusammengebissenen Zähnen erwiderte er vorhin: »Sie ist nicht gestorben!«

Ich glaube, Edwin hat wieder ein bisschen Liebestrank geklaut – ich selbst hatte immer noch keine Zeit, ihn Mrs. Proek, der Mittdreißigerin, Laura, Estelle oder den anderen Frauen in meinem Leben zu verabreichen. Edwin liegt mit Lulu auf der Couch, und zwar in einer Art, die ich bei Sechzehnjährigen nicht gutheißen kann. Gelegentlich schiebt er die Hüften vor und zurück und sagt: *»Gooja Mamma Hey Whaddya Say We Gonner Live it Large in my Love Coracle Baby!«* Ich zog mich in mein Arbeitszimmer zurück.

Der Blick aus meinem Fenster bietet wenig Trost. Gerade schlich wieder der Fremde am Haus vorbei. Allerdings lungert er nicht lange genug herum, als dass sein Lungern so offensichtlich wäre, dass man es der Polizei melden könnte. Er läuft bis zum Haus der Wicketts, lauert dort ein paar Minuten herum und geht dann schnell ein paar Häuser weiter, wo er vermutlich ein Weilchen herumlungert, bevor er wieder zurückkommt und weiter vor der Nummer 52 herumlungert.

Ist er womöglich ein Stalker? Ich bin eigentlich ein bescheidener, schüchterner Mensch, verfüge aber – blicken wir den Tatsachen ins Auge – doch über eine gewisse Prominenz. Über mich wurden Artikel verfasst. Ich habe mich zu verschiedenen Themen geäußert. Ich habe beim Zustand unseres Gesundheitswesens kein Blatt vor den Mund genommen, die unzureichende Förderung der Künste kritisiert und einige wenig schmeichelhafte Dinge über R. Pilfrey gesagt. Ich habe den Theaterkritiker der *Sunday Times* als »ignoranten Trottel« bezeichnet. Ich habe Feinde.

Ich habe einige bei der BBC vor den Kopf gestoßen: Karl Rhws Davies und Colin Cross zum Beispiel. Ich weiß, dass Ashley Ramp die Sendung über Nacktschnecken nicht selbst gemacht hat.

Und wahrscheinlich arbeiten viele andere, die sich als meine Freunde ausgeben, in Wirklichkeit gegen mich. Beispielsweise besteht Christine darauf, meiner Radiogemahlin mehr Text zu geben als mir. Nicht, dass jemand »mitzählen« würde, aber in der letzten Folge hatte sie zweihundertfünfzig Zeilen mehr und zahlreiche Frage- und Ausrufesätze – die, wie wir alle wissen, eine viel größere Wirkung erzielen.

Ich mache mir Sorgen um John Birt. Ich habe immer noch großen Respekt vor seinem Urteil, seinem Mut und seiner Integrität, fürchte aber, dass sein Umfeld sich irgendwie bei ihm eingeschmeichelt und ihn gegen mich eingenommen hat. Warum hat er nach seinen freundlichen Worten über *General Practice* nicht angerufen oder geschrieben? Hat er vielleicht seine Meinung geändert?

22 Uhr

Rief den guten alten Steve an, um ihm eine (überarbeitete) Zusammenfassung des obigen Gejammers zu geben. Er war ausgegangen – wie mir eine namenlose Stimme an seinem Telefon sagte – und zwar »mit einer Frau«. Wer kann das sein? Wollte Nobby anrufen, aber dann fiel mir ein, dass er tot ist. Probiere es bei Peter Mailer.

22.15 Uhr

Christine hat per Fahrradkurier die nächste Folge geschickt – in der ich immer noch auf der Intensivstation liege. Weiterer Dialog mit Pamela. Ich pflaumte Christine deswegen am Telefon ein bisschen an, woraufhin sie in Tränen ausbrach und sagte, sie sei Alkoholikerin. Das wird nicht unbedingt zu meiner Genesung beitragen. Gab ihr Peter Mailers Nummer und schlug vor, sie solle ihn anrufen. Ich werde ihn auch anrufen. Vielleicht kann er mir sagen, ob man sich auf Christine verlassen kann, Esmond Pennebaker am Leben zu halten.

23.45 Uhr

Bei meinem ersten Anruf war Mailer bei der Therapie. Oder um genau zu sein, therapierte er jemanden.

Als Peter zurückrief, erzählte er, er habe fünf Minuten mit Christine telefoniert. Jetzt will sie wohl »seinen Kopf mit einem Messer abhacken«. Ich muss sagen, ich fand Peter auch schon oft lästig, aber dass er sich so schnell so unbeliebt machen kann, war mir bislang verborgen geblieben. Er sagte: »Sie ist keine Alkoholikerin, Paul. Sie trinkt eine Flasche Scotch am Tag, aber sie ist keine Alkoholikerin.« Er ist ein richtiger Snob, was Alkoholismus angeht.

Anscheinend hat sie eine »co-abhängige Abhängigkeit«, was in etwa das Schlimmste ist, was man haben kann, fast so schlimm wie Nobbys Herzstillstand. Peter erklärte mir, sie habe Pamela deshalb eine so große Rolle in der Serie eingeräumt, weil sie mich heiraten wolle. Ich fühlte mich sehr geschmeichelt. Allerdings hat sie auch den Drang, die Objekte ihrer Liebe zu kastrieren. Gott weiß, wie er das alles in nur fünf Minuten herausbekommen hat.

Mitternacht, alle schlafen.

Rief Estelle unter der Nummer an, die sie Edwin gegeben hatte. Sprach mit Hamish. Er sagte: »Sie haben eine bemerkenswerte Frau.« Ich stimmte zu. Nachricht von Howard Porda auf dem Anrufbeantworter. Er sagte: »Paul – Karl und Ramp sind entschlossen, dich umzubringen. Ich hoffe, wir können dich am Leben lassen.« Immerhin weiß ich jetzt, dass ich unbedingt weiterleben will.

Esmond ist ein ganz normaler Engländer wie ich auch. Die Zeit hat bei ihm ein bisschen ihre Spuren hinterlassen. Er ist nicht modern und angesagt und wird es auch nie sein. Er lebt in einem Vorort. Er geht einer geregelten Arbeit nach und versucht, seinem Job gerecht zu werden. Er hat 1985 mit seiner Sekretärin geschlafen und sich dann wie ein Mann dafür entschuldigt.

Er ist kein begnadeter Arzt. Er hat Fehldiagnosen bei Multipler Sklerose, Brustkrebs, Angina Pectoris und Gicht (zweimal) abgegeben. Sein Umgang mit den Kranken ist barsch, oft sogar grob. Er hat wenig Interesse an Ereignissen, auf die er keinen Einfluss hat. Er reist selten ins Ausland. Er hat keine Schuldgefühle wegen unserer kolonialen Vergangenheit; er ist stolz, ein Brite zu sein. Er denkt oft an Sex. Er wird älter. Er hatte in letzter Zeit einige schwere Unfälle. Er steuert auf seine eigene Trauerfeier zu.

Ich werde für ihn kämpfen. Er ist ein Jedermann. Er ist da draußen – von Düsseldorf bis Kingman in Arizona gibt es überall Männer wie Esmond Pennebaker, die still und leise das Leben anderer Leute ruinieren. Und ich gelobe hiermit feierlich, hier in meinem Arbeitszimmer in der Mafeking Road 52 in Wimbledon, dass ich, Paul Slippery, Schauspieler, C-Prominenter und Familienvater, der auch gern ein guter Nachbar wäre, nicht ganz im Vollbesitz meiner geistigen Kräfte, da ich mich anscheinend nicht daran erinnern kann, wann ich das letzte

Mal Sex mit meiner Frau hatte (vorausgesetzt, ich hatte je Sex mit ihr), und zunehmend den Unterschied zwischen Männlein und Weiblein nicht mehr erkenne, ich, ja ich, Slippery, gelobe feierlich bei allem, was mir heilig ist (also nicht sehr viel), dass Dr. Esmond Pennebaker leben wird, und dass auch ich weiterleben werde, denn wenn ich sterbe, stirbt auch er, und er wird nicht vor mir abtreten, und ich werde, wenn ich Glück habe, nicht vor ihm abtreten, daher werden wir beide immer weiterleben, denn so ist das in einer Seifenoper, und wir wollen, dass die Serie niemals aufhört, denn sie ist wie das Leben, manchmal langweilig und unzusammenhängend und banal, aber sie ist immer da (zumindest hoffen wir das).

13. Mai, 11 Uhr, blauer Himmel, weiße Wolken, grüne Blätter etc. Warm. Gleicher Vogel hinten auf dem Baum im Garten. Seine Fröhlichkeit wirkt geradezu obszön. Wahrscheinlich hat er Sex mit einem anderen Vogel.

Estelle in einer 747 über Grönland. Jakob und Ruairy bei der Therapie. Lucy und Laura wieder daheim, wo sie hingehören. Edwin in der Schule, wo er hingehört. Ich in Wimbledon.

Las gerade den letzten Satz und den letzten Absatz meines letzten Eintrags – praktisch ein und dasselbe. Ich glaube, ich hätte das Zeug zum Romancier.

Hatte gerade ein eigenartiges Erlebnis. Als ich die Kassette des Anrufbeantworters zurückspulte, entdeckte ich ein Gespräch, das vor langer Zeit (versehentlich) aufgezeichnet wurde. Weiß nicht, wie es aufgetaucht ist und warum ich es vorher nie gehört habe. Es ging so:

ESTELLE: Er hat nicht den leisesten Verdacht, da bin ich mir sicher.

HAMISH: Wenn er einen Verdacht hat, bist du geliefert.

ESTELLE: Paul ist viel zu beschäftigt mit seiner Nabelschau, um etwas zu vermuten.

HAMISH: Hoffen wir's.

Und das ist der Mann, der jetzt mit ihr von Edinburgh nach Los Angeles fliegt. Sie sagte Edwin (nicht mir), sie müsse »ein paar Sachen wegen des Trickfilms regeln«. Vielleicht ist Pilfrey auch dabei! Ich wusste nicht einmal, dass man von Schottland aus nach Amerika fliegen kann. Ich hoffe, die Flugzeuge sind zuverlässig.

Jetzt los zur St.-Barnabas-Schule in Acton mit einem Zwischenstopp im Old Stag Inn in Shepherd's Bush. Mal sehen, was Ashley Ramp zu sagen hat. Wenn er glaubt, er könne Dr. Esmond Pennebaker so einfach beseitigen, dann hat er sich aber gewaltig getäuscht.

13.15 Uhr

Im Old Stag Inn in Shepherd's Bush. Ich warte auf Wainwright, Steve Witchett, den Autor Der Nie Seine Meinung Äußert, und Ronnie Pilfrey, den netten Ronnie Pilfrey. Wenn er nicht in Los Angeles ist. Ich versuchte, Howard Porda anzurufen, aber er war wie immer »in einem Meeting«. Im Stag sind normalerweise lauter Fernsehleute, aber heute sind natürlich alle bei der Versammlung im NCP-Parkhaus in Hounslow.

Es geht das Gerücht, dass religiöse Sendungen in Zukunft zur Abteilung Audio anstatt zur Abteilung Visuelles gehören sollen. Vielleicht dachte man, der Begriff Visuelles könne mit dem vierten Gebot in Konflikt geraten. Außerdem fallen, so munkelt man, auch Programme, die sehr, sehr spät nachts ausgestrahlt werden, in den Zuständigkeitsbereich der Abteilung Audio. Ob sie nicht zum Visuellen gehören sollen, weil man ohnehin nur Männer mit Strickjacken sieht, die im Sessel sitzen und vor sich hin faseln, oder weil die potenziellen Zuschauer normalerweise um diese Zeit schon tief schlafen oder betrunken sind, ist nicht klar.

14.15 Uhr

Rasch noch ein paar Zeilen, bevor wir nach St. Barnabas fahren.

Pilfrey (anwesend) wurde die Rolle einer Meeresschnecke in einem Kinderfilm angeboten. Es sei, wie er mir sagte, eine »fette Rolle«, in jeder Hinsicht. Sein Geschwätz war so unerträglich, dass ich nicht weiter nachfragte, was er damit meinte. Stattdessen fragte ich Steve Witchett, den Autor Der Nie Seine Meinung Äußert, ob er vielleicht zur Serie zurückkehre, und er sagte: »Wenn ich mich entscheide zurückzukommen, werde ich demjenigen, der es wissen muss, schreiben oder sagen, dass ich zurückkomme. Oder faxen. Vorausgesetzt natürlich, ich entscheide mich dafür.«

15 Uhr

Auf dem Spielplatz der St.-Barnabas-Schule in Acton.

Ich sitze auf einem Klettergerüst in den hinteren Reihen, wie fast immer in meinem Leben. Ashley Ramp spricht über ein Megafon zu den versammelten Massen. Ich schreibe »Massen«, dabei kann ich nur staunen, wie wenige von uns noch übrig sind.

Die Sendung über Nacktschnecken stammte von einem Dänen namens Knaedler (glaube ich). Er hatte neun Jahre lang Nacktschnecken bei allem aufgenommen, was Nacktschnecken so tun. Ramp, der aus irgendeinem Grund ausführender Produzent war, hatte sich immer gegen Knaedler ausgesprochen. Als er zum ersten Mal von der Idee hörte, sagte er, sie sei »zu lahm«.

Aber als die Sendung neun Auszeichnungen beim Oregon–Naturkunde-Hörfunk-Festival gewann, redete Ramp plötzlich von »unserer Sendung«. Und als sie die Goldene Zunge beim San-Francisco-Sound-Festival erhielt, sagte er nur noch »meine Sendung«. Knaedler arbeitete nie wieder für die BBC.

»Umstrukturierung« heißt, wie Joel Farrago von Fortsetzungsfeature Hörfunk vor nicht allzu langer Zeit auf ebendiesem Spielplatz erklärte, »im Grunde nichts anderes, als Leute zu entlassen«. Und ich staune, wie viele BBC-Urgesteine mittlerweile einfach fehlen. Rosie Jones, die so viele wunderbare Sendungen über Rettungsboote gemacht hat. Ellen Weevis, die drei Jahre an ihrem »Klangporträt« von Moreton-in-Marsh gearbeitet hat und dafür zahlreiche Preise erhielt. Norman Brierly und Maxwell Cake, die zusammen gewohnt und herrliche Sendungen über Ballett gemacht haben. Phoebe Jacques, die ihren Lippenstift verkehrt herum benutzte und in den siebziger Jahren eine ganze Woche lang im Hochzeitskleid zur Arbeit erschien. Marshall Playnes, der immer so energisch in den Sitzungen auftrat, und Jeremy Huelbetter, der das nicht tat. Julian Grayling, der uns alle verachtete und immer eine rote Samtweste trug. Arthur Klipstein, ein Amerikaner, der nicht lange bleiben wollte, es aber doch tat.

Einige sind tot, nehme ich an. Aber es gibt auch viele, sehr viele Lücken unter den Jüngeren. Templeman Hume, ein großartiger Sprecher, hätte hier sein müssen. Und Sidney Poultrier, der Francis-Poulenc-Spezialist, wo steckt er? Die meisten hier sind jünger als ich – zu jung, um zu wissen, wer Ashley Ramp ist oder woher er kommt.

Aber ich weiß, dass Ashley Ramps Karriere darauf aufbaut, Untergebene zu schikanieren und Vorgesetzten in den Arsch zu kriechen. Er hat unzählige Versprechen gebrochen, Leute betrogen und immensen Unsinn verzapft. Ich könnte zu allen Fällen genaue Angaben machen. Eine Zeitlang gab er den Rebellen und bestand auf dem Recht, in Nachrichtenbulletins vulgäre Ausdrücke zu verwenden. Dann verlegte er sich auf den verantwortungsbewussten Kreativen und sprach davon, »Talente zu fördern und wachsen zu lassen«. Und jetzt ist er ein Anhänger von Carl Drucker und dessen Nachfolgern, den amerikanischen Managementgurus, deren Wortspielereien der Raffgier des zeitgenössischen Kapitalismus den nötigen Glanz verleiht. Aber auch der verbale Management-Müll, den er jetzt von sich gibt, sein Gerede von »Zielvorgaben«, »Strategien« und so weiter, ist auch nur eine vorübergehende Phase und muss bald der Grammatik und dem Stil des nächsten Trends weichen. Er ist auf seine Art ein so typischer Vertreter seiner Zeit wie Andrei Wyschinski, Stalins Generalstaatsanwalt, der aus vollem Hals sein Schicksal bejammerte, als er dachte, es ginge ihm an den Kragen.

Aber ich habe nichts unternommen, um ihn aufzuhalten, oder? Habe ich die Stimme erhoben gegen die abstoßende Mischung aus New Labour und alter Gutsherrenmentalität, die bei der BBC vorherrscht? Wollte ich seinen langweiligen Posten übernehmen? Also wehrte ich mich nicht gegen Colin Cross oder Karl Rhws Davies oder einen der anderen, denen es einzig und allein darum geht, dass ihr nächster Gehaltsscheck rechtzeitig eintrifft.

Politische Verantwortung hat heutzutage in Konzernen keinen Platz. Für die meisten von uns ist Moral – wenn wir das Glück haben, nicht in Nigeria oder im Iran zu leben – etwas, mit dem wir uns nur bei der Arbeit oder in unserem Privatleben auseinandersetzen müssen, zwei Bereiche, auf die wir immer weniger Einfluss haben. Aber was der Chef sagt, ist nicht zwangsläufig richtig. Haben wir das Recht eingebüßt, unsere Vorgesetzten zu hinterfragen? Zu sagen, dass er (oder sie) die Pflicht hat, uns anzuhören?

Ramp springt mittlerweile kreischend auf und ab und schwenkt dabei sein Megafon.

»Wir haben die Abteilung Audio von der Abteilung Visuelles getrennt! Aber Audio braucht Visuelles!«, schreit er. »Ohne Fernsehen sind wir einfach nur eine Stimme in der Wüste. Wir sind das, was früher Radio genannt wurde. Dorthin wollen wir nicht zurück, nicht wahr? Wir müssen unseren Weg zum Visuellen finden und mit der Abteilung zusammenarbeiten, um den Sendeprozess zu einem Ganzen zu gestalten. Unsere Versammlung findet, wie Ihnen sicher aufgefallen ist, in Acton statt. Die anderen treffen sich in Hounslow. Wir wollen das ändern, darum geht es heute Nachmittag.«

Hinter mir murmelte jemand, warum wir uns nicht auf ein- und demselben Spielplatz träfen, wenn es nur darum gehe. Aber Ramp war nicht mehr zu halten. »Heute Nachmittag«, schrie er, »wird die Abteilung Audio die Abteilung Visuelles finden. Oder es versuchen. Visuelles ist in Hounslow. Audio ist in Acton. Sie alle haben eine Liste mit Bars und Plätzen erhalten, wo Sie sich im Laufe des Nachmittags in ungezwungener Atmosphäre austauschen können, ähnlich wie bei den ›zwanglosen Treffen‹ in der Geschäftswelt!«

Ramp sprang wieder auf und ab.

»General Practice«, setzte er an, doch plötzlich erstarb seine Stimme zu einem schrillen Flüstern, weil etwas mit dem Megafon nicht stimmte. Ich hörte nur noch einzelne Wortfetzen, da der Verstärker immer wieder ein- und aussetzte, was ungefähr so klang: »... Marktanteil am Vorabend ... Einschaltquote in der ersten Jahreshälfte ... *General Practice* ... alleinerziehende Mütter ... Pendler, die gleichzeitig alleinerziehend sind ... Tod von Esmond Pennebaker ... *The Guardian* ... Glühbirnen gestohlen ... norwegische Kamerateams ... wie können wir? ... Pennebakers Tod *(Gelächter)* ... was uns betrifft ... vielen Dank!«

Das war ja eine große Hilfe. Und nun werde ich ein bisschen Aufbauarbeit leisten und zu einem Ganzen gestalten, was unsere Bosse vor sechs Monaten auseinandergestaltet haben.

16 Uhr

Ronnie Pilfrey, der nette Ronnie Pilfrey, und ich (mit Hilfe von Steve Witchett, Dem Autor Der Nie Seine Meinung Äußert) haben die Mittdreißigerin in einem Park in Acton gestellt. Witchett sagt, wir hätten eine gute strategische Entscheidung getroffen.

Wie sich herausstellte, arbeitet sie für eine Dokumentarfilmreihe. Ich kann mir immer noch nicht ihren Namen merken.

Im Moment fühle ich mich ein bisschen bedrückt. Diejenigen, die auf dem Spielplatz weiter vorne standen, hatten schlechte Nachrichten für mich. Anscheinend ist Ramp entschlossen, nicht nur *General Practice* einzustellen, sondern auch das Leben von Esmond Pennebaker auszulöschen. Ich soll auf der Intensivstation sterben und die ganze Praxis aufgelöst werden. Pilfrey wird Alkoholiker. Mein langjähriger Kumpel Dirk wird herausfinden, dass er, Dirk, schwul ist, und mit Jimbo eine neue Beziehung eingehen. Die jüngeren Mitarbeiter werden von Meningitis dahingerafft. Am Schluss geht das ganze Gebäude in Flammen auf.

Es heißt, dass Ramp sich deswegen mit Porda anlegen wird. Laut Pilfrey war Howards Verhalten in letzter Zeit so exzentrisch, dass er auf der Abschussliste steht. Er verbringt wohl die meiste Zeit mit Armdrücken und Sportfernsehen. Man erzählt sich, er habe Linda Billington nachgestellt und dadurch John Birts Vertrauen verloren.

17 Uhr

Im Pub.

»Das Problem bei Ashley ist«, sagte Pilfrey, »dass er nicht genug Sex hat. Wir müssen ihn irgendwie verkuppeln. Allerdings muss der oder die auf Latex stehen. Kennt ihr jemanden, der auf

Latex steht?« Ich verneinte hastig. Die Mittdreißigerin wirkte ziemlich angespannt und sagte, sie kenne viele, die auf Latex stünden, aber sie seien alle in festen Händen. Witchett sagte: »Ich wäre gern in festen Händen. Aber nicht mit jemandem, der auf Latex steht. Zumindest nicht unbedingt. Ich habe keine sehr festen Ansichten zu Latex. Ich kann verstehen, dass das manchen gefällt, sehe darin aber andererseits auch nur ein wasserfestes Material. Obwohl Latex natürlich nicht ausschließlich als solches verwendet wird.«

Wir redeten über die Liebe. Ich sagte, meine drei Söhne seien alle verliebt – zwei in dieselbe Frau. Pilfrey fragte, ob ich Estelle nach fünfundzwanzig Jahren Ehe immer noch lieben würde. Typisch Pilfrey, diese Frage. Er ist dreimal geschieden. Ich sagte: »Kommt darauf an, was du mit Liebe meinst!« Was natürlich eine typische Slippery-Antwort war. Die Mittdreißigerin sagte, wir wüssten alle, was wir mit Liebe meinten. »Es ist ein Gefühl!«, sagte sie und sah mir dabei tief in die Augen. (Ein gutes Zeichen?)

Dann stürzten sie sich auf mich. Ich musste sagen, ob ich Estelle noch liebe oder nicht. Warum sind andere nur immer so neugierig, wenn man lange mit jemandem zusammen ist? Liegt es daran, dass sie auch so sein wollen? Oder sind sie froh, dass sie nicht so sind? Und warum gehen alle davon aus, sie wüssten mehr über ihr Leben als die anderen? Ich kann nicht beschreiben, was ich für Estelle empfinde. Ich bin entweder zu weit von ihr entfernt oder ihr zu nahe, um die Frage zu beantworten. Sie ist ein Teil von mir.

20 Uhr

Estelle ist inzwischen wahrscheinlich in L. A. gelandet. Es fehlen weitere Möbel. Der seltsame Fremde lungert immer noch auf der Straße herum. Als ich ihn gegenüber Ruairghy (der jetzt zu einem Jungianer namens Bertram geht) erwähnte, sagte er: »O Gott! Das ist wahrscheinlich Oliver!«

Wie sich herausstellte, hat Ruairghy einen Job, bei dem er Obdachlosen hilft. Ich sagte, das sei bewundernswert – vor allem, da er wahrscheinlich bald auch zu ihnen gehören werde. Das fand er nicht lustig. Er redete – schon wieder – von Heirat. Obwohl er und Lucy gerade »eine Phase der Abkühlung« durchmachen. Was vermutlich heißt, dass sie nur dreiundzwanzig statt vierundzwanzig Stunden am Tag Sex haben. Ich sagte, er könne jetzt noch nicht heiraten. Jakob kam von seiner Therapie zurück (er ist immer noch beim Teilzeitkleinianer). Alles lief gut, bis er erklärte, Lucy habe sich eine Auszeit genommen, weil sie sich »immer noch zu ihm hingezogen« fühle. Ruarighery sagte: »Nicht mal im Traum!« Jakob erwiderte: »Und, wer geht zu einem Jungianer?« Dann jagten sie sich um den Esstisch.

Heute Abend kocht Ruaeroighy. Es gibt ein Linsengericht nach einem Rezept aus dem Kochbuch *Auf der Straße*, dessen Kompletterlös an Obdachlose geht. Ich fragte, ob ich parallel auch etwas kochen soll, sozusagen als eiserne Reserve. Vorzugsweise ein Rezept aus einem Kochbuch, dessen Erlös den Reichen, Dicken und Gierigen zugutekommt. Die Antwort lautete nein. Bin jetzt in meinem Arbeitszimmer und lerne meinen Text. Meistens nur ein schmerzerfülltes Grunzen, wie ich fürchte. Mit mir geht es wirklich zu Ende.

16. Mai, 8 Uhr, bedeckt, ziemlich kühl. Der Frühling macht eine Pause

Estelle in West-Hollywood. Edwin, Jakob, Ruaieiuerghy schlafen noch. Ich im Arbeitszimmer.

Wurde von einem Anruf von Estelle geweckt. Sie klang betrunken. Natürlich ist es im Pinot Hollywood, dem widerwärtigen In-Restaurant, wo sie, Hamish, die Türken und die anderen feiern, erst Mitternacht. Ich konnte mit ihr nicht über unsere Beziehung oder darüber sprechen, wann wir das letzte Mal Sex hatten, weil sie immer wieder anfing zu singen. Schließlich sagte ich mit ruhiger und würdevoller Stimme: »Es freut mich, dass du so eine schöne Zeit hast. Jetzt muss ich Edwin in die Schule bringen!« Soll sie doch mit Hamish schlafen. Was macht das schon?

Viel.

10.30 Uhr

Ich habe Edwin nicht in die Schule gefahren. Er schläft noch. Schreibe Mr. Brain, dem Rektor mit dem erstaunlich treffenden Namen, eine verlogene Entschuldigung.

Nachricht von Peter Mailer auf dem Anrufbeantworter:

MAILER: Hallo Paul, wie geht es dir, geht es dir gut? Mir geht es gut, allerdings kann man das heutzutage schwer sagen, aber ich will mich nicht beklagen. Ich nehme an, du hast viel zu tun mit deiner ... Schauspielerei, die ja dein Beruf ist und worin du gut bist. So soll es ja auch sein, und das ist gut so. *(Lange Pause.)* Ich habe mit Christine geschlafen. Wir müssen reden. *(Lange Pause.)* Es war gut, Paul, es war sehr, sehr gut. Leidenschaftlich und körperlich sehr intensiv und richtig lange. *(Lange Pause.)* Du weißt vielleicht, dass mich Analverkehr total anmacht, und das haben wir gemacht und noch viele andere Sachen. *(Lange Pause.)* Wir haben Stricke benutzt, Paul, und Peitschen. *(Lange Pause.)* Und Haarbürsten. *(Lange Pause.)* Ruf mich an.

Einen Teufel werd ich tun.

10.45 Uhr

Noch eine Nachricht von Mailer auf dem Anrufbeantworter:

MAILER: Hallo Paul, hier ist nochmal Peter, ich hoffe, es geht dir gut, zumindest gehe ich davon aus, obwohl du nicht da bist oder aus irgendeinem Grund nicht abnimmst. *(Lange Pause.)* Wir haben uns so ... Stiefel angezogen, Paul, und Umhänge und ... verschiedene Rollen gespielt ... *(Lange Pause.)* Hast du schon mal was von Wassersport gehört, Paul? Ich rede hier nicht vom Schnorcheln, Paul. *(Lange Pause.)* Ruf mich an.

Ich spiele mit dem Gedanken, das Telefon auszustöpseln.

11 Uhr

Habe es nicht getan. Noch eine Nachricht von Mailer:

MAILER: Hi Paul, nochmal Peter hier, ich weiß, ich rufe dauernd an, aber ich muss mit jemandem reden, und da du nicht da bist, rede ich eben mit deinem Anrufbeantworter, heutzutage reden wir ja alle mit Maschinen, das Leben ist ziemlich einsam geworden, findest du nicht, Paul? *(Lange Pause.)* Du weißt, dass ich Alkoholiker bin, Paul? Was bedeutet, dass ich auf Alkohol in jeder Form nicht gut reagiere und daher nichts trinken sollte. *(Lange Pause.)* Aber das habe ich gerade getan. Ich hatte einen Drink. Ruf mich nicht an.

11.15 Uhr

Ich rief sofort zurück, aber es war dauernd besetzt.

Ich glaube, ich sollte hinfahren. Aber zuerst warte ich, ob er noch einmal anruft.

11.30 Uhr

Er rief genau in dem Moment an, in dem ich nach unten ging, um mich mit Oliver zu befassen (mehr dazu später). Er hinterließ eine Nachricht auf dem Anrufbeantworter:

> MAILER: Ich hatte gerade drei Gin Tonic, Paul, und ich fühle mich toll. Ich glaube, ich war gar kein Alkoholiker. Ich fühle mich verdammt großartig. Ich fühle mich so richtig lebendig. *(Lange Pause.)* Sie hat mich mit Öl eingerieben, Paul. Sie hat so ein Ding zum Umschnallen. Und einen Umhang. Und so eine Art ... Kapuze, Paul. *(Lange Pause.)* Ich habe auch eine Flasche Wein getrunken. Mir geht es wirklich gut. *(Lange Pause.)* Ruf mich an.

Ich hätte große Lust, mir Umhang, Stiefel und Kapuze anzuziehen, einen Dildo umzuschnallen und zu ihm zu fahren. Vielleicht mache ich das sogar. Obwohl er nicht gesagt hat, dass jeder mitmachen darf. Mit etwas Glück (und bin ich nicht der geborene Glückspilz?) wäre nur noch Mailer da – der sturzbesoffen in Gummistiefeln und Batman-Kostüm durchs Zimmer wankt. Eins ist sicher. Ich werde ihn nicht anrufen. Nie wieder.

Es ist fast zwölf. Zeit für Karls Pressekonferenz. Ich werde die Jungs den ganzen Tag im Bett lassen.

16 Uhr

In Surinders ehemaligem Büro. Ob ich sie wohl je wiedersehe?

Karl Rhws Davies' Pressekonferenz ist gerade vorbei.

Es war sensationell. Als er in die Kantine kam, hatten sich dort fast zweihundert Leute versammelt. Er trug ein weit geschnittenes, grünes ärmelloses Abendkleid, das ihm, wie ich sagen muss, gut stand. Er war geschmackvoll geschminkt (vielleicht ein Hauch zu viel Wimperntusche) und trug eine äußerst kunstvoll gefertigte blonde Perücke, mit der er ein bisschen aussah wie Dusty Springfield.

Seine Stimme klang eine Oktave höher, hatte aber ein beruhigendes, mütterliches Timbre. Die Anwesenden – außer vielleicht Val Cheirley von der *Mail* – sahen aus wie Trauergäste auf einer Beerdigung. Als Karl seine vorab verfasste Erklärung verlas, war es mucksmäuschenstill. »Hallo und vielen Dank, dass Sie zu meiner Pressekonferenz gekommen sind. Ich heiße Karl Rhws Davies und bin Produzent der Serie *General Practice*, die seit langem läuft und jetzt, wie Sie vielleicht gehört haben, abgesetzt werden soll.« Hier warf er Ramp einen bedeutungsvollen Blick zu. »Ich bin der Überzeugung, dass der geplante Tod von Esmond Pennebaker der Serie den nötigen Vitalitätsschub geben wird, den sie braucht, um auch im neuen Jahrtausend weiterzubestehen – allerdings bin ich nicht deswegen hier. Ich bin hier, weil ich bekanntgeben will, dass ich in Zukunft als Shirley angesprochen werden möchte!«

Die Journalisten kritzelten eifrig mit. Louise Slay von der Frauenseite des *Express* nickte schwer mitfühlend. Ich sah mich nach Porda um. Nicht da. Karl fuhr fort: »Wie die Dinge liegen, stehen viele hier bei der BBC unter einem enormen Druck. *General Practice* verliert, wie wir alle wissen, immer mehr Hörer …«

Wainwright flüsterte dem Mann neben ihm zu: »Nicht mehr nach dieser kleinen Vorstellung!«

»… und die Verantwortlichen für die Serie tun alles, um sie wieder auf den richtigen Weg zu bringen. Das Hörspiel muss die Wahrheit sagen. Und wer wie wir Hörspiele macht, muss diese Wahrheit leben, daher habe ich diese Pressekonferenz einberufen! Es gibt viele wie mich bei der BBC, die gerne Frauenkleider tragen, auch wenn wir uns vielleicht nicht gleich einer Geschlechtsumwandlung unterziehen wollen. Es gibt andere …« Hier ließ Karl den Blick über die Anwesenden wandern. Erst jetzt fiel mir auf, dass Howard Porda doch da war und ganz hinten stand. Karls Blick blieb bei ihm hängen. »… die aus irgendwelchen Gründen nicht zu ihrer sexuellen Orientierung stehen können! Was immer ihre Vorlieben sind …« – Karl sah direkt zu Ramp hinüber, der sich auf seinem Stuhl zusammenkrümmte und versuchte, sich am Buckel zu kratzen – »meiner Meinung nach sollten wir frei sein, uns so zu geben, wie wir sind. Meine Frau unterstützt mich in dieser Sache voll und ganz. Vielen Dank!«

Alle schrieben wie wild in ihre Notizbücher. Fiona Stalker, die für ein Hochglanzmagazin für Frauen arbeitet, hob die Hand und fragte, ob Shirley sich Brüste wachsen lassen wolle. Karl äußerte sich zu diesem Thema sehr eloquent und ging sehr ins Detail. Fiona suchte, soweit ich das beurteilen konnte, nach einem Übergang zum Thema Frauenunterwäsche. Doch danach ging es erst so richtig los. »Wollen Sie damit behaupten«, fragte Tony Staunton von der *Sun,* »dass es einen ›Ring‹ von BBC-Führungskräften gibt, die gerne Frauenkleider tragen? Wenn ja, wollen Sie weitere Namen nennen?« Karl wurde bei der Frage ein bisschen pampig, aber das brachte Staunton – oder Lewis Grassett vom *Express* oder Val Cheirley von der *Mail* – nicht aus dem Konzept.

Hat er ihnen mehr gesagt, als er öffentlich zugeben wollte? Ich wurde mit Surinder in der Öffentlichkeit gesehen! Schlagzeilen wie RADIOARZT BEI TRANSSEXUELLEN-TREFFEN kann ich jetzt am allerwenigsten gebrauchen. Ich darf gar nicht daran denken, wie sich das auf meine Position in der Mafeking Road auswirken würde. Wahrscheinlich müsste ich danach in einem Zwinger im Garten leben.

Besonders verblüfft mich, wie er es überhaupt geschafft hat, diese Pressekonferenz zu organisieren. Ich kann nur annehmen, dass er, wie Hitler am Vorabend einer Invasion, einfach niemandem sagte, was er vorhat (offiziell sowieso nicht). Das war auf jeden Fall die interessanteste Pressekonferenz in Sachen Hörspiele, die ich je erlebte, obwohl ich seit fünfundzwanzig Jahren bei der BBC bin. Ich glaube, für ihn wird es gut laufen. Für mich dagegen sind die Aussichten alles andere als rosig. Er will, dass die Serie weitergeht und ich sterbe, sonst stellt er Ramp und Porda bloß.

17 Uhr

Immer noch in der BBC. Komme bei Howard nicht durch. Seine Sekretärin sagte, er sei zu einem Fußballspiel gegangen. Derzeit erweckt er auf keinen Fall den Verdacht, besonders weiblich zu wirken. Ich glaube, ich kann mich einigermaßen sicher fühlen. Aber angenommen Karl – oder Shirley, wie wir ihn jetzt wohl nennen müssen, besser, wir gewöhnen uns daran – hat Fotos, Videoaufzeichnungen oder Ähnliches? Auf wessen Name läuft eigentlich Pordas Wohnung? Das Auto? Und was ist mit Surinders Arzt?

Die britische Presse ist nicht gerade für Effizienz und harte Arbeit bekannt. Aber wenn es darum geht, einen Kandidaten für eine Geschlechtsumwandlung in höheren Kreisen aufzuspüren, wirkt die deutsche Wehrmacht daneben wie ein Kindergarten.

Schließlich rief ich bei Howard daheim an und bat ihn, mich heute Abend zurückzurufen. Auf seinem Anrufbeantworter klingt er wie Tito Gobbi, der italienische Bariton. Jetzt muss ich los und nachsehen, ob es Karls Enthüllung in die Abendzeitungen geschafft hat.

19 Uhr

In einem Pub in der Nähe des Sendehauses mit Leo und Steve Witchett, dem Autor Der Nie Seine Meinung Äußert. Anscheinend schreiben Leo und Witchett zusammen an einer Folge. Ich schaudere bei der Vorstellung. Eine unverbindliche Mischung aus Medizin und Architektur, nehme ich mal an. Komischerweise kommt Witchett – wenn Leo dabei ist – einigermaßen eindeutigen Aussagen gefährlich nahe. Gerade hat Leo ihn gefragt, was er trinken möchte, und Witchett, dessen Antwort sonst eine halbe Stunde dauert, sagte einfach: »Ich könnte Cider trinken, obwohl ich natürlich kein ausgesprochener Cidertrinker bin. Aber wenn ich keinen Cider nehme, was ich wohl tatsächlich nicht werde, dann könnte ich ein Bier trinken. Tatsächlich ...« – hier hellte sich sein Gesicht deutlich auf – »werde ich wohl ein Bier nehmen.« Für Witchett ist das ein Weltrekord an Entschlossenheit.

Wir haben eine Spätausgabe der Abendzeitung ergattert. Karl ist auf der Titelseite. Die Schlagzeile lautet: »BBC-MANN: ICH TRAGE BEI DER ARBEIT EIN KLEID«. Daneben ist ein sehr vorteilhaftes Bild von Karl im Kleid. Im Innenteil gibt es dann noch eine Fotoreportage zur Reaktion der Leute auf der Straße. Alle äußern sich positiv. Ein Staatssekretär der Labour Party enthüllte, dass auch er gern Frauenkleidung trägt, sie helfe ihm, »sich zu konzentrieren«.

Niemand hat darauf hingewiesen, dass Karl korrupt und inkompetent ist. Das Einzige, was für ihn spricht, ist meiner Meinung nach, dass er sich für den Namen Shirley entschieden hat. Allerdings war die Pressekonferenz eindeutig ein kluger Schachzug. Jetzt wird jemand anderes für die sinkenden Quoten verantwortlich gemacht.

Die einzige negative Äußerung kam vom Pressesprecher der BBC, einem gewissen Chitterling. Chitterling wurde nach dem mysteriösen Transsexuellen bei der BBC gefragt, auf den Karl angespielt hatte und der von den Zeitungen bereits als »der dritte Mann« bezeichnet wird. Er sagte: »Wir sind als Arbeitgeber dem Gleichstellungsgebot verpflichtet und respektieren natürlich auch die Rechte von Minderheiten. So versprachen wir etwa letztes Jahr in unserer Broschüre *Anstoß zum Wandel* die Behindertentoiletten zu renovieren. In unserer Broschüre *Sind Sie ein Fremder?* sandten wir der bengalischen Volksgruppe eindeutige Signale, auf Bengalisch, dass wir hinter den Bengalen stehen und ihre Rechte, unsere Radio- und Fernsehprogramme zu hören und anzusehen, voll und ganz unterstützen ...« und so weiter und so fort. Nach etwa einer halben Stunde sagte er (getreu dem Motto, die Kernaussage immer dort zu verstecken, wo niemand sie vermutet): »Wenn es natürlich im Verhalten eines BBC-Mitarbeiters etwas gäbe, woran man Anstoß nehmen könnte, wäre das eine ernste Sache«, das heißt, wenn wir ihn feuern wollen, machen wir das auch. Wir brauchen nur einen Vorwand. Und sich selbst unter einem Frauennamen einzustellen und zu beschäftigen (nach BBC-Standards wahrscheinlich nur ein Kavaliersdelikt) macht sich in der Presse wahrscheinlich nicht allzu gut. Und heutzutage geht es nur noch darum, gut dazustehen.

Wenn Howard entlassen wird, bin ich erledigt. Ich habe noch einmal versucht, Howard zu erreichen. Es war besetzt.

22 Uhr

Ein nervenaufreibender Abend, bei dem wir über das Liebesleben meiner beiden ältesten Söhne sprachen. Keiner hat auch nur einmal meinen Geburtstag erwähnt. Oder die Tatsache, dass Estelle und ich bald fünfundzwanzig Jahre verheiratet sind. Obwohl das bis Sommerbeginn womöglich gar nicht mehr der Fall ist.

Ruairghy redete wieder vom Heiraten. »Wenn ich Lucy heirate«, sagte er verträumt, »dann würden wir es irgendwie … unter freiem Himmel tun!« Jakob fragte: »Wäre das vor oder nach der Hochzeit?« Ruairghy warf ihm vor, er sei ordinär und gefühllos. Jakob erwiderte, er sei nicht derjenige, der einem anderen das Mädchen ausgespannt habe, das er liebe. Ruairghy sagte: »Lucy hat versucht, sich umzubringen, Mann. Wegen dir.« Jakob meinte: »Sie hat sich nicht sonderlich angestrengt.« Und dann ging es wieder von vorn los. Während des Gesprächs stand Edwin mitten in der Küche, ließ die Hüften kreisen und schob aufreizend den Hintern vor und zurück. Dazu sang er: *»Do me in my lovea Chopper woa yeah Honeychile sexmachine-aoohyeah!«*

Ich glaube, er war schon wieder am Liebestrank. Muss den Füllstand in der Flasche prüfen.

Ich fürchte, ich habe sie angebrüllt. Ich weiß, dass man das nicht soll, aber es tut mir trotzdem nicht leid.

Schließlich bin ich kein Vogel Strauß. Meine Söhne sollten wissen, dass auch Väter Gefühle haben. Auch Väter haben Angst und fühlen sich einsam und verzweifelt, obwohl sie genau das Gegenteil empfinden sollten – zum Wohl ihrer Kinder.

17. Mai, 11 Uhr, Regen und Sonnenschein, klassisches Aprilwetter, allerdings im Mai. Zu dem Vogel auf dem Baum im Garten hat sich ein weiterer Vogel gesellt. Ich glaube, er balzt (gesehen in dieser tollen Tiersendung von David Attenborough). Allerdings eine ziemlich schwache Show. Er hebt ziemlich matt den Schnabel und grinst spöttisch. Ein bisschen wie ich. Ein Spatz.

Estelle bei Paramount Pictures in Hollywood. Ruairghy unterwegs zu Lucy. Jakob ist ihm gefolgt (o Gott!). Edwin bei einer irischen Volkstanz-Gala. Laura unten auf der Couch (im Top).

Verabredung zum Mittagessen mit der Mittdreißigerin. Habe Aftershave aufgelegt. Jakob sagte, ich würde »irgendwie faulig« riechen. Estelle rief um vier Uhr morgens an und hinterließ eine lange Nachricht auf dem Anrufbeantworter, in der sie wissen wollte, wo wir alle seien, warum wir nicht gerade zu Abend äßen und so weiter. Ich hörte mir alles im Dunkeln an und knirschte mit den Zähnen. Mit dem Trickfilm geht es gut voran. Ich glaube, ich hörte Hamish im Hintergrund.

11.15 Uhr

Rieche viel zu weiblich. Habe das Aftershave abgewaschen. Rieche immer noch.

11.45 Uhr

Der Geruch geht nicht weg. Habe ein Bad genommen. Jetzt zu feucht.

12.15 Uhr

Edwin ist aus der Schule zurück. Hatte gerade Prüfung in Kunst. Warum hat mir das niemand gesagt? Anscheinend hat er aus dem Absperrkegel, einem Klumpen Knete, einem Schafsschädel und ein paar Gegenständen, die aussehen, als stammten sie aus dem Sexshop in Wolverhampton, es aber nicht sind, eine Installation entworfen, die sich *Hass* nennt. Lulu ist auch da, die beiden haben sich zu einer sehr persönlichen Auseinandersetzung nach oben verzogen. Ich fragte ihn nach der Tanz-Gala und er sagte: »Die war gestern. Ich habe achtzig Prozent bekommen!« Ich verliere den Kontakt zu ihm. Habe Liebestrank getrunken und fahre jetzt ins West End zum Sex mit der Mittdreißigerin.

13.15 Uhr

Im West End. Habe mich verlaufen. Kann das Mezzo nicht finden. Kann Mittdreißigerin nicht finden. Alle Aussichten auf Sex dahin.

15.30 Uhr

U-Bahn-Haltestelle Leicester Square.

Ich traf die Mittdreißigerin zufällig in der Wardour Street. Sie hatte es eilig, wirkte unkonzentriert und war wie ich eine halbe Stunde zu spät. Wir gingen nicht ins Mezzo, ich nehme an, ich werde nun wohl nie erfahren, wo dieses unglaublich angesagte Lokal ist.

Stattdessen setzten wir uns in eine italienische Kneipe in der Old Compton Street.

Zuerst redeten wir über Nobby. Mir ist eindeutig unendlich viel Sex entgangen. Nicht nur in der Mafeking Road 52, sondern auch in der großen weiten Welt, wo es alle wie die Karnickel treiben. Nobby schlief nicht nur mit der Mittdreißigerin, sondern auch mit einer gewissen Louise, einer verheirateten Frau namens Stevie und, so wie ich das verstanden habe, mit einem Typ namens Hugo. Kein Wunder, dass er den Löffel abgegeben hat.

»Was hat er eigentlich gemacht?«, fragte die Mittdreißigerin bei Melone mit Schinken. »Ich habe es nie erfahren!« Ich sagte ihr, keiner von uns habe gewusst, was Nobby gemacht hat. »Natürlich lebte er eine Zeitlang im Ausland«, setzte ich fröhlich hinzu, weil ich das Gefühl hatte, dass zumindest einer von uns so tun sollte, als ob wir unsere Hausaufgaben gemacht hätten. »Hat er das?«, fragte die Mittdreißigerin mit Panik in den Augen. »Ja«, sagte ich. »Ich glaube in … in … Belgien, glaube ich!« »Belgien!«, rief die Mittdreißigerin und hob die Augenbrauen. »Vielleicht war es auch nicht Belgien«, sagte ich.

»Woher kanntet ihr euch eigentlich?«, fragte sie und brach damit das Schweigen, das meine letzte Bemerkung hervorgerufen hatte. »Weißt du«, sagte ich, »ich bin mir gar nicht mehr so sicher. Es war nicht auf der Universität …« »Nein«, sagte sie, »ich glaube nicht, dass er auf der Uni war … zumindest nicht in England …« »Und wo hast du ihn kennengelernt?«, fragte ich schnell, bevor wir uns allzu ausführlich mit der Frage beschäftigten, wo und wann oder ob Nobby überhaupt eine höhere Bildung genossen hatte. »Ich traf ihn an einer Bushaltestelle!«, sagte sie.

Darauf folgte ein langes Schweigen. Die Mittdreißigerin tupfte sich mit der Serviette sorgfältig den Mund ab und setzte sich aufrecht hin, wie eine brave Schülerin. Wenn sie einen ansah, fiel mir auf, dann sah sie einem direkt in die Augen.

»Nobby ist an einer Bushaltestelle etwas Furchtbares passiert!«, sagte ich langsam. Zu meiner Überraschung warf sie den Kopf in den Nacken und ließ ein erstaunlich raues Lachen ertönen. »Tja, nicht mit mir!«, sagte sie. »Nein«, sagte ich, »das ist Jahre her. Jahrzehnte.« Sie nickte und war wieder ganz das ernsthafte kleine Mädchen. »Ja«, sagte sie und fügte hinzu: »Er hat nie mit mir darüber gesprochen!« »Nein«, sagte ich nachdenklich, »soweit ich weiß, hat er nie mit jemandem darüber gesprochen. Und natürlich hat niemand es ihm gegenüber erwähnt. Weil es … na ja, weißt du … er hat es … also … er hat es nie wieder getan …« »Was getan?«, fragte sie. »Das an der Haltestelle!«, sagte ich.

»Aha«, meinte sie nachdenklich. Dann fragte sie: »Und was genau hat er an der Bushaltestelle getan?« Ich sah ihr direkt in die Augen. »Ich weiß es nicht«, sagte ich. »Ich wollte nie fragen. Ich glaube, es war ziemlich ...« »Ziemlich was?«, fragte sie. »Ziemlich schlimm!«, sagte ich. »Soweit ich weiß ... obwohl, wie gesagt, ich weiß es nur vom Hörensagen ... soweit ich weiß ... schämte er sich dafür.« »Und du weißt nicht ...«, sagte sie, »was es war ... du hast keine Idee ...?« »Tja«, sagte ich, »man spekuliert natürlich. Wir haben alle spekuliert. Und diejenigen, die es wissen ... wissen, was sie wissen. Es fiel das Wort ... ›widerwärtig‹. Aber ich weiß wirklich nichts Genaues ... und ... es ist wahrscheinlich auch besser so ...« Sie nickte. »Lassen wir die Toten ruhen!«, sagte sie. »Ja«, sagte ich. Konnte jedoch nicht widerstehen hinzuzufügen: »Ich habe gehört, dass auch die Polizei eingeschaltet wurde ...« Sie ließ ein langgezogenes leises Pfeifen hören. »Wow!«, sagte sie.

Danach redeten wir über andere Themen. Aber ich sah, dass die Bushaltestellengeschichte sie beschäftigte.

Ihre eigentliche Enthüllung hob sie sich auf, bis ihr Schweineschnitzel kam. Anscheinend ist der gute alte Steve, von dem ich nicht einmal wusste, dass sie ihn gut kennt, völlig verrückt nach ihr. Aber sie nicht nach ihm. Er ertrinkt in Selbstmitleid, wenn sie in der Nähe ist. Das habe ich bei ihm noch nie gesehen.

»Weißt du«, sagte sie, »normalerweise stehe ich auf verheiratete Männer!« Ich nickte verständnisvoll. »Wir sind die nettesten, attraktivsten Männer. Deshalb sind wir verheiratet. Alle wollen uns.« Sie lachte kurz. Ich wusste, das war ein Hinweis für mich, nicht über Estelle zu sprechen.

»Woran denkst du?«, fragte sie. »Ich denke an meine Frau!«, sagte ich mit einem bleiernen Gefühl in der Brust. Ich wusste, dass ich jetzt etwas sagen würde, das mich bei dem wirklich attraktiven Mädchen mir gegenüber nicht weiterbringen würde. »Ja ...«, sagte sie langsam, »und ...?« Ich gab keine Antwort. »Was?«, fragte sie, schon etwas eifriger. »Was ist mit ihr?« »Ich muss immer an sie denken«, sagte ich. »Ich denke die ganze Zeit an sie. Ich denke an sie, wenn ich morgens aufstehe und wenn ich abends ins Bett gehe. Ich denke an sie, wenn ich auf den Bus warte oder im Zug fahre. Ich liebe sie. Verstehst du das?«

Die Mittdreißigerin wirkte ziemlich baff. Das war wohl nicht das, was sie zu hören erwartet hatte. Es war auch nicht das, was ich sagen wollte. Es war, überlegte ich, so ziemlich das Letzte, was ich sagen wollte. Aber wie ein Mann, der von einem fiesen Wissenschaftler hypnotisiert worden war, konnte ich einfach nicht mehr aufhören.

»Ich denke die ganze Zeit an sie!«, redete ich weiter, obwohl mir bewusst war, dass ich es mir damit ein für alle Mal bei ihr verscherzte. »Wenn ich allein spazieren gehe oder wenn ich meine Kinder sehe oder Radio höre oder darauf warte, dass sie nach Hause kommt – was ich in letzter Zeit ziemlich häufig tue, weil ich sie dieses Jahr noch nicht so oft gesehen habe –, dann muss ich ununterbrochen an sie denken. Ich bin seit fünfundzwanzig Jahren mit ihr verheiratet und völlig von ihr besessen. Ich liebe sie. Ich liebe sie so sehr, dass ich es gar nicht beschreiben kann.«

Warum sagst du mir das?, schien ihr Gesicht zu sagen. Solltest du das nicht besser ihr sagen? Darauf wusste ich keine Antwort.

»Und weißt du«, fuhr ich fort, »ich glaube, ich verliere sie. Ich weiß nicht, was ich machen soll oder warum das so ist oder was ich falsch gemacht habe. Sie scheint sich nicht einmal dafür zu interessieren, dass ich bald fünfzig werde. Sie ignoriert mich. Wir liegen ständig im Clinch. Man könnte meinen, ihr liegen nur noch die Kinder am Herzen. Unsere Kinder sind unser einziges gemeinsames Interesse. Ich habe das Gefühl, dass sie mir entgleitet und ich nichts dagegen tun kann. Ich fühle mich plötzlich alt. Ich kann dir gar nicht sagen, wie sehr. Ich fühle mich mit einem Mal richtig alt. Ich habe das Gefühl, dass ich bald sterben muss, und zwar verdammt bald!«

Es entstand eine lange Pause. Ich glaube, meine Augen waren ein wenig feucht. »Stimmt irgendetwas nicht mit dir?«, fragte die Mittdreißigerin mit dem Anflug einer Schärfe in der Stimme.

Plötzlich mussten wir beide lachen. »Du hättest nicht nach meiner Frau fragen sollen«, sagte ich. »Das verdirbt mir immer die Anmachsprüche!« Warum verlieben sich die Falschen immer in die Falschen? Warum interessiert sich die Mittdreißigerin nicht für den guten alten Steve? Zumindest hätte dann wenigstens einer von uns beiden Sex. Und warum erzähle ich anderen Frauen, dass ich meine Frau liebe? Ist das etwa meine Vorstellung vom Flirten? Warum kann ich das nicht Estelle sagen?

20 Uhr

Gerade ist es mir wieder eingefallen.

Rief Estelle in L. A. an. Ich wartete die ganze Zeit auf eine Gelegenheit, ihr zu sagen, dass ich sie liebe. Aber sie redete die ganze Zeit über den Trickfilm. Pilfrey, sagte sie, habe Mr. Slippy Sloppy sehr schlecht gesprochen. Ist er auch in L. A.? Das kann nicht sein. »Er klang«, sagte sie, »wie ein Insekt.« Ich hielt es nicht für nötig, darauf hinzuweisen, dass Pilfrey in den letzten Monaten nichts anderes als Insekten gespielt hat. Ich wartete darauf, dass sie vorschlug, ich solle einspringen. Andererseits war ich bereits in der Erster-Drink-des-Abends-Phase, während sie gerade in der Auf-zum-Meeting/Lass-uns-jemanden-in-den-Hintern-treten/Wann-gibt's-Mittagessen-Phase war.

Ob ich ihr einen Brief schicken soll? Liebe ich sie überhaupt? Das ist die Millionenfrage in diesem Tagebuch. Nachricht auf dem Anrufbeantworter von Peter Mailer, der die Nacht bei Christine verbracht hat.

MAILER: Hi Paul, hier ist Peter! Geht es dir gut? Ich hoffe doch. Ich weiß, du arbeitest so hart, und Estelle auch! Ich habe bei Christine übernachtet. Mit anderen Leuten … viel

Schnaps, viel Sex, viele Drogen. Es war intensiv, Paul. Sehr intensiv. Sie hat so … Strümpfe. *(Lange Pause.)* Ich bin verliebt, Paul. Ich werde sie heiraten. Das ist das Wichtigste, was mir je im Leben passiert ist. Ich habe gerade zwei Flaschen Zwetschgenwasser getrunken. *(Lange Pause.)* Ich werde Christine heiraten. Ruf mich an, Paul.

Ich denke nicht daran.

21 Uhr

Anruf von Ruaiugeruy. Er und Lucy sind in einem Pub in Wimbledon. Er sprach im Flüsterton. »Hör zu. Ich kann jetzt nicht reden. Aber ich glaube, Lucy und ich werden von diesem komischen Kerl verfolgt. Er … trägt eine Sonnenbrille. Und einen großen schwarzen Mantel.« Ich sagte, ich sei sicher, dass er sich das nur einbilde.

In Wirklichkeit bin ich mir sicher, dass es Jakob ist, der ein paar Minuten nach ihnen aus dem Haus ging, in genau dieser Verkleidung.

Oliver wurde von Porker bei uns abgegeben. Anscheinend hat er in seinem Garten geschlafen. »Er hat sich recht gut mit dem Hund angefreundet«, sagte Porker durchaus liebenswürdig, »aber ich glaube, er gehört zu ihnen.« Oliver wird von einem Mädchen namens Aphrodite begleitet, einem, wie sich herausstellte, Gründungsmitglied des Pilsener-Klubs.

Zur Krönung des Ganzen hat Wesley Jones eine Nachricht auf dem Anrufbeantworter hinterlassen. Es klingt, als würde er von seinem Handy aus auf dem Weg in einen Tunnel oder aus einem Tunnel heraus anrufen:

WESLEY: Ich glaub's nich! Du weißer Wichser! Du dreckiger Rassist! Du steckst ganz schön in der Scheiße, Mistah Slippery! Du bist tot, du weißt ja gar nich, was du für 'ne Scheiße gebaut hast! Meine Brüder ficken dich, Slippery! Die sind schon unterwegs, Slippery! Die Nigger lassen dich bluten! *(Autogeräusche. Möglicherweise Schüsse im Hintergrund.)* Pass bloß auf, Weißbrot! Ich bin der echte Wesley Jones!

Das ist wirklich total unfair. Ich bin bereit, ihm die Tantiemen eines Stücks zu überlassen, an dessen Entstehung er, soweit ich weiß, überhaupt nicht beteiligt war – er bekommt das Geld nur wegen seiner Hautfarbe. Verdammt nochmal, wie sehr müssen wir toleranten Weißen uns eigentlich noch verbiegen?

19. Mai, 10 Uhr, verstärkter Frühling, noch mehr Blüten etc., blauer Himmel, leichte Brise. Spatz ist nicht im Garten, vermutlich hat er irgendwo Sex

Estelle in einer 747 über dem Atlantik, vermutlich mit Hamish. Jakob irgendwo im Haus. Riiuoghry bei der Arbeit. Lucy, Oliver und Aphrodite im Esszimmer. Edwin »kocht mit Lulu«. Ich hier.

Riuoighry verließ um acht das Haus, um Obdachlosen zu helfen. Jakob mit seinen »Partnern«, zwei großen kräftigen Männern in Anzügen und mit italienischem Akzent, bei einer geschäftlichen Besprechung im Esszimmer. Sie waren ganz reizend und schlugen mir mehrmals kräftig auf den Rücken. Der Kleinere sagte: »Sie sind ein guter Vater. Sie verbringen viel Zeit mit der Familie.« Ich hatte das Gefühl, dass der andere mich gleich küssen würde, daher ging ich unter irgendeinem Vorwand nach oben. Sie haben etwas Halbseidenes an sich, aber Jakob sagte, sie seien »sehr zuverlässige Großhändler«. Anscheinend wurde er bei ein paar Lieferungen mit Elektrogeräten im Stich gelassen.

Er vertraute mir (natürlich unter dem Siegel der Verschwiegenheit) an, dass er Ruieruirhy und Lucy gefolgt ist. Die beiden sind zu Laura gegangen. Das beunruhigt mich sehr. Jakob sagte, er habe bei den Proeks durchs Fenster gespäht und gesehen, »wie alle drei ein intensives Gespräch führten«. Ich fragte ihn, was Laura angehabt hätte, aber das konnte er mir nicht sagen. Er sagte jedoch, dass »zwischen Lucys Eltern und Lauras Eltern etwas Komisches läuft«.

Satanismus vielleicht?

Er war so rührend verletzlich. Und komisch, allerdings auf eine sehr nüchterne Art. Ruairghy beschrieb er als »jung und verliebt«. Er sagte, er mache sich Sorgen, dass er »womöglich nie wieder so fühlen wird«. Ramp, Porda und Shirley (oder Karl, je nach Laune) haben sich für den 3. Juni eine spezielle »gemeinsame kreative Auszeit« genommen. Laut Wainwright machen sie eine Bootstour auf der Themse. »Warum«, fragte er, »können sie nicht einfach im Bett oder auf dem Klo nachdenken wie andere Leute auch?«

Thema ist natürlich die Kraftprobe um *General Practice.* Karl/Shirley wird versuchen, die Sendung zu behalten und mich sterben zu lassen. Ich bin wild entschlossen, die Route ihrer Tour herauszufinden.

11 Uhr

Verstörendes Gespräch mit Oliver und Aphrodite (anscheinend übernachten sie in Ruoirughrys Zimmer auf dem Boden). Laut Oliver wird Laura von einem Perversen um die fünfzig belästigt. Das hat ihr gerade noch gefehlt!

Ich sagte, nichts sei widerlicher als alte Männer, die jungen Mädchen hinterherhecheln, und Aphrodite, die die Beine so weit angezogen hatte, dass ich ihr Höschen sehen konnte, sagte, es sei wunderbar, mit jemandem wie mir zu sprechen, der so glücklich verheiratet und so nett und freundlich sei und ganz offensichtlich nicht die ganze Zeit an Sex denke. Ich sagte mit einem gewinnenden Lächeln: »Oh, manchmal denke ich schon an Sex!« Sie und Oliver schütteten sich aus vor Lachen. Er ist ein netter Junge. Zu schade, dass er mit einem Haftbefehl gesucht wird.

Ich habe klargestellt, dass auf dem Grundstück kein Heroin genommen werden darf. Jakob fragte: »Ist es okay, wenn er es im Garten spritzt?« Ich lehnte ab. Aber anscheinend nimmt Oliver nur am Wochenende Heroin. Das erstaunt mich. Ich dachte, wenn man einmal damit angefangen hat, landet man auf direktem Weg auf dem Fußboden der Herrentoilette am Piccadilly Circus und schreit, man hätte überall Spinnen im Gesicht. Jakob sagt, das sei nicht so. »In kleinen Mengen kann es sogar therapeutisch wirken.«

12 Uhr mittags

Ein seltsamer Anruf von Leo und Steve Witchett, dem Autor Der Nie Seine Meinung Äußert. Sie teilten mir mit, dass sie ihre erste gemeinsame Folge fertig hätten und »sehr aufgeregt« seien. Ich versuchte, die Skepsis in meiner Stimme zu verbergen, und sagte, ich würde mich schon darauf freuen. Daraufhin meinte Witchett: »Wir können sie heute Nachmittag vorbeibringen, wenn es recht ist!« In all den Jahren, in denen ich ihn kenne, hat er noch nie einen so einfach konstruierten Satz von sich gegeben.

13 Uhr

Estelle ist wieder da! Sie erzählte (meiner Meinung nach ein bisschen prahlerisch) von ihrem Jetlag. Außerdem sagte sie: »Mit Hamish neben mir kann ich einfach nicht schlafen!« Die

Frau hat Nerven. Sie hat sich hingelegt. Und sie sagte, sie hätte in Amerika Kokain ausprobiert. Bin zutiefst beunruhigt.

15 Uhr

Lucy hat mit Laura gesprochen (ich muss sie nach diesem Perversen fragen und anbieten, ihn zu verprügeln). Sie hält es für eine gute Idee, »wenn wir alle zusammenkommen. Vielleicht auch mit allen Eltern! Das könnte helfen!« Weitere düstere Andeutungen über die Probleme zwischen den Rachnowskis und den Proeks. Inzwischen vermute ich eine osteuropäisch nationalistische Dimension hinter der ganzen Sache.

Lucy, die wieder ganz ihr altes fröhliches, hausfrauliches Selbst ist, quietschte: »Wie wäre es mit einem Kostümabend in einem griechischen Restaurant in East Cheam?« Ohne mich! Obwohl ich das Gefühl habe, dass Laura (oder im Grunde beide Mädchen) mir vermitteln wollten, sie könnten meine soziale Kompetenz bei einem solchen Treffen gut gebrauchen. Lucy wächst mir immer mehr ans Herz. Sie hat mir heute Nachmittag richtig leckere Kekse gebacken. Ich fragte scherzhaft, ob Laura beim Griechen eine Toga tragen würde. Lucy sah mich seltsam an.

Jakobs Besprechung mit seinen italienischen Partnern dauerte den ganzen Tag. Sie gingen zusammen Mittagessen – was sich offenbar über zwei Stunden hinzog –, und als sie zurückkamen, schwankte der ältere Italiener leicht. Ihr Auto sieht aus wie ein Leichenwagen. Ich wies sie darauf hin, als ich ihnen die Tür öffnete, und sie fanden es sehr amüsant. Der Jüngere sagte: »Natürlich habe ich darin schon jede Menge Tote transportiert!« Alle lachten, und ich fühlte mich verpflichtet mitzulachen, nahm mir aber vor, mit Jakob ein ernstes Wort wegen der beiden zu reden.

Oliver hat sich mit Aphrodite in den Schuppen im Garten

zurückgezogen. Ich weiß nicht, was sie da drin machen, vermute aber das Schlimmste.

Zu allem Überfluss tauchte auch noch Steve Witchett, der Autor Der Nie Seine Meinung Äußert, mit der neuen Folge auf. Er sah völlig verändert aus. Früher trug er einen dünnen Schnurrbart, den er jetzt (klugerweise, wie ich finde) abrasiert hat. Anstelle von Jeans und T-Shirt bevorzugt er nun einen teuren Anzug, der ihn viel seriöser wirken lässt. Er warf das Drehbuch auf den Tisch und sagte: »Es ist natürlich viel zu gut für den Laden. Aber Ihnen könnte es guttun.«

Ich habe noch nie gehört, dass Steve Witchett eine Meinung äußert, und dann auch noch so voller Selbstvertrauen. Aber es wurde noch besser. »Da ist jede Menge Sex drin!«, sagte er. »Heutzutage interessiert sich doch jeder nur noch für Sex.«

16.30 Uhr

Die Folge ist wirklich richtig gut!

Erstaunlich überzeugend. Mit jeder Menge Sex. Obwohl ich durch den Unfall körperlich stark eingeschränkt bin, beginne ich eine Affäre mit Pamelas Schwester, die es wirklich in sich hat. Pamela hat sich von Pilfrey getrennt (was mich sehr freut), jetzt macht Pilfrey meinem langjährigen Kumpel und Seniorpartner Dirk schöne Augen. Die Sprechstundenhilfe Clare schläft mit einem Patienten namens O'Shaughnessy, während ich bei nicht weniger als drei Patientinnen intime Untersuchungen durchführe.

Zu Mrs. Abrahams – bisher eine eher behäbige Standardpatientin, die mit Erkältungen, Rheumatismus und so weiter in die Sprechstunde kommt – sage ich: »Ich muss einen Blick auf Ihre Vagina werfen, Mrs. Abrahams!« Woraufhin sie antwortet: »Mal was anderes!«

Das ist wirklich heiß. Dank der vielen Sexszenen und erotischen Anspielungen hat *General Practice* zum ersten Mal Ähnlichkeit mit dem richtigen Leben – zumindest mit dem Leben der meisten Menschen, mich natürlich ausgenommen. Es wird Karl/Shirley gar nicht gefallen, dass ich nach meinem Unfall wieder so putzmunter bin!

Jakob und seine Geschäftspartner sind am Aufbrechen. Ich glaube, ich bringe sie zur Tür. Ich glaube zwar nicht, dass sie das Silber mitgehen lassen (wenn sie was stehlen, wäre es wohl etwas Wertvolleres), aber ich halte es für wichtig, sie daran zu erinnern, dass Jakob erst zwanzig ist und ich sein Vater bin.

17.30 Uhr

Mr. Vanelli und Mr. Scarrotto sind beide Fans von *General Practice!* Und sie äußerten sich ganz begeistert über meine Rolle. Mr. Vanelli (der jüngere der beiden) sagte: »Es ist schön, von einem guten Mann im Radio zu hören. Der Gutes tut und den Menschen hilft. Wie ein Priester. Den Leuten einen Gefallen tut. Darum geht es im Leben!« Ich stimmte ihm von Herzen zu.

Ihr Benehmen gefällt mir allerdings nicht immer – Mr. Scarotto kniff mich zum Abschied in die Wange, was ich ziemlich aufdringlich fand – aber die beiden haben das Herz auf dem rechten Fleck und scheinen Jakob wirklich zu mögen. Anscheinend ist der Handel mit Elektrogeräten ziemlich strapaziös; Arbeitsunfälle sind keine Seltenheit. Ein gewisser Benny, der Grieche, mit dem sie zusammenarbeiten, hat vor kurzem beide Beine gebrochen. Ich fragte, ob das passiert sei, als er ein schweres Gerät getragen habe, und Mr. Scarotto sagte: »Das haben wir dem Richter auch gesagt!« Wir lachten, aber als sie weg waren, sagte ich zu Jakob, man dürfe keine Scherze über die Mafia machen.

19.30 Uhr

Vor fünf Minuten kam Rueighry nach Hause, über und über mit Erbrochenem bedeckt. Er versicherte mir, es sei nicht von ihm.

Er hat Lucy und Laura eingeladen, während Estelle, Edwin und ich zum indischem Büffet bei Hotchkiss sind. Jakob schien nichts dagegen zu haben, was mich wunderte. Als ich ging, las er gerade in einem Buch mit dem Titel *Mexikanische Bohnen.* Wie immer erinnerte ich ihn daran, nicht das Haus anzuzünden, während wir weg sind. Estelle ist vor zehn Minuten aufgewacht. Gereizt. Anscheinend reibt man sich Kokain ins Zahnfleisch.

Rurighry hatte den »amüsanten« Einfall, das Sideboard mit Terpentin zu bespritzen. Ich musste ein bisschen ernst werden und meine Söhne daran erinnern, dass sie nun werktätige junge Männer mit Verantwortung seien, die so langsam mehr Interesse an häuslichen Tätigkeiten entwickeln sollten. Jakob sagte, mein Interesse an häuslichen Dingen beschränke sich darauf, komplizierte italienische Gerichte zu kochen, die niemand esse.

Jetzt zusammen mit Edwin und Estelle zu Hotchkiss. Sie redet nur noch von Hamish. Anscheinend zieht er es die Nase hoch (das Kokain, meine ich). Aber ich gebe nicht so schnell auf. Ermutigt von der neuen Folge von *General Practice* schlage ich zurück. Ich habe Liquid Love in der Hosentasche. Heute Nacht bist du dran, Estelle Slippery!

23.30 Uhr

Im Arbeitszimmer.

Hotchkiss' indisches Büffet war eine Sensation.

Snozzer, Scagg und Bozz verschlangen in den ersten fünf Minuten alle Zwiebel-Bhajis. Snozzer, dessen Appetit legendär ist, aß danach noch zehn Parathas, sechs Nans, acht Portionen Reis und ein ganzes Chicken Mughlai. Hotchkiss sprang mit Mr. Pringle, dem schwulen Lateinlehrer, Mr. Ligetti, dem schwulen Physiklehrer, Mr. Sorensen, dem schwulen Biologielehrer, und Miss Dawkins, der Lesbe, herum. Ich weiß nicht, was sie unterrichtet, aber sie ist, wie Edwin mir sagte, als Lesbe bekannt.

Keine Ahnung, ob es auch sexuell normal orientierte Lehrer im Kollegium der Cranborne-Schule in Wimbledon gibt. Ich fragte Snozzer, und er sagte düster: »Die normalen Lehrer sind das Problem. Die meisten sind pervers und würden alles dafür geben, einen Blick auf deinen Pimmel zu werfen.« Das ist bei Snozzer schon eine Obsession; er denkt, dass es halb Südlondon auf seinen Pimmel abgesehen hat. Mir hat er das glücklicherweise noch nie vorgeworfen.

Gegen halb neun verzogen sich Edwin und Lulu nach draußen aufs Schulgelände.

Ich wartete, bis Estelle sich den Teller mit »Le Vindaloo de Hong«, wie Hotchkiss es nennt, vollgehäuft hatte, und setzte mich neben sie. Als Hotchkiss alle zusammenrief, um etwas bekanntzugeben (er liebt Bekanntmachungen), träufelte ich den Liebestrank auf ihr Essen und versuchte, in ihrem Blickfeld zu bleiben. Leider wurde genau in dem Moment Plonker nach vorn geschoben. Die Lichter gingen aus, und er gab uns eine Kostprobe der anstehenden Theatervorstellung. Sie hatte, soweit ich das sagen kann, nur wenig Ähnlichkeit mit dem *Sommernachtstraum* – Hotchkiss hatte Plonker erlaubt, das Stück in weiten Teilen umzuschreiben und mehrere eigene Songs einzubauen.

Sich selbst auf der Gitarre begleitend sang er:

Wenn mein Kopf voller Kokain ist
Und meine Hände schwer
Meine Träume qualvoll und wirr
Und meine Augen irr
Wer bringt mich nach Haus?

REFRAIN
Wer bringt mich nach Haus?
Wer bringt mich nach Haus?
Wenn meine Augen trüb sind
Und mein Kopf voller Trübsinn
Und der Atem schal
Wer bringt mich nach Haus?

Als das Lied vorbei war, hörte man mehrere Zuschauer murmeln: »Ich nicht, mein Junge.«

Ich persönlich hatte nichts gegen den Song einzuwenden. Plonker hat etwas an sich, dem man nur schwer widerstehen kann. Seine Arme ragen so hilflos aus seinem Schulblazer heraus. Seine Ohren sind zu groß, und seine Nase ist zu klein. Der Ausdruck in seinen Augen wechselt zwischen übertriebenem Selbstvertrauen und dem blanken Entsetzen eines verschreckten Kaninchens. Er sieht ein bisschen aus wie jemand, der vor kurzem mit Stahlwolle abgeschrubbt wurde. Mir gefällt auch, dass seine Stimme für seinen Körper zwei Oktaven zu tief ist. Auch seine Pickel sind irgendwie niedlich. Ja, ich mag Plonker einfach.

Das Problem war nur, dass Estelle von seiner Vorstellung völlig hingerissen war. Sie konnte den Blick nicht von seinem Gesicht wenden. Und die ganze Zeit stopfte sie eine tödliche Dosis Liebestrank in sich hinein! Nach wenigen Minuten war ihr Teller ratzeputz leer, und als Plonker die letzte Strophe noch einmal wiederholte, sah ich ihr Gesicht regelrecht aufleuchten. Ein Ausdruck, den man normalerweise nur auf den Gesichtern in der Coca-Cola-Werbung sieht. »O Plonker!«, hörte ich sie flüstern.

Anders als Männer sind Frauen stolz auf ihre Emotionen. Und Estelle wollte den ganzen Raum wissen lassen, was sie für Plonker empfand. Für Uneingeweihte mochte es vielleicht so wirken, als ob sie nur extrem höflich war, wie es unter Müttern üblich ist, die fest entschlossen sind, die weniger talentierten Freunde ihrer Kinder unbedingt gleichberechtigt zu behandeln, aber ich wusste, dass es viel ernster war. Mit der Boerg-Drüse ist nicht zu scherzen.

»Ist Plonker nicht wunderbar!«, gurrte sie Hotckiss zu, der nachdrücklich nickte. »Plonker«, antwortete er, »ist außergewöhnlich. Ein außergewöhnlicher Vortragskünstler. Sein Lied hat mich tief bewegt.« »Mich hat es auch tief bewegt!«, sagte Estelle. »Es hat mich völlig umgeworfen. Es war unglaublich. Und anscheinend hat er es selbst geschrieben!« »Ja, das hat er«, sagte Hotchkiss, erfreut, über Plonker reden zu können. »Und den Text hat er auch geschrieben! Und der ist genial, finde ich!« »Fantastisch!«, sagte Estelle. »Für einen Jungen in seinem Alter ist er so … so erstaunlich reif …« »O ja«, stimmte Hotchkiss zu, »und witzig, finde ich. Die Zeile über den schalen Atem ist sehr lustig, finde ich!«

»Außerdem«, fuhr Hotchkiss fort, »hat er prächtige Schenkel!« »Ja!«, sagte Estelle mit der Begeisterung des wahren Kenners, »ja!« Hotchkiss strahlte sie väterlich an. Sie sind schon immer gut miteinander ausgekommen, seit Estelle für Hotchkiss' katastrophale Inszenierung des ersten Teils von *Heinrich IV.* neunzehn Kettenhemden aus Wolle gehäkelt hat. Hotchkiss fragt sie stets um ihren künstlerischen Rat. Sie hat ihm nie den Rat gegeben, den er hören wollte – »Hören Sie auf damit, Hotchkiss, sofort« –, trotzdem schätzt er aus irgendeinem Grund ihren Rat mehr als den eines erfahrenen Schauspielers, wie ich es einer bin.

Ich glaube, er ist ein bisschen eifersüchtig auf mich. Ihm erscheint mein Leben wahrscheinlich unglaublich glamourös. Ich begegne täglich den Moderatoren der Nachrichtensendungen. Ich weiß, wie die Führungsriege von Radio BBC aussieht – was nicht viele Menschen wissen. Mein Name erscheint in der *Radio Times.* Ich wurde vom *Guardian* interviewt. Und meine Stimme kann dienstags, donnerstags und freitags um 10.45

Uhr von Millionen gehört werden. Na ja, auf jeden Fall von Hunderttausenden.

So langsam ging mir Hotchkiss auf die Nerven. Er und Estelle konnten nicht aufhören, Plonker über den grünen Klee zu loben. Am Ende des Abends hielt Hotchkiss eine kurze Rede und dankte allen. Estelle stieß Edwin in die Rippen und zischte: »Frag Plonker, ob er noch mit zu uns kommt!« »Frag du ihn doch, seltsame Frau!«, sagte Edwin. »Ich kann nicht«, sagte Estelle, »ich bin eine Frau mittleren Alters! Du fragst ihn! Er ist einfach wundervoll!« »Dann frag du ihn doch, wenn du ihn so wundervoll findest!«, sagte Edwin.

Mr. und Mrs. Plonker waren nirgends zu sehen, daher schaffte es Estelle unter dem Vorwand, Plonker nach Hause zu fahren, ihn in unser Auto zu locken. Anscheinend sind Mr. und Mrs. Plonker in Spanien. Estelle sagte, Plonker könne gern bei uns bleiben. Er schien überrascht und dankte ihr überschwänglich, sagte dann aber, er müsse heim und nach dem Hund sehen.

Das Gespräch fand im Auto statt. Estelle bemühte sich angestrengt, Plonkers Blick im Rückspiegel aufzufangen, was für ihn natürlich neu war. Er wurde, wie ich fand, ziemlich wichtigtuerisch. Estelle sagte, als wir den Wimbeldon Hill Richtung Mafeking Road hinunterfuhren: »Du bist wirklich ein talentierter Songschreiber, Plonker!« Plonker wurde rot vor Freude. »Vielen Dank!«, sagte er. »Du wirst einmal reich und berühmt! Glaubst du nicht auch, dass er einmal reich und berühmt wird, Edwin?« Edwin schien seine Zweifel zu haben. »Und du hast den Song so gut vorgetragen!«, machte Estelle weiter. »Ich kann es kaum erwarten, deinen Hintern zu sehen!«

Das löste bei Snozzer, Edwin, Wodge, Lulu, Bozz und Scagg, die alle auch noch irgendwie in unser Auto gepasst hatten, große Heiterkeit aus. Estelle stimmte unbekümmert mit ein. »Oh, was habe ich gesagt!«, kreischte sie. »Was denkt ihr jetzt bloß von mir?« Alle außer mir fanden das höchst amüsant. Die Reaktion der Teenager brachte Estelle noch mehr in Fahrt. Seit sie in Amerika war, ist Zurückhaltung für sie endgültig ein Fremdwort. »Was habe ich gesagt?«, kicherte sie hysterisch. »Was rede ich denn da von Plonkers Hintern! Mein Gott! Das hat ja grade noch gefehlt! Wo soll das noch enden?« Mehr Gelächter. Estelle warf mir einen kurzen Blick zu. »Paul gefällt es nicht, wenn ich von Plonkers Hintern rede«, sagte sie, »Paul ist ein alter Griesgram!«

Ihre Äußerung stieß auf allgemeine Zustimmung. Es war natürlich nicht so, dass sich die anderen wirklich über mich lustig machten. Sie hielten es für einen fröhlichen Scherz und hatten keine Ahnung, dass eine einundfünfzigjährige Frau sich gerade Hals über Kopf in einen sechzehnjährigen Jungen verliebt hatte, weil ihr ein Liebestrank aus Wolverhampton eingeflößt wurde. Sie weiß es ja nicht einmal selbst! Wahrscheinlich glaubt sie, sie sei »einfach nett zu Edwins Freund«. Nur ich weiß, dass es nicht mehr lange dauert, bis sie Plonker Avancen macht. Was einen öffentlichen Skandal auslösen wird, eine Anzeige durch Mr. und Mrs. Plonker und die Art von Berichterstattung in der Sensationspresse, die normalerweise Serienkillern und Mitgliedern der Königsfamilie vorbehalten ist, wenn sie sterben oder sich scheiden lassen.

Wenn sie Glück hat, bekommt sie nur zehn Jahre. An die Folgen für die Kinder darf ich gar nicht denken. MEINE MUTTER BUMSTE KLASSENKAMERADEN, SAGT EDWIN SLIPPERY! DIESE SCHANDE WERDE ICH NIE VERWINDEN!

Daheim setzten sich alle ins Wohnzimmer, spielten Klavier und hörten sich Plonkers anderen Hit aus der Aufführung an: *»Gonner be a Bandit«*. Rurighry und Jakob (der ein schwarzes Hemd mit weißer Krawatte und schicke schwarzweiße Schuhe trug) haben die Küche in Brand gesteckt, und die Feuerwehr ist gekommen. Der Schaden ist nicht groß – allerdings ist der Herd in Mitleidenschaft gezogen. Estelle nahm es sehr gelassen auf, dass ein Schrank verbrannt war. »Der Schrank hat mir sowieso nie gefallen!«, dröhnte sie und zwinkerte wild Plonker zu.

Lucy und Laura versuchen anscheinend, sich wieder zu versöhnen. Was zu Spannungen zwischen Lucy und Ruaierhgy führt. Ich ergötzte sie mit Geschichten aus meiner Jugend in der Kommunistischen Partei, was sie, glaube ich, sehr amüsierte. Laura trug einen hochgeschlossenen Pullover. Beide Jungen verhalten sich mir gegenüber irgendwie verkrampft. Ich habe das Gefühl, dass meine Beziehung zu ihnen auf eine Krise zusteuert. Wenn herauskommt, dass ich ihre Mutter mit Hilfe eines Liebestranks dazu gebracht habe, sich in einen unmusikalischen sechzehnjährigen Idioten namens Plonker zu verlieben, wird sich die Situation weiter zuspitzen.

Was habe ich der armen Estelle angetan (die unten fröhlich mit Plonker singt)? Versucht sie bereits, ihm an die Unterhose zu gehen? Hat sie ihm Kokain angeboten? Wenn sie ins Gefängnis kommt und Esmond Pennebaker aus der Serie geschrieben wird, wovon werden wir leben? Werde ich die gegenwärtigen Belastungen noch länger durchstehen? Werde ich überhaupt bis zu meinem Fünfzigsten durchhalten? Und wenn ja, schmeißt dann jemand eine Party für mich? Was passiert mit unseren Möbeln? Ist Jakob jetzt wirklich bei der Mafia? Was hat diese plötzliche Selbstsicherheit bei Steve Witchett zu bedeuten? Wie werden Ashley Ramp, Howard Porda und »Shirley« über mein Schicksal entscheiden? Werde ich je in der Lage sein, meiner Frau zu sagen, dass ich sie liebe? Liebe ich sie überhaupt? Oder liebe ich die Frauen, denen ich ständig sage, ich würde meine Frau lieben?

Und, ganz wichtig: Wann hatten wir das letzte Mal Sex? Und wenn ich dieses Jahr Sex hatte, warum kann ich mich nicht daran erinnern?

Ich gehe jetzt ins Bett. Allein.

20. Mai, 9.30 Uhr, eher Sommer als Frühling, viele Blätter, blauer Himmel. Spatz irgendwo im Gebüsch im Vorgarten, wahrscheinlich mit anderem Spatz

Estelle »im Studio«. Edwin in der Schule. Jakob und Rieugeriuy im Bett. Lucy und Laura schreien sich im Garten an. Oliver im Schuppen. Aphrodite irgendwo im Haus. Ich im Arbeitszimmer.

In einem Monat und vier Tagen werde ich fünfzig.

Der Waffenstillstand zwischen Lucy und Laura war nicht von Dauer. Anscheinend denkt Lucy darüber nach, ihr Studium in Oxford abzubrechen – was erklären würde, warum sie immer hier bei uns ist anstatt in Vorlesungen, im Labor und so weiter. Sie sagte mir, Proteine seien ihr im Grund wichtiger als Protonen. Womöglich hat Ruaiehgy schon um ihre Hand angehalten. Das gefällt mir gar nicht, und Jakob auch nicht. Ich glaube, Lucy hat versucht, Laura etwas Nettes über Jakob zu sagen. Oder vielleicht war sie auch einfach nur zu nett zu ihm. Zumindest er ist jetzt ein bisschen fröhlicher.

Laura hat ihren Abschluss in Leeds gemacht und sucht jetzt nach einer Stelle. Sie hofft auf einen Job als Modeeinkäuferin. Habe versucht, mit ihr über Tops zu reden, aber sie schien nicht sehr interessiert. Jetzt kratzen sich die beiden Mädchen beim Fischteich die Augen aus.

Estelle ist früh aufgestanden. Sie weckte mich auf, um mir zu sagen, was für ein wunderbares Geschöpf Plonker sei. Dann zog sie singend von dannen, um ihren Trickfilm fertigzustellen. Die Rolle von Mr. Slippy Sloppy ist immer noch nicht besetzt. Ich wagte nicht, mich selbst vorzuschlagen. So wie die Dinge liegen, wird sie die Rolle bald Plonker anbieten.

Vorhin habe ich Edwin zur Schule gebracht. Er sagte: »Mein Gott, sie war gestern Abend völlig daneben, sie hat die ganze Zeit nur über Plonker geredet!« Ich sagte: »Tatsächlich?« Edwin sagte: »Sie spinnt total!« Ich bekam enorme Schuldgefühle. »Das würde ich nicht sagen«, wandte ich ein, »sie macht gerade … eine … schwierige Phase durch … und … äh …« Edwin musterte mich scharf. »Du meinst die Wechseljahre?«, fragte er. Ich antwortete nicht. »Ich meine«, fuhr Edwin fort, »sie hat mein vollstes Mitgefühl. Ihr Hormonspiegel verändert sich massiv. Das ist mir klar. Aber das ist keine Entschuldigung dafür, dass sie sich vor meinen Freunden wie eine Idiotin aufführt. Steht sie auf Plonker oder was?«

Ich brachte es nicht über mich, ihm den Grund für ihr seltsames Verhalten zu nennen. Tatsächlich war ich von seinen detaillierten Kenntnissen über die Vorgänge im Körper seiner Mutter so fasziniert, dass ich immer weniger sagte. Zumindest, dachte ich, hat er gute Chancen in der Biologieprüfung. Wenn er über Fruchtfliegen auch so viel weiß wie über die menschliche Fortpflanzung, bekommt er eine Eins mit Sternchen.

»Die Periode bleibt aus, stimmt's?«, sagte er. »Die Körpertemperatur schwankt stark, vor allem nachts. Weil man keine Eizellen mehr produziert, stimmt's? Wie bei einem Huhn ohne Kopf, stimmt's? Aber weißt du, ich mache gerade auch ziemlich massive Hormonveränderungen durch. Aber, ich meine, ich laufe doch auch nicht durchs Haus und stöhne rum, weil mein Pimmel auf einmal riesig ist, oder? Ich sage nicht: ›Oh, äh, Gnädigste, pardon, aber ich habe … äh … Haare!‹, verstehst du?«

Dazu fiel mir nichts ein.

Ich setzte ihn weit vor der Schule bei »Pizza round the Clock« in Wimbledon ab. Er sagte, er komme ohne eine Pizza mit Salami und Käse nicht über den Tag. Im Innern sah ich Snozzer, er rauchte eine dicke Zigarre.

Vor kurzem sind folgende Möbel verschwunden:

Ein Sideboard
Drei Esszimmerstühle
Noch eine Couch
Zwei Gartentische

Zwei Betten
Ein freistehender Schrank

L'affaire Plonker bietet immerhin den Trost, dass Estelle, wenn sie tatsächlich etwas mit ihm anfängt, Hamish für einen Sechzehnjährigen den Laufpass gibt. Ha! Geschieht ihm recht! Und ich muss wenigstens kein Geld für einen Privatdetektiv und/oder Snozzer ausgeben.

11 Uhr

Oliver ist seit Tagen im Schuppen. Ich weiß nicht, was er dort macht. Ich habe Jakob gebeten, ihm so bald wie möglich Flugtickets zu besorgen. Jakob sagte, Mr. Scarotto könne ihm einen günstigen Flug vermitteln. Anscheinend hat er Sonderkonditionen bei Alitalia.

Rurighry hat gefragt, ob er einen seiner »Kunden« für ein paar Tage mit nach Hause bringen könne. Er sei sehr nett. Er heißt Alec. Rugihrgy hat ihn in einem Park in der Nähe vom Bahnhof Paddington aufgegabelt. Ich schlug vor, er könne bei Oliver im Schuppen unterkommen, aber Ruighry und Jakob meinten beide, das sei keine gute Idee. Alec neigt wohl zur Gewalttätigkeit, außerdem wird auch er, soweit ich das verstanden habe, von der Polizei gesucht.

Jakob sagte, wenn Rueiughery Leute mitbringen kann, dann wolle er auch »seine Leute« um sich haben. Folgende Namen stehen bislang auf seiner Liste:

Benny Cammeroni
Toni Gerrasimo
Louie der Grieche
Jackie das Pferd
Jimmy das Messer

»Jodie« Sanzarotti und die Zwillinge
Vittorio Spinetti und seine Familie

Ich freute mich, auch einige seiner alten Klassenkameraden von der Cranborne-Schule in der engeren Wahl zu finden – wie Partha Goswami, der mittlerweile Physiker ist, und Benjamin Wick-Forbes, der sich nicht ganz klar über seine sexuelle Orientierung war. Allerdings sind beunruhigend wenige Frauen darunter. Als ich Jakob danach fragte, sagte er: »Frauen gehören ins Haus. Sie sind wie Brot, und Brot ist gut. Jeder braucht eine Familie. Aber das Geschäft ist etwas für Männer. Du bist mein Vater. Ich liebe dich. Ich habe eine Mutter. Sie ist wie eine Mutter für mich. Was brauche ich noch?«

Ich bin mir ziemlich sicher, dass er das witzig meinte. Allerdings spricht er jetzt fast ständig mit einem Brooklyn-Akzent, der ihm offenbar in Fleisch und Blut übergegangen ist. Hat er bei Lucy aufgegeben? Und wenn ja, liegt es etwa daran, dass Riushheiury derzeit mehr mit seinem Job beschäftigt ist als mit Miss Rachnowski? Ein paar Tage lang war Jakob etwas entspannter, aber jetzt macht er dauernd Witze auf Reiurghrys Kosten. Heute sagte er: »Was macht Ruighry, wenn einer seiner Penner ein warmes Plätzchen will? Backt Kekse.«

16 Uhr

Ich schreibe im Studio, wo wir Leos und Witchetts erste gemeinsame Folge aufnehmen. Ich glaube, sie halten Händchen.

Das ist wirklich heiß. Ich hatte gerade eine erotisch aufgeladene Szene mit Pamelas Schwester Julia, gespielt von Helena Twist, die in letzter Zeit nicht viel zu tun hatte. Oder mit den Worten von *Practice Tales* ausgedrückt, einem neunbändigen Nachschlagewerk zu den Figuren der Serie, erstellt von Morton Cavendish und Henry Bude, zwei schwulen Nebendarstellern:

»Julia sprach einmal davon, eine Bar mit Esmonds Halbbruder Duhuig zu eröffnen, die Pläne verliefen jedoch im Sande, als Duhuig 1989 geköpft wurde.« Am Ende der Szene musste ich einen Orgasmus spielen – eine körperliche Reaktion, an die ich mich zur Zeit nur vage erinnere. Der neue Regisseur »Cheesey« Haworth sagte, bei mir klinge das, wie wenn mir jemand einen schweren Gegenstand auf den Zeh fallen lassen würde. Dann mussten wir alle Orgasmusgeräusche machen. Ein großer Spaß. Der von Pilfrey wurde (wie ich voller Abscheu zur Kenntnis nehmen musste) zum überzeugendsten Orgasmus erklärt.

Obwohl Karl – wie ich ihn heute beharrlich weiter nannte, um ihn zu ärgern – mich hasst, gab er vor, die neue Stoßrichtung des Drehbuchs zu mögen. »Stoßrichtung« ist das richtige Wort. In den fünfundvierzig Minuten Sendung gibt es sage und schreibe zwölf Geschlechtsakte.

Karl trug einen praktischen Tweedrock, klobige Schuhe und eine ziemlich männliche Bluse mit Perlmuttknöpfen. Außerdem hatte er einen kleinen Hut dabei, eine Melone. Ich fand – sagte es allerdings nicht –, dass er sehr gut aussah.

Noch eine besorgte Bemerkung zum Drehbuch. Pilfrey sagte mit einem hinterhältigen Blick zu Karl: »Ich frage mich, was Pamela tun wird, wenn sie das mit Esmond und ihrer Schwester herausfindet ...« Alle beteiligten sich an den Spekulationen. Ich sagte, Pamela würde mir vergeben. Schließlich hätte sie mir auch verziehen, dass ich mit meiner Sekretärin geschlafen hätte. Sie hätte Verständnis für das Wochenende in Malaga gehabt. Und obwohl sie sich manchmal über meine sexuellen Ansprüche beklage, gebe sie immer nach, »um des lieben Friedens willen«, wie sie selbst immer sagt. Pilfrey verkündete: »Sie wird ihn umbringen!« Einen Augenblick lang sagte niemand etwas, dann fügte Karl hinzu: »Sie könnte einen Auftragsmörder anheuern!«

Er sah dabei kurz zu Leo und Witchett, und Leo hob ganz leicht eine Augenbraue. Das alles hat natürlich keinen Einfluss auf die Drehbuchkonferenz, zu der ich wahrscheinlich nicht eingeladen werde. Oder auf die Tatsache, dass die Drehbuchkonferenz mehr oder weniger das umsetzen wird, was Ramp, Porda und Karl anordnen, vor allem, wenn es um die Frage geht, eine Hauptfigur leben oder sterben zu lassen. Aber es klang erschreckend wahrscheinlich.

So »echt«, wie nur Fiktion manchmal »echt« sein kann – obwohl sie natürlich aus lauter Lügen besteht, vom Anfang bis zum Ende. Wird Esmond auf diese Weise enden? Der Tod kommt nie dann, wenn man ihn erwartet, und selten in der Form, mit der man gerechnet hat.

18 Uhr

Estelle war daheim, als ich kam!

Wie sich herausstellte, hatte sie Edwin von der Schule abgeholt. Dabei sammelte sie auch gleich Plonker ein und bestand darauf, ihn heimzufahren. Als sie hier ankamen, sagte sie wie ein Schulmädchen: »Vielleicht möchte Plonker noch mit reinkommen!« Plonker, der laut Edwin immer mehr zur Plage wird, war natürlich gern bereit, mit reinzukommen und ihr seine neuen Songs vorzuspielen.

Einer davon geht so:

Über Hügel, über Täler
Stampft der Kokainalptraum
Wo sind wir? In Schottland? Wales?
Oder in einem urzeitlichen Sumpf?
Wer oder was steht
Hinter der Tür neben der Treppe?
Hat es Augen, Zähne, Lippen?
Knochen, Zähne, Haare?

Refrain
Gremlins an der Tür
Gremlins an der Tür
Gremlins Gremlins Gremlins Gremlins
Gremlins an der Tür!

Estelle zeigte sich hellauf begeistert. Es fielen bereits die Worte »wegweisend« und »fantastisch«. Ich muss unbedingt ein Gegenmittel zur Liebesdroge aus den Midlands finden.

Jetzt will sie los und Plonker neue Schuhe kaufen.

23.30 Uhr

Im Arbeitszimmer. Alle in der Familie machen sich Sorgen, weil Estelle so vernarrt in Plonker ist. Er blieb gleich noch zum Abendessen und spielte uns weitere Songs vor. Jakob schlug vor, dass Mr. Scarotto »ein Wörtchen mit ihm reden« könnte. Gut möglich, dass es so weit kommt.

Auf dem Weg zum Briefkasten traf ich heute Abend zufällig Porker. Er erzählte mir, dass Wickett »nach Lincolnshire zieht«. Und ich habe ihn nie richtig kennengelernt!

Nachricht vom guten alten Steve auf dem Anrufbeantworter. Er sagte: »Ich muss mit dir über die Frau reden, die wir nicht mehr die Mittdreißigerin nennen sollten. Es ist ernst.«

Ich habe nichts dagegen, sie nicht mehr die Mittdreißigerin zu nennen, wenn mir ein besserer Name für sie einfallen würde. Zur Not könnte ich sie auch bei ihrem richtigen Namen nennen, aber ich glaube nicht, dass er mir je einfallen wird.

24. Mai, 6 Uhr, fröhliches Morgenkonzert der Vögel, herrliches Frühsommerwetter. Keine Spur vom Spatz. Im Nest? Las neulich, dass Spatzen aufgrund der Umweltverschmutzung etc. aussterben. Hat vielleicht den Löffel abgegeben.

Estelle laut schnarchend im Bett. Jakob, Rueighry, Oliver, Aphrodite, Lucy, Laura, Edwin etc. vermutlich alle im Bett.

Allerdings hörte ich Geräusche aus dem Schuppen, die darauf hindeuteten, dass zumindest ein paar, wenn nicht sogar alle dort sind. Meine Jungs haben die Therapie aufgegeben, seit ihre Therapeuten verkündet haben, es gebe nur noch Vormittagstermine.

In einem Monat werde ich fünfzig. Ich wachte um vier Uhr auf und konnte nicht mehr einschlafen. Eine laue Nacht. Ich schreibe im Garten und trage einen Frotteebademantel, den eine Frau namens Ulrike mir vor fünf Jahren schenkte.

Immer noch keine Anzeichen, dass jemand eine Party für mich vorbereitet.

Was bedeutet Liebe mit fünfzig? Bedeutet sie das Gleiche wie mit zwanzig? Oder mit dreißig? Mit zwanzig oder dreißig, vielleicht sogar noch mit vierzig würde man gern glauben, dass es nicht so ist. Ich bin mir da nicht so sicher. Liebe ist ein Wort, das wir verwenden, um zu vermeiden, über unsere stärksten Gefühle nachzudenken. Es geht um Bedürfnisse und darum, das Gleiche füreinander zu empfinden – aber es geht auch darum, dass man trotzdem noch anders als der andere sein kann. Mein Traum von einer perfekten Beziehung wäre, dass man unabhängig ist, aber gleichzeitig die vollkommene Zweisamkeit erlebt. Mir gefällt die Vorstellung nicht, in seinem Partner völlig aufzugehen. Ich möchte ein beständiges Miteinander, das aber auch noch Risiken birgt.

Was sagte noch Tschechow? Wenn man nicht gern einsam ist, sollte man nicht heiraten. Einsam habe ich mich in meiner

Ehe noch nie gefühlt. Wütend, ja. Misstrauisch, klar. Aber nie einsam. Vielleicht kann ich deswegen Estelle nicht sagen, dass ich sie liebe. Weil es so offensichtlich ist, dass man es nicht aussprechen muss.

Aber das funktioniert nicht. Alles muss gesagt werden. Deswegen haben die Amerikaner die Unabhängigkeitserklärung verfasst. Vertrautheit hilft uns zu erkennen, dass wir jemanden lieben, aber das heißt nicht, dass wir dem anderen unsere Liebe nicht erklären müssen. Ich muss es Estelle sagen. Ich muss ihr sagen, wie sehr ich sie liebe – selbst wenn sie mich nicht liebt.

Das wird schwierig genug. Vor allem, da sie gerade eine Affäre mit einem schottischen Zwerg hinter sich hat und sich nun kopfüber in eine mit einem Sechzehnjährigen namens Plonker stürzt.

8.45 Uhr

Ging nach oben, um Estelle zu sagen, dass ich sie liebe. Sie stapfte im Morgenrock durchs Bad. Als ich hereinkam, ging sie ins Schlafzimmer. Als ich ihr folgte, ging sie zurück ins Bad. Schließlich begann sie, sich die Unterhose anzuziehen, während ich neben dem Waschbecken stand und glotzte. »Was ist los mit dir?«, fragte ich. Sie antwortete nicht. »Was ist los mit uns?« Wieder kein Wort von ihr. Dann kam sie zu mir, hob die Hand und strich mir sanft übers Gesicht. »Hallo!«, sagte sie. Und ging aus dem Zimmer.

Hatten wir vielleicht letzte Nacht Sex?

Dieser ganze Beziehungskram ist eine Frage des richtigen Zeitpunkts, glaube ich. Und natürlich eine Frage der richtigen Drogen.

Reighry (tagsüber daheim – warum?) fragte, ob er einen gewissen Bolt mitbringen könne, als, wie er sagt, »Gesellschaft für Alec«. Er ist, anscheinend, sauber, »abgesehen vom Selbstgebrannten«. Ich fragte ihn, ob er danach jemanden mitbringen würde, der wiederum Bolt Gesellschaft leiste. Damals bei seiner Eidechse war es nämlich genauso. Reigurhry sagte, ich würde ein sehr abgeschottetes Leben führen und hätte keine Ahnung, wie hart das Leben für Leute wie Bolt und Alec sei. Ich sagte, das sei mir klar. Ich sagte auch, wenn er wolle, könne er gern sämtlichen Obdachlosen vom Embankment eine neue Heimstatt beschaffen, allerdings nicht in der Mafeking Road 52.

Reuighriury wirkte verletzt. Ich bekam ein schlechtes Gewissen und sagte, dass ich natürlich gerne Alec und Bolt und eventuell noch ein oder zwei weitere Obdachlose kennenlernen würde. Sie dürften gern über ein verlängertes Wochenende hierbleiben, vielleicht könnten sie ja Oliver im Schuppen Gesellschaft leisten. Ich fügte jedoch hinzu, dass selbst der gute alte Steve, mein ältester Freund, nach einem Wochenende lästig werde. Jakob meinte, der gute alte Steve werde lästig, kaum dass er den Raum betreten habe. Wir gerieten ein bisschen aneinander. Ich warf den beiden vor, sie seien intolerant. Sie warfen mir vor, ich hätte kein Mitgefühl. Ich erinnerte sie daran, dass ich als junger Mensch einige sehr soziale Dinge getan hätte. Ich wollte gerade über meine Mitgliedschaft in der Kommunistischen Partei reden, als ich die Warnleuchte in Jakobs Augen sah und schwieg. »Ich weiß, wie man mit Leuten wie Bolt spricht«, sagte ich. »Und zufällig bin ich ein großer Fan von Selbstgebranntem.«

Reieughry sagte, ich wüsste nicht, wie man mit Bolt spreche, und fügte bedrückt hinzu, niemand wisse, wie man mit Bolt sprechen solle. Dann stritten sie miteinander anstatt mit mir. Über Laura. Ich sagte, sie sei ein nettes Mädchen, und sah Jakob ernst an. Jakob schien diese Aussage zu deprimieren.

17.30 Uhr

In einem Pub in Barnes.

Ich habe gerade eine Besprechung mit Leo und Witchett hinter mir. Die beiden sind ganz eindeutig leidenschaftlich ineinander verliebt und haben bestimmt jede Menge Sex. Offenbar wohnt Witchett jetzt bei Leo oder wird zumindest bald zu ihm ziehen. Einen Großteil des Nachmittags redeten sie über Farben, Tapeten und so weiter. Witchett ist inzwischen richtig entscheidungsfreudig geworden. Er äußert seine Meinung zu Tony Blair, dem kommunistischen China, der Filmindustrie in Hollywood, zum Für und Wider von Charterflügen und dem besten Rezept für dicke Bohnen. Am Ende des Nachmittags schnauzte er sogar den armen Leo an – der eindeutig gern von ihm angeschnauzt wird. Leo hat jedes Interesse an Architektur verloren und will nur noch über den Auftragsmörder für mich reden. Der Killer war auch der eigentliche Anlass unserer Besprechung. Ich glaube, es war Karls/Shirleys Idee.

Ich sagte, ich hielte es für besser, wenn Pamela einen Auftragsmörder anheuern würde, der (oder die) dann den Job vermasseln würde. »Und danach sind Sie vielleicht«, meinte Leo nachdenklich, »ein … Krüppel! Wie bei der Mauer, aber schlimmer! Sie könnten wieder ins gleiche Krankenhaus! Die Frau, bei der Sie Physiotherapie hatten, hat mir gut gefallen!« »Nein!«, sagte ich. »Ich hatte schon zehn Folgen lang Physiotherapie. Die Hörer wollen nichts mehr über Physiotherapie hören. Nein, die Killer sollen den Auftrag anders vermasseln. Das falsche Auto manipulieren oder die falsche Waffe nehmen oder danebenschießen. Und dann verfolge ich sie. Selbstjustiz und so.« Witchett sagte, er habe bei Esmond Pennebaker noch keine »Neigung zur Selbstjustiz« entdeckt. Ich sagte, ich würde mich mit Gewalt ziemlich gut auskennen. Ich erzählte ihnen von Mr. Scarotto und schmückte die Geschichte noch ein bisschen aus. Sie wirkten beeindruckt – vor allem, als ich schilderte, wie er einen Bewohner der Mafeking Road erschoss. »Mein Sohn«, sagte ich, »pflegt enge Kontakte zur Mafia.« Das glaube ich selbst immer mehr. Tatsächlich mache ich mir ernsthaft Sorgen.

Muss Jakob fragen, ob er ein »Wiseguy« ist.

Am Ende der Besprechung kamen wir überein, dass sie Shirley einen Entwurf vorlegen, bei dem bezahlte Schläger versuchen, mich vor der Praxis zu überfahren, aber stattdessen die Praxisgarage rammen – ein Gebäude, das Leo nie gefallen hat. »Dann können Sie sie verfolgen«, sagte Witchett. »Und wenn Ramp, Porda und Shirley Sie tot sehen wollen, haben wir eine logische Möglichkeit. Die Geschichte steuert direkt darauf zu. Und wenn sie beschließen, Sie am Leben zu lassen, können Sie die Gangster ausschalten.« Damit bleibt mir zumindest eine Außenseiterchance.

20 Uhr

Gewissensbisse wegen meiner Rolle bei der Verteilung des Liebestranks, gegenüber Edwin und so weiter. Er sang vorhin ein Lied, das klang wie »*Come into my loveachamber ooh sexmachinea baby oohpump it up baby bouncey!*« Ich sagte: »Liebe ist ein Gefühl, das aus einer komplizierten Mischung verschiedener Faktoren entsteht – Nähe, hormonelle Veränderungen, Pheromone, biologische Notwendigkeit, mentale und spirituelle Übereinstimmungen und so weiter.« Er wirkte nicht sonderlich beeindruckt.

Jakob ist mit Laura Essen gegangen. Riueiughry reagierte durchaus positiv, er erinnerte mich an Shakespeares Pandarus in *Troilus und Cressida.* Außerdem redete er wieder davon, mit Lucy »zusammenzuziehen«. Ich fragte: »Und wohin? Ans Themseufer?« Er sagte, ich sei ein kalter, herzloser Mensch. Lucy hat in seinem Zimmer ein großes Poster von einem Elch aufgehängt. Heute Nachmittag hat sie Schokoladenkekse gebacken. Estelle ist immer noch nicht daheim.

23 Uhr

Estelle kam nicht zum Abendessen. Hamish? Oder Plonker? Es fehlt schon wieder ein Sideboard. Außerdem haben wir jetzt nur noch drei Stühle, auf denen wir sitzen können. Als ich darauf hinwies, lachten alle höhnisch. Als ich von den anderen fehlenden Möbeln redete, mieden sie meinen Blick. Vielleicht hat Estelle ihnen gesagt, dass sie auszieht, und sie kommen mit. Edwin sagte, er werde im Stehen essen, denn »Essen, das man im Stehen zu sich nimmt, setzt nicht an«.

Jakob ist vom Abendessen mit Laura zurück. Anscheinend ist sie arbeitslos und hat ihn um seinen »Rat« gebeten. Oder, wie Jakob es formulierte, »sie will mir an die Wäsche«.

Rurighry sagte, er sei »kalt – wie dein Vater!« Jakob antwortete, mit einem beunruhigend leidenschaftslosen Blick in meine Richtung: »Paul ist doch ein totaler Softie!«

Laura ist wie vermutet musisch veranlagt und würde laut Jakob gern etwas beim Theater machen. Ich sagte, ich würde sie gerne ein paar Leuten vorstellen. Anzügliches Grinsen. Edwin sagte, er denke, sie kenne bereits genug Leute. Ich schenkte ihm ein tolerantes Lächeln und erklärte, dass man, wenn man erst einmal in meinem Alter ist, über ein »Netzwerk« von »Kontakten« verfügt – Menschen, die ich beruflich kenne, die meine Arbeit schätzen und bereit sind, den Kindern Jobs in den Medien zu vermitteln. Edwin klappte der Kiefer herunter. Er sagte: »Cool! Wer sind diese Leute?«

Seltsamerweise fiel es mir schwer, jemanden aus dem Stegreif zu nennen, daher sagte ich schließlich: »Ich kenne den Produzenten von *General Practice* sehr gut!« »Oh«, sagte Ruairghy, »ist das der, der sich als Frau verkleidet und dich feuern will?« Ich musste zugeben, dass dem so war. Jakob sagte: »Ich habe mit Mr. Scarotto über ihn gesprochen. Wir wissen, wo er wohnt.« Danach hatten wir eine lebhafte Diskussion über die Mafia und Jakobs Verstrickung darin. Gegen halb elf kamen plötzlich Lucy, Oliver und Aphrodite herein, gingen aber gleich wieder.

Estelle hat Plonker einen Anzug gekauft und angeboten, ihm den Gitarrenunterricht zu finanzieren. Die Jungs und ich redeten über Estelle und Plonker. Edwin sagte: »Sie ist in Plonker verknallt. Das ist ekelhaft!« Riuerhy, der immer noch gern den Heiligen spielt, meinte: »Sie hält ihn einfach für einen charmanten Jungen.«

Wir anderen waren uns einig, dass die Bezeichnung einfach nicht für Plonker passt. Anscheinend ist er unerträglich, seit Estelle ihn mit Aufmerksamkeit überschüttet. Heute Mittag verlangte er, dass man ihm das Schulessen am Tisch serviert. Ihm wurde daraufhin gesagt, dass er nachsitzen müsse. Er erwiderte: »Das akzeptiere ich nicht!« Dann fing er an, aus vollen Hals zu singen, weshalb ihm weiteres Nachsitzen für »aggressives Singen« aufgebrummt wurde.

Ich schreibe im Arbeitszimmer. Wo ist Estelle?

26. Mai, 10 Uhr, Himmel noch blauer, Blätter regelrecht tropisch. Spatz jedoch nicht da. Gestorben aufgrund sexueller Überanstrengung? Leichte Brise

Estelle in der Schule, um »bei den Proben zu helfen«. Lucy und Ruighrty im Bett. Edwin in der Schule. Oliver, Aphrodite etc. im Schuppen. Jakob verschwunden. Ich in der Küche.

Estelle kam um drei Uhr morgens nach Hause. Ich glaube, sie hat Kokain genommen. Sie versuchte, mich zu wecken, und erzählte begeistert von Hamish und Plonker. Ich suchte mir einen anderen Schlafplatz und entdeckte, dass Jakob nicht im

Bett war. Hoffentlich ist er nicht mit Aphrodite im Schuppen. Muss ihn wieder mit Laura zusammenbringen. Sie ist so ein nettes Mädchen und so talentiert! Machte Atemübungen nach De Wijterer.

10.15 Uhr

Gustave auf dem Anrufbeantworter. Er erzählte, dass Pilfrey für einen großen Hollywoodfilm im Gespräch ist. Zuerst dachte ich an ein Missverständnis. Aber anscheinend spielt er ein Insekt. Es ist, zu meinem großen Kummer, ein außerirdisches Insekt, also exakt die Rolle, die zu mir passen würde. Die Produzenten haben seine Meeresschnecke gehört und waren ziemlich angetan. Ich fragte, ob es eine große Rolle sei, und Gustave sagte: »Ich glaube, er muss ein Kostüm anziehen und mit den Fühlern in die Kamera winken, daher denke ich, dass es schon eine ziemlich große Rolle ist. Der Film heißt *Das gruselige Krabbeln.*« Ich sagte, das passe perfekt zu Pilfrey.

Gustave sagte: »Paul, wir sollten bald einmal zusammen essen. Ich glaube, du wirst allmählich verbittert.«

Ich sagte Gustave, dass ich ihn feuern würde, und legte auf. Ein gutes Gefühl. Gab mir Selbstbestätigung.

Jetzt muss ich einen neuen Agenten finden.

Bei Snozzer angerufen. Er war natürlich in der Schule. Aber er ist der Richtige für den Job.

15 Uhr

Edwin von der Schule abgeholt. Hoffte, dort Estelle zu sehen, aber sie ist »zu einem Meeting wegen des Trickfilms«. Edwin hat anscheinend keine Prüfungen mehr. Ich fragte ihn, wann er die nächste Prüfung hätte, und er sagte: »Ich glaube, die hatte ich schon.« Ich fragte ihn Latein ab, während wir hinter der Bühne Hotchkiss' Probe zusahen. Ich verhedderte mich ziemlich in der Geschichte im Lateinbuch. Es ging um einen Mann namens Aulus, der seinen Sklaven dabei überraschte, wie er ein Huhn aß, und ihn mit dem Schwert erstach. Oder zumindest dachte ich, dass es darum ging. Es hätte auch gut sein können, dass ein Mann namens Aulus ein Huhn dabei überraschte, wie es versuchte, seinen Sklaven zu fressen, und davon so überrascht war, dass er sich in sein Schwert stürzte. Edwin dachte, es gehe um ein Huhn, das gegen einen Mann mit einem Schwert namens Aulus rannte und dann dessen Sklaven fraß.

Man merkt, dass man alt wird, wenn man die Hausaufgaben seiner Kinder nicht mehr versteht.

Hotchkiss hatte enorme Probleme mit Plonker, der jetzt Einwände gegen den Text der anderen Figuren erhebt. Außerdem sagte er immer wieder: »Mrs. Slippery findet, dass ich das mit einem walisischen Akzent sagen sollte!« und »Mrs. Slippery gefällt es besonders, wenn ich an der Stelle das Kinn hebe!« Man konnte sehen, dass Hotchkiss richtig eifersüchtig wurde. Hong, der die Bewegungen einstudieren sollte (»Hältel tleten! Hoch in die Luft, Jungs!«), freute sich sehr darüber und zog Hotchkiss immer wieder auf. »Plonkel in Missis Slippely velliebt, nein, Lionel? Mag die alte Flau, nein?«

Edwin wurde gerufen und musste irgendwie über die Bühne schlittern. Das gab mir Gelegenheit, ein paar Worte mit Snozzer zu wechseln. Ich sagte nicht direkt, dass ich ihn als meinen Agenten wollte, weil ihn das vielleicht verschreckt hätte. Ich fragte nur, ob er ein bisschen Taschengeld gebrauchen könne. Snozzer sagte: »Solange es nicht Oralsex mit fremden Männern ist, mache ich es.« Ich erklärte ihm, dass er nur ein paar Anrufe für mich übernehmen müsse. Er sagte: »Gut! Hoffentlich auch ein paar obszöne!« Ich sagte, er müsse nur bei verschiedenen Theatern, Filmproduktionsfirmen und so weiter anrufen und fragen, ob sie Arbeit hätten. »Oh, cool!«, sagte Snozzer strahlend. »Ich soll also Ihr … äh … Agent sein!« Er ist ein kluger Junge.

Er scheint keine Probleme mit dem Job zu haben, er meinte, er habe das »schon einmal in einem Film gesehen«.

19 Uhr

Nachricht von Peter Mailer auf dem Anrufbeantworter.

Anscheinend will er Christine einen Heiratsantrag machen. Außerdem erzählte er von dem tollen Sex mit ihr. Ich rief den guten alten Steve an, um mich zu beklagen, landete aber nur beim Anrufbeantworter. Ich hinterließ eine Nachricht, und fünfzehn Minuten später rief er zurück. Er klang außer Atem. Ich fragte ihn, ob er gerannt sei, und er sagte ziemlich kokett: »Ich, nun, ich war im Bett.«

Ich fragte ihn nicht mit wem, aber er sagte es mir trotzdem.

Anscheinend rief die Mittdreißigerin einen Tag, nachdem ich mit ihr Mittag gegessen und über meine Liebe zu Estelle (die derzeit mit jedem fehlenden Möbelstück und jedem neuen Plonker-Exzess immer mehr dahinschwindet) geschwafelt hatte, bei ihm an und verabredete sich mit ihm fürs Theater. Sie landeten dann bei ihr und … »Es war unglaublich, Paul. Ich hatte noch nie eine so intensive Erfahrung. Es war körperlich, aber auch emotional sehr, sehr intensiv. Mein ganzes Leben ist auf den Kopf gestellt. Ich habe Gefühle, die ich nie für möglich gehalten hätte!«

Das ist nicht weiter überraschend bei einem Mann, der zum letzten Mal vor neun Monaten in Amsterdam Sex hatte. Aber es genügte ihm nicht, mit dem Sex zu prahlen. Er wollte unbedingt auch über etwas reden, was ihn früher nie gekümmert hatte: seine Gefühle. »Sie mag Impressionismus. Ich mag Impressionismus!«, sagte er, als ob das sonderlich bemerkenswert wäre. Ich versuchte ihm zu sagen, dass die meisten Leute den

Impressionismus mögen. Nahezu die Einzigen, die ihn nicht mochten, waren die französischen Kunstkritiker im 19. Jahrhundert. »Sie hat mir erzählt«, fuhr Steve fort, »dass sie noch nie in Spanien war! Und weißt du was?« »Nein.« »Ich war auch noch nie in Spanien! Ist das nicht unglaublich?« Ich sagte, es sei wirklich verblüffend. Der gute alte Steve lachte großmütig. »Es muss doch langweilig für dich sein, immer mit der gleichen Frau verheiratet zu sein!« »Wie meinst du das«, fragte ich, »immer? Habe ich dich vielleicht so behandelt, wenn du endlos darüber gejammert hast, dass du seit einem Jahr keinen Sex mehr hattest? Warum machst du dich plötzlich über mich lustig? Ich meine, du kannst doch die Mittdreißigerin heiraten. Ist denn die Hochzeit automatisch das Ende von Romantik und gemeinsamen Interessen?« »Meine Gefühle für sie«, sagte Steve, »sind glasklar. Sie sind stark und ehrlich und real. Sie werden nie vergehen.« Plötzlich klang er sehr ernst. »Wir sind noch nicht angekommen ...«, fuhr er fort. »Wir haben den Gipfel noch nicht erreicht. Sie will mir näher sein, Paul! Sie hat das Gefühl, dass ich etwas ... Distanziertes an mir habe. Und sie hat Recht. Es ist so. Sie sagt, sie hätte das Gefühl, als ob ich auf einem ... Berg wäre ... oder einem Baum ... oder in einem Boot ... das aufs Meer hinaustreibt!«

Irgendwie beunruhigte mich das. Ich weiß nicht warum. Ich sagte: »Übertreib es nicht mit dem Sex, Steve. Du bist kein junger Mann mehr!« Steve lachte melodiös. »Es ist nicht nur der Sex, Paul«, sagte er, »es gibt mehr im Leben als Sex!«

22 Uhr

Snozzer hat angerufen. Er hat einen Job für mich. Ich soll ein Freizeitcenter in Süd-Wimbledon eröffnen. Einhundertfünfzig Pfund bar auf die Hand plus Spesen. Das ist mehr, als Gustave in den letzten fünf Jahren erreicht hat. Ich sagte ihm, er sei ein toller Agent. Er sagte: »Ich nehme zehn Prozent, wenn das okay ist.« Ich war einverstanden.

23.30 Uhr

Estelle ist unten mit Rueighry, Jakob, Lucy, Edwin, Bolt, Alec und Plonker, der seinen neuesten Song vorträgt.

Alec ist ein lebhaftes Kerlchen. Er hat seinen Stammplatz in der Nähe des NCP-Parkhauses in der Wardour Street, wo er im Schnitt zwanzig Pfund am Tag mit Betteln verdient. Es war sehr interessant, von seiner Betteltechnik zu hören. Er zeigte uns seinen Schlafsack, den er sorgfältig »abgewetzt« hat, damit er möglichst authentisch wirkt. Normalerweise schlafe er nicht am Embankment, wo ihn Rueighrhy getroffen hat, aber er spare auf eine Anzahlung für eine Wohnung und wolle nicht, wie er es ausdrückte, »Geld für Miete verplempern«.

Über Obdachlose im Allgemeinen äußerte er sich sehr negativ, er bezeichnete sie als »Versager« und »Schmarotzer« und erzählte uns, unter ihnen gebe es eine fast so starre Hierarchie wie bei der BBC.

Bolt, ein großer haariger Mann um die Dreißig, sagte den ganzen Abend kein Wort. Ich schlug vor, Laura dazuzuholen. Das kam nicht gut an. Estelle schmeißt sich furchtbar an Plonker ran.

1. Juni, 11.45 Uhr

Estelle »mit Hamish und Plonker unterwegs«!! Jakob im Internet. Rueighry bei den Obdachlosen. Lucy zurück in Oxford. Bolt, Alec, Aphrodite, Baldwin, Oliver etc. im Schuppen. Edwin bei der Chinesischprüfung. Ich hier.

Bin fest entschlossen, mein Leben neu zu ordnen. Ein Anruf von einem Wandertheater mit Sitz in Bristol. Sie haben ganz offensichtlich mit Snozzer gesprochen. Sie bieten mir die Rolle des Macbeth an, die Vorstellungen beginnen nächsten Dienstag. Ich dankte für das Angebot und sagte, ich sei leider bei Aufnahmen im Studio. Beim Abschied sagten sie, sie seien große Fans von mir, mein letzter Fernsehauftritt hätte ihnen sehr gefallen.

Ich war noch nie im Fernsehen, es sei denn, man zählt meinen kurzen Auftritt bei *Holiday '76* dazu, wo ich über meine Erfahrungen im Kibbuz geredet habe. Snozzer ist offensichtlich entschlossen, mich prominenter darzustellen, als ich bin. Ich hoffe, das wirkt sich nicht negativ auf seine Arbeit für die Schule aus.

Jakob spricht mit Laura! Ich fand eine E-Mail von ihr an ihn und öffnete sie natürlich. Darin stand: »Lieber Jakob, ich fand deinen letzten Brief erstaunlich vernünftig.« Nicht gerade das, was man Leidenschaft nennt, aber immerhin ein erster Schritt. Er wirkt ein bisschen fröhlicher und arbeitet wie immer extrem hart und sehr organisiert.

Anscheinend will Lucy ihr Studium in Oxford aufgeben und zusammen mit Ruairughy für die Obdachlosen arbeiten. Als ich zu ihm sagte, damit werde das Talent einer hervorragenden Physikerin vergeudet, sagte er: »Wie kommst du darauf, dass sie eine hervorragende Physikerin ist?« Blätterte in meinem Tagebuch. Bin mir nicht sicher, wie ich darauf komme.

15 Uhr

Mit der zweiten Post ist ein Brief für Wesley Jones gekommen. Er war ursprünglich an die Carslake Road 13 in Wimbledon adressiert und wurde mit der Aufschrift »EMPFÄNGER UNBEKANNT VERZOGEN« versehen.

Lieber Wesley,
ich schicke diesen Brief nicht an die Mafeking Road 52, da Sie uns mitgeteilt haben, dass Sie umgezogen sind. Nach alldem,

was laut Ihren Erzählungen in diesem Haus vorgefallen ist, ist das sicher eine weise Entscheidung. Ich lege einen Scheck bei, wie von Ihnen gewünscht auf die *Rudeboy Productions* ausgestellt. Es tut mir leid, dass es nicht mehr ist.
Bitte bleiben Sie in Kontakt. Was mit Ihrem Onkel passiert ist, tut uns leid. Man kann sich nicht aussuchen, wie man stirbt, aber das klang wirklich sehr schmerzhaft und unangenehm.

Alles Gute
Jim (Baeldi)

19.30 Uhr

Bolt ist verschwunden. Mit ihm verschwunden sind zwei CD-Spieler, vierzig Pfund in bar und meine sämtlichen Klavierkonzerte von Mozart (Brendel unter Sir Neville Marriner). Ich bin sehr, sehr wütend. Ich sagte zu Rugighry, den mein Kummer völlig kaltließ: »Ich kann mir gar nicht vorstellen, dass jemand wie Bolt Mozart mag!« Ruairghy sagte: »Was weißt du schon über Leute wie Bolt? Du gehst doch nur hin und wieder zur BBC und wirst dafür bezahlt, einen Arzt zu spielen. Tatsächlich mag Bolt sehr gern Musik. Er war auf der Royal Academy und hat früher Tuba gespielt.« Ich antwortete, das gebe ihm noch lange nicht das Recht, sich meine Mozart-Klavierkonzerte unter den Nagel zu reißen. Reighery meinte, ich hätte großes Glück gehabt, dass er nicht William Byrds »Ave Verum Corpus« gefunden habe, da Bolt »englische Kirchenmusik besonders mag«. Ich schrie ihn an und ging aus dem Zimmer.

Wo wird er leben, wenn er und Lucy zusammenziehen und/oder heiraten? Wo werden sie alle leben? Viel mehr verkrafte ich nicht. Oliver hat sich auf dem Rasen erbrochen. Estelle ist wie immer nicht da. Sie hat Plonker zu Hamish mitgenommen. »Arbeitserfahrung«. So nennt sie das also.

3. Juni, 10 Uhr, blauerer Himmel denn je, überhaupt kein Wind, keine Wolken. Spatz ist wieder aufgetaucht. Wirkt fröhlich

Estelle »hilft Plonker«. Jakob im Internet. Ruieghey mit Lucy bei »Schlafsack«, einer Organisation für Obdachlose. Alec, Baldwin, Oliver, Aphrodite etc. im Schuppen. Ist Laura auch dort? Edwin in der Schule. Ich im Arbeitszimmer.

Immer noch kein Wort über meinen Geburtstag. Auf dem Weg zur Schule fragte ich Edwin, was Estelle mir schenken würde. Er sagte, er wisse es nicht. Ich erzählte ihm von meinem Plan, mich gegen Karl/Shirley, Ramp und so weiter zu wehren. Edwin sagte: »Sehr gut! Du bist in die Offensive gegangen! Genau wie Oasis! Hast du gewusst, dass ihr zweites Album furchtbare Kritiken bekam?« Ich sagte, das überrasche mich nicht. Edwin sagte: »Was ich damit sagen will, ist, dass sie sich davon nicht haben unterkriegen lassen!«

Da ist was Wahres dran. Ich werde ungebeten bei dieser »kreativen Auszeit«, bei der es um meine Zukunft geht, aufkreuzen. Nutze den Tag, Slippery!

11 Uhr

Rief Wainwright an. Anscheinend werden die drei auf einem Boot bei Boulter's Lock in der Nähe von Henley unterwegs sein, und zwar heute Nachmittag! Ich werde sie stellen!

11.15 Uhr

Bereite mich auf das Zusammentreffen vor. Ging zum Schuppen und brüllte Alec, Baldwin, Aphrodite etc. an. Sie wirkten von meiner Vorstellung durchaus beeindruckt. Dummerweise war auch Laura dabei. Bot an, sie nach Hause zu fahren. Sie nahm an.

12 Uhr mittags

Vor dem Haus der Proeks, auf dem Weg nach Boulter's Lock. Setzte Laura ab, die heute eine tief ausgeschnittene Strickjacke trug. Unterwegs im Auto sagte sie, sie wisse, dass sie und Jakob zusammengehören, sie werde »arbeiten und arbeiten und arbeiten, bis es wieder zwischen uns stimmt«. Auf dem Weg zum Haus drehte sie sich noch einmal um, hob den Daumen und rief: »Chessington-Wildpark!« Sie ist ein Klassemädchen. Wenn ich zwanzig Jahre jünger wäre ... Wenn ich doch nur genauso entschlossen wäre wie sie, meine eigene Beziehung wieder in Ordnung zu bringen!

Da wäre natürlich noch der Liebestrank – der immer noch ungenutzt weit hinten in einer Schreibtischschublade versteckt liegt. Wenn Bolt den nicht auch mitgenommen hat.

14 Uhr

Schreibe im Unterholz neben der Themse. Fühle mich wie ein Spion auf einer gefährlichen Mission. Sehr aufregend.

Ich entdeckte das BBC-Ausflugsboot fast sofort. Ein Luxuskahn mit Besatzung in weißen Anzügen – ein Schiff mit einem gigantischen Achterdeck, auf dem ich durch das Gras hindurch Howard Porda, Shirley und Ramp sehen kann. Ihnen werden eisgekühlte Long Drinks serviert. Vorn auf dem Schiff ist ein Mann mit Matrosenmütze zu sehen. Vielleicht gehört er zur Marineabteilung der BBC. Ich gehe jetzt näher ran. Wenn mir etwas zustoßen sollte und dieses Tagebuch gefunden wird, soll man bitte Estelle Slippery ausrichten, dass ich sie liebe.

Sitze jetzt in einem anderen Gebüsch. Ein erstaunlicher Nachmittag!

Ich schlich mich durchs Unterholz, bis ich nahe genug beim Schiff war, um die drei zu belauschen. Sie waren allein. »Shirley« (in einem grünen Hosenanzug und grünen Slippern) hatte das Gespräch an sich gezogen. »Ich will damit nur sagen«, sagte sie, »dass ich Pennebaker tot sehen will. Ich will, dass *General Practice* künftig um zehn gesendet wird. Sonst wende ich mich an die Presse. Ich habe nichts zu verbergen. Ich habe alles für dich getan, Howard ...« Porda sagte: »Hört zu! Ich weiß, dass du und Ashley Paul Slippery nicht ausstehen könnt ...« An der Stelle rieb sich Ramp die Hände. »Ich verachte ihn«, sagte er, »ich verabscheue ihn! Und diese ›Figur‹, die er spielt!«

Ich habe dieses Jahr vieles geschluckt. Aber irgendwie war es jetzt Zeit, mich zu wehren. Ich sprang auf. Ramp und Shirley wirbelten herum, um zu sehen, woher das Geräusch kam. Ich glaube, sie waren ziemlich überrascht, als sie mich sahen. Ich hatte Gras und Zweige im Haar, und in meinem Gesicht klebte ein großer Klumpen Erde des fruchtbaren Themsetals.

»Was wisst ihr BBC-Manager denn? Wart ihr je in einem Studio und habt eure gesamte Lebenserfahrung eingebracht, um ein unlesbares Manuskript zum Leben zu erwecken? Habt ihr je etwas geleistet? Außer die Lorbeeren für eine Sendung über Nacktschnecken einzuheimsen, die ihr nie gemacht habt?« Ramp sprang auf. Er wühlte in seinen Taschen und zog aus keinem ersichtlichen Grund ein Handy hervor. »Ich glaube an Esmond Pennebaker!«, sagte ich. »Ich bin zufällig der Meinung, dass er eine wunderbare Figur ist. Der einzige Grund, warum ihr auf ihn herabschaut, ist der, dass er ein ganz normaler Engländer ist.« Ramp starrte auf sein Handy, als ob es eine Art mobiles Orakel wäre. »Was unterscheidet denn einen Esmond Pennebaker«, fuhr ich fort, »von einer Anna Karenina?

Nicht viel. Sie ist eine russische Frau, er ein englischer Mann. Die eine hat eine Affäre mit einem Grafen namens Wronskij, der andere mit …« Karl zuckte nervös – sein Mund stand offen wie bei einem Fisch, »… mit … einer Sekretärin, an deren Namen ich mich im Moment nicht erinnern kann. Der eine ist medizinisch qualifiziert, die andere nicht. Die eine schildert in aller Ausführlichkeit ihre Gefühle, der andere ist manchmal übertrieben reserviert. Aber beide wissen, was es heißt, verzweifelt zu sein!«

Ich sah zu Howard Porda und für einen Moment trafen sich unsere Blicke. Ich glaube, er verstand, worauf ich hinauswollte. Aus irgendeinem Grund hatte ich das Gefühl, dass er mir zuhörte. Ramp schaute nicht mehr auf sein Handy. Er sah mich an, als ob ich eine Erscheinung wäre, ein Heiliger, der vom Himmel herabgestiegen wäre, um ihn zu Höherem zu berufen. »Wenn wir Esmond das Recht verweigern, er selbst zu sein«, fuhr ich fort, wobei meine Stimme einen Ton schriller wurde, »wenn wir ihn bloß als ›eine Figur unter vielen‹ betrachten, tun wir der Menschheit Gewalt an, wir zerreißen das Band, das uns alle eint und besagt: ›Wir sind alle Menschen!‹ Oder im Fall von Anna Karenina Frauen. Esmond Pennebaker hat wie ihr, wie ich und wie der Kerl, der aus dem Fenster auf den Kopf fiel und jetzt weder sprechen noch sich bewegen, sondern nur noch mit den Ohren wackeln kann, das Recht auf Leben!« Mittlerweile starrten mich alle drei mit offenem Mund an. Aber ich wusste, dass ich sie erreicht hatte. Wie bei meinem Macbeth, 1973 in Taunton, hatte ich sie zum Zuhören gezwungen. Ich senkte ganz leicht die Stimme und ließ mein Basstimbre (das ein Journalist vom *Guardian* einmal als »sonor und sonderbar« beschrieben hatte) durchschimmern: »Vielleicht ist es kein besonders großartiges Leben. Ashbourne Hill, wo *General Practice* spielt, ist vielleicht nicht Moskau oder Sankt Petersburg und noch nicht einmal Los Angeles oder Neapel – obwohl es sehr viel mit diesen Städten gemein hat – aber es spricht die Menschen an. Es ist überall und nirgends. Es liegt im tiefen Süden und hohen Norden. Es ist eine Art Vorort der Welt, und Esmond Pennebaker ist sein Held. Und er spricht alle Menschen an – auf der ganzen Welt!«

Es folgte ein langes Schweigen. Dann sagte Howard: »Was machen Sie hier?« Anstatt zu antworten, wandte ich mich an Karl: »Wenn Sie versuchen, die beiden zu erpressen, damit sie mich sterben lassen, werde ich der Presse sagen, dass Sie dahinterstecken! Das ist eine Warnung!« Da nun zwei oder drei Lakaien neben dem Schiff auftauchten und ich wahrscheinlich ohnehin keine bessere Schlusszeile mehr finden würde, ließ ich mich wieder auf die Knie fallen und verschwand wieder im Unterholz.

23.30 Uhr

Vor dem Haus der Wicketts parkt ein großer Möbelwagen. Und – das fällt mir erst jetzt auf – auch am Haus der Porkers steht ein Schild mit der Aufschrift »zu verkaufen«. Warum ist mir das nicht vorher aufgefallen? Und warum ist mir nicht aufgefallen, dass auf dem Schild der Wicketts gar nicht mehr »zu verkaufen«, sondern »Verkauft« steht? Liegt das daran, dass ich mich, wie Estelle zu ihrem Liebhaber sagte, »die meiste Zeit anstelle wie ein Idiot«? Auf jeden Fall ziehen die Porkers und die Wicketts aus.

Ich nehme an, dass auch Rueighry, Jakob und Edwin bald ausziehen. Dann sind nur noch ich und Estelle da. Ich sollte besser unsere Beziehung in Ordnung bringen, bevor wir uns allein am Küchentisch gegenübersitzen.

Was wird Karl als Nächstes unternehmen? Warum hasst mich Ashley Ramp so sehr? Und was genau verbindet eigentlich mich und Howard Porda? Aus irgendeinem Grund scheint da mehr zu sein als reiner Eigennutz.

7. Juni, 10.30 Uhr, regnerisch, aber mild. Spatz im Garten, hat den Kopf unter den Flügel gesteckt. Keine Spur von seiner Partnerin

Von meiner auch nicht. Estelle, Jakob, Ruaieghrery, Edwin, Lucy, Laura, Lulu, Snozzer, Alec, Oliver, Baldwin, Aphrodite etc. alle »mit Hamish im Lieferwagen unterwegs nach Portsmouth«. Ich hier.

In siebzehn Tagen werde ich fünfzig. Außerdem bin ich dann seit fünfundzwanzig Jahren verheiratet. Ich kann mich immer noch nicht daran erinnern, wann wir das letzte Mal Sex hatten.

Ich habe in meinem Tagebuch geblättert und festgestellt, dass ich Anfang des Jahres ziemlich sicher war, ich hätte in nicht allzu ferner Vergangenheit Sex gehabt. Bei nüchterner Betrachtung glaube ich nun, dass es sich dabei um eine typisch männliche Prahlerei handelte, um die Annahme, dass ein Mann von fast fünfzig Jahren und mit drei Kindern irgendetwas in der Art getan haben muss. Ich habe ein Auto. Ich habe ein Haus. Ich habe eine Frau. Ich habe einen Garten. Ich habe eine Frau. Irgendwann muss ich mit ihr geschlafen haben! Es gibt jedoch keine unwiderlegbaren Beweise, dass ich mit Estelle dieses Jahr oder sonst irgendwann Sex hatte. Wenn man genauer darüber nachdenkt, habe ich auch keine Beweise, dass Rueighry, Jakob und Edwin meine Söhne sind.

Habe ich deshalb Probleme, Reihyreirys Namen richtig zu schreiben? Hat Jakob deshalb schwarzes Haar?

Ich habe klare Bilder vor Augen, wie ich ein paar richtig heiße Sachen mache. Und soweit ich erkennen kann, ist Estelle ziemlich oft mit von der Partie. Aber das könnten auch Hirngespinste sein. Es sind auch richtig wagemutige Sachen dabei – Sex im Garten hinterm Haus zum Beispiel, dabei las ich neulich zufällig, dass laut einer Umfrage nur ein Prozent der Bevölkerung Sex im Garten hat –, diese Szenen haben sich wahrscheinlich nur in meiner Fantasie abgespielt.

Vielleicht hat sie mir einen Chip ins Gehirn gesetzt. Vielleicht ist das wie bei *Die Frauen von Stepford,* vielleicht bin ich nur eine Art Roboter, der den Kredit abzahlt, sich um die Kinder kümmert und den Haushalt macht.

Ich könnte zum Psychiater gehen. Vielleicht habe ich gar nicht die Prynnsche Krankheit. Vielleicht ist das nur eine kranke Fantasie, ausgedacht von den Scharlatanen, die medizinische Nachschlagewerke zusammenstellen. Ich werde die Prynnsche Krankheit in meinem neuen *»Fühl dich wohl«-Gesundheitsratgeber für den Mann mit Familie* nachschlagen, den ich letzte Woche als Ergänzung zu meinen fünfzehn anderen Gesundheitsratgebern gekauft habe. Ich glaube, ich habe ihn gekauft, um dem *Gesamtwörterbuch der Krankheitssymptome* etwas entgegenzusetzen, einem düsteren und furchterregenden Werk, bei dem viele Einträge aus knappen, gnadenlosen Einzeilern bestehen, etwa: »SARKOM – zumeist tödlich« und »HERZSTILLSTAND – siehe TOD«. Nachdem ich den Eintrag über Hodenkrebs gelesen hatte, musste ich mich erst einmal hinlegen und ausruhen.

11.30 Uhr

Das ist sehr beunruhigend. Im *»Fühl dich wohl«-Gesundheitsratgeber für den Mann mit Familie* steht über die Prynnsche Krankheit:

> PRYNNSCHE KRANKHEIT
> Die Prynnsche Krankheit ist eine extrem seltene Erkrankung unbekannten Ursprungs, bei der sich der Patient nicht daran erinnern kann, wann er das letzte Mal Geschlechtsverkehr hatte. Die an der Prynnschen Krankheit leidenden Männer (bislang wurde die Krankheit nur bei Männern diagnostiziert) sind oft reizbar, angespannt und gelegentlich auch hys-

terisch und beklagen sich bei Freunden, Familienmitgliedern oder Medizinern, sie wüssten nicht mehr, wann sie »es das letzte Mal getan hätten«.

Ein geringes Selbstwertgefühl gilt als einer der auslösenden Faktoren. Beuler und Shawcross (1987) vertreten jedoch die Ansicht, es könnte auch am Kalziummangel liegen. Andere (Mathias und Grundeberg, 1989) sprechen von einer hormonellen Ursache und führen dazu die Konzentration von Melaporzomyn im Blut der Patienten der staatlichen psychiatrischen Klinik von Missouri an, die im Frühjahr 1990 ermittelt wurde.

Die Behandlung beinhaltet normalerweise heiße Bäder, Psychotherapie und die gedankliche Visualisierung des Geschlechtsakts. Wenn Sie jemanden kennen, bei dem Sie die Prynnsche Krankheit vermuten, bewegen Sie ihn dazu, so bald wie möglich einen Arzt aufzusuchen. Unabhängig davon, ob der Patient in letzter Zeit Sex hatte oder nicht – das Leiden verursacht so starke Persönlichkeitsstörungen, dass Sex immer unwahrscheinlicher wird – man muss ihm auf jeden Fall versichern, dass er Sex hatte, das ist lebenswichtig. Die Krankheit birgt zwar keine weiteren Komplikationen – Hubbingers Bericht über einen Patienten, der eine akute schizophrene Episode entwickelte, ist sehr wahrscheinlich ein untypischer Verlauf –, kann jedoch, wenn sie nicht behandelt wird, gravierende Folgen haben.

Siehe auch IMPOTENZ.

Ich habe die Krankheit in drei anderen medizinischen Handbüchern nachgeschlagen, in allen stehen ganz unterschiedliche Sachen. Die Behandlung reicht von Hydrotherapie bis zu einem Medikament, das Haarausfall verursacht, doch bei fast allen gehört eine intensive Psychotherapie dazu.

In einem waren sich die Handbücher allerdings einig: Fast alle Betroffenen zögern, zum Arzt zu gehen, weil sie, wie in einem Artikel steht, »nicht wahrhaben wollen, dass sie sich die Krankheit zugezogen haben«. Die Prynnsche Krankheit befällt Männer zwischen fünfundvierzig und sechzig (vermutlich haben sie es ab sechzig aufgegeben, sich an ihren letzten Sex zu erinnern) und ist vor allem »in den Vororten im Südosten Englands, besonders in der Nähe von Wäldern und Heidelandschaften« verbreitet. Drei weitere Gründe, warum die Krankheit wie für mich gemacht scheint.

Wann ich wohl gewalttätig werde?

12 Uhr mittags

Mehrere Anrufe auf dem Anrufbeantworter. Der erste war von meiner Mutter:

> MUTTER: Bist du das, Paul? Bist du da? Bist du überhaupt einmal da, Paul? *(Lange Pause. Malmende Geräusche im Hintergrund.)* Ich liege im Bett. Ich frühstücke gerade. *(Lange Pause.)* Bananen. *(Eigenartiges Lachen.)* Ich habe ein Furunkel. Heute Nachmittag kommt jemand und kümmert sich darum, aber deswegen rufe ich nicht an. *(Lange Pause. Klopfen im Hintergrund.)* Weshalb rufe ich an? *(Noch längere Pause, stärkeres Klopfen.)* Erinnerst du dich an den Mann, der immer Normans Auto repariert hat? Unter der Eisenbahnbrücke in Raynes Park? … ich glaube, es war dort. Er war Israeli, meine ich. Und er hat Normans Auto repariert. Du bist mit ihm und Norman irgendwo hingegangen, glaube ich. *(Lange Pause.)* Vielleicht war es auch kein Israeli. Vielleicht war er Jude. Er war mit der Frau verheiratet, bei der wir das Kaninchen gekauft haben. *(Extrem lange Pause.)* Egal, auf jeden Fall ist er tot.

Der zweite Anruf kam von der Mittdreißigerin:

Mittdreissigerin: Paul, bist du da? Nicht? Nein? *(Pause.)* Ich weiß nicht, ob du das von Steve gehört hast? Er hatte so eine Art Herzinfarkt! *(Pause. Man hört, wie sie an einer Zigarette zieht.)* Er liegt im Charing Cross Hospital, ich dachte, du würdest das sicher gern wissen. Es passierte, als wir gerade … du weißt schon … na ja … *(zieht wieder an der Zigarette.)* Wir hatten Sex und Steve … na ja, kippte irgendwie um. Es war gruslig. Seltsamerweise fühle ich mich irgendwie verantwortlich. Die Ärzte sagen, dass er sterben könnte. Ich war dort, aber wenn er mich sieht, dann stöhnt er nur und sagt »nein … nein … nein …« Vielleicht hält er mich für jemand anderen. Ruf mich an und komm und besuch Stevie, weil er jetzt ganz, ganz, ganz viel Liebe braucht. Tschauie.

Und viel, viel, viel weniger Sex! Diese Frau ist ein Alptraum. Wird sie all meine Freunde zu Tode bumsen? Gott sei Dank, dass ich ihr widerstanden habe. Ansonsten würde jetzt womöglich ich auf der Intensivstation liegen.

Der dritte Anruf war von Howard Porda. Er fasst sich, wie es sich für einen Mann in leitender Position gehört, kurz und knapp.

Porda: Du warst großartig, Paul. Mach dir keine Sorgen wegen Shirley. Ich kümmere mich um sie. Ramp ist das größere Problem. Ashley Ramp hasst dich wegen meiner Mutter. Paul, du solltest wissen, dass Stella Badyass meine Mutter ist. Alles wird gut. Du darfst nur nicht das Spence'sche Irregularitätsgesetz vergessen!

Was hat das zu bedeuten?

15 Uhr

Keine Nachricht von meiner Familie. Sie ignorieren mich. Ich habe keine Ahnung, was sie in Portsmouth machen. Vielleicht segeln sie alle zusammen weg und lassen mich allein zurück. Da Ruairghy mich gestern Abend erst wieder einen »alten Griesgram« nannte, könnte das gut sein. Lucy ist viel zu gut für ihn. Neulich hat sie *œufs en gelée* gemacht. Köstlich. Habe drei gegessen.

Die Porkers und Wicketts sind ausgezogen, ohne sich zu verabschieden. Das schmerzt mich. Wir standen uns nicht sonderlich nahe, aber immerhin habe ich sie die letzten fünfzehn Jahre ziemlich aufmerksam beobachtet. Ich weiß, wann sie ins Bett gehen, wohin sie abends ausgehen, was sie am Wochenende machen und so weiter. Ich weiß mehr über sie als über meine engsten Freunde. Ich könnte eine Abschlussprüfung über die gärtnerischen Gewohnheiten der beiden ablegen und würde mit Auszeichnung bestehen.

Nun gut. Nichts währt ewig. Morgen ist der gute alte Steve vielleicht nicht mehr. Werde ihn jetzt besuchen.

16.45 Uhr

In der Eingangshalle des Krankenhauses.

Ich habe selten einen Mann gesehen, der an so viele Schläuche angeschlossen ist. Steve war trotzdem ganz munter und sagte, der Kerl im Nachbarbett sei noch viel schlimmer dran. »Man rechnet nicht damit«, sagte der ehemalige Wirtschaftskorrespondent fröhlich, »dass er die Nacht überlebt!« Mein Freund lag nicht mehr auf der Intensivstation, sondern in einem normalen Zimmer, und die Mittdreißigerin saß neben seinem Bett und hielt seine Hand, als ich kam.

Ich fand, dass er müde aussah, daher sagte ich, ich würde bald wieder gehen. Er erhob nicht allzu viele Einwände. Aber als ich aufstand, merkte ich, dass er mir etwas zuflüstern wollte. Ich konnte die Worte nur schwer verstehen, sie klangen wie »Sie redet Klartext!« Verwirrt hielt ich mein Ohr ganz nah an seine Lippen und verstand schließlich, was er mit einem Augenrollen in Richtung der Mittdreißigerin sagte: »Sie steht auf Latex!«

Ich wusste nicht so recht, was ich damit anfangen sollte. Zuerst dachte ich, dass Steve mich damit beeindrucken wollte, aber jetzt glaube ich, dass es ein Hilfeschrei war.

Ich höre den Wagen. Estelle. Und wahrscheinlich auch die anderen.

22.45 Uhr

Nach dem Abendessen. Ich kochte ein Gericht namens Wabberkins Pie aus dem Buch *Im Herzen Englands.* Alle waren sich einig, dass es eines der ekelhaftesten Gerichte war, die sie je gegessen hatten. Ich habe offensichtlich ein gewisses Talent, wenn es um die Lieblingsspeisen nordafrikanischer Juden geht, aber keinerlei Begabung für die Küche meines Heimatlandes.

Dass Plonker zum Essen da war, hob auch nicht gerade die Stimmung. Er wird immer unerträglicher. Angestachelt von Estelle, die ihn mit Wein abfüllte, teilte er uns seine Ansichten zu Kunst, Politik und der Cranborne-Schule in Wimbledon mit. »Der Kanaltunnel«, verkündete er in selbstgefälligem Ton, »ist nicht sicher. Er sollte geschlossen werden! Dort dringt Wasser ein.« Er teilte uns die Ansichten seines Vaters zu Tony Blair, Richard Branson und der bald einsetzenden Dürre mit. Dann sang er. Estelle starrte ihn hingerissen an. Hin und wieder wandte sie sich zu uns und flüsterte: »Ist er nicht wunderbar?«

Lauras neue Technik bei Jakob besteht darin, einfach in seiner Nähe zu sitzen und den Blick nicht von seinem Gesicht zu wenden. Das könnte funktionieren. Wenn ich Jakob wäre, fände ich es beunruhigend. Allerdings hat der Junge Nerven wie Stahlseile.

8. Juni, 11 Uhr, der Sommer ist da, die Blätter am Baum im Garten haben die Größe von Suppentellern, blauer Himmel, kleine weiße Wattewolken. Spatz lungert aus irgendeinem Grund auf der Straße herum

Ruairghuy und Lucy bei »Schlafsack«. Jakob ebenfalls. Edwin bei der Französischprüfung. Oliver, Baldwin, Aphrodite, Laura etc. im Schuppen. Ich beim Schreiben im Garten. Estelle in Köln.

Vielleicht kauft sie aber auch nur Kölnisch Wasser. Der Kontakt zwischen uns ist mittlerweile so eingeschränkt, dass ich es fast aufgegeben habe, sie zu fragen, wohin sie geht, wenn sie das Haus verlässt. Ich habe immer noch nicht herausgefunden, was sie und die Jungs in Portsmouth gemacht haben. Die Arbeitslosigkeit tut Laura nicht gut. Sie verbringt viel zu viel Zeit im Schuppen mit Oliver, Baldwin etc. Möglicherweise hegt Aphrodite ihr gegenüber lesbische Gefühle. Ich schlug Laura vor, mich zur BBC zu begleiten, aber sie wirkte nicht begeistert. Sie trägt heute einen Wollpulli mit tiefem Ausschnitt. Jakob benimmt sich gegenüber Lucy immer schlimmer. Hat angeboten, »Schlafsack zu kaufen«. Ruaigheiughry sagte: »Das ist ein Wohlfahrtsunternehmen. Man kann ein Wohlfahrtsunternehmen nicht kaufen.« Jakob sagte: »Heutzutage kann man alles kaufen.« Ich fürchte, da ist was Wahres dran.

11.30 Uhr

Die Planung des Kostümabends beim Griechen schreitet weiter voran, ohne dass man mich informieren würde. Nachricht von Estelle auf dem Anrufbeantworter. Ich glaube, sie ist in Deutschland. Anscheinend hat sie Howard Porda, Stella Badyass, Shirley (sie besteht darauf, sie Shirley zu nennen) und Ashley Ramp gefragt, ob sie kommen wollen. Man stelle sich diese Leute mit den Proeks und den Rachnowskis vor! Sie sagte: »Ich glaube, das könnte deiner Karriere guttun.« Jetzt zur BBC, um es allen zu zeigen.

12.30 Uhr

In der Kantine. Es ist deutsche Woche und ich esse Knackwurst mit Kartoffelsalat. Dazu ein Löwenbräu. Der Mann hinter der Beilagentheke trägt Lederhosen und einen grünen Trachtenhut. Ich kenne niemanden, außer Wainwright, der weit weg in der Ecke sitzt. Ich glaube, er weint. Laura ist doch mitgekommen!

12.45 Uhr

Er weinte nicht. Es waren die Zwiebeln. Er hat heute Jubiläum, vor dreißig Jahren hat er seinen Arbeitsvertrag bei der BBC unterzeichnet. Außerdem hat er mir gesagt, was die Spence'sche Irregularität ist. Anscheinend ist Spence ein Managementguru, der folgendes Gesetz formuliert hat: »In einer Phase der Umstrukturierung werden diejenigen, die die Umstrukturierung initiierten, immer auch selbst umstrukturiert, bevor die Auswirkungen der Umstrukturierung zum Tragen kommen.« Ich glaube, das heißt, dass noch mehr Leute entlassen werden. Hoffentlich sind es die richtigen, also meine Feinde. Jetzt zu einer Leseprobe mit Laura! Wainwright starrt ziemlich offensiv auf ihren Pullover. Ihr gefällt es hier richtig gut!

13.55 Uhr

Zwei große Packen mit Drehbuchentwürfen. Einer von Christine. Ihr Nervenzusammenbruch, Alkoholismus und so weiter wirken sich immer mehr auf ihre Drehbücher aus. Das ist gut, denn dadurch kann ich ihre Entwürfe komplett umschreiben. Gerade machte ich aus der Zeile »Oh, mein Rücken schmerzt seit dem Unfall furchtbar!« einfach: »Ich fühle mich in letzter Zeit so frisch und jung! Es ist erstaunlich!« Niemand hat es bemerkt. Christine hat sich offenbar gegen meine Frau entschieden und ihr nur eine einzige Zeile gegeben, sie lautet: »Herrjeh!«

Ganz schön schwer zu sprechen, wenn man davor die ganze Zeit nichts gesagt hat. Karl oder vielmehr Shirley ist beim Friseur. Leo und Witchett sind gekommen, wir haben jetzt eine Kreativsitzung!

15 Uhr

Ihr neues Drehbuch ist richtig aufregend. Zum ersten Mal bin ich einfach nur neugierig, ob ich leben oder sterben werde. Bislang vertrat ich eher die Haltung »Ich bin noch längst nicht an der Reihe!«, aber jetzt blättere ich gespannt um, weil ich nicht nur wissen will, wie nahe Esmond dem Grab ist, sondern bei seinen Abenteuern mitfiebern will. Wird er überleben?, frage ich mich, und erkenne erst dann, dass ich die Person bin, um die es geht, und dass ich, wenn er es nicht schafft, wahrscheinlich nie wieder arbeiten werde.

Pamela, meine Radiogemahlin, hat zwei Killer namens Wallace und Randall angeheuert. Es sind Drogenabhängige aus Glasgow, die nicht gerade die hellsten sind. Sie sprechen mit einem fast unverständlichen Akzent.

Wallace: Denn tun wir den Kerl wat inne Birne ballern, Randall?
Randall: Schaapschiet, Wallae. Wir könn' den doch nich wat inne Birne ballern, wenn der Lodderbast selbst 'ne Püster hat.
Wallace: Wat denn Püster! Der is' doch man blots 'n Arzt!

Und so weiter. Witchett und Leo haben mir versichert, dass man die Dialoge, von den richtigen Schauspielern gesprochen, hervorragend verstehen würde. Am Ende der Folge, die ich gerade lese, bin ich in einer Garage eingesperrt. Wallace und Randall tauchen meinen Kopf in einen Wasserbottich und erzählen mir, was sie alles Furchtbares mit mir anstellen werden. Die Situation wirkt ziemlich aussichtslos, aber nach einigem Hin und Her erklärten sich Witchett und Leo bereit, dass ich in der nächsten Folge einen der beiden Schotten mit einer Spritze ins Bein steche und sie nach einer aufregenden Verfolgungsjagd über die Dächer vorübergehend abschütteln kann.

Ich fühle mich durch die Geschichte zwanzig Jahre jünger. Die Tatsache, dass ich inzwischen eine Treppe nur noch schwer atmend bewältige, macht Textzeilen wie »Nicht springen, Pennebaker! Da geht's sechs Meter tief runter«, gefolgt von der Regieanweisung: *»Sprunggeräusch. Pennebaker atmet schwer«* gleich noch viel aufregender.

Laura war von meiner Vorstellung sehr beeindruckt, ebenso von meinem entschiedenen Auftreten gegenüber Leo und Witchett. Manchmal denke ich, sie verschwendet sich an Jakob. Wahrscheinlich denkt er das auch!

17 Uhr

Ich schreibe in einem Kellerraum des neuen Studiotrakts. Früher war dies hier ein mysteriöses Labyrinth von mit Teppich ausgelegten Korridoren, die ins Nichts führten, mit schweren, immer verschlossenen Türen, in dem eine bedrückende Stille herrschte. Heute fühlt man sich an den Empfangsbereich einer nicht sonderlich erfolgreichen Werbeagentur erinnert – Topfpflanzen, Jalousien, niedrige Tischchen mit sinnlosen Magazinen etc. Ich bin der Meinung, dass Institutionen wie die BBC sich in erster Linie durch ihre Beständigkeit auszeichnen. Deswegen deprimieren mich alle diese Versuche, die BBC ohne Rücksicht auf ihre große Vergangenheit zu modernisieren. Heute ist von der alten Amateurhaftigkeit, die ich immer so mochte, nichts mehr zu spüren. Aber – die Dinge ändern sich, Slippery!

Habe gerade Shirley gesehen und ihr ein Kompliment zu ihrer Frisur gemacht, das gut ankam. Sie sprach nicht über meinen Tod, was sehr ermutigend war. Hat mein Auftritt am Flussufer etwa funktioniert? Oder wirken sich die neuesten Veränderungen, die Porda andeutete, womöglich gegen sie aus?

Ich sagte: »Ich freue mich auf den griechischen Kostümabend! Was werden Sie anziehen?« Meine Frage stieß auf große Begeisterung. Er/Sie hat sich definitiv verändert. Sie wirkt mehr wie eine Frau. Vielleicht hat sie sich operieren lassen. Das könnte ihre neue tolerante Einstellung gegenüber ihren Mitarbeitern erklären.

Als ich Laura wieder traf, stand sie allein und schluchzend in einer Ecke. Ich legte den Arm um sie. Sie sagte: »Das ist so unfair, Paul! Ich liebe ihn so!« Ich sagte: »Er wird zur Besinnung kommen, Liebes! Er wäre wirklich dumm, wenn er nicht irgendwann merken würde, was für ein tolles Mädchen du bist. Vielleicht sollte ich seinen Kopf gegen die Wand schlagen, bis er es merkt, was meinst du?« Sie hörte auf zu weinen und lächelte schließlich. Sie ist so ein süßes Ding. Sie weckt meinen Beschützerinstinkt. Als wir nach oben ins Studio gingen, fragte ich sie: »Wer ist der alte Perversling, der dich belästigt, Laura, wenn wir schon dabei sind? Seinen Kopf schlage ich auch gegen die Wand!« Sie lächelte wieder und sagte: »Das war nur ein Scherz, Mr. Slippery. Nichts Ernstes!« Dann hob sie den Kopf und küsste mich ganz leicht auf die Wange. Nicht unangenehm!

Liebe ist so verwirrend. Warum führt sie über so viele dunkle und verschlungene Wege, wenn vor uns die ganze Zeit eine breite, gut ausgeleuchtete Straße zum romantischen Glück liegt?

17.15 Uhr

Habe gerade den letzten Satz noch einmal gelesen. Ich glaube, ich habe definitiv das Zeug zum Romancier. Jetzt muss ich nach Hause und nachschauen, welche Möbel fehlen, ob Baldwin einen Nachbarn erdrosselt hat, Estelle Plonker betatscht und so weiter.

18 Uhr

Habe mir gerade die Vorabendwiederholung von *General Practice* angehört. Ich bin richtig gerührt.

Ashbourne Hill, wo *General Practice* spielt, hat sich in den letzten fünfundzwanzig Jahren kaum verändert. Ursprünglich war es ein kleiner Marktflecken »irgendwo in England«. Ich glaube, in den ersten Sendungen stellten wir uns vor, dass der Ort in Südwestengland liegt. Es gab eine rustikale Figur, einen alten Mann, der »Eee!« und »Aaar!« sagte und mit seinem Hexenschuss regelmäßig in die Praxis kam. Ich glaube, wir hatten sogar den üblichen Bauern mit Gicht.

Niemand hätte damals gedacht, dass Ashbourne Hill in der Lage ist, sich fortzubewegen, dass es über Landstraßen zieht und die Kriechspur auf Autobahnen nimmt, wenn niemand hinsieht, um dann plötzlich fünfzig Kilometer weiter nördlich, südlich, östlich oder westlich zu liegen. Aber genau das geschah im Laufe der Jahre. Anfang der siebziger Jahre – als wir Elspeth, die trotzkistische Krankenschwester einführten – deutete der Ton der Dialoge immer mehr auf eine Innenstadtlage hin. In welcher Stadt wurde jedoch nie klar. Manche dachten, es sei Birmingham. Bei den Patienten war ganz leicht der nasale Klang der Midlands zu hören. Andere waren überzeugt, es müsse London sein. Wo sonst würde man so viele Leute aus der Karibik finden?

Mitte und Ende der achtziger Jahre zweifelte niemand daran, dass Ashbourne Hill irgendwo im Süden liegen musste. Zahlreiche Dialekte waren zu hören, allerdings überwiegend beim Praxispersonal. Die Einheimischen sprachen Oxford-Englisch. Viele klangen sehr aristokratisch. Unsere Sprechstundenhilfe Camilla hatte den Beinamen »Yah!«, weil man nie etwas anderes von ihr hörte.

Und dann redeten auf einmal alle mit Cockney-Akzent. Sogar ich redete eine Zeit lang so. Unser Buchhalter Gub, der 1989 zu uns stieß, klang wie ein Komparse in einem Dickens-Musical. Pilfrey spricht zuweilen noch vom »BBC 'ome Service« – was auf diese Zeit zurückgeht.

Und heute? Oh, heute sind wir überall und nirgends. Ashbourne Hill wandert nicht mehr, weil der Ort, so könnte man meinen, erkannt hat, dass es, egal, wo man hinkommt, überall gleich aussieht. Ashbourne Hill ist heute, wie England auch, nicht mehr richtig englisch. Es gibt Situationen, die mich stark an Düsseldorf erinnern, in anderen Momenten hat der Ort leicht chinesische Anklänge. Die Einkaufszentren könnten auch in Südkalifornien liegen, aber wenn Anfang März der Wind durch den Ort fegt, könnte man meinen, man sei in Manitoba. Ashbourne Hill ist Teil des riesigen Vororts, zu dem die Welt geworden ist. Vielleicht kann ich deswegen nicht mehr richtig zwischen Ashbourne Hill und dem Vorort unterschieden, in dem ich lebe.

Wahrscheinlich kann ich deswegen auch so schlecht trennen zwischen meinen Gefühlen für die Serie und den Dingen, die mich wirklich umgeben, jetzt, in diesem Moment, wo ich dies schreibe: die Mafeking Road mit ihren gedrungenen roten Dächern, die warm in der Frühlingssonne leuchten, die Forsythie bei Wicketts und der Flieder bei Porkers, die Autos, die ruhig darauf warten, dass ihre Besitzer zurückkommen, und die Kinderstimmen in der Ferne, wenn sich ein weiterer Tag dem Ende zuneigt.

20 Uhr

Ich bin in der Küche und koche *foules mesdames,* ein libanesisches Gericht, für das ich ein halbes Kilo Hühnerleber brate. Bislang ein guter Abend. Bin sehr entschlossen aufgetreten.

Als ich heimkam, saßen Jakob und Mr. Scarotto bei einer geschäftlichen Besprechung im Wohnzimmer. Draußen auf dem Gehweg standen acht Kühlschränke, misstrauisch bewacht von einem großen, dunkelhäutigen Mann in einem rostigen Lieferwagen, der aber keine Anstalten machte, sie wegzutragen. Ich ging entschlossen ins Haus und schüttelte Scarotto fest die Hand, noch bevor er mich in die Wange kneifen, mich küssen oder mir durch die Haare zausen konnte. »Schön Sie zu sehen, Scarotto!«, sagte ich. »Ich hoffe, die Kühlschränke stehen nicht den ganzen Abend draußen herum!«

Dann machte ich kehrt und schritt entschlossen aus dem Raum.

20.45 Uhr

Estelle rief aus Köln an. Sie war mir gegenüber sehr geschäftsmäßig. Die Neuigkeit über Porda/Badyass hat sie nicht überrascht. Nachdem wir ein paar Takte geredet hatten, wollte sie mit Jakob sprechen. Viel Gekicher und geheimnisvolles Flüstern. Ich lauschte hinter der Tür. Alle im Haus haben sich gegen mich verschworen. Aber ich bin entschlossen, stark zu sein! Ich hörte Jakob sagen: »Hamish ist so cool! Paul hat nicht den leisesten Verdacht!«

Vielleicht übernimmt jetzt Hamish bei Jakob die Vaterrolle. Allerdings bin ich mir, das muss ich zugeben, nicht mehr ganz sicher, wie diese Rolle aussieht. Definitiv geht es nicht mehr darum, ihm hartgekochte Eier und Bohnen zu kochen (Jakobs Hauptnahrungsmittel in seinen ersten neun Lebensjahren).

12 Uhr Mitternacht

Mir fehlen Porker und Wickett. Sie wussten, wie ich mich fühlte. Sie waren Männer mittleren Alters und in gewisser Weise in noch schlimmerer Verfassung als ich. Ich gehe gerade das neue Drehbuch von Christine durch und streiche jeden Hinweis auf Krankheit und Verzweiflung. Jetzt hat es nur noch drei Seiten.

Eine wirklich traurige und rührende Nachricht von Laura für Jakob auf dem Anrufbeantworter. Ich bot an, sie ihm vorzuspielen, aber er sagte: »Ich fürchte, ich weiß, was sie sagt.« Er ist so eine merkwürdige Mischung aus hart und weich! Unglaublich praktisch veranlagt. Ich glaube, das ist der Schlüssel zu ihm. Alle außer Edwin schlafen. Edwin ist oben und spielt den G-Moll-Akkord – ganz, ganz leise. Ich glaube, er singt dazu »Lulu«.

0.30 Uhr

Im Arbeitszimmer mit Edwin. Es war ein A-7-Akkord. Ich schaffte es, das Thema Lulu anzuschneiden, indem ich leichthin und beiläufig sagte, als ob daran nichts Bedeutsames oder Beunruhigendes wäre: »Ich habe mal diesen ... äh ... Liebestrank ausprobiert! Verrückt, was?« Edwin wirkte beunruhigt. In seinen Augen stand mit einem Mal ein fast kindliches Erschrecken.

»Ich hatte einen Freund in der Schule«, sagte er, »einen ziemlichen Trottel, etwa in meinem Alter. Sehr unreif und dumm. Er hieß ... Hornbeam. Und er hat auch mal diesen ... Liebestrank bestellt!« Warum hat er das gemacht?«, fragte ich. »Er wollte ihn bei seiner Freundin ausprobieren«, sagte Edwin. »Mein Gott, und hat er es getan?« »Allerdings«, sagte Edwin, »er hat ihr sogar ziemlich viel davon gegeben!« »Hat es funktioniert?«, fragte ich eifrig. »Haben sie ... du weißt schon ...?« »Haben sie was?«, fragte Edwin steif. »Miteinander geschlafen?«, sagte ich. »Keine Ahnung«, sagte Edwin. »Über so etwas haben Hornbeam und ich nie gesprochen.«

Zunächst schien er nicht bereit, weiterzuerzählen, aber nach einer Weile fuhr er fort.

»Tatsächlich hat der Liebestrank mehr Probleme gemacht als gelöst. Weißt du, nachdem er ihr den Liebestrank gegeben hatte, wusste er nicht, ob sie ihn wirklich mochte oder nur auf den Liebestrank reagierte!« »Ich weiß, was du meinst!«, sagte ich. »Er wünschte, er hätte nie von dem Liebestrank gehört!«, sagte Edwin. »Er wünschte, er hätte ihn nie ... in Wolverhampton oder wo auch immer bestellt ... Ich weiß es nicht mehr so genau ... Irgendwie stellte er ... seine Beziehung infrage, verstehst du? Er fragte sich, ob es Liebe war oder nur der Liebestrank. Und er konnte die Frage nicht beantworten. Er steckte damals mitten in den Prüfungen, und das hat ihm schwer zu schaffen gemacht!«

Er schwieg. Ich sagte: »Da wir gerade von Prüfungen reden – wie läuft es bei dir? Wie war Chinesisch?« Edwin sah mich seltsam an. »Ich habe kein Chinesisch!« »Das dachte ich doch«, sagte ich, »deswegen war ich auch so überrascht, als du sagtest, du hättest Chinesischprüfung!« »Hatte ich Chinesisch?«, fragte Edwin und klang beunruhigt. »Ich dachte, das hättest du gesagt!«, sagte ich. Er schüttelte bedrückt den Kopf. »Kann sein«, sagte er mit einem Schaudern. »Ich habe so viele verdammte Prüfungen geschrieben, da könnte auch Chinesisch dabei gewesen sein. Oder Walisisch, was weiß denn ich.«

Wir schwiegen – und schauten auf die leerstehenden Häuser unserer Nachbarn gegenüber.

»Was ist Liebe?«, fragte Edwin schließlich. »Was bedeutet wahre Liebe? Wie findet man sie? Weißt du, Hornbeam ... ließ die Frage keine Ruhe ... sie quälte ihn total!« Ich nickte langsam. »Das tut mir wirklich leid«, sagte ich. »Aber ich glaube nicht, dass man Hornbeam einen Vorwurf machen sollte, dass er ihr den Liebestrank gab. Das ist doch ganz natürlich. Es ist normal. Ich meine, ich kann mir vorstellen, dass ich selbst unter bestimmten Bedingungen so etwas tun würde!« Edwin sah mich mit großen Augen an. »Wirklich?«, fragte er. »Klar!«, sagte ich. »Du musst deinen Gefühlen vertrauen!«, sagte ich und dachte, während ich diese weisen Worte von mir gab, wie leicht es doch ist, über die Probleme anderer Leute klug daherzureden.

»Wie dem auch sei«, sagte Edwin und starrte auf den Boden, »er hat an diesen Laden in Wolverhampton ... oder ... Birmingham oder wo auch immer ... geschrieben und ein Gegenmittel bestellt!« »Wie meinst du das?«, fragte ich. »Ich meine«, sagte Edwin, »dass er so eine Flüssigkeit hat, die die Wirkung des Liebestranks aufhebt. Damit er weiß, wenn er dem Mädchen das Zeug gibt, ob sie ihn um seiner selbst willen liebt oder nur ... du weißt schon ... auf den Liebestrank reagiert!« »Mein Gott!«, sagte ich. »Und hat er ihn verwendet?«

»Er hatte nicht den Mumm dazu«, sagte Edwin langsam und geknickt. »Weil er das Mädchen echt mag und sie ihn anscheinend auch. Und er hatte Angst, dass sie ihm den Laufpass gibt, wenn sie das Gegenmittel getrunken hat. Also muss er jetzt mit dieser ungeheuren Schuld leben!« »Ich wette«, sagte ich, »wenn er ihr das Gegenmittel geben würde, wäre sie immer noch in ihn verliebt!« »Meinst du?«, fragte Edwin. »Unbedingt!«, sagte ich.

Ich beugte mich vor und fasste ihn am Arm. Ich war erstaunt, wie stark und groß Edwin geworden war. Ein richtiger junger Mann. Und doch würde er immer mein Jüngster bleiben, mit einem sorglosen, vertrauensvollen Ausdruck in den Augen, hinter dem sich so viel Liebenswürdigkeit und Verletzlichkeit verbargen, die andere nie sehen. Edwin. Mein Sohn.

9. Juni, 11 Uhr, noch mehr Sommergeräusche, sonnig mit leichten Schleierwolken, fast kein Wind. Spatz immer noch nicht aufgetaucht. Hoffentlich ist er nicht für immer verschwunden

Estelle auf der M4. Jakob im Internet. Ruiueiury und Lucy in Wolverhampton. Edwin bei der Kunstprüfung. Ich im Arbeitszimmer. Oliver, Baldwin, Aphrodite, Alec etc. fegen den Garten.

Ich habe den Bewohnern des Schuppens leichte Haus- und Gartenarbeit verordnet. Es scheint zu funktionieren. Das ist wahrscheinlich das, was sie auch wegen ihrer Drogengeschichten ableisten müssten.

Große Diskussion wegen des griechischen Kostümabends. Anscheinend müssen wir uns alle verkleiden. Ich gehe als Diogenes. Edwin liefert die Tonne. Rueigehry geht als Sklave, Estelle als Sappho (ihr Kostüm besteht aus Tweed und klobigen Schuhen), Jakob als Euripides (er sagt, sein Kostüm werde darin bestehen, »leicht höhnisch zu lächeln«) und Edwin als Hermes.

Laura sagte, ihr Vater verkleide sich immer als griechischer Soldat, ihre Mutter als Frau von der Straße. Ich kann es kaum erwarten. Hoffentlich verkleidet sich Ashley Ramp nicht auch als Diogenes. Ich bin mir nicht sicher, wie Estelle das alles organisiert hat, habe aber auch nicht den Mumm, die Proeks oder Rachnowskis deswegen anzurufen. Ich sagte zu Lucy, es werde wohl ein lustiger Abend, und sie meinte: »Wenn meine Mutter und mein Vater und Lauras Mutter und Vater kommen, wird der Abend mehr als heiß!« Was läuft da zwischen ihren Eltern? Und wenn wir schon dabei sind: Was läuft zwischen den Kindern? Hat Laura Jakob aufgegeben? Warum ist Mr. Scarotto im Krankenhaus? Es geht das Gerücht, er werde wegen Schusswunden behandelt.

Nachricht auf dem Anrufbeantworter von Peter Mailer, die ich gerade erst abgehört habe, da ich Edwin erst in die Schule fahren musste, wo er weiter an seiner Installation mit Absperrkegeln für die Kunstprüfung arbeitet. Peter sagte:

> MAILER: Hi Paul, hier ist Peter, geht es dir gut? Ich hoffe, es geht dir gut, ich weiß, du arbeitest hart und bist daher jemand, der auf seine Gesundheit achten muss, deshalb hoffe ich, dass es dir und natürlich auch deiner Familie, die meiner Meinung nach wunderbar ist, gutgeht. *(Pause.)* Christine und ich werden heiraten! *(Etwas geschäftsmäßigerer Ton.)* Wir werden heiraten, Paul. *(Lange Pause.)* Am … am … *(Lange Pause.)* 24. Juni. *(Lange Pause.)*
> Christine hört bei *General Practice* auf, Paul! Paul, sie hat … so Kostüme, Paul. *(Lange Pause.)*
> Um Gottes willen, bete für mich!

Er klang betrunken. Ich bin fast überzeugt, dass er ein Satanist ist. Aber wenn Christine geht, ist das gut für Esmond! Und gut für mich!

11.30 Uhr

Estelle kam von wo auch immer zurück, wo sie nach ihrer Kölnreise war – zu einer weiteren Besprechung über den Trickfilm *Mr. Slippy Sloppy.* Sie erzählte, dass sie »jetzt ganz auf den Penis verzichten«! Dann berichtete sie von ihrem Vorhaben, Plonker »eine Art Stipendium« zukommen zu lassen. Ich fragte, ob er dabei ein paar grundlegende Tischmanieren lernen würde, vielleicht dazu noch Bescheidenheit und eine bessere Gesangstechnik. Estelle sagte: »Plonker hat in seinem kleinen Finger mehr Talent als du im ganzen Körper!« Ich fragte sie, was sie in Köln gemacht habe, und sie sagte: »Mir den Arsch versohlen lassen, oder was denkst du?«

Davon angespornt durchsuchte ich Edwins Zimmer nach dem Gegenmittel für den Liebestrank aus Wolverhampton. Ich habe es noch nicht gefunden, dafür aber viele andere interessante Dinge, etwa einen Reservevorrat von etwa fünfzig unbenutzten Kondomen, einen kurzen Roman mit dem Titel *Warum Vater uns verließ* und viele spannende persönliche Dokumente, darunter diesen Brief von Lulu:

Geliebter Edwin,
ich verstehe deine Gefühle, aber wie ich schon am Freitag sagte, glaube ich nicht, dass ich schon so weit bin. Nicht, weil ich Angst hätte, schwanger zu werden, trotz der Sache mit Wodge, auch wenn sich herausstellte, dass es falscher Alarm war. Es ist nur einfach so, dass es sich nicht richtig anfühlt, und du bist mir zu wichtig, deswegen will ich es nicht vermasseln!
Ich liebe dich wirklich. Alles wird gut. Wenn es so weit ist, werden wir ... äh ... es tun! Ich sitze im Bett, denke an dich und warte, dass es Morgen wird ...
Lulu

P.S.: Sag Snozzer, dass Wodge auf ihn steht (glaube ich)...

Hatte unglaubliche Schuldgefühle, als ich das las. War aber auch unglaublich gerührt. Wie vernünftig, reif und ausgeglichen die Jugend heute ist! Und wie direkt! Warum kann ich mit Estelle nicht so offen sprechen wie dieses Mädchen mit Edwin? Ich nehme an, weil ich sie so gut kenne. Wir haben eine lange gemeinsame Geschichte.

Ganz unten in seiner Schublade mit den Unterhosen fand ich eine kleine grüne Flasche mit einem Etikett in Edwins Handschrift: »GEGENMITTEL FÜR LIEBESTRANK«. Es hatte die gleiche Farbe wie Ribena-Limonade, daher füllte ich es in eine andere Flasche und ersetzte es durch Ribena. Auf der Rückseite befindet sich ein offiziell wirkendes Etikett mit der Aufschrift »Rheasin-Blocker« und dem Hinweis, dass man nach Einnahme des Mittels keine schweren Maschinen führen solle.

Ich muss das Zeug so schnell wie möglich Estelle einflößen. Ansonsten wird es mit Plonker nicht mehr auszuhalten sein. Angeblich wies er Mr. Horthy, den Mathematiklehrer, an, ihn nach Wimbledon zu McDonald's zu fahren, und wurde ziemlich ausfallend, als Mr. Horthy sich weigerte.

14.30 Uhr

Nachricht vom guten alten Steve auf dem Anrufbeantworter:

STEVE: Hi Paul, hier ist Steve. *(Pause.)* Ich fürchte, ich lebe noch. Muss mit dir reden, es geht um … um … du weißt schon … das Mädchen, mit dem ich … du weißt schon … also … zusammen bin … kann mich irgendwie nicht an ihren Namen erinnern, aber … na ja … weißt du … *(Pause.)* Also, sie ist sehr oft hier, Paul, und gibt mir … du weißt schon … sehr, sehr viel Liebe … aber weißt du, ich will … das eigentlich nicht … und ich … ich meine … Stress ist ganz schlecht, wenn man einen schweren Herzinfarkt hatte und … *(Pause.*

Keuchendes Atmen.) Ich wünschte, sie könnte … du weißt schon … diese … äh … Liebe … jemand anderem geben? … Ganz, ganz viel Liebe … aber nicht mir! *(Keuchendes Atmen. Verzweiflung nun gut zu hören.) …* Bitte nicht mir … nicht ganz, ganz, ganz viel Liebe … bitte … nicht … *(Leitung tot.)*

Ich muss etwas unternehmen. Wenn die Mittdreißigerin wirklich auf Latex steht, wäre sie ideal für Ashley Ramp. Ich bin mir allerdings nicht sicher, wie ich das einfädeln soll. Wie soll ich die derzeitige Freundin meines besten Freundes überzeugen, dass ihr zu ihrem Glück nur noch ein fünfundvierzigjähriger Buckliger fehlt? Und wenn wir schon dabei sind, wie soll ich ihn überzeugen, dass er sie braucht? Ramp hasst mich so sehr, wenn ich ihm einen Scheck über tausend Pfund anbieten würde, würde er sich wahrscheinlich weigern, ihn einzulösen, nur um mich zu ärgern.

Vielleicht mit Liebestrank? Soll ich sie zum griechischen Abend einladen?

Ich glaube, ich habe genug mit Liebestränken herumexperimentiert. Wahrscheinlich würde ich ihn am Ende selbst schlucken und mich in Ramp verlieben.

15.30 Uhr

Rueiughry und Lucy sind aus Wolverhampton zurück. Sie wirkten enttäuscht. Ruieughry sagte traurig: »Es gibt dort eigentlich kaum Obdachlose.«

16.30 Uhr

Das neue Drehbuch von Leo und Witchett ist da. Sie machen wirklich Ernst. Ich entkomme über die Dächer, und dann gibt es einen hervorragend inszenierten Messerkampf – was im Radio wirklich schwierig darzustellen ist. Ich bin der Sieger. Die Folge endet mit einer grandiosen Szene zwischen mir und Pamela. Sie bringt meine Affäre mit meiner Sekretärin wieder aufs Tapet und sagt, seitdem könne sie mir nicht mehr vertrauen. Ich sage: »Vertrauen ist eine Sache des Augenblicks, Pamela. Bei der Liebe geht es darum, wie man sich im Moment fühlt, nicht wie man früher einmal gefühlt hat. Vertrauen ist so veränderlich wie das Leben selbst. Man kann seine Gefühle nicht festbinden.« Jede Zeile könnte als Schlusswort im Trailer für einen neuen großen Spielfilm fungieren.

Bei Pamela funktioniert es auf jeden Fall. Sie schluchzt und sagt, dass sie mich immer geliebt hat, und gerade, als wir uns stürmisch umarmen (trotz oder gerade aufgrund von Leos und Witchetts Liebesleben knistert es in der Szene nur so vor heterosexueller Spannung), hören wir draußen ein grauenerregendes Geräusch. Es sind Randall und Wallace, die mit ihren Gewehren die Tür zu meiner Praxis (wo die Szene spielt) einschlagen. Sie schreien dabei: »Dein verfricktes letztes Stündlein hat geschlagen, verfrickter Quacksalber!« »Verfrickt« ist, wie mir gesagt wurde, ein Kunstwort zur Andeutung des Soziolekts, auf das man sich auf höchster Ebene bei der BBC geeinigt hat. Wenn damit nicht unsere Hörerzahlen in die Höhe schnellen, weiß ich auch nicht mehr weiter. Ich rief Witchett an und brachte ihn dazu, mir noch eine letzte Zeile zu geben: »Nein! *Ihr* werdet sterben, ihr kreuzdummen Schotten!«

Bolt ist zurück, samt meinen CDs. Er ist kein schlechter Kerl. Jetzt sitzt er zusammen mit Oliver, Aphrodite etc. auf dem Rasen. Edwin hat mir gesagt, dass ich üben muss, in meine Tonne zu steigen. Es gab zahlreiche Diskussionen darüber, was ich darunter tragen soll. Edwin sagte, ich solle nackt gehen. Jakob und Rueigheruy sind für Unterhosen. Estelle ist gegen die Tonne.

18.45 Uhr

Jede Menge Probleme mit der Tonne. Sie ist viel zu klein. Ich habe versucht, mir eine größere zu besorgen, aber anscheinend ist es nicht möglich, so kurzfristig eine aufzutreiben. Edwin schlug vor, ich solle als Sokrates gehen und einfach »ein Bettlaken tragen«. Ich lehnte ab. Außerdem gibt es Probleme mit meiner Laterne.

Ich ging damit probeweise im Haus auf und ab, hielt sie hoch und rief: »Ich suche einen Menschen!« Dabei lief mir das heiße Wachs über die Finger. Ich habe Edwin losgeschickt, er muss mir eine elektrische Laterne besorgen. Er war nicht begeistert.

20 Uhr

Estelle ist endlich wieder daheim. Gott weiß, wo sie wieder war! Die Familie Slippery ist fertig kostümiert und bereit zum Aufbruch. Ich trage Unterhosen, darüber einen Mantel. Die Tonne habe ich auf dem Dachgepäckträger verstaut. Estelle trägt Tweed und eine Melone. Sie sieht sehr sexy aus. Rueaigry hat sich eine Decke umgeworfen. Jakob trägt einen dunklen Anzug und lächelt leicht höhnisch. Edwin hat eine lange Hose und ein ziemlich elegantes gelbes T-Shirt an, dazu (sein Beitrag zum griechischen Motto des Abends) Ledersandalen, an denen kleine gelbe Papierflügel befestigt sind. Estelle hat sie gemacht und ist sehr stolz darauf. Die Mädchen kommen allein. Oliver und Bolt fragten, ob sie mitkommen können. Ich habe Nein gesagt.

21 Uhr, Restaurant »Odyssee«, Cheam

Es ist ein Alptraum.

Mr. Proek sieht so deprimiert aus, wie ein fünfzigjähriger Mann in einer Rüstung aus aufgeweichter Pappe nur aussehen kann. Auf dem Weg zum Restaurant wurde er von einem Regenschauer überrascht, und jetzt ist sein Schwert aufgeweicht. Ich versuchte, La Proek allein auf die Tanzfläche zu locken, aber sie fuhr mich an: »Wie kann ich in einem solchen Moment ans Tanzen denken?« Sie und Bert Rachnowski sitzen ständig in der Ecke und tuscheln miteinander.

Shirley ist ganz besonders nett zu mir! Sie und Howard verstehen sich heute offenbar glänzend – ein- oder zweimal hat sie ihn sogar an der Wange berührt. Sie trägt eine Art Taftkleid, das, wie ich ihr auch sagte, wirklich atemberaubend ist.

Das Restaurant wirbt mit seiner »Tanzfläche«. Unsere Party findet in einem Nebenraum statt, wo unsere Kostüme vor den Blicken des ordinären Volkes abgeschirmt sind. Wir werden unter einer großen dorischen Säule, die, glaube ich, aus Pappmaché ist, an Gartentischen aus unechtem Gusseisen sitzen und uns mehrere Quadratmeter Moussaka teilen. Im Hauptraum des Restaurants sind nicht viele andere Gäste. Vorher wollte ein kleiner Mann mit Schnauzbart ein Glas zerdeppern und wurde hinausgeworfen.

Ich fragte Mr. Proek, wie es ihm gehe, und er sagte, er sei in den Vorruhestand gegangen – »wegen der Sache mit den Rachnowskis«. Ich fragte ihn, wie ihm der Vorruhestand gefalle, und er meinte: »Zumindest gibt es keine Ratten!« Dann sagte er, er mache sich große Sorgen wegen Ruaieughry und Lucy. »Wie ich höre, wollen sie heiraten.« Dabei warf er Ruaiergfhy einen giftigen Blick zu. Ruarigheiury sprang mit seiner Decke herum, wedelte mit den Armen und rief: »Ich bin eine Spinne! Fangt mich!« Ich muss zugeben, er sah nicht wie jemand aus, der reif für die Ehe ist.

Laura trug ein Gazekleid und sah traurig zu Jakob. Die Hilfe naht, Mädchen! Ich habe den Liebestrank dabei!

Mrs. Proek führt etwas im Schilde. Sie kommt mit einer Flasche Retsina auf mich zu. Vielleicht werde ich es gleich erfahren.

21.30 Uhr

Sie hat es mir gesagt. Ich habe mich an einen leeren Tisch im Hauptraum des Restaurants zurückgezogen, um alles aufzuschreiben.

Anscheinend ist sie in Bert Rachnowski verliebt – und zwar seit Jahren. Aber sie konnte, wie sie mir sagte, »es Norman einfach nicht gestehen, obwohl er etwas ahnt und es alle wissen«. Das verstehe ich. Wahrscheinlich würde er mit dem Presslufthammer auf sie und seine Tochter losgehen. Nun, da er seine latente Gewaltbereitschaft nicht mehr an Ratten auslassen kann, steht Norman Proek wahrscheinlich schon mit einem Bein im Schwerverbrechertrakt eines Hochsicherheitsgefängnisses. Unter dem Einfluss von zwei Flaschen Retsina schüttete mir Mrs. Proek ihr Herz aus. Sie hat seit 1989 keinen Orgasmus mehr gehabt. Ich dachte, sagte es aber nicht, dass sich das gut treffe.

Sie fühlt sich in ihrem Leben gefangen. Sie bleibt nur wegen Laura bei ihm. Eine Scheidung würde Laura umbringen, vor allem jetzt, da Laura hoffnungslos in Jakob verliebt ist. Und so weiter und so weiter.

Ihre Geschichte ist, wie die Geschichte von uns allen, lächerlich, aber auch, wie bei uns allen, traurig. Und ihre Liebe zu ihrer Tochter ist rührend. Wir alle mit unseren kleinen Leben! Mit unseren Familien, die wir so sehr lieben! Wir sind alle gleich, halten uns selbst aber für einzigartig!

Vielleicht liegt es an meiner Tonne, dass ich so rede. Bei den anderen kam sie hervorragend an. Ich glaube, ich sollte sie öfter tragen. Jetzt werde ich Laura und Jakob den Liebestrank verpassen.

22.30 Uhr

Auf der Herrentoilette. O Gott! O Gott!

Ich hatte fast den gesamten Liebestrank über einen Teller mit griechischem Zuckerwerk gekippt (wobei ich zuerst die grünen Stücke auswählte). Dann bot ich Laura davon an, sie nahm ein Stück, und auch Jakob nahm eins. Aber als sie fröhlich vor sich hinkauten, kam Bert Rachnowski (sensationell bekifft) dazu und begann, das süße Zeug gierig in sich hineinzustopfen. Dabei sah er Jakob an. Ich versuchte, ihn davon abzubringen, aber das führte nur dazu, dass andere Partygäste auf das mit Liebestrank getränkte Zuckergebäck aufmerksam wurden. Innerhalb von Minuten kauten alle (außer Estelle und mir) fröhlich darauf herum und sahen sich dabei in die Augen.

Was habe ich getan? Wird Shirley jetzt mit Mrs. Proek schlafen? Wird sich Bert Rachnowski Jakob unsittlich nähern? Wird Howard Porda versuchen, bei seiner eigenen Mutter zu landen (dazu später mehr)? Auf wen wird sich Ashley Ramp stürzen, der gerade erst das Restaurant betreten hat und von mir von meinem Tisch aus beobachtet wird?

Nach der Selbstverliebtheit zu urteilen, mit der er sich im Spiegel betrachtet – kann er sich nur mit sich selbst einlassen.

10. Juni, 9.30 Uhr, sehr warm, aber feucht, hinter dem Dach des Hauses, das nicht mehr länger Porker gehört, türmen sich die Wolken, dunkelblaugrau. Spatz in der Hecke, wirkt aber verzagt. Starke sexuelle Spannungen in der Mafeking Road

Estelle bei Craftgirls. Edwin »auf Studienreise mit Lulu«. Rueioughry mit Lucy irgendwo unterwegs am Themseufer. Oliver, Baldwin, Aphrodite etc. putzen den Küchenboden. Jakob mit Laura im Richmond Park!

Habe gerade eine Agentin angerufen! Eine nette Frau, deren Namen ich vor etwa einer Woche in meinem Adressbuch fand. Ich hinterließ eine Nachricht, dass ich Paul Slippery sei und Dr. Pennebaker spiele. Vielleicht könnten wir uns treffen und ein paar Dinge besprechen. Sie wird sich wahrscheinlich nicht die Mühe machen zurückzurufen, aber immerhin habe ich es versucht.

10 Uhr

Ihre Assistentin rief zurück, als ich gerade draußen war. Auf dem Anrufbeantworter klang sie sehr interessiert. Sie sagte: »Marietta will unbedingt mit Ihnen sprechen!« Ich muss sofort anrufen.

10.15 Uhr

Rief die Agentin an. Sie sagte, sie freue sich sehr über meinen Anruf. Wir plauderten ein bisschen über allgemeine Themen. Es tat ihr leid, dass sie sich nicht früher gemeldet hatte. Sie erzählte, es sei ihr nicht so gutgegangen. Ich sagte, das täte mir leid und fragte dann: »Sehen Sie konkrete Veränderungsmöglichkeiten für mich?« Sie sagte: »Auf keinen Fall, das, was Sie tun, machen Sie großartig!« Sie wirkte regelrecht bestürzt, als sie hörte, dass ich darüber nachdenke, es wieder bei der Royal Shakespeare Company zu versuchen. Ich sagte, das würde mich freuen, und fragte, was ihr an mir am besten gefalle. Sie sagte, ich sei wunderbar im Patientengespräch. Dann redete sie über ihren Stuhlgang und ihre Verdauung.

Erst als sie mich nach den Testergebnissen fragte, merkte ich, dass sie mich mit ihrem Arzt verwechselt hatte.

11 Uhr

Heute Morgen erhielt ich einen weiteren Scheck für Wesley Jones, der sich in letzter Zeit relativ ruhig verhalten hat. Schuldbewusst fuhr ich in die Carslake Road zu der Adresse, von der im letzten Brief an ihn die Rede war. Es war sehr seltsam.

Das Haus war klein und im Cottagestil gehalten und lag nicht weit vom Park entfernt. Sehr englisch. Ganz und gar nicht so, wie ich mir Wesleys Zuhause vorgestellt hatte. Ich klingelte, und eine müde aussehende Frau in meinem Alter öffnete die Tür. Irgendwie kam sie mir bekannt vor, ich konnte aber nicht sagen warum. Sobald ich sie sah, platzte ich heraus: »Entschuldigen Sie, kennen wir uns?« Sie sah mich seltsam an. »Ich glaube nicht!«, sagte sie. Ich entschuldigte mich und fragte, ob je ein gewisser Wesley Jones bei ihr gewohnt habe. »Nein«, sagte sie. »Er ist schwarz«, sagte ich. »Ein großer schwarzer Mann!« Wieder sah sie mich seltsam an. »Und wenn er leuchtend grün wäre«, sagte sie, »er lebt nicht hier. Es sei denn, er versteckt sich im Keller.« »Das könnte gut sein!«, erwiderte ich. Ich zeigte ihr Jim Baeldis letzten Brief an Wesley. Sofort wurde die Frau freundlicher.

»Es tut mir leid, dass ich den Brief geöffnet habe!«, sagte sie. »Aber nur so konnte ich herausfinden, wohin ich ihn schicken soll …« »Mir tut es leid, dass ich Sie belästigt habe«, sagte ich. »Vielleicht gibt es ihn gar nicht!« Wieder sah mich die Frau irritiert an. »Ich meine«, fuhr ich fort, »dass es wahrscheinlich zwei Wesley Jones' gibt. Der eine ist quasi in meinem Kopf. Jemand, den ich erfunden habe. Und der andere ist echt und erschien meinem Sohn im Hyde Park und bedrohte mich!« Die Frau wollte die Tür schließen. »Ich weiß, dass das seltsam klingt«, sagte ich, »aber ich könnte schwören, dass mir Ihr Gesicht bekannt vorkommt! Haben Sie mal für die BBC gearbeitet?«

Jetzt war die Tür fest verschlossen. Von innen war eine ängstliche Stimme zu hören. »Mein Mann kommt bald nach Hause!«, sagte sie. »Gehen Sie oder ich rufe die Polizei!« Ich entschuldigte mich für die Umstände und ging zurück zum Auto.

Auf dem Weg zurück zur Mafeking Road hätte ich fast Snozzer über den Haufen gefahren. Er ging mitten auf der Straße, rauchte eine riesige Zigarre und trug einen schwarzen Trilby-Hut. Ich hielt an und fragte ihn, ob alles in Ordnung sei. Er schüttelte den Kopf. Er roch stark nach Alkohol. »Was ist los?«, fragte ich. Snozzer seufzte tief und lehnte sich ans Auto. »Es ist Wodge!«, sagte er. »Ich mag sie wirklich, aber sie steht auf diesen Typen von der Wimbledon-Highschool!« Sein Gesicht verdüsterte sich. »Er ist ein totaler Idiot«, sagte er. »Ein richtiger Alptraum. Er heißt Hornbeam.« Aus bestimmten Gründen wollte ich bei diesem Namen nicht allzu intensiv nachforschen, daher sagte ich nur: »Was ist denn mit ihm?« »Er ist ein Jahr über uns!«, sagte Snozzer düster. »Wir hassen die Klasse über uns!« Dann erzählte er mir, dass dieser Hornbeam Wodge mit einem Mädchen namens Nuttella betrog. Das kann nicht ihr richtiger Name sein.

Ich fragte ihn, ob ich ihn irgendwo hinbringen könne, und er sagte, er würde gern in einen Pub. Welcher sei ihm egal. »Ich habe unterrichtsfrei, um für die Prüfungen zu lernen«, sagte er, »aber ich arbeite nicht. Ich laufe nur mit diesem Hut auf dem Kopf durch die Gegend, rauche Zigarren und denke an

Wodge. Mann, ich liebe sie wirklich!« Dann stieg er ein, und wir fuhren los.

Während wir herumfuhren und nach einem geeigneten Pub suchten, erzählte er mir, dass Hotchkiss auf die Naziuniformen verzichten wolle. Anscheinend hatte der Rektor etwas dagegen. Jetzt denkt er an eine ganz traditionelle Inszenierung. Edwin zum Beispiel wird Flügel tragen. Als ich sagte, das hätte mir Edwin gar nicht erzählt, sagte Snozzer: »Wir halten alle ziemlich dicht, was das angeht. Ich trage so eine Art Rock!« Er war wirklich übel dran. Ich kaufte ihm ein Bier, um ihn ein bisschen aufzumuntern. Er sagte, er hoffe, mir eine Rolle am National Theatre zu besorgen.

14 Uhr

Jakob und Laura sind immer noch nicht aus dem Richmond Park zurück. Als sie heute Morgen um zehn Uhr aufbrachen, wirkten beide ziemlich angespannt. Nachricht von Wainwright auf dem Anrufbeantworter: »Paul, hier spricht Wainwright. Haben Sie von der neuen Umstrukturierung gehört? Angeblich kommt Colin Cross zurück. Es geht das Gerücht, dass er nie weg war. Ich habe gehört, dass er seit seiner Abschiedsparty in Raum B34576 eingesperrt war. Waren Sie eigentlich bei seiner Abschiedsparty? Ich kann niemanden finden, der dort war. Ich glaube, die Party war nur eine Finte. Denken Sie an das Zweite Spence'sche Irregularitätsgesetz!«

Ist Shirley deshalb so nett zu mir? Ich muss mehr herausfinden, vor allem, wie sich seine Rückkehr auf Esmonds Schicksal etc. auswirkt.

14.30 Uhr

Während einer Panikattacke wegen meines anstehenden Geburtstags holte ich meine drei Anzüge aus dem Schrank und probierte die Hosen an. Mein Bauch ist definitiv nicht mehr zu ignorieren. Ich würde ja mit ihm reden – wie es, glaube ich, Feministinnen empfehlen –, aber ich habe ihm absolut nichts zu sagen, abgesehen von: »Geh weg!«

Edwin, der immer noch lernfrei hat, schlenderte in mein Zimmer und ertappte mich dabei, wie ich mein Fett begutachtete. »Was machst du?«, fragte er. »Ich begutachte mein Fett!«, antwortete ich. Edwin meinte, wir sollten zusammen ins Fitnessstudio gehen. Ich fragte: »Und Lulu?« Edwin sagte: »Sie ist oben. Oben ist für Mädchen! Das Fitnessstudio ist etwas für Männer!« Also gehen wir jetzt ins Fitnessstudio. Edwin empfiehlt mir ein Sixpack. Als ich sage, ein Bierchen ist immer gut, lacht er hämisch.

17 Uhr

Unglaublich peinliche Momente im Parvercourt, dem örtlichen Fitnessstudio. Edwin und ich saßen an einem Tisch in der Mitte des Foyers und blickten auf ein großes Foto vom »Mitarbeiter des Monats« (offensichtlich ein Serienmörder namens Hugh). Ein gewisser Kevin führte uns in die Geheimnisse des Studios ein. Wir wurden angewiesen, uns in einer kleinen Kabine fotografieren zu lassen. Ich sah auf meinem Foto aus wie ein verstümmelter Bayonne-Schinken mit einer gemieteten Perücke. Edwin sah ziemlich sexy aus. Als wir die Fotos Kevin gaben, sagte er, im Fitnessstudio gäbe es eine große Wand, wo die hässlichsten Kundenfotos aufgehängt werden würden. Ich fragte, ob meins dabei sei, und Kevin meinte, ich hätte gute Chancen.

Wir mussten unser Alter in einem Formular eintragen. Darunter wurde gefragt: »HABEN SIE GESUNDHEITLICHE PROBLEME, DIE WIR KENNEN SOLLTEN?« Edwin schrieb: »Frauen.« Ich kam bis zu: »Ich verspüre eine gewisse Steifheit und Schmerzen im unteren Rückenbereich, wenn ich morgens aufstehe, was sich aber normalerweise bis zur Mittagszeit wieder gibt«, dann war der Platz aufgebraucht. Darunter stand: »PERSÖNLICHE ZIELE FÜR DAS TRAINING«. Edwin schrieb: »Das Bewusstsein der Menschen um mich her zu schärfen.« Ich schrieb: »Abnehmen und den Oberkörper stärken.«

Unser Betreuer, der nicht Kevin hieß, sah zwischen mir und meinem persönlichen Trainingsziel einige Male hin und her und nickte dabei langsam. »Bestimmte Teile des Oberkörpers?«, fragte er schließlich. »Seinen Kopf!«, sagte Edwin. Der Betreuer, der nicht Kevin hieß, lachte nicht. Er sagte: »Ich bin auch hierhergekommen, um etwas für meinen Oberkörper zu tun!« Er hatte die Größe eines kleinen Möbelwagens, und sein Oberkörper sah aus, als ob man ihm Kricketbälle unter die Haut genäht hätte. Ich war mir nicht sicher, ob er sich die Beulen hier antrainiert hatte oder ob er hoffte, sie an den Maschinen auf eine akzeptable Größe zu reduzieren.

Dann wurde mir erlaubt, mich auf das Laufband zu stellen. Beim Laufen hielt ich mich an verschiedenen Griffen fest und starrte auf einen Bildschirm, der mir meinen Pulsschlag anzeigte. Der Betreuer, der nicht Kevin hieß, sagte mir, ich solle einen Puls von hundertzwanzig Schlägen in der Minute halten. Dazu war ich nicht in der Lage. Ich schaffte es bis achtzig. Wenn ich wie wild schneller lief, stieg mein Puls binnen Sekunden auf hundertsechzig. Bei hundertzwanzig wollte er einfach nicht bleiben. Wie diese Duschen, bei denen die Wassertemperatur innerhalb von Sekunden von eiskalt zu kochend heiß wechselt, hatte mein Herz offenbar nicht verstanden, wie es sich auf einem Fitnessgerät zu verhalten hat.

Daher entwickelte ich einen schleppenden, stolpernden Laufstil, der nur darauf ausgelegt war, dass mein Herz die richtige Schlagzahl erreichte. Wenn ich in die Luft sprang, mit einem Plumps wieder landete und ein paar kleine Hüpfer hinterhersetzte, schaffte ich immerhin einen Puls von hundertzehn. Gerade als ich zum entscheidenden Vorstoß ansetzte, fiel ich vom Gerät und hätte mir fast das Knie gebrochen. Man musste mir zu einem Stuhl helfen.

Jetzt liege ich daheim im Bett, bin um 50 Pfund ärmer und habe große Schmerzen.

23.30 Uhr

Ich muss Estelle dazu bringen, das Gegenmittel zu schlucken. Heute Abend brachte sie schon wieder Plonker mit, der uns seinen Liederzyklus »Die Träume brennen endlos« vorspielte. Die Rohfassung dauert eine dreiviertel Stunde.

Jakob redet davon, morgen mit dem (völlig wiederhergestellten) Mr. Scarotto nach Sizilien zu fliegen. Anscheinend müssen sie einen Mann besuchen, der Mr. Scarotto beleidigt hat. Ich fragte Jakob, ob sie ihm ein Angebot machen würden, das er nicht abschlagen könne, und Jakob sagte: »Hör zu! Du bist mein Vater und ich liebe dich. Aber mach bitte keine Witze über Mr. Scarottos angebliche Verbindungen zur Mafia. Er mag das nicht. Ich mag das nicht. Die Mafia ist böse. Okay, vielleicht sind ein oder zwei gute Leute dabei, vielleicht ist Louis Finzinetti gar nicht so schlecht, aber insgesamt sind das böse Leute!«

Ruaireghry sagte mir später, nichts davon sei ernst gemeint. Leider konnte ich aus Jakob nicht herausbekommen, was zwischen ihm und Laura im Richmond Park lief. Er sagte nur: »Wir haben ein paar Rehe gebumst!«

Das Problem ist, dass ich nie weiß, ob meine Söhne etwas

ernst meinen oder nicht. Estelle sagt, dass sie das von mir haben. Eine der vielen Strafen im Alter besteht darin, mitansehen zu müssen, wie sich die eigenen Unarten in den Kindern fortsetzen. Die Unfähigkeit, ernst zu sein, auf die ich einmal so stolz war, gehört heute zu den Eigenschaften, die ich am meisten an mir hasse. Nicht, dass ich sie in meinen Kindern hasse. Eher erschreckt mich, dass sie mir so tröstlich und vertraut erscheint. Oh, und ich fürchte, dass meine Söhne eines Tages wie ich aufwachen und sich fragen werden, warum sie die wirklich großen Fragen nicht beantwortet haben und tiefen Gefühlen immer aus dem Weg gegangen sind.

Natürlich hatte ich gelegentlich auch Gefühle, die ich für so tief und groß hielt wie die anderer Leute. Aber ich misstraute ihnen. Ich war immer sehr vorsichtig, wenn Gefühle Auslöser von Handlungen waren. Und heute, wo ich schnurstracks auf die Fünfzig zugehe, zeigt sich, dass ich oft aus Eigennutz und Angst gehandelt habe. Was ist die Lieb'? Sie ist nicht künftig.

Das führt alles zurück zu Estelle, nehme ich an. Wenn man fünfundzwanzig Jahre lang verheiratet ist, erwartet man keine Liebe, die dumme, unkontrollierte Handlungen auslöst. Ich bin ein vorsichtiger kleiner Engländer in seinem vorsichtigen kleinen Haus.

Und jetzt, wie immer, wenn es zu spät ist, möchte ich liebend gern wieder naiv sein. Ich will so sein, wie ich nicht bin und nie sein kann. Ich will nicht so sein, wie Estelle mich wahrscheinlich immer sah – denn Frauen durchschauen uns so viel besser als wir sie. Aber weil ich so bin, wie ich bin, bleibe ich an diese Straße gebunden, an dieses Haus und diese Familie und stelle die gleichen hoffnungslosen Fragen, die jeder Mann in meiner Situation stellt, während er zusieht, wie das letzte Viertel seines Lebens anbricht. Was hat Laura heute zu Jakob gesagt? Und was dachte Laura über Jakob auf der Wasserrutsche? Eigentlich sollte man es wissen. Man sollte eine Beziehung nicht auf Vertrauen aufbauen, keine Beziehung. Man sollte sie einer gnadenlosen und kritischen Überprüfung unterziehen, wie die jungen Leute das heute tun. Die Alten sind aus Gewohnheit schwach. Ich will nicht alt sein. Ich werde nicht alt sein.

Heute Abend habe ich Fleischbällchen gemacht. Sie kamen gut an.

11. Juni, 10 Uhr, Wetter immer noch drückend, fernes Donnern, aber kein Regen. Vögel suchen Schutz in der Hecke. Keine Spur vom Spatz

Estelle und Edwin in der Schule. Jakob »in Sizilien«. Ruairghy und Lucy am Themseufer. Oliver, Aphrodite etc. im Schuppen. Laura unten.

Ich weiß nicht, was Laura neulich zu Jakob sagte, aber es hat ihn eindeutig verschreckt. Er hat bei seinem alten Schulfreund Bela Hortobagyi übernachtet, der als Redenschreiber für Peter Mandelson arbeitet. Ich gehe jetzt runter und werde Laura anlügen. Bin darüber nicht glücklich.

Estelle ist bei der Beantwortung der existenziellen Fragen über die Natur unserer Ehe keine Hilfe. Die Morgenstunden verbrachte sie am Telefon und sprach mit Hamish – ich durfte nicht hören, was sie sagte – und jetzt ist sie mit Edwin in der Schule bei der Probe von Hotchkiss' Stück. Vermutlich, um sich an ihrem geliebten Plonker zu delektieren.

Heute Abend muss ich ihr das Gegenmittel verabreichen. Allerdings bin ich mir nicht sicher, ob es wirkt. Ich habe ein bisschen auf meinen Finger gegeben und daran gelutscht, während ich mich im Spiegel betrachtete. Ich muss sagen, ich fand mich nicht völlig abstoßend. Eigentlich fand ich mich sogar ziemlich gut aussehend für einen Mann meines Alters.

11.30 Uhr

Anruf von Wainwright. Anscheinend wurde die Abteilung Audio wieder mit der Abteilung Visuelles vereint. Alles ist so wie früher. Das einzige Problem besteht laut Wainwright darin, dass man sich nicht darauf einigen kann, wie man die neue Abteilung nennen soll. Ich schlug »DAS DING, DAS FRÜHER ALS BBC BEKANNT WAR« vor. Wainwright sagte mir, es gebe Gerüchte, dass Colin Cross seine alte Abteilung zurückbekommen und ich wieder für die Abteilung Fortsetzungshörspiele (Inland) arbeiten würde. Alles umzukrempeln und dann den alten Zustand wiederherzustellen muss Tausende von Pfund gekostet haben. Allein schon die Papierverschwendung! Laut Wainwright gehört das alles zum Zweiten Spence'schen Gesetz. Was ist das?

Allerdings berichtete er auch, dass Ashley Ramp immer noch »gefährlich« sei und bei einer Besprechung gesagt habe, er wolle nicht nur *General Practice* absetzen, sondern jede Sendung, die länger als fünfzehn Minuten sei, also praktisch alle. »John Birt«, sagte Wainwright, »wird bald gehen. Womöglich erhält Ramp einen ganz wichtigen Posten.«

J. Birts baldiger Abschied stimmt mich sehr traurig. Einer der wenigen Menschen mit dem nötigen Verstand, um zu begreifen, was wir bei *General Practice* machen. Muss Ramp mit der Mittdreißigerin zusammenbringen. Aber wie?

17 Uhr

Bin allein zur, wie Hotchkiss es nennt, »Durchlauf- oder eher Durchstolperprobe« für den *Sommernachtstraum* gegangen. Seine Befürchtung war nicht übertrieben, und auch die wenigen Zuschauer wurden auf eine arge Probe gestellt.

Hotchkiss hat offensichtlich jegliches Selbstvertrauen verloren, seit man ihm gesagt hat, dass er keine Naziuniformen verwenden darf. Seine Begeisterung ist dahin. Wie Estelle hat er nur noch Augen für Plonker. Plonker hat gerade verkündet, dass er mit seinem Eselskopf tanzen und die entscheidenden Stellen des Stücks mit »I-a« kommentieren will. Hotchkiss und Estelle scheinen begeistert. Estelle hat den Kopf gemacht. Er wirkt erstaunlich realistisch. Neulich trug ihn Ruaiertghrey zum Abendessen.

Edwin ist der einzige Lichtblick im Stück, allerdings übertreibt er für meinen Geschmack etwas mit dem Zwinkern und anzüglichen Grinsen. Oberon wird von einem hoch aufgeschossenen Jungen namens Ffitch-Presley gespielt, der, wie man mir sagte, ein ausgezeichneter Rugbyspieler ist. Titania wird von Peter Lugg dargestellt, dem Jungen-der-sich-für-schwul-hält (und es ganz eindeutig ist). Hotchkiss forderte Ffitch-Presley auf, Titania vor seinem ersten Satz einen Klaps auf die Wange zu geben. Ffitch-Presley, der Lugg hasst, verpasste dem armen Jungen einen Schwinger, der ihn auf die Bretter schickte.

Lugg war erst wieder an der Stelle »Verschlämmt vom Leime liegt die Kegelbahn« wieder richtig bei sich. Aber er kam noch einmal mit Stil zurück. Als Ffitch-Presley seinen Text sprach, in dem er Titania ihren kleinen Wechselbalg abschwatzt, verpasste Lugg dem Rugby-Kapitän eins auf die Nase. Bei »Ihr Elfen, fort mit mir!« musste Hotchkiss auf die Bühne springen und die beiden trennen.

Snozzer war großartig. Er hat an seinen Flügeln herumgebastelt und kann sie jetzt über ein Seilrollensystem auf dem Rücken bewegen. Dafür rennt er fast die ganze Zeit im Kreis herum und zerrt wie wild an zwei Bändern, die über seine Schultern verlaufen.

Von der ursprünglichen Idee, das Stück an verschiedenen Orten verteilt zu inszenieren, blieb nur eine Szene erhalten. Aus keinem ersichtlichen Grund stürmten alle während des Elfenlieds, im Zweiten Akt, zweite Szene (»Schwarze Käfer, uns umgebt, Nicht mit Summen, macht euch fort!«), von der Bühne. Da man dem Publikum nicht gesagt hatte, dass man den Schauspielern folgen müsse, blieben alle sitzen und starrten auf eine leere Bühne, während Snozzer draußen auf dem Spielplatz aus Leibeskräften »Eia popeia! Eia popei!« schrie.

21 Uhr

Wir sind in der Roland Dune Memorial Area und stärken uns mit heißen chinesischen Snacks von Hong, der heute ein Hawaiihemd und einen Panamahut trägt. Während Hong herumspringt – »Hotchkiss eindeutig in Plonkel velliebt, nein?« –, habe ich vor, dicht bei Estelle zu bleiben. Das Gegenmittel für den Liebestrank habe ich in der Jackentasche.

Zum Glück serviert Hong auch so eine Art Fruchtcocktail, daher dürfte es ein Leichtes sein, das erotische Abschreckmittel in ein Glas zu geben, es mit ein paar Ananasstückchen zu garnieren und es Estelle in die Hand zu drücken. Ich muss sie nur dazu bringen, sich auf Plonker zu konzentrieren. Wenn das Gegenmittel ähnlich wie der Liebestrank wirkt, funktioniert es nur, wenn man beim Trinken das Objekt seiner Begierde ansieht.

22 Uhr

Auf dem Herrenklo. O Gott!

Ich goss das Gegenmittel in ihr Glas und merkte erst dann, dass Plonker verschwunden war. Ich packte sie am Arm, damit sie das Zeug nicht trank, bevor Plonker wiederaufgetaucht war. Wütend drehte sich Estelle zu mir um. »Was ist los mit dir?«, fragte sie. »Warum benimmst du dich wie ein alter Tattergreis? Würdest du bitte aufhören, an mir herumzuzerren?« Ich sagte leichthin, dass sie vielleicht Plonker sehen wolle, um ihm ein paar Tipps zu seiner Darbietung zu geben.

Das brachte sie nur noch mehr auf. »Tipps?«, rief sie. »Tipps? Was meinst du mit Tipps? Plonker braucht keine Tipps. Er ist genial. Er ist absolut hinreißend.« Ich sagte, ich sei ganz ihrer Meinung. Er sei absolut hinreißend. Wie er ein großes Bündel Heu fresse, sei brillant. Die Rede über Algerien sei fast ein Meisterstück. Und die fünf Lieder seien keine Sekunde zu lang. Was er mit dem Blasebalg mache, sei hinreißend komisch. Aber die eine oder die andere Kleinigkeit – etwa wenn er Senfsamen den Einlauf verpasst – könnte Anstoß erregen. Nicht bei toleranten Menschen wie uns, aber bei einer Schulaufführung gebe es immer ein paar Leute, die meckern müssten. Und natürlich den Rektor. Den Rektor dürften wir nicht vergessen. Nach allem, was man hört, sei er ein sehr religiöser Mensch.

Estelle wandte mir ihr gebräuntes, ausdrucksstarkes Gesicht zu. Ihre großen schwarzen Augen funkelten vor Zorn, und ihr leichter nördlicher Akzent trat wie üblich, wenn sie wütend war, deutlich hervor. »Du Schwachkopf!«, sagte sie. »Du Riesenschwachkopf!« Sie wandte den Blick von mir und trank fast ein ganzes Glas des Gebräus, das bewirken soll, dass man denjenigen verabscheut, den man beim Trinken ansieht. Als sie das Glas leer hatte, hielt sie inne. Ich hatte den Eindruck, dass sie mich zum ersten Mal sah. Und dass ihr das, was sie sah, nicht gefiel. »Du bist ein Arsch, weißt du das?«, fuhr sie fort. »Im Grunde bist du ein Riesenarsch. Ein kompletter riesiger … Idiot … wenn man es sich richtig überlegt!« Ich sagte, das sei meiner Meinung nach keine sehr ausgewogene Beschreibung. Estelle trank noch den allerletzten Tropfen des Gegenmittels. Sie sah mir in die Augen.

»Was«, fragte sie, »was glaubst du eigentlich, wer du bist? Wozu bist du überhaupt auf der Welt?«

Ich wusste keine Antwort auf ihre Frage. Nach einer Weile sagte ich: »Ich … ich bin ein … ein … Mensch, nehme ich an!« Sie hatte anscheinend ihre Zweifel. »Okay, mal angenommen«, sagte sie, »aber was hast du sonst zu bieten? Was hast du an dir, das deine Gegenwart auf Erden rechtfertigt?« »Na ja«, sagte ich langsam, »ich glaube, ich versuche ... also ... ich versuche nett zu den Menschen zu sein ... und ... anständig! Und ich versuche ... na ja ... Freude zu spenden!« »Zum Beispiel wem?«, fragte Estelle trocken. »Na ja«, sagte ich, »zum Beispiel ... den ... äh ... Hörern ... den ... äh ... Fans von *General Practice* zum Beispiel!«

Estelle ließ ein kurzes, freudloses Lachen ertönen. Da ich wusste, dass ihre Reaktionen nicht unbedingt immer dem entsprechen, was sie wirklich denkt, blieb ich relativ ruhig. »Ich glaube«, sagte ich, »dass ich ein ganz gewöhnlicher Mensch bin. Ein Durchschnittstyp. Der versucht ... na ja, sein Leben zu leben und so weiter ...« Sie sah mich immer noch an, als ob sie zum ersten Mal in fünfundzwanzig Jahren die Gelegenheit hätte, einen Schritt zurückzutreten und den Mann zu betrachten, mit dem sie zusammenlebte. »Warum?«, fragte sie. »Warum?«

»Das ist eine schwierige Frage«, sagte ich. »Aber äh ...«

Danach geriet das Gespräch ins Stocken. Ich glaube nicht, dass wir den restlichen Abend mehr als zwei Worte wechselten. Sie hat mit Hamish telefoniert. Ich sitze hier, schaue auf die Mafeking Road und versuche, eine Antwort auf ihre letzte Frage zu finden. Warum lebe ich? Bis jetzt ist mir noch keine überzeugende Antwort eingefallen.

12. Juni, 11 Uhr, immer noch heiß und schwül, keine Aussicht auf Regen, die Wolken wirken definitiv bedrohlich. Alle Vögel verstecken sich in Hecken, Bäumen etc.

Estelle mit Hamish im Studio. Jakob in der »Gepäckausgabe«. Ruigherby und Lucy in East Grinstead. Laura immer noch unten. Edwin, Oliver, Aphrodite, Alec, Baldwin, Bolt etc. bei Waitrose.

Habe den Schuppenbewohnern hundert Pfund gegeben, damit sie den Wocheneinkauf erledigen. Edwin führt die Aufsicht. Als ich das letzte Mal mit Edwin zu Waitrose gegangen bin, hat er neun Flaschen Ribena-Limonade, zehn Flaschen Hellman's-Mayonnaise und zwölf Packungen Tiefkühlpommes gekauft. Ich habe ihm gesagt, dass sich das nicht wiederholen darf.

Estelle ging heute früh aus dem Haus, nicht ohne mir einen Blick voller Abneigung zuzuwerfen. Wenn ich eine Unterzeile für ihn wählen müsste, würde er wohl »BIST DU IMMER NOCH DA?« lauten. Ich bin entschlossen, ihr den Liebestrank einzuflößen, nur so kann ich das Gegenmittel neutralisieren.

Hatte heute Morgen ein gutes Gespräch mit Leo und Witchett, dem Autor Der Zu Viele Meinungen Hat Und Sie Ständig Äußert. Ich besuchte die beiden in ihrem abstoßend niedlichen kleinen Reihenhaus in der White Hart Lane in Barnes. Überall hängen Bilder von nackten Männern, außerdem sieht das Bad so aus, als ob noch ein weiteres Paar im Haus leben würde, das mindestens dreimal am Tag Sex hat.

An einer Stelle im Drehbuch entreiße ich Randall und Wallace den Baseballschläger und schleudere ihn nach ihnen. Die folgende Szene im Wortlaut:

ESMOND: Nehmt das, ihr schottischen Dreckskerle!
Man hört Esmond grunzen, als er den Schläger nach ihnen schleudert. Dann ein furchtbarer Schrei, gefolgt von Schritten. Esmonds Stimme nähert sich.
ESMOND: O mein Gott!
Man hört, wie seine Stimme vor Emotionen bebt.
ESMOND: Pamela! Mein Liebling! Pamela!

Ich habe meine fast dreißigjährige Ehe auf die einzig anständige Weise beendet – indem ich meiner Frau mit einem Baseballschläger den Schädel zertrümmere. Pamela, erzählte mir Witchett, hält noch ein paar Folgen durch, ist aber »ein sabberndes Wrack« – was Susan Vullermeyer sicher sehr gut vermitteln kann. Derzeit ist vorgesehen, dass sie friedlich entschläft, allerdings ist Vullermeyer ganz und gar nicht glücklich darüber und hat um »mehrere Anfälle« gebeten. Ich sagte Witchett, Susan könne nicht einmal einen leichten Asthmaanfall spielen, geschweige denn einen Schlaganfall. Leo zeigte mir den ersten Entwurf für eine Szene mit uns beiden im Krankenhaus, bei der ich deutlich mehr Text habe. Die Szene ist sehr bewegend.

ESMOND: O Pamela, meine süße Pamela!
PAMELA: Ich …
ESMOND: Nicht sprechen! Versuch es lieber gar nicht!
PAMELA: Ich …
ESMOND: Du musst deine Kräfte schonen, Liebling! O mein Gott! Wenn ich an all unsere gemeinsamen Jahre denke! An unsere Hochzeit, Pamela! An gemeinsame Freuden und geteiltes Leid! An die Nacht, in der unsere Tochter geboren wurde! Mein Gott! Erinnerst du dich?

Dann rede ich ausführlich über unsere Tochter, ohne auch nur einmal ihren Namen zu nennen. Das liegt daran, dass sich weder Leo noch Witchett an ihren Namen erinnern können. Und obwohl ich in der Folge mitspielte, in der Pamela unsere Tochter auf die Welt brachte, fällt er mir auch nicht mehr ein. Das ist seltsam. Wir wussten alle noch, dass sie auf eine teure Privatschule ging, Lehrerin wurde, einen Pub namens The Ship wieder auf Vordermann brachte, als sie dort in der Küche arbeitete, von einem Kerl namens Herbert geschwängert wurde und dann nach Australien ging, wo sie als Graphikerin arbeitete. Aber niemand konnte sich an ihren Namen erinnern – vielleicht weil Esmond und Pamela sie nicht mehr beachteten, seit sie auf die andere Seite der Erdkugel gezogen ist.

Unsere Serie gibt es schon so lange, dass die meisten Hörer so gut wie alles über uns vergessen haben. »Das gibt uns die Möglichkeit«, sagte Leo mit leuchtenden Augen, »Esmond in eine ganz neue Richtung zu entwickeln. Vielleicht wollte er schon immer Architekt werden!« Ich lehnte dankend ab.

Die andere unglaubliche Nachricht ist, dass Witchett offenbar eine Abneigung gegen Pilfrey entwickelt hat. Er sagte zweimal, dass Pilfrey seiner Meinung nach ein »eingebildeter Streber« sei. Ich habe das Gefühl, dass Pilfrey bald wieder an einer schweren Krankheit leiden wird. Ich hoffe, es ist besser als das Moeransche Syndrom. Ich sagte, wenn er krank werde, müsse es schnell gehen – und erwähnte den Ebola-Virus. Anscheinend strömt dabei Blut aus allen Poren und die Haut wird lila. Und es gibt kein Zurück.

12.20 Uhr

Nachricht von Jakob auf dem Anrufbeantworter. Er sagte, ich solle Laura ausrichten, dass er »immer noch an der Gepäckausgabe in Heathrow« sei. Dabei sind er und Hortobagyi in Camden Town und erholen sich von dreizehn Gläsern Hochschul-Pilsener. Laura sagte: »Ist er wirklich an der Gepäckausgabe, Paul?« Ich sagte, obwohl ich mich dafür hasste: »Das hat er gesagt!«

Zweite Nachricht von der Mittdreißigerin, die mich fragte, ob ich sie ins Krankenhaus zum guten alten Steve begleiten würde. Heute Nachmittag. Will eigentlich nicht, fühle mich aber verpflichtet. Wenn sie ihn allein sieht, wird sie ihm nur wieder ganz, ganz viel Liebe schenken, und das könnte sein Ende sein. Sagte ihr, dass ich um fünf bei der BBC sein muss. Das war gelogen, gibt mir aber die Möglichkeit zu entkommen, wenn sie versucht, mir ganz, ganz viel Liebe anzubieten.

In der Eingangshalle des Krankenhauses, in dem der gute alte Steve liegt. Diese Frau ist unmöglich. Ich muss Steve sobald wie möglich aus ihren Klauen befreien und ihn in die Obhut einer anderen Frau geben (oder jemand anderen in ihre Klauen). Ansonsten könnte Steve sterben und ich könnte in ihren Klauen landen. Was ich mit ziemlicher Sicherheit nicht überleben würde. Wer weiß, wer sie in die Finger bekommt (oder eigentlich, wen sie in die Finger bekommt), wenn ich nicht mehr da bin, um sie aufzuhalten, sich andere Leute zu krallen.

Heute Nachmittag hat sie schon fleißig die Klauen nach mir ausgestreckt.

»Erzähl mir von dir! Was passiert in deinem Leben?«, fragte sie und sah mir tief in die Augen. Aus irgendeinem Grund erzählte ich ihr von Jakob und Laura und damit indirekt auch, dass Jakob Mühe hat, seine Gefühle auszudrücken. So wie ich, nehme ich an. »Manchmal, Paul«, sagte sie und musterte mich prüfend, »habe ich den Eindruck, dass du sehr weit von mir entfernt bist ...« »Tatsächlich?«, fragte ich mit einem leichten Zittern in der Stimme. »Ja«, sagte die Mittdreißigerin. »O ja! Als ob du ... auf einem Floß wärst ... auf einem See ... und von mir wegtreibst ... oder ... in einem Ballon ... der in die Luft steigt!« »Ich dagegen«, sagte ich fest, »fühle mich dir sehr nahe! Fast unangenehm nahe!« Sie lächelte sanft und hakte sich wieder bei mir ein. »Ich glaube«, sagte sie schließlich, »dass du Steve sehr ähnlich bist! Du brauchst einfach ganz, ganz viel Liebe!«

Dann waren wir zu meiner Erleichterung in Steves Zimmer angelangt. »Wie fühlst du dich?«, fragte die Mittdreißigerin. »Ich ... also ... äh«, sagte Steve, »ich ... fühle mich ...« Die Mittdreißigerin presste ihr Gesicht an seins. »Als wenn dir alles entgleitet?«, fragte sie eifrig. »Wie auf einem Floß?« Steve schloss die Augen. Einen Moment lang dachte ich, er hätte tatsächlich ins Gras gebissen. Aber so weit ich sehen konnte, atmete er noch. Ich schaffte es, sie von ihm loszueisen, aber sie bestand darauf, mich zum Sendehaus zu begleiten, wo sie jemanden namens Ithaca (kann das sein?) treffen will. Da kommt sie gerade, die roten Haare aus der Stirn gekämmt, ihre großen Augen mustern die Besucher auf der Suche nach mir. Sie hat eindeutig ganz, ganz viel Liebe zu geben und heute Nachmittag stehe ich ganz, ganz oben auf ihrer Liste.

18 Uhr

Gerade, als ich mit der Mittdreißigerin im Schlepptau das Sendehaus betrat, tauchte Ashley Ramp auf. Er starrte mich an, dann blieb sein Blick an ihr hängen. Ein eindeutiges erotisches Interesse, würde ich sagen. Das war der passende Moment, die beiden einander vorzustellen, möglichst im Stil von: »Hallo – das ist ein Mädchen Mitte Dreißig, das auf Latex steht, würden Sie gern mit ihr schlafen?« Aber natürlich konnte ich mich nicht an ihren Namen erinnern. Ich öffnete und schloss den Mund wie ein Goldfisch und sagte: »Ashley! Hi!«

Ich durfte natürlich auf keinen Fall den Eindruck erwecken, als ob ich seinen Buckel bemerken würde. Daher musste ich meine Mimik kontrollieren und aufpassen, nicht zu grinsen, obwohl dieser Ausdruck für mein Gesicht im Ruhezustand ganz natürlich ist – vor allem in Anwesenheit von Buckligen.

»Schön, Sie zu sehen!«, hörte ich mich sagen. »Wirklich schön, Sie zu sehen!« Ramp blähte angewidert die Nüstern und starrte dann mit unverhüllter Gier auf die Mittdreißigerin. Ich glaube, ich habe noch nie erlebt, dass mir jemand so deutlich signalisierte, er wolle unbedingt vorgestellt werden.

Ich klopfte ihm aufmunternd auf den Buckel und floh in Richtung Treppe. Ich konnte weder ihm noch der Mittdreißigerin in die Augen sehen. Jetzt bin ich in der Herrentoilette im dritten Stock. Ich komme erst wieder raus, wenn ich mir sicher bin, dass die beiden das Gebäude verlassen haben.

19 Uhr

Blieb eine Dreiviertelstunde auf dem Herrenklo. Sehr friedlich. Vielleicht sollte ich mir das zur Gewohnheit machen. Ich saß da, starrte auf den Boden und hörte, wie andere hereinkamen, die Toiletten benutzten und wieder gingen. Es war nicht immer angenehm – einige Geräusche erinnerten mich eher an einen Bauernhof; ein Mann brachte einen Ton zustande, den ich bisher nur von Anfängern auf der Tuba gehört habe – allerdings fand ich das Geräusch von Klospülungen schon immer merkwürdig beruhigend.

Jetzt schreibe ich in Wainwrights Büro. Er wies mich auf ein Fax hin, in dem stand: »Colin Cross, der von Raum B 34576 aus an Sonderprojekten gearbeitet hat, wird ab sofort die neu umstrukturierte Abteilung Fortsetzungshörspiele (Inland) leiten, zu der auch die beliebte Serie *General Practice* gehört. Colin wird dem neu zusammengeführten Bereich Audio und Visuelles zuarbeiten, der den neuen Namen Vereinte BBC trägt, sowie dessen internen Gremiendirektoren Ashley Ramp und Howard Porda. Ashley und Howard sind jetzt kommissarische Leiter des zentralen Strategiegremiums und werden sich bei der Umsetzung unseres Strategiepapiers *Radio im digitalen Zeitalter* um ein breites Themenfeld kümmern.«

Wainwright sagt, Cross sei seit seiner Abschiedsparty mit dreihundert Samosas in Raum B34576 eingeschlossen gewesen. Das glaube ich nicht. Er sagt auch, dass Ramp zunehmend mächtiger werde und eine direkte Konfrontation mit Porda gewinnen könne. »Er ist ein böser, ehrgeiziger, unbefriedigter Mann!«, sagte Wainwright. Ich muss ihn möglichst bald die Latexfreuden spüren lassen.

20 Uhr

Nachricht von Jakob auf dem Anrufbeantworter. Er sagte, ich solle weiterhin behaupten, er sei an der Gepäckausgabe. Ich sagte ihm, das würde niemand glauben. Es sei klar, dass das nur ein Vorwand sei, um Laura aus dem Weg zu gehen. Jakob sagte: »Ist wohl so«, und fügte dann hinzu, es habe im Richmond Park »eine Art Versprechen« gegeben. Ich sagte: »Heißt das, dass ihr wieder zusammen seid?« Jakob: »Wer weiß das schon, o Vater mein?« Ich sagte: »Das geht mich nichts an, Jake« (so habe ich ihn nicht mehr genannt, seit er acht war), und er antwortete, wobei er sehr traurig und müde klang: »Es geht dich etwas an. Du bist mein Vater. Natürlich geht es dich etwas an.« Was soll ich Laura sagen?

13. Juni, 10 Uhr, immer noch heiß und feucht, das Gewitter droht, bricht aber nicht los. Hemd klebt an der Haut. Spatz hüpfte aus der Hecke, völlig erledigt. Dann hüpfte er zurück

Estelle bei Craftgirls. Ruaighruyr und Lucy im Bett. Jakob »immer noch an der Gepäckausgabe«. Edwin oben und lernt. Oliver, Aphrodite, Bolt, Baldwin etc. beim Packen. Ich im Arbeitszimmer. Laura ebenfalls im Arbeitszimmer.
Nachricht von meiner Mutter auf dem Anrufbeantworter:

> MUTTER: Paul, ich bin's! *(Lange Pause.)* Ich bin's, die Oma, Paul! Ich! *(Noch längere Pause.)* Was hältst du von Tony Blair? *(Lange Pause, in der sie offenbar darauf wartet, dass der Anrufbeantworter etwas sagt.)* Ich halte nicht viel von ihm. *(Kurze Pause. In der Ferne Hammergeräusche.)* Es hämmert. Hörst du das? *(Weitere Hammergeräusche. Sie schnüffelt missmutig. Lange Pause.)* Erinnerst du dich an die Frau,

die sonntags immer zu uns zum Essen kam? Die mit den Hosen und dem grünen Schlapphut? Sie war Beryls Tochter. Du erinnerst dich an Beryl. Beryl und ich haben zusammen den Krieg überstanden, und dann hat sie diesen Portugiesen geheiratet. Ich mochte ihn nicht. *(Pause.)* Jedenfalls hieß sie Sheila. Die Tochter, Sheila. Erinnerst du dich, wie sie eines Tages mit ihrem Hund zum Essen kam? *(Lange Pause.)* Vielleicht warst du auch zu klein, ich weiß nicht, auf jeden Fall warst du da, als sie kam. *(Kurze Pause. Hammergeräusche werden lauter.)* Egal, auf jeden Fall ist sie tot.

Laura sitzt bei mir auf der Couch. Sie hat ziemlich viel geweint. Sie glaubt nicht, dass Jakob immer noch an der Gepäckausgabe ist. Bevor Estelle zur Arbeit ging, kam sie wieder auf mich zu und betrachtete mein Gesicht, als sähe sie es zum ersten Mal. Dann hob sie die Hand und strich mir über die Wange. Ich fragte: »Alles in Ordnung, Liebling?« Und sie sagte: »Zu alt. Das ist alles. Zu alt.«

10.35 Uhr

Ich schreibe im Auto vor dem Haus in der Carslake Road. In dem Haus, wo ich letzte Woche auf der Suche nach Wesley Jones vorbeischaute, wohnt niemand anderes als Wodge! Heute Morgen hat sich der liebe Edwin verplappert – er bat mich dummerweise, ihn und Snozzer »zu Wodges Haus in der Carslake Road« zu fahren. Dabei fiel mir ein, dass ich damals Snozzer in der Nähe des Hauses gesehen hatte. Ich setzte sie ab, ohne etwas zu sagen.

Kein Wunder, dass mir die Frau bekannt vorkam. Mrs. Wodge sieht ihrer Tochter zum Verwechseln ähnlich. Ich kann nur annehmen, dass Wodge oder Snozzer oder Edwin oder Lulu oder wahrscheinlich alle vier mich absichtlich getäuscht haben. Ich sollte glauben, Wesley Jones würde tatsächlich existieren. Wenn ich jetzt so darüber nachdenke ... die Gestalt bei der Premiere im Royal Court Theatre hatte eine gewisse Ähnlichkeit mit Snozzer.

Und das alles von einem Jugendlichen, dem ich meine berufliche Karriere anvertraut habe! Ich bin zu gutgläubig.

Allerdings muss ich zugeben, dass Snozzer das gewisse Etwas hat. Ich kann ihm einfach nicht böse sein, ich kann keinem von ihnen böse sein. Wie alle Männer mittleren Alters glaube ich, dass ich das bekomme, was ich verdient habe.

13 Uhr

Wieder daheim, um Oliver und Aphrodite zu verabschieden, die nach Tunesien aufbrechen. Ich glaube, Bolt und die anderen gehen nach Rumänien. Ich fragte Oliver, ob er mit Problemen am Flughafen rechne. Er fragte: »Mit wem?« Ich wollte nicht »mit der Polizei« sagen, aber Oliver, charmant wie immer, nahm mir die Antwort ab. Er sagte: »Ich habe keine Probleme mit der Polizei. Ich werde natürlich nicht meinen eigenen Pass benutzen.« Ich fragte erst gar nicht, wessen Pass er nimmt. Nachdem ich sie verabschiedet hatte, bin ich nach oben gegangen und habe nachgesehen, ob mein Pass noch da ist. Er ist es.

Lucy und Ruaieiurgy müssen sich nach einem harten Tag mit den Obdachlosen in East Grinstead »ausruhen«. Anscheinend sind die Obdachlosen in East Grinstead eine hartgesottene Bande.

15.30 Uhr

Laura ist immer noch verzweifelt. Mein Sohn, der Mistkerl! Ich rief ihn auf dem Handy an und sagte: »Wo bist du? Oder besser, was soll ich sagen, wo du bist?« Er sagte: »Gepäckausgabe!« Ich sagte: »Kein Mensch wird dir glauben, dass du zwei Tage lang an der Gepäckausgabe warst!« Zuerst wollte er mir weismachen, dass das durchaus möglich wäre. Dann sagte er: »Nein, das glaubt wirklich niemand! Aber hey, was soll's?« Ich kann ihn nicht ausstehen, wenn er so spröde und spöttisch ist. Ich frage mich warum. Laura sagt, ihre Mutter wolle mit mir etwas trinken gehen. Anscheinend hält sie mich für einen wirklich netten Menschen, »der zuhören kann«. Ist das der Grund, warum ich keine Frau ins Bett kriege?

Versuchte, aus Laura herauszukriegen, was mit Jakob im Richmond Park war. Sie redete über Rehe. Ein Ausweichmanöver, nehme ich an.

18 Uhr

Estelle rief an und sagte, sie gehe »jetzt gerade aus dem Büro«. Das heißt, sie macht in drei Stunden Feierabend. Ich habe vorgeschlagen, dass wir nächste Woche schön essen gehen, nur wir zwei, um unseren Hochzeitstag zu feiern. Ich sagte ganz ruhig und beiläufig, da sich anscheinend niemand für unseren Hochzeitstag oder meinen Geburtstag interessiere, sei es das Beste, »einfach essen zu gehen«. Estelle fragte: »Was ist los mit dir?« Ich sagte: »Nichts ist los. Ich sage nur, da sich niemand für unseren Hochzeitstag int...« Sie unterbrach mich: »Das hast du schon gesagt! Du wiederholst dich!« »Das haben die Leute nun mal so an sich!«, sagte ich. »Sie wiederholen sich, vor allem, wenn sie älter werden. Und wenn sie seit fünfundzwanzig Jahren verheiratet sind, machen sie wahrscheinlich nichts anderes mehr. Weil sie genau wissen, was der Partner schon gesagt hat, mehr als jeder andere Mensch auf der Welt. Du hast wahrscheinlich schon jede Wortkombination gehört, die zu bilden ich in der Lage bin. Und nicht nur einmal, sondern mindestens zweimal.« Schweigen, dann sagte Estelle: »Ja, wahrscheinlich habe ich das.«

Danach schwiegen wir noch länger. Schließlich sagte ich ganz ruhig und gelassen: »Nun denn. Würdest du gern mit mir in ein Restaurant gehen und zuhören, wie ich mich wiederhole? Oder sollen wir daheim bleiben und uns hier wiederholen?« Estelle sagte: »Ist mir egal, so oder so.« »In dem Fall«, sagte ich, »schlage ich vor, dass wir die ganze Sache vergessen.« Estelle fragte: »Welche Sache?« Ich sagte: »Alles. Unsere Ehe. Du weißt schon. Die fünfundzwanzig Jahre. Sollen wir sie feiern, indem wir uns scheiden lassen?« Es folgte wieder ein ziemlich langes Schweigen. Dann sagte Estelle: »Okay. Wenn es das ist, was du willst.« Sie legte auf.

Ich habe sie nicht zurückgerufen. Ich nehme an, es ist möglich, dass wir es beide ernst meinen. Ich habe nie geglaubt, dass man etwas sagen kann, was man gar nicht meint. Wenn man etwas sagt, dann meint man es auch so, oder nicht?

Letztendlich ist man beim Leben und Sterben auf sich allein gestellt. Andere Mitmenschen sind wie der Lärm, den wir in einer Stadt hören, oder die Schatten der Flammen an der Wand einer Höhle – eine Ablenkung, die uns manchmal vorkommt, als sei sie das eigentliche Geschehen.

Ich bin gerade durchs Haus gegangen – Ruairghy, Lucy, Laura und Edwin sind zusammen in den Pub gegangen. Offensichtlich fehlen jetzt noch mehr Möbel. Vielleicht plante Estelle bereits, mich zu verlassen, bevor ich ihr das Gegenmittel gegeben habe. In meiner Verzweiflung rief ich Gustave an. Die Frau, die an den Apparat ging, sagte mir, dass er im Krankenhaus sei. Mich überkam plötzlich eine Welle der Sympathie für Gustave. Der gute alte Gustave! Unsere gemeinsamen Jahre! Der Tag, an dem ich die Rolle des Autolyctus bei der Royal Shakespeare Company bekam und all die anderen Erinnerungen! Ich fragte die Frau, ob er ernstlich erkrankt sei. Sie sagte, er hätte Hämorrhoiden. Plötzlich war alles Mitleid wieder dahin.

14. Juni, 11 Uhr, weiterhin heiß, schwül und bewölkt, Wimbledon erinnert unangenehm an Florida, selbst die Vögel schwitzen. Der Spatz taumelte aus seiner Hecke, wankte über den Rasen vor dem Haus und schleppte sich wieder zurück

Estelle führt »ein ernstes Gespräch mit Hamish«. Ruairghy und Lucy bei »Schlafsack«. Jakob »bei Hortobagyi in Crouch End«. Edwin spielt auf einem Open-Air-Rockkonzert. Der Schuppen ist leer. Ich bin hier.

Estelle und ich erwähnten unser Telefongespräch von gestern Abend nicht weiter – das ist mittlerweile üblich bei uns, wenn wir einander unaussprechliche Dinge gesagt haben. Früher einmal, vermute ich, hätten wir versucht zu akzeptieren, dass es auch einmal Streit geben kann, vielleicht hätten wir den Streit sogar schlichten können. Jetzt tun wir beide einfach so, als wäre nichts gewesen.

Immerhin hat sie sich einverstanden erklärt, mit mir am 21. Juni auszugehen. Ich nehme an, dann können wir immer noch überlegen, ob wir uns scheiden lassen. Vielleicht wollen wir wie der Typ in *Die Einsamkeit des Langstreckenläufers* bis kurz vor dem Ziel laufen und dann, kurz vor der Ziellinie, einfach aufgeben. Aufhören, so zu tun, als ob alles immer so weiter gehen könne oder als ob Liebe heutzutage noch den vielgepriesenen Trick vollbringen könnte, zwei Menschen eins werden zu lassen.

Gerade ist die neue Folge gekommen. Am Ende klettere ich über eine Strickleiter in einen fliegenden Hubschrauber. Wallace und Randall schießen von einem Gebäude in der Nähe auf mich.

13 Uhr

Im Schuppen stieß ich auf Baldwin. Als ich ihn fragte, was er hier mache, sagte er, er habe »nichts für Rumänien übrig«. Ich sagte ihm, er solle los und sich einen Job suchen. Howard Porda rief an und bat mich, mich mit ihm im BBC-Fernsehzentrum zu treffen, weil er dort eine Strategiebesprechung hat. War einverstanden.

15 Uhr

Es war fast unmöglich, ins Fernsehzentrum zu kommen. Seit das Gebäude umgebaut wurde, kommt man immer von dem Punkt hinein, der am weitesten von dem Ort entfernt ist, wo man hinwill. Dafür gibt es dort jetzt einen Friseur, eine Kaffeebar und verschiedene Läden – vermutlich weil man gemerkt hat, dass die Besucher, wenn sie einmal im Gebäude sind, nie wieder herausfinden. Ich verirrte mich und landete schließlich in einem Gang, wo Fotos von Cuttern, Kameraleuten etc. »bei der Arbeit« an der Wand hingen. Alles sieht sehr glamourös aus. Allerdings habe ich gehört, dass sie alle entlassen wurden.

Ich schreibe im BBC-Klub. Ein völlig verändertes Gebäude. Zahlreiche Poster erzählen dem Besucher, wie großartig alles ist. Hier ist so gut wie niemand älter als dreißig – abgesehen von einem Relikt hinter der Bar, zu dem ich sofort eine tiefe, instinktive Zuneigung fasste. Ich glaube, ich bin hier derjenige, der dem Begriff »prominent« noch am nächsten kommt. Traf mich gerade mit Howard Porda, der mit Shirley kam. Sie trug einen Minirock. Miniröcke stehen ihr nicht, aber ich war so taktvoll, es nicht zu erwähnen.

Anscheinend steht Ramp auf Howards Mutter, also Stella Badyass. Einer der Gründe, warum er mich so hasst, ist laut Howard, dass er Estelle und mir die Schuld daran gibt, dass er und Stella nicht zusammen sind. Ich fragte ihn, ob seine Mutter Vorurteile gegenüber Buckligen hätte, doch Howard verneinte. »Das Problem ist«, sagte er, »dass sie auf diesen Freund von dir steht. Steve oder wie er heißt.«

Wenn ich Ramp mit der Mittdreißigerin verkuppeln kann und Steve mit Stella Badyass, könnte das Howards Position gegenüber Ramp stärken, das heißt, der Bucklige wäre dann weniger verbittert, wütend auf die Welt etc. Howard sagte, er habe große Probleme mit Ramp, der anscheinend versucht, sich bei John Birt einzuschmeicheln, indem er dessen bekannte Sympathie für Schwache und Bucklige ausnutzt.

Ob ich J. B. schreiben sollte? Ich weiß, dass große Ereignisse anstehen. Ich möchte nicht, dass Ramp alles ruiniert.

17 Uhr

Trank ein Bier mit Stella Badyass in einem Pub in der Nähe von Craftgirls, wo ich, wie sie mich erinnerte, Estelle immer noch nicht besucht hätte, obwohl sie dort schon seit sechs Monaten arbeite. Sie sah mich unter ihrem Pony hervor schräg von der Seite an und fragte mit der altbekannten, klagenden Stimme, ob ich Estelles Erfolg bedrohlich fände. Ich sagte: »Sehr.« Das ist zwar nicht ganz das, was ich denke, aber sie schien es zu erwarten.

Ich vereinbarte ein Mittagessen mit ihr und kündigte an, »einen Freund« mitzubringen, der sie gerne kennenlernen möchte. Kann es kaum erwarten, ihr Gesicht zu sehen, wenn Steve das Restaurant betritt. Wenn er bis dahin gehen kann. Fühlte mich sehr menschenfreundlich, glücklich etc., obwohl mein eigenes Leben auseinanderfällt. Auf zu neuen Herausforderungen: andere Leute miteinander zu verkuppeln! Mal etwas anderes als das altvertraute, hoffnungslose Bemühen, Sex zu haben, an den ich mich später nicht mehr erinnern kann.

Ich schreibe im Pub. Stella ist gerade gegangen.

18.30 Uhr

Als ich heimkam, war Ruairehriuy schon da. Um ihn herum häuften sich Zettel, Rechenschieber, Schaubilder und so weiter. Es stellte sich heraus, dass er eine Kalkulation für »Schlafsack« erstellen muss. Seine Organisation konkurriert mit nicht weniger als zweihundert anderen Einrichtungen, die alle den Obdachlosen in London helfen wollen. Ich sagte, es gebe wohl ziemlich viele Menschen, die auf der Straße leben müssten. Doch Reuireghy informierte mich darüber, nach den Volkszählungsdaten von 1991 seien es weniger als vierhundert – wodurch jede Organisation quasi nur zwei Obdachlose zu betreuen hat. Vermutlich Bolt und Alec. Er sagte, sie müssten ihren Businessplan bis Ende des Monats vorlegen, wedelte mit einer Ausgabenkalkulation und klang dabei wie ein BBC-Manager.

Er hat ein Schwarzweißfoto von Bolt und Alec gemacht. Sie liegen in der Gosse (ich glaube, es ist in der Mafeking Road, man kann es aber schlecht erkennen), und Bolt schwenkt eine halbvolle Flasche Jack Daniel's, während Alec sich gerade erbricht. Beide tragen Teppichreste, die, glaube ich, aus einem unserer Gästezimmer stammen. Die Bildunterschrift lautet: »Er ist zwanzig. Er ist Alkoholiker. Er könnte du sein.« Anscheinend hat man bei »Schlafsack« beschlossen, sich auf junge Alkoholiker zu konzentrieren. Man geht davon aus, dass die meisten Menschen Mitleid mit Betrunkenen haben – da viele von uns selbst regelmäßig betrunken sind. Ich fühlte mich an eine Reklame erinnert, die Leute zum Trinken animieren soll, aber Riuaierhgy meinte, das sei kein Problem. Einer ihrer Förderer ist eine große Brauerei.

Jakob hält sich seit einigen Tagen an einem unbekannten Ort auf. Wenn man ihn fragt, sagt er, er sei »mit Hortobagyi in Crouch End«. Ich glaube aber, dass er und Laura miteinander telefoniert haben, weil sie nicht mehr nach ihm gefragt hat. Heute tauchte er plötzlich mit Mr. Scarotto auf, der Ruaierghry offenbar ins Herz geschlossen hat. »Es ist gut«, sagte er und zupfte nachdenklich an seinem Ohrring, »wenn junge Menschen etwas für die Gemeinschaft tun. Sie können stolz auf Ihre Söhne sein, Mr. Slippery!« Ich sagte, ich sei extrem stolz auf sie. »Gott bewahre«, sagte Mr. Scarotto, »dass ihnen etwas zustößt!« »Gott bewahre!«, sagte ich.

Jakob erzählte mir später, er habe ein paar »geschäftliche Differenzen« mit Scarotto und Vanelli. Das beunruhigte mich sehr, und ich schärfte ihm ein, vorsichtig zu sein. Er legte mir den Arm um die Schultern. »Hör zu«, sagte er, »du bist mein Vater und ich liebe dich. Du bist Teil meiner Familie. Mach dir keine Sorgen wegen Mr. Scarotto und Mr. Vanelli. Wenn sie Dummheiten machen, wird ihnen etwas Schlimmes zustoßen. Das weiß ich.« Dann sagte er etwas sehr Langes und Kompliziertes auf Italienisch. Sein Italienisch hat sich erstaunlich verbessert. In der Schule war er nie gut in Sprachen.

Wir sprachen über Laura. Er sagte, er müsse sich verstecken, »um nachzudenken«. Zumindest scheint er ernsthaft nachzudenken. Heute Abend hatte er zum ersten Mal seit langem ein, wie ich es nennen würde, freundschaftliches Gespräch mit Lucy. Allerdings war Ruigueghruy daraufhin sehr verärgert. Mir gegenüber bezeichnete er Jakob, der es zum Glück nicht hörte, als jemanden, »der ganz schön rangeht«. Lucy machte Sardellentoast.

22 Uhr

Estelle kam um neun heim. War mir gegenüber reserviert. Besuch von Lucy und Laura. Darauf bedacht, dass zwischen Jakob und Laura alles gut läuft, benahm ich mich, wie man es von einem Mann in meinem Alter erwartet. Am Schluss machte ich erstaunlich alt klingende Bemerkungen über die allgemeine Verkehrslage, dumme Autofahrer, die Straßen von Cheam nach

Wimbledon und so weiter. Edwin lachte unverhohlen darüber. Schließlich starrte ich nur noch schweigend auf den Tisch, was mir den Vorwurf aller einbrachte, ein alter Griesgram zu sein. Edwin war schlecht gelaunt, weil er und Plinth bei einem Open-Air-Konzert aufgetreten waren, das ein christlicher Jugendklub in Merton Park organisiert hatte. Es kamen nur zwei Zuschauer.

Wenn der eigene Vater mit steinerner Miene dasitzt und sich nicht am Gespräch beteiligt, liegt das wahrscheinlich daran, dass er sich nicht zum Narren machen will. In solchen Momenten muss ich an das Schweigen meines Vaters bei den Mahlzeiten denken – mit einer heftigen Mischung aus Liebe, Verachtung und Nostalgie. Ich werde ihm immer ähnlicher, nehme ich an, aber so ist das nun einmal. Er war – ist das irgendwie von Bedeutung? – Pfarrer, der es nicht ganz geschafft hatte.

Oder komme ich mehr nach meiner Mutter? Ich muss unbedingt an meinem Umgang mit Anrufbeantwortern arbeiten.

Beide Mädchen dufteten noch besser als sonst. Lauras Oberkörper wölbte sich verheißungsvoll. Ich war so darauf bedacht, ihr nicht auf den Busen zu starren, dass ich das Gesicht abwandte, als ich ihr das Gemüse reichte, und mein Hemd mit Zucchini bekleckerte. Wurde dafür von Estelle ziemlich hart gerügt.

Ansonsten aber halten Estelle und ich uns sehr zurück. Das heißt, wir vermeiden Themen, von denen wir beide wissen, dass sie den anderen kränken könnten. Gegen Ende des Essens konnte ich sehen, dass sie zu müde zum Aufstehen war. Sie beugte sich vor und berührte mich ganz leicht am Arm, als sie mich bat, ihr etwas anzureichen. Die Geste hatte etwas sehr Rührendes und Trauriges. Vermutlich die Anfänge des gemeinsamen Alterns. Mittlerweile bin ich wegen meines Sexmangels so paranoid, dass ich mir bestimmte Rituale auferlegt habe, die den Eindruck erwecken sollen, dass ich kein Interesse an Sex hätte, das heißt, ich gehe zwanzig Minuten nach Estelle ins Bett, verlasse das Badezimmer, wenn sie hereinkommt und so weiter.

23.30 Uhr

Jakob, Ruairghy, Laura und Lucy sind im Pub. Hoffte, dass sie mich fragen würden, ob ich mitkommen wolle, was sie aber nicht taten. Mittlerweile ist mir klar, dass sie mich früher nur mitnahmen, weil sie kein Geld hatten, um sich selbst Getränke zu kaufen. Einen Augenblick lang war ich verärgert, doch dann akzeptierte ich erschreckend schnell, dass man als Vater junger Erwachsener wahrscheinlich nur noch die Aufgabe hat, die Getränke zu kaufen.

Jakob und Laura sind immer noch sehr angespannt. Hat Lucy noch Interesse an Jakob?

Edwin muss ein Exposé zum Thema »Medientexte: Ernährung« schreiben. Morgen ist die entsprechende Prüfung. Er hat ein zweiseitiges Meisterstück über das Übel Fastfood verfasst, dessen erster Satz ziemlich brillant gleich in die Vollen geht: »Hamburger sind nicht gut für die Gesundheit, und Bilder von dünnen Frauen sorgen dafür, dass es den Leuten schwerfällt zu akzeptieren, dass sie dick werden, wenn sie Hamburger essen, was aber so ist und außerdem kann der Mangel an Ballaststoffen tödliche Krankheiten verursachen, zum Beispiel Krebs, an denen man am Ende mit ziemlich großer Wahrscheinlichkeit stirbt!« Er schrieb richtig leidenschaftlich über die Machenschaften von Burger King, die Folgen von BSE und so weiter. Allerdings klang der Aufsatz verdächtig nach politischer Korrektheit. Als ich ihn fragte, was er wirklich von Fastfood halte, sagte er: »Ich liebe es. Kann nicht genug davon kriegen. Wollen wir uns was holen?« Ich sagte ihm, das solle er auch in der Prüfung schreiben, und er sah mich mitleidig an. »Ich bestehe nie, wenn ich schreibe, dass ich Fastfood mag!«, sagte er. »Das ist eine Prüfung! Die Lehrer wollen von gesunden Äpfeln und dem ganzen Mist hören!«

15. Juni, 11.30 Uhr, wird es denn nie regnen? Unglaublich heiß und stickig. Letzte Nacht war Donnergrollen zu hören, Wolken, tiefhängend und dunkelviolett, wie bei einer abheilenden Prellung. Keine Spur von den Vögeln

Estelle »bei einem Meeting in Madrid«. Jakob ebenfalls in Madrid. (Warum?) Rueiugheiury, Lucy und Laura schlafen. Alle, soweit ich weiß, in getrennten Betten. Edwin in der Schule. Ich mit meinem Tagebuch im Garten.

Noch neun Tage bis zur Fünf mit der Null.

Ich rief Steve an, der nicht mehr an den Schläuchen hängt. Ich sagte ihm, ich könne ihn mit einer Frau mittleren Alters verkuppeln. Er wirkte nicht übermäßig begeistert. Er sagte: »Vor allem müssen wir die derzeitige Amtsinhaberin absetzen!« Ich sagte, ich hätte den perfekten Mann für die Mittdreißigerin – einen jungen (zumindest jung wirkenden), sexuell unersättlichen Buckligen, der auf Latex stehe und einen hohen Posten bei der BBC innehabe. Steve sagte, das klinge perfekt.

»Sie war gestern Abend hier«, sagte er gequält, »und erklärte mir, ich sei … irgendwie auf einem Boot und würde ihr entgleiten oder einen Pfahl hinunterrutschen … oder eine Klippe oder was auch immer … sie war direkt an meinem Bett und gab mir ganz, ganz viel Liebe! Ich konnte sie nicht loswerden!«

Einen Moment lang fürchtete ich, dass er einen Rückfall erleiden könnte. Schließlich sagte ich ihm, dass Stella Badyass für ihn schwärmt. Er schien sich nicht an sie zu erinnern, meinte aber: »Wenn sie über vierzig ist, schick sie her!« Das sind gute Nachrichten!

12.30 Uhr

Edwin rief an und fragte, ob ich ihn nachher abholen könne. Er sagte, er und Lulu würden auf eine Beziehungskrise zusteuern.

Ich sagte: »Willkommen im Klub!« Er lachte kurz und ungläubig. Nachricht von Norman Proek auf dem Anrufbeantworter. Er will sich auf einen Drink mit mir treffen. Hoffentlich wird er nicht handgreiflich.

12.45 Uhr

Eine Nachricht von Mrs. Proek. Ich habe es so eingerichtet, dass ich mich mit ihr fünfzehn Minuten nach Norman im Dog and Fox treffe. Komme mir vor wie ein Zahnarzt. Was läuft da?

14.30 Uhr

Im Dog and Fox.

Wie erwartet war Lauras Vater auf die Minute pünktlich. Er trug seinen besten Anzug und erinnerte mit seinem ebenso korrekten wie unterwürfigen Auftreten an die Familie Pegotty bei Charles Dickens. Wenn er einen Hut getragen hätte, dann hätte er die Krempe in Händen gehalten und hin und her gedreht. Ich erkläre mir seine plötzliche Verwandlung in einen bescheidenen Bürger mit seiner Pensionierung. Vielleicht sehe ich ihn jetzt aber auch einfach mit anderen Augen. »Möchten Sie ein Bier, Norman?«, fragte ich, als ob es das Natürlichste auf der Welt wäre, ihn beim Vornamen zu nennen. »Nichts dagegen!«, sagte er. »Furchtbarer Verkehr heute, hatte Mühe durchzukommen!« »Tatsächlich?«, sagte ich.

Wir genossen diese Art von Gespräch geradezu. Ich fand es schön, mit einem anderen langweiligen Mann mittleren Alters im Pub zu sitzen und ungestört über den Zustand der A3 zu philosophieren, ohne dauernd von Teenagern unterbrochen zu werden. »Das Problem ist«, sagte Norman nach dem ersten Schluck Bier, »der Verkehrsfluss auf den Zubringerstraßen!«

»Ein wahres Wort!«, sagte ich. Wir schwiegen. Dann sagte Norman: »Aber wir wollen ja keinen neuen Langweilerrekord zum Thema Verkehr aufstellen, oder?« Darüber lachten wir beide herzlich.

Nach einem weiteren großen Schluck Bier sagte Norman: »Wissen Sie, anfangs hielt ich Sie für einen richtigen Mistkerl!« »Das habe ich gemerkt«, sagte ich. »Und ich nehme an, Sie haben mich für einen Bauerntrampel gehalten!« »Durchaus«, sagte ich freundlich, »ich hielt Sie für einen Volltrottel!« Wir schüttelten beide liebenswürdig den Kopf. »Was hat Sie an mir am meisten gestört?«, fragte ich. Norman überlegte. »Ich glaube«, sagte er, »ich dachte, Sie wären ziemlich hochnäsig. Eitel. Dass Sie sich für etwas Besseres halten würden.« Ich nickte ernst. »Ja«, sagte ich, »den Eindruck mache ich manchmal!« Wir lachten beide. »Ich hielt Sie für verrückt! Völlig irre! Gewalttätig!«, sagte ich. Norman lachte leise. »Ich fürchte«, sagte er nach einer Weile, »das bin ich wohl.«

Ich blickte leicht nervös zur Tür. Der Pub war voll mit Jugendlichen, etwa im Alter meiner Söhne. Ich sah Norman an, als ob ich ihn zum ersten Mal sehen würde. Ein großes, leicht fleckiges Gesicht – wie meins, verwittert vom Wind und vom Alkohol – mit grauen Schläfen. Ein wütender Ausdruck, als ob der Besitzer nicht wolle, dass ihm das alles widerfährt. Er muss einmal ein gut aussehender Mann gewesen sein, dachte ich.

Er spielte mit seinen Bierdeckel. »Komisch«, sagte er, »wie schnell dreißig Jahre vergehen. Bert Rachnowski und ich waren zusammen auf der Schule. Bert heiratete seine Jugendliebe. Ich heiratete meine.« »Tatsächlich?«, fragte ich, denn ich hatte das unheimliche Gefühl, dass ich wusste, was er als Nächstes sagen würde. Wie sich herausstellte, hatte ich Recht. »Und ich habe sie immer geliebt. Berts Mädchen. Ist das nicht komisch? Ich habe immer Berts Mädchen geliebt.« »Das ist nicht komisch«, sagte ich, »es passiert andauernd. Die falschen Leute heiraten die Falschen. Die ganze Zeit.« Er sah mich scharf an. »Haben

Sie die falsche Frau geheiratet?«, fragte er. Ich sah ihm direkt in die Augen. »Nein«, sagte ich, »ich nicht. Ich hatte großes Glück.« »Ja«, sagte Norman, »das glaube ich auch.«

Erneut kameradschaftliches Schweigen. Ich fragte: »Lieben Sie sie immer noch?« Norman hob das Gesicht und sah mich an. »Ja«, sagte er. »Ich glaube, deswegen mache ich so viel Aufhebens um Laura. Deswegen rege ich mich so auf. Sie waren sehr nett zu meinem Mädchen, Paul. Es ist ein großer Schlamassel. *Si la jeunesse savait, si la vieillesse pouvait!*« Mein Gesichtsausdruck musste ihm verraten haben, dass ich die Art von Snob bin, die nicht damit rechnet, dass ein Schädlingsbekämpfer mit französischen Zitaten um sich wirft, denn er musterte mich scharf: »Ich bin nicht einer von der Billig-Wein-und-Fertigpizza-Sorte!«, sagte er. »Nein, nein!«, sagte ich.

Norman redete weiter. »Sind sie irgendwie ... enttäuscht?« Ich sah ihn an. »Ich wäre gern ein besserer Schauspieler ...«, sagte ich. »Manchmal frage ich mich, ob es überhaupt richtig war, Schauspieler zu werden.«

»Schauspieler ... Rattenfänger ...«, sagte Norman niedergeschlagen. »Letzten Endes ist es alles dasselbe!« Ich zog leicht die Nase kraus, um anzudeuten, dass ich mit dieser Bemerkung nicht ganz einverstanden war. Ich versuchte, das Gespräch wieder in die richtigen Bahnen lenken. »Haben Sie es ihr ... äh ... Berts Frau je gesagt?« »Nie!«, sagte Norman. »Ich denke, das sollten Sie!«, sagte ich.

Ich blickte über seine rechte Schulter. Er saß mit dem Rücken zu einem großen Spalier, das mit Kunstblumen dekoriert war. Dahinter entdeckte ich ein bekanntes Gesicht. Es war Mrs. Proek. »Sie glauben, ich sollte es ihr sagen?«, fragte Norman. Das Gesicht nickte. »Ja, das sollten Sie!«, sagte ich. »Und was ist mit Gwen? Würde Gwen das verkraften?«, fragte er weiter. Das Gesicht grinste und nickte wieder. »Ich glaube das würde sie!«, sagte ich.

Als er gegangen war, schlängelte sich Mrs. Proek durch die

Menge zu mir. Sie grinste breit. »Sie sind lustig!«, sagte sie. »Sie haben so eine ulkige, aufgeblasene Art. Gleichzeitig rennen sie herum wie ein barmherziger Samariter und wollen allen helfen!« Ich sagte, ich würde keinen gesteigerten Wert darauf legen, als barmherziger Samariter zu gelten. Sie legte ihre Hand auf meine. »Was ist los mit Ihnen?«, fragte sie. »Warum wirken Sie manchmal so verloren?« Ich gab keine Antwort. »Lieben Sie Ihre Frau wirklich?«, fragte Mrs. Proek mit der Brutalität, die Frauen plötzlich an den Tag legen können, wenn sie übereinander reden. »Das habe ich bereits Ihrem Mann erklärt«, gab ich zurück.

Es klang, wie ich jetzt merke, ziemlich defensiv.

17.30 Uhr

Ich habe einen Brief an Ashley Ramp geschrieben:

Lieber Ashley Ramp,
Sie kennen meinen Namen nicht. Mein Name spielt keine Rolle. Wichtig sind meine Gefühle. Ich bin Ihnen neulich zufällig im Sendehaus in Begleitung von Paul Slippery begegnet (Gott weiß, warum ich ausgerechnet mit ihm unterwegs war!). Ich hatte einfach das Gefühl, dass ich Ihnen schreiben muss. Ich habe so etwas noch nie gemacht. Aber ich spürte so starke Emotionen auf Ihrer Seite, als sie mich musterten, dass ich das Gefühl hatte, ich müsste es tun!
Sind Sie vielleicht eine verwandte Seele? Latex hatte für mich schon immer eine starke sinnliche Ausstrahlung. Ich schäme mich nicht für meine Empfindungen, aber es ist oft schwer, Gleichgesinnte zu finden!
Ich muss Ihnen auch gestehen, dass ich mich zu Männern in gehobenen Positionen hingezogen fühle. Womit ich Männer mit »Macht« meine, die große Unternehmen lenken und lei-

ten, wie das, in dem wir beide arbeiten. Die Vorstellung, dass so ein Mann Latex trägt, ist für mich fast unwiderstehlich! Das lässt mich schwachwerden. Womit ich übrigens nicht sagen will, dass ich nicht selbst auch gern Latex trage. Was mich betrifft: Je mehr, desto besser!

Ich möchte Ihnen nicht meinen Namen nennen. Erinnern Sie sich denn an mich?

Ich trug ein ärmelloses Kleid, bin Mitte Dreißig und habe rote Haare, die ich aus der Stirn gekämmt trage. So, wie Sie mich ansahen, glaube ich schon, dass Sie sich an mich erinnern werden!

Falls Sie mich ausfindig machen wollen, Paul Slippery weiß, wo Sie mich finden können. Aber erwähnen Sie bitte, bitte nicht diesen Brief. Es kommt mir sehr gewagt vor, dass ich so etwas mache! Aber ich würde sehr gern einen »ruhigen Abend« mit Ihnen verbringen und über mögliche Gemeinsamkeiten sprechen …

Ganz liebe Grüße,
eine dreiste
Mittdreißigerin!

Wenn das nicht funktioniert, dann hilft gar nichts.

19.30 Uhr

In der Abendpost war ein Brief von meiner Personalsachbearbeiterin. Anscheinend steht eine jährliche Leistungsbeurteilung meinerseits durch Karl an, oder Shirley, wie ich mir so langsam angewöhnen sollte, ihn zu nennen. Meine Sachbearbeiterin – eine gewisse Norma, die ich nie kennengelernt habe – legte ein Formblatt bei, das ich ihr ausgefüllt zurückschicken soll. Sie wird es dann an Shirley weiterleiten.

Es ist ein großes leeres Blatt, auf dem »ZIELVORGABEN«

steht. Ich habe einen einzigen Satz in die Mitte geschrieben. Er lautet: »Meine Zielvorgabe besteht darin, zu überleben.«

Rueirguiry kam gerade, er trägt einen Anzug! Er sagt, bei »Schlafsack« gebe es jetzt »strenge Kleidungsvorschriften«, und da er im Bereich Sponsoring arbeite, müsse er »gepflegt aussehen«. Er fragte, ob ich ein Mitglied der Königsfamilie kennen würde. Ich verneinte. »Wen kennen wir, der berühmt ist?«, fragte er dann. Ich sagte, ich hätte auf dem Flur der BBC einmal Nick Hornby gesehen. Das fand er wohl sehr aufregend.

Ich glaube, wir leben uns auseinander. Seltsam, dass Wohltätigkeitsarbeit diese Wirkung hat.

22 Uhr

Estelle ist gerade zurückgekommen, zusammen mit Jakob. Was haben sie in Madrid gemacht? Sie weigerten sich, mir etwas zu erzählen. Ein plötzlicher Anfall von Paranoia. Vielleicht war Estelle neulich nur nett zu mir, weil sie vorhat, uns zu verlassen. Jakob war gegenüber Laura angespannt, anscheinend hat sie sich den ganzen Tag im Haus versteckt. Werden sie sich je versöhnen? Werden Estelle und ich uns versöhnen? Was ist mit Edwin und Lulu? Warum regle ich das Liebesleben anderer Leute und unternehme in puncto Romanzen so wenig für die eigene Familie? Vermeidungsverhalten bezüglich der tatsächlichen Schwierigkeiten mit Estelle – ihre Affäre mit Hamish, schemenhafte Erinnerung an Sex zwischen ihr und mir etc.?

Mr. Scarotto und Mr. Vanelli hatten einen Autounfall. Laut Jakob haben sie sich beide Beine gebrochen. Ich hatte allerdings den Eindruck, dass das eventuell auch nach dem Unfall passiert sein könnte. Jakob meint, sie seien immer unzuverlässiger geworden; Benny der Grieche finde »den Umgang mit ihnen schwierig«. Ich fragte, ob er sie im Krankenhaus besuche, aber Jakob sagte, sie seien nicht im Krankenhaus. Das war, fand ich, sehr tapfer von ihnen, aber Jakob erklärte, sie seien »irgendwo, wo niemand sie finden kann«. Er sagte außerdem, für Vanelli, der anscheinend einige Probleme mit seinem Buchhalter namens Attila hatte, sei »der Zement schon lange fällig«.

Als ich mich besorgt über seinen Umgang äußerte, sagte Jakob, er ziehe sich aus dem Geschäft mit Elektrogeräten zurück. Aus Gründen, die sich mir nicht erschlossen, wollte er wissen, ob ich schon einmal in Malaga gewesen sei.

22.30 Uhr

Edwin kam spät von einer weiteren Kostümprobe für den *Sommernachtstraum* zurück. Seit die Prüfungen vorbei sind, hat Hotchkiss dem Ensemble einen harten Probenplan auferlegt. Wir hatten ein gutes, ruhiges Gespräch über ihn und Lulu. Edwin hat sich entschieden, mit ihr zusammenzubleiben. Ich sagte, vermutlich käme ich bei Estelle zu demselben Ergebnis. Edwin sah mich an und schenkte mir sein wölfisches Grinsen. »Du musst mit ihr zusammenbleiben!«, sagte er. »Ihr seid verheiratet!« Ich sagte, das sei kein zwingender Grund. »Oh«, sagte Edwin, schien aber nicht wirklich betroffen, »eine Scheidung?« Er sah mich verschmitzt an. »Ich nehme an, das ist eine Möglichkeit!«, sagte er. »Ihr streitet euch oft!« Ich fragte ihn noch einmal, was Estelle mir zum Fünfzigsten schenken würde, und er sagte: »Einen Anzug oder so was, glaube ich.«

Danach schmollte ich ein bisschen, was ihn sehr amüsierte. Ich las ihm Auszüge aus Leos und Witchetts neuestem Meisterwerk vor, in dem ich mir den Weg freischieße, als ich in der Klemme stecke, und dabei drei schottische Drogendealer erledige. Das alles soll bewirken, dass Pilfrey und die anderen in der Praxis ziemlich langweilig und dröge erscheinen. Sie reden ziemlich viel über mich – was mich sehr freut. Pilfrey klingt immer missmutiger. Leo und Witchett haben die Handlungsstränge für die kommenden drei Monate festgelegt, und Shirley hat alles genehmigt. Ich komme zurück in die Praxis. Pamela wird wegen versuchten Mordes angeklagt. Ich bin infolge meiner haarsträubenden Abenteuer ein »härterer und gewiefterer Arzt« geworden. Leo meinte, er sehe mich als Sipowicz in *NYPD Blue.* Er sagte auch, dass die Quoten steigen würden und wir eine gute Kritik in der *Yorkshire Post* hätten. Edwin glaubt, ich würde noch ein echter Star.

16. Juni, 11.30 Uhr, immer noch unerträglich heiß und schwül, graue Schleier über den Dächern der Mafeking Road. Habe dem Spatz Wasser rausgestellt. Eine Elster hat es getrunken

Estelle bei Craftgirls. Ruigheiury und Lucy bei »Schlafsack«. Jakob im Club Le Steel. Edwin in der Volkstanz-Prüfung (Nachprüfung). Laura unten auf dem Sofa. Bolt vermutlich im Schuppen. Ich im Arbeitszimmer.

Machte Atemübungen nach Kronshoeg. Sie funktionieren wirklich! Fühle mich viel besser. Anruf von Gustave.

Er biederte sich sehr bei mir an. »Ich habe mich gerade gefragt, was du wohl so machst …«, begann er. Dann erzählte er mir, dass Pilfrey nicht mehr die außerirdische Schnecke spielen wird. Er wurde gefeuert! Wilde Freude bei dieser Nachricht. Er fragte, ob ich Interesse an der Rolle einer Assel in einem Zeichentrickfilm der Leute hätte, die mich damals als Wurm wollten. Anscheinend ist es eine größere Rolle. Ich sagte in überlegenem Ton, ich würde »keine Insekten mehr spielen«. Gustave sagte, er habe »ziemlich viele Anfragen« erhalten, ob er sagen solle, dass er mich nicht mehr vertrete? Ich antwortete, ich hätte einen anderen Agenten für öffentliche Auftritte, sei aber bereit, Angebote von Flaubert anzunehmen, »wenn die Qualität stimmt«. Er fragte, wer der andere Agent sei, und ich sagte: »Er ist sehr jung, sehr neu, sehr unkonventionell. Du würdest ihn mögen.« Gustave klang eifersüchtig und beeindruckt. Solange er nicht herausfindet, dass Snozzer ein sechzehnjähriger Schüler ist, kann ich ihn als Druckmittel verwenden. Anscheinend erhielten wir mehrere gute Kritiken, ein Schreiberling verkündet sogar plötzlich, ich sei sein Lieblingsdarsteller im Radio. Meine Stimme habe einen verwitterten, leidgeprüften Klang, »als ob ihr Sprecher weiß, was Schmerz bedeutet«. Ich erzählte es Edwin, und er sagte: »Du weißt, was Schmerz bedeutet! Du wohnst in der Mafeking Road 52! In der Mafeking Road 52 regiert der Schmerz!« Ich ging los und kaufte die Zeitung, für die der Irre schreibt, und schnitt seine Kritik aus. Sie ist nur fünf Zeilen lang, aber ich werde sie vergrößern lassen.

Wenn ich mein Sex/Liebesleben (ist es das Gleiche?) in Ordnung bringen könnte, wäre ich für meinen Geburtstag nächste Woche gerüstet. Ich bin entschlossen, Estelle den Liebestrank in kleinen Mengen einzuflößen. Wenn ich eine ausreichende Menge in ihre Blutbahn schleusen kann, wird sie so heiß und hemmungslos sein, dass selbst ich mich wohl in die Schlange hinter Plonker und Hamish einreihen darf, das heißt, dass auch für mich etwas abfällt.

12 Uhr Mittag

Anruf von Ramp. Gab ihm die Nummer der Mittdreißigerin.

Artikel in der Zeitung über Viagra, die neue Wunderdroge, die Männern ihre Potenz zurückgibt. Stimmte mich nachdenklich. Ich fragte mich, wann ich das letzte Mal eine Erektion hatte. Kann mich nicht erinnern.

Und woran erinnere ich mich bei Estelle und mir?

Ich weiß mit Sicherheit, dass wir 1972 im Standesamt von Wimbledon getraut wurden und ich ein blaugestreiftes Hemd trug. Ich weiß auch, dass ich gelbe Plateauschuhe trug und

Estelle ihre Haare zu einer Frisur auftoupiert hatte, die man heute nur noch bei den Besatzungsmitgliedern in *Deep Space Nine* sieht. Oberflächlich betrachtet scheint das nicht sehr viel für eine fünfundzwanzigjährige Ehe.

Jakob hat ein Restaurant namens Club Le Steel (ein hochgestochener Name, finde ich) eröffnet. Estelle ist bei ihm, weil ein Teil des Trickfilms dort gedreht werden soll. Ich fragte ihn direkt, was mit Laura sei, und er sagte, er werde ihr »in ein paar Tagen schreiben«. Ich sagte, das klinge, wie wenn sie sich um einen Job bei ihm beworben habe. Er sagte: »Sie ist ein gutes Mädchen!« Ich verspüre eine gewisse Sympathie für Mr. Scarotto.

12.30 Uhr

Fuhr Laura zurück nach East Cheam, wo ich jetzt Tagebuch führe. Sie trug das hochgeschlossene aprikotfarbene T-Shirt und hatte die Taschenbuchausgabe von *Der Fremde* dabei – auf Französisch! Anscheinend sieht sie die Sache mit Jakob inzwischen gelassener. Als ich sie absetzte, zuckte sie mit den Schultern und sagte: »Er muss sich entscheiden. Das müssen wir alle, stimmt's? Man entscheidet sich, jemanden von ganzem Herzen zu lieben.« Ich fand das erstaunlich weise – vielleicht reagierte ich aber auch nur auf ihr T-Shirt. Ich nehme an, die beiden sehen solche Dinge gelassener als Ruairghy und Lucy.

Norman bat mich herein. Die Rachnowskis waren da.

Anscheinend haben sie und die Proeks »die ganze Nacht geredet« – etwas, wozu weder Estelle noch ich die Energie haben. Sie wirken alle unglaublich energiegeladen und verjüngt und ehrlich. Alle sind verändert und verwandelt! Porda! Mailer! Steve! Ramp! Karl! Alle außer mir! Nur ich trotte weiter auf dem ausgetretenen Pfad der Ehe, während sich meine Vergangenheit hinter mir auflöst!

Mr. Proek wird mit Mrs. Rachnowski zusammenleben. Mr. Rachnowski wird mit Mrs. Proek zusammenleben. Sie müssen nicht einmal streichen oder umräumen, weil Mrs. Proek wohl schon immer ins Haus der Rachnowskis ziehen wollte und Mr. Proek schon immer sein sauber aufgeräumtes Wohnzimmer, die Goldfische und so weiter gehasst hat. Mrs. Rachnowski sagte zu mir: »Norman wollte schon immer in einem richtig chaotischen Haushalt leben. Er hatte«, fuhr sie fort, »schon immer ein Auge auf den Plüschgorilla geworfen!« Lucy und Laura wissen schon alles. Sie sind hocherfreut. Lucy wollte schon immer, dass ihr Vater mit der Mutter ihrer besten Freundin schläft und so weiter und so fort. Alles ist aufs Beste geregelt in der besten aller möglichen Welten.

Romantische Liebe ist oft peinlich und wird oft missverstanden. Aber bei Leuten über fünfzig grenzt sie schon fast ans Tragische. Jetzt gehen wir alle in den Pub!

15.30 Uhr. Auf einer Bank im Park von Wimbledon. Auf dem Heimweg

Nach zahllosen Drinks saß ich plötzlich alleine mit Bert Rachnowski am Tisch. Er beugte seinen zottigen, grau werdenden Kopf zu mir und zuckte verlegen die Schultern. »Sag mal«, begann er, »du und Estelle ...« »Was ist mit uns?«, fragte ich. »Wie ist das bei euch?« »Warum willst du das wissen?«, sagte ich. »Na ja«, sagte er, »Leute, die lange verheiratet sind, haben diesen Ausdruck in den Augen.« »Welchen Ausdruck?«, fragte ich. »Ach, du weißt schon«, sagte Mr. *Bert.* »Dieser Ausdruck, der sagt, dass es immer so sein wird!« »Oh«, sagte ich, »du meinst selbstgefällig!« Er sagte, er meine nicht selbstgefällig, aber ich denke, dass er genau das meinte. Ich sagte: »Ich kann dir nicht sagen, wie es ist. Es ist immer anders.« »Aber«, sagte Bert, »da muss es doch etwas ...« »Oh«, sagte ich, »unser Geheimnis!«

Ich dachte lange darüber nach. Dann sagte ich: »Das Geheimnis ist, dass ich es nicht weiß. Wenn du es wirklich wissen willst: Ich bin mir ehrlich gesagt nicht sicher, ob ich meine Frau liebe oder nicht. Ich stelle mir seit fünfundzwanzig Jahren jeden Tag diese Frage. Aber ich dachte immer, dass ich eines Tages aufwachen und die Antwort kennen würde. Das könnte bedeuten, dass ich mich aufraffen und sie verlassen müsste. Es könnte bedeuten, dass ich sie wirklich liebe. Verstehst du? Echte, wahre Liebe für immer und ewig, wie im Märchen. Aber ich weiß es nicht. Noch nicht. Ich nehme an, ich habe Angst davor, es herauszufinden. Oder vielleicht sind wir noch zusammen, weil wir die Frage noch nicht beantwortet haben.« »Wenn du die Antwort kennst«, sagte Bert, »dann lass es mich wissen, in Ordnung?« »Klar«, sagte ich.

Jetzt sitze ich hier auf der Bank und denke über die Liebe und meine Suche nach der Liebe nach. Oder genauer, meine Suche nach der Bedeutung der Liebe. Man gibt die Suche nach der Liebe nicht auf, wenn man heiratet. Das möchte ich Jakob und Ruaiergehrey sagen. Ich glaube, das, was ich im Pub gesagt habe, stimmt. Ich denke nicht, dass ich die Antwort kenne. Aber ich bin dicht davor. Ganz dicht. Ich bin kurz davor, meinem Leben und meiner Ehe einen Sinn zu geben. Der Gedanke macht mir Angst. Denn wenn das, was ich zu Bert gesagt habe, stimmt, dann könnte, wenn ich die Antwort gefunden habe, alles umsonst gewesen sein, das gemeinsame Leben, die Kinder, sogar das ganze Glück, wenn man das so sagen kann. Denn Glück heißt nicht gleich Liebe, obwohl es ein Teil davon ist. Liebe ist etwas, das sich nicht ändert, sie ist ganz sie selbst, sie führt uns durch die Dunkelheit, verändert und wandelt sich und bleibt doch sich selbst treu, sie ist unveränderlich wie die Liebe Gottes, von der mein Vater früher immer sprach und an die er, wie ich hoffe, auch am Ende seines Lebens geglaubt hat, als er in seinem Krankenhausbett nach Atem rang.

16.30 Uhr

Las gerade den letzten Abschnitt noch einmal. Ich werde nie ein Romancier. Und auch kein anderer Autor. Zwischen meinen Sätzen und meinen Gefühlen klafft einfach eine Lücke.

17 Uhr

Jakob, Ruaierhgy und Edwin sahen noch einmal nach mir, bevor sie in den Pub gingen. Jakob erzählte, in seiner Firma gebe es einige Veränderungen. Benny Cammeroni, Toni Gerrasimo, Louie der Grieche, Jackie das Pferd, Jimmy das Messer, der Albaner, Jodie Sanzarotti und die Zwillinge sowie Vittorio Spinetti und die Familie gehören nicht mehr zum Unternehmen. Ich fragte nach den Gründen, und Jakob sagte: »Sie sind alle tot!« Ich sagte, das tue mir leid, aber Jakob meinte: »Es ist besser so!« Ich fragte, wie es passiert sei. Er sagte: »Ein paar sind ertrunken.« Doch die Sache hat sich offensichtlich nicht auf sein Geschäft mit Elektrogeräten ausgewirkt. Ich erwähnte ganz unverbindlich und beiläufig die Mafia, und Jakob legte mir wie immer, wenn der Begriff genannt wird, den Arm um die Schultern. »Hör zu«, sagte er. »Du bist mein Vater und ich liebe dich. Nur weil jemand sämtliche Pastasoßenrezepte kennt, heißt das nicht, dass er zur Mafia gehört. Einige von ihnen waren nicht einmal Italiener.« Ich sagte, Sanzarotti klinge für mich sehr italienisch. Jakob sagte: »Deswegen hat er den Namen angenommen.«

Ich fragte nicht weiter nach. Aber ich bin froh, dass Mr. Vanelli und Mr. Scarotto in letzter Zeit nicht mehr vorbeigekommen sind. Wollte allerdings nicht fragen, ob sie auch tot sind.

Ruaierhgy kommt bei »Schlafsack« gut voran. Sein Businessplan wurde angenommen, zwanzig Leute werden entlassen. Er natürlich nicht. Sein Ansatz, junge Alkoholiker anzusprechen, kam sehr gut an – vor allem bei den jungen Alkoholikern. Die Mitarbeiter von »Schlafsack« haben Hunderte junge Alkoholiker gefunden, was Ruierghy sehr freut. Der Sohn eines bekannten Labour-Abgeordneten hat gestanden, dass er ein junger Alkoholiker ist. Jetzt wird eine große Kampagne gestartet, die Tausende von Pfund kostet, um weitere junge Alkoholiker zu finden. Edwin bot an, durch seinen »Pressesprecher« Snozzer öffentlich zu verkünden, dass er ein junger Alkoholiker sei. Er sagte, er wolle beichten, dass er und Snozzer gestern Abend fünf Gläser Stella-Artois-Bier getrunken hätten.

Ruewihriuy wies ihn zurecht, »keine Witze über ein so ernstes Thema zu machen«. Dann gingen sie alle zusammen in den Pub.

Ich versuchte, sie vorsichtig auszuhorchen, ob sie eine Überraschungsparty für mich organisiert haben. Ich sagte: »Ich nehme an, dass keine Aussicht auf eine Überraschungsparty besteht!«, und Jakob sagte: »Keine Chance!«

In Sachen Laura hat er sich immer noch nicht entschieden.

20 Uhr

Rief Stella Badyass an und nannte ihr Name und Adresse von Steves Krankenhaus, die Station etc. Sie klang, wie ich fand, sehr unternehmungslustig, und sagte, sie werde ihn heute Abend besuchen. Anruf von Estelle, sie sagte, sie hätte wichtige Neuigkeiten über Mr. Slippy Sloppy für mich. Ich schaffte es, optimistisch, dynamisch und überhaupt so zu klingen, als ob ich nicht dringend Viagra bräuchte.

18. Juni, 9.30 Uhr, immer noch kein Wetterumschwung, keine erkennbaren Wolken, dafür Dunstschleier am Himmel. Temperatur um 30 Grad oder, wie Edwin es formuliert, »heiß wie ein Affenarsch«. Der Spatz hatte womöglich einen Herzinfarkt

Estelle und Jakob im Club Le Steel (angeberischer Name). Ruairghy und Lucy bei »Schlafsack«. Edwin bei einer irischen Volkstanz-Gala in Kilburn. Laura vermutlich daheim, wo sie immer noch auf eine Antwort wartet. Ich, wer hätte es gedacht, mal wieder im Arbeitszimmer.

Nachrichten auf dem Anrufbeantworter. Die erste von der Mittdreißigerin.

MITTDREISSIGERIN: Paul, bist du da? Nein? Paul, ich muss dir etwas furchtbar Wichtiges sagen und ich fühle mich schrecklich schuldig, aber ... *(Pause. Man hört, wie sie an ihrer Zigarette zieht)* ... ich habe das Gefühl, dass Steve ... irgendwie ... sehr schwer zu erreichen ist ... als wenn er in einem Segelflugzeug säße, das in die Luft gezogen wird, und ich ziehe ihn oder vielleicht ziehe ich ihn auch nicht, vielleicht stehe ich unten und sehe zu, wie er hochgezogen wird, vielleicht aber auch nicht am Boden, sondern in einem anderen Flugzeug Hunderte Meter weit über ihm und merke nicht einmal, dass er ... *(Pause. Tiefes Inhalieren des Zigarettenrauchs.)*

Die Sache ist die, Paul, ich habe diesen unglaublichen Mann kennengelernt, und wir haben so viel gemeinsam. *(Pause. Husten, Stimme senkt sich ehrfürchtig.)* Er heißt Ashley Ramp, Paul, ich glaube, du kennst ihn ... auf jeden Fall kennt er dich und hält dich für total talentiert oder zumindest findet er das jetzt, nachdem ich es ihm gesagt habe. *(Pause. Gackerndes Gelächter. Mehrere tiefe Züge an der Zigarette.)* Ich habe mich noch nie jemandem so nahe gefühlt, Paul. Ich habe das Gefühl, dass Ashley ganz, ganz viel Liebe braucht, und ich will sie ihm geben. Ich glaube, ein ... gemeinsames Interesse ist sehr wichtig und wir ... na ja, wir ... verstehen uns einfach so gut ... und ich möchte, dass du es Steve sagst, Paul, weil ich weiß, wie sehr du ihn magst, und ich möchte, dass du ihn ganz, ganz lieb von mir grüßt, machst du das? *(Ein letzter Zug an der Zigarette. Klick.)*

Und ob ich das mache.

Die zweite Nachricht kommt vom guten alten Steve:

STEVE: Hi Paul, hier ist Steve! ... Wollte dir nur sagen, dass wir die von dir ausgeführte Lieferung der Frau mittleren Alters akzeptieren und wir sie für den erforderlichen Verwendungszweck in jeder Hinsicht ideal finden ... im Ernst, Kumpel ... das ist genau das, was der Arzt verordnet hat ... sie ist ein Volltreffer ... erzählt unglaublich witzige Geschichten über ihren Sohn, der anscheinend beinahe eine Frau werden wollte ... Ich wollte mich nur für alles bedanken, du bist ein echter Kumpel, sie ist genau die richtige Frau für mich, ich kann dir gar nicht sagen, wie glücklich ich bin ... und ... das wird jetzt hart ... *(Krankenhausgeräusche, Klirren des Essenswagens etc.)* ... aber es wird nicht funktionieren mit ... äh ... du weißt schon wem ... und ich dachte, ob du es ihr nicht vielleicht als guter Freund ... also ... ihr sagen könntest ... weil wenn ich sie sehe und sie ... du weißt schon ... mir ... du weißt schon ... wieder ganz, ganz viel Liebe schenken will oder darüber redet, dass ich ... hoch oben auf einem Baum sitze oder was auch immer ... dann habe ich vielleicht noch einen Infarkt, Kumpel ... pass auf dich auf ...

Die dritte Nachricht ist von meiner Mutter:

MUTTER: Paul, ich bin's, bist du da? *(Lange Pause.)* Manchmal bist du da, auch wenn du nicht drangehst ... *(Lange Pause.)* Auf jeden Fall bin ich da. *(Lange Pause.)* ... Ich nehme an, du bist bei der Arbeit ... Ich mag diese Schotten nicht, die dich umbringen wollen, Paul ... Vor allem diesen Randall finde ich widerwärtig. *(Lange Pause.)* Auf jeden Fall bist du noch nicht tot. *(Pause. Klopfen im Hintergrund.)* Hörst du das Klopfen? Das geht den ganzen Tag so, immer dieses Klopfen. Klopf, klopf, klopf, klopf. *(Lange Pause. Irres Lachen. Klopfgeräusche im Hintergrund werden lauter.)* Erinnerst du dich an Tante Elspeth, die in Newcastle lebte und Kinderbücher schrieb? Sie hatte eine Katze mit einer furchtbaren Krankheit, du warst einmal ein paar Tage bei ihr, als du noch klein warst. Sie war Gymnastiklehrerin. *(Lange Pause.)* Egal, sie ist tot. *(Pause. Weitere Klopfgeräusche.)* Was hältst du von Harriet Harman? Ich habe keine Zeit, mich mit ihr zu befassen. *(Lange Pause. Weitere Klopfgeräusche. Hörer wird aufgelegt.)*

Die vierte Nachricht ist von Estelle:

ESTELLE: Jemand daheim? Nein? Okay. Bin schon wieder weg. War nur Estelle. Die sich für euch zu Tode schuftet.

Die fünfte Nachricht ist von meiner Personalsachbearbeiterin. Ich werde bei der BBC erwartet. Zur Leistungsbewertung. Jetzt.

12 Uhr mittags

Komme gerade von meiner Besprechung mit Shirley.

Es fing alles sehr gut an. Ich sah Ashley Ramp in der Eingangshalle. Er sah aus wie ein Mann, der ausreichend Sex hat.

Er winkte mir fröhlich zu und sagte: »Weiter so, Esmond!« »Auf jeden Fall!«, sagte ich.

Wenn alle Leute in Führungspositionen ausreichend Sex hätten, wäre die Welt besser dran!

Auch Shirley hat eindeutig regelmäßig Sex. Sie trug einen losen Kaftan, der ihr das Aussehen eines ägyptischen Hohepriesters verlieh, und glitt wie ein Dalek bei *Doctor Who* durch ihr Büro. Karl hat seine Sekretärin – Gillian – immer sehr aggressiv und herablassend behandelt (»Tipp den Brief für mich, Kindchen!«), Shirley dagegen ist, wie sie sich so geräuschlos zwischen den Topfpflanzen bewegte, überaus freundlich, einfühlsam und humorvoll. »Ein Tässchen Tee, Paul?« (»Gilly, Liebe, sind Sie so gut ...«) Während ich ihr bei der Arbeit zusah, erkannte ich, wie gut sich Frauen als Führungskräfte eignen. Je früher wir uns alle unser bestes Stück wegoperieren lassen, desto besser. Allerdings, wenn ich so darüber nachdenke, hat Shirley wohl das Beste aus beiden Welten. Oder nicht? Ich konnte nicht aufhören, daran zu denken, während sie es sich auf ihrer schwarzen Couch gemütlich machte und mich unter ihrer blonden Perücke hervor aufmunternd ansah. Keine Spur von Bartstoppeln. Falls noch Spuren des alten, bösen, machtbesessenen Karl vorhanden waren, dann vielleicht als leichtes Funkeln in ihren Augen, als sie sagte: »Nun – wie geht es uns?«, in Wirklichkeit aber eher meinte: »Na los doch! Mach dich zum Narren, Slippery! Los!«

»Nun«, sagte ich, »uns geht es wirklich gut!« Shirley nickte. »Gut!«, sagte sie. »Ich habe das Gefühl«, sagte ich, »dass Esmonds neue Rolle funktioniert!« Shirley nickte. »Ja!«, sagte sie. »Ich bekomme«, fuhr ich fort, »viel Fanpost!« »Tatsächlich?«, sagte Shirley. »Hauptsächlich«, sagte ich und hoffte, dass sie die Briefe nicht sehen wollte, »von Frauen!« Shirley nickte. »Gut!«, sagte sie. »Wie Ihnen!«, sagte ich. »Ja!«, sagte Shirley und hakte dann nach: »Wie meinen Sie das?« »Berufstätige Frauen«, sagte ich, »wie Sie!« »Ah ja!«, sagte Shirley.

Seit sie BH und Slip trägt, ist sie verbindlich bis zur Unverständlichkeit. Sie ging auf jeden Fall kein Risiko ein. Davon ermutigt, dachte ich, ich könnte Esmond ruhig noch einen kleinen Schubs in die richtige Richtung geben. »Der neue Pennebaker ist besonders bei den Sechzehn- bis Fünfundzwanzigjährigen beliebt!« »Tatsächlich!«, sagte Shirley, und ihre Augen strahlten jetzt wirklich. »Ja!«, sagte ich. »Dann scheint ja alles in Ordnung!«, sagte sie. »Ja, so ist es!«, sagte ich.

Shirley hat nun eindeutig so viel Sex, dass sie sich wie eine richtige Führungskraft benehmen kann, das heißt nichts tun, keine Meinungen äußern und auf den Ruhestand warten. Dieses Machtvakuum nutzten ich und Esmond gnadenlos aus. »Ich glaube auch«, sagte ich, »dass die Nebenhandlung mit Randall und Wallace sehr gut funktioniert ... und ich habe das Gefühl, dass er in seiner jetzigen Form ewig weitermachen könnte!« »Wunderbar!«, sagte Shirley.

Es folgte eine Pause. Für einen Moment sah ich vor mir, wie ich Esmond Pennebaker mit fünfundsechzig spiele. Ich verscheuchte den Gedanken. Dann sagte ich schnell: »Ich hätte gern mehr Geld!« Shirley nickte. »Das wäre möglich!«, sagte sie und schenkte mir ein kokettes kleines Lächeln. »Wir mögen Esmond Pennebaker!« Dann hob sie das Formular mit meinen Zielvorgaben hoch. »Ich lese daraus ab, dass Sie gern am Leben bleiben möchten!« »Das stimmt!«, sagte ich. Shirely lachte hell auf. »Am Leben bleiben!«, sagte sie. »Bleiben Sie so lange am Leben, wie Sie können!« Und mit diesen ermutigenden Worten wurde ich hinaus in den Flur geleitet.

In der Kantine traf ich Wainwright. Er wirkte betrunken und jammerte den guten alten Zeiten bei der BBC nach. Ich sagte: »Um Himmels willen, Wainwright! Die Dinge ändern sich! Die Menschen ändern sich und wachsen! Wir müssen unser Leben und uns neu strukturieren! Wir müssen wachsen und uns verändern!« Wainwright sagte: »Dann sind Sie also noch nicht rausgeflogen!« Ich sagte ihm, er sei zynisch. Als ich ging, sagte er etwas Seltsames: »Sie glauben, Ashley Ramp sei derjenige, der Sie tot sehen wollte! Aber so einfach ist das nicht! Die Vorgänge hier lassen sich nicht einfach damit erklären, wer mit wem schläft! Etwas Böses, Falsches und Gemeines läuft bei der BBC, und Sie hängen mit drin, Slippery!«

Er war eindeutig betrunken.

Ich telefonierte mit Edwin, der allmählich Zweifel wegen seiner Prüfungen bekommt. Er erzählte, er habe einen Aufsatz über »den komischen roten Fleck auf Gorbatschows Stirn« geschrieben. Außerdem gibt es anscheinend gar keine Prüfungen in irischem Volkstanz. Das war nur ein Codewort, wenn er in den Pub ging. Außerdem berichtete er, dass Snozzer und Wodge verlobt sind und heiraten werden. Ich fragte, ob sonst noch jemand davon wisse, und er sagte: »Du bist der Erste, der es erfährt. Vielleicht wirst du auch der Einzige sein, dem sie es je sagen. Snozzer findet, du bist okay.« Ich sagte, es freue mich, Snozzers Vertrauen zu genießen, aber irgendwann müsse er es wahrscheinlich auch den anderen sagen. Seinen Eltern zum Beispiel. Edwin sagte, sie würden es nicht erfahren. Sie würden es nicht verstehen, fügte er hinzu.

16 Uhr

Habe gerade eine neue Folge von *General Practice* aufgenommen. Als ich in den siebziger Jahren anfing, brauchten wir dafür einen ganzen Tag. Ältere Männer mit Kopfhörern stellten stundenlang die Mikrofone ein. Produzenten marschierten herum, gefolgt von ganzen Heerscharen von Assistenten mit Stoppuhren. Heute sitzen wir alle an einem Tisch, normalerweise nur mit dem Regisseur zur Gesellschaft, und nehmen eine halbe Stunde in gerade einmal der doppelten Zeit auf. Zumindest streben wir das an.

Nachdem ich dem Tod in Gestalt von Randall und Wallace

entronnen bin, kehre ich in die Praxis zurück. Ich glaube, ich werde bald eine Affäre mit dem Mann anfangen, der uns mit Verbandsmaterial beliefert. Er heißt Jodie. Pamela steht mit einem Bein im Grab. Leo und Witchett haben beschlossen, Pilfrey in den Wahnsinn zu treiben – allerdings hat man ihm das noch nicht gesagt. Das erste Symptom ist ein Hygienefimmel – den Großteil der heutigen Episode verbrachte er mit Händewaschen. »Ich komme mir ein bisschen … statisch vor!«, sagte er zum Regisseur. Er ahnt nicht, dass er in zwei Wochen seine Frau mit der Axt durchs Wohnzimmer hetzen wird. Und in ein oder zwei Monaten wird man ihn im Bett festschnallen und Ärzte in weißen Kitteln werden ihm große Mengen Lithium in die rechte Arschbacke injizieren.

Leos und Witchetts neuer, mit Sex, Drogen und Verbrechen gewürzter Ansatz ist ein großer Erfolg – vor allem jetzt, da die hohen Tiere ihr Sexualleben in Ordnung gebracht haben und uns machen lassen, was wir wollen. Ich bin auf dem Weg zum Star. In der Pressestelle sind fast hundert Briefe für mich eingegangen, viele bitten um Autogramme und Fotos! Eine Frau aus Cardiff schreibt:

Lieber Dr. Pennebaker,
Bis letzte Woche habe ich mir nie *General Practice* angehört, weil ich dachte, es sei eine langweilige alte »Familienseifenoper«. Und dann diese Überraschung! Sie sind definitiv sexy und das Aufregendste, was das Radio zu bieten hat. Meine Freundin und ich kriechen fast in die Lautsprecher, wenn Sie zu hören sind.
Sie stellt sich sogar ihr tragbares Radio zwischen die Beine, damit Ihre Stimme aus ihrer Beckengegend kommt, als ob Sie oralen Sex mit ihr hätten.
Da wir gerade beim Thema sind – wenn Sie zufällig mal in Cardiff sind, kommen Sie doch einfach vorbei!
Ich bin vierundzwanzig, habe einen schönen Busen, einen hüb-

schen Hintern und Beine bis in den Himmel. Ich sehne mich danach, mir die Jeans vom Hintern zu ziehen und Sie gegen den Schrank in unserem Wohnzimmer zu pressen! Ich käme ruckzuck, das können Sie mir glauben!
Wir wohnen im Tregaron Drive 34, Aberdevallynaervon, Cardiff, Wales.
Ich bin heiß auf dich, Baby!
Megan

Pilfrey sagte, der Brief sei eindeutig von einem Mann mittleren Alters verfasst worden. Ich fragte ihn, woher er das wisse. Ob er ihn vielleicht geschrieben habe? Er zog die Nase kraus wie eine Trockenpflaume und sagte: »Für so etwas habe ich ein Gespür.« Dann fügte er hinzu, er sei froh, dass er »solche Leute« nicht anspreche. Er ist ganz eindeutig von Neid zerfressen.

Ich spreche anscheinend alle Altersgruppen an. Ein Achtjähriger bittet um ein Autogramm, und eine neunundachtzigjährige Frau schreibt, ich hätte ihr den Glauben an den britischen Hörfunk wiedergegeben. Die Pressestelle lässt ein spezielles Foto von mir anfertigen, das mir »eine alterslose Qualität« verschafft. Ich soll in einem Tweedjackett durch ein Waldgebiet gehen, gefolgt – in diskretem Abstand – von einem roten Setter. Pilfrey schlug vor, ich solle mir für die alterslose Qualität eine Tüte über den Kopf ziehen. *General Practice* hat jetzt einen Marketingmanager, der unser Publikum analysiert hat. Unsere Hörer sind »zwischen fünfundzwanzig und sechzig Jahre alt, lieben die Natur, achten auf sportliche Betätigung und sind sexuell aktiv«. Dreißig Prozent unserer Hörer sind angeblich Analphabeten und zehn Prozent stammen entweder aus dem Forest-of-Dean-Distrikt oder aus Northumberland. Ich weiß aber nicht, ob das vielleicht die Analphabeten sind.

Der Marketingexperte heißt Gavin und sagt, ich sei schon so lange dabei, dass die Leute ihren Freunden nicht mehr von mir erzählt hätten, mich aber jetzt wieder neu entdecken und als einzigartige Entdeckung feiern würden. Selbst alte und treue Hörer haben anscheinend vergessen, wer ich bin, und glauben, sie würden mich zum ersten Mal hören – weshalb ich eine größere »Altersspanne« bei den Hörern abdecke als jeder andere britische Unterhaltungskünstler mit Ausnahme von Paul McCartney. »Die Verwirrung der Hörer«, schreibt er, »hat ein neues und einzigartiges Rollenbild für Pennebaker geschaffen. Viele Achtjährige sagten uns, sie hielten ihn für ›acht oder neun‹, während Rentner erklärten, sie hätten das Gefühl, dass er die gleichen Schwierigkeiten durchmache wie sie.«

Das Gleiche gilt für die Serie. Die Autoren, Handlungsstränge und so weiter haben sich so oft geändert, dass *General Practice* gar nicht mehr als Seifenoper wahrgenommen wird. Laut Gavin hat unsere Serie im Radio und Fernsehen eine einzigartige Position – sie gilt als Institution, gleichzeitig aber auch als aktuell und angesagt. »Wir haben mit *General Practice* eine Sendung vor uns«, schreibt er, »deren Fans hinsichtlich des Alters und der Identität der Beteiligten – wir sprechen hier über die fiktiven Personen und die Schauspieler, die sie darstellen – so unsicher sind, dass wir fast alles mit ihnen machen können.« Anscheinend halten achtzig Prozent der Hörer Dr. Esmond Pennebaker für einen realen Menschen, fünfundsiebzig Prozent sind überzeugt, dass Paul Slippery »jemand ist, den sie kennen und der ebenfalls Arzt ist«, fünfzehn Prozent halten mich für einen »Freund, auf den sie sich verlassen können« und fünfundzwanzig Prozent finden, »er hätte die Medizin nicht aufgeben sollen, um Schauspieler zu werden«.

Für mich ist damit ganz klar, dass unsere Hörer Idioten sind. Gavin streitet das nicht ab. Er sagt sogar, das sei gut für uns, da Idioten die ausgabefreudigste Konsumentengruppe überhaupt darstellen.

Es gibt große Pläne, mich zu vermarkten. Derzeit lautet die Strategie, »das Gesicht von der Stimme zu trennen«. Pilfrey sagte, das bedeute wohl, dass man die Fotos eines anderen

Schauspielers verwende, und fügte leise hinzu: »eines *gut aussehenden* Schauspielers«. Solche Sticheleien lassen mich kalt. Ich vermute, der Ruhm wird aus mir einen viel netteren Menschen machen. Jetzt muss ich los und dem *Observer* ein Interview geben.

18 Uhr

Ziemlich gutes Interview mit der jungen Frau vom *Observer.* Es ist für die Rubrik »Mein Kühlschrank«, und ich musste sagen, was in meinem Kühlschrank ist. Ich erklärte: »Zwei Flaschen Wodka, drei Flaschen Champagner, ein bisschen Kaviar und drei Paar Boxershorts.« Sie sagte, das sei sehr gut. Allerdings wird wohl nie das gedruckt, was man sagt, und wenn der Artikel erscheint, heißt es wahrscheinlich, ich hätte drei halbleere Dosen gebackene Bohnen und eine Flasche Guinness im Kühlschrank.

Sie wollte noch wissen, was für einen Kühlschrank ich hätte, und ich sagte: »Einen großen, gigantischen Angeberkühlschrank.« Das gefiel ihr, sie sagte, sie würde gerne noch mehr Artikel über mich machen. Sie schreibt auch die Rubrik »Mein Haustier« für die *Times.* Sie fragte, ob ich ein Haustier hätte. Ich sagte, ich hätte einen Goldfisch namens Kevin.

Eine sehr nette junge Frau, die ein Diplom in Biochemie aus Cambridge in der Tasche hat. Blond, scharf geschnittene Gesichtszüge, aber fantastische Brüste. Ich bin mir ziemlich sicher, ich hätte sie »flachlegen« können (wie wir Promis sagen), aber da ich jetzt nett und berühmt bin, beschloss ich, lieber zu Estelle zurückzukehren.

Vielleicht stand ich dieses Jahr ein bisschen in Konkurrenz zu Estelle. Sie hat mich auf jeden Fall abgehängt. Aber jetzt bin ich wieder voll da! Sie muss sich schon sehr anstrengen, um mit mir mitzuhalten!

Warte immer noch, dass Estelle heimkommt und ich ihr von meinem neu erlangten Ruhm erzählen kann. Ich habe ein Gericht gekocht, das (glaube ich) »kib'n el farhiah« heißt – ein syrisches Gericht, bei dem man Lammhack, Joghurt, Zimt und Kardamomkapseln vermischt und dann zusammen mit Okra und der Schale von acht Limetten anbrät. Ich werde es wohl mit ein paar launigen Bemerkungen servieren müssen, denn es schmeckt, zugegeben, ziemlich scheußlich.

Edwin leidet nachträglich große Qualen wegen seiner Geschichtsprüfung. Ich sagte: »Edwin, vergiss die Prüfungen! All das ist Geschichte!« Er sagte, das sei ja das Problem. Er fragte, ob die Kubakrise vor der Berliner Luftbrücke gewesen sei. Außerdem glaubt er, er habe sich beim Thema Fidel Castro »einen Griff ins Klo« geleistet. Anscheinend war er davon ausgegangen, dass Castro »etwas mit dem Musikgeschäft Anfang der sechziger Jahre zu tun hat«.

Seine Mutmaßungen über die Berliner Mauer beunruhigten mich dann doch etwas. »Wer hat diese Mauer gebaut?«, fragte er immer wieder. »Warum war sie da? Wenn die Leute hinüber wollten, sind sie dann drum herumgegangen oder drübergeklettert? Waren Metallspitzen oben drauf? Haben die Russen sie gebaut oder war sie einfach schon immer da?« Ich versuchte ihm den Kommunismus zu erklären und sagte: »Am besten fangen wir mit Marx und Lenin an.« Edwin sagte: »Die haben wir nicht durchgenommen!« Meine Versuche, ihm den Kommunismus nahezubringen, machte alles nur noch schlimmer. Als ich bei Jelzin anlangte, wurde sein Gesicht weiß vor Angst. »Wer ist das?«, fragte er. »Was hat der da zu suchen?«

21 Uhr

Ich erzählte Estelle von meinem großen Erfolg. Sie sagte: »Heißt das, dass wir jetzt noch mehr über Paul Slippery reden als bisher, als er ein jämmerlicher Versager war, den alle umbringen wollten?« Ich sagte, ich hätte nicht das Gefühl, dass wir viel über mich reden würden. Tatsächlich hätte ich den Eindruck, als sei es dieses Jahr in erster Linie um sie und ihren Erfolg gegangen. »Um Mr. Slippy Sloppy zum Beispiel!«, sagte ich. »Alles hat sich verändert. Ich habe nichts dagegen. Wir müssen uns ändern. Reden wir nicht mehr über mich!« Darauf folgte ein langes Schweigen.

Ich dachte, das wäre die Gelegenheit, die wirklich amüsante Geschichte über meine Begegnung mit der »Mein Kühlschrank«-Frau zu erzählen. Estelle hörte mit einer gewissen Ungeduld zu.

Alle hassten das syrische Essen.

Jakob hat Laura immer noch keine Antwort gegeben – obwohl sie heute dreimal angerufen hat. Er heckt eindeutig etwas mit Estelle aus. Seinen Elektrogerätehandel hat er verkauft. Mr. Vanelli und Mr. Scarotto werden hier wohl nicht mehr vorbeikommen. Jakob möchte mit seinem Unternehmen allein durchstarten. Er hat drei Restaurants eröffnet. Ich fragte, wie lange Mr. Vanelli und Mr. Scarotto wegbleiben würden, und Jakob sagte: »Neun Jahre.« Er hat eine Sekretärin namens Gaby eingestellt. Ich fragte, ob er mir dann meine ursprüngliche Einlage für die Kühlschränke zurückzahlen könne. Jakob sagte: »Hör zu. Du bist mein Vater und ich liebe dich. Was mein ist, ist auch dein und umgekehrt. Wenn du Geld brauchst, musst du mich nur fragen!« Er legte mir den Arm um die Schultern und zog mich am Ohr. Allerdings machte er keine Anstalten, mir das Geld zu geben. Ich wollte ihn aber auch nicht noch einmal danach fragen. Ich habe, wie ich erkennen musste, ein bisschen Angst vor Jakob.

Rueighry kam spät und wirkte sehr gestresst. Ist mit Lucy alles in Ordnung? Sie war nicht da.

19. Juni, 10 Uhr, immer noch heiß und schwül, immer noch kein Regen in Sicht, allerdings haben die Wolken Wimbledon bedrohlich eingekreist. Keine Spur vom Spatz

Estelle und Jakob im Club Le Steel. Ruighiury und Lucy streiten oben. Edwin und Lulu streiten unten. Ich hier.

In fünf Tagen bin ich ein halbes Jahrhundert alt.

Heute Morgen wachte ich um vier mit einem mutmaßlichen Herzinfarkt auf. Schmerzen im linken Arm. Beschloss ganz tapfer, Estelle nicht zu wecken. Besser, wenn sie mich einfach nur findet. Ich habe irgendwo gelesen, dass ein hoher Prozentsatz tot auf der Toilette gefunden wird, daher ging ich, bestrebt, alles richtig zu machen, aufs Klo. Ich starb nicht, sondern las stattdessen ein Buch über Igel, das Edwin dort auf dem Boden liegen gelassen hatte.

Ging zurück ins Bett und dachte an Sex. Stellte mir vor, wie ich von einer Frau im Wikingerkostüm gefesselt und dann mit einem Knüppel verprügelt werde. Fand das sehr stimulierend, bis sie mir plötzlich mit ihrem Schild eins über den Schädel zog und lachend davonrannte. Versuchte mir vorzustellen, wie ich Sex mit Sharon Stone habe. Schaffte es nicht.

Versuchte es mit einer Fantasie, die normalerweise funktioniert. Ich gehe in ein Bordell, wo fast nur schwarze Frauen arbeiten. Irgendwie kam ich mit dem Igelbuch durcheinander, was aber durchaus interessant war. Am Ende ging ich zurück aufs Klo und las das Kapitel über Bespeichelung – ein bizarres Ritual, auf das fast alle Igel stehen, wobei sie spucken, lecken, schnüffeln und andere Dinge tun, von denen ich nicht weiß, wann ich sie zum letzten Mal mit einem anderen Menschen ausprobierte. Eigentlich ist man als Igel besser dran. Als ich wieder ins Bett ging, wurde es schon hell. Estelle schnarchte, aber ich schlug ihr nicht wie sonst mit der zusammengerollten Zeitung auf den Kopf. Mein neu gewonnener Erfolg macht mich viel toleranter.

11.30 Uhr

Nachricht von Ashley Ramp auf dem Anrufbeantworter. Ausgerechnet er muss mir sagen, wie sehr ihm die Serie gefällt. Er klang wie ein Mann, der ausreichend Sex hat. Ich bin mir sogar fast sicher, dass ich ein quietschendes Geräusch wie von Latex auf Latex im Hintergrund hörte. Er sagte: »Ich und mein Lebenspartner genießen den neuen draufgängerischen Pennebaker ganz außerordentlich!« Seitdem halte ich den Begriff »Partner« für einen der erotischsten der englischen Sprache – es deutet auf eine sexuelle Vereinigung hin, ohne preiszugeben, ob der Sprecher es mit einem Mann, einer Frau oder einer Ziege treibt.

Außerdem kam ein langer, geschwätziger Brief von Wainwright. Ich glaube, er wird langsam verrückt. Er spricht vom Zweiten Spence'schen Gesetz, das besagt: »Alle Organisationen werden umstrukturiert, bis sie wieder sich selbst ähneln, nur noch mehr«, außerdem sei jede Veränderung »kosmetischer Art und vorübergehend«. Es gibt neue Gerüchte über eine Verschwörung gegen mich.

12.45 Uhr

In das Haus der Porkers ziehen neue Nachbarn ein. Sie sehen Mr. und Mrs. Porker erstaunlich ähnlich.

17 Uhr

Plötzlicher Wutanfall wegen der Prynnschen Krankheit, Estelles Abwesenheit, der Ungerechtigkeit des Lebens und so weiter. Entschied mich zu einem Experiment. Ich werde unter kontrollierten Bedingungen selbst Hand an mich legen und dann abwarten, ob ich mich daran erinnern kann.

Enorme Probleme, einen geeigneten Ort für die Selbstbefriedigung zu finden. Edwin war unten und spielte den Es-7-Akkord. Rueirriuy war früher von »Schlafsack« heimgekommen und stritt sich am Telefon heftig mit Lucy. Jakob stritt mit Ruairghy, weil er das Telefon brauchte, um sich mit Laura zu streiten. Verzweifelt durchstöberte ich das Haus auf der Suche nach Pornos. Es gibt keine. Das Beste, was ich finden konnte, war *Anna Karenina:* ein paar mäßig stimulierende Beschreibungen von Blusen, Hälsen, Schultern etc., aber nicht genug, um einen Mann Ende vierzig in Ekstase zu versetzen.

Graste die Regale nach weiterer erotischer Literatur ab. *Aufzeichnungen eines jungen Arztes* von Michail Bulgakow? Ich glaube nicht. *Bis die Katze lacht* von Lynne Truss? Ich zog das Buch aus dem Regal und betrachtete das Autorenfoto. Eine nette, freundliche Frau, dachte ich. Ich könnte mir vorstellen, ein nettes, freundliches Gespräch mit ihr zu führen. Schnell schob ich das Buch zurück ins Regal und suchte weiter. *Der kleine Hobbit* von J. R. R. Tolkien? Wohl eher nicht. *Früchte des Zorns* von John Steinbeck? Kein Sex, soweit ich mich erinnere. Die gesammelten Gedichte von Peter Reading? *John Loveday* von Thomas Harding? Ein Reiseführer für Andalusien?

Völlig verzweifelt ging ich ins Wohnzimmer. *Lady Chatterleys Liebhaber* von D. H. Lawrence? Schon allein der Gedanke an den abstoßenden Wildhüter, der durch den Regen läuft und über seinen Schwanz schwafelt, wirkte sich negativ auf mein Vorhaben aus. Ich ging aufs Klo, ließ die Hosen runter und starrte verärgert auf meinen neunundvierzigjährigen Penis. »Tja ...«, sagte ich, »wie sieht's aus?« Er hing da wie ein überfütterter Wurm und schien zu schmollen. »Corsage!«, sagte ich zu ihm. »Spitzenhöschen!« Er rührte sich nicht. Von unten konnte ich hören, wie Edwin einen Dur-Akkord auf der Gitarre spielte.

Es ist vorbei, Slippery. Aus und vorbei. Jetzt muss ich los und Edwin zur Kostümprobe vom *Sommernachtstraum* fahren, der morgen Premiere hat. Es wird nur diese eine Aufführung geben, und das ist wahrscheinlich auch gut so.

21.30 Uhr

Sah bei der Kostümprobe zu. Plonker gab mit Eselskopf eine Reggaenummer zum Besten. Hotchkiss hat das Problem, wie man den Zuschauern den Wechsel der Bühnen begreiflich macht, noch nicht gelöst. Eigentlich ist vorgesehen, dass die Elfen aufspringen und »das Publikum an der Hand nehmen und hinaus in die Sommernacht führen«. Er probierte das heute bei den paar Eltern und Lehrern aus, die sich in der Lucien Freshman Hall eingefunden hatten. In meinem Fall kam Snozzer auf mich zu (warum ist er jetzt wieder eine Elfe?), schlug mit den Flügeln und sagte mit tiefer Bassstimme: »Soll ich Ihnen mal was Schönes zeigen, Mr. Slippery?«

Dann schubste er mich unsanft Richtung Spielplatz. Leider hatte niemand überlegt, wo sich die Zuschauer sammeln sollten. Motte, der von einem riesigen Jungen namens Jason Patel gespielt wird, scheuchte seine Gruppe zum Fahrradschuppen, während Spinnweb, gespielt von einem Zwerg namens Puntschli, seine Leute zum Rugbyfeld trieb. Die erste, zweite und dritte Elfe (Tooting, Minton und Hughes) rannten mit je einem oder zwei Erwachsenen hinaus in den Abend. Hong, der mittlerweile zum Regieassistenten aufgestiegen ist, jagte ihnen nach und rief: »Kommt zulück, dumme Jungen! Stück noch nicht volbei!«

Die Spannungen zwischen Titania und Oberon haben zugenommen. Peter Lugg, der Junge-der-sich-für-schwul-hält (und es ganz eindeutig ist) hat beschlossen, besonders dick aufzutragen, um Ffitch-Presley zu ärgern. Sein erster Satz zu Oberon »Wie? Oberon ist hier, der Eifersücht'ge? Elfen schlüpft von hinnen!« erhielt eine neue Dimension, weil Lugg nach dem Wort »Elfen« eine Pause machte, sich zum Publikum wandte, mit dem Hintern wackelte und auf Ffitch-Presley zeigte. Beim Satz »So muss ich wohl dein Weib sein« warf sich Lugg vor dem besten Rugbyspieler der Schule auf die Knie und grapschte nach seinem Unterleib. Ffitch-Presley verpasste ihm einen Vorderarmschlag, den Lugg mit »Mehr! Mehr!«-Rufen quittierte.

Edwin spielt Puck mit amerikanischem Akzent. Ich glaube, ich war der Einzige, der es merkte.

23 Uhr

Estelle ist immer noch nicht daheim. Was machen sie und Jakob nur? Wann wird er sich bei Laura entscheiden? Warum sind die Porkers zurückgekehrt? Immer noch kein Wörtchen, was an meinem Fünfzigsten passieren wird. Wahrscheinlich gar nichts. Ich fühle mich wie der Esel in *Pu der Bär.* Wieder fehlen Möbel. Ich schaue aus dem Fenster auf das Haus, wo früher Wickett wohnte. Habe eben erst erkannt, welche wichtige Rolle er in meinem Leben spielte.

Nachricht von Shirley auf dem Anrufbeantworter. *General Practice* ist weiterhin der Hit. Die Serie wird jetzt auch ins Französische übersetzt! Es gibt ein paar Änderungen – ich werde von einer Frau gespielt, und der Schauplatz ist eine Krebsstation in Bordeaux, aber sonst ist alles sehr ähnlich. In *Le Figaro* ist ein großer Artikel mit dem Titel »Le phénomène Pennebaker« erschienen. Sechs weitere Journalisten haben angerufen und um ein Interview mit mir gebeten. Ashley Ramp hat verkündet, er sei jetzt unser größter Fan.

Ein paar Minuten später rief Gustave an und sagte, er habe ein Angebot von einem privaten Sender, die Serie fürs Fernsehen zu adaptieren. Sie wollen mich! Allerdings meinte Gustave auch: »Sie haben dich noch nicht in Fleisch und Blut gesehen!« Er schlug vor, das Interesse des Privatsenders dafür zu nutzen, meine Gage bei der BBC in die Höhe zu treiben. Aber was hat das schon zu bedeuten? Was soll all das einem Mann geben, der sich nicht daran erinnern kann, wann er das letzte Mal Sex hatte? Können ein paar Zeitungsartikel die Qual eines Mannes lindern, dessen fünfundzwanzigjährige Ehe sich am selben Tag in Luft auflösen wird, an dem sein Geburtstag demonstrativ ignoriert wird? Was will Estelle mir sagen, wenn wir übermorgen zusammen essen gehen? Hat sie eine Affäre? Warum gibt es fast keine Möbel mehr im Haus? Warum habe ich es nicht geschafft, ihr den Liebestrank einzuflößen? Was bedeutet unsere Beziehung? Liebe ich Estelle noch, und wenn ja, was heißt das? Und wenn nicht, was werde ich dagegen unternehmen? Wenn ja, was werde ich machen? Wann kommt sie endlich heim? Soll ich jetzt ins Bett gehen?

20. Juni, 9 Uhr, immer noch schwül, kein Regen in Sicht, aber ich glaube, es ist etwas kühler. Spatz in Hecke gesichtet. Wirkte misstrauisch angesichts der aktuellen Entwicklung

Estelle bei Craftgirls. Jakob in East Cheam »beim Gipfeltreffen«. Ruigheiurhy und Lucy bei »Schlafsack«. Edwin in der Schule. Ich hier.

Noch vier Tage, bis ich der Neunundvierzig Adieu sagen muss. Immer noch kein Anzeichen für eine Party. Wenn es allerdings eine Überraschungsparty wäre, würde man sie natürlich nicht vorher ankündigen. Aber ich bin mir ziemlich sicher, dass ich etwas merken würde.

Immerhin schaffte ich es, Estelle gestern Abend den Liebestrank einzuflößen. Sie kam gegen halb zwölf heim und bot mir die Rolle des Mr. Slippy Sloppy an! Wilde Freude meinerseits. Ich sagte, ich hoffte, der Herausforderung gerecht zu werden. Ich sagte auch, sie dürfe mir die Rolle nur geben, wenn sie mich für die richtige Besetzung halte. »Ich will nicht, dass du mir nur einen Gefallen tust! Du bist die Chefin! Wenn ein anderer besser ist, wenn Pilfrey der Richtige ist, dann nimm Pilfrey!« Sie sagte mir, ich solle mich nicht lächerlich machen. Ich sagte: »Lass uns darauf anstoßen!« Sie schien einverstanden, daher ging ich zum Spültisch und holte meine Flasche mit dem Liebestrank hervor.

Natürlich hatte ich vergessen, dass das Zeug leuchtend grün ist. Die einzige grüne Flüssigkeit in unserem Haus war eine Flasche Natives Olivenöl Extra und das Spülmittel. Estelle war zwar ungewöhnlich gut gelaunt, trotzdem konnte ich mir nicht vorstellen, dass sie Olivenöl oder Spülmittel trinken würde, ohne Fragen zu stellen. Doch dann fand ich noch eine halbe Flasche Sancerre, der zumindest in der Flasche einen grünlichen Schimmer hatte.

Mir war alles egal. Ich verteilte den Liebestrank großzügig auf zwei (getönte) Gläser. Es war, überlegte ich, mehr als ich meinen beiden älteren Söhnen zusammen gegeben hatte. Mein Gott – wir sind fünfzig! Wir müssen ein bisschen nachhelfen! Das letzte Drittel unseres Lebens soll schließlich Spaß machen! Also, nicht lange fackeln! Ich trug die Gläser zu ihr. Sie blinzelte ungläubig. »Das Zeug ist leuchtend grün!«, sagte sie. »Sancerre ist grün!«, sagte ich, »die Franzosen nennen ihn *vin vert!*« »Tatsächlich?«, sagte sie misstrauisch. »Das ist so grün wie der Centre Court in Wimbledon!« Ich trank und sagte: »Ein junger Wein! Deshalb ist er so grün!« Estelle schnüffelte misstrauisch daran. »Du willst mich doch nicht etwa vergiften?«, fragte sie. Ich sagte: »Ich will dich nicht vergiften. Zumindest noch nicht. Ich liebe dich!« Jetzt wurde sie noch misstrauischer. »Ach ja?« »O ja!«, sagte ich. »Du bist mein Ein und Alles!« »Warum glaubst du, wäre ich sonst fünfundzwanzig Jahre bei dir geblieben?«, fuhr ich fort. Sie hob das Glas und hielt es gegen das Licht. »Aus Faulheit«, sagte sie, »und Feigheit. Und weil du glaubst, deine Nase sei zu lang, um eine andere zu kriegen.« »Deshalb natürlich auch!«, sagte ich. »Aber außerdem liebe ich dich!« »Ich nehme an«, sagte sie nachdenklich und schwenkte den Sancerre im Glas, »dass in jeder Beziehung Kompromissbereitschaft nötig ist!« »Was ist mit der Liebe?«, fragte ich. »Was ist damit, dass man jemanden so sehr braucht, dass es keinen anderen Menschen auf der Welt gibt? Was ist damit, dass man sich allein unvollständig und erst zu zweit vollständig fühlt und heiratet und Stürme übersteht und sich davon nicht unterkriegen lässt und all das?« »Was ist damit?«, fragte sie und sah mich über den Glasrand an.

Ich holte tief Luft und hob mein Glas. »Tja«, sagte ich, »ich liebe dich. Und ich schäme mich nicht, es zu sagen. Und ich schäme mich auch nicht, auf dich anzustoßen!« Estelle dachte eine Weile darüber nach. Dann sagte sie: »Liebe ist wie alle interessanten Dinge im Leben ein bisschen kompliziert.«

Ich setzte das Glas ab. Würde ich es denn nie schaffen, ihr den Liebestrank einzuflößen?

Aus irgendeinem Grund betrachtete ich ihre Unterarme. Sie mag ihre Unterarme nicht. Ich fand, dass sie gut aussahen. Gebräunt, ziemlich muskulös. Falls sie faltig waren, konnte oder wollte ich es nicht sehen. Mit ein bisschen Abstand gefiel mir jedenfalls, was ich sah – ein sinnlicher, vertrauter brauner Fleck.

»Was ist es dann?«, fragte ich, wobei sich ein Anflug von Hysterie in meine Stimme schlich. »Was ist Liebe?« Estelle gähnte. »Ich habe nicht die leiseste Ahnung!«, sagte sie, hielt den Blick auf mich gerichtet und schluckte die vermutlich größte Dosis Liebestrank, die jemals jemandem seit der schicksalhaften Eröffnung des Sexshops in Wolverhampton verabreicht wurde. Ich tat es ihr nach. Wir schwiegen lange. »Das«, sagte sie, »ist verdammt nochmal kein Sancerre!« »Auf dem Etikett steht Sancerre!«, sagte ich mit zitternder Stimme. »Was soll's«, sagte Estelle, »solange man davon besoffen wird!« Sie winkte mich mit dem Finger zu sich. »Komm her, kleiner Mann!«, sagte sie. Ich kam. Sie packte mich hinten an den Haaren und zog meinen Mund zu ihren Lippen. Ihre Lippen waren feucht. Ich schmeckte kurz das Innere ihres Mundes, weich und süß.

»Das reicht fürs Erste!«, sagte sie. Gehorsam ging ich zurück zum Spültisch. Mein Mund schmeckte immer noch nach ihrem, doch da war noch etwas anderes. Ich merkte es, als ich die Flasche hochhob. Ein kaum wahrnehmbarer Geschmack, eine merkwürdige Mischung aus Körper, Parfüm und ein bisschen Zimt. Einen Moment lang fiel mir nicht ein, was das sein könnte. Dann begriff ich. Es war der Liebestrank.

»Ich glaube, wir sollten über Sex reden«, sagte ich. Estelle leerte ihr Glas in einem Zug. »Ich finde, man sollte nicht über Sex reden«, sagte sie, »sondern es tun.« »Gute Idee!«, sagte ich in einem munteren Ton, der ein bisschen nach Pfadfinder klang. Sie musterte mich, als ob sie mich zum ersten Mal sehen würde. »Die Sache ist die«, sagte ich, »ich habe neulich überlegt, wann wir …« »Wann wir was?« »Wann wir das letzte Mal miteinander geschlafen haben …«, sagte ich. Estelle nickte langsam. »Das Komische ist«, fuhr ich mit wachsendem Zutrauen fort und fühlte mich ihr dabei so nahe wie schon lange nicht mehr. »Ich konnte mich … äh … nicht mehr … daran erinnern. Ist das nicht seltsam?« »Eigentlich nicht«, sagte Estelle. »Du könntest diese komische Krankheit haben, die du neulich im medizinischen Handbuch nachgeschlagen hast.« »Welche Krankheit?«, fragte ich mit zitternder Stimme. »Die Prynnsche Krankheit«, sagte Estelle. »bei der man sich nicht mehr daran erinnern kann, wann man das letzte Mal Sex hatte!« »Glaubst du, dass ich sie habe?«, fragte ich. Sie schüttelte energisch den Kopf. »Vielleicht kannst du dich einfach nicht mehr erinnern, wann du das letzte Mal Sex hattest«, sagte sie.

Wir schwiegen einträchtig. Ich merkte, dass ich ihr in die Augen sah. Sie hat ein großes, ausdrucksstarkes, intelligentes Gesicht. Die Augen sind das Beste daran – dunkel, energisch, humorvoll.

»Man sollte doch meinen«, sagte ich nach einer Weile, »dass ich mich daran erinnern könnte, wann ich das letzte Mal Sex hatte. Ich meine, Sex ist schließlich wichtig.« »Für dich ja wohl offensichtlich nicht!«, sagte Estelle. »Aha«, sagte ich, »also hatten wir vor kurzem Sex!« »Natürlich!«, sagte Estelle. »Wann?«, fragte ich. »Gerade eben!«, sagte sie. »Das war kein Sex!«, sagte ich. »Was war es dann?«, fragte Estelle. »Es war ein Kuss!«, sagte ich. Estelle hielt mir ihr Glas hin. »Gib mir noch was von diesem komischen Wein!«, sagte sie. »Was immer auch da drin ist.«

Ich nahm ihr Glas und ging zurück zum Spültisch. Mit dem Rücken zu ihr goss ich den restlichen Liebestrank in ihr und mein Glas. Als wir ausgetrunken hatten, sagte ich mir, dass wir wahrscheinlich eine Dosis intus hatten, die zwei Elefanten eine Woche lang in wilde Raserei versetzen könnte. Wir hatten die Gläser fast gleichzeitig geleert. »Wann«, fragte ich mit leicht drohendem Unterton, »hatten wir das letzte Mal Sex?« Estelle lächelte verträumt. »Vor etwa sechs Monaten, glaube ich. Vielleicht ist es auch schon länger her!«

Und dann ging sie ins Bett. Ich war von dieser Bemerkung am Boden zerstört. Bis ich wieder genug Mut gefasst hatte, um darüber zu diskutieren, schlief Estelle schon tief und fest und schnarchte laut. Als ich heute Morgen aufwachte, war sie schon weg.

Die Auswirkungen unseres Gesprächs sind überaus gravierend. Ich muss mich der Schlussfolgerung stellen, an die ich nie zu denken wagte. Dass ich mich nicht daran erinnern kann, wann ich das letzte Mal Sex hatte, weil es einfach schon so lange her ist. Ich kann kaum glauben, dass ich mir das einfach so anhörte. Ich denke, ich muss es mehr als einmal versucht haben, und sie sagte dann, sie sei müde oder hätte Kopfweh. Aber ich kann mich nicht erinnern. Gerade geht mir auf, dass sie mich womöglich irgendwie verhext hat, vielleicht mit Hilfe der kleinen Salzteigmännchen.

Seit sechs Monaten kein Sex! Und sie sagt das einfach so, nur wenige Tage vor unserem fünfundzwanzigsten Hochzeitstag! Als ob nichts weiter dabei wäre! Als ob alle Welt sechs Monate lang keinen Sex hätte! Ich liege weit unter dem nationalen Durchschnitt!

11.30 Uhr

Jakob rief aus East Cheam an. Er sagte: »Hör zu. Ich bin bei Laura, okay? Alles ist gut.« Das könnte bedeuten, dass er beschlossen hat, ihr den Laufpass zu geben. Oder dass er ihr einen Heiratsantrag gemacht hat. Ich werde Estelle anrufen. Ich muss aufhören, mir über das Sexualleben anderer Gedanken zu machen und mich stattdessen um mein eigenes kümmern. Das hätte ich schon vor sechs Monaten tun sollen – oder wann immer der Schlamassel anfing.

11.45 Uhr

Rief Estelle an. Sie ist in einer Besprechung. Plötzliche Panik wegen Hamish, den Türken etc. Hinterließ eine Nachricht, es sei »dringend«.

12 Uhr

Estelle rief zurück. Sie wirkte sehr fröhlich. Ich sagte: »Ich will nur eins wissen. Als wir es das letzte Mal getan haben – wie war es?« Sie schwieg eine Weile, dann sagte sie: »Es war gut!« »Wann«, fragte ich, »tun wir es wieder?« »Ich weiß nicht!«, sagte sie. »Aber wir werden es tun ... irgendwann ...«, sagte ich. Besorgnis hatte sich in meine Stimme geschlichen. »Aber sicher!«, sagte sie. Ich sagte: »Ich würde gern vorbeikommen und dich einfach nur sehen, wenn das geht!« Sie sagte: »Das ist schön!« Ich fragte: »Warum habe ich das noch nie gemacht?« Sie sagte: »Du hast es nie vorgeschlagen!« Ich sagte: »Wir haben einiges zu besprechen! Ich bin ein ziemlicher Trottel, oder?« Sie sagte: »Ja!«

13 Uhr

Ich schreibe im Auto. Ich parke bei der Windmühle von Wimbledon. Es ist ein heißer Tag – gedämpftes Licht, drückend und schwül.

Craftgirls UK verfügt über mehrere große, lichtdurchflutete Räume. Estelles Büro liegt hinten. An den Wänden hängen Diagramme, die wohl größtenteils mit dem Trickfilm zu tun haben. Neben ihrem Telefon liegen lange Listen mit Nachrichten, viele von der Produktionsfirma, die mit dem Projekt beauftragt wurde. Ich kannte keinen einzigen Namen. Als ich kam, telefonierte sie gerade mit einem gewissen Mark. Sie war ganz schön respekteinflößend. Ich saß auf einem schwarzen glänzenden Sofa und wartete, bis sie fertig war.

Als sie aufgelegt hatte, schob sie ihren Bürostuhl zurück und grinste mich an. »So«, sagte sie, »bist du also endlich gekommen!« »Du denkst«, fragte ich, »dass mich das alles ... ein bisschen ... eingeschüchtert hat ...?« »Wahrscheinlich«, sagte sie. Ich sagte: »Du meinst, ich hatte einen Nervenzusammenbruch?« Sie sagte: »Du warst ein bisschen merkwürdig!« »Tut mir leid!«, sagte ich. »Das ist schon okay«, sagte Estelle. Wir schwiegen beide. »Hast du eine Affäre mit Hamish?«, fragte ich. Sie schien das sehr amüsant zu finden. Kaum hatte ich die Frage ausgesprochen, wusste ich, dass die Antwort »nein« lautete. »Hamish«, sagte Estelle, »ist Buchhalter.«

Wir schwiegen wieder. Dann sagte ich: »Das ist, als ob wir noch einmal von vorn anfangen würden. Der Kuss gestern Abend. Ich erinnere mich noch ganz genau daran. Als ob jede Empfindung neu wäre. Glaubst du, dass ich deswegen vergesslich geworden bin? Damit ich wieder fühlen kann?« »Wen fühlen?«, fragte sie. Wir lachten beide. »Schau«, sagte Estelle dann, »vielleicht haben wir uns in den letzten sechs Monaten ein bisschen ... auseinandergelebt. Vielleicht habe ich nicht viel für unsere Beziehung getan. Vielleicht habe ich ausnahmsweise einmal abgewartet, was du tun würdest, wenn ich nichts unternehme. Vielleicht war ich auch einfach zu beschäftigt, völlig eingenommen von meinen neuen Aufgaben ... Ich weiß es nicht.« Ich sagte nichts. Nach einer Weile fügte sie an: »Manchmal habe ich das Gefühl, dass du mich nicht kennst. Du weißt nicht, wie es ist, so zu sein wie ich. Du bemühst dich nicht einmal. Du siehst nur dich.«

»Wie ist es, so zu sein wie du?«, fragte ich. »Oh«, sagte sie, »man fühlt sich getrieben ... Deshalb muss ich rauchen oder Nägel zu kauen oder meine Kinder zu sehr lieben oder ... arbeiten!« »Ja«, sagte ich, »arbeiten! Gibt es jetzt nur noch deine Arbeit für dich?« »Sie bedeutet mir sehr viel«, sagte sie. »Aber«, sagte ich, »es könnte noch ... andere Sachen geben!« Sie lächelte. »Das könnte gut sein!«, sagte sie.

Dann stand ich auf und machte die Tür zu. »Meinst du, ich könnte noch einen Kuss bekommen?«, fragte ich. »Ich wüsste nicht, was dagegen spricht!«, sagte Estelle. Ich ging zu ihr und sie legte den Kopf zurück. Meine Lippen fanden ihre, und wieder schmeckte ich ihren weichen, süßen Mund. Ich schob meine Hand unter ihre Bluse. Sehr sanft schob sie sie weg. »Das reicht fürs Erste!«, sagte sie. »Okay«, sagte ich.

Dann bekam sie noch ein paar Anrufe. Ich saß auf dem Sofa, sah ihr eine Weile zu und erinnerte mich an alles Mögliche. Ich erinnerte mich, wie ich sie das erste Mal gesehen hatte, auf der Hauptstraße irgendeines Ortes, mit lauter Blumen im Haar. Ich erinnerte mich an sie an dem Abend, als ihr Vater starb. Sie weinte nicht, sondern saß da wie ein kleines Mädchen, dem man sein Spielzeug weggenommen hat. Ich erinnerte mich an sie vor Jahren bei einer Demonstration, wie sie wütend auf irgendjemanden gewesen war, aufgesprungen war und ihre Faust in der Luft geschüttelt hatte. Ich erinnerte mich, wie sie in unserer ersten gemeinsamen Wohnung Pekingente machte; sie hängte sie an die Küchentür und trocknete sie mit dem Fön. Ich erinnerte mich, wie sie in jenem heißen Sommer 1976 mit Rueighry schwanger war und ein weites, bunt gemustertes Kleid trug.

Das Einzige, woran ich mich nicht erinnern konnte, war, wie und warum und wann und wo wir im letzten Vierteljahrhundert Sex hatten. Ich kann es immer noch nicht. Aber ich mache mir deswegen keine Gedanken mehr. Das Einzige, woran ich mich erinnere, ist der letzte Kuss hier in ihrem Büro, und der Kuss davor, der von gestern Abend. Aber was waren das für Küsse! Ich sitze hier im Auto, schaue auf die Bäume und denke daran und an die anderen Küsse, die sie mir noch schuldet, und daran, wie ich sie mir hole und wie einer süßer als der andere sein wird. Und dass ich mich genau daran erinnern werde.

Ich werde ein Empfehlungsschreiben für den Sexshop in Wolverhampton schreiben. Das ist das mindeste, was ich tun kann.

19 Uhr

Gleich gehen wir zur Premiere vom *Sommernachtstraum.* Edwin hat in letzter Minute beschlossen, doch mit Suspensorium aufzutreten. Er trägt es jetzt. Wir konnten ihn schließlich davon überzeugen, dass er auf dem Weg zur Schule einen Bademantel überzieht. Lulu hat seinen Oberkörper dekoriert. Jakob, Rueiaerhy, Lucy und Laura kommen auch mit zur Aufführung. Ich drücke die Daumen, obwohl das vielleicht gar nicht mehr nötig ist, denn die Zeichen stehen gut. Laura und Jakob kamen Arm in Arm aus East Cheam zurück. Beide hatten sehr rosige Gesichter. Jetzt sitzen sie mit besorgter Miene im Wohnzimmer, aber ich glaube nicht, dass das etwas mit Laura zu tun hat. Es liegt wohl eher daran, dass Edwin ihnen gerade gesagt hat, die Aufführung dauere fünf Stunden und die Zuschauer müssten dabei dreizehn Kilometer laufen.

21 Uhr

Ich schreibe im Pub gegenüber von der Schule. Die Aufführung läuft nicht gut. Drei Elfen sind verschwunden. Hotchkiss erzählte mir, sie seien im Fox and Grapes »mit Flügeln« beim Biertrinken gesehen worden. Ein Junge namens Appliquant trat auf Titanias Schleppe, und Peter Lugg zog ihm mit dem Zauberstab eins über. Hong unterbricht die Aufführung immer wieder mit Zurufen aus dem Parkett (»Lautel, dummel Junge! Zuschauer velstehen kein Wolt!«). So ziemlich das Einzige, was gut ankommt, ist Plonker, dessen Lieder mit lautem Applaus honoriert wurden. Ffitch-Presley ist eine Katastrophe. Für die Zeile »ich bin unsichtbar!« hatte er einen Beleuchter gebeten, eine Decke von oben über ihn zu werfen. Allerdings schleuderte er sie ins Publikum, wo sie auf Mr. Francine landete, dem schwulen Spanischlehrer. Ffitch-Presley soll laut

»cool« gesagt haben, während sich Mr. Francine mühte, wieder freizukommen.
Reiruejhury und ich versteckten uns, als die Aufführung nach draußen zog (jetzt spielen sie gerade irgendwo hinter dem Fahrradschuppen). Gerade hatten wir ein intensives Gespräch von Mann zu Mann.

Es war sehr kurz. Es gab keine Umarmungen oder Tränen wie bei der amerikanischen Vorlage. Es war eine sehr britische Angelegenheit. Ich sagte: »Hör zu. Du liebst dieses Mädchen anscheinend wirklich. Und wenn du heiraten willst und so ... Ich wollte nur sagen, dass ... das toll wäre.« Er sagte: »Danke. Ich denke, ich würde die Richtige heiraten.« Ich sagte: »Ich habe die Richtige geheiratet.«

»Klar«, sagte Rueighry. »Obwohl ihr sehr verschieden seid ... passt es irgendwie.«

Ruaieiughy lächelte leicht. »Dieser ganze Sechziger-Jahre-Kram. Der irgendwie nicht totzukriegen ist – wie auch bestimmte Generationen nicht abtreten wollen. Ihr weigert euch, alt zu werden. Du und Mick Jagger!« »Das ist aber so ziemlich das Einzige, was wir gemeinsam haben!«, sagte ich. »Aber ich«, erklärte Ruairghy, »glaube an andere Sachen. Ich bin ein ...« »Ein Christ!«, sagte ich und versuchte, nicht panisch zu klingen. Ruaieghry grinste boshaft. »Ich bin nicht direkt ein Christ«, sagte er. »Ich weiß noch nicht so richtig, was ich bin. Aber du musst es mich selbst herausfinden lassen.«

»Das ist mir klar!«, sagte ich. »Und«, fuhr Ruairghy fort, »die Sache mit meinem Namen ...« »Klar!«, sagte ich so neutral wie möglich. »Ich meine, das ist schon so eine Art ... eine Art ...« »Witz in der Familie!«, ergänzte Ruairghy grinsend. »Neulich hat Jakob in einer Postkarte an mich Rueigheiurrry geschrieben ... was ja schon fast amüsant war, aber ... ich möchte, dass ihr mich ... Rerghy nennt!«, sagte Ruaireuirghy. »Mein Gott!«, sagte ich. »Ist das ... endgültig?« »Das ist mein letztes Wort in dieser Sache!«, sagte Rerghy. »Gut!«, sagte ich. »Schön!

Ich werde es deiner Mutter schonend beibringen!« »Das wäre gut!«, sagte Rerghy.

Dann fragte ich: »Äh … wie spricht man es nochmal aus?« »RERGHY!«, sagte Rerghy. »Schön!«, sagte ich. Dann legte er mir den Arm um die Schultern. »Ich liebe dich sehr!«, sagte er. »Klar!«, sagte ich.

Das war alles. Ich glaube nicht, dass ich das je zu meinem Vater gesagt habe, obwohl ich es gern getan hätte. Ich konnte nur nicht die richtigen Worte finden, obwohl sie doch, wie Ruairghy mir gerade gezeigt hatte, so erschreckend einfach sind. Also nehme ich an, dass wir als Vater und Sohn gar nicht so schlecht sind.

Gott allein weiß, wie ich das Estelle beibringen soll.

22.30 Uhr

Die Aufführung läuft immer noch. Die Zuschauer unterhalten sich mittlerweile ganz offen. Dummer, der schwule Sportlehrer, der gebeten wurde, eine Kritik für das Schulmagazin zu verfassen, schläft in der dritten Reihe. Auf der Bühne wird es immer schlimmer. Lugg, der Junge-der-sich-für-schwul-hält-und-es-eindeutig-ist, weint mitten auf der Bühne. Seine Tränen haben, glaube ich, nichts mit der Handlung zu tun, aber das lässt sich schwer sagen. Anscheinend verlangte er in der zweiten Pause ein Beratungsgespräch, und Mr. Freiburg, der schwule Grie-chischlehrer, musste zu ihm und, um es mit Freiburgs Worten zu sagen, »sein endloses Gejammer zu ertragen«.

Ich kann mich nicht mehr erinnern, wann die Elfen anfingen, ebenfalls die Rollen der Handwerker zu spielen. Dadurch wurde jedenfalls nichts besser. Ebenso wenig verstehe ich, wie Snozzer es geschafft hat, Hotchkiss davon zu überzeugen, dass er die Rolle von Squenz *und* Senfsamen spielen kann, obwohl sie ziemlich häufig zusammen auf der Bühne sind.

Ich sagte Estelle, dass Rerghy in Zukunft Rerghy genannt werden will. Sie sagte: »Lächerlich! Niemand heißt *Rerghy*. Das klingt wie ein Auto, das den Gang wechselt. Außerdem hast du mit diesem Falschbuchstabieren angefangen. Sein Name ist doch vollkommen in Ordnung. Er heißt schlicht und einfach …« Ich sagte: »Ich glaube, er lässt sich nicht umstimmen!« Estelle sagte: »Ich werde ihn nicht Rerghy nennen!« Ich antwortete: »Er wird auf keinen anderen Namen reagieren!« Es folgte eine Pause. Dann sagte sie: »Wie wäre es mit Fred?« Ich sagte: »Für Fred ist es zu spät. Es ist ohnehin für einiges zu spät.« »Da hast du Recht«, sagte sie, griff nach meiner Hand und drückte sie kurz, aber fest. Dann sagte sie: »Du hast doch darauf bestanden, ihn Ruairghy zu nennen. Ich hielt das damals schon für eine dumme Idee.« Ich sagte: »Tut mir leid!«

Jetzt muss ich aufhören, weil Edwin an der Reihe ist:

Auf dem Grund
Schlaf gesund!
Gießen will
Ich dir still
Auf die Augen Arzenei.
Wirst du wach,
O so lach
Freundlich der
Die vorher
Du geliebt, und bleib ihr treu.
Dann geht es, wie das Sprüchlein rühmt:
Gebt jedem das, was ihm geziemt.
Hans nimmt sein Gretchen,
Jeder sein Mädchen;
Findt seinen Deckel jeder Topf,
Und allen geht's nach ihrem Kopf.

Diese wunderbare Einfachheit von Shakespeare!

22.40 Uhr

Die furchtbare Kompliziertheit von Edwin Slippery! Edwin hat gerade geendet. Es dauerte so lange, weil er noch einen kunstvollen improvisierten Tanz einschob, mit dem er uns in den langen Pausen unterhalten wollte, in denen er versuchte, sich an den Text zu erinnern. Wenn diese Inszenierung so weiterläuft wie bisher, werden am Ende noch Reporter von CNN auftauchen und darüber berichten. Das verspricht eine Katastrophe von den Ausmaßen eines Flugzeugabsturzes zu werden. Gehe jetzt mit Jakob in den Pub.

23.30 Uhr

Habe mit Jakob im Pub ein Gespräch über das Erwachsenwerden geführt. Immerhin bin ich sein Vater. Ich weiß auch nicht, warum ich glaube, dass ich keine solchen Gespräche führen sollte. Eigentlich sollte man sogar öfter darüber reden. Er sagte mir, dass er nicht in der Mafia sei. Ich antwortete, das hätte ich auch nie gedacht. Er wirkte ein bisschen enttäuscht, denn offenbar hat er sich sehr bemüht, damit ich die Geschichte schlucke. Mr. Scarotto heißt in Wirklichkeit Byng. Mr. Vanelli ist sein Bruder. Nichts ist so, wie es scheint.

Jakob und ich bevorzugen den intellektuellen Ansatz, wenn wir miteinander über Gefühle sprechen. Er sagte, er könne sich nicht vorstellen, was ihn auf die Idee gebracht hätte, dass Lucy die Richtige für ihn sei. Ich sagte, das könne ich mir auch nicht vorstellen. »Warum habe ich meine Meinung geändert?«, fragte er. Ich wollte den Sexshop in Wolverhampton nicht erwähnen, stattdessen sagte ich völlig wahrheitsgemäß: »Liebe ist eine seltsame Sache. Wir wissen nicht, wie sie kommt oder was sie vertreibt.«

»Klar«, sagte Jakob. »Ich weiß auch nicht, warum ich Laura

einfach nicht sehen konnte. Und dann plötzlich konnte ich es. Und das war so toll.« »Wann ist das passiert?«, fragte ich. »Bei diesem komischen griechischen Abend!«, sagte Jakob. »Alles wirkte so kompliziert. Und dann war alles so einfach!« »So ist es auch bei deiner Mutter und mir!«, sagte ich.

Dann sagte er: »Ist bei dir und Mum alles in Ordnung?« »Warum fragst du das?«, sagte ich. »Oh«, sagte er, »in den letzten sechs Monaten ... hatte ich manchmal den Eindruck ...« Das mittlere Kind. Ihm fällt so etwas natürlich auf. »Uns geht es gut«, sagte ich, »richtig gut. Und wenn es Probleme gab, dann hatten sie vor allem mit mir zu tun. Es ist nicht einfach, so kurz vor ...« »Der großen Fünf mit der Null«, sagte Jakob, »und dann macht nicht einmal jemand eine Party oder so etwas!« »Genau!«, sagte ich. »Nicht dass es mir etwas ausmachen würde!«, fügte ich hinzu. »Natürlich nicht!«, sagte Jakob. »Sag mal«, setzte ich an, »ihr organisiert ... nicht zufällig eine ... du weißt schon ... Überraschungsparty oder so ...?« Jakob legte mir den Arm um die Schultern. »Hör zu, Dad«, sagte er, »wenn ich eine organisieren würde, dann würde ich es dir nicht sagen. Und wenn wir keine organisieren würden, würde ich es dir auch nicht sagen. Wenn ich an dir etwas kritisieren müsste, dann wäre das, dass du ... die Dinge nicht so nimmst, wie sie kommen ... Das musst du aber. Hör auf, dir Sorgen zu machen! Lebe!«

Ich habe vor, beides zu tun.

21. Juni, 1 Uhr, immer noch heiß

Die ganze Familie immer noch in der Schule.

Der *Sommernachtstraum* läuft noch. Plonker zeigte nach seiner Zeile »Esst keine Zwiebeln, keinen Knoblauch; denn wir sollen süßen Odem von uns geben« eine außergewöhnliche Darbietung an Fürzen und Rülpsern, und löste damit leichte

Panik unter den Zuschauern aus. Dann sang er etwa eine Dreiviertelstunde lang.

Ziemlich viele Zuschauer sind gegangen, darunter auch der Rektor.

Edwin – der unbekümmert durchs Publikum wandert und seine Meinung über das Geschehen auf der Bühne mit lauter Stimme kundtut – hat mir gerade vorgeschlagen, »auf eine Zigarette« nach draußen zu gehen. Ich bin eigentlich gegen das Rauchen, aber alles ist besser, als sich weiter das Stück anzusehen.

2 Uhr

Edwin wollte nicht über unser Vater-Sohn-Verhältnis reden, wie ich mit einer gewissen Erleichterung feststellte. Dafür redete er über Lulu (die übrigens jetzt einen Handwerker spielt). Ich musste ihn gar nicht drängen. »Wie läuft es mit dir und Lulu?«, fragte ich. Edwin zuckte die Schultern. »Okay«, sagte er.

»Glaubst du, ihr …« »Was?«, fragte Edwin. »Du weißt schon«, sagte ich, »bleibt zusammen?« »Was soll man sonst tun?«, sagte er.

»Bist du … äh … in sie verliebt, ich meine, liebst du sie?« Edwin zuckte zusammen. »Nicht dieses Wort!«, sagte er. »Selbst wenn du es nicht aussprechen willst, es ist doch da«, sagte ich. »Sonst hätte es auch gar keinen Sinn, dass ihr miteinander geht! Denn ›Liebe‹ heißt das Gleiche wie ›auf jemanden stehen‹ oder eine dieser anderen Formulierungen, die wir benutzen, um das, was wir fühlen, herunterzuspielen. Liebe ist der Zustand, den wir anstreben. Liebe ist das, was wir alle wollen – selbst wenn wir es nicht schaffen.«

Er schwieg. In der Ferne konnte ich Plonker hören. Anscheinend waren sie bei der Theateraufführung der Handwerker angelangt. Zu meiner Überraschung sprach er auch einige

Zeilen Shakespeare. Und zu meiner noch größeren Überraschung schienen sie sehr gut anzukommen. »Hast du es denn geschafft?«, fragte Edwin. »Man hat es nie geschafft«, sagte ich, »man versucht es nur andauernd. Egal, wie lange man zusammen ist. Gefühle ändern sich ständig, weißt du. Wie bei dir und Lulu. Das, was du empfindest – das hört nie einfach so auf. Man zieht keinen Schlussstrich. Es geht immer weiter – Tag für Tag für Tag – wie dieses blöde Tagebuch, das ich schreibe. Und jeden Tag empfindet man anders. Aber jeden Tag sollte man versuchen, zurück zu dem Gefühl zu gelangen, das einen daran erinnert, warum man hier ist. Liebe, ja, ich nenne es Liebe. Und jeder Tag ist ein Versprechen. Und jede Woche ist ein Versprechen. Jeder Monat, jedes Jahr ist ein Versprechen. Sechs Monate oder fünfundzwanzig Jahre – das macht überhaupt keinen Unterschied.«

Danach schwiegen wir lange. »Sagst du!«, sagte Edwin.

3 Uhr

Eine erstaunliche Wende! Die Aufführung der Handwerker kam so gut an, dass sie beschlossen, Teile davon zu wiederholen. Die Zuschauer, die geblieben waren – darunter auch der Rektor, der nach einem kurzen Nickerchen in seinem Büro zurückgekehrt war – jubelten Plonker begeistert zu. Auf einmal begannen die Liebenden, ordentlich zu sprechen. Lugg und Ffitch-Presley lieferten bei ihrer letzten Szene eine hervorragende Darbietung. Oberons Zeile »Jedes dieser Paare sei / ewiglich im Lieben treu« funktionierte wirklich. Hotchkiss hatte beschlossen, die Liebenden mit einem seltsamen blauen Scheinwerfer anzustrahlen, wenn Oberon sprach. Nachdem wir fünf Stunden durch die Hölle gegangen waren, würde ich die Inszenierung nun als eine der erstaunlichsten Theatererfahrungen bezeichnen, die ich je gemacht habe.

Vielleicht ist Hotchkiss ein Genie. Wie Peter Brooke oder Richard Wagner oder Marcel Proust hat er beschlossen, einfach so lange weiterzumachen und die Zuschauer zu langweilen, bis der Schluss eine ähnliche Wirkung hat wie wenn furchtbare Schmerzen nachlassen oder ein entsetzlicher Kampf zu Ende geht. »Man hatte das Gefühl«, meinte Duncan Hollydene, der schwule Mathematiklehrer, »dass man sich das wirklich erarbeiten musste! Wir haben alle schrecklich gelitten, um so weit zu kommen, und auf der Ebene hat es funktioniert!« Auf dem Weg zum Auto sagte ein Vater zu mir: »Dieses Gefühl, als ich erkannte, dass es vorbei war, war einfach wunderbar. Es war, wie wenn man aufhört, den Kopf gegen eine Backsteinmauer zu schlagen. Es war wie das Ende eines Krieges oder einer schweren Krankheit oder eines furchtbaren tropischen Wirbelsturms!« Woraufhin Hotchkiss uns von hinten ansprang und rief: »Ja! Genau das war die Idee!«

Hong sagte: »Hotchkiss blillant, nein? Plonkel heute Abend sehl geschmackvoll, finde ich!« Dann fuhren sie in Hongs gelbem offenen Sportwagen davon, der mit Blumen wie für eine hawaiianische Hochzeit dekoriert war.

Alle wirken sehr glücklich. In drei Tagen werde ich fünfzig.

12 Uhr mittags

Als ich aufwachte, war Estelle schon zur Arbeit gegangen.

Ich blieb noch eine Weile liegen und schaute zur Decke. Ich dachte daran, dass wir beide heute Abend zusammen essen gehen. Ich fand den Gedanken überwältigend erotisch. Wie weit werde ich bei ihr kommen? Was für Sachen habe ich eigentlich früher mit ihr angestellt? Sollte ich noch los und Kondome kaufen? Oder hat sich das mit der Menopause erledigt? Sollte ich mir die Haare schneiden lassen? (Gute Idee.) Rasieren? Aftershave kaufen?

Die Erinnerung an die beiden Küsse ist noch sehr präsent. Ich glaube, der zweite war ein bisschen besser als der erste. Habe lange darüber nachgedacht.

Viel Post für Esmond Pennebaker, von der BBC weitergeleitet an mich. Die Einschaltquoten sind schon wieder gestiegen. Ein Brief von Leo und Witchett, in dem sie sagen, dass sie Pilfrey verschonen wollen. Muss feststellen, dass mich das sogar freut. Gut, ich hasse ihn, aber er und ich haben einen langen gemeinsamen Weg zurückgelegt. Ich brauche jemanden, den ich hassen kann, und Pilfrey auch. Gustave schreibt. Er schlägt ein gemeinsames Mittagessen vor. Die Royal Shakespeare Company überlegt, mir eine Rolle in *Heinrich IV.*, erster und zweiter Teil, zu geben. Er scheint zu denken, ich könnte den Falstaff spielen. Das kann doch nur ein Fehler sein?

Edwin schläft. Jakob und Laura schlafen. Rerghy verteilt Suppe an eine Gruppe junger Alkoholiker in Teddington.

13 Uhr

Laura hat mir gerade eine Tasse Tee gebracht!

Sie trug ein Kleidungsstück, das ich noch nie gesehen habe. Es war weit geschnitten, aus blauer Seide und reichte ihr bis unter die Knie. Ich hielt den Blick fest auf ihr Gesicht gerichtet, als sie ins Schlafzimmer kam, deshalb kann ich es nicht genau beschreiben, aber ich glaube, es hat irgendwo kleine Bommel. Ich sagte: »Wie nett, dass du hier bei uns bist! Du kannst gern so lange bleiben, wie du möchtest!« Ich glaube, ich traf den richtigen Ton.

Nachricht von meiner Mutter auf dem Anrufbeantworter:

MUTTER: Paul, bist du das? *(Pause. Schläge an der Tür.)* Sie hämmern wieder. Ich hasse es hier. *(Lange Pause.)* Bist du da? *(Längere Pause.)* Du bist nicht da, oder? Wahrscheinlich bist du unterwegs und gibst Interviews. Du wirst richtig berühmt, nicht wahr? Mit diesem Pinnybanker. *(Lange Pause. Klopfen. Schniefen.)* Mir hast du in dem Stück am Qestors Theatre in Ealing besser gefallen. Du hast einen Mann gespielt, dem dauernd die Hosen runterrutschten. Das erzähle ich jedem. Egal. *(Lange Pause. Klopfen wird lauter.)* Erinnerst du dich an die Familie, die nebenan wohnte und uns immer diese Briefe schickte? Er war beim Zoll, ich glaube sogar, er hatte etwas mit Drogen zu tun. Sie war eine zierliche, kleine Frau namens Lottie. Sie hatten fünf Kinder. Zwei spielten Geige. *(Lange Pause. Klopfen.)* Sie schickten uns Briefe, in denen sie erzählten, wo sie waren und was sie gemacht hatten. Sie hatten doch diesen Jeep und fuhren damit durch die ganze Welt. *(Kurze Pause. Schniefen.)* Egal, sie sind alle tot.

15 Uhr

Oliver wurde in Tunesien festgenommen! Man hat ihn zu neunundachtzig Jahren Haft in einem amerikanischen Gefängnis verurteilt. Die Drogenfahndung (oder wie immer sich das dort nennt) erklärt, er sei »eine der gefährlichsten Personen, mit denen wir je zu tun hatten«. Ich muss sagen, ich fand ihn immer sehr charmant. Er hat vielleicht nicht immer die Arbeitsplatte abgewischt, wenn er sich in der Küche einen Toast gemacht hat, aber insgesamt war sein Benehmen vorbildlich. Ich nehme allerdings an, dass er wie jeder Mensch aus der Ferne sympathischer wirkt. Auf dem Bild von ihm auf der Titelseite des *Standard* wirkt er erstaunlich böse. Rerghy sagt, es sei sein Passbild, was die bedrohliche Ausstrahlung erklärt.

Ich hoffe nur, dass er niemanden in seine Sache mit hineinzieht. Vor allem nicht mich.

Telefonierte mit Peter Mailer, der jetzt anscheinend völlig

durchgeknallt ist. Er sagt, er trinkt einen Liter Wodka am Tag. Ich sagte: »Wirklich toll!« Er und Christine wollen heiraten.

Im Haus gibt es kaum noch Möbel. Wir müssen beim Essen auf dem Boden sitzen. Wenn ich heute Abend mit Estelle ausgehe, werde ich die neu gefundene Offenheit in unserer Beziehung nutzen und fragen, was das zu bedeuten hat. Bin schon sehr aufgeregt wegen unserer Verabredung – es ist das erste Mal, dass wir allein zusammen ausgehen, seit ich vergessen habe, wann wir das letzte Mal Sex hatten. Als ich mich noch erinnern konnte, wann wir das letzte Mal Sex hatten, das heißt, kurz vor dem letzten Mal, als wir es taten, woran ich mich nicht erinnern kann, also irgendwann letztes Jahr oder vielleicht auch früher – vorausgesetzt, ich konnte mich damals daran erinnern – gingen wir vermutlich ständig zu irgendeinem Candlelight Dinner. Müssen wir. Das macht man doch so, oder? Wie sonst wären wir zu drei Kindern gekommen?

Ich habe Parfüm für sie gekauft. Ich glaube, es ist eigentlich für Männer, aber es riecht ziemlich gut und ist in einer schönen Schachtel. Ich habe auch ein kleines Kärtchen, auf das ich »Zu unserem Hochzeitstag« geschrieben habe. Darunter habe ich geschrieben: »Wann können wir es wieder tun?«

18 Uhr

Ich sitze im Auto vor Craftgirls UK.

Ich bin eine halbe Stunde zu früh. Während ich auf Estelles Büro schaue, versuche ich, mich daran zu erinnern, wie wir früher waren und was uns hierhergeführt hat. Es ist merkwürdig. Nachdem sie mir gesagt hat, wann wir – ungefähr – das letzte Mal Sex hatten, habe ich jegliches Interesse daran verloren, mich zu erinnern. Warum? Ich nehme an, weil ich ihr glaube. Ich weiß nicht, wie ich je auf den Gedanken kam, dass Hamish oder sonst jemand auf der Welt zwischen uns treten könnte. Ich glaube, Vertrauen ist ganz grundlegend, wenn man jemanden liebt. Man muss dem anderen vertrauen. Und natürlich darf das Vertrauen nicht dem Falschen gelten.

Ich glaube aber nach wie vor, dass es eine Antwort auf die Fragen gibt, die ich mir in diesem Tagebuch immer wieder gestellt habe. Warum Estelle? Wenn ich jemand anderem erklären müsste, warum wir zusammen sind, wie würde ich das anstellen? Kurz gesagt, was ist Liebe?

Ich sehe vor mir, wie wir Rerghy hochheben, als er noch ganz klein war, und wie wir ihn wie einen kleinen Vogel über unseren Köpfen kreisen lassen. Das schien ihm zu gefallen. Ich sehe uns beide auf einer Kanalfähre, Estelle steht an der Reling und der Wind peitscht ihre schwarzen Haare. Ich kann mich erinnern …

Das Erinnern scheint gar nicht mehr so wichtig. Wichtig ist, wie ich mich verhalte, wenn ich aus dem Auto steige, in ihr Büro gehe und sie hinaus auf die Straße führe. Ich mache mir Gedanken über Fragen, die mich in den fünfundzwanzig Jahren unserer Ehe nie gekümmert haben. Soll ich ihr die Tür aufhalten? Ich habe einen Tisch reserviert und frage mich jetzt dauernd, ob ich sie zuerst nach ihren Wünschen hätte fragen sollen. Das ist wirklich wie bei der ersten Verabredung; meine Handflächen sind schweißnass. Ich kontrolliere im Rückspiegel, ob meine Haare richtig liegen. Sie sehen furchtbar aus. Worüber werden wir reden?

Jetzt aber los!

23.45 Uhr

Ich schreibe in meinem Arbeitszimmer mit Blick auf die Häuser von Wickett und Porker. Früher am Tag sah ich zu meinem Erschrecken ein Paar im Haus, das den Wicketts sehr ähnlich sah, zumindest von hier aus. Was geht da vor sich?

Abendessen bei Franco. Gut.

Ich habe den Grund für die fehlenden Möbel erfahren. Wir ziehen um! Mit dem Gewinn von Craftgirls UK hat Estelle ein großes neues Haus mitten in Wimbledon gekauft. Jakob hat ihr außerdem Geld vom Club Le Steel gegeben. (Ich weiß auch nicht, warum mir nicht gleich aufgefallen ist, dass das ein Anagramm von Club Estelle ist.) Wir sind an dem neuen Haus vorbeigefahren. Es ist so groß wie eine kleine mittelalterliche Burg. Es gibt einen großen Rasen, einen Swimmingpool, ein Billardzimmer und eigene Wohnungen für Rerghy und Jakob, die mit Laura und Lucy einziehen werden – natürlich nicht in dieser Kombination. Ich habe ein riesiges Arbeitszimmer mit einer wunderbaren Aussicht nicht nur auf die Nachbarn, sondern auch auf ein Stück vom Park, der sich, wie Estelle sagt, »fantastisch zum Leute beobachten« eignet. Sie erklärte mir auch, sie hätte gehofft, es bis zu meinem Geburtstag geheim zu halten. »Vielleicht habe ich ein bisschen seltsam und geheimnistuerisch gewirkt«, sagte sie, »aber ich musste ziemlich viel organisieren. Hamish war eine große Hilfe. Er ist Buchhalter!« Deswegen war sie nicht immer dort, wo sie sagte!

Als wir vor dem Haus ankamen, legte ich den Arm um sie und wir küssten uns wieder. Dieses Mal ein bisschen länger. Wieder ging meine Hand auf Erkundungstour in Richtung ihres BHs. Sie tolerierte es etwas länger als eine Minute, dann schob sie meine Hand sanft weg. »War's das?«, fragte ich. »Für jetzt ja«, sagte sie und lächelte in der Dunkelheit des Fahrersitzes. »Es ist ja so«, sagte sie, »wir wollen doch, dass du dich daran erinnerst, nicht wahr?« »O ja!«, sagte ich. »Das richtige Verhältnis von Erwartung und Erinnerung ist einer der Schlüssel für eine erfolgreiche Beziehung«, sagte Estelle. »Ich bin Wachs in deinen Händen!«, sagte ich. »Das bist du wirklich!«, sagte sie, griff flink nach meinen Genitalien und drückte sie freundschaftlich. »O mein Gott!«, sagte ich. »Jesus Christus!« »Also«, sagte Estelle, »wir müssen das unter kontrollierten Bedingungen tun. Wenn du dich morgen früh noch an das hier erinnern kannst, dann werde ich mit diesem Bereich deiner Anatomie noch etwas anderes anstellen!« Ich schluckte. »Etwas … Schönes!«, sagte ich. »Hm, ja«, sagte sie gedankenverloren, »etwas sehr Schönes!«

Ich glaube, ich habe mich nicht mehr so erotisch gefühlt, seit ich mit Anne Padthaway 1956 aufs Klo ging und sie mir ihre blaue Turnhose zeigte. Selbst Estelles Schnarchen klingt erotisch.

22. Juni, 10 Uhr, heute Nacht hat es endlich geregnet, Wind kam auf und trieb Regenschwaden gegen unser Fenster. Ich lag wach und hörte dem Plätschern zu. Heute Morgen ist es klar, kühl und sonnig. Die Blätter im Garten sind absolut fantastisch. Der Spatz hüpft herum und hat, glaube ich, einen weiblichen Spatz im Schlepptau

Alle daheim – einschließlich Laura, Lucy und Lulu – nicht unbedingt in dieser Reihenfolge. Laura trägt ein Trägertop. Estelle macht Gartenarbeit!

Noch zwei Tage. Sie planen vermutlich eine Überraschung für mich. Aber was? Mehr dazu am 24. auf diesen Seiten!

11 Uhr

Unterhielt mich mit Porker auf der Straße. Die Porkers und Wicketts ziehen wieder ein! Aber Mr. Porker ist jetzt mit Mrs. Wickett und Mrs. Porker ist mit Mr. Wickett zusammen. Anscheinend treiben sie es seit Jahren miteinander. Porker wirkte überrascht, dass ich es nicht bemerkt hatte. Ich sagte: »Sie hätten die Vorhänge nicht zuziehen sollen!« Er lachte nicht. Ich erwähnte beiläufig den Sexshop in Wolverhampton. Auch darüber lachte er nicht. Schön, dass er wieder da ist.

Allerdings hatte ich den Eindruck, dass er und Wickett Satanismus praktizieren. Natürlich anständige Satanisten. Er sprach dauernd über »die alte Religion« und sagte einmal: »Natürlich sind einige von uns vom rechten Weg abgekommen und haben den anderen Weg genommen!« Werde mit Estelle darüber sprechen.

11.15 Uhr

Estelle beugte sich gerade in sehr erotischer Weise über eine Blüte.

Mit einer deutlichen und lebhaften Erinnerung an unseren Kuss (mit Zunge) und an das angenehme Gefühl, als meine Frau nach meinem besten Stück griff, ging ich zu ihr und fasste sie am Hintern. Sie schien nichts dagegen zu haben. Das sind hervorragende Neuigkeiten. Wenn es so in den letzten fünfundzwanzig Jahren war, bin ich wirklich ein sehr glücklicher Mann. Darüber hinaus habe ich keine Ahnung, was mich erwartet. Wer weiß, was an meinem fünfundfünfzigsten Geburtstag sein wird? Estelle hat erzählt, Craftgirls UK habe ein Angebot für die Rechte an Esmond Pennebakers Vermarktung abgegeben. Er spricht offenbar so viele Leute an, weil er laut Estelle »so überzeugend farblos ist«.

Ein seltsamer Brief von Wainwright:

Lieber Paul,
ich weiß, dass es Ihnen gutgeht und es gut für Sie läuft, und das freut mich für Sie. Aber ich denke, ich sollte Sie daran erinnern, dass die Institution, für die wir beide seit fast dreißig Jahren arbeiten, zerstört wurde.
Ich weiß, dass viele andere Dinge ebenfalls Opfer der neuen

Zeiten wurden. Die Gewerkschaftsbewegung, fast der gesamte Bergbau etc., etc. Warum sollten das öffentlich-rechtliche Fernsehen und der Rundfunk da eine Ausnahme bilden? Spielt es denn eine Rolle, dass die Elite der kreativ Schaffenden – der Redakteure und Kameraleute etc. – ach, und natürlich der Produzenten – einfach zum Teufel geschickt wurde?

Ich glaube ja. Ich bin der Meinung, dass es wichtig ist, dass eine Gesellschaft über gut ausgebildete, unabhängig denkende Köpfe verfügt, die nicht nur wegen des Geldes arbeiten. Das gilt auch für die Bereiche Bildung, Medizin und so weiter.

Wir haben nicht dafür gekämpft. Keiner von uns, Paul. Wir haben dem Ungeist einfach freie Hand gelassen.

Beste Grüße,

Wainwright

P. S.: Die Prophezeiung wird sich bald erfüllen.

Abgesehen von dem P. S. ergibt das durchaus einen Sinn. Ich fühle mich ein bisschen schuldig. Werde ihn anrufen.

Habe mit Wainwright telefoniert. Er klang sehr merkwürdig. Er redete dauernd von Colin Cross. Warum? Außerdem erfuhr ich, dass Ashley Ramp einen »sehr leichten Herzinfarkt« hatte. Er sei noch auf den Beinen, nicht im Krankenhaus, man habe ihm jedoch geraten, sich »zu schonen«. Ich bin sehr besorgt. Fühle mich ein bisschen verantwortlich.

11.45 Uhr

Nachricht von der Mittdreißigerin auf dem Anrufbeantworter:

MITTDREISSIGERIN: Hallo Paul, bist du da? *(Zieht an der Zigarette. Im Hintergrund Verkehrsgeräusche.)*

Hier ist das Mädchen, an dessen Namen du dich nie erinnerst … *(Husten. Weitere Verkehrsgeräusche.)* Es geht um

Ashley … Ich musste dich anrufen, weil er … weißt du, ich hatte das Gefühl, dass er … *(tiefer Zug an der Zigarette. Geräusche einer Auseinandersetzung im Hintergrund.)* Tut mir leid, ein kleiner Streit unter Autofahrern … er war … irgendwie … hoch oben auf einem Baum … oder in einer Art … Raumkapsel …

In dem Moment hob ich ab. Ich sagte: »Hi! Geht es Ashley gut?« Sie fing wieder damit an, dass sie ihn nicht erreichen könne, er sich von ihr entferne, in einer Höhle sitze etc. Ich erklärte, noch bevor mir klar war, was ich da eigentlich sagte: »Man kann auch zu viel Sex haben, weißt du!« Schweigen am anderen Ende der Leitung. Ich fuhr fort: »Du darfst keinen Sex mit ihm haben, bevor es ihm bessergeht. Und selbst dann – nicht öfter als einmal am Tag. Er ist kein junger Mann mehr. Okay? Ich hätte gern, dass er noch ein bisschen weiterlebt.«

Dann legte ich auf. Ich hätte nie gedacht, dass ich mich einmal für Ashley Ramps Leben einsetzen würde. Aber jemand musste es ihr sagen.

13 Uhr

Die Begeisterung für *General Practice* hält an. Wir sind für den Golden Ear Award nominiert. Shirley hat dem *Independent* ein Interview gegeben, in dem sie sagt: »Ich habe immer gewusst, dass Esmond Pennebaker ein Siegertyp ist. Während ich ihn aufgrund dieser Erkenntnis mehr in den Mittelpunkt der Sendung rückte und ihn für die Jahrtausendwende neu erfand, konnte ich stets auf die Unterstützung vom Leiter der Abteilung Audio und natürlich von Howard Porda zählen, dessen kürzliche Erhebung in den Adelsstand seinen ungeheuren Beitrag zum Rundfunkwesen bestätigt!«

Niemand hat mir erzählt, dass er jetzt Sir Howard Porda

heißt. Man muss sich das mal vorstellen! Ich hätte fast mit ihm geschlafen! Er ist ein bisschen jung dafür. Ist das überhaupt der richtige Titel für ihn? Es hätte auch anders laufen können. Er hätte Lady Blake oder Gräfin zu Porda werden können. Und warum er und nicht ich? Lord Slippery of Wimbledon? Allerdings glaube ich nicht, dass ich das Zeug zum Grafen habe. Andere bei der BBC warten nur darauf, die Lorbeeren dafür einzuheimsen, dass sie mich nicht gefeuert haben.

Pilfrey wird im *Guardian* interviewt. Er sagt: »Die Arbeit mit Paul Slippery ist wunderbar. Er ist ein sehr umsichtiger Darsteller und lässt den anderen genügend Raum sich zu entfalten. Ich glaube, auf seine Art ist er ein Genie.« Selbst in meiner derzeitigen heiter gelassenen Stimmung kann ich das nicht ernst nehmen. Pilfrey ist und bleibt ein Ekel. Habe gerade das neue Drehbuch von Leo und Witchett bekommen. Anscheinend entdecke ich meine Liebe zu Pamela neu und vergebe ihr, dass sie einen (oder genauer gesagt zwei) Auftragsmörder auf mich angesetzt hat.

Leo und Witchett wollen nach Amerika und dort heiraten.

15.30 Uhr

Bekam plötzlich Panik bei dem Gedanken, was passiert, wenn Estelle und ich endlich Sex haben. Da ich mich nicht an das letzte Mal erinnern kann, habe ich vielleicht auch vergessen, wie man es macht? Meine Technik, zusammengestoppelt aus unzähligen Büchern, Theaterstücken, Filmen, *The Joy of Sex* etc. sollte schon noch funktionieren. Aber wenn wir uns die Kleider vom Leib reißen und uns gegenüberstehen – werde ich den Anforderungen entsprechen?

Natürlich, nach den jüngsten Ereignissen zu urteilen, wird Estelle wissen, was zu tun ist. Ich glaube, das ist beim Sex so üblich. Man befolgt Anweisungen. Aber ich bin trotzdem nervös. Ich habe ein paar Stellungen mit den Kissen auf der Couch in meinem Arbeitszimmer ausprobiert. War gerade dabei, als Edwin hereinkam und fragte, warum ich die noch verbliebenen Möbel begatten würde.

Sie ist gerade zur Arbeit gegangen. Ich habe ihr vom Fenster aus zugewinkt. Bin mir nicht sicher, ob sie es bemerkt hat.

16 Uhr

Edwin, Snozzer, Lulu, Wodge, Plonker, Scagg, Bozz und ein Junge namens Garbage sind unten und sehen sich alte Videos von *Friends* an. Edwin hat verkündet, nun, da er seine mittlere Reife habe, werde er »Geschichte, Mathe, Bio und alles, was ich je gelernt habe, komplett vergessen«. Ich sagte ihm, da er gar nicht erst viel gelernt habe, müsse er auch nicht viel vergessen.

17 Uhr

Anruf von der BBC. Colin Cross wurde ermordet! So weit ich mitbekommen habe, hat Wainwright ihn mit einer doppelläufigen Flinte in den Kopf geschossen. »Natürlich«, erklärte Pilfrey, von dem ich die Nachricht erfuhr, »ist Wainwright nicht zurechnungsfähig.« Ich bin mir da nicht so sicher. Jetzt muss ich los, bin mit Estelle zu einem Drink verabredet.

19 Uhr

Drink mit Estelle. Durfte im Auto ihren Hintern anfassen. Sehr aufregend.

Früher in der Schule sagten wir immer, die Lehrer hätten uns unsere Rechte genommen und sie uns als Privilegien zurückgegeben. Das minderte jedoch nicht im geringsten die wilde Freude darüber, dass man ab der sechsten Klasse mit aufgeknöpftem Blazer herumlaufen durfte. Ähnlich verhält es sich mit meinem Sexualleben. Da ich mich an nichts erinnern und es daher auch mit nichts vergleichen kann, versetzt mich die kleinste Gunstbezeugung in wilde Ekstase. Ich muss an den Witz über den Showmaster denken, der die Zuschauer fragt, wie oft sie Sex hätten. Ein paar sagen dreimal die Woche, ein paar sagen einmal die Woche, andere sagen nur einmal im Monat und ein trauriger Haufen gesteht, er habe nur alle sechs Monate Sex. Ein kleiner Mann in der ersten Reihe sagt mit fröhlichem Grinsen, er habe nur einmal im Jahr Sex. Als man ihn fragt, warum er dann so glücklich sei, sagt er: »Heute Nacht ist es so weit!«

21.30 Uhr

Habe in meinem Tagebuch geblättert. Ich überlege ernsthaft, es zu zerreißen. Es ist erstaunlich, wie wenig ich das Verhalten von Estelle und mir verstehe. Das liegt natürlich auch daran, dass man, wenn man sich so nahe ist wie wir, den anderen einfach nicht sieht. Vielleicht habe ich deswegen vergessen, was bei uns im Bett läuft. Damit alles wieder in Gang kommt. Ich glaube, eine Eigenschaft von Estelle, die ich nicht beschrieben habe, ist ihr Humor. Ich habe nicht das leichte Herabhängen ihres linken Augenlids beschrieben, wenn sie ein vernichtendes Urteil abgibt, oder das müde Ziehen an der Zigarette, wenn sie von einer neuen Dummheit hört. Und ich habe nicht das beständige Lachen und die Liebe in ihren Augen geschildert, wenn eins der Kinder in der Nähe ist.

Ich nehme an, in einer Familie arbeitet und feilt man ständig an den Mythen, die sie umgeben. Rerghy galt immer als Schauspieler. Jakob war immer eine Art Professor. Edwin als der Jüngste ist frei von solchen Rollenzuweisungen und kann so sein, wie er will – Estelle und ich sind zu erschöpft, um für ihn auch noch ein Schicksal zu erfinden.

Und Estelle? Ich glaube, dieses Jahr hat sie ihr Schicksal selbst in die Hand genommen. Das hat mir vielleicht nicht gefallen, aber sie hat es trotzdem getan. Sie hat ihre früheren Rollen entsorgt. Die neurotische Estelle, Estelle, die nicht ganz der Liebling ihres Vaters ist (habe ich je erwähnt, dass sie die jüngste von zwei Schwestern ist?), die furchtsame Estelle, die klammernde Estelle und all die anderen Estelles, die nicht mehr erwünscht sind, sind wie Schatten in der Sonne verblasst, bis es nur noch die gigantische, im Hier und Jetzt verhaftete, unglaublich präsente Estelle gab, die »O mein Gott, sie ist es wirklich«-Estelle. Es muss einmal gesagt werden, Frauen mittleren Alters haben etwas Wunderbares an sich. Vor allem, wenn sie wie meine Frau 1,85 Meter groß sind und, um es mit ihren eigenen Worten auszudrücken, »stabil wie ein gemauertes Scheißhaus« gebaut sind.

Aber was ist mit mir? Ich weiß wie alle Schauspieler, dass meine derzeitige Erfolgssträhne nicht anhalten wird. Das ist im Grunde ein fester Bestandteil des Schauspielerberufs. Aber die Nachrichten über Wainwright haben mich schwer mitgenommen. Ich muss anfangen, für die Dinge zu kämpfen, an die ich glaube. Wenn man das mit fünfzig nicht kann, dann schafft man es nie. Und wenn nach übermorgen – wenn ich offiziell zu einem Mann im gesetzten Alter werde – noch eine Aufgabe auf mich wartet, dann die, dass ich mich entscheide, ob ich der Held meines eigenen Lebens sein will oder nicht. Jetzt habe ich das Bedürfnis, über meine Geburt zu sprechen.

Aber eigentlich bin ich zu müde, um darüber nachzudenken. Das muss bis morgen warten.

23. Juni, 10 Uhr, warm und heiter, blauer Himmel mit Kumuluswolken. Der Garten ist voller Vögel, die alle fröhlich aussehen. Ich auch

Alle daheim. Ich im Arbeitszimmer beim Schreiben.
Habe neue Atemübungen ausprobiert – das Munck-Kampf-System. Großartig! Ein paar Beschwerden von den Nachbarn, aber ich fühle mich besser denn je.

11 Uhr

Zurück zu meiner Geburt. Da sich mein Tagebuch dem Ende nähert – bleiben Sie dran, vielleicht gibt es eine Überraschung! – sollte ich wohl mit meinem Anfang aufhören.

Ich wurde vom örtlichen praktischen Arzt auf die Welt geholt – ein Mann, neben dem Esmond Pennebaker wie ein Genie wirkt. Er hieß Harris, und ich war das erste Baby, bei dessen Geburt er je geholfen hatte. Sein erster Satz zur Hebamme – die in der Gegend um Wimbledon über dreihundert Kinder auf die Welt geholt hatte – lautete: »Wie herum wird es herauskommen?« Danach wurde es nur noch schlimmer. Als meine Mutter »Verdauungsprobleme« hatte, wie sie es nannte, wandte er sich irgendwann ab und rief: »Mein Gott! Das ist ja ekelhaft!«

Das Hauptproblem bestand wohl darin, dass niemand wusste, was ich vorhatte. Zunächst sah es so aus, als ob ich mit den Füßen voran auf die Welt kommen würde, dann drehte ich mich plötzlich und stürzte mich zurück in den Uterus. Gerade als man meiner Mutter sagte, sie solle pressen, drehte ich mich noch einmal und lag nun quer und rührte mich nicht mehr. Eine Zeit lang dachten alle, ich sei tot. Nachdem ich den einzig möglichen Ausgang etwa eine halbe Stunde lang blockiert hatte, zog ich mich Richtung Bauchnabel zurück und machte mit den Beinen Radfahrbewegungen.

Zu dem Zeitpunkt sprach Harris von zusätzlicher Unterstützung. Er ging los, um seinen Partner zu suchen – wir hatten kein Telefon –, fand ihn aber nirgends. Bei seiner Rückkehr hielt die Hebamme das Ohr auf den Bauch meiner Mutter gepresst. Ehrfurchtsvoll flüsternd verkündete sie: »Ich glaube, er hat sich aus dem Staub gemacht!« Sie tasteten meine Mutter überall ab, konnten mich aber nirgends finden. Harris hatte seine kurze Expedition genutzt, um ein medizinisches Lehrbuch über Geburten zu holen, in dem er jetzt nachschlug. Die Hebamme legte sich indessen flach aufs Bett und spähte in meine Mutter hinein, um mich vielleicht doch noch irgendwo zu erspähen.

Das Telefon klingelt. Ich gehe dran.

11.45 Uhr

Neue Informationen über den Tod von Colin Cross. Pilfrey rief an und erzählte mir, dass Cross in dem Raum, in dem er seine Abschiedsparty feiern wollte (bevor er sich anders entschied und beschloss, nicht zu gehen), also in B34576, stapelweise Zeitungsausschnitte und Kritiken über mich angesammelt hatte. Anscheinend war er derjenige, der mich sterben sehen wollte. Sein sogenannter »Abschied« war nur ein Vorwand. Er hatte die BBC nie verlassen, sondern war »in den Untergrund gegangen«, wie er selbst es formulierte. Seine Mission bestand darin, herauszufinden, was »an der Basis« los war. Dazu mischte er sich inkognito unter die Mitarbeiter und hörte sich an, was über ihn erzählt wurde – wie es angeblich auch Napoleon gemacht haben soll.

Als er erfuhr, wie verhasst er war, drehte er wohl endgültig durch. Er bedrohte Wainwright – weshalb Wainwright sich eine Waffe besorgte – und sprach davon, mich (und nicht nur Pennebaker) in Fleisch und Blut umzubringen. Es geht das Gerücht, dass Wainwright auf Notwehr plädieren und einer Strafe entgehen könnte. Ich glaube, ich werde das merkwürdige P. S. seines letzten Briefes besser nicht erwähnen.

Zurück zu meiner Geburt. Das ist wichtig, denn wenn ich mich nicht so angestellt hätte, wäre ich nicht am Tag der Sommersonnenwende geboren.

14 Uhr

Harris fand in dem medizinischen Lehrbuch alle möglichen faszinierenden Erkenntnisse – die er dann meiner Mutter vorlas. Babys, die sich im Bauch einfach auflösten, Babys, die plötzlich allergisch auf das Fruchtwasser reagierten und schlicht wegschmolzen. Babys, die am ganzen Körper mit Haaren bedeckt waren, aber kein Gehirn hatten. Babys, die sich durch die Gebärmutter gearbeitet hatten und plötzlich den Kopf aus dem Hintern der Mutter streckten. Schauermärchen und wissenschaftliche Fakten mischten sich immer mehr, während Harris – der meine Mutter nicht zu hören schien, obwohl sie inzwischen so laut schrie, dass sich die Nachbarn draußen auf der Straße versammelten – immer weiterlas und immer neue amüsante Geschichten darüber fand, was bei einer Geburt alles schiefgehen konnte.

Mitten in seiner Vorlesung meldete ich mich wieder. Ich bekam die Nabelschnur zu fassen und wickelte sie mir wie ein Lasso um den Kopf. Dann seilte ich mich durch die Gebärmutter ab, bis meine Füße senkrecht auf dem Gebärmutterhals standen. Von dieser Position aus, erzählt meine Mutter, sprang ich mit gespreizten Beinen auf und ab, zumindest hatte sich das so angefühlt. »Was immer du da gemacht hast«, sagt sie immer, »es tat furchtbar weh!« Irgendwann bekam ich die Nabelschnur um den Hals und begann, mich selbst zu erdrosseln.

Harriet war auf dem Weg zur Tür, um einen Krankenwagen

zu rufen oder zumindest jemanden, der besser qualifiziert war als er (was nicht schwierig gewesen wäre), als ich mich plötzlich befreite, um dreihundertsechzig Grad drehte und »in der Gebärmutter herumzappelte wie ein Aal«. »Dieses Baby«, sagte die Hebamme, »hat den passenden Namen. Ein echter Slippery, so wie das herumglitscht!«

Ich nehme an, das bin ich. Ich denke, ich sollte ehrlicher mit anderen Menschen umgehen. Aufhören, ihnen was vorzuspielen. Es sei denn natürlich, wenn ich als Schauspieler arbeite. Das Telefon klingelt. Soll ich drangehen?

19 Uhr

Bin sehr betrunken. Ist aber wichtig, das aufzuschreiben. Jetzt.

Alles begann mit einer Nachricht von meiner Mutter auf dem Anrufbeantworter:

MUTTER: Paul ... Paul, bist du das? Bist du da? *(Unbekannte Geräusche im Hintergrund, Automotor.)* Bist du in deinem Arbeitszimmer, Paul, und hörst dir das an? *(Autogeräusche brechen plötzlich ab. Langes Schweigen.)*

Du gehst oft nicht ans Telefon, Paul, nicht wahr? Und du kommst auch nicht oft, um mich zu besuchen, weil ich in Croydon wohne. *(Irres Lachen. Schweigen.)* Ich hasse es hier in Croydon. Immer dieses Geklopfe und Gehämmere. Klopf, klopf, hämmer, hämmer. *(Schniefen. Langes Schweigen.)*

Wie auch immer, Paul, du gehst nicht ans Telefon, oder? Du bist so eine Art Weichtier, nicht wahr? Eine Schnecke in ihrem Häuschen. Aber du solltest dich nicht in deinem Schneckenhaus verkriechen. Man soll das Leben voll auskosten, selbst wenn man neunzig ist wie ich. *(Schweigen. Entfernte Verkehrsgeräusche.)* Erinnerst du dich an diese Frau, Paul, die immer mit ihrem Mop herumfuchtelte und damit einmal

deinen Vater getroffen hat? Erinnerst du dich? *(Schweigen. Schniefen.)* Sie wurde in Nordwales geboren, aber daran erinnerst du dich sicher nicht, und als sie jung war, galt sie als attraktiv. *(Schweigen. Irres Lachen.)*
Manche der heutigen Frauen sind richtig abstoßend. Von einer habe ich ein Buch gelesen. Ich kann nicht verstehen, was die Leute an ihr finden. Ich finde das ekelhaft. *(Irres Lachen.)* Sex, Sex, Sex, die Leute denken an nichts anderes mehr. *(Langes Schweigen.)* Wie auch immer, die Frau, über die ich gerade sprach, du erinnerst dich nicht an sie, Paul, du hast sie eigentlich nicht gekannt, Paul, nicht richtig. Du hebst nie ab, wenn sie auf den Anrufbeantworter spricht, Paul, obwohl ich weiß, dass du zuhörst. Das bin ich, Paul. Ich bin diese Frau. Ich bin deine Mutter, Paul. Ich bin noch nicht tot. Ich bin vielleicht schon neunzig, aber ich bin noch nicht tot. Ich weiß, dass du zuhörst. *(Autotür öffnet sich. Irres Lachen.)* Ich stehe draußen, Paul. Komm ans Fenster! Weich nicht immer aus! Sei kein Slippery, Paul, auch wenn du so heißt! Komm und schau raus. Wir sind noch nicht tot, Paul. Es ist noch nicht zu spät. Koste das Leben voll aus, Paul. Los!

In dem Moment hob ich den Hörer ab. Meine Mutter kicherte irre. Und sagte: »Ich bin's! Ich bin draußen! Und noch viele andere Leute!« »Mum«, sagte ich, »ich wollte nicht …« Meine Mutter sagte: »Herzlichen Glückwunsch zum Geburtstag, Paul!« Ich erwiderte: »Mein Geburtstag ist morgen, Mum!« Und sie sagte: »O nein, das stimmt nicht. Er ist heute! Du wurdest heute vor fünfzig Jahren geboren! Geh ans Fenster!«

Ich legte den Hörer weg und ging ans Fenster. Ich schaute hinaus. Auf der Mafeking Road drängten sich die Leute. Sie standen dicht an dicht von unserer Hauswand bis zu dem Garten, der früher (und jetzt wieder) Porker gehörte. Auch Porker war darunter, er stand in der ersten Reihe und grinste. Es waren noch viele andere Leute da. Der gute alte Steve war da und

Peter Mailer mit Christine, und Leo war da und Witchett und Shirley und Howard und Howards Mutter Stella und Rerghy und Jakob und Edwin und Laura und Lucy und Lulu und die Rachnowskis und die Proeks und viele andere. Da war Sam Jackson, den ich seit 1983 nicht mehr gesehen hatte, und ganz hinten (das konnte doch nicht sein! aber doch, sie war es!) Anne Padthaway, meine erste Freundin!

Da waren Snozzer und Wodge und Bozz und Scagg und Hotchkiss und Hong und ein Typ namens Manners, den ich 1969 im Kibbuz kennengelernt hatte. Da war ein Mädchen namens Jackie, die früher bei der Royal Shakespeare Company war, und Gustave und Pilfrey (der erstaunlich erfreut wirkte, als er mich sah) und da war Alison von *General Practice* und mein alter Kumpel Dirk und Ashley Ramp, der mit der Mittdreißigerin Händchen hielt und breit grinste. Helena Twist, Pamelas Schwester, (wo war Pamela? oh, da war sie!) war da und Wainwright, der sicher nicht auf Kaution freigekommen, aber vielleicht irgendwie entkommen war. Da war der Italiener, der vor langer Zeit bei Estelle die Hand unter den Rock geschoben hatte (was hatte der hier verloren?) und viele viele Leute, die ich schon für tot gehalten hatte oder von denen ich gedacht hatte, sie seien im Ausland oder sonst wo, wo ich sie nie wiedersehen würde. Vertraute und weniger vertraute Gesichter buhlten um meine Aufmerksamkeit. Ich sah ein Lächeln neben dem anderen (alle schienen zu lächeln) und die Gesichter waren so schön wie Blumen im Garten.

Es gab ein Transparent. Darauf stand: HERZLICHEN GLÜCKWUNSCH, PAUL SLIPPERY! DU BIST 50! GUT GEMACHT!« Es gab sogar eine kleine Gruppe drüben bei der Nummer 49 – wo die Nachbarn aus dem Fenster sahen – mit einem Plakat »PAUL SLIPPERY FAN KLUB!« Einen Augenblick lang dachte ich, ich hätte Colin Cross bei ihnen erspäht. Dann fiel mir ein, dass er tot war.

In dem Moment sah ich meine Mutter. Sie stand neben einem

Auto ein bisschen weiter die Straße hinauf und hielt ein Handy in der Hand. Ich ging zurück zum Schreibtisch. »Mum«, sagte ich, »hast du das ausgeheckt?« »Ich und Estelle!«, sagte sie. In dem Moment fiel es mir auf. Ich hatte Estelle nicht in der Menge gesehen. Gerade als ich das dachte, kam sie in mein Arbeitszimmer. »Alles Gute zum Geburtstag, Paul!«, sagte sie. Und küsste mich. »Ich dachte«, sagte ich, unsicher, ob ich mit meiner Mutter oder mit meiner Frau sprach, »ich hätte erst morgen Geburtstag!« »Stimmt nicht«, sagte meine Mutter. »Sie wird es dir erklären!«

Ich wandte mich zu Estelle. »Man hat dir immer gesagt, dass du zwei Minuten nach Mitternacht auf die Welt gekommen bist, nicht wahr? Am Tag der Sommersonnenwende. Weil dir die Vorstellung so gefallen hat, dass du in einer Mittsommernacht auf die Welt gekommen bist. In deiner Familie hieß es immer, Paul ist wieder mit seinen Elfen unterwegs. Und du hast so viel darüber geredet, dass am Ende alle diese fixe Idee unterstützt haben. In Wirklichkeit wurdest du zwei Minuten vor Mitternacht geboren. Aber keiner hat was gesagt. Das hätten sie besser mal bleiben lassen. Denn die Schauspielerei hat nichts damit zu tun, mit den Elfen zu tanzen und die Augen vor der Realität zu verschließen. Sie ist wie alles andere auch. Sie ist wie das, was ich dieses Jahr gemacht habe. Sie ist Arbeit, Paul. Erst durch Arbeit ist alles auf der Welt entstanden. Sie ist das Einzige, was wir haben. Und das ist es auch, was wir in Zukunft tun müssen. Arbeiten. Weitermachen. Und hör endlich auf, so ein verdammter ... Slippery zu sein!« Sie grinste. »Diese Verräter!«, sagte ich. »Wie auch immer«, sagte sie und grinste dabei immer noch. »Dein richtiges Leben beginnt heute, mein Freund. Und vielleicht kommst du jetzt ein bisschen in die Gänge und hörst auf, allen das Leben schwerzumachen. Ab fünfzig bist du allein für dich verantwortlich, Paul!«

Von draußen auf der Straße konnte ich Gesang hören. Ich sagte: »Aber ich bin nicht allein. Ich habe dich, Liebling!« »Ja!«, sagte sie und kam auf mich zu. »Und du sollst mich immer haben. Aber unser Hochzeitstag wird erst morgen gefeiert. Oder hast du den vergessen?« »Wenn ich ehrlich bin«, sagte ich, »habe ich rein gar nichts vergessen. Ich kann mich an alles erinnern. An alles!«

Und das konnte ich. Nicht nur an den Sex – obwohl ich mich daran plötzlich auch wieder erinnern konnte. Ich konnte mich an unsere Hochzeit erinnern. Ich konnte mich an die Sommersonne erinnern, die wie heute schien. Und ich konnte mich erinnern, wie damals ihr Gesicht aussah, so süß und offen und stark wie heute. Ich konnte mich daran erinnern, wie sie mir ins Gesicht sah, nachdem wir die Worte gesprochen hatten, die man sagen soll, und wie der Standesbeamte sagte, ich könne die Braut jetzt küssen, und wie ich mich vorbeugte und das tat, vor allen Leuten.

Ich habe gesagt, dass ich ihr im Laufe der Jahre oft meine Liebe gezeigt habe. Aber so öffentlich wie damals auf dem Standesamt nicht mehr. Eine Hochzeit, mit ihren Zuschauern, die alle Experten sind, die alle ihre eigenen Gründe haben, an die Ernsthaftigkeit der Hauptdarsteller zu glauben oder nicht zu glauben, stellt mehr als alles andere, was mir einfällt, die Gültigkeit dieses einfachen, aber oft missbrauchten Wortes auf die Probe: Liebe.

Ich erinnere mich an all das, während ich es mitten in meiner Geburtstagsparty aufschreibe, mit der Frau, die ich liebe und meinen Kindern mit den jungen Frauen, die sie lieben. Bald werden wir umziehen. Wir geraten alle wieder in Bewegung, wechseln den Standort, ändern die Regeln unseres Lebens. Aber eines ändert sich für mich nicht und wird sich auch nie ändern. Die Liebe. Eine ganz einfache Sache, die fast keine Erklärung benötigt. Daran erinnere ich mich klar und deutlich. Heißt das, dass ich sie endlich verstehe? Denn im Grunde heißt sich erinnern auch verstehen.

Ich bin mir nicht sicher. Manchmal muss man die Liebe vergessen, um sich wieder daran zu erinnern, wie ich dieses Jahr gelernt habe. Man kann nicht einfach sein Leben leben und die Liebe als selbstverständlich voraussetzen. Manchmal muss man sie verleugnen oder ignorieren oder weit weg wünschen, und sei es nur, um zu sehen, ob sie stark genug ist, um zurückzukommen, ohne dass man darum bittet. Die Liebe muss stärker sein als man selbst. Aber man muss stark genug sein, um das zu erkennen.

Und in jenem Augenblick, als ich mich vor all den Gästen auf dem Standesamt zu ihr beugte und sie küsste, wusste ich es. Ich wusste es so, wie es jetzt wahrscheinlich meine Söhne wissen. Ich wusste, dass es nur eine Frau für mich gibt und dass, egal wie schlecht es das Leben mit uns meinen oder wie mies es mir oder ihr gehen würde, es immer einen Weg zurück zur Liebe geben würde. Und wenn nicht, dann würde uns die Liebe irgendwie finden. Ihre Bedeutung war so einfach; alles war in einem einzigen Wort enthalten. Es ging nicht darum, was Estelle oder ich tat, oder um eine bestimmte Eigenschaft, die sie hatte – obwohl sie viele Qualitäten hatte – es war einfach in diesen fünf Buchstaben enthalten, die wir uns in den sechziger Jahren immer wieder sagten – Liebe. *Love, Love, Love. All you need is love. Love, Love, Love.* Ich kenne Menschen, die diese Liebe hatten und sie irgendwo unterwegs verloren. Ich kenne Menschen, die versuchten, ihr eine Bedeutung zu geben, die sie nie haben konnte, die mit Politik oder Drogen oder großen demonstrierenden Menschenmengen zu tun hatte. Aber für mich bedeutete die Liebe immer nur etwas ganz Einfaches. Sie bedeutete immer meine Frau. Und diese Bedeutung wird sich nicht ändern, selbst wenn ich oder sie oder unsere Kinder nicht mehr sein werden, so wie wir jetzt, an diesem leuchtenden Abend im Juni, sind.

»Sollen wir zu den anderen rausgehen?«, fragte Estelle. »Ja«, sagte ich, »ja. Gehen wir.«